증편 한국구비문학대계

1-10

경기도 김포시

이 저서는 2008년도 정부(교육과학기술부)의 재원으로 한국학중앙연구원(한국학진흥사업단)의 지원을 받아 수행된 연구임(AKS-2008-AIA-3101)

증편 한국구비문학대계

1-10
경기도 김포시

김헌선 · 최자운 · 김은희 · 변남섭 · 시지은

한국학중앙연구원

역락

발간사

　민간의 이야기와 백성들의 노래는 민족의 문화적 자산이다. 삶의 현장에서 이러한 이야기와 노래를 창작하고 음미해 온 것은, 어떠한 권력이나 제도도, 넉넉한 금전적 자원도, 확실한 유통 체계도 가지지 못한 평범한 사람들이었다. 이야기와 노래들은 각각의 삶의 현장에서 공동체의 경험에 부합하였으며, 사람들의 정신과 기억 속에 각인되었다. 문자라는 기록 매체를 사용하지 못하였지만, 그 이야기와 노래가 이처럼 면면히 전승될 수 있었던 것은 그것이 바로 우리 민족의 유전형질의 일부분이 되었기 때문이며, 결국 이러한 이야기와 노래가 우리 민족을 하나의 공동체로 묶어 주고 있는 것이다.

　사회와 매체 환경의 급격한 변화 가운데서 이러한 민족 공동체의 DNA는 날로 희석되어 가고 있다. 사랑방의 이야기들은 대중매체의 내러티브로 대체되어 버렸고, 생활의 현장에서 구가되던 민요들은 기계화에 밀려 버리고 말았다. 기억에만 의존하여 구전되던 이야기와 노래는 점차 잊히고 있다. 한국학중앙연구원이 1970년대 말에 개원함과 동시에, 시급하고도 중요한 연구사업으로 한국구비문학대계의 편찬 사업을 채택한 것은 바로 이러한 시대적 상황에 대한 우려와 잊혀 가는 민족적 자산에 대한 안타까움 때문이었다.

　당시 전국의 거의 모든 구비문학 연구자들이 참여하였는데, 어려운 조사 환경에서도 80여 권의 자료집과 3권의 분류집을 출판한 것은 그들의 헌신적 활동에 기인한다. 당초 10년을 계획하고 추진하였으나 여러 사정으로 5년간만 추진되었으며, 결과적으로 한반도 남쪽의 삼분의 일에 해당

하는 부분만 조사하게 되었다. 그럼에도 불구하고 한국구비문학대계는 주관기관인 한국학중앙연구원의 대표 사업으로 각광 받았을 뿐 아니라, 해방 이후 한국의 국가적 문화 사업의 하나로 꼽히게 되었다.

21세기에 들어서면서 한국학중앙연구원에서는 미완성인 채로 남아 있는 구비문학대계의 마무리를 더 이상 미룰 수 없다는 생각으로 이를 증보하고 개정할 계획을 세웠다. 20년 전의 첫 조사 때보다 환경이 더 나빠졌고, 이야기와 노래를 기억하고 있는 제보자들이 점점 줄어들고 있었던 것이다. 때마침 한국학 진흥에 대한 한국 정부의 의지와 맞물려 구비문학대계의 개정·증보사업이 출범하게 되었다.

이번 조사사업에서도 전국의 구비문학 연구자들이 거의 다 참여하여 충분하지 않은 재정적 여건에서도 충실히 조사연구에 임해 주었다. 전국 각지의 제보자들은 우리의 취지에 동의하여 최선으로 조사에 응해 주었다. 그 결과로 조사사업의 결과물은 '구비누리'라는 이름의 데이터베이스에 탑재가 되었고, 또 조사자료의 텍스트와 음성 및 동영상까지 탑재 즉시 온라인으로 접근할 수 있는 시스템을 갖추었다. 특히 조사 단계부터 모든 과정을 디지털화함으로써 외국의 관련 학자와 기관의 선망의 대상이 되고 있다.

이제 조사사업의 결과물을 이처럼 책으로도 출판하게 된다. 당연히 1980년대의 일차 조사사업을 이어받음으로써 한편으로는 선배 연구자들의 업적을 계승하고, 한편으로는 민족문화사적으로 지고 있던 빚을 갚게된 것이다. 이 사업의 연구책임자로서 현장조사단의 수고와 제보자의 고귀한 뜻에 감사를 표하지 않을 수 없다. 아울러 출판 기획과 편집을 담당한 한국학중앙연구원의 디지털편찬팀과 출판을 기꺼이 맡아준 역락출판사에 감사를 드린다.

2013년 10월 4일
한국구비문학대계 개정·증보사업 연구책임자 김병선

책머리에

　구비문학조사는 늦었다고 생각하는 지금이 가장 빠른 때이다. 왜냐하면 자료의 전승 환경이 나날이 달라지고 있기 때문이다. 전승 환경이 훨씬 좋은 시기에 구비문학 자료를 진작 조사하지 못한 것이 안타깝게 여겨질수록, 지금 바로 현지조사에 착수하는 것이 최상의 대안이자 최선의 실천이다. 실제로 30여 년 전 제1차 한국구비문학대계 사업을 하면서 더 이른 시기에 조사를 했더라면 하는 아쉬움이 컸는데, 이번에 개정·증보를 위한 2차 현장조사를 다시 시작하면서 아직도 늦지 않았다는 사실을 실감했다.

　구비문학 자료는 구비문학 연구와 함께 간다. 자료의 양과 질이 연구의 수준을 결정하고 연구수준에 따라 자료조사의 과학성이 결정되기 때문이다. 실제로 1차 조사사업 결과로 구비문학 연구가 눈에 띠게 성장했고, 그에 따라 조사방법도 크게 발전되었다. 그러나 연구의 수명과 유용성은 서로 반비례 관계를 이룬다. 구비문학 연구의 수명은 짧고 갈수록 빛이 바래지만, 자료의 수명은 매우 길 뿐 아니라 갈수록 그 가치는 더 빛난다. 그러므로 연구활동 못지않게 자료를 수집하고 보고하는 일이 긴요하다.

　교육부에서 구비문학조사 2차 사업을 새로 시작한 것은 구비문학이 문학작품이자 전승지식으로서 귀중한 문화유산일 뿐 아니라, 미래의 문화산업 자원이라는 사실을 실감한 까닭이다. 따라서 학계뿐만 아니라 문화계의 폭넓은 구비문학 자료 활용을 위하여 조사와 보고 방법도 인터넷 체제와 디지털 방식에 맞게 전환하였다. 조사환경은 많이 나빠졌지만 조사보고는 더 바람직하게 체계화함으로써 누구든지 쉽게 접속하여 이용할 수 있는 데이터베이스를 구축했다. 그러느라 조사결과를 보고서로 간행하는 일은 상대적으로 늦어지게 되었다.

2차 조사는 1차 사업에서 조사되지 않은 시군지역과 교포들이 거주하는 외국지역까지 포함하는 중장기 계획(2008~2018년)으로 진행되고 있다. 한국학중앙연구원 어문생활연구소와 안동대학교 민속학연구소가 공동으로 조사사업을 추진하되, 현장조사 및 보고 작업은 민속학연구소에서 담당하고 데이터베이스 구축 작업은 한국학중앙연구원에서 담당한다. 가장 중요한 일은 현장에서 발품 팔며 땀내 나는 조사활동을 벌인 조사자들의 몫이다. 마을에서 주민들과 날밤을 새우면서 자료를 조사하고 채록하여 보고서를 작성한 조사위원들과 조사원 여러분들의 수고를 기리지 않을 수 없다. 조사의 중요성을 알아차리고 적극 협력해 준 이야기꾼과 소리꾼 여러분께도 고마운 말씀을 올린다.

구비문학 조사를 전국적으로 실시하여 체계적으로 갈무리하고 방대한 분량으로 보고서를 간행한 업적은 아시아에서 유일하며 세계적으로도 그 보기를 찾기 힘든 일이다. 특히 2차 사업결과는 '구비누리'로 채록한 자료와 함께 원음도 청취할 수 있는 데이터베이스를 구축해서 세계에서 처음으로 인터넷과 스마트폰으로 이용할 수 있는 디지털 체계를 마련했다. '구슬이 서 말이라도 꿰어야 보배'인 것처럼, 아무리 귀한 자료를 모아두어도 이용하지 않으면 소용이 없다. 그러므로 이 보고서가 새로운 상상력과 문화적 창조력을 발휘하는 문화자산으로 널리 활용되기를 바란다. 한류의 신바람을 부추기는 노래방이자, 문화창조의 발상을 제공하는 이야기 주머니가 바로 한국구비문학대계이다.

2013년 10월 4일
한국구비문학대계 개정·증보사업 현장조사단장 임재해

한국구비문학대계 개정·증보사업 참여자 <small>(참여자 명단은 가나다 순)</small>

연구책임자

    김병선

공동연구원

강등학	강진옥	김익두	김헌선	나경수	박경수	박경신	송진한	신동흔
이건식	이인경	이창식	임재해	임철호	임치균	조현설	천혜숙	허남춘
황인덕	황루시							

전임연구원

    장노현   최원오

박사급연구원

강정식	권은영	김구한	김기옥	김월덕	노영근	서해숙	유명희	이균옥
이영식	이윤선	조정현	최명환	최자운	황경숙		

연구보조원

강소전	김미라	구미진	김보라	김성식	김영선	김옥숙	김유경	김은희
김자현	문세미나	박동철	박은영	박현숙	박혜영	백계현	백은철	변남섭
서은경	서정매	송기태	송정희	시지은	신정아	안범준	오세란	오정아
유태웅	이선호	이옥희	이원영	이진영	이홍우	이화영	임세경	임 주
장호순	정아용	정혜란	조민정	편성철	편해문	한유진	허정주	황진현

주관 연구기관 : 한국학중앙연구원 어문생활사연구소
공동 연구기관 : 안동대학교 민속학연구소

일러두기

■ 『증편 한국구비문학대계』는 한국학중앙연구원과 안동대학교에서 3단계 10개년 계획으로 진행하는 "한국구비문학대계 개정·증보사업"의 조사 보고서이다.

■ 『증편 한국구비문학대계』는 시군별 조사자료를 각각 별권으로 간행하 는 것을 원칙으로 한다. 서울 및 경기는 1-, 강원은 2-, 충북은 3-, 충 남은 4-, 전북은 5-, 전남은 6-, 경북은 7-, 경남은 8-, 제주는 9-으 로 고유번호를 정하고, -선 다음에는 1980년대 출판된 『한국구비문학 대계』의 지역 번호를 이어서 일련번호를 붙인다. 이에 따라 『증편 한국 구비문학대계』는 서울 및 경기는 1-10, 강원은 2-10, 충북은 3-5, 충 남은 4-6, 전북은 5-8, 전남은 6-13, 경북은 7-19, 경남은 8-15, 제주 는 9-4권부터 시작한다.

■ 각 권 서두에는 시군 개관을 수록해서, 해당 시·군의 역사적 유래, 사 회·문화적 상황, 민속 및 구비 문학상의 특징 등을 제시한다.

■ 조사마을에 대한 설명은 읍면동 별로 모아서 가나다 순으로 수록한다. 행정상의 위치, 조사일시, 조사자 등을 밝힌 후, 마을의 역사적 유래, 사회·문화적 상황, 민속 및 구비문학상의 특징 등을 중심으로 설명하 고, 마을 전경 사진을 첨부한다.

■ 제보자에 관한 설명은 읍면동 단위로 모아서 가나다 순으로 수록한다. 각 제보자의 성별, 태어난 해, 주소지, 제보일시, 조사자 등을 밝힌 후, 생애와 직업, 성격, 태도 등을 중심으로 서술하고, 제공 자료 목록과 사진을 함께 제시한다.

■ 조사자료는 읍면동 단위로 모은 후 설화(FOT), 현대 구전설화(MPN), 민요(FOS), 근현대 구전민요(MFS), 무가(SRS), 기타(ETC) 순으로 수록한다. 각 조사자료는 제목, 자료코드, 조사장소, 조사일시, 조사자, 제보자, 구연상황, 줄거리(설화일 경우) 등을 먼저 밝히고, 본문을 제시한다. 자료코드는 대지역 번호, 소지역 번호, 자료 종류, 조사 연월일, 조사자 영문 이니셜, 제보자 영문 이니셜, 일련번호 등을 '_'로 구분하여 순서대로 나열한다.

■ 자료 본문은 방언을 그대로 표기하되, 어려운 어휘나 구절은 ( ) 안에 풀이말을 넣고 복잡한 설명이 필요할 경우는 각주로 처리한다. 한자 병기나 조사자와 청중의 말 등도 ( ) 안에 기록한다.

■ 구연이 시작된 다음에 일어난 상황 변화, 제보자의 동작과 태도, 억양 변화, 웃음 등은 [ ] 안에 기록한다.

■ 잘 알아들을 수 없는 내용이 있을 경우, 청취 불능 음절수만큼 '○○○'와 같이 표시한다. 제보자의 이름 일부를 밝힐 수 없는 경우도 '홍길○'과 같이 표시한다.

■『증편 한국구비문학대계』에 수록된 모든 자료는 웹(gubi.aks.ac.kr/web)과 모바일(mgubi.aks.ac.kr)에서 텍스트와 동기화된 실제 구연 음성파일을 들을 수 있다.

차례

▌제보자

● 설화

8. 하성면

● 설화

● 민요

김포시 개관

  김포시는 1914년 3월 1일에 김포군·양천군·통진군이 김포군으로 통합되면서 그 기틀이 마련되었다. 그 뒤 1963년 1월 1일 행정구역 개편 때 양서면과 양동면이 서울에 편입되어 7개 면이 되고, 1974년 7월 1일에 부천군의 오정면과 계양면이 김포군에 편입되어 9개 면이 되는 등 몇 번의 변화를 겪게 된다. 그러다가 1979년 5월 1일 김포면이 읍으로 승격되면서 한 단계 더 발전하게 되고, 1998년 4월 1일 행정구역 개편 때 김포군이 시로 승격되고, 김포읍이 김포 1·2·3동이 분화되면서 현재와 비슷한 행정구역을 갖추게 되었다. 2006년 6월 현재 김포시의 면적은 276.6km², 인구는 20만 7,186명, 가구 수는 7만 5,615명이다.

  김포시의 행정구역별 인구 및 주민 구성에 대해 살펴보면, 먼저 김포1동은 2008년 현재 16,349세대, 남자 23,307명, 여자 23,234명이 거주하고 있다. 법정동은 3개, 행정통은 32개, 반은 414개이다. 이 지역은 고구려 장수왕 때에는 검포라 하였고, 조선 중종 23년(1528)에는 김포현이라 하였다. 1938년 김포면사무소 개청, 1979년에 김포읍으로 승격되었다. 그 뒤 1998년 김포시로 승격되면서, 김포 1·2·3동으로 분동되었고, 2002년 현재 39개 통이 있다.

김포시내 전경

김포시청 앞 전경

김포2동은 법정동 2개, 행정통반 34개 통 238반으로 구성된다. 세대 수는 9,767세대로, 농가는 565가구, 비농가는 9,202가구이다. 2008년 현재 인구는 27,858명으로, 남자 13,675명, 여자 14,183명이다. 원래 김포면이었던 현재 김포2동 지역은 1979년에 읍으로 승격하고, 다시 1998년 김포군이 김포시로 승격되면서 풍무10통이 증설되고, 북변5통이 김포3동으로 편입되었다. 그 뒤 2002년에 김포3동 주민자치센터를 개소하였고, 2003년 사우동사무소로 명칭을 변경하였다. 풍무동은 2003년 김포3동이 풍무동, 사우동으로 분동되면서 풍무동 사무소가 개청하였다. 총 26개 통, 325개반, 37,504명이 살고 있고, 세대수는 12,412명이다.

통진읍의 인구는 22,950명으로, 남자는 11,942명, 여자 11,008명이다. 법정리 9개, 행정리 48개, 반은 207개이다. 1971년에 통진행정연락사무소가 개소하였고, 1983년 통진면이 신설되고, 2004년에 통진읍 사무소가 개청되었다.

고촌면의 세대수는 8,126세대 인구는 22,174명으로, 법정리는 5개, 행정리는 39개이다. 1914년 고란태면과 임촌면 두 면을 병합하여 고촌면이라 칭하였다. 그 뒤 1996년 행정리 31개 조정 등을 거쳐 2008년 현재 39개로 조정되었다.

양촌면은 1914년 일제가 행정구역을 개편할 때 옛 통진군 소속의 양릉면·반이촌면·상곶면과 대파면의 삭시리와 모정리 일부, 검단면의 금곡리 일부를 병합하고 양릉면의 양(陽)과 반이촌면의 촌(村)을 합해 양촌면(陽村面)으로 편제하고 통진군·양촌군을 병합해서 김포군에 소속시켰다. 1983년 신설된 통진면(通津面)에 도사, 마송, 수참의 3개 리를 넘겨주었다. 법정 9개 리와 행정 42개 리가 있다.

대곶면의 인구는 10,286명으로, 남자 5,577명, 여자 4,709명이고, 4,211가구가 있는데, 농가는 1,601, 어업가구는 62, 비농가는 2,432가구이다. 조선조 숙종 때는 통진군 대파면이라 하였고, 1914년 3월 1일 고리곶면,

반이촌면의 가현리 일부 병합하였다. 1983년 가현리, 통진면으로 편입 이후, 2005년 유생5리 신설로 38개로 고정되었다.

월곶면 인구는 6,173명으로, 2,948가구가 있는데 농가가 737가구, 비농가가 2,211가이다. 삼한시대에는 분진, 고려에는 통진현, 조선시대에는 통진부라 하였다. 1903년 통진군으로 승격되었고, 1914년 김포군에 병합되었고 1983년 행정구역 조정으로 법정리 10개, 행정리 21개가 되었다.

김포시 월곶면 문수산성

하성면에는 4,211가구가 있는데, 농가가 1,601가구, 어업가구가 62가구, 비농가가 2,432가구이다. 4,069세대로 남자는 5,050명, 여자는 4,586명이다. 고려말에는 소이포면, 송정면으로 구분되었다. 조선말 소이포면, 하성면, 봉성면으로 분리되었고 1914년에 김포군 하성면으로 합병되었다.

김포시는 경기도 북서단에 위치한 반도지역으로 동쪽은 한강을 건너 파주시, 고양시, 서쪽은 염하를 건너 강화도, 북쪽은 조강을 건너 개풍군에 접하고 있으며 남동쪽으로는 인천광역시, 부천시, 서울특별시와 접한다. 또한 남동에서 북서로 길게 돌출한 김포반도는 오랜 침식작용을 받아 낮아진 준평원과 한강 중상류 및 지류에서 운반된 토사가 매립되어 발달한 충적지가 합해져 전체적으로 낮고 평탄한 김포평야를 이룬다.

김포시 하성면 애기봉 비석

김포지역 기반암은 주로 시생대의 화강편마암과 중생대 대동계의 혈암 및 사암으로 되어 있다. 서부에 문수산(文殊山 : 376m)・장릉산(章陵山 : 150m)・수안산(遂安山 : 147m) 등의 낮은 산들이 소구릉군을 이루고 있으나, 전체적으로 준평원화되어 있다. 한강에 의한 토사의 운반・퇴적으로 이루어진 영등포에서 김포에 이르는 넓은 지역으로, 농경에 적합한 김포평야를 이룬다. 한국 최초의 벼 재배지인 농경문화의 근원지이다.

해안에 있어 내륙인 서울보다 온화한 기후를 나타내지만, 같은 위도의 동해안에 비하면 겨울에 북서풍의 영향으로 훨씬 춥다. 연평균 기온 11.7℃, 1월 평균 0.1℃, 8월 평균 25.3℃이며, 강수량은 연평균 1,319mm로 비교적 많다.

과거 김포지역의 예술이 그다지 발달하지 못한 것은 서울을 비롯한 주위 도시 문화권의 영향 때문이었다. 이러한 지리적 여건을 극복하고 도시 문화예술을 부분적으로 수용하면서 1970년대부터 다양한 분야에서 예술

활동을 시작하였다. 문화예술의 주축은 김포군청, 김포문화원과 함께 김포문화예술인연합동우회, 김포예술사진동우회, 김포문인협회 등의 단체가 큰 기여를 하였다. 그 중 미술 분야는 1980년대 이후 중등학교 미술교사협의회가 중추적 역할을 하였다. 문학 분야는 1991년 김포문인협회가 창립되면서 본격적인 활동을 시작하였다.

김포시 월곶면 통진향교

김포지역의 교육기관으로는 조선시대 인조 무자년(1648)에 우저서원이 생긴 이래 첫 번째 근대식 공립학교로는 광무 2년(1898) 김포소학교가 있고, 최초 사립학교로는 융희 2년(1908)에 생긴 금란학교가 있다. 중요 사적으로는 문수산성(월곶면 성동리), 장릉(김포읍 풍무리), 덕포진(대곶면 신안리)가 있고, 유형문화재로는 우저서원(김포읍 감정리), 조헌선생 유허추모비(김포읍 감정리), 문수사 풍담대사 부도 및 비(월곶면 성동리), 장만 선생 영정 및 공신록권(하성면 가금리)이 있다. 경기도 기념물로는 한재당(하성면 가금리), 고정리 지석묘(통진면 고정리), 갑곶나루 선착장 석축로(월곶면 성동리)가 있고 경기도 문화재로는 김포향교(김포읍 북변리), 김포향교(김포읍 북변리), 통진향교(월곶면 군하리) 등이 있다.

마지막으로 김포지역 종교는 불교, 천주교, 개신교 등이 있다. 먼저, 김포지역 사찰은 모두 15개로, 종파는 조계종 4개, 태고종 4개, 원효종 1개, 일승종 2개, 법화종 1개, 원융종 1개, 진용종 1개이다. 대표적 사찰은 월곶면 성동리의 문수사로 문수산성 안에 있다. 천주교회는 김포천주교회, 양곡천주교회, 통진천주교회 등 3개의 성당과 3개의 공소가 있다. 교회는 모두 100여 곳 정도가 있는데, 장로교회가 가장 우세하고 감리교회가 차순위이다.

서울경기지역 1팀의 책임조사원은 김헌선(경기대 국문과 교수)이고, 연구보조원은 최자운(경기대 국문과 박사), 김은희(고려대 국문과 박사수료), 시지은(경기대 국문과 박사과정), 변남섭(경기대 국문과 박사과정)이다. 1월 중순부터 조사를 시작하여 6월 중순에 메타 데이타 조사까지 마무리되었다. 조사는 보통 마을 노인회장을 섭외하여 마을회관에 찾아가서 조사하였으며 필요한 경우 재차 조사가 이루어지기도 하였다. 조사지역은 월곶면을 시작으로, 통진읍, 하성면, 대곶면, 양촌면, 고촌면, 김포시내의 순서로 이루어졌는데 아직까지 개발이 이루어지지 않은 월곶면과 하성면은 비교적 조사에 용이하였으나 통진읍, 양촌면, 하성면 일부지역은 공업화로 인해, 고촌면 및 김포시내는 도시화로 인해 조사가 거의 불가능하였다.

김포시에서의 구비문학 조사는 신도시 개발로 인해 전통적인 마을이 붕괴되면서 상당한 어려움에 봉착했다. 또한 개발이 이루어지지 않은 마을에서도 농사에 종사하는 인구가 급격히 감소하고, 인구의 많은 부분이 최근 10년 내외에 외부로부터 이주해 온 사람들이라는 점에서 토박이 김포 주민을 찾는 일도 쉽지 않았다. 그나마 비교적 전통적인 마을의 형태를 유지하고 있는 지역에서도 고스톱이나 TV 시청 등으로 인해 원천적으로 설화 및 민요 구연의 분위기 자체가 마련되지 않는 경우가 대부분이었다. 또 구비문학을 구연할 수 있는 연령층이 20여 년 전 구비문학대계 1차 사업 때와는 달리, 70대 이상이어야 가능하다는 점에서 제보자들의 근력이나, 기억력, 발음 등에서 심각한 문제가 뒤따를 수밖에 없었다.

김포지역 채록 설화들은 남녀에 따라 구연한 설화의 목록들이 차이가 나는데, 남성화자들이 대체적으로 인물 및 풍수관련 전설을 위주로 구연하고 있다면, 여성화자들은 '콩쥐 팥쥐', '해와 달이 된 오누이'류의 정통 민담을 주로 구연하고 있다. 이러한 특징은 다른 지역에서의 설화 구연에 있어서의 남녀별 차이와도 상통할 것으로 보인다. 또 남녀 화자들이 각기 '아기장수 전설', '빈대 절터'와 같은 전국에 광포하는 전설을 구연하고 있어서 이 지역 설화의 보편성이 다시 한번 확인된다.

한편, 남성 화자에 의해 김포 및 강화지역의 대표적인 지명전설이 '손돌 전설'이 여러 편 채록되고 있고, 또한 남성 구연자는 물론 여성 구연자들도 즐겨 구연했던 '천둥고개', '애기봉 전설', '용화사 유래' 등은 모두 대표적인 지역전설로 꼽을 수 있다. 특기할 만한 것으로는 여성화자에 의해서는 그동안 학계에서 활발하게 논의되지 못했던 '밥 많이 먹는 마누라'자료가 다수 채록되었다는 점이다. 이 설화는 그 내용상 신화와 민담의 중요한 경계성을 보여주는 좋은 자료로 학계의 주목을 요한다. 이외에도 '메추리의 꽁지가 없고 여우의 콧잔등이 빨갛게 된 이유', '가재 유래담'과 같이 동물의 기원과 관련한 흔치 않은 설화가 채록되기도 했다.

김포지역 여성 구연 민요의 경우, 동요는 '다리 세기 노래'(일득이 이득이, 이거리 저거리 각거리, 한알대 두알대), '자장가', '잠자리 잡는 노래', '헌 이 던지며 하는 노래', '이 빠진 아이 놀리는 소리', '별 헤는 노래', '바람아 불어라 대추야 떨어져라', '배 아픈 아이 배 쓸어주는 소리' 등이 채록되었고, 유희요는 '숫자풀이', '이노래', '강돌 강돌 강도령', '8·15 해방 노래' 등이었다. 기존 조사에서 이 지역 여성 구연 노동요의 조사 성과가 거의 없어, 길쌈 노래나 밭매는 노래 등의 노동요를 되도록 많이 채록하려 하였다. 그러나 대부분의 제보자들은 자신들이 젊었을 때 여성들이 일하면서 노래하는 것은 집안 분위기상 상상도 할 수 없는 일이었다고 하여 노동요는 거의 채록하지 못하였다.

반면, 남성 제보자들은 다양한 종류의 노동요를 구연하였다. 논농사의 순서에 따라 채록된 소리를 정리하면, '용두레질 소리', '소 모는 소리', '지게 동발소리(본조 아리랑)', '모찌는 소리', '모심는 소리(하나소리)', '논 매는 소리(박연폭포, 어랑 타령, 신고산 타령, 한강수 타령)' 등이었다. 이와 함께 '지경닫는 소리', '목도 소리' 등도 간략하나마 채록되었다. 위 소리들 중 '박연폭포' 등의 논 매는 소리는 원래 김포에서는 하지 않았으나 황해도에서 월남한 사람들이 일을 같이 하면서 자연스럽게 부르게 되었다고 하였다. 그리고 '용두레질 소리'는 인근의 강화에서 하는 소리와 가창방식 및 사설 등이 다르다는 점에서 자료적 의의가 있었다.

의식요로는 '상여 소리(나무아미타불 소리, 방아 타령, 어허 넘차소리)', '회닫이 소리(긴 방아 소리, 짧은 방아 소리, 새 날리는 소리)' 등이, 유희요로는 '박연 폭포', '천안삼거리', '창부 타령', '청춘가', '산염불', '곰새치기', '장 타령', '언문 뒷풀이', '어랑 타령' 등이 채록되었다. 이 지역 회닫이 소리로 불리는 긴 방아 소리, 짧은 방아 소리 등은 고양, 파주, 양주 등의 지역에서도 불리고 있어, 이 지역 회닫이 소리가 경기북부지역 회닫이 소리의 권역에 속하고 있음을 알 수 있었다.

1. 고촌면

증편 한국구비문학대계 · 경기도 김포시

조사마을

경기도 김포시 고촌면 풍곡4리(신동)

조사일시 : 2009.5.15
조 사 자 : 김헌선, 최자운, 김은희, 변남섭, 시지은

경기도 김포시 고촌면 풍곡4리(신동)

  풍곡4리 신동마을에는 2009년 현재 60세대 정도가 살고 있다. 신동마을은 자연마을 명칭이 섶골이라고 하는데 예전에 나무가 많았기 때문이다. 또한 고양시로 건너다니는 나루터가 있어 달리 섶골 나루터라고도 했다. 옛날에는 뱃길은 주요한 운송로여서 강화에서 한강 마포까지 많은 배가 다녔다. 이때 물때에 맞추지 못한 배들이 물때를 기다리며 섶골에서 쉬었다 갔는데 특히 새우젓배가 많았다고 한다. 이 때문에 예전에 수화적

(水火賊)이 많아서 관아가 있었고, 이에 따라 관청마을이라고 불렸다. 그 이후 경찰서가 이곳에 들어섰고, 그 관아가 김포경찰서로 바뀌었다.

동산에는 얼음창고, 즉 빙고(氷庫)가 있었다. 한강물이 얼면 얼음을 톱으로 잘라서 이 빙고에 묻어두었다가 이듬해 봄이 되면 마포로 가는 조깃배의 생선에 재워 신선도를 유지하는데 사용하였다. 또한 마포에 새우젓을 팔러가는 배가 많았는데, 이 새우젓을 담기 위한 독을 굽는 가마가 많았다고 한다. 반대로 마포에서 내려올 때 독과 얼음을 싣고 바다로 나가기도 하였다.

예전에 신동의 산꼭대기에 당집이 있었고, 군 부대 앞쪽에는 서낭당이 있었다. 이 서낭당에서 돼지를 잡아놓고 사흘씩 굿을 했다. 이렇게 치성을 드리고 당고사를 지내면 동네 사람들이 모두 잘 되었다고 한다. 당고사는 일 년에 한 번씩 동네사람들이 모여서 지냈는데, 이 때 특별한 금기는 없었다고 한다. 그러나 현재 강변에 해병 부대가 들어오면서 이러한 전통이 모두 없어졌다.

신동마을에서는 두레가 설 때 농상기를 가지고 다니며 두레 소리도 했으나, 현재는 일을 함께 했던 노인들이 모두 돌아가자 이 전통이 사라졌다. 현재 마을 농악대 총무의 아버지인 송병집이라는 분이 상쇠 노릇을 했는데, 이전에 종로 3가에 있는 국악기 상점에서 농악기를 사 가지고 와서 저녁마다 배워 낮에 일하러 나갈 때 치고 나갔다.

예전에 선소리꾼이 북을 치면서 소리를 메기면 나머지 일하는 사람들은 후렴만 받았다고 한다. 모내기철에 일손이 바쁘면 전라도에서 20~30명의 아주머니들과 이를 감독하는 남자 반장 1명이 모를 내고 갔다.

▌제보자

문태석, 남, 1926년생

주 소 지 : 경기도 김포시 고촌면 풍곡4리(신동)
제보일시 : 2009.5.15
조 사 자 : 김헌선, 최자운, 김은희, 변남섭, 시지은

문태석은 신동의 토박이로 남평 문씨 34
대손이라고 한다. 문태석은 마을의 당고사
에 관한 일이나 농악, 일할 때 하는 소리 등
에 대해서 많이 알고 있었다. 세월이 흘러
목은 거칠어졌지만 전반적으로 굵직하고 강
한 성음을 구사했다.

제공 자료 목록
02_06_FOS_20090515_BNS_MTS_0001 노 젓는 소리

노 젓는 소리

자료코드 : 02_06_FOS_20090515_BNS_MTS_0001
조사장소 : 경기도 김포시 고촌면 풍곡4리(신동) 8번지 풍곡4리 마을회관
조사일시 : 2009.5.15
조 사 자 : 김헌선, 최자운, 김은희, 변남섭, 시지은
제 보 자 : 문태석, 남, 84세
구연상황 : 뱃길이 발달된 곳이라 뱃노래가 있지 않느냐고 하니까 설명에 이어 소리를
들려주었다. 서서 혼자서 힘드니까 부르는 노래이며 '얼른 가자' 등 이것저것
주어대며 자기가 생각하는 대로 노래를 부르는 것이라고 하였다.
노를 저을 때는 두 사람이 하는데, 한 사람은 노를 젓고 다른 한 사람은 삿대
질을 하였다고 한다. 마포로 올라가는 길이나 내려오는 길은 모두 물때를 맞
추어 움직인다고 한다. 하루에 두 번 나갈 수 있었다고 한다. 마포까지 가면
물이 바닥을 보이기도 하는데, 그때는 삿대로 땅을 찌르며 밀고 가고 삿대질
도 어려우면 한 사람은 끌고 한 사람은 삿대질을 했다고 한다. 사리 때는 두
시간 사십 분 정도가 걸리고, 조금 때에는 다섯 시간 정도 걸리기 때문에 조
금 때에 가는 일이 드물었다고 한다. 마포에 짐을 모두 부리고 새벽에 물 빠
질 때 내려오는데 새벽에는 물길을 따라서 돛만 달고 가만히 키만 잡고 내려
온다고 한다.

어야디야 아 어 어
어야디야 아
어기어차 어-
에에
어야디야
어기어차 어 어이
힘두 들고-
바람두 내부는구나

어야디야 아
어기어차 어 어
어-
어야 디야 아
어기여차 아
어야 디야 에야 디야
어서 가자 빨리 가자
에야디여 어-
어야 디야 어야 디야
어-
점심참이 늦어간다
에야디야
배도 고프구
바람도 내불구
어야디야 어야디야
어기야-
어야디야
어야디야

2. 김포1동

▌조사마을

경기도 김포시 김포1동 감정동

조사일시 : 2009.6.12
조 사 자 : 김헌선, 최자운, 김은희, 변남섭, 시지은

경기도 김포시 김포1동 감정동 삼환아파트 단지

감정동은 서울과 인천, 강화를 연결하는 교통의 요충지로, 예로부터 농사와 상업이 고르게 발달하였다. 그러나 2000년대에 들어 신도시 개발에 따라 대규모 아파트 단지가 들어서면서 농가(農家)는 거의 다 사라졌다. 조사자들이 아파트 경로당을 중심으로 섭외하던 중 삼환아파트 경로당에 이야기꾼이 있다는 소식을 듣고, 찾아낸 인물이 감정동 삼환아파트 노인회장 신광우이다.

▌제보자

신광우, 남, 1943년생

주 소 지 : 경기도 김포시 김포1동 감정동 659번지 삼환아파트
제보일시 : 2009.6.12
조 사 자 : 김헌선, 최자운, 김은희, 변남섭, 시지은

　신광우는 김포 토박이가 아니고, 서울 영등포가 고향으로, 효로 부근에서 살았다. 김포시 감정동에 온 지는 13년 정도 되었고 현재 감정동 삼환아파트 노인회장을 맡고 있다. 서울에서 초등학교를 졸업한 뒤 집안 사정으로 인해 학업을 계속하지 못하고 공장 등을 다니며 돈을 벌어야만 했다. 일을 하면서 틈틈이 공부하여 속성 과정으로 중등 과정을 마쳤다. 이후에 독학으로 영어를 공부하여, 1960년대 당시 미군 부대에서 통역관으로 근무하였고, 마릴린 먼로가 한국을 방문했을 당시 그 현장에서 영어 통역을 한 체험이 있다고 했다.

　그 뒤에 강원도로 자대 배치를 받아, 처음에는 중대장에게 이야기를 들려주다가, 그 능력을 인정받아 연대장 연락병으로 근무지를 옮겨, 연대장에게 이야기를 구연하였다. 그때 이야기에 대한 많은 체험과 구연 능력을 배양하게 되었다. 군 제대 후 서울에서 버스회사를 두 개 운영했는데, 사원 교육시간 때 군대에서 체험한 이야기 경험을 바탕으로 보다 효과적인 교육을 할 수 있었다. 신광우는 스스로 자신의 별명이 '말을 만들어내는 공장'이라고 하였는데, 그 말에 부합할 만큼 설화 구연 실력이 뛰어났다. 신광우의 모든 이야기는 교훈을 주제로 하고, 특히 속담의 진리에 관한

이야기를 구성하는 탁월한 능력이 있다.

제공 자료 목록

02_06_FOT_20090612_CJU_SGW_0001 꿩 먹고 알 먹는다는 속담의 내력

02_06_FOT_20090612_CJU_SGW_0002 고려장이 없어지게 된 내력

02_06_FOT_20090612_CJU_SGW_0003 서낭당에 천을 걸고 돌을 던지며 침을 뱉게
된 내력

02_06_FOT_20090612_CJU_SGW_0004 메추리의 꽁지가 없고 여우의 콧잔등이 빨갛
게 된 이유

02_06_FOT_20090612_CJU_SGW_0005 봉이 김선달 일화 몇 가지

꿩 먹고 알 먹는다는 속담의 내력

자료코드 : 02_06_FOT_20090612_CJU_SGW_0001
조사장소 : 경기도 김포시 김포1동 감정동 659번지 삼환아파트 경로당
조사일시 : 2009.6.12
조 사 자 : 김헌선, 최자운, 김은희, 변남섭, 시지은
제 보 자 : 신광우, 남, 67세
구연상황 : 제보자는 조사자들에게 해줄 이야기를 메모지에 적어 와서 하나씩 이야기해
　　　　　주었다. 제보자는 먼저, 속담을 사람들이 많이 알고 있지만 그 속뜻은 제대로
　　　　　알지 못한다고 하면서, 자신이 생각한 속담의 뜻을 말하겠다고 하면서 아래
　　　　　이야기를 해 주었다.
줄 거 리 : 아흔 아홉 석을 가진 부자가 소작농의 재산을 빼앗기 위해 소작농에게 한 겨
　　　　　울에 딸기를 가져오면 쌀 열 석을 주겠다고 하였다. 고민을 하던 소작농은 아
　　　　　들에게 이 이야기를 했고 아들은 부자에게 가서 아버지가 독사에게 물려 딸
　　　　　기를 구하지 못하였다고 하여 위기를 모면하였다. 부자는 다시 소작농에게 돌
　　　　　배를 만들어 오라고 하였고, 아들은 돌배를 다 만들었으니 모래 밧줄을 만들
　　　　　어 배를 인수해 가라고 하여 역시 위기를 모면하였다. 자식이 없던 부자는 소
　　　　　작농 아들의 지혜를 높이 평가하여 소작농의 아들을 양자로 삼았다.

　아흔아홉 석 가진 님(놈)이 욕심이, 한 석 가진 사람 껄 착취하기 위해
서 수단과 방법을 가리지 않는다. 지금, 세상이 지금 세상도 그렇게 살아
가요.

　근데, 옛날에두 그랬어. 그래서 지주(地主)래는 건 많은, 구십 구석을 가
져. 근데, 1년 가서 머슴을 살아도 한 석 빽이 안 준다 이기야. 근데, 한
석을 안 주구 채우면 백 석이 되잖아. 요, 백 석을 채우기 위해서 고 한
석 가진 사람한테 그 전엔 뭐, 지주와 하면 뭐, 대감과 쌍놈하곤 저 아래
차이지.

그래서, 저 마당, 저 아래 어디 옆에나 가기나 해. 거기서 무릎 꿇구 어, 하명(下命)하시라 그러지. 그런데, 하루는 아주 친절허게 대청마루에다 상을 차려놓구 막걸리에다 술상을 권하고,

"아, 김서방, 이리 오게. 여기 와서 술 한 잔…"

어유, 그거 깜짝 놀래 가지구, 어디 감히 그 자리에 가서 같이 맞잔을 들겠어? 그러나, 거기에는 수가 있다 이거야.

그래 사기꾼이 보면 아주 뭐 별의 별 다, 수를 다 부려, 거기엔 수가 있다 이거야. 고 한 석을 안 주기 위한 수를 부리는데, 무슨 수를 부리냐면, 지끔은 뭐 흔해요. 겨울게도 딸기가 있구, 뭐, 게 없는 게 없어. 그러나 옛날에는 옛날 옛날 그 뭐 옛날에는, 전설에 어디 딸기래는 거는 겨울게는 더군다나, 없는 거야. 전현. 전세계적으로도 없었어, 그땐.

그래서 그때, 에, 4·19 났을 때도 이기붕네 냉장고에 수박이 있다 그래 가지구. 이건, 외국서 수입을 해다가, 수박을 넣어놨기 때매, 그게 아주 화제가 됐어. 장안에. 이야, 이기붕네 냉장고에. 아, 지금으로 수박이 겨울게. 그 정도루 어, 귀한 거란 말이지. 겨울게는.

그런데, 이제, 내기 하자는 게, 안 되는 내기를 해야 한 석을 뺏을 거 아냐. 그러니까, 딸기를 따와라 이기야. 3일 내로. 그러면 내가 한 석 주겠다는 사경(세경)을 열 석을 주겠다 이기야.

백 석을 준대면 무슨 소용이 있어? 안 되는 거지. 그, 집이 와서 아들한테 7살 밖이 안 먹었는데, 끙끙 앓고 있으니까 아들이,

"아버님, 진지도 안 잡숫고 어째 그렇게, 대감댁에 갔다 오시더니, 그렇게, 식음을 전폐하십니까?" 그러니까,

"너는 알 바 아니다. 너 나중에래두 이 아비 후회하지 마라(원망하지 마라를 잘못 말하였다.). 우리가 뭐, 일거리 없고, 땟거리 없어서 굶어 죽었어두, 이 애비 후회, 저 원망하진 마라. 어떻게 하냐? 없는 게 죄라."

이렇게 됐단 말이야. 그러니까 아들이, 마지막 3일 기한을 줬는데 마지

막엔 아, 우리가 어떻게 해서 내, 사경을 못 해왔던 건 아들한텐 알려야 되겠구나. 그래서, 아들한테 알려줘.

아유, 그러니, 아들이. 그것이 이제 지혜와 창의력이다 이기야. 그래, 대학원까지 댕기고 아무리 많이 배운 사람두 창의력이나 지혜성이 없이는, 그건 써먹지도 못하고 멍한 거야. 그래, 평생 저, 초등핵꼴 나와도 우리도 보면, 16명이 있어. 우리 노인회 저기, 우리 조직에 가보면. 근데 평교사가 있는가 하면은, 거기서 다 교장 해 먹은 사람들도 있구. 그러니까 창의력하고 지혜가 안 따라가는 거는 어쩔 수 없단 거야.

그래서, 이 아들이, 7살 먹은 놈이,

"아유, 지가 가서 따다 드리고 오면 되죠."

"아, 이눔아, 이 겨울게 어디가 두워, 죽을라구 그따구 소리하느냐." 이러니까,

"아, 걱정 말고 계시라고. 갔다 온다." 이기야. 아, 이게 저기 가서 무릎을 꿇고,

"대감님, 계십니까요." 하는겨. 그러니까,

"아니, 니 애비가 안 오구, 오늘 왜 니 눔이 왔느냐."

그러고 호통을 치거든.

"하이고, 지 애비는 산에 갔다 독사한테 물려 가지구 지금 뭐, 식음을 전폐한다는 게 아니라, 지금 생명이 왔다갔다 합니다."

"하, 저런 어린노무 새끼가 어디서 거짓말을 하느냐?" 이기야.

"아, 이놈아. 동지 섣달에 독사가 어딨어?" 그러니까,

요놈이 하는 얘기가, 거 뭐든 법이라는 게 그래요. 교통사고니 뭐니, 나중에 변호사 사고, 그랬지만, 뭐든 법이래는 게, 맥히면 지는 거야. 그걸 맥히지 않고 상대를 눕히면 이기는 거고, 뭐든, 운동이나 다 마찬가지야.

그러니까, 영감이 가만히 생각해보니까, 할 말이 없잖아.

"야, 임마, 가. 니 애비더러 오라 그래. 응? 이번 일은 없던 거다 해줄

테니까, 오라 그래."

그러니, 이놈이 이기고 갔단 말이야. 그러니까, 아부지한테,

"아유, 일어나서 진지 잡수세요."

"그래, 어떻게 됐냐?"

"아, 따다 드리고 왔죠."

"애, 이눔아. 거짓말 하지 마라." 하니까 자세히 이만 저만 이만 저만 해서 아 그랬더니, 대감이 아주 그냥, 꼼짝 못하게 해놨더니, 어, 가라 그래고 없던 걸로 해준다고 그랬다고, 그러니까 이겼잖아.

그러니까 도저히 이 눔이 착취는 해야 되겠는데, 안 되니까 또 다시 불러다가, 김서방, 또 후한 대접을 하구,

"내, 먼저 번엔 서로가 이기구 지구 따지지 말고 없는 걸로 하세." 아, 그러니까, 얼마나 좋아?

"아유, 그러십니까, 제 아들놈이 와서 뭐 잘못한 건 없습니까."

"아냐 아냐 아냐, 잘못한 거 하나도 없어."

거 무신 얘기를 해도, 아아아 아무 것도 아냐. 아, 망신스러워서 얘기할 수가 있어? 그러니까,

"내가 저 큰 저, 강을 건너서 큰 나라 볼일 보러 댕기는 거 잘 알잖나? 김서방." 이래.

"저 강을 건너니까 말라 썩어빠진 저 배, 저 재산은 많은데, 저 자식도 없는 님(놈)이 저 놈의 배 타고 가다가 풍덩 허면, 죽지 않나? 저 썩은 배가 언제 풍덩할지 아나." 그러니까,

"자네가 큰 돌루다가 속을 파면 되잖아. 배래는 거 뭐, 따로 있나. 그걸 파서 한 달 기한을 줄 테니까, 물에다가 띄우면 내 가서 보구, 자네에게 이제, 열 석 약속한 거 지키겠네."

그랬단 말이야.

아, 그러니까, 아 이거 또 어려운 일이 또 생겼잖아. 그러니까 아부지가

또, 한 달 쯤은 괜찮다가, 나중에 가서, 마지막에 가서는, 할 수 없이 아들한테, 이 얘기를 한 거야.

"그럼 가서 배 맨들어 주고 오면 되지. 아버지, 뭘 걱정을 하시느냐?"

이기야, 그러니 아들님이 가서, 또 그러니까,

"네 이노무 새끼야, 니가 또 왔느냐." 이기야.

"아이고, 오늘 또 바람이 유난히 많이 부네요."

"그렇다. 바람 많이 분다. 그런데 배는 어떻게 됐느냐?"

"하이고, 아버님이 배를 맨들어 가지고, 그거 맨드느냐고 밤낮 온 식구가 고생 말도 못하게 했십니다. 맨드는데 바람은 불죠. 배를 매서 띄우래는 얘기를 했는데, 줄이 없잖아요? 그러니까, 대감님께서 모래루다가 거, 돌배는 모래루다가, 뱃줄을 만들어야, 어, 아주 실하답니다. 그래, 아버님이, 꼭 대감님한테서 모래루다가 뱃줄을 맨들어서 빨리 가져오셔 가지구, 배를 인계받으라고 하십니다. 그렇지 않으면 떠내려갑니다." 이기야.

"하, 저 녀석이 어디, 모래루다 뱃줄을 맨들라 그러느냐." 이기야. 그러니까,

"돌루다가 배 맨드는 거 보셨습니까?" 그러니까, 아가리 딱 벌리고, 입을 딱 벌리더니,

"가! 임마. 니 아버지 오라 그래."

"어떻게 됐냐?"

"아이, 뭐 다 까짓 거 대감님 해주구 왔죠." 그랬더니,

"아유, 이제 큰일 났다. 이제 일거리도 땡기고, 뜯기고, 너 때매 우리 집안 이제 끝장났다. 마지막 가서 그저 사정이래두 헐 걸, 니가 인제 아주 끝장났어. 이눔아."

그러니까, 대감이 떡, 김서방 또 오라 이기야.

'아이고 인젠 가면 저 일거리 없으니까 내쫓기는가(내쫓기는가) 보다, 이제 해고 당하는가 보다.'

하고 갔더니, 아주 푸짐하게 그냥 상을 차려놓고 아주 그냥, 옷두, 애 옷두 그냥 아주, 명지(명주) 바지저고리로다가 아주 양반들이 입는, 옷을 한 벌 해 놓구, 김서방 옷두 아주 한 벌 해놓고,

"이 사람아, 자네하고 나하고 인저, 어, 의형제를 맺세. 그 대신 알다시피 난 재산은 많은데 두 앵감 노친 후계가 없잖아, 그러니까 요눔을 내 양자로…"

아, 그건 뭐, 금방 쌍눔이 양반 되. 그러니까, 알 먹었지? 고 다음에, 그 재산이 몽탁, 한 석을 더 늘굴라 그러던(늘리려던) 재산이 몽땅 누구한테 루 가? 이놈 양자한테 가는 거 아냐?

그래서 그 속담이 꿩 먹구 알 먹구.

고려장이 없어지게 된 내력

자료코드 : 02_06_FOT_20090612_CJU_SGW_0002
조사장소 : 경기도 김포시 김포1동 감정동 659번지 삼환아파트 경로당
조사일시 : 2009.6.12
조 사 자 : 김헌선, 최자운, 김은희, 변남섭, 시지은
제 보 자 : 신광우, 남, 67세
구연상황 : 제보자는 자신이 나이가 많은데도 아직까지 여러 사회활동을 할 수 있게 된 것은, 옛날에 어느 젊은 신하의 어머니 때문에 고려장 풍습이 없어졌기 때문 이라고 하면서, 고려장이 없어지게 된 내력에 대해 이야기를 해 주었다.
줄 거 리 : 옛날에 중국에서 우리나라에 뱀 두 마리를 보내서 어떤 것이 어미이고 새끼 인지 알아내라고 하였다. 만약 알아맞히지 못하면, 세자 책봉에 찬성할 수 없 다고 으름장을 놓았다. 온 나라의 사람들이 그 문제를 해결하지 못하였는데 고려장을 피해 산 속에서 숨어 지내던 젊은 관리의 어머니가 그 문제의 답을 아들에게 가르쳐 주었다.
그러자 이번에는 중국에서 나무토막을 하나 보내 어느 쪽이 아래쪽인지 알아 맞히라고 하였다. 이 문제 역시 아무도 해결하지 못하였는데 관리의 어머니가 역시 답을 가르쳐 주어 위기에서 벗어날 수 있었다. 왕이 모든 문제를 해결한

젊은 관리에게 어떤 소원이라도 말해보라고 하였더니, 젊은 관리는 지금까지
자신의 숨겨둔 어머니가 답을 말해준 것이라 하면서 고려장을 없애달라고 하
였다. 임금은 그 부탁을 받아들여 그 뒤부터 고려장을 하지 않게 되었다.

내가 그러지 않았으면, 옛날 같았으면 지금 죽었지.

육십이면 고려장을 시켰다고 그러잖아. 그 얘기는 많이 들었는데, 고려
장이 왜 지금까지 그것이 안 와 가지고 지금, 앞으로는 이제 일 점 사 대
일(1.4 : 1)루다가 노인을 하나씩 업고 댕겨야 될 판에, 이 옛날같이 고려
장이 있었으면 육십 되면 다 갖다 고려장을 시켜버렸으면, 지금 젊은 사
람만 살 건데. 이제 늙은이가 더 많아지니까, 그래서 이제 고려장.

내가 인저 살구 있으면서두, 참, 그 한 젊은 신하 때매, 한 그 고려장
된 그 어머니의 한 지혜로 인해서, 내가 고려장을 면하고 지금까지 사는
구나.

그래서, 고것을 함 분석을 해보고, 고것이 이제, 어 자기가 인제, 그 전
에 인제 어떤 게 있었나 하면, 우리나라도 쪼그만 나라지만, 하두 일본도
만만히 못보고, 고려고 뭐고, 중국두 그나마, 그 천하에 와서 그냥 눈깔이
다 빠져 가지고, 가서 죽고, 뭐 이리 만만치 않은데, 이제 대국(大國)으로
하였어도, 저놈의 때가, 어떤 놈이 있나 하고, 고 지혜, 전쟁도 순전히 머
리 아냐.

그러니까, 고걸 알고자 이제, 구랭이를, 3년 묵은 어미하구 새끼를 구랭
이를, 뒤쪽(궤짝)에 두 개를 갔다가 딱 뉘(넣어) 가지고, 어떤 게 애미냐?
새끼냐? 가려내라. 그거 가려낼 사람 있어? 똑같은데 뱀이.

뱀은 사람하고 달라요. 똑같애요. 그거 알아낼 사람은 세상에서 없는
거야. 이것은 중국에서 두 기술자가 가져와 가지구, 한, 저 조선 에, 임금
한테 보냈다 이기야.

어떤 님이, 암님인지, 어떤 놈이 새끼인지, 어미인지 요것을 구분해서
보내면, 너희 나라에 이번 세자 착봉(책봉)에 귀히 찬성했다 이기야. 그렇

지 않으면, 용납 못한다 이기야.

아, 이거 대국이니, 저거 맘대로 하는 놈들 아냐. 에, 그러니 에 나라에서 뭐 신하들이 죽 밤낮, 뭐 안 됩니다, 아뢰요, 황공합니다, 이 말만.

그 인제 젊은 신하들과 있고, 그런데, 아는 사람이 없는 기야. 그래, 임금은 뭐, 식음을 전폐하고 이것 참, 우리나라 운명이 달린 거다 이기야. 이것 좀 알아오는 사람한텐 큰 벼슬을 줄 터인데 좀 알아봐라 이기야. 거, 뒤다 봐야 또 같은 놈 뱀인데, 저놈을 어떻게 애미 새끼를 구분을 하느냐 이기야.

근데, 한 젊은 신하가 자기 어머니를 얼마나 효잔지, 몰래 깊은 산중에다 갔다가, 고려장을 했는데, 밥 먹을 구녕, 숨 구녕을 주구, 원은 한 번 고려장을 시켜노면 먹는 음식을, 부잣집은 한 달치를 주고, 없는 사람은 하루도 못 주는 거지. 자기도 뭐 때를 못 끓이는데.

그러면 하루 만에 죽는 거구, 그 담에 뭐 자기가 살기 위해서 뭐 손톱이 다 하도록 나가 볼라구, 나가지도 못하는 걸, 나가 볼라구. 그래. 사형수들 잡을라 그러면 고 안에서 나오라 그러면 사형수들 같으면, 고 안에서 삥삥 돈다는, 고 숨을라고. 거 숨어져? 그거와 마찬가지로 사람도 막상 그렇게 갖다 가둬두면, 그래 가지구, 있는 사람은 그래도, 어 한 달 먹을 거라도 갖다 주는데, 없는 사람은 못 갖다주지.

그런데, 한 신하가 자기 어머니한테, 그래, 말하자면, 옛날에 그, 국법(國法)이라면 뭐, 임금법 아냐. 그건 누구두, 감히 아버지구 자식두, 그건 거절 못하는 건 잘 알잖아. 역사로?

그런데, 그 젊은 신하는 가 가지구, 자기 어머니를 몰래 밤중에 가서, 숲에다가 숨겨놓고, 그러니, 국법을 어긴 거지. 그건 뭐, 사형감이지.

그 나라 임금이 정한 국법인데, 어디라고 그걸 어겨? 그래서, 하도 답답하니까, 아이 글쎄, 목소리가, 어머니, 그래서, 그래도 어머니는 자식 걱정.

"너는 뭐 몸은 괜찮으냐, 애들 잘 있느냐."

아니, 그 안에 있는 자기 걱정을 해야지, 배깥(바깥)에 있는 사람을, 그래도 배깥에 있는 보통 자식 걱정을 한다는 이기야. 그래

"어머니는 간밤에 별일 없으셨느냐?" 그래 매일 갇혔어요. 그랬더니,

"왜 그렇게 니 목소리가 근심어린 목소리냐?" 그러니까,

"다름이 아니라, 아, 청국에서, 대국에서, 이러이러한 문제가 나왔는데 온 지금 신하들이 지금 말이 아닙니다."

"그래서? 그걸 하나 못 맞춘단 말이냐? 나라의 국록을 먹는…"

"아니, 그럼, 그걸 어떻게 압니까? 아, 똑같은데."

"얘, 이 눔아, 그것도 하나 모르면서 어떻게 나라의 국록을 먹는 신하라고 말할 수 있겠는가?" 그래서, 어머니는 호통을 치더래요.

"그럼 어머니는 아냐?"

"아, 그걸 모르는 사람이 어딨느냐?" 궁(宮) 안에 있는 신하는 다 모르는데, 온 나라가 방을 써 붙여도 아는 사람이 없는데, 오히려 고려장 시킨 그 어머니는 안다 이기야.

"그래, 뭡니까?" 그랬더니,

"요 뱀을 일주일만 굶겨라 이기야. 똑같이. 굶기구 계란을, 겨란(계란)은 뱀이 잘 먹으니까, 계란 두 개만 갖다가, 이렇게 에 두 놈이 있는 데다가, 겨란 두 개를 갖다가 이렇게 놔라, 이거야. 하나씩 놔 줘라."

이거야 주둥아리 앞에. 그럼 뭐 일주일 굶었으니까, 허겁지겁, 쎈 놈이 두 개 다 먹겠지? 그런데 한 놈이 주둥아리루다가 밀어 가지구 한 놈한테 두 갤 다 양보를 하더라 이기야. 바로 미뤄준 놈은 어미고, 새끼는 두 갤 먹는 거야 이기야. 같이 굶는데, 너를 굶기구 밥 한 숟갈 있는데, 반 숟갈씩 내가 먹겠냐. 너를 맥이구(먹이고) 나는 굶지.

이것이 부모와 자식. 동물은 더해. 그러니까 고 놈이 어미고, 고 놈이 새끼야. 고 아니냐? 아, 와서 이제 고렇게 해서 보내니까, 중국에서 깜짝 놀랜 거야. 온 나라가 시끄러운 거야. 아이구, 저 정도로 가지니 군사, 손

자병법두 저리 가라 이기야. 고걸 알아 맞춘다는 게.

그래서, 고 담에 다시 또 내려보낸 게, 나무토막을 똑같이 잘라 가지구 똑같이. 아주. 그래 그거 가지고, 이 신하가, 또, 가서 어머니한테 아, 이거는 이러이러한데,

"아, 이놈아, 속담에 먹은 놈이 물 켠다 그러잖느냐." 이기야.

"반드시 나무는 밑에서부터 모든 영양분이 올라가기 때매, 밑둥이 무거운 거야. 위는 가볍고. 물에다 담궈 보면 아무리 똑같이 했더래도, 보면은 반드시 한 군데가 저렇게 치우칠 거다 이기야. 그러면 거기가 하(下)고, 위는 상(上)이야."

고렇게만 써서 딱 붙여서 보내면. 그래서, 중국에서 그걸 보구선, 그 담에 임금을 초청해 가지고, 앞으로는 모든 세자든, 뭐든 간에 쾌히 승낙하노라 했다고.

이래 가지고, 나라에서 아주 경사를 해서 온 국민들한테 배급을 다 줬대요. 그래서, 이 임금이 신하한테

"니가, 큰 벼슬을 주겠다고 약속을 했으니, 니가 원하는 게 뭐냐?" 그러니까,

"저는 벼슬두 싫구, 재산두 싫고, 저, 저를 죽여 주십시오." 이기야.

"아니, 상을 줄라 그랬더니, 죽여 달라니 무슨 말이냐?" 그러니까,

"저는 국법을 어긴, 부모한테는 효자일지 모르지만, 나라한테는 국법을 어긴 죄인이니까, 저의 목을 쳐 주십시오." 이기야. 그래서,

"그럼 말을 해 봐라. 목을 치던 뭘 하던." 그러니까,

"사실은 지 어머니를, 국법을 어기고 이래서 했는데, 쓸모없다 그러는, 밥만 축내는 어려운데, 밥만 축낸다 그래 가지고, 고려장시킨 우리 어머니가, 지혜에서 그런 게 나온 거지. 그 어머니가 뱀을 본 것도 아니고, 나무를 본 것도 아닙니다." 이기야. 근데,

"그 지혜로서 상식으로, 고것이 지혜와 상식이다." 이기야.

"그래서 그걸 일러준 대루, 저는 전했을 뿐입니다. 하기는 우리 어머니가 다 맞춘 겁니다." 그래서,

"그러냐."고,

"그럼 당장 부모를 모시고 사는 것이 니 소원이지? 딴 건 없어?" 그러니까,

"고려장만 없애 주시면 저는 뭐, 죽두룩 충성을 다하겠습니다."

그래서 즉시 아직 안 죽은 사람은 아니야. 그리고 앞으루, 그래서 나도 지금 팔십까지 육십에 죽었을 건데, 그것이 없어지는 바람에 지금까지 살아 있다.

서낭당에 천을 걸고 돌을 던지며 침을 뱉게 된 내력

자료코드 : 02_06_FOT_20090612_CJU_SGW_0003
조사장소 : 경기도 김포시 김포1동 감정동 659번지 삼환아파트 경로당
조사일시 : 2009.6.12
조 사 자 : 김헌선, 최자운, 시지은, 김은희, 변남섭
제 보 자 : 신광우, 남, 67세

구연상황 : 메모지에 이야기 목록을 적어와, 이야기를 하던 제보자는 예전에는 어떤 마을이든지 입구에 서낭당이 있었는데, 보통의 신(神)에게는 정성을 들여 빌지만 서낭당에는 돌을 던지고 침을 뱉는다고 하였다. 그 내력에 대해 자신이 생각해 본 것을 이야기하겠다면서 아래 이야기를 해 주었다.

줄 거 리 : 어느 가난한 선비가 매일 공부만 하고, 집안일에 대해서는 신경을 쓰지 않았다. 그의 아내는 그런 남편에게 싫증을 느끼고 젊은 머슴과 도망을 쳤다. 그 뒤 남편이 장원급제하여 금의환향할 때 그 아내는 남편이 혹시 자신을 거둬 줄 줄 알고 남편 일행의 길을 막았다. 남편은 아내에게 물을 떠오라고 하고는 그 물을 다시 땅에 부으라고 하고는 다시 또 담아 보라고 했다. 그 상황과 같이 우리의 사이는 이미 엎질러진 물이라고 남편이 말했다. 아내는 고개 위에서 떠나가는 남편의 행렬을 조금이라도 더 보려고 하다가 그 자리에서 죽고 말았다. 사람들은 아내가 죽은 자리에 남편을 조금 더 보라는 의미로 돌을 던

지고, 엎질러진 물을 채우라는 의미로 침을 뱉으며, 혹시 남편을 만나러 갈 때 좋은 옷을 입고 가라는 의미로 여러 가지 색깔의 천을 걸어두게 되었다.

서낭댕(서낭당)이라고 하면, 동네 어귀에, 아는지 몰라, 서낭댕이.

동네 어귀에 뭐 파란 거, 빨간 거, 이런 거 천 걸어놓구 돌을 떤져주고 침을 밭고(뱉고). 근데, 모든 신(神)이 다 성수(聖水)를 떠 놓구, 목욕재계하고, 정성을 들이고, 절을 하고 그러는 것이 신에 대한 도리 아냐.

그런데 왜 서낭댕이만은 침을 뱉어? 그러면 침을 뱉는 것은 아주 불길한 일 아니야. 그러니까, 그 자체가 아주 그 신을 나쁘다구 생각하는 것밖에 안 되잖아. 그 다음에 이제 돌을 떤지면 돌루 때려 죽인다는 것 밲엔 안 되잖아. 근데, 그것이 어느 핵교(학교)에서두 그걸 뭐 '서낭댕이다' 하고, 선생도 얘기를 못해 가지고 제각기 뭐 풀어봤다는 얘기가 별 얘기도, 내가 다 들어봤는데, 그 얘기는 내가 봤을 땐, 난 그렇게 안 풀고.

한 가난한 선비가 살림을 나 가지구 했는데, 서로 양반끼리 결혼을 했는데, 부인이 땟거리도 없구, 이 사람은 과거에 급제돼야만 세상을 살아가니까, 지끔이, 뭐 대학교 나올려고 애쓰는 거랑 똑같지 뭐.

그래야 직장을 구해니까. 그래서, 비가 오면 삿갓을 쓰구, 그 뭐 땟거리가 있어야지. 그럼, 여자는 풀이나, 나물이나 뜯어다가 뭐, 하다못해, 뭐 멕일 게 있어야지. 그래 가지고 하니 얼마나 비참하겠어. 양반이 뭐냐 이기야. 양반은 아무리 추워도 됏불(곁불)을, 불을 안 쪼인다고 하잖아. 그러니까, 양반은 양반대로, 그래서 양반은 아주 허약하고, 그래서 임금이 오래 못 살고 일찍 죽잖아. 고렇게 잘 먹어두. 허약하구.

그런데 이 머슴들은 삼베 이거, 여름에 반바지 입고, 그냥, 웃통 내 둘르고 일하니까 아, 옆에 가만히 머슴 보니까, 그냥 뭐, 싸 이래가지구, 땀을 삐질 흘리고 밥을 이렇게 해 가지구 그냥 된장찌개에다가, 밥을 먹는 걸 보니까, 양반이 밥 넘어갈 때마다 옆에 여자는 침만 꿀꺽꿀꺽 샘키고,

'아휴, 차라리, 상놈으로 태어나서 저런 사람 아내가 됐더라면…' 밥 걱정 않고서는 저놈, 싱싱하니까, 항상 즐거운 시간 가질 꺼고, 이거는 뭐, 밥도 못 먹고, 그냥 공부뺴엔 모르니까, 신랑인지, 뭐 시집을 온 건지 아무거시기 없는 기야.

그래서, 인제, 하루 이틀 아니고, 그러다 여자가 야, 이래서는 안 되지만, 머슴하고 도망을 갔어요. 도망을 가니까, 그러면 뭐 아무데 가도 머슴만 하면 뭐, 일하구 허면 먹을 건 나오구, 그리고 뭐 아주 싱싱하니까, 또 신랑감은 충분하구, 이래서 가서 하는데, 그래서, 사람이 모든 것은 출세라 하면, 그래서 이 사람은 그래두 마누라가 그렇게 갔는데도 불구하고, 열심히 공부해서 장원급제가 됐어.

장원급제가 되면 반드시 소원을 물어봐요. 그러면, 처음에 하는 건, 여기로 말하면 감사를 시키듯이, 그때는 암행어사. 암행어사라 그러면, 대개 출세하면 자기 고향에 가고 싶은 것이, 더구나, 자기 고향에서 고생했고, 고향에서 이제 이렇게 됐고, 뭐 노무현이 붕어바우(부엉이바위) 위에서 공부했다는 식으로, 그게 나오듯이 고렇게 되는 거야.

그러다 보니까 나중에 배부가 불러 놓으면 생각이 다르지. '야, 암행어사의 사모님이면, 영부인이 되는 건데.' 야, 그 행렬도, 나팔 불구 뭐, 경장하지(굉장하지). '야, 내가 그 가마 타고 갈 사람이, 이 머슴, 이거하고 무식한 놈하고 앉아서, 이거 지금. 야…' 하고 후회하고, '그래두 가 보자. 용서하면 하는 거고 안 하면 안 하는 거고.' 그래서, 행렬 앞에 떡 가서 무릎을 꿇구 고개를 수그리니까,

"거 누군데 행렬을 막는고." 해서 고개를 들으라고 하니까, 자길 버리고 도망간 자기 아내다 이기야. 그래 가지고 지금 사람 같으면,

"저 쌍년, 저 쳐 죽이라."구 시킬 꺼야. 근데, 이 사람은 배운 지식인이니까,

"거기서 엎드려 있으면 어떡허느냐. 가서 물을 떠 와다가, 물을 가서

한 동이 떠와라.”

이기야. 그러니까, 이제, ‘아이구, 그렇지. 목 마른데 물이라도 한 동이 떠 와다가 대접하지. 이젠 용서를 받는구나.’ 그래서 물러나서 얼른 동이를 이어서 물을 한 동이 떠오니까,

“마른 잔디에다 쏟으라.” 이기야. 그래서 쏟으니까, 없어지지?

“담아라.” 이기야. 그러니까, 워낙 배운 지식인이라서, 한 마디 하는 얘기가,

“당신과 나 사이는 엎지러진 물이다.” 속담이 있잖아.

엎지러진 물이라는 거야. 그걸 쏟고서 다시 담을라니까, 그것이, 바로 그, 남편 암행어사가 한 얘기다 이기야. 그럼, 당신과 나 사이는 엎지러진 물이다 이거야. 그래서 속담이 인제, 그래서 엎지러진 물이다 이거야. 그래 가지구

“행렬을 계속하라.”

그래 행렬은 계속하니까, 이 여자는 그 뒷모습. 그래서 고개, 대개 고개 위에 있어요. 그래서 고갤 이렇게 내려가는데 동네가 있고, 서낭댕이 바로 고 입구에 있어.

그래서 고 나무에 이렇게 붙들어 가지고 그냥 조금이래두 더 볼라고, 이러다가 결국 거기서 죽었다 이거야. 그 후에 죽은, 그 혼(魂)을 위로해는 건, 혼을 위로해는 건, 뭐겠어?

돌을 떤져 주는 것은 세 개를 떤져 준다고. 올라서라 이기야. 그럼 좀 더 볼 수 있지 않으냐 이기야. 그래서 돌을 세 개를 떤져 줘. 그 다음엔 또 춤(침)을 뱉어주는 거야. 아무리 배우고 지식 있는 남편이라 할지라도, 만약에 한 동이 물이 찼으면 용서받을 수도 있을지 몰라. 어떤 말이 나왔겠느냐 이기야. 그게 궁금하다 이기야.

그러니까, 침을 뱉어 주는 기야. 세 번을. 그 다음엔 천을 갖다, 청실이 숱하게 걸어 두는 건, 만일에 낭군이 용서하구 다시 오라고 불렀을 때 그

남루한 옷 가지구 어떻게, 그 지체 높은 암행어사의 면회를 하러 갈 수 있겠느냐, 옷을 갈아 입구 가라.

메추리의 꽁지가 없고 여우의 콧잔등이 빨갛게 된 이유

자료코드 : 02_06_FOT_20090612_CJU_SGW_0004
조사장소 : 경기도 김포시 김포1동 감정동 659번지 삼환아파트 경로당
조사일시 : 2009.6.12
조 사 자 : 김헌선, 최자운, 김은희, 변남섭, 시지은
제 보 자 : 신광우, 남, 67세
구연상황 : 자신이 예전에 버스회사 사장으로 일할 당시, 사원 교육을 할 때 종종 했던 이야기라고 하면서 아래 이야기를 해 주었다. 자신이 알고 있는 이야기들 중 제일 재미있는 이야기라고 하였다.
줄 거 리 : 새끼 메추리 한 마리가 밖에서 졸다가 여우에게 잡혀서 죽을 위기에 처하자, 자신의 가족을 모두 잡아먹으라고 여우를 속여 위기에서 벗어났다. 이후에 다시 여우에게 잡힌 새끼 메추리는 옹기장수 둘이 서로 싸우게 만든 뒤 여우로부터 달아났다. 또 졸다가 여우에게 잡힌 새끼 메추리는 여우에게 아찔한 맛을 보여주겠다고 속인 뒤 도리깨질을 하는 사람들로 하여금 여우의 콧잔등을 두들겨 패게 만들고는 역시 달아났다. 그때 맞은 상처 때문에 여우의 콧잔등이 빨갛게 되었다. 그 뒤에 여우가 새끼 메추리의 꽁지를 물었기 때문에 그때부터 꽁지가 없게 되었다.

한 메추리가 그래서, 사람인지, 그것도 사람하고 동물하고 모두가 연관이 돼있고.

그래서, 이제 메추리가 다섯 마리의 새끼를 낳았는데, 그 중에서 지금, 오형제래두, 한나(하나)가 가출해 가지고 속 썩이는 거. 가서, 성매매를 하질 않나, 밸 짓 다하잖아. 아, 이 하나가 하나 말썽꾸러기가 항상 있게 마련이야.

그러니까, 이게 꼬박꼬박 조는데, 아, 시장기 많은 여우가 뭐, 사냥거리가

없나 하고 아, 쥐 잡아먹는 것보담, 그 메추리는 아주 살이 통통 쪘어요

병아리 새끼만한 게. 있으니까, 이제 이놈을 딱 물었다 이거야. 그럴 때는 이제 구사일생(九死一生)이라고 그런다고. 또 자꾸 속담이 여기 착안을 하네. 구사일생, 이제 죽을 거 아니야? 입에 물렸으니, 거기서 살아 나온다는 건, 그래서, 아홉 번, 구사일생이다. 아홉 번 죽을 뻔해서 단 한 번이래두 살 수 있는 기회를 만드는 것은 본인이 만들어야지, 누가 맨들어 주는 것은 없다 이기야.

그러니까, 메추리가 하는 얘기가,

"아저씨"

"왜?"

"나, 왜 물어?" 하니,

"배고프니까. 잡아먹으라고 물지. 그것도 몰라? 가만 있어. 먹어치우게."

"아저씨, 배는 이렇게 큰데, 나 이거 하나 먹어 가지고 배 안 차잖아."

그게 이제 욕심 많은 여우라고 그러지. 여기서 속담이 또 들어가지? 욕심 많은 여우.

"우리 집이 가면, 우리 오형제지. 어머니 있지, 아버지 있지. 그거 다 잡아먹었으면 일곱 마리 다 잡아먹으면, 아저씨 오늘 뭐, 사냥 안 해두, 배부를 텐데 나 하나 먹고 말거요?" 하니까,

그 욕심 많은 여우가,

"그래? 그럼, 너 약속 지킬 꺼야?"

"아이, 꼭 지킨다구. 나는 약속으로 사는 사람이라구."

그래서, 이제 갔다 이거야. 그래서 나무 구녕(구멍)을, 썩은 나무 구녕에, 여우는 못 들어가구 메추리는 들어간다 이거야. 그 안에 들어가니까, 집안 식구들이 뭐 형제 너(넷)이에다가, 부모에다가, 여섯이 그냥, 와글와글 와글와글 하거든.

"이눔아! 어딜 돌아댕겨? 여우한테 물려 죽을라구." 그러니까,

"지금 와 있는데."

아이, 그거 뭐, 구경 좀 하고 왔다구. 아이고, 알러간 사람이 떠들다 보니까, 여우가 이때나 저때나 해도 안에서 떠들기만 하지 나오질 않거든. 그래서 이제 그날 해가 너울져서 컴컴하니까, 집에 들어와서,

'요놈의 새끼. 그냥 어, 그냥 그거 어디에서, 굶었잖아? 내일 한 번 걸리기만 해봐라.' 하구, 나가서 잔뜩 별르고 있는데, 제 버릇 개 주느냐고 그러지? 또 인저, 속담이 또 나오지? 그놈 한 번 혼났으면, 저 정신을 차려야 돼.

그래서, 제 버릇 개 주냐. 또, 가서 또 졸았다 이기야. 또 조니까, 여우가 또 물었어.

"너, 어제 왜 거짓말하고, 요놈 새끼야. 약속을 안 지켜? 나 어제 저녁 굶었잖아. 인전(이제) 용서 없어." 그러니까,

"혜, 아저씨, 내 마음을 고로케도 모를까. 남의 심정 모른다고 그러지. 또 남의 심정 몰라. 남의 심정 모르구, 아저씨 어제 우리 집이 식구들 잡아먹었으면 아저씨도 지금 죽었어."

"뭐? 왜?"

"갔더니, 급성 옘병(염병)들을 해서 식구들이. 그래서 앓는 소리가 그냥 와글와글하니까, 아 하나하나 내가 내보내면 잡아먹으라고 그랬는데, 아퍼 가지구 나갈 기운들도 없어 가지고 드러누워서 전부 다 왕왕대는데, 내 만일에 나왔으면, 아저씨 급성 옘병으로 걸려 가지고, 아저씨네 식구도 다 죽었지."

"아이구야, 다행이로구나. 그래서 참 그런데, 이제 뭐 볼 것도 없으니까, 오늘 그냥 먹어두 되겠구나. 이제 니 얘기 다 들었으니." 그러니까,

"그게 아니야. 아저씨, 내 오늘 인제, 아저씨 약속을 지킬테니까, 앞에 봐. 저 떠꺼머리 총각 둘이 옹기를 지고 가잖아?"

저 옹기장사들이라는 게 남의 거에 돈이 없으니까, 옹기점에 가서 외상

으로, 파는 건 오늘 두 개, 추가로 두 개 팔았으면 추가로 두 개 값만 주고 더 갖다가, 그때 그때 외상으로 갖다가 팔아 가지구, 그렇게 참 보리쌀이라두 한 됫박 사다가 먹고 사는 것이 옹기장사의 운명이다, 이기야. 또 생활이고. 그런데, 옹기장사 둘이 가는데,

"저것들이 밤낮 우리 동물들을 괴롭히잖아."

"그렇지! 저것들만, 인간들만 보기만 하면 이가 갈리지."

"그래?" 그러니까,

"내가 저거 아주 그냥, 재밌는 쑈 구경을 하는 거야. 아, 하춘화쑈는 저리 가라야. 더 좋은 거 있어." 아, 그러냐고, 그래 요놈이,

"이제, 저게, 서로 옷이 홀딱 뱃겨지고(벗겨지고), 입에서, 귀에서, 코에서 막 피가 나고, 그냥, 저 옹기가 다 깨지구 난리가 났대면 어떻겠어?"

"아이구, 그렇다면야, 말할 것도 없고, 그렇다면 너 안 잡아 먹어. 내가. 그것만 보여 준대면." 그러니까,

이놈이 가서 앞에 가는 옹기 위에 가 가지고 딱 가서, 눈을 요렇게 뜨고서는 [조는 척을 하면서] 요렇게 졸고 있으니까, 아니 살이라고 해도, 털도 얼마 없어요. 꽁지도 없고. 요 통통한 님(놈)이 있으니까, 아 꽁지가 있었어.

그때, 그래서 이렇게 있는데. 앞에 가는, 뒤에 가는 놈은 대개가 뒤 생각을 안 해요. 밑에 옹기 깨진대는 생각은 안하고, '저 놈 잡으면 참, 고기 맛 한 번 보겠네. 우리 집이 가지고 가서.' 그러니까, 고 놈을 내려치니까, 요 놈은 날라가고 밑에 깨지는 건 옹기가 깨져버린 거야. 그러니까, 앞에 가는 놈은 장사꾼이니까, 질투가 말도 못합니다.

"야! 내꺼 깨뜨리고, 네 것만 갖다가, 우리 단골 다 니가 팔라고?"

그래서, 돌아서면서 사정없이, 서로 그래서, 이 놈은 이 눔, 저 놈, 서로 옹기 다 깨뜨리고 나니까, 이제 너하고 나하고는 인저, 망했다 이거지. 남의 꺼 갖다가 다, 재산이 다 날아간 거야. 아주 외상이 인제 잔뜩 산더미

같이 빚을 지는 거지.

그러니까, 이제 뭐가 남아? 멱살? 또 잡고 다 낡아빠진 옷 다 찢어졌네? 다 찢어지니까, 붙들게 또 뭐있어. 머리카락? 귓때기? 그러니까, 있는 거 싸워서 코에서, 눈에서 뭐, 피가 막 낭자하고, 뻘거벗은 놈이 가니까, 여우두 눈을 감고 얼마나 웃구, 하다가 보니까, 메추리가 없어졌네.

그래 가지고, 이제 이놈이 하면 두 번. 그러니까, 이제 그렇게 죽을 것 고비로 했으면 또 안 해야 되는데, 그러니까 세 번 아니야. 그러니까 전과자두 아마 두 번이구, 두 번 전과자는 정상을 참작하지 않는다고 그래서 항상 가중처벌을 하잖아.

그래서 세 번을 했다고 그러면, 아주 사회하고 분리한다고 그래서 청송 감호소로. 감옥소로 가서 죄 외에 또 가서 또 9년을 살았잖아. 옛날엔 실지 그랬잖아. 그러고 지금은 이제 청송감호소를 없앴지만.

그러니까, 이제 이놈도 두 번을 그랬으니까, 세 번만은 안 그래야 되는데, 그래서, 또 꼬박꼬박 졸다가, 또 물렸어.

"야, 이놈아. 너 약속 또…"

"아저씨, 내, 아저씨, 나두 그냥 얼마나 우숩고, 재미가 있는지, 눈을 감구 한참을 날으다 보니까, 우리 집에 갔고. 아저씨 나 봤어? 가는 거?"

"야, 나두 그냥 너무 재밌어서 눈을 감고 가다 보니까, 우리 집에 갔더라."

"그런데, 어떻해? 나 약속 지킬라고, 아저씨 얼마나 찾았는데." 그러니까,

"아, 그럼, 내가 그럼, 오해를 했구나." 그러니까, 인저,

"오늘은 뭐 딴 거 없지?"

"아니야. 또 있어. 아저씨, 저, 아찔한 것 봤어?" 그러거든.

"야, 아찔한 맛이 뭐냐?"

"혜, 아마 직접 봐야지. 맛을 봐야지. 내가 어떻게 얘길해서 그 맛을 알겠어? 그 맛이 기가 맥혀." 그러니까,

"야, 그 맛 한 번 보자. 너보담 더 맛있냐?"

"그 나보다, 저리 가라야."

"그럼, 어떡하면 되겠냐?" 그러니까,

그 왜 저, 가을에 벼를 찧고 옛날에는 공출을 해 가구, 뭐하고 그러니까, 우리나라, 지금은 고런 게 없어요. 북뜨기라는 게 있어 가지고, 나머지 벼 타작을 하구 남는 걸 봐 났다 식량 가장 귀할 때 봄에, 그걸 도리깨로 떨어서, 아주 흙이, 돌이 많이 섞인 쌀이 나오는 것을 바로 그 북뜨기 타작이라고 그런다고. (조사자 : 북뜨기? 어르신, 북뜨기?) 북뜨기. 옛날에 북뜨기 벼 나머지 남았던 그걸 모아놨다가 봄에 털어먹는 게 다죠. 그거는 공출로도 왜놈도 안 뺏어 갔어.

거기는 이제 돌이 많구 털어서 이제 쪼끔 나오니까. 그래서 그걸 많이 넘겨놨어. 공출로 안 뺏길라고. 그걸 이제 타작을 할 땐 막 동네 남자들이 저 이렇게 품앗이라고 그래, 교대로.

너희 집 하면 이제 내가 가고, 그래 가지고 이제 대청마루에다가 참이라 그래 가지고, 막걸리를 이런 대접으로, 한 대접씩 들이키고, 참을 이제 그런 식으로 해서, 대청마루에서 이제, 힘든 일을 하니까. 근데 이제, 북뜨기는 짚이니까,

"이제 막 그 속으로 살살 기어가서 콧등이만은 하늘로 높이 쳐들어야 아찔한 맛이 나오지. 그러지 않으면 맛을 모른다."

이기야. 그러니까, 이제 여우가 들어가서 콧등이 잔뜩 들고 있으니까, 북뜨기 속에 들어가 있으니까, 메추리는 이제 콧등에 위에 가 가지고 이제 졸고 있는 거야. 그러니까, 아, 농부들이 일없이 식사하다,

"어우, 잘 먹었다." 이렇게 하고 보다가

"어메? 조용!" 하고선, 이제 그냥 도리깨를, 그 무지무지한 도리깨를 장정이 들고, 메추리 그거 조는 놈을, 그 놈을 잡을라고 살살 가서, 메추리 놈이 옆 눈으로 오는 걸 이렇게 보더니, 그 놈을 후려치니까, 메추리는 날라가고, 여우가 그 밑에서 콧등이 들고 있다가, 그 얼마나 그냥 아찔하겠어.

그냥 탱! 하고선, 그냥, 코에서 피가 흘르고, 그 다음에 가다 아찔한 맛이 또 따라오는 줄 알고, 뒤를 돌아다 볼 적마다 오줌을 싸요. 그래서, 여우는 빼짝 쫓어서 추격을 하면, 오줌보가 터져서 죽는 거야.

그래서 조상이 그래서, 이제, 여우는 콧등이가 빨갛다고. 여우를 보면. 그러고 또 아찔한 맛이 쫓아 올까봐, 뒤를 돌아다보고 탱! 그게 뭐 탱! 허는 거면, 되게 아팠대는 건. 이제 아픈 사람으로 말하면, 이제 울음이지, 그게. 그래 가지고, 해서, 이제 아찔한 맛이 인제, 여우래는 건 그랬다 이거야.

그랬으면 이제 세 번째니까, 네 번은 뭐, 이제는 걸리면 이제 죽는 거지. 인제 뭐. 이젠 쑈를 보여주는 게 아니라, 아주 콧등에 피가 나게 아찔한 맛을 보여줬으니까, 그러니까, 이제 이 놈도 이제 신경을 쓰면서 조는 거야. 졸다가.

그러니까, 이제 여우가 와서 쫓아서, 살살 와서 문대는 게 꽁지를 탁 물었는데, 그냥 '이제 안 되겠다.' 이기야. 쑈도 안 되고, 그래서 그냥 날아가니까, 꽁지만 여우가 챙기고, 몸뚱이는 가고, 그래서 그 다음서부텀은 메추리가 꽁지가 없지.

봉이 김선달 일화 몇 가지

자료코드 : 02_06_FOT_20090612_CJU_SGW_0005
조사장소 : 경기도 김포시 김포1동 감정동 659번지 삼환아파트 경로당
조사일시 : 2009.6.12
조 사 자 : 김헌선, 최자운, 김은희, 변남섭, 시지은
제 보 자 : 신광우, 남, 67세
구연상황 : 이야기판이 어느 정도 정리가 될 무렵, 제보자가 봉이 김선달 이야기도 재미
          있는 것이 많다고 하면서, 봉이 김선달 이야기 몇 가지를 이어가며 해 주었다.
줄 거 리 : 봉이 김선달이 살던 마을의 선비들이 서울로 과거를 보러 가면서 봉이 김선

달과 같이 가면 피해를 볼 것 같아 그를 따돌리려 하였다. 김선달은 자신을 따돌린 선비들을 놀려주기 위해 선비들이 머무는 주막집에 미리 가서, 주막집의 딸에게 장난을 쳐서 선비들을 곤란하게 만들었다. 선비들은 김선달을 떼어 놓기 위해 김선달과 내기를 하였으나, 그 역시 김선달이 이겼다.

서울에 도착하여 길을 가던 봉이 김선달은 갑자기 배가 아파서 대가집의 화장실을 사용하게 되었다. 대가집 마님은 김선달이 몹시 급한 것을 알고는 화장실 사용료로 삼천 냥을 내라고 했다. 그렇게 하기로 하고 화장실을 사용한 김선달은 화장실에서 나가지 않겠다고 하여, 대가집 마님으로부터 오히려 삼천 냥을 받아서 나왔다.

한강 물을 많은 사람들이 떠 가는 것을 본 김선달은 자신이 강물의 주인이라고 소문을 내고서는 마을 사람들에게 미리 열 냥씩을 나누어 준 뒤 물을 떠가는 사람들에게 두 냥씩 물 사용료를 받았다. 그곳의 부자인 김진사는 보다 많은 돈을 벌기 위해 한강물의 소유권을 김선달에게 큰 돈을 주고 샀으나, 곧 자신이 속았음을 알게 되었다. 봉이 김선달은 과거 시험장에 들어가서 자신이 급성 염병에 걸린 것처럼 꾸민 뒤 시험관 멀리서 시험 감독관을 속여 과거에도 급제하였다.

집으로 돌아와 동지팥죽 쑤었는데, 너무 많은 양을 만들어서 대부분의 팥죽이 쉬어버리자, 김선달은 장사하느라 동지팥죽을 먹지 못한 장돌뱅이들에게 쉰 팥죽을 초를 친 팥죽으로 속여 그 팥죽들을 돈을 받고 팔았다. 맹인 점바치들이 돈을 많이 벌었다고 자신을 업신여긴 것에 앙심을 품은 김선달은 이층 원두막을 만들고, 아래쪽에는 깨진 옹기 조각을 깔아두고는 그들을 초대하였다. 오랜 시간 그들을 기다리게 하여 허기가 져서 맹인들이 잠이 들자, 김선달은 그들의 콧잔등 위에 똥을 조금씩 묻혀두었다. 잠에서 깬 맹인들은 서로 똥을 쌌다면서 싸움을 벌였고 그 와중에 2층이 무너지고 말았다. 김선달은 맹인들이 집을 망가뜨리고 비싼 옹기까지 깨뜨렸다고 하면서 그들에게서 많은 돈을 받아 챙겼다. 전형적인 봉이 김선달 일화를 상황에 맞게 재화하여 구연하였다.

봉이 김선달이가 일자무식이에요, 워낙. 배운 게 하나두 없어.

그런데 선비들이 다 과거보러 간다니까, 자기도 따라간 거야. 따라가 가지구서, 갈 때 그저 이모저모 해 가지고, 한 주막집에 가서 이제, 봉이 김선달이 몰래, 안 데리고 갈라구, 몰래, 한 주막집이루 이제 가서 어느 주막집을 정해서 먼저 갔는데, 봉이 김선달이가 그 제일 선비, 어린 선비

말을 묶고 내려와서, 이놈들이 이제 몇 일날 떠나나, 떠나야 자기두 거기 어떻게 기대서 좀 서울 구경 좀 해 볼라고.

그랬다가, 이제, 선비가 와서 회의를 하고,

"아, 우리가 봉이 김선달이, 그 선달이, 김선달이 못 따라오게, 아무 날로 정했다구."

그런데, 얘기를 듣고 가서, 자기는 이제 미리 떡 가서 이제 지가 그놈들은 큰 데로 주막집을 갈테니까, 제일, 그래하다 보니까 뭐 거기서 뭐 먹고 난리가 났지.

그래, 뭐 저는 돈도 없구 그러니까, 그저 아랫집에서 가 보라고 하니까, 아 지금 머, 술 먹고 난리가 났다고. 근데, 그 집 내막을 들어보니까, 그 집이 이제 과년한 딸이 있고 그런데, 얼마 안 있으면 시집간다구.

그래서 어떤 방을 쓰냐고, 그래서 어떤 방을 쓰고 있다구, 그랬단 말이야. 그러니까 김선달이가 가서 보니까, 고 딸내 방을 밤중에 그냥, 혼수하느라고 밤중에, 가서 느닷없이,

"저, 그 촛불이 꺼졌어, 배깥에 나온 과객인데, 저, 촛불이 꺼졌으니까, 저 불 좀 달래 줄 수 있냐."

저, 아닌 밤중에 처녀 방에 외간 남자가 거기 온다면은, 옛날엔 얼굴만 뵈어도 시집을 못 갔어요. 그런 남자에, 남자가 와서 그러니, 당황할 꺼 아니야.

깜짝 놀래. 아, 그래서 대답이 없으니깐, 인제, 선달이가 주먹에다 촛불을 가지구 그냥, 디밀었단 말이야.

"야, 여기 불 좀 켜 달라니깐. 왜. ○○○"

그래서 이 아주 여자가 얼마나 놀랬는지, 자기 어머니한테, 자기 어머닌 또 자기 아버지헌테 얘기하고. 자는 거 다 깨워 가지고 얘기한단 말야.

아, 가 보니까, 아 이 선비들이 뭐, 수십 명이 그냥, 방에 술이 취해 가지구 늘어졌는데, 자는 거 보니까, 떡에 뭐, 갈비뼈에 문 놈(놈), 닭뼈 문

눔, 인절미 문 눔. 그러니깐 저희 중에 장난한 건 틀림없잖아. 그러니깐, 이제 다 이놈들 일어나라고.

"우리 딸네, 딸 방에 가서 촛불 켜달라고, 해 달라고 주먹 내민 놈 나와라." 이기야.

안 나오면 관가에, 하면 머, 과거도 보러 못 가고 큰일났잖아. 그러니까, 이제 아주 죽을 지경이니까, 인저,

"하이고, 누가 그런 사람 있으면 나오라고, 우리도 보니까, 입에다 물리구 어떤 놈이 안에서 장난했는데, 장난핸 사람 나오면 하나 희생하고, 우리 과거 보러 가야 될 거 아니냐."

그래도 누가 안 그랬으니, 누가 나와. 그러니까, 그냥 무릎을 다 꿇구 그냥 관가에 간다고 주인은 호통치고 난리를 칠 때 선달이가 떡 나섰단 말이야.

아이고, 이제 또 선달이까지 왔네, 저거 이제 우리 떼어놓고 왔으니 우릴 얼마나 모함에 또 빠뜨릴, 아주 위기에 처해 있는 기야. 그래, 그걸 가지고 뭐라고 하냐면, 엎친데 덮친데. 입장이 그렇게 됐다구.

그러니까, 김선달이가 하는 얘기가,

"아유, 주인장 어떻게 된 거…" 주인은, 이제 신바람이 났지. 보시오, 이놈들이 이만저만 하고 이만저만 해 가지고,

"아, 선비래는 넘이 그래두 양반집 자제들이 과거 보러가는 넘이 우리 딸한테 세상에 이랬으니 이게 말이 됩니까?"

"안 되지요."

"그야, 안 되지요." 그러니까, 이놈들은 다 관가에 갔다가 당장 뭐, 그때는 관가에 가면 뭐, 목을 치는 거야. 여자 그랬다간 뭐, 보통 죄가 되는 게 아니거든. 그러니까, 하, 아이고 이놈들 큰일났거든. 선달이까지 나서서, 같이 나서 주니, 그 다음에 선달이가 딱, 무릎을 치더니,

"아, 주인장 방법이 있네. 아 이 눔, 다 그런 건 아니고, 이 눔 중에 한

눔이 그랬으니까, 그 한 놈은 희생을 시켜야지. 그 눔은 당당히 그 죄를 물어야지." 하니까,

"아 그러믄요." 아이, 손님 말이 맞다고, 또 그러거든. 그러면 딸래밀(딸을) 데리고 나와라 이거야, 에? 딸래미가 어디 술상에, 남 시집갈 여자, 얼굴두 못 보는 마당에, 어, 술상에, 더구나 객주집에, 술상 앞에 나오래는 얘기가 말이 되는 얘긴가.

"아이, 당신은 관여하지 말고, 가시요. 내가 해결할 테니까." 그러니까,

"이놈! 감히, 젊은 선비들이 돈이나 가지고 가는 싹수를 알구, 술장사나 주막에 영업이나 해 처먹지. 남에 돈을 겁탈하기 위해서 수작을 부리느냐."고 말이야.

"당신 딸이 나와야, 어떤 놈의 주먹이, 너들 다 주먹 올려놔봐, 여기다. 딸이 나와서 어떤 주먹이 들어갔는지 난 찾아낼라고 그랬더니, 아, 이 눔 봐라?" 그러니까,

"아이고 내 노잣돈 두둑하게 줄 테니 거 없던 일로 해 달라."

고. 그래 가지고, 이 선비들을 거기에서 구해줬다고. 그러니까, 구해줬다고. 그러니까 선비들이 구해줘 가지고, 뭐라 그러냐면,

"야, 너, 그냥 나 그냥 따라가도 되겠냐?"

하니, 그러니까. 아유, 돈 우리가 걷어서 그래서, 돈 이제 더 걷어서 한 삼천 냥을 걷어서, 아이 거 무거운 거 나 가져갈 수 없으니까, 당나구래두 있어야 될 꺼 아니야.

그래서, 당나구 두 마릴 사 가지구 하나는 타고, 하나는 또, 돈 보따리 짊어지고, 이래 가지고 갑자기 그 김선달이 선비들이 띠어놓고 갈려는 그게, 사람이 그때 응변과 그때 그 재치로 인해서 큰 사건을 무마해 준 조건으로, 그때나 지끔이나 이놈의 뇌물은 있는 거야.

그래서 그렇게 가는데, 이놈들이 큰일 났거든. 야, 저거 가면 계속 뭘 얻어 먹을라고 들고, 계속 저렇게 하면, 우리 가져가는 비용 다 없어질 테

니까, 저걸 어떡허든지 띠어내 비리자. 그래 가지고, 이제 내기 좋아하니깐 또 돈도 지금 많이 실었고, 그러니깐 내기를 좋아하니까, 우리가 가져가는 노비(여비)를 또 주기로 하고, 내기를 하자. 무슨 내기를 하냐니까,

"저기 보면, 지금 여자가, 처녀가 저기 물가에서 뒤집어 쓰구 빨래를 하고 있지 않느냐. 그러니깐 저 처녀에 엑스엑스(여자의 성기를 지칭한다.)를 선달이두 보고, 우리두 보여주면, 우리가 가져가는 노자를 주고, 얼마 걸어 줄 테니까, 그걸 내기를 걸자. 저 놈이 패씸허게 생각해지만, 선달이는 워낙 내기를 좋아하기 때매 헐런지도 모른다."

그러나, 저건 할, 남의 여자, 그거 본다는 게 그게 말이 되는 얘기냐. 그건 되지도 않는 얘긴데, 한번 걸어보자. 그래서, 걸었다 이기야.

"아이 좋지. 그거."

그래서 전부 앉았어. 말 두 마리에다가, 선비들이 주욱 앉아서 저기 할 껀가, 못할 껀가, 얼마나 궁금하겠어. 그러고 있는데 김선달이 가니까, 여자가 빨래를 하다 가만히 옆 눈으로 보니까, 웬 외간 남자가 자기 앞으로 다가오거든. 다가와서, 고개를 푹 수그리고 있으니까, 고개를 못 들지 여자가. 그러니까,

"나는 관(官)에서 왔는데 이 나라에 지금 비가 안 와. 그래서 이거 왠가 하고 용한 점술쟁이한테 물어보니까, 요, 이 동네에 누구나가 다 하나만 달렸어야 할 엑스엑스가, 너는 둘을 달고 태어났다 그래 가지구, 이루 인해서 애를 지금, 나라에서 니 목을 치러 왔으니까, 목을 내놔라."

아이고, 이거 밤낮 봐도 하난데, 아 이거 둘이라고 그러니, 참 사람 미치고 환장하잖아.

"그래도, 넌 아니라고 그러나, 니 사정도 우린 알지만, 내가 보기 전엔, 그 난, 그걸 분명히 전달을 받고, 너를 집행해러 온 사람인데."

그러니까, '아휴, 그게 자기 앞에 있는 놈 하나 이거 못 보여 주겠나'. 그래두 살아서 집에 가야지. 죽어선 갈 순 없고. 그러니깐, 옛날엔 뭐 속

곳이 이렇게 하면, 되니깐,

"아, 이 왼쪽 다리두." 아, 분명히, 하나는 하나거든. 그러구,

"야, 인제 나는 아 옆에 있는 것도 봤는데, 저기 온 사람도 같이 왔어. 나만 봐가지곤 인정을 안할 꺼 아니냐. 그러니까, 쟤네들 보는데도 보여 줘라."

그러니깐, 그놈들이 이제 하이고, 이제 그렇게, 그렇게 어려운 내기를 했어도, 이제 그걸, 이 눔이 지켰으니 말이야. 그래 가지고 가는데, 서울을 갔, 인제, 한양을 도착한 거야. 도착을 했는데 얼마나 이놈들한테 얻어 먹구 돈도 많이 해구 그랬는지, 배탈은 났는데, 이놈들이,

"아이고, 선달님 오늘 구경 나갈 꺼고, 내일 이제 과거장에 나가야 될 텐데, 오늘 같이 안 나가겠습니까?" 그러니까,

"아휴, 난 못 나가니깐, 너희끼리나 가라."

그래서 나중에 이젠 혼자서 슬슬 구경 좀 나가다 갑자기, 잘 먹었으니까, 똥은 매려운데, 설사는 나는데, 가만히 보니까, 서울은 변소가 없구만. 시골은 이렇게 가마때기 이렇게, 제치고 들어가는 것만 변소인 줄 알았지, 서울 변소 보니까 벽돌로 빨갛게 잘 지어 놨는데, 전부 삘떵이지 그게, 화장실이라곤 꿈에도 생각을 못했거든. 그러니까,

'아, 이젠 이럴 때는 할 수가 없구나.' 큰 대문집에 가서 대문을 뚜드리면서,

"이리 오너라." 하고 뚜들기니까, 안에서는 반드시 남자는 없고 양반집은, 큰대문 양반집은 하녀가 있어 가지구, 전달을 한다구. 그러면 안에서 마님이,

"거, 누구냐고 여쭈어라."고 하면은 하녀가,

"거, 누구냐고 여쭈어라." 하면,

"지나가는 나그네라고 여쭈어라."

"지나가는 나그네라고 합니다." 그러면,

"왜 왔느냐고 여쭈어라."

"몹시 급한 볼 일이 있어 왔습니다." 그러면,

"급한 볼 일을 말을 해라." 하면,

"말도 못 할 사정이다."

"말도 못 할 사정이면 가라고 여쭈어라." 그러면,

"아, 가지도 못 할 사정이라고 여쭈어라." 그러거든.

그런데, 주인이 뭐, 말하면 저만 급하지, 어떻게 하겠어. 아주 이 넘이 이제 그냥 돈을 주겠다는 거지. 그러면, 이제 박연차 마냥 그냥 이놈도 저 놈도 돈을 주고 해결해서 여러 놈 잡아넣듯이.[1]

천 냥을 줄 테니까, 빌려 달라 이기야. 화장실 좀 빌려 달라. 아이, 저 런 미친 놈이 있나 화장실을 그래 화장실 똥 매려워서 급하면 그렇지. 그 러니깐, 주인이 주는 돈 가지구, 우리 영감 월급이 몇 년을 벌어도, 관아 에 나가서 벌어두 몇 년을 벌어도 천 냥을 못버는데, 돈은 무척 많은 놈 이 왔구나. 저눔한테 천만, 저, 천 냥을 주고 빌려, 쪼금 더 튕기면 급한 놈이니까, 조금 더 튕기니까, 이제 아, 이천 냥을 주겠다는 거야. 조금 더 튕기니깐, 삼천 냥을 주겠다 이기야.

"그러면 빌려줘라."

이기야. 그래서 이제 화장실에 가서 이제 돈을, 인저 삼천 냥을 주고 화장실에 떡하고 들어가 앉았는 거야.

그러니까, 아이 참 돈을 안 주구, 화장실에 이제 떡 앉아있으니까, 안 나 오는 거야. 아니, 우째 안 나오는 거야. 우리 영감도 곧 올 텐데. 샛서방을 갖다가 안채, 그냥 변소간에다 갔다가 디밀어 놨으니, 이제 큰일났거든.

"고만 나오라고 여쭈어라."

"못 나간다고 여쭈어라." 아, 삼천 냥을 주고 들어갔는데 그 놈이 나올

---

[1] 박연차 태광실업회장의 정치계 로비사건을 말하는 것이다.

턱이 있나. 그러니까,

"왜 못 나오느냐고 여쭈어라."

나는 한번 용변을 보면, 석달 열흘, 백 일을 꼭 봐야지, 그 전에 일어나면 온몸에 병이 들기 때문에 못 일어나. 그러니까 나는 일어날 수가 없지. 삼천 냥을 줬는데, 아 이거, 돈두 안 받을 테니, 그냥 다 줄 테니깐, 그냥 나가라 이거야. 병이 나니까 못 일어나서 못 나간다 이거야. 그러니까,

"천 냥 줄게, 나가라." 이거야.

"아, 천 냥 갖고 내 병 못 고친다." 그러거든.

그러다 결국은 삼천 냥을 비상금 그냥 저쪽, 자기 친정에 좀 갖다 줄 돈, 비상금을 모아놨던 삼천 냥을 다 주니까, 시어 봐야 나간다고. 그걸 일일이 또 세는, 그러니까 똥 눈 놈, 똥 누러간 놈 급했지, 똥 누코 난 놈은 급하지 않다 이거야. 결국엔 돈 삼천 냥을 주인 꺼 뺏어 가지고, 나간 거지. 김선달이.

그러다 나오다 가만히 보니까, 한강물이, 물이 그냥 많이 흐르는데, 저게 그냥 흐르거든. 주인이 없단 말이야. 그 동네사람이 보니까, 뭐 ○○에 보니까, 전부 뭐 머슴들이고 뭐고, 그냥 뭐, 통을 가지고 물을 뜨러 가는데, 주인이 없어.

'야, 저게 주인이래면 얼마나 큰, 대대로 저건 머, 도둑맞을 염려도 없고.' 그래서 인저, 연구한 게, 물어보니까, 여기 김진사댁이 재산이 이 일대 땅이 다 그 사람 꺼고, 다 그 사람 재산이라고, 다 거기 머슴이다 이기야. 그러니깐, 뭐 웬만한 사람은 다 거기 가 벌어서 먹고 산다 이기야.

아 그라냐고. 그래 가지고 집집마다, 돈은 있겠다, 집집마다 댕기면서 돈을 전부 열 냥씩 다 나눠주고, 그 집만 안 나눠주고. 그러구서는, 내일 우리가 큰 궤짝을 갖다놓고 이렇게 막을 지어 놓고 있을 테니까, 물 길러 올 때 세 번만 들어가. 한 번 들어갈 때 두 냥씩만 궤짝에다가 떤지고 들어가, 주구 들어가, 그러면, 열 냥을 받았으니까, 돈 남잖아. 그러니깐, 돈

벌구 물 뜨러 가는데, 그러니까 그거 못할 사람이 어딨어.

그러니깐, 난리가 났네, 더 많이 오네, 그냥, 얼마나 갖다 뿌렸는지. 그러니, 이 집 머슴들이 물 얻으로 여러 놈이 가니까,

"여보, 이 사람네들이 정말, 남의 물에 그냥 들어갈라고."

"아니, 우리 대대로 흘러가는 물 떠다 먹었었는데 뭐, 무신 얘기야. 주인이 어딨어? 이 사람이 정신나간 사람이야."

"그래? 봐, 저 사람네들 돈 내는 거. 괜히 내겠어? 이것이 내가 찾았어. 우리 조상 껀데, 이걸 내가 몰랐어. 여태 안 찾았는데, 우리 조상 꺼를. 내가 이 재산을 찾았어. 그러니깐, 내가 주인이야. 그러니깐, 누구든지 못 떠가." 그러니까, 동네사람들이 다 우르르 와 가지구,

"그렇죠. 남의 물 거저 먹으면 안 되죠."

"어. 돈, 우리라고 내는데, 어떤 부잣집에서 그냥 돈을 안 내고 그냥 자지고 갈라 그래?"

아무튼, 이거 꼼짝없이, 그러더니 빈 통 들고 다 왔네. 김진사가,

"야, 왜 그냥들 오냐?"

"아이고, 큰일 났어요. 그 흐르는 물, 대감님 재산은 저리 가라요."

그 흐르는 물 임자가 나와. 그, 그래 흐르는 게 뭐, 자기 끝도 없이 흐르는 물을 떠가두, 떠가두 쭐지도 않는, 재산 여기 많으면 무슨 소용이 있습니까? 괜히 땀 흘려 지키기 힘들지. 그것만 가지고 있으면 대대손손 뭐, 주인인데.

아이 이건 가서 가만히 보니깐, 가서 가만 보니까, 그냥 떼로 와서, ○○○○ 아, 돈이 뭐, 저렇게 벌다가는 뭐, 이 나랏돈 다 벌겠거든. 그러니깐, 저녁에 찾아와서,

"여보시오, 그 나한테 팔으시오."

"아이, 그거 내가 뭐, 도둑맞을 일이 있나. 내가 대대로 그, 주면 될텐데, 내가 왜 팔겠느냐."고 그래, 사정사정해서 그냥, 있는 돈 없는 돈, 남

의 돈까지 빌려다가 그냥, 전 재산을 다 주고, 했다 이기야.

그 이놈은 멀리 고향으로 왔는데, 이걸, 그 다음부터는 완전 사기당한 거지 뭐여. 그 다음부터는 돈 내고 가져가는 사람이 어덨어. 돈 내라 그러니깐,

"아, 그럼, 열 냥씩 줘. 우리 한 번 들어갈 때 열 냥 받구서, 우린 두 냥 갖다 넣었으니까."

그러니까, '아하, 여기 속았구나.' 사기꾼이 아주 여간해서 ○○○○○ 먹는 돈은 사기꾼이 쉽지 않아. 그래 가지고, 고향에 떡 왔는데 참 오래간만에 ○○○○ 전부 동죽 팥죽들을 쒀 가지고 먹구 동네들 나눠주고 그랬잖아. 그런데, 그 사람은 가난해 가지고 그걸 못했어.

그래 가지구, 참 이번 서울에 온 거니깐, 과거 인제, 과거 급제 단○까지 지낸 사람이야. 이 사람이. 얼마나 거시기한지, 그래서 딴 사람은 공부를 할라 그랬는데, 이 사람은 거기서 앞등, 앞서 가지구 일자무식이 과거에 급제 됐대는. 그래서 과거에 급제해서 부랴부랴 도망 오면서 대동강도 팔아먹고 그래 가지구, 돈이나 벌어 가지구 고향이나 간다고 도망온 거야. 그게.

왜 그러냐 하면, 그 오뉴월에 더울 때 주인한테 뭘 빌렸느냐면, 털모자. 이 양반 마냥 추워서 [조사자 중 한 명이 감기가 들어 한기를 느끼고 있었기 때문에 한 말이다.] 바지저고리, 두루마기 이걸, 이걸 있느냐니까 있다고. 과거장에 간 거야. 땀을 뻘뻘 흘리니까, 과거장이,

"아이, 어째 너는 더위에 다 모시적삼을 입고 오는데, 너는 그, 겨울옷을 입고 왔느냐?" 그러니까,

"에, 오다가 주막집 잘못 만내 가지고, 급성 옘병(염병)에 걸린 데는 땀을 빼야 산다 해서 배운 건 시방 그건 아까워서, 시험이나 보고 갈라고, 옘병, 급성 옘병 걸린 몸으루 과거장엘 왔습니다. 죄송합니다." 그러니까,

"예, 놈 나, 옯으라구, 너 가까이서 얘기하는데, 저기가 있어."

거 가 서서 문제를 내는데, 이놈이 막 못하는 놈, 이렇게 입 놀리는 거 보면, 씩 이러는데, 이놈은 그냥 일사천리(一瀉千里)로 하거든.

'야, 저놈이 몸이 급성 염병이면 정신이 들락날락 하는데도 불구하고, 저렇게 아주 쉴 새 없이 저걸 하는 걸 보니까, 머리가 천재 중에 천재가 나왔구나.'

그래서, 그놈을, 보니까, 이놈은 양산도 불르고 있었던 거야. 밤낮 하던 거, 그러니까 아주 곡을 뽑아댔지.

그러니까 여걸 모르고, 여, 정신보니까, 그래서 그놈을 당선을 시키니깐, 겁이 나 가지구, 겁이 나서 도망오면서 대동강 팔아 먹구, 그 돈 가지구 고향을 와 가지고 동지 팥죽을.

부인이, "동지 팥죽을 얼마나 할까요? 아, 우리 식구 쪼금 먹는데…"

"아니, 동네사람 다 맥이게, 한 두어 말 쑤라."고,

엄청난 걸, 두어 말 쑤면. 두어 말을 쑤었는데, 머, 식구들이나 먹구 다 동죽팥죽 했는데, 누구 줄 사람이, 푹 쉬었단 말이야.

"거, 보오, 당신, 그, 돈 좀 벌어왔다고 그래, 아꺼운 음식 다 썩었으니, 인저 어떻할 것이냐."

"갖다 팔면 되지?"

"아니, 누가 썩은 팥죽 사 먹을 사람이 어딨냐." 그러니까,

아무 소리 말고 이불 저거 다 뜯어. 뜯어서 포장 만들고, 그래서 나물 (나무를) 뚝딱거려 가지고 의자 맨들고, 그래 가지구, 장날, 이놈을 갖다가 큰 가마솥을 몇 개 빌려 가지고, 끓이구. 장작불을 넣어서 끓여.

왠만한 사람은, "뭐 먹을 꺼요?" 하고, 그전에는 장똘뱅이라고 이렇게 짊어지고 거지래미해서 십 리 이십 리, 전부 걸어 댕겼다고, 짊어지면서 장날마다, 장날마다 찾아댕기는 거야. 그래 가지고,

"먹을 꺼냐?" 그러면, 느닷없이 나중에 한 떼거리로 오니까,

"동지팥죽 새알심 넣어서 따끈따끈한 거 한 그릇들 드시오." 그러거든.

"얼마에요?" 하니깐,

"한 냥이요." 그래서,

"한 냥이면 뭐, 비싼 거는 아니구만. 동지팥죽 집 떠나느라 못 먹었으니깐, 먹세."

하니깐, 짝 앉는단 말이야. 그러니깐 부인하고 딱 눈짓을 하더니, 그릇을 딱 떠놓고 냉수를 하나 갖다 놓더니,

"여보, 초를 좀 치까?"

그러니까, 선달이가 뭐라 그랬냐면,

"이 사람 미친 소리하고 있네. 그 비싼 초를 왜 거기다 쳐? 그건 서울양반들이나 자시는 거지. 이런 장똘뱅이가 무슨 놈의 초를 거기다 친다그래?" 그러니깐, 아 화가 난단 말이야.

"아, 여보, 같은 값이면 서울사람 먹는 거 우리라고 왜 못 먹겠어? 초좀 치셔." 그러거든.

"뭐, 조금만 쳐…"

"아, 많이 쳐 줘요."

그러니까, 네 아, 이놈을 주욱 하는 걸, 하날 입에다 딱 떠넣으니까, 뭐, 썩은 놈의 걸 먹을 수가 있나. 그냥, 서로.

"아, 이거 역시 입두, 양반 쌍놈이 이렇게 구별을 하니, 양반들은 이걸그렇게 좋다고 비싸게 이걸 먹는다니."

그래 가지고, 전부 그냥 안 먹으면, 또 이거, 촌놈 소리 듣구 그러니까, 어거지로 썩은 팥죽 한 그릇씩 먹구, 배는 우당탕탕 난리가 나고, 급하긴하고 그러니까, 언능들 가자고 빨리 빨리 빨리 가자고, 저 가서 개천에 가서 용변이나 보자구 처들어가면서, 돈 한 냥을 떤지고, 화가 나더라도, 먹쉰 팥죽 먹고 한 냥 내기도 아까워서 떤지니까,

"여보 여보 여보, 한 냥 더 내야지." 그러니까,

"아, 금방 한 냥씩이라고 해서 먹었는데."

"초 값이 있잖아. 아, 초 쳐 달라고 그래서, 초 쳐 줬으니까 두 냥을 줘야지."

아 그러니까, 장똘뱅이들이 어떻게, 그러니까, 뭐 두 냥씩을 썩은 팥죽 두 두 냥에 팔아먹을 수 있었다 이기야.

그래 가지고 이것도 좋았는데, 어머니가 몸이 편찮은데, 저 가면 장님들이 한 삼십 명이 떼로 모여서 사는 장님들이 있는데, 옛날에는 약이 없구, 병원이 없으니까, 그저 장님이 와서 굿 해주면 귀신 쫓아주면, 살면 사는 거고, 죽으면 죽는 거야. 그게 운명이였어. 그러니까 그 장님들한테 가서 얘기를 하니까, 우리 가난하고 돈 없다고 그 전에두 몇 번 봐줬는데, 외상하고 여태 외상값도 안 갚았다구, 안 봐줬다 이기야.

그러니까, 김선달이가 괘씸하거든.

'에이, 이놈들 그래?' 너희들 밤낮 불알 밑에 전대에다가 돈 생기는대로 챙기구, 장님들이 돈만 알고 가난한 사람 괄세했다고, 있는 집에나 가서 무슨 생일이나, 무슨 날이면 그런 날은 전부 기억했다가, 거기 그게 그래서 돈 쓰는 게 없는 게, 벌어서 넣기만 하지. '이놈들 어디 두고 보자.'구. 그래 가지고 준비를 다 해놓고,

"저 장님 여러분들 장님들, 그간 내가 소홀히 하고 그랬는데, 서울 가서 내가 큰 돈을 벌어다가, 이층집도 하나 지어놨고, 그래서, 여러분을 소도 잡구 이래 가지고, 푸히 대접을 좀 할라고 그러니까, 내일 몇 시쯤이면 꼭 오시라."고.

그래 가지고, 일찌감치 오시라고. 그래 온 다음엔 여기다 뭘 지어놨느냐면, 동네 그 개천가에 가면, 옛날엔 옹기 깨진 게 참 많았어. 그릇 깨진 게 많았어. 그걸 그, 김서방 친구를 시켜 가지구 몇 일을 지어다가 잔뜩 밑에 쌓아놓고, 원두막을 그냥 위에다 지어놓고 아, 2층으로 올라가시라구, 2층으로 올라가시라구. 장님이 모르니까,

"아이구 돈 벌긴 벌었구나. 2층이 있는 걸 보니까."

2층으로 잔뜩 올라가서 있는데, 밑에서 그냥 막 그냥, 지짐이 부치는 냄새, 돼지고기 굽는 냄새는 디리 나는데,

"햐, 이번 건 돼지고길 굽는 건데."

"이번엔 녹두부침인가 봐."

"아, 이거는 무슨 생선 굽는 냄샌데."

서로 눈은, 보진 못하지, 냄새는 나지, 배는 고프지, 가져오지는 않지. 그러다 지치구 지쳐 가지고 자고 그냥, 오후가 되니까, 너무 냄새만 맡다 지쳐 가지고 전부 잠이 들었네.

그러니까, 긴 장대에다가, 옛날에는 아주 그, 구식 화장실에는 아주 똥이 누런 게, 아주 냄새가 아주 지독하다구. 고 장대에다가 똥을 칠해 가지고, 장님 콧등에다가 전부 하나씩 하나씩 찍어놓거든. 그러니까, 자다가 이렇게 보니까,

"에이 사람아, 먹은 것도 없이 남의 경사스러운 날에 와 가지고, 어머님 생신이라고 초대받아 가지고, 똥을 싸면 어떡허나." 그러니까,

"이 놈 봐라?"

똥 싼 놈이 썽 낸다더니, 그러니까 속담이 또 들어가지?

지가 싸고 이렇게 맡으면, 그놈이 쌌거든? 서로 서로. 니가 쌌잖아, 이 눔아. 서로 서로 콧등에다 해 놨으니까, 서로 서로 싼 거라.

그러니까 냅다 그냥 싸움이 붙어 가지구, 그냥 우장창창 하다보니까, 원두막은, 2층 옥집은 쓰러지구, 밑에 옹기만 그냥 바자작 깨지는 소리가 났단 말이야. 그러니까 김선달이가 오더니,

"아니, 여러분, 장님 여러분들, 세상에 그럴 수가 있느냐구. 내가 ○○○ 제가 돈 좀 벌어다가, 2층집 지어놓은 거, 다 깨트리고, 남의 집에 손님으로 와서 밥 좀 늦게 준다고 그래 가지구, 싸움이나 하고 집 다 때려 부수구, 거 양반집 댁에서 전부 빌려온 이 그릇, 이 비싼 그릇을 다 깼으니, 어떡할 것이여, 이거."

그러고 야단을 치고, 난리 버거지가 났네.

"그래, 어떻게 했으면 좋겠소?" 그러니까,

"장님들 돈 몇 푼씩이나 가지고 있는지는 모르겠어도, 있는 돈 다 떨어내놔 봐. 그렇지 않으면 이거 다 물리고 다 갖다 관가에다가 고해서 다 처늘 테니까."

'아이구, 저 수단꾼이 저러니 안 줄 수도 없구,' 우린 또 나중에 그럼 벌어먹기로 하고, 있는대로 그냥 그냥, 홀딱 전대에 여기 찼던 거, 다 돈을 다 털어놓고. 그래서 어머니 안 봐 줬대는 복수심으로 그래서 그렇게.

3. 김포2동

조사마을

경기도 김포시 김포2동 장기동

조사일시 : 2009.6.11
조 사 자 : 김헌선, 최자운, 김은희, 변남섭, 시지은

경기도 김포시 김포2동 장기동

　1990년대 후반부터 이후 아파트가 들어서기 시작한 장기동 일대는 토박이를 찾기가 쉽지 않은 곳 중의 하나였다. 장기동 청송마을 현대 1단지 아파트 일대는 원래 청송 심씨 집성촌이었다. 그런 이유로 이곳을 청송마을 현대 1단지라고 한다.

　청송마을 현대 1단지 아파트 옆에 있는 운곡마을은 2005년 장기지구 신도시 개발지역에 포함되면서 현재 50호 정도만 남아 있고 나머지 지역

은 아파트 공사가 한창 진행 중이다. 2005년부터 개발 지역에 포함된 지역에 대한 철거가 시작되었고, 2008년부터 신도시 공사가 이루어졌다. 운곡마을은 각성받이 마을로, 자유당 정권 시절 이승만 대통령 생일을 기념한 축제 때 김포시 농악 대표로 출전할 정도로 유명하였다. 이곳 사람들은 주로 벼농사와 밭농사를 지었고, 포도나 인삼 농사는 인근의 다른 마을들에 비해 그다지 많이 하지는 않았다.

▌제보자

강종헌, 남, 1933년생

주 소 지 : 경기도 김포시 김포2동 장기동 140번지
제보일시 : 2009.6.11
조 사 자 : 김헌선, 최자운, 김은희, 변남섭, 시지은

강종헌은 강화도가 고향으로, 젊었을 때
서울 영등포구 개봉동으로 나가서 산 적이
있다. 1964년도에 김포시 장기동 운곡마을
로 이사를 와서, 지금까지 농사를 지으며 살
고 있다.

제공 자료 목록
02_06_FOT_20090611_CJU_GJH_0001 손돌 전설
02_06_FOT_20090611_CJU_GJH_0002 천등고개
의 지명 유래

이윤섭, 남, 1932년생

주 소 지 : 경기도 김포시 김포2동 장기동 1339번지
          청솔마을 현대 1단지 아파트
제보일시 : 2009.6.11
조 사 자 : 김헌선, 최자운, 김은희, 변남섭, 시지은

장기동 청솔마을 현대 1단지 아파트 노인
회장 이윤섭은 강화군 양사면 덕하리가 고
향으로, 부모님은 그곳에서 농사를 지었다.
서울에서 학교를 졸업하고, 직장 생활을 하

였고, 2001년에 김포시 장기동 청솔마을 현대 1단지 아파트로 이사를 와서 현재까지 살고 있다.

제공 자료 목록
02_06_FOT_20090611_CJU_LUS_0001 손돌 전설
02_06_FOT_20090611_CJU_LUS_0002 형제투금(兄弟投金)
02_06_FOT_20090611_CJU_LUS_0003 구렁이가 나가서 망한 집

정진욱, 남, 1923년생

주 소 지 : 경기도 김포시 김포2동 장기동 1339번지
　　　　　청솔마을 현대 1단지 아파트
제보일시 : 2009.6.11
조 사 자 : 김헌선, 최자운, 김은희, 변남섭, 시지은

　정진욱은 김포시 양촌면 양곡리 출신으로, 평생 김포에서 농사를 지으며 살았다. 10여 년 전에 청송마을 현대 1단지 아파트로 이사 와서 현재까지 살고 있다.

제공 자료 목록
02_06_FOT_20090611_CJU_JJW_0001 천등고개의 유래
02_06_FOT_20090611_CJU_JJW_0002 용화사의 유래
02_06_FOT_20090611_CJU_JJW_0003 일본 밀정을 혼내준 조중동 대감의 부친

손돌 전설

자료코드 : 02_06_FOT_20090611_CJU_GJH_0001
조사장소 : 경기도 김포시 김포2동 장기동 140번지 운곡마을 경로당
조사일시 : 2009.6.11
조 사 자 : 김헌선, 최자운, 김은희, 변남섭, 시지은
제 보 자 : 강종현, 남, 77세
구연상황 : 마을회관 바로 앞에서 한창 아파트 공사가 진행 중이고 날씨도 무더웠던 관계로 조사 분위기가 제대로 잡히지 않고 있던 중 조사자들이 손돌에 대해 물으니 이야기를 해 주었다.
줄 거 리 : 몽고군이 침입하여 임금이 강화로 피난을 가던 도중 손돌이라는 사공이 노를 젓게 되었다. 지형상 앞이 막혀있는 듯한 곳을 지나는데, 임금은 손돌이 자신을 죽이려고 하는 줄 알고 그를 죽이려 하였다. 손돌은 바가지를 하나 띄우면서 바가지가 흘러가는 곳으로 가라고 하였다. 임금은 손돌을 죽인 뒤 손돌이 시키는 대로 해보니 강화에 무사히 도착할 수 있었다. 이후에 사람들은 손돌을 위해 제사를 지내주었다.

그, 고려 무슨 왕적인지, 그건 모르고. 그 어디, 몽고군이 쳐들어왔나? 그래 인제, 피난을, 왕을 싣구, 저 인천서 배를 타고 이렇게 강화루, 강화가 궁궐터도 있어요.

그리 인제 피난을 가는데, 아유, 왕을 실구(싣고) 선돌(손돌)이라는 사람이, 뱃사람이야. 근데, 그 사람의 배를 타구, 인제, 왕을 실구 가다가 보니까, 왕이, 앞이 그냥 다 콱 맥혔단 말야. 바다가 그냥 꽉 맥혔어.

그런데, '요놈이 요, 날 죽일려구 막힌 데루 끌고 오는구나.' 하구, 칼루다 목을 쳐 죽였어. 선돌(손돌)일. 그런데 죽기 전에,

"난 억울하게 죽는다." 바가지를 하나 바닷물에다 띄웠대.

"이거 가는 데루만 가만, 뱃길이 뚫릴 테니깐."

(청중 : 쫓아가시오. 그랬겠지.)

그래서 그 바가칠 따라서 이렇게 가보니깐, 앞길이 콱 터져서, 그래 저 강화꺼정 피난갔더래요.

그래서, 그 억울하게 죽은 선돌일 해마다 지사지내요(제사지내요).

천등고개의 지명 유래

자료코드 : 02_06_FOT_20090611_CJU_GJH_0002
조사장소 : 경기도 김포시 김포2동 장기동 140번지 운곡마을 경로당
조사일시 : 2009.6.11
조 사 자 : 김헌선, 최자운, 김은희, 변남섭, 시지은
제 보 자 : 강종헌, 남, 77세
구연상황 : 손돌 이야기를 하고 난 뒤 주변의 지명 유래에 대해 조사자들이 물어보니, 서울에서 김포로 들어오는 초입에 천등고개가 있는데 그 내력에 대해 이야기하겠다고 하면서 이야기를 해 주었다.
줄 거 리 : 천등고개는 언제나 날씨가 좋지 않았는데 철종이 임금이 되기 위해 서울로 올라갈 때에는 날씨가 좋았다. 그 이후로 그 고개를 천등고개라 부르게 되었다. 보통 사람이 천 명이 모여서 넘어가야 한다고 해서, 천등고개라고 하는데, 강종헌 제보자만 천둥고개라고 이야기하였다.

이조(李朝) 말 저기, 철종, 철종이 강화사람, 강화서, 그리 피난 나려 와 있다가, 그 헌종대왕이 손(孫)이 없어. 그래 가지구, 철종이 대를 이어서 왕이 돼 가지구, 인제, 올라가는데, 천등고개 거기 가니깐, 그냥, 천둥 번개가 꽝꽝허구, 그냥 그런데, 길이 어디가 어딘지, 강도도 거기 거 많았대요.

천등고개. 근데, 천둥을 허니까 그냥, 환하잖아. 번개 치고. 그래서 그 천등고개서 길이 훤하게 비치니까, 그리 넘어가서 서울로 올라가서 왕 됐다는 거야, 철종이.

손돌 전설

자료코드 : 02_06_FOT_20090611_CJU_LUS_0001
조사장소 : 경기도 김포시 김포2동 장기동 1339번지 청솔마을 현대 1단지 아파트 경로당
조사일시 : 2009.6.11
조 사 자 : 김헌선, 최자운, 김은희, 변남섭, 시지은
제 보 자 : 이윤섭, 남, 78세
구연상황 : 조사자들이 손돌 전설에 대해 묻자, 제보자는 그 이야기가 실제 있었던 일이
라고 하면서 김포 지도를 보면서 지명까지 손으로 일러주면서 이야기를 해
주었다.
줄 거 리 : 나라에 난리가 나서 임금은 강을 건너 강화도로 피난을 갔다. 피난을 가던 도
중 사공이 앞이 막힌 곳으로 배를 몰고 가는 줄 알고 임금은 사공을 죽이려
하였다. 그 사공의 이름은 손돌이었는데, 그는 바가지를 하나 물에 띄우면서
그것을 따라가면 목적지에 갈 수 있다고 하였다. 임금은 손돌을 죽이고 바가
지를 따라 가 보니 무사히 강화에 도착할 수 있었다. 임금은 자신의 잘못을
뉘우치고 손돌 무덤을 잘 만들어 주었다.

임금님이 인제 그, 몽고에서 우리 그, 우리나랄 침범을 했잖아. 그 역사
적으로 그 무슨 무슨, 하여튼, 무슨 실지(실제)야. 이건 거짓말이 아니고
실진데. 와서 임금님이 해 가지구, 그, 서울을 떠나서 인제, 강화로 이제,
피난을 간 거야.

가는데 이제 그, 강화는 그째만 해도 다리가 없고 그러니까, 나룻배로
건넜구 그랬거든? 그래서 인제 그, 서울에서 인제 그, 마차 이런 거 해 가
지구 어가(御駕)가 인제 대명리꺼지 와 가지구, 대명리에서 이제 그, 나룻
배를 타구 인제, 강화를 가는 거야. 강화가 이렇게 올라가다 갑곶이라는
데가 있어, 갑곶. 거기가 강화읍허고 제일 가까워요.

강화, 그, 거기에 성(城)이 있어. 강화까지 아직. 거길 가다가, 중간쯤,
강화 중간쯤 가다가, 가면은 강이 [오른 손으로 기역자를 만들면서] 이렇
게 딱 맥혔어.

아주. 그러면 누가 보더라도 이게 꽉 맥힌데 디리대니까, 이건, 간첩이

나, 무슨 하여튼, 좋지 않은 사람이 이 사람을, 이 임금님을 해할려고 그럴까 봐. 그런다구. 그래 가지구선, 사공, 그래서 자기 그, 경호원들이 있었을 거 아냐. 그 뭐, 경호원들헌테,

"이 눔이 날 죽일려 그러는 거 같으니까, 이 눔을 죽이라."구 말야. 그러니깐, 임금님의 명령인데 어떡하갔어. 이 사람이,

"난 그저 그, 임금님, 그럴 의도는 없는데, 뭐 임금님이 죽이라 그러면, 내가 죽는데." 그러면, 바가지를 하나 띠면서(띄우면서),

"이 바가지만 따라가쇼. 이 물이, 인제 그, 바가지만 따라가면 된다."고, 그랬단 말야.

그러니깐, 임금이 죽였어. 그 사람을 선돌이(손돌이)를. 그러구선, 바가지를 그냥 물가는 데로 따라가 본 거야, 그러니깐 바가지가 [아까 기억자로 만든 손 옆으로 물이 흐르는 것처럼 시늉하면서] 이렇게 요렇게 오거든. 강이 이렇게 있다가 [손가락으로 기억자를 만들면서] 여기만 보이지 여기 오는 거는 안 보이는 거야, 여기서. 오다가 바가지를 따라와 보니깐, 강이 새로 생겨 가지구 왔단 말이야.

그러니깐, 그, 돌아오면서 임금님이 그런 거야. '야, 이거 충신을 죽였다. 나를 이렇게 그냥, 안일하게(안전하게) 저, 모실려고 한 충신을 죽였다.'

그래 가지고선, 그 이, 그 사람을 갖다가 그 저, 강화에 가 가지구, 죽인 사람을 찾아서, 거기가 김포 바로 거기다가 선돌목(손돌목), 거기다 갖다가 산소를 써 놨어요.

형제투금(兄弟投金)

자료코드 : 02_06_FOT_20090611_CJU_LUS_0002

조사장소 : 경기도 김포시 김포2동 장기동 1339번지 청솔마을 현대 1단지 아파트 경로당
조사일시 : 2009.6.11
조 사 자 : 김헌선, 최자운, 김은희, 변남섭, 시지은
제 보 자 : 이윤섭, 남, 78세
구연상황 : 손돌 이야기를 마치고 잠시 쉬는 사이 김포의 지도를 보고 있던 제보자가 형
제가 금을 주운 이야기를 하겠다며 이야기를 해 주었다.
줄 거 리 : 어느 형제가 길을 가다가 금을 주웠는데 배를 타고 가다가, 형제간의 의리(義
理)를 상하지 않기 위해 주운 금을 강에 던져버렸다. 그 장소를 투금대라고
하였다.

형제들이 어디 가서 금(金)을 주워 가지구, 가지구 배를 타고 가다가,
형제가. 타고 가다가 동생은 동생대루 욕심이 있는 거구, 형은 형대루 욕
심이 있는 거야. 금을 가진, 나 혼자 가지면 참, 이거 되갔는데. 그러니깐,
형두 욕심이 있구, 동생두 욕심이 있어 가지고, 형이 있다가, '이거 도저
히 안되겠다.' 그래 가지구 금을 바다에 던져버렸어.

어, 의(義), 내가, 형제 의 상한다 그래 가지구. 그래 가지구 저기 가면,
투금(投金), 한강 저기 투금댄(投金臺)가? 투금대 지금 있어.

그 이름이. 그 동네 이름이 투금, 금을 던졌다 그러는데, 투금강인가,
하여튼 그런 데가 있어요, 거기가.

업구렁이가 나가서 망한 집

자료코드 : 02_06_FOT_20090611_CJU_LUS_0003
조사장소 : 경기도 김포시 김포2동 장기동 1339번지 청솔마을 현대 1단지 아파트 경로당
조사일시 : 2009. 6.11
조 사 자 : 김헌선, 최자운, 김은희, 변남섭, 시지은
제 보 자 : 이윤섭, 남, 78세
구연상황 : 이무기가 용이 되려는데 누가 봐서 용이 되지 못한 이야기가 있냐고 묻자, 업
구렁이가 집을 나가서 망한 집 이야기는 있다면서 아래 이야기를 해 주었다.

줄 거 리 : 옛날에 장진사는 부자로 살았는데 한 겨울에 그 집의 업구렁이가 집 밖으로
　　　　나간 뒤 얼마 후 망하고 말았다.

　그 집이가 옛날 장진사가 살았어. 거기가. 근데 그 집이가 뭐, 잘못 될
려고, 망할려고 그랬는데, 한겨울에 눈이 이렇게 많이 왔잖아.

　눈이 왔는데, 아침에 나가 보니까, 할머니 나가 보니까, 그냥 머, 큰 맷
돌이 굴러간 자리가 났더래. 거기서. 거기서 그냥 저 바닷가루. 거기가 한
3키로(km) 이렇게 되거든. 거기까지가.

　이렇게 있는데 그게 무신 자리냐 허니까, 거기서, 그 집이 그 저, 집을
지켜주든 터주, 그 저거, 뭐 뱀 있잖아. 거 뭐이 뭐라 그래 구렁이. (조사
자 : 업구렁이.) 업구렁이라고 그러지. 그걸 더러. 그거이 그 집이 망할려
고, 그 업구렁이가 나간 자리래. 근데 그건 실지야. 우리 할머니가 봤대.
우리 할머니가. (청중 : 그걸 왜 나가?)

　그 집이가 지금 인제, 그 집이 장진사네 운명이 다한 거야. 자기네가.
자기네가. 그이가 인제 운명이 다 된 거야, 그 집이가. 행세하던.

　그 집이. 그 터를 지켜주던 업구렁이가 나간 자리가 그렇게, 겨울인데.
겨울인데, 그 뭐, 눈이 이렇게 많이 나서, 그냥 뭐 발자국두 없구 그냥 그
자리만 났더래.

천등고개의 유래

자료코드 : 02_06_FOT_20090611_CJU_JJW_0001
조사장소 : 경기도 김포시 김포2동 장기동 1339번지 청솔마을 현대 1단지 아파트 경로당
조사일시 : 2009.6.11
조 사 자 : 김헌선, 최자운, 김은희, 변남섭, 시지은
제 보 자 : 정진욱, 남, 86세
구연상황 : 서울에서 김포로 들어올 때 김포 초입에 있는 천등고개에 얽힌 유래가 있냐
　　　　고 물으니 이야기를 해 주었다.

줄 거 리 : 천둥고개에는 도적들이 많아서 사람들이 천 명이 모여서 넘어와야 안전하다
        고 하여 천둥고개라 불렀다.

그게 왜 천둥고개냐 하면요. 옛날에는 천둥고개가 고개가 높구, 그, 고
개 올라서면 여기, 저, 내려오자면 한참 어슥해요.

아주. 거길 넘어오재면 도적놈이 많아 가지구, 거기가 죄 뺏기고 털리
고 그러니깐, 사람 천명이 뙤서(모여서) 넘어와야 넘어온다고 그래서 이름
이 천둥고개라 그런 거에요.

용화사의 유래

자료코드 : 02_06_FOT_20090611_CJU_JJW_0002
조사장소 : 경기도 김포시 김포2동 장기동 1339번지 청솔마을 현대 1단지 아파트 경로당
조사일시 : 2009.6.11
조 사 자 : 김헌선, 최자운, 김은희, 변남섭, 시지은
제 보 자 : 정진욱, 남, 86세
구연상황 : 장기동 인근에 용화사라는 절이 있어, 그 절에 얽힌 이야기가 있냐고 물으니
        이야기를 해 주었다.
줄 거 리 : 김포 시내 인근에 소재한 용화사는 이무기가 용이 되어 승천했다고 해서 용
        화사라 이름지었다.

지금은 그 용화사 밑에 바로 한강이거든요. 한강인데, 그 전엔 배가 그,
용화산 밑으로 그리 수로(水路)가 나 가지고서 저 강화서 똑딱선이 마포
까지 올라갔더랬어요. 근데, 지끔은 이쪽이 미어지구 저쪽으로다 강이 났
거든.

근데, 옛날엔 이 쪽이 골이 져 가지고 똑딱선이 그리 댕겼는데, 거기
옛날에 거기 저, 하가수 이무기가 올라가서 용이 되서 하늘로 승천했답니
다. 그래서 용화사라 그러는데 나도 확실한 유래는 몰라요.

일본 밀정을 혼내준 조중동 대감의 부친

자료코드 : 02_06_FOT_20090611_CJU_JJW_0003
조사장소 : 경기도 김포시 김포2동 장기동 1339번지 청솔마을 현대 1단지 아파트 경로당
조사일시 : 2009.6.11
조 사 자 : 김헌선, 최자운, 김은희, 변남섭, 시지은
제 보 자 : 정진욱, 남, 86세
구연상황 : 왜놈들을 혼내준 사명대사에 대해 이야기하던 중 제보자가 조중동 대감의 부
　　　　　 친도 임진왜란이 일어나기 전에 하신 일이 있다면서 이야기를 시작하였다.
줄 거 리 : 조중동 대감의 부친은 임진왜란이 일어날 것을 미리 알고 일본 밀정을 함정
　　　　　 에 빠지게 하여 그를 혼내주고, 기밀을 쓴 종이로 만든 망을 빼앗았다.

　임진왜란 때 그때 여기 저, 옹주물이라고, 김포 감정린가? 거기가 옹주
물에. 조중동 선생이라구, 조운 선생, 중동 조운 선생이 거기서 출생한 거
에요. 지금 거기 서원이 있지만, 현재. 근데, 조중동, 그, 조운 선생에 선
친 아버님께서 좀 학자고, 많이 배우신 분이가 봐.

　그, 임진왜란 날 껄 알고, 밭에다 챔외(참외)를 많이 났답니다(심었답니
다). 자기 집 앞에, 텃밭에다가 참외를 많이 났는데, 그 왜님(왜놈)이, 솔직
히 말하면, 간첩이죠. 탐방을 하러 들어온 걸 알았어요.

　알구, 이 님(놈)이 들어와서 인제, 이 망태 같은걸 저기, 둘러미고 들어
와서 무신, 일본놈 행세를 해요? 돌아댕기다가 배가 고프니까, 밭에 가서
챔외를 따 먹었단 말야. 참외를 따 먹고 오는데, 그 중동 선생님의 아버님
이 그 일본놈의 간첩 들어온 걸 안 거에요. 알구, 축지법을 써 가지구, 그
님이 거기서 뺑뺑 돌고 나오질 못허는 거야.

　그 님이 나올려고 그랬는데, 길을 못 찾는 거지. 그래서 나중에 그 밭
에 가서 참외를 따 먹긴 따 먹었는데, 들어온 길이 어딘질 몰라 가지구,
헤매다가 헐 수 없이 가서, 자기가 실토를 했답니다.

　"내, 이렇게 돼서 잘못했으니까, 용서해 달라."구.

　단단히 빌어서 그 망을, 둘러맨 끈을 풀러보니깐, 그, 댕기면서 비밀이

무엇인고, 어디 군대가 있고, 어디가 성(城)이 있고 헌 거, 죄 요걸 해서
똘똘 말아 가지구 망을 맨들었댑니다.

4. 대곶면

▌조사마을

경기도 김포시 대곶면 석정1리

조사일시 : 2009.4.3
조 사 자 : 김헌선, 최자운, 김은희, 변남섭, 시지은

경기도 김포시 대곶면 석정1리

  석정(石井)은 글자 그대로 '돌우물'이라는 뜻으로, 석정리의 주산(主山)
인 오봉산 석회암층에 연결된 암반 속에서 솟아나오는 약수로서 동네의
식수는 물론 농업용수로까지 사용해 왔다. 전설에 의하면 김포읍 장릉의
역사(役事)중에 광중(壙中)에서 물이 솟아올라서 야단이 났는데, 지관의 말
이 서북쪽 40리 밖에 있는 석정을 더 깊이 파헤치면 된다고 하여 그대로
하니 물이 말라 무사히 이장(移葬)을 마쳤다 한다. 그리고 물맛이 좋아서

통진 고을 원님이 길어다 먹었다 하여 '골우물'이라고도 불러왔다.

옛날에 현감이 우물 옆에서 살았는데 객이 너무 많이 출입하여 하인이 시주를 하러 온 중에게 손님 안 오게 하는 방법이 없느냐고 물었더니, 우물에 있는 돌로 된 거북이 형상머리를 깨 버리면 된다고 하였다. 하인이 그대로 하였더니 집안 출입객이 한산해지고 덩달아 집이 망했다고 한다.

오봉산은 이 마을 주신의 원천이 서린 곳으로, 옛날에 한 장사가 석정에 내려와서 무릎 꿇고 물을 마신 자국과 지팡이 자국, 소변을 본 자국이 지금도 남아 있다고 한다. 동남간과 동북간에 거북이 형상과 용의 형상으로 된 돌로 산이 이루어져 있으며, 석정의 물은 천연 신비약수 우물로 널리 알려져 전국 각지에서 물을 길러 오는 사람이 많았고 김포에 하나밖에 없는 영천(靈泉)이라 칭했다. 마을회관 아래 오른쪽으로 석정(돌우물)이 보존되어 있으며, 석정 앞에 석정과 오봉산에 관한 전설이 기록되어 있다.

현재 석정리는 1리와 2리가 있는데, 석정2리는 원래 무인촌이었다. 그런데 6·25 전쟁 이후로 피난민들과 축산업자 등이 터전을 잡게 되어 마을이 형성되었다. 석정2리는 옛날부터 깊은 산골이라 하여 '산곡(山谷)'이라 불렀고, 마을 부근에 탄광이 있어서 '석탄광'이라고도 하였다. 석정1리에는 2009년 현재 175세대, 400여 명이 살고 있다.

경기도 김포시 대곶면 약암(약산)2리

조사일시 : 2009.4.30

조 사 자 : 김헌선, 최자운, 김은희, 변남섭, 시지은

약암리는 약초와 바위가 많아서 붙여진 마을 이름이다. 현재 가구 수는 70여 호이다. 이 마을에는 덕진 이씨, 장수 황씨, 청송 심씨 등 세 성씨가 처음 터를 잡아서 살아오고 있다. 마을 주변으로 산이 많은데 뒷산의 이름은 약산이고, 승마산은 약암1리와 약암2리의 경계를 짓는 산으로 사람

이 말 타고 있는 형상과 같아서 붙여진 이름이다. 승마산에 일제시대에 박아놓은 쇠말뚝이 있었는데, 작년에도 하나를 캤다고 한다. 약암리는 해방 후에 1리와 2리로 나뉘어졌고, 바다를 막아 간척지를 개간하였는데 한 가구당 논을 2,000여 평씩 분배받았다고 한다. 마을의 주업은 주로 논농사인데, 최근 포도농사로도 부수입을 많이 얻고 있다고 한다.

경기도 김포시 대곶면 약암2리

한식과 청명 날에 마을제를 지냈으나 현재는 사라졌다. 해방 후까지도 농악을 하였는데, 두레기를 들고 이 마을 농악대가 나가면 다른 마을 사람들이 두레패를 피했다고 한다. 심유택이라는 사람이 상쇠 노릇을 했는데, 살아 있다면 130세쯤이고 기운도 장사였다고 한다. 정월 쥐날에는 쥐불놀이를 하기도 하였다.

마을 입구에는 수령이 500여 년쯤 된 은행나무 암수 그루가 있었는데,

그 중 한 나무는 벼락을 맞았다. 또한 큰 참나무가 있었는데, 만신을 불러
굿을 했었다.

경기도 김포시 대곶면 초원지3리

조사일시 : 2009.4.16, 2009.4.30
조 사 자 : 김헌선, 최자운, 김은희, 변남섭, 시지은

경기도 김포시 대곶면 초지원3리

　옛날에 이 마을에 초리원(草里院)이라는 원이 있어서 새원지(新院趾)라
고 부르다가, 마을에 좋은 풀이 많다고 하여 초원지리(草元芝里)라고 부르
게 되었다고 한다. 자연부락으로 용산동(龍山洞), 간동(間洞), 월감(月甘) 3
개 마을이 있다. 용산동은 마을의 뒷산 형국이 용과 같다고 하여 붙여진
이름이며, 마을이 용의 머리에 위치해 있다고 하여 '용산머루'라고도 부

른다. 간동(샛말)은 마을이 용산동과 월감 사이에 끼어 있다고 하여 붙여진 이름이며, 초원지3리는 마을의 형국이 반달과 같이 구부러진 모양이라 하여 '달감(月甘)'이라고 부르고 있다. 2009년 현재 147세대, 250여 명이 살고 있다.

█ 제보자

김예섭, 여, 1930년생

주 소 지 : 경기도 김포시 대곶면 초원지3리
제보일시 : 2009.4.16, 2009.4.30
조 사 자 : 김헌선, 최자운, 김은희, 변남섭, 시지은

김예섭 제보자는 강화군 하도면 흥앙리가 고향으로, 17살 때 예쁘니까 주변에서 중매하느라고 난리들 났었고, 그때 김포로 시집을 왔다고 한다. 조사자들에게 가장 많은 이야기와 노래를 해 주려고 애썼고, 다른 할머니들이 이야기를 시작하는데 도움을 많이 주었다. 차근차근한 말투와 상냥한 표정으로 노래를 불러 주면서 조사자들에게 옛날 상황에 대한 설명도 많이 해 주었다. 특히 산에서 나는 산나물에 관해 해박한 지식을 가지고 있어서, 나물의 종류와 채취하는 방법 그리고 기름 짜는 과정을 잘 설명해 주었다.

제공 자료 목록

02_06_FOT_20090430_BNS_KYS_0001 밥 많이 먹는 마누라
02_06_FOS_20090416_SJE_KYS_0001 대추 떨어지길 바라며 부르는 노래
02_06_FOS_20090416_SJE_KYS_0002 부엉이 노래
02_06_FOS_20090416_SJE_KYS_0003 앞니 빠진 아이 놀리는 노래

김은전, 여, 1935년생

주 소 지 : 경기도 김포시 대곶면 초원지3리

제보일시 : 2009.4.16
조 사 자 : 김헌선, 최자운, 김은희, 변남섭, 시지은

김은전 제보자는 강화군 하잔면 심복리 길 아래가 고향으로, 외숙모가 중매를 해서 김포로 시집을 오게 되었다. 시집이 가난하여 신혼방에 도배를 초등학교 교과서로 해 놓았던 이야기, 아궁이에 물이 차서 퍼 낸 이야기를 재미있게 하여 주위를 웃음바다로 만들었다. 시집 살던 이야기를 너무 재미있게 하여 조사자들이 옛날에 불렀던 노래나  들었던 이야기를 묻자, 그런 거 별로 없다며 조사에 쉽게 응하지 않았다. 다른 할머니들이 잘 기억하지 못 하는 밥 많이 먹는 마누라 이야기를 아주 재미있게 구연해 주었다. 노래 몇 가지를 불러 주었는데, 제보자가 기억력이 좋아 별 혜는 소리와 꿩 노래를 잘 불러 주었다.

제공 자료 목록
02_06_FOT_20090416_SJE_KEJ_0001 밥 많이 먹는 마누라
02_06_FOS_20090416_SJE_KEJ_0001 별 혜는 소리
02_06_FOS_20090416_SJE_KEJ_0002 꿩 노래

김정옥, 여, 1926년생

주 소 지 : 경기도 김포시 대곶면 석정1리
제보일시 : 2009.4.3
조 사 자 : 김헌선, 최자운, 김은희, 변남섭, 시지은

김정옥 제보자는 석정1리 마을회관을 찾았을 때 가장 적극적인 제보자였다. 황해도 연백이 고향으로 10남매를 낳아 반을 잃었다. 아이들 어르는 노래를 많이 기억하고 있는 것 같았으나, 기억이 희미해 소리를 내면

끝까지 부르지 못했다. 그렇지만 잠자리, 방
아깨비 가지고 놀던 노래 등을 해 주었고,
노래하는 것을 좋아한다며 고향에서 불렀던
'신고산이'를 불러 주었다. 이야기는 많이
기억하지 못하고, '해와 달이 된 오누이'이
야기를 파편적으로 구연해 주었다.

제공 자료 목록

02_06_FOT_20090403_SJE_KJO_0001 떡장수와
호랑이

02_06_FOS_20090403_SJE_KJO_0001 배 아플 때 배 쓸어주며 하는 노래
02_06_FOS_20090403_SJE_KJO_0002 헌 이를 지붕에 던지며 부르는 노래
02_06_FOS_20090403_SJE_KJO_0003 이 빠진 아이 놀리는 노래
02_06_FOS_20090403_SJE_KJO_0004 방아깨비 뒷다리 잡고 하는 노래
02_06_FOS_20090403_SJE_KJO_0005 물레 노래
02_06_FOS_20090403_SJE_KJO_0006 잠자리 잡는 노래
02_06_FOS_20090403_SJE_KJO_0007 신고산 타령

김춘례, 여, 1930년생

주 소 지 : 경기도 김포시 대곶면 석정1리
제보일시 : 2009.4.3
조 사 자 : 김헌선, 최자운, 김은희, 변남섭, 시지은

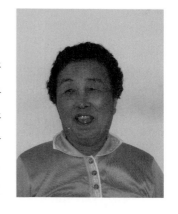

김춘례 제보자는 석정1리 마을회관을 조
사할 때에 줄곧 다른 제보자의 이야기나 노
래에 간간이 설명을 보태는 제보자였다. 조
사자들이 혼자 노래를 하거나 이야기해 줄
것을 청했지만 하지 않고, 다른 할머니들이
모두 기억해 내지 못했던, 모래에 두꺼비 집

을 짓는 노래를 해 주었다.

제공 자료 목록
02_06_FOS_20090403_SJE_KCR_0001 두꺼비 집 짓는 노래

심원섭, 남, 1919년생

주 소 지 : 경기도 김포시 대곶면 약암2리
제보일시 : 2009.4.30
조 사 자 : 김헌선, 최자운, 김은희, 변남섭, 시지은

심원섭은 경상북도 청송 심씨로 이 마을
의 토박이이다. 청송 심씨의 15대조가 수찬
공 달원이라는 사람으로, 기묘사화 당시 이
를 피해 와서 이 마을에 정착하였다. 월곶면
에는 8대조인 정승의 산소 세 기가 있다고
한다.

제공 자료 목록
02_06_FOT_20090430_BNS_SWS_0001 사두질 하다가 도깨비 만난 얘기
02_06_FOT_20090430_BNS_SWS_0002 오작교를 건넌 선녀와 나무꾼

이광순, 여, 1922년생

주 소 지 : 경기도 김포시 대곶면 초원지3리
제보일시 : 2009.4.16
조 사 자 : 김헌선, 최자운, 김은희, 변남섭, 시지은

이광순 제보자는 김포 양촌면 모산리가 고향으로, 17세에 대곶면으로
혼인하여 왔다. 나이가 높아 귀가 잘 들리지 않는 제보자는 다른 제보자
들이 이야기할 때 같이 이야기하는 경우도 많았고, 조사자들이 질문을 하

면 잘 듣지 못하여 다른 제보자들이 다시
이야기해 주곤 하였다. 하루걸이나 홍역 걸
렸을 때, 마마 걸렸을 때 집에서 민간 처방
을 어떻게 하였는지 잘 설명해 주었지만, 옛
날에 불렀던 노래나 들었던 이야기는 많이
기억하지 못 하였다.

제공 자료 목록
02_06_FOT_20090416_SJE_LGS_0001
들기름으로 도둑을 잡은 할머니

이금호, 여, 1933년생

주 소 지 : 경기도 김포시 대곶면 석정1리
제보일시 : 2009.4.3
조 사 자 : 김헌선, 최자운, 김은희, 변남섭, 시지은

이금호 제보자는 석정1리 마을유래에 관
해 이야기를 많이 해 준 제보자이다. 다른
제보자들이 노래를 하고 이야기를 할 때 옆
에서 많이 거들어 주려고 했으나, 여간해서
는 혼자 노래하고 이야기하려고 하지 않았
다. 마을에 특이한 장소나 지명에 대해 이야
기하다가 석정(돌우물)과 관련된 전설을 구
연하였다.

제공 자료 목록
02_06_FOT_20090403_SJE_LGH_0001 석정리 돌우물 이야기

이남옥, 여, 1927년생

주 소 지 : 경기도 김포시 대곶면 석정1리
제보일시 : 2009.4.3
조 사 자 : 김헌선, 최자운, 김은희, 변남섭, 시지은

이남옥 제보자는 석정1리의 김정옥 제보
자와 함께 노래와 이야기를 많이 구연한 제
보자이다. 김정옥 제보자가 이야기를 주도
해 나가자, 이남옥 제보자도 이야기나 노래
를 하려 했으나, 파편적이고 서두만 있는 경
우가 많아 자료로 채택하기가 어려웠다. 하
지만, 옛날에 어렵게 살던 때에 식구들이 아
프면 어머니들이 어떻게 민간처방을 했는지
에 대한 이야기에 밝았으며 조사에 적극적으로 임해 준 제보자이다.

제공 자료 목록
02_06_FOS_20090403_SJE_LNO_0001 잠자리 잡는 노래

조흥순, 여, 1930년생

주 소 지 : 경기도 김포시 대곶면 초원지3리
제보일시 : 2009.4.30
조 사 자 : 김헌선, 최자운, 김은희, 변남섭, 시지은

조흥순 제보자는 농사를 지으며 살고 있
다. 예전에 매일 절구질을 해서 밥을 해 먹
었던 고된 삶을 회상하며 힘든 과정을 상세
하게 얘기하였다. 성격이 솔직하고 괄괄해
서 말도 시원스럽게 잘했다.

제공 자료 목록

02_06_FOT_20090430_BNS_JHS_0001 콩쥐 팥쥐
02_06_FOT_20090430_BNS_JHS_0002 밥 많이 먹는 마누라

주강수, 남, 1924년생

주 소 지 : 경기도 김포시 대곶면 송마4리 883번지
제보일시 : 2009.4.3
조 사 자 : 김헌선, 최자운, 김은희, 변남섭, 시지은

주강수 제보자는 6대째 송마리에 살고 있
는 송마리 토박이이다. 평생 농사를 지어왔
으며, 지금은 대학 나온 손자가 내려와서 농
사를 짓는다고 한다. 제보자의 배우자는 제
보자보다 나이가 두 살 더 많아, 두 분 모두
높은 나이 때문에 거동이 편하지 않아서, 아
들 며느리가 날마다 와서 밥을 해 준다고
한다. 마을에 공장이 들어서고, 김포에 아파
트가 늘어나는 것을 우려하며, 이렇게 집만 짓다가는 나중에 우리나라가
다른 나라에서 식량을 수입해야 한다는 걱정을 많이 하였다.

농사를 오래 지었지만, 농사를 지으면서 부르는 노래는 잘 알지 못했
고, 이야기도 설화보다는 실제 있었던 이야기나 고담(古談)에 가까운 이야
기를 주로 구연하였다. 나이가 많아 이야기를 유도해 내기가 쉽지는 않았
고 말도 느렸지만, 제보자가 워낙 이야기하는 것을 좋아하여 많은 이야기
를 들을 수 있었다.

제공 자료 목록

02_06_FOT_20090403_SJE_JGS_0001 신안 주씨 열녀 이야기
02_06_FOT_20090403_SJE_JGS_0002 솔개와 호랑이가 도운 효자

02_06_FOT_20090403_SJE_JGS_0003 시(詩) 구절로 신랑감 죽은 줄 알아낸 딸
02_06_FOT_20090403_SJE_JGS_0004 바보 온달
02_06_FOT_20090403_SJE_JGS_0005 버리데기 칠 공주
02_06_FOT_20090403_SJE_JGS_0006 드러누워도 먹을 거 생기는 사람
02_06_FOT_20090403_SJE_JGS_0007 첫날밤에 죽은 신랑
02_06_FOT_20090403_SJE_JGS_0008 호랑이와 싸운 소
02_06_FOT_20090403_SJE_JGS_0009 일본과 맞선 사명당 이야기
02_06_FOT_20090403_SJE_JGS_0010 최치원의 최후
02_06_FOT_20090403_SJE_JGS_0011 불국사 에밀레종
02_06_FOT_20090403_SJE_JGS_0012 소와 말이 바다에 빠지면

밥 많이 먹는 마누라

자료코드 : 02_06_FOT_20090430_BNS_KYS_0001
조사장소 : 경기도 김포시 대곶면 초원지3리 320번지 초원지3리 마을회관
조사일시 : 2009.4.30
조 사 자 : 김헌선, 최자운, 김은희, 변남섭, 시지은
제 보 자 : 김예섭, 여, 80세
구연상황 : 앞의 제보자가 밥 많이 먹어서 쫓겨난 마누라 이야기를 끝내자 이어서 구연
하였다.
줄 거 리 : 밥을 많이 먹는 아내가 있어서 그 남편이 얼마나 많이 먹나 보려고 논으로
밥을 아홉 그릇을 내오라고 하였다. 아내가 다 먹으니 밥을 많이 먹는다고 쫓
아내고 말았다. '밥 안 먹는 마누라'의 변이형으로, 밥을 많이 먹고 쫓겨난 부
인을 중심으로 짧게 구연되었다.

아니 들에 나가서 아홉 사람 껄 해 내 오랬대지 뭘. 아홉 사람 꺼.

(청중 : 밥이 나쁘니까.) 어? (청중 : 밥이 나쁘니까.)

여편네가 밥을 많이 먹으니까 아홉 그릇을 해서 가지고 나오라 그랬대
논엘. 그래서 아홉 그릇을 해 가지고 나가니까.

혼자 일허면서 아홉 그릇을 해 내왔대민? (청중 : 그래서 그걸 다 먹었
다매.) 다 먹었대, 그 여자가. 그렇게 밥을 많이 먹었대 아홉 그릇을. (청
중 : 세상에 아이구.)

옛날에 밥 많이 먹으니까 신랑이 그냥 아홉 그릇을 해 내오라 그랬드
래, 얼마나 먹나 볼려고. 그래 갖구, 그걸 다 먹었대, 여자가. 그러니까 내
쫓았지, 밥을 많이 먹으니까.

밥 많이 먹는 마누라

자료코드 : 02_06_FOT_20090416_SJE_KEJ_0001
조사장소 : 경기도 김포시 대곶면 초원지3리 320번지 초원지3리 마을회관
조사일시 : 2009.4.16
조 사 자 : 김헌선, 최자운, 김은희, 변남섭, 시지은
제 보 자 : 김은전, 여, 75세
구연상황 : 노래를 몇 곡 부른 제보자가 시집이 형편이 어려운 줄 모르고 시집을 와서
        황당한 어려움을 많이 겪었다는 이야기를 재미있게 하였다. 며느리 이야기가
        나온 김에 조사자들이 밥 많이 먹어서 쫓겨난 마누라나 며느리 이야기 들어
        보신 적 없냐고 묻자 이야기를 시작하였다.
줄 거 리 : 한 영감이 마누라에게 아홉 명 밥을 해 오라고 했는데, 마누라가 나오질 않았
        다. 그래서 집에 들어가 봤더니 자기가 아홉 명 밥을 열린 정수리로 다 먹더
        란다. 영감은 이런 마누라와 못 살겠다고 마누라를 쫓아냈다.

옛날에 영감이 밥해서 내오라 그랬드니, 뭐 아홉 명 밥을 해서 내오라 그랬드니, 안 내오구선 어떻게 됐나 하고 들어가 보니깐, 지가 해서 다 먹드래잖아. 그래 어디루 먹나 보니까는 이 정수리로 디리디리 하면 없어지드래. 정수리 디리디리 하면 없어지구 그러더래. (청중 : 이 뭐야 또?) 그렇게 먹드래요.

그래서 아홉 사람 몫을 다 먹드래. 그런데 그 어떻게 정수리가 열렸드랬나 어떻게 됐나? (청중 : 거 웬 난리야? 어휴 세상에.) 그랬대요. 그런 소리 있드라구. (조사자 : 그래서 쫓겨났대요?) (청중 : 그래서 일꾼은 굶었지. 그럼 쫓겨났죠. 그러니깐 이런 기집년 데리구 살다간 생전 못 살겠다 그러구 쫓겨냈지.)

(조사자 : 결혼은 어떻게 하게 됐는지는 모르세요?)

네? (조사자 : 결혼은 어떻게 하게 됐는지는.)

결혼?

(조사자 : 그 남자가 그 여자랑 어떻게 결혼하게 됐는지는 모르세요?)

그건 모르죠.

(조사자 : 둘째 마누라는 안 얻었대요?) 내쫓았으니까 얻었갔지.

떡장수와 호랑이

자료코드 : 02_06_FOT_20090403_SJE_KJO_0001
조사장소 : 경기도 김포시 대곶면 석정1리 391-3번지 석정1리 마을회관
조사일시 : 2009.4.3
조 사 자 : 김헌선, 최자운, 김은희, 변남섭, 시지은
제 보 자 : 김정옥, 여, 84세
구연상황 : 노래를 잘 하는 제보자가 이야기도 잘 할 듯하여 조사자들이 '한 고개 넘어가
면 안 잡아먹지?' 이런 얘기를 청했다. 제보자는 그런 이야기가 있다면서 이
야기를 시작했는데, 다 잊었다며 중간에 이야기가 자꾸 중단되었다. 이야기가
파편적이고, 오누이가 호랑이를 어떻게 피했는지에 대한 이야기가 빠지고 엄
마가 떡과 옷을 빼앗긴 이야기만 강조되었다.
줄 거 리 : 떡을 이고 가던 엄마에게 호랑이가 나타나 '떡 하나 주면 안 잡아먹지.' 하고
는 떡을 다 뺏어먹고 나서 '옷 한 가지 주면 안 잡아먹지' 하고는 옷을 다 벗
겼다. 그리고는 아이들 있는 집으로 가서 엄마 행세를 해서 아이들이 그만 문
을 열어주고 말았다.

"떡 하나 주면 안 잡아먹지."

그러면 그 호랭이가 와서 거기 가서 또 있구,

"옷 하나, 옷 한 가지 벗어주면 안 잡아먹지."

그러구 또 다 뱃기구, 낸중엔 그냥 다 벗었대, 옛날에. 떡도 이구 가던 거
"한 개만 주면 안 잡아먹지."

그래서 하나씩 주구 뭐, 그랬다고 그전에 그런 이야기를 했어. (조사
자 : 그 뒤에 이야기가 어떻게 되요, 할머니?)

그 얘기가… (조사자 : 그 뒤에, 호랑이가 그랬었는데 어떻게 했어요?)

어, 옛날에… 다 잊어버렸어요. 그래서 그렇게, 옛날에 그냥… 저기 문
구녕을 뚫르고,

"아가 아가, 니 어매 왔다. 내 손 맨져 봐라." 그러닌께 맨져 보니까

"어휴, 우리 어무이 손이 아닌데?" 그러니께

참기름 칠을 하고 와서 그냥 또 손 넣어보라 그래서 맨져 보고 그 땐 몰르구서 문을 열어줬대나? 그래서 뭐, 에유~ 다 잊어버렸어. 잡아먹었대나? [일동 웃음] 그랬다 그랬어.

옷 한 가지 주면 안 잡아먹지, 뭐 떡 하나 주면 안 잡아먹지. 떡 하나 이고 가던 거 다 주고 그냥 옷도 다 뺏기고 낸중엔 그랬다 그랬어.

사두질 하다가 도깨비 만난 얘기

자료코드 : 02_06_FOT_20090430_BNS_SWS_0001
조사장소 : 경기도 김포시 대곶면 약암2리 60번지 약암2리 마을회관
조사일시 : 2009.4.30
조 사 자 : 김헌선, 최자운, 김은희, 변남섭, 시지은
제 보 자 : 심원섭, 남, 91세
구연상황 : 도깨비와 친해서 부자가 된 이야기가 있냐고 묻자, 제보자가 알고 있는 도깨비 이야기를 해 주었다.
줄 거 리 : 밤에 사두질을 하는데 환하니 불이 밝아 고기를 많이 잡았는데, 그 불을 쫓아가다가 정신을 차려보니 가시덤불에 빠졌다는 이야기이다.

사두질을 하는 거라구 사두질.

밤마다 밤에 저 어시레 잘 잡히니까. 물 때 차면 가고 가고 그러는데, 언젠가 그 가니깐두루, 뭐야 불이 그 환하게 밝드래. 그래 뭐이 불을 밝혀주나 하니까 뭐이 없는데 그렇게 밝드래.

그래 사두질을 허는데 거기가 고기가 잡구 일을 허는데 잘 들드래지 고기가. 그래서 고기를 많이 잡구 인제.

낮에 보니까 두루 그거이 그 불이 저기 앞으로 다가 가드래지 뭐야. 그 래서 자기는 나갈려고 하는데 거길 쫓아간 거라. 쫓아가는데 그건 앞서가

고. 그래 뭐 인제 쫓아갔으니까 그 불이 없어졌는데 깜깜허니 올 수가 없드래지.

그래서 어트게 오다가, 근데 그 어디가 어딘지 그 뭐이 찔르고 뭐 아주 어떻게 나갈 수도 없고, 갈 수도 없고, 뭐 어디 꼼짝할 수 없대. 그래서 '사람 살려라.' 악을 쓰고 거리가 머니까, 뭐이 들려?

그래 악을 쓰고 또 쓰고 '누가 그 소릴 듣냐 기다려 보자.'

오작교를 건넌 선녀와 나무꾼

자료코드 : 02_06_FOT_20090430_BNS_SWS_0002
조사장소 : 경기도 김포시 대곶면 약암2리 60번지 약암2리 마을회관
조사일시 : 2009.4.30
조 사 자 : 김헌선, 최자운, 김은희, 변남섭, 시지은
제 보 자 : 심원섭, 남, 91세
구연상황 : 나무꾼이 선녀를 만났다는 이야기는 없냐고 하니 이야기를 해 주었다.
줄 거 리 : 한 효자가 아버님의 병을 고치기 위해 산에 약초를 구하러 갔다가 위험에 처한 사슴을 구해 주었다. 사슴의 보답으로 연못에서 목욕하는 선녀의 옷을 감추고 같이 살게 되었는데, 어느 날 선녀에게 옷 이야기를 해 주자 이튿날 선녀는 하늘로 올라가 버렸다. 그가 아내를 찾아서 연못으로 다시 가서 두레박을 타고 하늘로 올라갔고, 까치다리를 건너 부인을 만나러 갔다. 그러다 다리에서 함께 떨어져 다시 아버지가 살고 있는 곳으로 돌아왔고, 아버지를 봉양하며 잘 살았다. 이 이야기는 '나무꾼과 선녀', '견우와 직녀'의 혼합형으로 행복한 결말이 특징이라고 할 수 있다.

그 효자, 아주 지극헌 효자지.

그러니까 자기 아버지가 병환이 났는데 시방은 약이 있지만 그 전엔 산약 밖에는 없었거든. 그래서 산에 올라가서 산약을 구해다가 대려주고 대려주고 그랬대.

한번은 인제 산에를 가니까 두루, 왠 사슴 뛰어가드래. 뛰어가니깐두루,

'아, 저놈을 붙잡았으면 약이 되겠다.' 하는 생각을 했었는데, 게 붙잡지 못해 사슴을 놓쳤는데.

그래 거기서 인제 있노라니까 사람이 하나 오드라 이 말이야. 그러더니만,

"아니, 여기 연못 있지 않느냐?" 그러드래.

그 연못 있는 것은 이 사람이 모르지. 그래서 이 양반이 여기 없다니깐 저 짝으로 가면 있다구 말이야. 그래서 연못을 이제 이 사람이 이제 저 짝으로 가면 있겠니 하고 가 보겠다고.

그런데 사슴이 정말 사슴이 하나 뛰어 내려오드래.

그러더니만 "아이, 날 좀 감춰 달라." 이러잖아 그래드래나?

그래 아마 수풀 속에다 감춰 준 몬양이지.

그래 인제 감춰 줬는데, 조금 있으니까 포수가 쫓아오드라 이 말이야. 에 "사슴 이리로 가는 거 못 봤냐?"구.

그래서 "못 봤다."구. 못 봤다구 그러라구 사슴이 그러더래.

그래서 그대로 "아이 못 봤다구." 그랬대지. 그런 일 없다구. 그럼 그러냐구.

그래서 포수는 가 버렸는데 사슴이 나와설라므니,

"저 모퉁이로 가면 연못이 있는데 그거 모르냐?"구.

아이 "난 모른다."구.

"연못이 거기 있는데, 연못에 거기 인제 매일 선녀들이 내려와서 거기서 목욕을 헌다." 이 말이야.

"그럴테니까 거기 선녀들이 내려와서 목욕을 허게 되면 옷을 그 벗어 놓고서 목욕할 적에 거 옷 하나만 감춰라." 이 말이야. 그래서 그런가 하니까.

거 저 글로 가니깐 선녀들이 와서 목욕을 허드래. 그 사람을 보더니 죄 그냥 옷 주어 입고 죄 날라 가드래, 날라서 올라 가드래지.

그러니 이게 하나 옷을 감췄는데, 자, 그건 저 떨어져서 울드래야. 뭐 그 옷을 잃어버렸으니까 못 올라가고. 그래, 그걸 데리고 와서 인제 불쌍하니까 데리고 와서 인제 뭐, "우리하고 같이 살자"고 해서 데리고 사는데.

아, 언젠가 거이 옷 얘기를 인제 실지루 인제 그랬더니 "너의 이게 너의 네 옷이다." 아마 얘기를 한 몬양이지.

그러니까 "하이 그러냐!"구 반갑게 맞이허구 그 여자가 가지고선 갖다 제가 어디다 두구서. 그러더니 그 이튿날 아, 이 여자가 그 옷을 입고 휙 날라가 버렸대지. 하늘로 올라갔다 이 말이야. 그러니깐 두루 여편네 잊어버렸잖아?

근데 거기 가서는 이 가선 서울로 올라가니까, 까치 뭐 이런 게, 그냥 숫태 많은데, 이 이 사람 또 인제, 다 그 연못에 가니깐 두루 두레박이 하나 내려 오드래, 하늘서. 게, 거길 올라 탔드니 쭉 올라가드라 이 말이야. 그러니까 그 사람이 하늘로 올라간 거야.

올라가니까 자기 데리고 살던 여자가 "아 왔다."고 반가워하면서 "저 강 건너 사니, 아 이리 오라."구. 자기는 이제 마주 가게 됐는데. 그러니까 인제, 까치들이 그 이제 까치들이 많이 올라와서 은하수에다 다릴 놓드래지?

그러니까 그걸 짚구서 저 짝에선 여자가 건너오고 여기선 같이 건너가고, 그래서 거기서 가다가 잘못해 한 사람이 픽 고만 떨어졌는데, 은하수에 떨어져 가지고 흘러 내려가는 거야.

한참 내려가다 보니깐두루, 어디 모탱이 가서 닿는데, 자 거기서 구탱이 나두고 어디 같이 인제 덩어리졌어, 둘이 올라갔대지. 올라가니까 즈이, 저이 아버지 살던 데더라 이 말이야. 저가 아버이하고.

그러니까 여러 해 만에 가니까 두루 좀 지형이 바뀌었겠지. 그래 저이 아버지 가서 고생하는 아버이, 둘이 또 봉양해 가지구선 아주 잘 살았다구 그런 얘기가 좀 있었어.

들기름으로 도둑을 잡은 할머니

자료코드 : 02_06_FOT_20090416_SJE_LGS_0001
조사장소 : 경기도 김포시 대곶면 초원지3리 320번지 초원지3리 마을회관
조사일시 : 2009.4.16
조 사 자 : 김헌선, 최자운, 김은희, 변남섭, 시지은
제 보 자 : 이광순, 여, 88세
구연상황 : 여러 할머니들과 예전에 아기들 아팠을 때 집에서 했던 처방들, 시집살이 이
야기를 하던 제보자는 조사자들이 옛날이야기를 자꾸 청하자 몇 가지 이야기
를 시도했다. 하지만 중간에 자꾸 끊기자, 다시 실제 있었던 일이라며 이 이
야기를 해 주었다.
줄 거 리 : 혼자 사는 할머니 집에 도둑이 들어와 돈을 달라기에 돈을 주어 보내면서, 할
머니가 등잔을 밝히는 들기름을 손바닥에 묻혀 잘 가라고 등을 툭툭 쳤다. 다
음날 나가 보니 들기름 묻힌 옷을 입고 다니던 이웃 사람이 있어 도둑인 줄
알았다.

눈만 내 놓구 싸매구 들어왔드래 도둑놈이. 들어와서 돈 그 열냥인가
있는 걸 알구. 그걸 달라구 그러니까는, 안 줄 수 있어? 도둑놈이 내 죽이
겠으니까는. 그 돈을 줬어. 주구선 그 들기름에다 불 키잖아? 그거를 이렇
게 그 들창으루 도루 기어나갔는데 들기름에다 이렇게 손을 담가 가지구,

"아유, 어서 잘 가라구, 잘 가라구."

이렇게 뚜들기니깐, 그 옛날에 옷이 없으니까 그 옷 그냥 입구 대니는
거야, 그 이튿날. 그래서 잡았대, 옛날에. 그 들기름이 안 지거던(지워지거
든).

그러니까 그 창문에 나갈 때 돈을 줬는데. 분허니까, 어떤 놈인가 볼려
구 들기름을 이렇게 손에다 담가 가지구, 잔등을 이렇게 툭툭 쳤대.

"착하다구. 잘 가라구."

잘 가라구 그랬는데 그 이튿날, 옷이 없거든 옛날에. 옷을 입구 대니는
데 이웃 사람이드래.

이웃 사람이 거 돈 있는 거 알구, 눈만 내 놓구 싸매구 가서 달라구 따

따거리니까, 이 할매가 혼자 할맨데, 인제 돈을 줬는데 이제, 분해서 그 들기름 불을 키는 걸 이렇게 손을 이렇게 담가 가지구 기어 나가는 걸 잔 등을 이렇게 쳤대.

그랬더니 그 이튿날 그 옷을 그냥 입구 댕기는데, 옛날에 광목옷 그게 하얀 거잖아? 그니 얼마나 완연하냔 말이야. 그래서 잡았대.

옛날엔 그렇게 불을 들기름에다가 이렇게 심지에서 이렇게 키구 살았어.

석정리 돌우물 이야기

자료코드 : 02_06_FOT_20090403_SJE_LGH_0001
조사장소 : 경기도 김포시 대곶면 석정1리 391-3번지 석정1리 마을회관
조사일시 : 2009.4.3
조 사 자 : 김헌선, 최자운, 김은희, 변남섭, 시지은
제 보 자 : 이금호, 여, 77세
구연상황 : 김춘례 할머니가 장수 난 자리 이야기를 하는데, 이야기의 서사성이 많이 떨어졌다. 다른 할머니들에게도 장사 난 이야기, 스님 박대한 이야기 등 여러 가지 이야기를 묻는데 산만하게 짧은 이야기들만 오갔다. 석정리의 돌우물 이야기 말고 다른 전설이 있냐고 하자, 이금호 제보자가 석정리 돌우물 이야기를 시작하고 옆에 있던 김춘례 할머니가 이야기를 많이 거들었다.
줄 거 리 : 집안에 손님이 많은 집에서 손님 오는 것을 귀찮아하여, 시주 온 스님에게 손님 덜 오게 하는 방도가 없냐고 물었다. 스님은 노루 모가지를 베면 된다고 하여 그 집에서 그렇게 했더니 그 집에 손님이 줄어 결국 망했다고 한다. 석정리에 전승되는 전설에는 돌로 된 거북이 머리를 베라고 하였는데, 제보자는 노루의 모가지라고 구연하였다.

스님이 오셨는데, (청중 : 거북이 대가리.) 시주를 하러 왔는데, 그 집이서

"우리는 손님이 너무 많이 와서 아주 구찮다, 그 어떻게 하면 손님이 덜 오겠냐?"

그러니깐 노루 모가지를 치랬대잖아. 그래, 노루 모가지가 피가 나드래.

(청중 : 노루야? 거북이지.)

거북인가? 아냐, 노루랬어. 노루. (청중 : 거북이라 그랬는데.)

피가 나드래, 피. (조사자 : 어떤 노루요?)

(청중 : 눕혀 가지구 거북이 대가리 때리랬대. 떨어지게. 그러니 거기서 피가 나드래. 근데 그 집이가 망했다니까.)

손님이 끊어지면서 망했대. (청중 : 그 얘긴 들었어.)

콩쥐 팥쥐

자료코드 : 02_06_FOT_20090430_BNS_JHS_0001
조사장소 : 경기도 김포시 대곶면 초원지3리 320번지 초원지3리 마을회관
조사일시 : 2009.4.30
조 사 자 : 김헌선, 최자운, 김은희, 변남섭, 시지은
제 보 자 : 조흥순, 여, 80세
구연상황 : 계모가 들어와서 딸을 괴롭힌 이야기를 물어보니 구연하였다.
줄 거 리 : 콩쥐의 의붓어머니는 물 길러오기, 나락 찧기를 시켜 구박을 하려고 했는데, 동물들이 도와주었다. 죽은 어머니가 새가 되어서 도와준 것이었다. 또 어느 날은 의붓어머니가 쥐를 잡아서 콩쥐가 아이를 낳았다고 누명을 씌워 때렸다. 일반적으로 알려진 '콩쥐 팥쥐' 이야기의 하나로 서사가 완전하지 않고 계모의 구박을 중심으로만 구연되었다.

물은 여기다 갖다 분명히 부라고, 그래서 부었는데 쳉일 길러다 부어야 밑으로 다 새는 거야. 거 남의 어머니는 그렇게 하나? 그리고 마당에다가 다 이렇게 나락을 해 널고 이거 다 찧어놓으라고 그랬는데, 그 쪼그만 게 찔(찧을) 줄이나 알아? 찔 줄도 모르지.

그런데, 그 옛날에 할머니가 죽어서 저이 어머니가 새가 됐는지, 그 딸이 너무 불쌍해서 그 새들이 앉아서 다 까 놓드래. 멍석에, 새 떼가 댐벼서.

콩쥐 팥쥐가 불쌍해서. 팥쥐는 어머이가 난 딸이구, 콩쥐는 죽은 어머

이가 난 딸인데, 죽은 어머이(콩쥐를 잘못 말한 것이다.)를 그렇게 불쌍하게 시켜먹으니, 헐 수도 없는 거를 그렇게 시켜먹고.

그래서 인자 있는데 어느 날은 인자 콩쥐를 애물(트집을) 잡어야 할 텐데 뭐를 애물 잡을 수가 없잖아.

그러니까 쥐를 잡아다가 이불 속에다 넣고 저는 아이 비었다(뱄다) 그러고. 애물 잡은 거야. 근데 뭐 쪼끄만 게 어디 가서 지 신랑을 만져보지도 못했는데 저놈의 기집애, 버린 놈의 기집애라구 때리구 그냥 잦혀 놓고 때리구, 그 지랄을 했대. 의붓어머이가, 옛날에.

밥 많이 먹는 마누라

자료코드 : 02_06_FOT_20090430_BNS_JHS_0002
조사장소 : 경기도 김포시 대곶면 초원지3리 320번지 초원지3리 마을회관
조사일시 : 2009.4.30
조 사 자 : 김헌선, 최자운, 김은희, 변남섭, 시지은
제 보 자 : 조흥순, 여, 80세
구연상황 : 밥 많이 먹는 마누라나 며느리 이야기가 있느냐고 묻자 이 이야기를 구연하였다.
줄 거 리 : 옛날에는 여자들이 바가지에 밥을 먹었다. 그러면 많아 보이는데, 한 남자가 밥을 바가지에 비벼먹는 아내를 보고 밥을 많이 먹는다고 내쫓았다. 예전에 여성들의 삶을 비유해서 실화에 가까운 이야기라고 할 수 있다.

바가지 밥 보고 기집 내쫓는데.

남자들은 인제 담아 줬잖아. 이제 찌깨기 밥으로 인제, 퍼서 비벼 가지구 그러니까 많아 뵈잖아. 그러니까, 많이 처먹는다고 내쫓았대. 바가지 밥 보고 내쫓는대는 거야. 그 비벼서 흐트리니까 많아 뵈지. 사발에다 하는 거 보덤.

그러니까 그렇게 많이 먹는다고 내쫓았대.

신안 주씨 열녀 이야기

자료코드 : 02_06_FOT_20090403_SJE_JGS_0001
조사장소 : 경기도 김포시 대곶면 송마4리 883번지 주강수 자택
조사일시 : 2009.4.3
조 사 자 : 김헌선, 최자운, 김은희, 변남섭, 시지은
제 보 자 : 주강수, 남, 86세
구연상황 : 마을 지명에 대한 이야기와 제보자의 생애담을 듣고 나서, 마을에 효녀나 열
녀 이야기가 있느냐고 여쭈었다. 마을에 혈압으로 쓰러진 어머니 대소변을 10
년 동안 받아낸 사람이 있는데 상부에 상고를 하지 않아 그냥 넘어갔다며 안
타까워한다. 실제로 있던 일 아니라도 들으신 이야기 중에 효녀 이야기가 있
는지 묻자 신안 주씨 효녀 이야기를 했는데, 이야기 내용으로는 효녀가 아니
라 남편을 살린 열녀 이야기이다.
줄 거 리 : 신안 주씨네 딸이 시집을 갔는데 남편이 몹시 앓았다. 사람의 고기를 먹어야
낫는다고 해서, 자기 넙적다리를 떼어 남편에게 먹여서 살렸다.

저, 거시기 신안 주씨는 경상도에서, 뭐야 주씨네 딸이 시집을 갔는데,
남편이 앓아서 죽게 됐단 말이야. 근데 백약이 무효야. 그런데 뭐야, 약을
써도 듣질 않아.

근데 한 군데 가서 무니까는(물으니까는) 인고기(人肉), 사람의 고기를
먹어야 난다 그리그던. 그러니까는 그 메누리가 그 소릴 듣구선 뭐야, 자
기 밤에 칼 갈아 가지구, 이 넙적다릴 떼어 가지구 구워서 자기 남편을
살렸어.

그래 효자가 되고… 그래 신안 주씨네 딸이래믄 뭐야, 선도 보지 않구
데려 간다구 인제 그리더구만, 경상도에서 가니까.

솔개와 호랑이가 도운 효자

자료코드 : 02_06_FOT_20090403_SJE_JGS_0002
조사장소 : 경기도 김포시 대곶면 송마4리 883번지 주강수 자택

조사일시 : 2009.4.3
조 사 자 : 김현선, 최자운, 김은희, 변남섭, 시지은
제 보 자 : 주강수, 남, 86세
구연상황 : 앞의 이야기가 효녀 이야기가 아닌 것 같아 화제를 바꾸어 호랑이나 도깨비
　　　　　 이야기를 청하였다. 그러자 제보자는 나이를 먹으니 금방 알았던 것도 잊어버
　　　　　 린다며 잠시 난감해하더니, 솔개와 호랑이가 도운 효자 이야기를 시작하였다.
줄 거 리 : 홀어머니를 모시고 사는 효자가 하루는 어머니가 돼지고기를 잡숫고 싶어 하
　　　　　 셔서 나무를 팔아 고기를 사 오는 길이었다. 오줌이 마려워 나무에 고기를 걸
　　　　　 고 일을 보는데 솔개가 날아와서 고기를 채 갔다. 할 수 없이 빈손으로 집에
　　　　　 돌아왔더니 솔개가 고기를 마루에 놓고 간 것이었다. 또 한겨울에 어머니가
　　　　　 감을 드시고 싶어 하셔서 구하러 나갔더니, 호랑이가 나타나 효자를 태우고는
　　　　　 산 속에 올라가 어느 집 앞에 내려놓았다. 그 집에 들어가니 마침 그 집 아버
　　　　　 지 제사를 위해 잘 간수해 두었던 감이 있다며 효자에게 나누어 주었다. 다시
　　　　　 호랑이를 타고 집에 돌아온 효자는 어머니에게 감을 대접하고 잘 살았다. 호
　　　　　 랑이가 효자를 다른 제사집에 데려가 어머니가 먹고 싶다고 하는 감을 얻어
　　　　　 준 이야기는 김포 일대에 널리 퍼져있는 이야기 유형으로 보인다.

　뭐야, 아부지는 돌아가구, 어머니 한 분을 모시고 사는데, 아, 어머니가
하루는 그랴.

　"애, 아들아, 내가 돼지고기가 먹고 싶구나."

　그랬단 말이야. 그러니깐 이 효자 아들이, 나무를 해 가지구 장에 가서
인제, 나무를 팔아 가지구 돼지고기 한 근을 샀단 말이야. 그래 가지구 이
렇게 오다가 오줌이 마려. 오줌이 마려우니깐 나무에다 걸구선 오줌을 눟
구선, 이렇게 돌아보니까 아, 솔개미(솔개)란 놈이 그 괴기를 한 근을 차
가지구 도망을 가 버리거든, 날라가 버려.

　그러니까 이 사람이 뭐야,

　'아유 저 놈의 솔개미가 쪼금이라도 냉기면 우리 어머니 좀 갖다 줄걸.
저거 다 가지구 가니 나는 어떡하나'

　그러구 끌탕을 하구 집엘 들어 왔단 말야. 아, 집엘 들어와 보니까는
마루에다가 놔두고 갔어, 그 솔개미란 놈이. 그래서 어머니를 그걸 잘 대

접을 허구선.

또 하루는 어머니가 그랴.

"애, 아무개야. 저, 거 어저께 이, 뭐야, 감이 먹고 싶구나, 감."

동지섣달에. 그러니까 효자가 그 아랫녘에는 그 들감 나무가 많거던? 그러니깐 가서 감 잎사구를 전부 더듬는 거야.

그러니 감이 어디가 있어? 읊지. 그래 가지구선 이렇게 앉었는데 호랭이란 놈이 나타나, 호랭이. 예전엔 호랭이두 그렇게 많았던 모냥인지, 호랭이가 나타나서 꽁지를 둘레둘레 허드래. 그래 등에 타라 그 말이야. 그 등엘 탔대, 야.

등엘 타구서 이렇게 이젠 그냥 활통같이 그냥 이놈이 그냥 가서, 거 산 밑에 큰 집이 하나 있는데, 집이 하나 있는데, 그 마당에다 내려 놓구 호랭이가 산으루 올라가. 그 거길 들어가서 인제

"여기서 하룻저녁 자야겠다." 그러니까는,

"그리라."구.

그래 가지구 이렇게 뭐야, 거기서 이렇게 인제 들어가서 얘기.

"아, 이렇게 밤에 야심히 어떻게 우리 집일 왔냐."구 그러니까는.

"그런 거이 아니라 우리 어머니가 감이 잡숫고 싶다 그래서 감을 구허러 나왔는데, 산에 가서 암만 더듬어도 감이 없는데, 호랭이 한 놈이 나타나서 호랭이 등에다 타라 그래서 여기꺼정 내려서 이 댁엘 들어왔다."

"아유, 그러냐."구.

"오늘 저녁에 우리 어머니, 우리 아부지 제산데, 우리 아부지가 감을 좋아하셨다."

그 말이야, 생전에. 그래서 일 년에 서른 개 아니면 쉰 개씩 꼭꼭 묻었다가 드렸는데. 올해는 쉰 갤 묻었다 그 말이야. 그러면 서른 개 묻으면 반두 썩구, 몇 개 안 남구 그러믄 제사 지내구 그랬는데, 올핸 쉰 개가 하나두 안 썩었다 그 말이야. 그러니깐 제살 지내구선 디릴 테니 갖다 대접

허라구.

그래 가지구선 그, 저기 거시기 남은 감을 죄 꾸려 줘서 인제 이렇게 마당엘 나오니까는, 또 호랭이가 앉아서 꼬래를 둘레둘레, 타라구. 그래서 타구 와서, 그 인제 지 어머이 그 감을 대접을 했단 말야, 감을.

감을 대접을 하구선 인제 거시기 하는데 어머니가,

"아유, 참. 아들, 아들아. 너 땜에 내가 이렇게 참, 감두 잘 먹구, 괴기 두 잘 먹었다."

그리면서 얘기를 하다가 결국엔 그렇게 마음이 고우니까는, 그 사람네가 차차 살림이 좋아서 기래두 괜찮게 살다 죽었다는 얘기가 있어.

시(詩) 구절로 신랑감 죽은 줄 알아낸 딸

자료코드 : 02_06_FOT_20090403_SJE_JGS_0003
조사장소 : 경기도 김포시 대곶면 송마4리 883번지 주강수 자택
조사일시 : 2009.4.3
조 사 자 : 김헌선, 최자운, 김은희, 변남섭, 시지은
제 보 자 : 주강수, 남, 86세

구연상황 : 효자 이야기를 마친 제보자는 군대에서 있었던 이야기를 한참 하였다. 조사자들이 똑똑한 사위나 바보 같은 사위 이야기가 없냐고 묻자, 시(詩)를 지은 것 때문에 시집을 가지 않은 딸 이야기가 있다며 구연하였다.

줄 거 리 : 아버지와 사는 딸이 하나 있었는데, 그 딸이 하루는 경치 좋은 바닷가에 갔다가 멋진 시를 지어 가지고 왔다. 아버지는 그 시와 어울리는 글귀를 지어 가지고 오는 남자를 딸의 배필로 삼겠다고 방을 붙였다. 산에서 10년 동안 같이 공부를 하던 두 남자가 바람 쐬러 나왔다가 그 방을 보고는 글귀를 써 보기로 했다. 한 남자는 멋진 글귀를 쓰고 다른 남자는 글을 짓지 못했는데, 글을 짓지 못한 남자가 장가갈 욕심에 글 지은 남자를 죽이고 그 글귀를 들고 여자네 집으로 갔다. 그러나 여자는 글귀를 풀어 읽어 보더니 자기 배필은 죽은 게 틀림없다며 혼자 살겠다고 하는 것이었다. 아버지는 글을 들고 온 남자에게 사실을 듣고는 죽은 사람을 잘 묻어주고 천리 밖으로 나가라고 하였다.

마누라가 죽었어. 그 인제 딸하구 살아, 아들이 없구. 그 인제 이렇게 아들하구, 딸하구 이렇게 사는데, 딸이 아부지더러

"아부지, 오늘 저 바닷가루다 좀 소풍을 좀 하고 와야겠어요." 그러니까는,

"그럼 그렇게 해라."

가서 이렇게 보니까는 아, 참, 바닷물도 맑구, 파도도 많구, 모래사장두 넓구. 갈매기두 날르구. 인제 그르니까는 이 여자가 아, 고만 차츰차츰 하다가 보다가 늦게 들어왔단 말이야.

"애, 딸아. 너 왜 오늘 늦었냐?"

그러니까는 그런 얘길 했어.

"근데 아부지, 너무 경치도 좋구 그래서 내가 시를 하나 지어 가지구 왔어요."

"무슨 시인지 읽어 봐라." 그러니까,

"백구비 백구비, 사십리 파만리라(白鷗飛 白鷗飛 沙十里 波萬里)"라 그랬어. '백구가 날은다. 백구가 날은다. 파도두 만 리. 모래사장두 만 리.' 인제 이렇게 해 가지구 왔단 말이야. 지어 가지구.

그리니까는 참, 글두 많이 가르켰지만, 이 딸이 글을 잘 지어 가지구 왔어. 그러니까는 이 아부지가 '아, 이런 배필을 만나 줘야 할 텐데…' 그래 인제 그 글 지은 거를 비슷허게 해서 인제, 그, 이 저 거시기, 글을.

"이 글귀허구 맞는 글귀를 지어 가지구 오믄은 우리 딸을 주겠다." 이랬어.

그래 가지구 있는데 하루는 뭐야, 거 남남끼리야. 남남끼리 둘이서 절간 공부를 했어, 절간. 절에서 공부하는 거 알지? 그거 십 년을 했어, 십 년을 했는데,

"애, 우리 너무 이렇게 그냥 공부만 허구 그래서 너무 지루허니, 오늘은 장에 가서 바람 좀 쐬고 들어오자." 그랬어.

그래 가서 이렇게 장에 가서 돌아 댕기다 이렇게 보니깐 방이 붙었어. 글자를 써서 붙인 거, 인제 그 '백구비'를 그걸 써서 붙였어.

'아, 저거를 맞는 글귀를 지어 오믄 장가를 들겠구나'

그래 가지구 인제 둘이서

"얘, 오늘 저녁에 가서 뭐야, 글귀를 짓자."

그리구서 들어와서 인제 달밤에 글귀를 지었어.

"너 글귀 지었냐?"

"난 못 지었어. 넌 지었냐?"

"난 지었어."

"뭐라고 지었어?"

"두견새 두견새, 월상경 화일지(杜鵑鳥 杜鵑鳥 月尚炅 花一枝)라." 그랬어. '두견새가 운다 두견이가 운다. 달은 밝았는데 꽃은 하나로다.' 그랬어.

그래 이제 그러면, 그래두, 거이, 뭐야, 거시기… 글귀가, 한 놈은 지었는데 한 놈은 못 지었으니깐 욕심이 생겼단 말야. 그래 가지구, '아, 저놈은 장가를 들겠는데…' 10년 공부를 둘이 했는데 저는 못 지었으니깐, 그 놈을 죽였어 그냥. 때려서 죽였어.

그래 가지구 솔잎을, 솔나무를 꺾어서 덮어 놓구선, 그 글귀를 가지구 간 거야. 그 새악시 집일. 가져가니까는, 예전에는

"이리 오너라~" 그리구 불러야 인제

"들어오라 그래라."

"안 계신다고 여쭤라."

그래 가지구 인제 들어가서 인제 들어오라 그래서 사랑을 들어가니까. 아~ 글귀를 보니까는, 저희 아부지가 보니까, 아 잘 썼거든, 맞는 글귀를 지었어. 그러니까 딸한테다 가지구 들어가서

"얘, 이 글귀가, 이런 글귀를 들어왔다."

그러니까는, 그 딸이 글귀를 보더니,

"아유, 난 인저 혼자 살 테에요." 그 말이야.

이 내 배필은 죽었대는 얘기지. (조사자 : 어떻게 알아요?) 그 뭐야, 거시기 뭐야, 이 글귀가 그 이, 슬프게 지었지 뭐야. 이 사람은 '백구비 백구비 사십리 파만리라' 그랬는데, '두견새가 운다 두견이가 운다 꽃은, 월상경은, 달은 밝았는데 꽃은 하나로다' 그러니깐 자기 남편은 죽었대는 거야. 그러니깐

"아부지 난 시집 안 갈 테에요."

그리구선 뭐야 그러니깐 아부지가 나와서 그 놈을 들여 족치는 거야.

"이 놈아, 너 이거 니가 지어 가지고 온 글이냐? 그렇지 않으면 너 이거 뭐야? 딴 사람이 지은 거면 여기서 살아남지 못해야. 그리니깐 바른대로 고해라!"

그리니까 아~ 이 놈이 벌벌 떨다가, 그냥 뱉었단, 얘길 했단 말이야.

"아, 그랴. 너 그리면 즉시 가서 그 사람을, 죽은 사람, 죽인 사람을 잘 묻어 주고 여기서 천 리 밖으로 나가, 천 리. 그렇지 않으면 넌 죽어."

그래 가지구선, 그래 가지구 결국은 그 여자가 시집을 안 가구 아부지하구 살다가 세상을 버렸대는 그런 얘기가 있어.

바보 온달

자료코드 : 02_06_FOT_20090403_SJE_JGS_0004
조사장소 : 경기도 김포시 대곶면 송마4리 883번지 주강수 자택
조사일시 : 2009.4.3
조 사 자 : 김헌선, 최자운, 김은희, 변남섭, 시지은
제 보 자 : 주강수, 남, 86세
구연상황 : 글귀를 보고 자기 배필을 알아본 딸 이야기를 한 제보자는 또 아버지와 딸 이야기를 펼치는데 바로 바보 온달 이야기였다. 알려진 바보 온달과 평강 공

주의 이야기와 달리 임금의 딸이 쫓겨난 이유가 울보여서인 것과 내 복에 산다는 대답 때문이어서라고 진행되어, 제보자의 기억 속에서 이야기가 혼착된 듯하다.

줄 거 리 : 임금은 딸이 울면 온달에게 시집보내겠다고 했다. 누구 덕에 먹고 사냐는 임금의 질문에 자기 덕에 먹고 산다는 딸의 대답을 듣고 임금은 당장 딸을 온달에게 시집보냈다. 임금의 딸은 가난한 온달에게 활쏘기를 열심히 가르쳤는데, 하루는 임금이 활을 제일 잘 쏘는 사람에게 딸을 주겠다며 활쏘기 시합을 벌였다. 당연히 온달이 가장 활을 잘 쏘았고 결국은 딸과 온달은 잘 살았다.

임금의 딸을 결국은 그 사람이 뭐야, 저 거시기 아부지가 뭐야, 말을 잘 못해 가지구,

"울면은 너, 그 사람 이름이 뭐야? 그 사람께로다 시집을 보내갔다."

구 그래 가지구 결국은 (조사자 : 온달이?) 어 임금님, 그니까 임금님 뭐야, 딸께로다 시집을 인제 보내갔다구 그리니깐,

"너 누구 덕에 먹구 사냐" 그리니깐,

"아~ 내 덕에 먹구 산다"구 그랬단 말야. 딸이. 아 그리니까,

"너, 이 년 뭐야 몹쓸 년"이라 그러구선 아주 바보, 바보 온달한테루다가 시집을 보냈잖아.

그래 가지구선 거길 찾아갔어. 이 여자가, 임금의 딸. 거길 찾아가 보니깐, 뭐야. 아주 옷도 남루하고, 얼굴두 그냥 그렇고 아주 무섭게 생겼어, 드럽구. 그런데 인제 그거 어떻게 해. 그러니까는 그 남자하구 살러 왔다 그랬단 말야.

그래 가지구 거기서 그래 그 여자하구 인제 사는데 활쏘기를 가르킨 거야, 활 쏘는 거, 활. 그걸 가르켰는데 명수가 됐어. 명수가 됐는데 그 장인이 하루는 임금이, 임금님이 즉 말하자면 딸이 셋인데, 그,

"활쏘기를 허자."

그래 가지구선, 인제,

"활 제일 잘 쏘는 사람이면은 우리 딸을 주겠다."

그래 가지구선 인제 활쏘기를 하는데, 아 이 바보 온달이란 놈이 제일 잘 쏘거든. 그래 가지구 일등을 했어. 그러니깐 인제 그 사람들을 물으니까는 저희 딸하구 사는 사람이야. 그래 가지구선 그 딸하구 결국은 혼인 시켜 가지구 살았대는 얘기두 있지. 바보 온달.

버리데기 칠 공주

자료코드 : 02_06_FOT_20090403_SJE_JGS_0005
조사장소 : 경기도 김포시 대곶면 송마4리 883번지 주강수 자택
조사일시 : 2009.4.3
조 사 자 : 김헌선, 최자운, 김은희, 변남섭, 시지은
제 보 자 : 주강수, 남, 86세
구연상황 : 온달에게 시집간 임금의 딸 이야기를 마친 제보자는 칠 공주 이야기가 있다며 버리데기 이야기를 풀어놓았다. 무가로 전해지는 바리데기 이야기에 비해 매우 소략하며 이야기 전개에 있어 개연성이 떨어지는 편이다.
줄 거 리 : 딸을 여섯 낳고 아들을 바랬는데 일곱 번째도 딸을 낳자 왕은 일곱 번째 공주를 배에 넣어 물에 띄웠다. 어떤 마을의 사람이 떠내려 오는 공주를 데려다가 키우게 되었는데 공주는 소나무를 한 그루 심어 정성을 들였다. 하루는 아버지가 돌아가셨다는 이야기를 듣고 공주는 아버지 상여 나가는 길에 찾아가서 아버지 가시는 길에 절을 했다.

그 전에 버리데기 칠 공주라는 얘기는 있어. 버리데기 칠 공주.

그러면은 딸을 여섯을 낳았는데 거, 아들 낳길 바라다가 또 딸을 낳았어. 그러니 어떡해? 거 종들을 불러 가지구선 저 어떻게 뭐야. 저 쪼그만 배를 하나 맨들어서 그래서 인제 그 저기 거기다 어떻게 거기다 집어넣어서 그 아이를 바다에 갖다 띄우라 그랬어.

그래 바다에 갖다 띄니까 인제 어느 마을 앞에 와서 그 바다 섶에서 인제 이렇게 누가 거기 와서 보니까, 이만한 상자 하나가 떠밀려 오거든. 이렇게 보니까 거기 공주가 하나 들어 있어. 애기가 하나 들어 있어. 그러니

깐 그 아이를 갖다가 인제 거시기를 하는 거야. 그 아일 갖다가 인제 기르는 거야. 그이가 길러 가지구서 결국은 인제, 인제 크게 자랐는데.

이 아이가 그 솔나무를 하나 심어 놓구선 거기다 아침 저녁으루 절을 해야. 그 나무에다. 그렇게 정성 있이 그냥 맨날 얘가 그리는데… 하루는 인제 그 버리데기 칠 공주 아부지가 돌아갔다구 그런단 말야. 그러니깐 이 버리데기 칠 공주가 거길 찾아갔어.

찾아가니까는, 그 예전에는 왕이 돌아가면 행여(상여) 미는 사람, 행여 미는 거 알아? 서른 두 명이 메어, 서른 둘. 그래 가지구 그 나졸들이 업구, 인제 뒤에서 따르구 앞에서 인제 오구 그러는데 가서 길을 막으니까는

"누구냐!" 그러구선 띠밀거든. 그러니

"그런 게 아니라 나는 버리데기 칠 공주다" 그 말이야.

하길래 가만 보니까는 칠 공주래는 얘길 들었는데 언니들이

"그냥 두라."고 그래 가지구선

절을 받구 그래구 결국은 그 저희 뭐야, 아부지께다가 행여 나가는 데서 절을 허구 그러구 그런 효녀가 있었다 인제 그런 전설도 있어.

(조사자 : 그 소나무는 어떻게 됐어요?)

그 소나무? 솔가지? 뭐야, 그 집이 가서 뭐야 결국은 뭐야 기른 어머니가 있으니까 그래 가지구 그 솔나무에다가 절하구 그런 거는 이제 그 애 아부지가 돌아가믄 인제 아부지 계시는 곳을 알려 달라는 그 나무에다 절을 하구 그랬대는 거지.

그래 그 집으로 가서 그 길러 준 어머이허고 잘 살다 죽었대는 말이 있잖아.

드러누워도 먹을 거 생기는 사람

자료코드 : 02_06_FOT_20090403_SJE_JGS_0006
조사장소 : 경기도 김포시 대곶면 송마4리 883번지 주강수 자택
조사일시 : 2009.4.3
조 사 자 : 김헌선, 최자운, 김은희, 변남섭, 시지은
제 보 자 : 주강수, 남, 86세
구연상황 : 제보자에게 반쪽이 혹은 외쪽이로 태어난 아이 이야기에 대해서 물었다. 제보
자의 옆에 있던 할머니가 아기 가졌을 때 뭘 잘못 먹어서 반쪽이로 태어난
아이 이야기를 들은 적이 있는데 기억이 나지 않는다고 하였다. 할머니의 이
야기를 들은 제보자는 먹을 것에 대한 다른 이야기를 해 주었다.
줄 거 리 : 드러누워도 먹을 게 생기는 관상을 가진 사람이, 과일 밭에 누워서 입을 벌리
고 과일 떨어지기만 기다리고 있었다. 길 가던 사람이 왜 그러고 있냐고 묻자
이 사람은 자기 관상이 그렇다고 이야기했는데, 길 가던 사람은 그러면 삿갓
을 입에 물고 있으면 더 낫겠다며 놀리듯 말하였다.

그 전에 관상을 보니까 아 이놈은, 그 사람더러 그랬거든.

"당신은 드러누워도 먹을 거 생긴다."고 그랬단 말이야.

아하 그리니깐 이놈이 하루는 과일 밭에 가서 입을 딱 벌리구선 인제
드러누워 있단 말야. 근데 한 사람이 이렇게 고개를 내려다보니깐 아, 과
일 밭에 가서 입을 딱 벌이고 있거든.

"여보, 여보~ 왜 거기 가 입을 벌이고 앉았어? 드러누워 있어?" 그러
니까,

"아, 나는 드러누워도 먹을 거 생긴다. 그래서 이렇게 입을 벌리고 있
다."고 그러니깐

"에이, 가서 집에 가서 삿갓을 가져 와. 삿갓을 물고 있으믄은 거기가
과일이 떨어지믄 입으루 들어가지."

그랬대는 얘긴 있어.

첫날밤에 죽은 신랑

자료코드 : 02_06_FOT_20090403_SJE_JGS_0007

조사장소 : 경기도 김포시 대곶면 송마4리 883번지 주강수 자택

조사일시 : 2009.4.3

조 사 자 : 김헌선, 최자운, 김은희, 변남섭, 시지은

제 보 자 : 주강수, 남, 86세

구연상황 : 조사자들은 연세 높은 제보자가 힘들어하면서도 이야기하는 것을 재미있어
하여 다행이라고 생각하면서, 좁쌀 한 톨로 장가든 총각 또는 게으른 총각이
꾀를 써서 장가든 이야기를 제보자에게 물었다. 제보자는 그건 모르고 다른
이야기라며 장가들자마자 죽은 신랑 이야기를 하였다.

줄 거 리 : 오진사네 아들은 장가든 첫날밤에 죽었다. 오진사는 호랑이가 잡아갔다고 슬
퍼하고 있는데, 순찰을 돌던 암행어사가 그 이야기를 듣고 그 집에 몸을 숨기
고 살피었다. 그랬더니 밤중에 한 사내가 색시 방으로 들어가는 것이어서 암
행어사가 보고 문초를 하니, 색시가 혼인하기 전에 좋아지던 사람이었다.
그래서 혼인 첫날밤에 둘이 오진사네 아들을 죽여 연못에 빠뜨렸다는 것이다.
연못의 물을 퍼내니 과연 죽은 오진사 아들이 있어, 꺼내서 잘 묻어주고 두
사람은 처형하였다. 암행어사가 이 마을 오는 고개길에 수중방골에 산다는 총
각을 만났는데, 그 총각이 바로 죽은 오진사네 아들이었던 것이다.

그 전에 암행어사 있을 적에 그 시절의 얘긴데, 아 이 오진사래는 사람
이 아들 하나야.

근데 장가를 들였는데 첫날 저녁에 죽었어, 첫날 저녁에. 자~ 그런데
아부지가 어떻게 생각을 했냐하믄. 예전엔 호랭이가 아마 사람두 잡아가
구 그런 모냥이지?

호랭이가 물어갔다 그러구 이제 이렇게 사는데, 예전엔 암행어사가 있
었어, 암행어사. 암행어사가 인제 이렇게 순찰을 도는데 그 얘길 듣구선
인제 오진사네 가서 인제, 물었단 말야. 그러니까

"첫날 저녁에 우리 아들은 뭐야 호랭이가 물어갔다, 잡아갔다." 그러구
선 울구 앉았어.

그러니깐 이 암행어사가 그거를 인제 근맥을 보는 거야. 근맥을 보다가

하루는 담 밑에서 이렇게 인제 거기다 몸을 숨기구서, 으스럼 달밤인데, 밤중 쯤 되드니, 되니까, 아~ 사람의 그림자가 휙 나타나드니. 그 샥시 방으루 들어가서 종종대거던.

'아. 옳다! 이놈이 그랬구나.' 그리구선 뭐야.

그 놈을 잡았어. 잡아 가지구선 그 신랑 아부지한테 델구 가서

"너 바른대루 고해야지, 그렇지 않으면 너 이 자리에서 살아남지 못한다." 그러니까는

아~ 뭐 매에 장사 있나?

"그런 게 아니라 이 여자가 시집오기 전에 나하고 가깝게 이렇게 정이 들었다." 이 말이야.

"그런데 이 여자가 시집오고 나면 난 여자를 잊어버리는 거 아니냐?" 그 말이야.

"그래서 첫날 저녁에 거길 내가 와 가지구 능목으루다가 그냥 오라를 지었다." 그 말이야.

손발을 묶어 가지구. 입두 막구 꼼짝 못하게, 그래 가지구 둘이서 그 앞에 연못이 있대요, 그 집에. 거기다 갖다 넣었다 그 말이야.

그러니까는 그 암행어사하구.

"그 물을 퍼라." 그 말이야.

메칠을 푸고 나니까 아 거기 가서 이렇게 웅크리고 앉아서 죽었드래는 거야.

근데 그것두 이 암행어사한테 저 얘기한 걸, 고개를 넘어가는데 떠꺼머리총각 놈이 터벌터벌 고개를 내려온다 그 말이야. 그런데 그 뭐야, 거,

"총각은 어디 살우?" 그러니까,

"수중방(水中坊)골 살아요." 그 말이야.

수중방골. 물 속에 산다 그 말이야.

그래 가지구 그 암행어사가 그 사람을 뭐야, 잡아 가지구선 어떻게 결

국은 물을 다 퍼내게 해 가지구 갖다…이 사람 갖다, 둘이 갖다 잘 묻어.

그러구선 그냥 그 자리에서 둘 다 죽여 버렸단 얘기가 있어. (조사자 : 그러면 수중방골에 살아요 하고 말한 그 사람은?)

수중방골에… (조사자 : 그 사람은 새 신랑?) 그거이 혼이지 뭐야, 그 죽은 사람, 오진사의 아들이야, 그거이.

호랑이와 싸운 소

자료코드 : 02_06_FOT_20090403_SJE_JGS_0008
조사장소 : 경기도 김포시 대곶면 송마4리 883번지 주강수 자택
조사일시 : 2009.4.3
조 사 자 : 김헌선, 최자운, 김은희, 변남섭, 시지은
제 보 자 : 주강수, 남, 86세
구연상황 : 조사자들이 제보자에게 호랑이 잡은 포수 이야기 또는 은혜 갚은 호랑이 등 호랑이 이야기를 청했다. 그러자 제보자는 전혀 생소하고 재미있는 호랑이 이야기를 해 주었다.
줄 거 리 : 소를 끌고 가던 농군이 호랑이를 만나자 혼자만 살겠다고 집으로 뛰어왔다. 밤에 대문을 덜그럭거리는 소리에 나갔더니, 소가 주인을 들이받아 죽였다. 호랑이를 만난 소는 호랑이와 싸워 이겼는데, 혼자 살겠다고 달아난 주인에게 벌을 준 것이다.

그 전에 한 농군이 산골에 사는데 마차를 끌구선 이렇게 인제 오는데 호랭이 한 놈이 나타나. 호랑이 한 놈이 나타나니까 이 사람이 뭐야, 그 뭐야. 구라, 이 멍에 잘못 뱃겨 놓으니까 이 놈의 호랭이, 아니 소가 호랭이하고 인제, 싸움이 붙었어.

근데 그걸 보구 와야 할 건데 그냥 무서우니깐 집으루 왔어. 뛰어 왔어, 자는 거야. 그러니깐 밤중쯤 되니까는 대문을 가지구 덜그럭 덜그럭 허거던?

'아이고 뭔 소리나? 소가 와서 그리나? 어떻게 된 건가?'

그리구선 이렇게 문을 열구 나가니깐, 소가 그냥 이렇게 받아서 그냥 땅바닥, 마당 바닥에다가 내동댕이를 쳐서 죽여 버리드래요. (조사자 : 호랑이를?) 아니, 소가 그 주인을.

그러니깐 싸움하는 거를 호랭이하구 싸우는 거를 보지 않구, 자기만 살겠다구, 나는 죽으래는 거와 마찬가지루. 그래서 그 자리에서 마당 바닥에다 뿔루다 주인을 죽여버렸대는 얘기가 있어. (조사자 : 그러면 소가 호랑이두 이기고 온 거에요?)

호랑이를 죽였지. (조사자 : 죽이고 온 거에요, 소가?) 그렇지. 그리니까 웬수 갚은 거지. 주인이 혼자 왔다고 해서 웬수 갚은 거야.

일본과 맞선 사명당 이야기

자료코드 : 02_06_FOT_20090403_SJE_JGS_0009
조사장소 : 경기도 김포시 대곶면 송마4리 883번지 주강수 자택
조사일시 : 2009.4.3
조 사 자 : 김헌선, 최자운, 김은희, 변남섭, 시지은
제 보 자 : 주강수, 남, 86세
구연상황 : 조사자들이 제보자와 예전에 농사짓던 이야기, 상여 메고 나가던 이야기를 한참 나누었다. 그러나 제보자는 농사지을 때 하던 노래, 상여 메고 나갈 때 하는 노래를 하지는 못하고 설명만 해 주었다. 다시 이야기로 돌아가서 조사자들이 여러 이야기를 청하자 제보자는 사명당 일화를 꺼내 놓았다.
줄 거 리 : 일본에 건너간 사명당을 죽이려고 일본 놈들이 사명당을 무쇠 솥에 앉혀 놓고 불을 땠는데 사명당은 물 수(水), 눈 설(雪)이라는 글자를 써서 오히려 수염에 서리가 하얗게 앉았다. 놀란 일본 놈들이 다시 쇳말을 달구어 놓고 사명당에게 타라고 하니 사명당은 물 수(水), 비 우(雨), 얼음 빙(氷)자를 사방에 던져서는 일본 놈들을 무찔렀다. 사명당을 기린 비(碑)가 합천 해인사에 있는데, 일본 순경이 그것을 칼로 베려다가 죽었다는 후일담까지 곁들여져 있다.

사명당이 뭐야, 일본을 건너갔어.

일본, 일본을 건너갔는데 무쇠솥에다가 이 사명당을 앉혀 놓구선 불을 땠어. 불을 때니깐 거기서 인제 이 무쇠솥이 불이 벌걸 거 아냐? 그냥 거기서 죽으라구.

그랬는데, 이 사명당이 영웅이야. 그러니까는 그걸 알구선 그걸 방에서 물 수(水)자를 네 구탱이에다가 써 붙이구선 뭐야, 눈 설(雪)자하구.

근데 이렇게, 인자 아칙에 이눔의 사명당이 죽었나 하구 일본 아이들이 들여다 보니까, 여기 수염에 서리가 하얗거든. 아하 그러니까,

"이게 어떻게 된 거냐."고 말이지.

일본 놈들이 깜짝 놀라고선. 그때는 인제 말, 말을 그냥 불을 시뻘겋게 달려 가지구선 쇳말, 쇠로다 말을 맨들었어. 거길 타라구 그러는 거야. 이 사명당을 죽일려구.

그러니까 이 사명당이 뭐야, 이 저 거시기 뭐야. 죽일려구 그러니까는, 이 사배를 드린 거야. 그 물 수(水)자하고 비 우(雨)자하구 사방에다 던졌단 말야. 그러니까 그 탈 시간에 그냥 비가 들여 쏟아져. 그러니깐 그냥 또 얼음 빙(氷)자를 또 던져 버렸거던. 아, 그러니까 얼음이 얼어 가지구 거기 일본 아이들이 그냥 많이 그냥, 거 인제 모가지만 내놓구선 거시기 한 걸 칼루다 짤라서 죽이구 왔대는 거야.

그러니까 어쨌든 그래 가지구 인제 그 어떻게 일본 아이들 웬수를 갚아야 한다구 그리구선 인피(人皮) 껍질, 인피, 사람 껍데기, 처녀 껍데기 시집 안 간 거 삼 백장을 갖다 드리라고 그랬어, 사명당이. 그래 가지구 그 사람들이 무시했는데, 사명당을 죽일려 그러다가 외려 저희들이 무시를 하구선…

근데 내가 합천 해인사 거 구경을 갔는데, 비가, 큰 사명당 비(碑)가 있어. 비가 있는데 거기가 이렇게 네 번 내려다 갈긴 게 있구, 세 번 이렇게 갈긴 게 있어. 그래 이렇게 보니까는, 사명당이 그 인제 일본 아이들에 대

해서 인제 거기다가 이제 한문으루다 전부 인제 거시기 했는데 욕을 썼어.

그러니까 이 일본 주임이 순경을 시켰어.

"그 사명당 비 때려 부시구 오라."구.

그래 가서 뭐야. 네 번 우에서 내려 갈기구, 옆에루다 세 번 갈기는데, 푹 꼬꾸라 백혀서 죽었어, 일본 놈이. 그래서 일본 놈이 그 합천 해인사 비 있는 덴 얼씬도 못했대는 거야. '아~ 죽은 사람도 이렇게 뭐야, 대단하구나.' 그리구서… 거 일본 놈들이.

근데 그 사명당 거시기 사진을 보니까 참 잘났어, 잘났어. 얼굴두 잘나구. 그런데 어따 모셨냐 하면, 저 합천 해인사 이리 올라오구 저 쪽으루다 모셨는데 산이 있어 산. 평풍월에다 앞에다 썼어. 그러니까는 평풍월이래는 건 이 산봉우리가 여덟 개가 이렇게 있는데 거기다가 사당을 모셨는데, 참 자리두 좋은 데다 모셨어.

최치원의 최후

자료코드 : 02_06_FOT_20090403_SJE_JGS_0010
조사장소 : 경기도 김포시 대곶면 송마4리 883번지 주강수 자택
조사일시 : 2009.4.3
조 사 자 : 김헌선, 최자운, 김은희, 변남섭, 시지은
제 보 자 : 주강수, 남, 86세
구연상황 : 사명당 이야기를 마친 제보자가 역사적 인물에 대한 이야기를 많이 아는 듯
하여 조사자들이 오성과 한음이나 이성계 등의 이야기를 청하였고, 이에 제보
자는 최치원 선생은 아직도 죽지 않았다며 이야기를 하였다.
줄 거 리 : 최치원이 어느 곳에 나무를 심으면서 '이곳에 소나무가 나면 나 죽은 줄 알아
라' 하고는 지리산 상봉으로 올라갔는데, 그 곳에는 아직도 소나무를 구경할
수가 없다.

경주 최씨 할아버지가 치자 원자야. 치자 원자. 최치원(崔致遠)이야.

근데 그 최치원이 뭐야, 거시기, 뭐야, 경상도, 거기가 어디냐? 아 이렇게 정신이 없어. (조사자 : 경주 말구요?) 아냐. 근데 거기 아 이렇게. (조사자 : 합천 해인사요, 어르신?) 해운대? (조사자 : 안동이요?) 아냐. 근데 거기를 그냥 그건 잊어버리구.

그 뒤에, 그 뒤에 큰 벌판이 있어. 근데 그 읍 사람들이 굉일(공휴일) 날이고 아무 때고 가서 놀다 오는 데야. 근데 거길 내가 서너 번 갔드랬는데, 이렇게 옆대루다 큰 장산이 있는데, 개울이 있어. 그 마당 닦아 놓은 데루다가 이렇게 개울 낸 데 이렇게 그냥, 말간 물이 꼭 산을 내려가 암만 가물어두.

근데 거기를 내가 갔드랬는데 그… 합천 해인, 아우 이런…

그 최치원 선생이 거기다가 나무를 심었어. 근데 이런 나무두 있구 뭐야, 좀 굵은 잣나무두 있구 그런데, 거시기야, 솔나무, 솔나무는 없어. 근데

"솔나무가 여기 나믄 나 죽은 줄 알아라."

그러구선 이 양반이 거기서 이렇게 보면 지리산 상봉이 비여. 그 상봉으루 올라갔대는 거야.

그래 경주 최씨 시조 할아버지는 안 돌아갔대는 거야. 솔나무는 구경을 해야 없어.

불국사 에밀레종

자료코드 : 02_06_FOT_20090403_SJE_JGS_0011
조사장소 : 경기도 김포시 대곶면 송마4리 883번지 주강수 자택
조사일시 : 2009.4.3
조 사 자 : 김헌선, 최자운, 김은희, 변남섭, 시지은

제 보 자 : 주강수, 남, 86세

구연상황 : 최치원에 관한 이야기를 마친 제보자가 불국사 에밀레종 이야기를 하였다. 일
반적으로 알려진 에밀레종 이야기와 많이 다르고, 지혜로운 아이와 아기장수
이야기가 조금씩 섞인 듯하다.

줄 거 리 : 불국사 지을 때 큰 종을 만들었는데 무거워서 종을 앉힐 수가 없었다. 세 살
먹은 아이가 그에 대한 대답을 하자, 큰 인물이 될 것이라며 죽였다. 그래서
그 종을 치면 에밀레~ 하고 운다. 본디 이 이야기는 봉덕사 신종 에밀레종에
관한 이야기인데, 아이의 뛰어난 지력을 두려워하여 죽이는 아기장수 전설과
복합되어 불국사 에밀레종으로 구연되었다.

불국사 지을 적에, 불국사 지을 적에 인제, 종 있잖아? 종.

종 큰 걸 맨들었는데 그걸 앉힐 수가 없어. 어떻게 앉혀야 하는지. 근
데 그거 세 살 먹은 아이더러 물었대.

"아, 그거 이렇게 매달아 놓구서 밑을 파면 될 거 아니냐?"

그래 가지구서 그 놈을 뭐야 크게 자라면 뭐야, 안 되겠으니까 그래서
인제 그 아이를 쥑였대는 거야. 그래서 그 종을 치면 '에밀레~ 에밀레~'
하구 울잖아.

그게 에밀레종이야. 그 경주 불국사의 종. 어머이 땜에 죽었대는 얘기
지.

소와 말이 바다에 빠지면

자료코드 : 02_06_FOT_20090403_SJE_JGS_0012

조사장소 : 경기도 김포시 대곶면 송마4리 883번지 주강수 자택

조사일시 : 2009.4.3

조 사 자 : 김헌선, 최자운, 김은희, 변남섭, 시지은

제 보 자 : 주강수, 남, 86세

구연상황 : 오랜 시간 많은 이야기를 풀어놓은 제보자에 감사드리며 조사를 마무리하려
는 때에 제보자가 조사자들에게 수수께끼 같은 질문을 던졌다. 예전부터 전해

내려 오는 짧은 이야기이다.

줄 거 리 : 소와 말이 물에 빠지면 성질 급한 말은 물을 거슬러 가다가 물에 빠져 죽고, 마음이 너그러운 소는 물 따라 내려가다가 산다고 한다.

바다에 빠지믄 바다. 바다에 빠지믄, 소허구 말하구 빠졌어. 그러믄 다 살겄어? 누가 죽었어? 어떤 거이 죽었어?

말이 죽어. 말은 성질이 급허거든. 빨리 갈려구 그냥 물을 거슬러 가. 그래서 물에 빠져 죽어, 말은.

그렇지만 소는 좀 맘이 너그럽거든, 소가. 누그러. 그러니깐 물결 따라서 이렇게 가서 말은 산다 그랬어. 물에 빠지믄. [나중에 말이 산다고 한 것은, 소가 사는 것을 헷갈려서 말씀하신 것이다.]

대추 떨어지길 바라며 부르는 노래

자료코드 : 02_06_FOS_20090416_SJE_KYS_0001
조사장소 : 경기도 김포시 대곶면 초원지3리 320번지 초원지3리 마을회관
조사일시 : 2009.4.16
조 사 자 : 김헌선, 최자운, 김은희, 변남섭, 시지은
제 보 자 : 김예섭, 여, 80세
구연상황 : 제보자는 예전에 아이들 아팠을 때 하던 민간처방을 조사자들에게 성의껏 이
야기해 주었다. 조사자들이 제보자 어렸을 때 불렀던 노래 중 '다리 뽑기 놀
이'나 '비야 오지 마라' 등의 노래를 물었으나 다른 것은 기억이 잘 나지 않
고, '바람아 불어라'는 생각이 난다며 노래해 주었다. 이 노래는 대추가 익었
을 때 대추나무 아래에 가서 불렀다고 하며, 다른 제보자들의 노래와 다르게
마지막에 '메롱' 하는 부분이 있다.

바람아 불어라

대추야 떨어져라

아이야 줏어라

어른아 잡숴라

송아지야 울어라

메롱~

부엉이 노래

자료코드 : 02_06_FOS_20090416_SJE_KYS_0002
조사장소 : 경기도 김포시 대곶면 초원지3리 320번지 초원지3리 마을회관
조사일시 : 2009.4.16
조 사 자 : 김헌선, 최자운, 김은희, 변남섭, 시지은

제 보 자 : 김예섭, 여, 80세

구연상황 : 김은전 할머니가 꿩 노래를 부르고 나서 조사자들이 할머니들에게 혹시 부엉
이 노래는 없냐고 물었다. 그러자 제보자가 부엉이 노래를 불렀는데 두세 번
은 헷갈리다가 나중에 맞게 불렀다. 노래를 마치고 조사자가 새 소리가 부헝
과 바앙 두 가지인데 어떤 것이 암컷이냐고 묻자, 부엉 소리는 암컷, 바앙 소
리는 수컷 부엉인 것 같다고 하였다.

부엉이? 내가 허께

　　부헝 부헝

　　양식 없다 부헝

　　낼 모레가 장이다

　　걱정 마라 사 온다 장이다

잘못한 거 겉애.

　　부헝 부헝

　　양식 없다 부헝

　　걱정 마라 바앙

　　낼 모레가 장이다

그거야

앞니 빠진 아이 놀리는 노래

자료코드 : 02_06_FOS_20090416_SJE_KYS_0003

조사장소 : 경기도 김포시 대곶면 초원지3리 320번지 초원지3리 마을회관

조사일시 : 2009.4.16

조 사 자 : 김헌선, 최자운, 김은희, 변남섭, 시지은

제 보 자 : 김예섭, 여, 80세

구연상황 : 어렸을 때 이를 빼서 지붕에 던지면서 하던 노래가 없냐고 묻자 '그냥 까치야
까치야 너는 헌 이빨 갖고 난 새 이빨 다오 하면서 지붕에 던져'라고 말로만
하였다. 조사자가 이어서 그럼 이 빠진 친구들 놀리는 노래는 없었냐고 묻자
그건 이렇게 한다며 노래를 여러 번 반복해 주었다.

앞니 빠진 중덩갱이
서울 길에 가지 마라
붕어 새끼 놀랜다

[실제로 아이들 놀리는 것처럼 해 달라는 조사자들의 요청에 다시 부른
다.]

앞니 빠진 중덩갱이
서울 길에 가지 마라
붕어 새끼 놀랜다

별 헤는 소리

자료코드 : 02_06_FOS_20090416_SJE_KEJ_0001
조사장소 : 경기도 김포시 대곶면 초원지3리 320번지 초원지3리 마을회관
조사일시 : 2009.4.16
조 사 자 : 김헌선, 최자운, 김은희, 변남섭, 시지은
제 보 자 : 김은전, 여, 75세
구연상황 : 다른 할머니들이 예전에 하루걸이 걸렸을 때, 홍역 걸렸을 때 어떻게 처방을
했고 어떻게 정성을 들였는지 이야기하는데, 제보자는 좀처럼 이야기에 끼어
들지 않았다. 그러다가 다른 할머니가 대수대명을 잘 설명하지 못하자 대수대
명은 닭으로 하는 것이라며 이야기에 동참하기 시작했다. 조사자들이 어렸을
때 불렀던 노래를 묻다가 별 헤는 소리를 청하자 처음에는 별을 둘까지만 세
고 그만두었다. 조사자들이 별을 몇까지 세냐고 물으니, 보통 열까지 세는데
헷갈리니까 정신 차리고 해야 한다며 별 헤는 소리를 했다.

별 하나 꽁꽁 나 하나 꽁꽁

별 둘 꽁꽁 나 둘 꽁꽁

별 싯 꽁꽁 나 싯 꽁꽁

별 넷 꽁꽁 나 넷 꽁꽁

별 다섯 꽁꽁 나 다섯 꽁꽁

별 여섯 꽁꽁 나 여섯 꽁꽁

별 일곱 꽁꽁 나 일곱 꽁꽁

별 여덟 꽁꽁 나 여덟 꽁꽁

별 아홉 꽁꽁 나 아홉 꽁꽁

별 열 꽁꽁 나 열 꽁꽁

그거지 뭐.

꿩 노래

자료코드 : 02_06_FOS_20090416_SJE_KEJ_0002

조사장소 : 경기도 김포시 대곶면 초원지3리 320번지 초원지3리 마을회관

조사일시 : 2009.4.16

조 사 자 : 김헌선, 최자운, 김은희, 변남섭, 시지은

제 보 자 : 김은전, 여, 75세

구연상황 : 별 헤는 소리를 한 제보자와 다른 할머니들에게 '다리 뽑기 놀이'나 '대추 노래' 등을 물었으나 기억이 잘 나지 않는다고 하였다. 조사자들이 혹시 꿩에 대한 노래가 있었냐고 묻자 여러 할머니들 중에 제보자가 꿩 노래를 안다고 하여 청할 수 있었다.

꿩 꿩 장서방

아들 낳고 딸 낳고

뭐 먹고 살았냐

아랫밭 웃밭

콩 주워 먹고 살았지

그러지 뭐.

꿩 꿩 장서방

아들 낳고 딸 낳고

뭐 먹고 살았냐

아랫밭 웃밭

콩 주워 먹고 살았지

배 아플 때 배 쓸어주며 하는 노래

자료코드 : 02_06_FOS_20090403_SJE_KJO_0001
조사장소 : 경기도 김포시 대곶면 석정1리 391-3번지 석정1리 마을회관
조사일시 : 2009.4.3
조 사 자 : 김헌선, 최자운, 김은희, 변남섭, 시지은
제 보 자 : 김정옥, 여, 84세
구연상황 : 조사자들이 할머니들께 아이 어르는 소리를 묻자, 여기 저기서 '불아 불아',
'잼잼'. '질라래비 훨훨' 등의 이야기가 나왔으나 제목 이상의 내용이 더 이상
나오지 않았다. 일단 아이 어르는 소리를 가장 많이 한 제보자에게 조사자들
이 집중적으로 질문을 시작하여, 아기 배 아플 때 부르는 노래를 청했다. 일
반적인 '할머니 손은 약손'과는 조금 달라서 흥미롭다.

배야 배야 자라 배야

무슨 배냐 자라 배냐

무슨 자라 옥자라

그랬어, 그 전엔.

헌 이를 지붕에 던지며 부르는 노래

자료코드 : 02_06_FOS_20090403_SJE_KJO_0002
조사장소 : 경기도 김포시 대곶면 석정1리 391-3번지 석정1리 마을회관
조사일시 : 2009.4.3
조 사 자 : 김헌선, 최자운, 김은희, 변남섭, 시지은
제 보 자 : 김정옥, 여, 84세
구연상황 : 예전에 빠진 이를 지붕에 던지면서 부르는 노래를 청하자, 여러 할머니들이
합창하듯이 하였다. 할머니들의 이야기를 듣고 난 후, 김정옥 제보자에게 노
래를 다시 청했다. 이 노래를 하면서 지붕에 이를 던질 때, 발을 똑바로 하고
던져야 이가 똑바로 난다고 하는 설명을 덧붙였다.

까치야 까치야
너는 헌 이 갖고
난 새 이 다오

그러고 그렇게 던졌어. 발을 똑같이 해야 그렇게 하고 던지면 이가 똑
같이 난다고 그 전엔 '너는 헌 이 갖고 난 새 이 다오' 그러고 던졌지, 지
붕에다.

이 빠진 아이 놀리는 노래

자료코드 : 02_06_FOS_20090403_SJE_KJO_0003
조사장소 : 경기도 김포시 대곶면 석정1리 391-3번지 석정1리 마을회관
조사일시 : 2009.4.3
조 사 자 : 김헌선, 최자운, 김은희, 변남섭, 시지은
제 보 자 : 김정옥, 여, 84세
구연상황 : 빠진 이를 지붕에 던지며 부르는 노래를 하고 난 제보자에게 이 빠진 친구를
놀리는 노래는 없었냐고 묻자 바로 노래를 했다.

이빨 빠진 갈강새

서울길로 가지 마라

　　붕어 새끼 놀랜다

그랬어요.

　　앞니빨 빠진 갈강새

　　서울길로 가지 마라

　　붕어 새끼 놀랜다

방아깨비 뒷다리 잡고 하는 노래

자료코드 : 02_06_FOS_20090403_SJE_KJO_0004
조사장소 : 경기도 김포시 대곶면 석정1리 391-3번지 석정1리 마을회관
조사일시 : 2009.4.3
조 사 자 : 김헌선, 최자운, 김은희, 변남섭, 시지은
제 보 자 : 김정옥, 여, 84세
구연상황 : 다른 할머니가 잠자리 잡는 노래를 하고 나서, 방아깨비 잡고 부르던 노래가
　　　　　있었냐고 묻자, 김정옥 제보자가 얼른 노래를 하였다. 방아깨비에게 저녁 먹
　　　　　을거리를 찧으라고 하는 노래라고 한다.

　　저녁 메기 찧어라

　　아침 메기 찧어라

그러면 그 방아깨비가 이렇게 이렇게 찧었어.

(조사자 : 메기가 뭐에요, 할머니? 저녁 메기?)

(청중 : 저녁, 저녁 헐 양식.)

물레 노래

자료코드 : 02_06_FOS_20090403_SJE_KJO_0005
조사장소 : 경기도 김포시 대곶면 석정1리 391-3번지 석정1리 마을회관
조사일시 : 2009.4.3
조 사 자 : 김헌선, 최자운, 김은희, 변남섭, 시지은
제 보 자 : 김정옥, 여, 84세
구연상황 : 다른 할머니들이 목화를 심어서 실을 자아내던 이야기, 베틀 짜던 이야기를
해서, 조사자들이 물레 노래나 베틀 노래가 없냐고 할머니들에게 물었다. 그러
자 옆에 있던 김정옥 제보자가 잊기 전에 하려는 듯이 얼른 이 노래를 하였다.

물레야 돌아라
쌩쌩 돌아라
칭칭 돌아라

그랬지, 그 전엔.

물레야 돌아라
쌩쌩 돌아라

그랬어.

잠자리 잡는 노래

자료코드 : 02_06_FOS_20090403_SJE_KJO_0006
조사장소 : 경기도 김포시 대곶면 석정1리 391-3번지 석정1리 마을회관
조사일시 : 2009.4.3
조 사 자 : 김헌선, 최자운, 김은희, 변남섭, 시지은
제 보 자 : 김정옥, 여, 84세
구연상황 : 앞서 제보자에게 잠자리 잡는 노래를 청했는데, 제보자가 하지 못하고 이남옥
할머니가 잠자리 노래를 하고 나서 이남옥 할머니가 베틀 짜던 이야기를 계
속하였다. 이남옥 할머니 이야기하는 중에 옆에서 계속 노래를 기억해 내던

제보자가 갑자기 이 노래를 불렀다.

잰자라 잰자라

이리 오믄 살구

저리 가믄 죽는다

그랬지.

신고산 타령

자료코드 : 02_06_FOS_20090403_SJE_KJO_0007
조사장소 : 경기도 김포시 대곶면 석정1리 391-3번지 석정1리 마을회관
조사일시 : 2009.4.3
조 사 자 : 김헌선, 최자운, 김은희, 변남섭, 시지은
제 보 자 : 김정옥, 여, 84세
구연상황 : 조사자들이 할머니들 모여서 놀 때 부르는 창부 타령 같은 그런 유희요가
있냐고 물었다. 이에 제보자가 그런 소리를 지금 불러서 무슨 소용이 있냐고
타박하며 노래를 하려 하지 않자, 다른 할머니들이 '신고산이 잘 하잖아?' 하
며 제보자의 노래를 청하자 마지못해 하는 듯 했지만 흥겹게 노래를 하였다.

신고산이 우루루

화물차 기차 떠나는데

고무공장 큰 애기는

변또(도시락) 밥만 싸누나

어랑 어랑 어허야

어여란마 뒤여라

내 사랑이로다

그랬지, 뭐.

두꺼비 집 짓는 노래

자료코드 : 02_06_FOS_20090403_SJE_KCR_0001
조사장소 : 경기도 김포시 대곶면 석정1리 391-3번지 석정1리 마을회관
조사일시 : 2009.4.3
조 사 자 : 김헌선, 최자운, 김은희, 변남섭, 시지은
제 보 자 : 김춘례, 여, 80세
구연상황 : 조사자들이 모래에 손 넣고 노는 노래 없었냐고 묻자, 김정옥 할머니가 그거
'두꺼비 노래'라고 했다며 기억해 내려고 했으나 노래를 잘 떠올리지 못했다.
옆에 있던 김춘례 제보자가 그 노래 이렇게 했다며 노래를 해 주었다.

두껍아 두껍아
너는 헌 집 갖고
나는 새 집 다오

그랬어, 그 전에.

잠자리 잡는 노래

자료코드 : 02_06_FOS_20090403_SJE_LNO_0001
조사장소 : 경기도 김포시 대곶면 석정1리 391-3번지 석정1리 마을회관
조사일시 : 2009.4.3
조 사 자 : 김헌선, 최자운, 김은희, 변남섭, 시지은
제 보 자 : 이남옥, 여, 83세
구연상황 : 조사자들이 할머니들께 잠자리 잡을 때 하는 노래를 청하자, 여러 할머니들이
동시에 노래를 흥얼거렸다. 할머니들이 이남옥 제보자에게 노래를 청하자 그
동안 노래를 많이 부른 김정옥 할머니를 보며 '내가 왜 해? 할머니가 하는 걸
내가 왜 하냐?'고 잠깐 실랑이를 벌인 후에 노래를 불렀다. 실제로 잠자리를
잡는 흉내를 내 가며 노래를 불렀다.

잠자라 잠자라
고기 고기 앉아라

날라가지 말구 앉아라

그러면 내가 얼른 가서 이렇게 잡으면, 빗자루로 잡으면 잽혔거든.

5. 양촌면

▌조사마을

경기도 김포시 양촌면 양곡9리

조사일시 : 2009.5.1

조 사 자 : 김헌선, 최자운, 김은희, 변남섭, 시지은

경기도 김포시 양촌면 양곡9리

　　양곡리는 원래 1리에서 9리까지 있었는데 아파트 단지가 새로 들어서면서 2리와 3리는 없어지고 현재는 1리, 4리 일부, 5리, 6리, 7리, 8리, 9리가 남아있다. 고단부락이 2리, 골말이 3리였다. 거대한 아파트 단지가 들어서느라 조사 당시에도 공사가 한창 진행 중이었고, 이제 양곡면 일대의 옛 모습은 거의 사라졌다.

▌제보자

김천우, 남, 1923년생

주 소 지 : 경기도 김포시 양촌면 양곡9리 주공APT 102동 805호
제보일시 : 2009.5.1
조 사 자 : 김헌선, 최자운, 김은희, 변남섭, 시지은

김천우는 경기도 개풍군 대성면 대성리 옥산마을에서 3남 1녀 중 막내로 태어났다. 사돈이 중매하여 24세에 혼인하였는데, 첫 인사에서 장모에게 점심을 얻어먹고 성사되었다고 한다. 개성의 의사였던 매형의 덕으로 쌀 한 말을 들여 택시를 빌려 타고 장가를 갔다. 25세에 피난을 내려와서 대전에 살다가, 양곡에 정착하여 현재까지 60여 년을 생활하고 있다. 양곡에 와서는 소금장사를 해서 번 돈으로 땅과 아파트를 장만하여 넉넉한 생활을 하고 있다.

제공 자료 목록
02_06_FOT_20090501_BNS_KCW_0001 백마산의 아기장수
02_06_FOT_20090501_BNS_KCW_0002 박씨가 도깨비에 홀린 이야기

백마산의 아기장수

자료코드 : 02_06_FOT_20090501_BNS_KCW_0001
조사장소 : 경기도 김포시 양촌면 양곡9리 주공APT 102동 805호 김천우 자택
조사일시 : 2009.5.1
조 사 자 : 김헌선, 최자운, 김은희, 변남섭, 시지은
제 보 자 : 김천우, 남, 87세
구연상황 : 어느 집에서 아기장수가 태어나서 부모가 아기를 죽이거나 없애려고 한 이야
　　　　　 기가 있냐고 묻자, 이 이야기를 구연해 주었다.
줄 거 리 : 경기도 개풍군 대성면 풍덕리 백마산 밑에 초가집에서 날개 달린 아이가 태
　　　　　 어났는데, 어느 날 천장에 붙어있었다. 아이가 장수인 것이 걱정이 된 부모가
　　　　　 아이의 날개를 인두로 지져 결국 아이가 천정에서 떨어져 죽었다. 그러자 백
　　　　　 마가 나타나 산을 백 바퀴 돌고 죽었다. 그래서 산 이름도 백마산이 되었다.

　백마산 밑에 초가집이 하나 있었대요, 근데 거그서 어린앨 낳는데 날개
달린. 그게 나갔다 들어오니까 천장에 가서 붙었드래, 그 아이가. 그래서
그 이거 큰 야단났다구.

　그래 가지구 부모가 인두루다 이걸 지졌대는 거야. 그래서 떨어질 수밖
에 없잖아, 날개를 그렇게 했으니.

　그래서 그 백마산이라는 게 백말이 나와 가지고 백 바퀴 돌았다고 그
래서 백마산으로다 이름을 지었대는 거야. 근데, 강화 산이포에서 뵈거던.
(조사자 : 개풍리?) 풍덕, 풍덕이지. (조사자 : 풍덕에?) 대성면으로 딸려 있
어 거기 백마산이.

　(조사자 : 그 애기가 떨어지니까 백마가 나오는 거예요?) 그렇지. (조사자 :
어디 숨어 있다가?) 그래. 그래 어린애가 그걸 타고 가야 되는데, 떨어졌으
니깐 백말이 나와 가지구 백 바퀴 돌고선 이제 죽어야겠다고 죽었대드만.

박씨가 도깨비에 홀린 이야기

자료코드 : 02_06_FOT_20090501_BNS_KCW_0002
조사장소 : 경기도 김포시 양촌면 양곡9리 주공APT 102동 805호 김천우 자택
조사일시 : 2009.5.1
조 사 자 : 김헌선, 최자운, 김은희, 변남섭, 시지은
제 보 자 : 김천우, 남, 87세
구연상황 : 밤에 도깨비불이 날아다니지 않느냐고 묻자, 이 이야기를 구연하여 주었다.
　　　　　전해 내려오는 이야기라기보다는, 제보자가 마을에서 실제로 목격한 일이다.
줄 거 리 : 개풍군의 박씨 양반이 추수한 벼를 지키다가 도깨비에 홀린 후로 가을이 되
　　　　　면 소리를 지르면서 다닌다. 그런데 내림이 된 것인지 아들도 정신 이상이 되
　　　　　었다.

　성이 박씬데, 그 양반이 뭐야 그 산골에 뭐야, 농사를 지었대요, 산골
에.

　벼를 비여 가지고 누가 훔쳐갈까 봐 거기를 그냥 지키러 갔는데, 도깨
비에 홀렸대는 거야. 그래 가지구 밤새도록 끌려댕기구 그냥 가시밭으로
끌려다니구, 그래 가지구, 이 양반이 실성을 했어. 어, 정신이상 됐어.

　그래, 그 사람이 꼭 가을이면 낫을 들고, 그냥, 돌아댕기면서 악을 쓰는
거야. 근데 그 내림인지 몰라도 아들도 그게 정신이상이 돼 가지고.

6. 월곶면

조사마을

경기도 김포시 월곶면 개곡1리

조사일시 : 2009.1.20
조 사 자 : 김헌선, 최자운, 김은희, 변남섭, 시지은

경기도 김포시 월곶면 개곡1리

1월 20일 오후 2시 정도에 월곶면 고막리 조사를 마치고 고막리에서 하성면 방향으로 이동하던 중 길 옆에 있는 개곡1리 마을회관을 발견하고는 혹시 제보자들을 만날 수 있지 않을까 싶어서 마을회관으로 들어갔다. 거실에 어르신 몇 분이 텔레비전을 보고 계셔서 그 분들께 그곳에 들르게 된 사유를 말씀드리니, 그 중 윤순희 제보자가 호랑이와 곶감 이야기를 알고 있다고 하여 한 쪽에 있는 방으로 모셔 조사를 시작하였다. 마

침 방 안에 있던 양순임 제보자도 윤순희 제보자의 권유로 조사에 동참하여, 아는 소리와 이야기를 해 주었다.

경기도 김포시 월곶면 개곡4리

조사일시 : 2009.1.22
조 사 자 : 김헌선, 최자운, 김은희, 변남섭, 시지은

경기도 김포시 월곶면 개곡4리

개곡리(開谷里)는 개화리(開花里)와 유곡리(柳谷里) 두 마을 이름을 합쳐서 부르는 명칭이다. 개곡4리 새라울마을에는 고려시대에 왕릉을 세우려다 땅에 모래가 많아서 세우지 못하였다는 이야기가 전해진다. 그런 이유에서인지, 이곳은 사방이 산으로 막혀 있고 부근 토질이 마사(굵은 모래)가 많다. 사야(沙野) 또는 새라울이라고도 한다.

개곡4리 가오루마을에는 오동나무로 지은 서당이 있었는데, 그 서당을 가오루라고 부른 데서 마을 이름이 유래한다. 마을 호수는 30여 호 정도 되는데, 금릉 김씨가 대다수이다. 마을 사람들은 대부분 농사를 짓고, 몇 집은 과수원을 하고 있다. 예전부터 이 마을은 논에 물 대기가 좋아서 농사짓기에 큰 어려움 없었고, 일제강점기에 수리조합이 생기면서 더욱 농사 환경이 더욱 좋아졌다. 이 마을에 이사 온 한 사람이, 자신이 살면서 7번 이사를 했는데, 이 마을처럼 살기 좋은 곳이 없었다고 한다.

동제(洞祭)는 정월 보름날 새벽에 마을 입구 서낭당에 가서 지내고 그때에는 마을 농악대가 가가호호 다니며 지신밟기도 하였다. 지금은 마을 사람들이 줄어 동제나 지신밟기를 더 이상 하지 않고 있다.

지난 번 조사한 고막리의 남기복 제보자가 여흥 민씨 유수공파 묘소 근처에 가면 그쪽 지리에 밝고 이야기를 많이 알고 있는 사람들이 있을 것이라 하여, 개곡4리에 있는 여흥 민씨 유수공파 묘소에 조사하러 갔다. 묘소 근처에 있는 집에 들어가서 방문 취지를 설명드리니 그 집 아주머니가 김준권 제보자가 이 마을에서는 이야기를 많이 알고 있다고 하였다. 김준권 제보자 집에 가니 마침 제보자가 집에 있어, 여러 편의 설화를 조사할 수 있었다.

설화 조사를 마치고 근처에서 소리를 잘 하는 이가 있냐고 물어보니, 집안 동생 중에 상여 소리를 잘 하는 동생이 있다고 하면서 같은 마을에 사는 김광권 제보자를 소개해 주었다. 김준권 제보자 댁을 나와 근처의 김광권 제보자 집으로 전화하니, 마침 제보자가 집에 있어 그의 집에서 상여 소리 등을 녹음하였다.

경기도 김포시 월곶면 고막리

조사일시 : 2009.1.20

조 사 자 : 김헌선, 최자운, 김은희, 변남섭, 시지은

경기도 김포시 월곶면 고막리

　월곶면의 경로당 노인회장을 중심으로 섭외 전화를 하던 중 고막리 김
사진 노인회장과 통화가 되어 조사 취지 말씀드리니, 흔쾌히 승낙하여 1월
20일 오후 1시경 경로당으로 찾아갔다. 김사진 노인회장은 고막리 토박이
이면서 이야기를 많이 알고 있다는 남기복 제보자를 소개해 주었다. 경로
당 안에는 대 여섯 명 정도의 노인들이 있었는데 남기복 제보자를 제외한
다른 노인들은 조사에 대해 별 관심을 보이지 않았고, 김사진 노인회장과
남기복 제보자 두 분을 모시고 경로당 거실에서 설화를 조사하였다.

　고막리는 1914년 행정구역 통폐합 때 고읍동(古邑洞)과 초막동(草幕洞)
을 합쳐서 고막리라 부르게 되었다. 고읍동은 고려시대부터 통진읍 소재

지었는데, 조선시대 우참찬 민응형(1578~1662)과 의정부 좌찬성의 장지로 정해지면서 읍은 군하리로 이전하였다. 그 이후 옛 읍소재지라는 뜻에서 이 마을은 고읍동으로 불리게 되었다. 초막동은 군졸들이 초막을 치고 거처했다고 해서 초막동이라 하였다.

고막리의 호수는 현재 300호 정도 되는데, 분동(分洞)을 하지 않은 단위부락이어서 인근의 다른 마을들에 비해 호수가 많은 편이다. 고막리에는 전주 이씨가 제일 많고, 다음으로 여흥 민씨가 많이 살고 있다. 예전에는 정초 풍물놀이가 다른 마을에 비해 성했는데 농악대원들의 고령화로 지금은 풍물을 놀지 않는다. 토질이 좋아 포도 등의 과일이 유명하고, 가뭄이 심할 때에는 마을 동쪽에 있는 덕바위 부근의 용의 우물에 가서 기우제를 지냈다.

경기도 김포시 월곶면 고양2리

조사일시 : 2009.2.4
조 사 자 : 김헌선, 최자운, 김은희, 변남섭, 시지은

현재 고양리는 1리와 2리로 나누어졌지만, 원래는 하나의 마을이었다. 인구가 많아져서 마을을 나누었고, 고양2리에는 현재 130여 세대, 250여 명이 산다. 고양리는 각성받이 마을이지만 김씨가 많은 편이고, 살기 좋은 마을이라고 하여 타지 사람들이 들어와 사는 경우도 꽤 있다.

고양리는 원래 바다에 속한 땅이어서, 현재 마을회관 앞에 있는 큰 느티나무는 예전에 준치를 잡는 준치 배를 매 놓는 나무였다고 한다. 고양리에 태봉산이라는 작은 산이 있는데 옛날 어른들이 말씀하시기를 떠들어 온 산이라고 했다고 하며, 고양 1리와 2리의 경계되는 지역에 여우가 많아서 이름이 붙여진 여우고개가 있다.

예전엔 마을에 농악도 치고, 집터 다질 때 밤에 사람들이 모여서 지경

다지기도 하고, 상여 나갈 때 북 치고 소리도 하고 했는데, 하던 사람들도 다 죽고 지금은 산소를 마음대로 쓰지 못해서 상여 소리도 좀처럼 하지 않는다.

경기동 김포시 월곶면 고양2리

경기도 김포시 월곶면 군하1리

조사일시 : 2009.2.3
조 사 자 : 김헌선, 최자운, 김은희, 변남섭, 시지은

군하리는 조선시대까지만 해도 통진읍으로 부르다가 행정구역폐합 후 군청소재지였다는 뜻에서 군하리라 부른다. 현재 군하리는 1리, 2리, 3리 3개 마을로 나누어져 있으며, 군하1리는 '시장마을'로 부른다. 서울에서 강화로 들어가는 길목에 있는 마을이라 그런지 월곶면 곳곳으로 통하는 길이 비교적 잘 닦여져 있는 편이며, 교회와 큰 수퍼마켓도 상당수 있다.

2009년 현재 400여 세대, 850여 명이 살고 있다.

경기도 김포시 월곶면 군하1리

경기도 김포시 월곶면 군하리

조사일시 : 2009.2.3, 2009.2.12
조 사 자 : 김헌선, 최자운, 김은희, 변남섭, 시지은

　이은식 제보자에 따르면 월곶은 원래 월역원면과 모포우곶면 두 면이
었던 것이 합쳐져서 되었다고 한다. 자동차나 비행기 같은 교통수단이 발
달하지 않았을 때 평양이나 신의주 쪽에서 한양(서울)에 가려면, 반드시
월곶을 거쳐야 했기 때문에 월곶은 중요한 교통의 요지였다고 한다. 지형
이 꼬챙이 같이 튀어나온 포구의 모양이라서 월곶이라는 지명이 지어지
기도 했다.

　특히 월곶의 조강포구는 수심이 얕고 강 바닥에 모래가 많아 지리를

잘 알지 못하면 배가 뒤집히기 십상이었다. 그래서 전국에서 온 사공들은 조강에서 하루 정박하며, 한강의 지리를 잘 아는 조강포구의 사공을 사서 서울로 올라갔다고 한다. 예전에 조강포구에서는 조기잡이 배의 풍어를 기원하기 위해 굿을 하였지만, 지금은 행해지지 않는다.

군하리는 조선시대까지 통진읍으로 부르다가 행정구역폐합 후 군청소 재지였다는 뜻에서 '군하리'라 부른다고 하며, 군하리는 현재 월곶면의 면소재지이다. 군하 1리, 2리, 3리 세 개 마을로 구성된 군하리는, 동네 앞산의 바위 모습이 곰과 같다 하여 마을이름을 속칭 '곰바위' 또는 '곰 배'라고도 부르기도 한다. 군하리에는 2009년 현재 총 520여 세대, 1,200 여 명이 살고 있다.

경기도 김포시 월곶면 군하리

경기도 김포시 월곶면 보구곶리

조사일시 : 2009.2.4
조 사 자 : 김헌선, 최자운, 김은희, 변남섭, 시지은

경기도 김포시 월곶면 보구곶리

보구곶리는 본래 보구곶면(甫口串面)이던 것이 1914년 행정구역폐합 당시 월곶면에 병합 후 '보구곶(甫口串)'이라 불렀다. '보수구지'라고 부르기도 한다. 보구곶리에는 유씨 성이 많이 살았는데 지금은 각 성이 골고루 살며 2009년 현재 88세대, 200여 명이 산다.

예로부터 천수답이라 농사 걱정은 별로 하지 않고 농사를 짓고 있으며, 지금처럼 기계로 농사를 짓지 않았을 때는 품앗이도 많이 하고 김매기 할 때 소리도 많이 했었지만, 지금은 소리 할 수 있는 사람이 없다.

농사도 짓지만 바다가 가까워 집집마다 배가 있어 연평바다에 나가서 고기도 많이 잡았으며, 1년에 한 번씩 배에 깃발을 많이 꽂아 놓고 뱃고

사도 지냈지만, 지금은 지내지 않는다.

경기도 김포시 월곶면 성동2리

조사일시 : 2009.2.4
조 사 자 : 김헌선, 최자운, 김은희, 변남섭, 시지은

경기도 김포시 월곶면 성동2리

성동리는 1914년 행정구역폐합 당시 성내리(城內里)의 '성'자와 동막동 (東幕洞)의 '동'자를 합하여 성동리라 하였다. 성동리는 1리, 2리, 3리로 되어 있는데 그 중 성동2리는 동쪽에 문수산이 병풍처럼 둘러막혀 있어 '동막(東幕)'이라 부르며 일설에는 살기 좋은 곳이라 하여 '옥암동(玉岩洞)'이라고도 한다. 270여 년 전에 창녕 성씨가 들어와 살기 시작하면서 창녕 성씨 집성촌이 되었으며, 지금도 57세대 중 14세대가 창녕 성씨 집

안이다. 2009년 현재 성동2리에는 57세대, 120여 명이 산다.

경기도 김포시 월곶면 용강리

조사일시 : 2009.2.12
조 사 자 : 김헌선, 최자운, 김은희, 변남섭, 시지은

경기도 김포시 월곶면 용강리

1914년 일제가 행정구역을 개편할 때 흥룡리와 강녕포를 합하고 두 개 법정리의 명칭에서 한 글자씩을 따서, 신설된 월곶면에 소속시켜 오늘에 이르고 있다. 용강리는 용이 되려는 이무기를 사람이 보고 '뱀이 큰데 이무기 같다.' 하여 그 이무기가 용이 되지 못한 데서 유래했다고도 한다.

예전에 용이 승천하여 용연(龍淵)이라 이름이 붙여진 큰 연못이 있는데, 천연수가 많이 나와서 용강리는 이 덕분에 가뭄에도 물 걱정을 하지 않고

농사를 지었다고 한다. 용강리에서 나는 쌀은 소출이 많지는 않으나 미질(米質)은 최상품으로 인정받아 다른 마을의 쌀보다 한 가마에 2,000원씩 더 받았다. 용강리의 논은 물이 오래도록 있어서 밥맛이 좋기 때문이라고 한다.

이 지역에서는 70년대까지 손으로 농사를 지었다. 품앗이의 방법으로 부락마다 부녀회 주최로 공동 모내기를 했지만, 김매기는 남자만 하고 여자들은 밭일만 한다. 공동 모내기를 할 때는 집집마다 돌아가면서 식사를 준비했다고 한다.

용강리에는 흑미골·부채골·대미골 세 개의 큰 골짜기가 있는데 골짜기마다 다 절터가 있다. 원래 절이 있었는데 빈대가 많아서 절은 없어지고 절터만 남았다는 말이 전해진다.

김광권, 남, 1948년생

주 소 지 : 경기도 김포시 월곶면 개곡4리 702번지
제보일시 : 2009.1.22
조 사 자 : 김헌선, 최자운, 김은희, 변남섭, 시지은

김광권은 평생 가오루마을에서 농사를 지으며 살았다. 집안 형님인 김준권의 소개로 연락하였는데, 조사 취지를 잘 이해하고 질문에 적극적으로 답해 주었다. 그가 구연한 자료들은 대부분 가오루마을의 소리꾼이었던 아버지(故 김용기)가 하던 것이다. 그는 작은 형인 김위권과 함께 아버지가 하던 상여 소리를 익힌 관계로, 얼마 전까지 동네에서 상이 나면 소리를 많이 하였고, 인근 마을에서 초청하면 그곳에 가서 소리를 하기도 하였다.

개곡4리 가오루마을에서는 주로 양력 5월 20일 전후로 품앗이를 통해 모를 심었는데, 이웃집끼리가 아닌, 김씨나 박씨 등 성씨를 중심으로 품앗이를 하였다. 두벌이나 세벌 논을 맬 때는 소리를 하기도 했는데, 임진강 건너 북한지역에서 고운봉이 부른 대중가요 '선창'을 많이 틀어주어서, 일하는 사람들이 그 노래를 한 두 소절씩 돌아가면서 하였다. 이때 자기 차례에서 노래를 이어서 부르지 못하는 사람은 술을 사오는 벌칙을 받았다.

제공 자료 목록
02_06_FOS_20090122_CJU_KGG_0001_s01 상여 소리 / 달구 소리

02_06_FOS_20090122_CJU_KGG_0001_s02 상여 소리 / 달구 소리
02_06_FOS_20090122_CJU_KGG_0001_s03 상여 소리 / 달구 소리
02_06_FOS_20090122_CJU_KGG_0002 헌 이 지붕 위로 던지며 하는 소리
02_06_FOS_20090122_CJU_KGG_0003 아리랑

김수복, 여, 1924년생

주 소 지 : 경기도 김포시 월곶면 군하리 86번지
제보일시 : 2009.2.12
조 사 자 : 김헌선, 최자운, 김은희, 변남섭, 시지은

김수복이 사는 곳은 월곶면 군하리 86번
지이다. 할아버지와 아버지 고향은 강원도
금화이며 보통학교를 졸업하고 22세까지 황
해도 사리원에서 회사를 다녔다고 한다. 전
쟁이 나서 벼 두말을 지고 미국 약 다야신
(만병통치약)을 파는 장사꾼들 틈에 묻혀 이
북에서 넘어왔다. 피난 내려오다가 개성수
용소에서 4일간 머물며 식당에서 밥을 해서
사람들을 먹였다. 흑룡강성에 살던 삼촌을 만나 서울에서 살다가 김포 조
강1리의 외가에 와서 남편을 만나 27세에 혼인하였다. 별명은 왈가닥 할
머니로 통한다.

고향인 사리원에 있는 경암산은 모양이 닭대가리 같았다고 한다. 단오
가 되면 사흘 동안 그네를 뛰고 씨름도 하면서 단오놀이를 했는데, 씨름
에서 일등을 한 사람에게는 송아지를 주었다고 한다. 사자를 만들어 밤에
는 탈놀이, 봉산탈춤을 하였는데 사자는 한 마리였다고 한다. 줄은 안 탔
고 꽹매기도 쳤는데 저녁 아홉시 정도면 끝이 났다. 초등학교 다닐 때 대
동아전쟁이 일어나 일본 군인들 전송하느라 단오놀이를 하지 못했다. 일

제 말기에 공출이 심해져 집에서 사용하던 놋그릇, 화로, 요강, 대접 등을 모두 다 빼앗아 갔다고 한다.

제공 자료 목록

02_06_FOT_20090212_BNS_KSB_0001 도깨비 이야기

02_06_FOS_20090212_BNS_KSB_0001 아리랑

02_06_FOS_20090212_BNS_KSB_0002 몽금포 타령

김위권, 남, 1947년생

주 소 지 : 경기도 김포시 월곶면 개곡4리 683번지

제보일시 : 2009.2.3

조 사 자 : 김헌선, 최자운, 김은희, 변남섭, 시지은

김위권은 1월 말에 월곶면 개곡4리에서 만난 김준권의 일가이며, 1월 22일에 만난 제보자 김광권의 형이다. 젊었을 때부터 소리를 잘했고, 마을 어르신들이 많이 돌아가신 이후로는 상여 소리도 곧잘 맡아서 했다. 어렸을 때 집이 어려워 남의집살이를 하면서 고생을 많이 하고 힘들었지만 농사에 대해서 많이 배웠다.

군대를 갔다가 월남에 지원을 했는데, 작전 중에 폭탄을 맞아 부상을 입었으나, 고향에 돌아와 성실하게 일하여 땅을 조금씩 사면서 농사에 재미를 붙였다고 한다.

돌아가신 아버지가 마을 상쇠였고, 어렸을 때 한 번 들은 노래는 단박에 외우는 재주와 아버님과 형님에게 들은 소리가 음악적인 밑천이 되었다.

제공 자료 목록

02_06_FOS_20090203_SJE_KWG_0001_s01 상여 소리

02_06_FOS_20090203_SJE_KWG_0001_s02 달고 소리

02_06_FOS_20090203_SJE_KWG_0002 이 빠진 아이 놀리는 노래

02_06_FOS_20090203_SJE_KWG_0003 창부 타령

김준권, 남, 1943년생

주 소 지 : 경기도 김포시 월곶면 개곡4리 864번지

제보일시 : 2009.1.22

조 사 자 : 김헌선, 최자운, 김은희, 변남섭, 시지은

김준권은 개곡4리 토박이로, 외지생활을
한 적이 없으며 평생 개곡4리에서 농사를
지으며 살았다. 군대 생활도 신병훈련을 제
외하고는 김포 소재 해병대에서 복무하였다.
조사 초반부에는 조사자들이 무엇을 원하는
지 몰라 설화 구연에 망설였으나, 조사자들
의 방문 취지를 이해하고는 당시에 외출해
야 했음에도 불구하고, 자신이 알고 있는 것
들을 성심 성의껏 이야기해 주었다.

제공 자료 목록

02_06_FOT_20090122_CJU_KJG_0001 애기봉 전설

02_06_FOT_20090122_CJU_KJG_0002 아기장수 전설

02_06_FOT_20090122_CJU_KJG_0003 텃구렁이가 나가서 망한 권씨네 양조장

02_06_FOT_20090122_CJU_KJG_0004 떠내려 온 문수산

02_06_FOT_20090122_CJU_KJG_0005 비 내리게 하는 구리안반

02_06_FOT_20090122_CJU_KJG_0006 빈대 절터

02_06_FOT_20090122_CJU_KJG_0007 민씨네와 정씨네의 산소자리 다툼

02_06_FOT_20090122_CJU_KJG_0008 게 대신 소똥을 내려 보낸 도깨비의 장난

남기복, 남, 1930년생

주 소 지 : 경기도 김포시 월곶면 고막리
제보일시 : 2009.1.20
조 사 자 : 김헌선, 최자운, 김은희, 변남섭, 시지은

남기복은 고막리에서 3대째 살아오고 있
는 토박이로, 평생 고막리에서 인삼 농사와
벼농사를 지으며 살아왔다. 고령임에도 꼿
꼿하게 앉아 조사자들의 질문에 시종일관
차분하게 이야기하였다. 얼마 전 감기가 들
고, 기억력이 예전 같지 않아서 이야기를 잘
해주지 못해 거듭 미안하다고 했다.

제공 자료 목록
02_06_FOT_20090120_CJU_NGB_0001 통진을 등진 덕바위
02_06_FOT_20090120_CJU_NGB_0002 남자랑골이 권자랑골이 된 내력
02_06_FOT_20090120_CJU_NGB_0003 도깨비에게 홀린 이야기

민인기, 남, 1935년생

주 소 지 : 경기도 김포시 월곶면 고양2리
제보일시 : 2009.2.4
조 사 자 : 김헌선, 최자운, 김은희, 변남섭, 시지은

월곶면 고양2리는 평지가 많은 아늑한 느
낌의 마을이다. 조사자들이 찾아갔을 때 마
을 어르신들 중 출타하신 분들이 많아 마을
회관은 한산했다. 우선 노인회장님과 마을
에 대한 이런저런 얘기를 나눌 때 옆에 있
던 민인기 제보자는 좀처럼 대화에 끼어들

지 않는 편이었다.

그러다가 마을의 유래와 관련된 느티나무 이야기가 나오자 대화에 참여하기 시작했다. 주로 널리 알려진 이야기를 했으나, 이야기를 재미있게 구연하여 조사자들이 즐겁게 자료를 얻을 수 있었다.

제공 자료 목록

02_06_FOT_20090204_SJE_MIG_0001 꾸꾹새 잡아 장가간 머슴
02_06_FOT_20090204_SJE_MIG_0002 나무꾼과 선녀
02_06_FOT_20090204_SJE_MIG_0003 수수깡이 빨간 이유
02_06_FOT_20090204_SJE_MIG_0004 효자 따라하다 혼난 불효자
02_06_FOT_20090204_SJE_MIG_0005 은혜 갚은 까치
02_06_FOT_20090204_SJE_MIG_0006 옷을 벗어 호랑이 쫓은 선비

성기천, 남, 1935년생

주 소 지 : 경기도 김포시 월곶면 성동리
제보일시 : 2009.2.4
조 사 자 : 김헌선, 최자운, 김은희, 변남섭, 시지은

성기천 제보자는 2월 3일 군하리에서 이은식 제보자를 조사하던 중에 만나서 섭외가 된 분이다. 월곶면에서도 외진 마을이라고 할 수 있는 성동리의 노인회장이시고, 성씨 일가의 일을 많이 하시는 분이라, 조사 중에도 일가 이야기를 많이 하였고, 전화도 많이 받았다. 성동리는 성씨 집성촌으로 이 마을에 들어온 지 270여 년 되었다고 한다.

집안이 대대로 성동리에서 살아, 제보자 역시 이 마을에서 태어나 지금껏 살고 있다. 현재는 벼농사도 짓고 야채와 과일 농사도 짓는데, 젊었을 때

는 배를 타고 마포까지 다녔다고 하였다. 제보자는 성동리에서 오래 살았기 때문에 마을 이야기를 많이 했지만, 유래담이라고 하기엔 서사성이 약하고 길이가 짧았다. 대신 배를 탄 경험 때문에 노 젓는 소리를 조사할 수 있었고 배의 형태와 종류에 대해 이야기 들을 수 있었다.

제공 자료 목록
02_06_FOT_20090204_SJE_SGC_0001 문수산 재너미 바람
02_06_FOS_20090204_SJE_SGC_0001 노 젓는 소리

양순임, 여, 1921년생

주 소 지 : 경기도 김포시 월곶면 개곡1리
제보일시 : 2009.1.20
조 사 자 : 김헌선, 최자운, 김은희, 변남섭, 시지은

양순임은 개성군 토성면 출생으로, 6·25 때 가족과 함께 강화도로 피난을 왔다. 당시 오빠가 군인이었기 때문에 군함을 타고 피난을 왔다. 강화에서 몇 년 정도 살다가 김포시 월곶면 개곡1리에 정착하여 현재까지 살고 있다. 조사자들의 질문에 관심을 가지고 응하였으나, 고령인 관계로 기억이 잘 나지 않아서 제보한 내용은 그다지 많지 않았다.

제공 자료 목록
02_06_FOS_20090120_CJU_YSI_0001 다리 세기 노래
02_06_FOS_20090120_CJU_YSI_0002 아이 어르는 소리

윤순희, 여, 1925년생

주 소 지 : 경기도 김포시 월곶면 개곡1리
제보일시 : 2009.1.20
조 사 자 : 김헌선, 최자운, 김은희, 변남섭, 시지은

윤순희는 김포시 하성면 후평리 출생으로, 10대 후반에 개곡1리로 시집을 와서 현재까지 살고 있다. 개곡1리에서 자식들을 키우며 평생 농사를 지었다. 신명이 많고 명랑한 성격이어서 조사자들의 물음에 적극적으로 응하였으나, 귀가 어두워서 원활한 조사가 이루어지지는 않았다.

제공 자료 목록

02_06_FOT_20090122_CJU_YSH_0001 밥 많이 먹는 마누라
02_06_FOS_20090120_CJU_YSH_0001 창부 타령
02_06_FOS_20090120_CJU_YSH_0002 파랑새 노래
02_06_FOS_20090120_CJU_YSH_0003 가련다 떠나련다
02_06_ETC_20090120_CJU_YSH_0001 수수께끼

이대득, 남, 1933년생

주 소 지 : 경기도 김포시 월곶면 보구곶리
제보일시 : 2009.2.4
조 사 자 : 김헌선, 최자운, 김은희, 변남섭, 시지은

보구곶리 마을회관에 갔을 때 대 여섯 명의 마을 어르신이 계셨다. 제보자 이대득은 보구곶리의 노인회장으로 나이에 비해 훨씬 젊어 보였으며, 다른 분들과 이야기할 때 주도적인 분위기를 끌고 갔다. 부모님께 효도해야 한다는 생각이 강한 듯, 옛날에 또는 마을에 못자리를 잘 쓰고 정

성을 들인 이야기를 많이 했다. 제보자 자신도 부모님 묘를 이장해 마을 작은 산에 모셨는데, 계단을 만들고 경계석을 만들어 잘 꾸며서 마을에서 유명하다고 한다. 조사를 마치고 가는 조사자들을 제보자 부모님 묘에 데리고 가서 정성스레 꾸민 묘를 보여주었다.

제공 자료 목록
02_06_FOT_20090204_SJE_LDD_0001 문수산으로 이름이 바뀐 비아산
02_06_FOT_20090204_SJE_LDD_0002 명당 자리 볼 것 없다

이은식, 남, 1934년생

주 소 지 : 경기도 김포시 월곶면 군하리
제보일시 : 2009.2.3
조 사 자 : 김헌선, 최자운, 김은희, 변남섭, 시지은

이은식은 만나기로 연락이 된 제보자는 아니었다. 월곶면 군하리 복지회관에 미리 연락이 된 제보자를 만나러 갔는데, 그 제보자가 연락도 되지 않고 기다려도 만나지 못했다. 마침 복지회관 사무실에 이은식 제보자가 있어, 사정을 이야기하고 월곶면에 대한 옛이야기와 유래에 대해 제보를 요청하자 큰 거부감 없이 조사자들에게 자리를 내주었다.

이은식은 당시 대한노인회 김포시 지회 월곶면 지부장이었으며, 젊었을

때부터 김포시에서 많은 사회활동을 해 왔다고 했다. 그래서인지 김포시에 대한 많은 정보와 지명 유래에 대한 많은 이야기를 조사자들에게 전해 주었다. 아쉽게도 너무 사실적이거나 짧은 이야기를 많이 알고 있어서, 구비자료로 삼을 수 있는 이야기의 수가 적었다.

제공 자료 목록

02_06_FOT_20090203_SJE_LES_0001 권자당골로 바뀐 남자당골
02_06_FOT_20090203_SJE_LES_0002 바람구멍 막아 망한 사람
02_06_FOT_20090203_SJE_LES_0003 참게 잡다가 도깨비에 홀리다

이익현, 남, 1928년생

주 소 지 : 경기도 김포시 월곶면 용강리 먼지락길 1번지
제보일시 : 2009.2.12
조 사 자 : 김헌선, 최자운, 김은희, 변남섭, 시지은

이익현은 이곳의 토박이로서 증조할아버지 때부터 거주하기 시작했다. 현재 월곶면 용강리 먼지락길 1번지에서 농사를 지으며 살고 있다. 농사는 중농 수준으로 지었고, 인삼을 상당량 재배했다. 슬하에 4남 1녀를 두었다.

제보자는 6·25전쟁 당시 마을 젊은이들을 일차 징집 대상으로 삼아 본대에 편입시키기 위해서, 마을 단위로 이동하였다고 한다. 김포 젊은이들은 제주도로 갈 예정이었으나 20일을 걸어서 김해에 수용되었다. 김해에 수용되어 군에 가기를 기다리다 본대에서 벗어나 삼랑진을 거쳐 진해로 이동하였다. 이 때는 동지 무렵으로 혹독한 추위에 시달렸으며, 진해에서 마산으로 이동하고 다시 삼랑진으로 가다가 구마산 근방에서 갈 곳이 더 이상 없어

각자 알아서 귀가하라고 하여 뿔뿔이 헤어지게 되었다.

11~12명의 동네 사람들을 이끌고 사람이 많이 다니지 않았던 서해안을 따라서 고향으로 길을 잡아 출발하였다. 지도가 있는 수첩 하나에 의지해 북쪽으로 계속 이동하다 40일 만에 평택다리에서 물을 건너게 되었는데, 이 때가 정월 초순이었다. 인천 수복 일주일 쯤 후에 인천에 도착하여 고향으로 돌아왔다. 51년에 해병대에 입대하여 상병을 4년 동안 달았고 60개월을 복무한 후 제대하였다고 한다.

제대 후 민통선 뒤편으로 마을이 옮겨지게 되자, 농사와 인삼 재배로 현재에 이르고 있다. 총기가 있어 이야기를 많이 기억하고 있으며, 한 이야기에 다른 이야기가 섞여서 구연되는 경우가 많았고 특히 유교의 덕목인 효에 대한 이야기를 강조하였다.

제공 자료 목록

02_06_FOT_20090212_BNS_LIH_0001 배짱으로 고을 원님이 돼서 죽은 장군의 소원을 들어준 이야기

02_06_FOT_20090212_BNS_LIH_0002 벼 가마만 빼앗긴 부자

02_06_FOT_20090212_BNS_LIH_0003 백대장 장대장 전설

02_06_FOT_20090212_BNS_LIH_0004 물꼬를 헐어놓은 도깨비

02_06_FOT_20090212_BNS_LIH_0005 도깨비에게 홀린 이야기

02_06_FOT_20090212_BNS_LIH_0006 삼촌이 져다 주냐, 여다 주냐

02_06_FOT_20090212_BNS_LIH_0007 사주를 잘 보아 죽음을 면한 사람

02_06_FOT_20090212_BNS_LIH_0008 천기 보는 사람 둘 가운데 해석 잘해 농사 잘지은 사람

02_06_FOT_20090212_BNS_LIH_0009 영리한 아이 역적 될 것이 두려워 죽인 이야기

02_06_FOT_20090212_BNS_LIH_0010 말이 씨가 되어 도둑이 된 아이

02_06_FOT_20090212_BNS_LIH_0011 며느리가 중에게 부탁해 집안 망하게 한 내력

02_06_FOT_20090212_BNS_LIH_0012 두드리면 대추가 떨어지는 그림

02_06_FOT_20090212_BNS_LIH_0013 석천토굴 자장이사(石穿土窟 子將而死) 다르게 해석한 선생 장님과 제자 장님

02_06_FOT_20090212_BNS_LIH_0014 참 효자 거짓 효자

02_06_FOT_20090212_BNS_LIH_0015 아버지에게 잘못하는 며느리 버릇 고친 아들
02_06_FOT_20090212_BNS_LIH_0016 효자에게 연시 얻어준 호랑이

이정부, 여, 1939년생

주 소 지 : 경기도 김포시 월곶면 군하리
제보일시 : 2009.2.3
조 사 자 : 김헌선, 최자운, 김은희, 변남섭, 시지은

이정부는 같은 조사 현장의 제보자 정경
애와 동서지간이다. 정경애 제보자가 조사
자들과 이야기하고 노래를 하고 할 때는
'그런 거 뭐 하냐?'고 하다가 점점 정경애
제보자의 노래에 간섭하기 시작하였다. 이
에 조사자들이 이정부 제보자에게 질문을
하고 적극적인 노래 참여를 유도하자, 화투
놀이를 정리하고 조사자들 가까이 오게 되

었다. 정경애 제보자와 다리를 끼고 '다리 뽑기 놀이'도 하고, 손뼉을 치
며 '쎄쎄쎄'도 부르는 등 조사 현장 분위기를 활달하게 만들었다. 어렸을
때 불렀던 노래를 부르면서 가령 이를 빼서 던지는 과정, 고무줄 놀이할
때 어떻게 하고 어떤 노래를 불렀는지에 대한 설명을 재미있고 자세하게
해 주었다.

제공 자료 목록
02_06_FOS_20090203_SJE_LJB_0001 쎄쎄쎄
02_06_FOS_20090203_SJE_LJB_0002 헌 이빨 지붕에 던지며 하는 소리
02_06_FOS_20090203_SJE_LJB_0003 이 빠진 아이 놀리는 노래

정경애, 여, 1941년생

주 소 지 : 경기도 김포시 월곶면 군하리
제보일시 : 2009.2.3
조 사 자 : 김헌선, 최자운, 김은희, 변남섭, 시지은

정경애는 황해도 연백이 고향이고 10세
에 피난 연평도로 나와서 살다가, 14세에
인천 화수동으로 이사를 갔고 김포로 시집
을 오게 되면서 김포에 살게 되었다. 피난
나와서는 군인인 오빠 덕에 큰 고생은 하지
않았다고 하며, 어렸을 때 연백에서 친구들
과 놀면서 부른 노래를 많이 기억하지 못
한다며 아쉬워하였다. 다른 할머니들이 화
투를 치며 조사자들을 반겨하지 않을 때, 조사자들의 이야기에 귀 기울여
조사 분위기를 만드는 데 많은 도움을 주었으며, 쾌활한 성격에 큰 웃음
으로 조사 현장을 들썩이게 하였다.

제공 자료 목록

02_06_FOS_20090203_SJE_JKA_0001 다리 뽑기 노래
02_06_FOS_20090203_SJE_JKA_0002 두꺼비집 짓는 노래
02_06_FOS_20090203_SJE_JKA_0003 꼬마야 꼬마야
02_06_FOS_20090203_SJE_JKA_0004 잠자리 잡는 노래
02_06_FOS_20090203_SJE_JKA_0005 별 헤는 소리
02_06_FOS_20090203_SJE_JKA_0006 배 아플 때 배 쓸어주는 소리

정재임, 여, 1933년생

주 소 지 : 경기도 김포시 월곶면 군하리 95번지
제보일시 : 2009.2.12
조 사 자 : 김헌선, 최자운, 김은희, 변남섭, 시지은

정재임이 사는 곳은 월곶면 군하리 95번
지이다. 제보자는 민간치료에 대한 지식을
골고루 갖추고 있었다. 어렸을 때 학질을 여
러 번 앓았는데 아버지가 제보자를 산으로
데리고 가서 산소 앞에 앉혀 놓고, 제보자
몰래 뱀을 목에 걸어 주고 소가 얼굴을 핥
고 나니 학질이 떨어졌다고 한다. 가족이나
이웃이 아플 때는 무당이 하는 것처럼 간단
한 객귀 물림을 해서 치료해 주곤 하였다고 한다.

제공 자료 목록
02_06_FOS_20090212_BNS_JJY_0001 배 아플 때 배 쓸어주는 노래
02_06_FOS_20090212_BNS_JJY_0002 새야 새야

도깨비 이야기

자료코드 : 02_06_FOT_20090212_CJU_KSB_0001
조사장소 : 경기도 김포시 월곶면 군하리 86번지 김수복 자택
조사일시 : 2009.2.12
조 사 자 : 김현선, 최자운, 김은희, 변남섭, 시지은
제 보 자 : 김수복, 여, 86세
구연상황 : 어렸을 때 들었던 얘기가 없는지 물어보니, 도깨비가 없는 줄 알 거라고 하며
　　　　　이야기해 주었다.
줄 거 리 : 과부에게 반한 도깨비가 돈과 쌀 등을 가져다 주었다. 과부는 도깨비가 준 돈
　　　　　으로 땅을 샀다. 도깨비와의 관계로 말미암아 과부는 야위어갔다. 과부는 도
　　　　　깨비를 멀리 하기 위해 땅 네 귀퉁이에 말뚝을 박고 대문에 말 피를 얹어 놓
　　　　　았다. 그러니까 도깨비가 와서 분을 이기지 못해 해꼬지를 했다.

　우리 동네 인제 사는데, 우리 작은 할머니가 얘길했는데, 과부가 혼자
살았대요.

　사는데 이 도깨비한테 홀려 가지구, 도깨비가 그, 그 여자한테 반해 가
지구, 그냥 디렸다 갖다 주는 거야. 쌀이구 뭐이구. 갖다 주는데 그걸 어
떻게 했냐면 다른 건 하지 말고 돈 주며는 땅을 사라고 그러드래. 그래
땅을 사 놨대요. 땅을 사 놨는데 그냥, 도깨비가 밤낮 인제 오잖아. 근깐
도깨비라도 여자하고 저건 하니깐 아무것도 아니래도 이 여자가 마르는
거야.

　마르니깐 그렇게 하지 말고 땅을 사며는 거기를 네 구탱이를 저거를
박으라고 그래, 땅 산데. 네 구탱이를 박곤 말, 말 피를 갖다가 여기다가
얹으라고 그래드래. 집 대문에다가 말 피를 갖다 이렇게 얹어 놓으며는
도깨비가 엄담을 못한다고.

그래 가지고 나니까는 그냥 그렇게 하니까는 도깨비가 그냥 오더니 그냥 ○○를 그냥 다 막 뿌리드래여.

애기봉 전설

자료코드 : 02_06_FOT_20090122_CJU_KJG_0001
조사장소 : 경기도 김포시 월곶면 개곡4리 864번지 김준권 자택
조사일시 : 2009.1.22
조 사 자 : 김헌선, 최자운, 김은희, 변남섭, 시지은
제 보 자 : 김준권, 남, 67세
구연상황 : 마을 근처에 있는 지명 중에 애기봉이라는 곳이 있어, 그곳에 얽힌 이야기가 있냐고 물어보니 이야기를 해 주었다.
줄 거 리 : 임진왜란 때 어떤 장수가 이북 쪽에서 내려오는 왜군을 무찌르고 평양의 애기라는 기생을 데리고 자신이 있는 곳으로 갔다. 장수와 기생은 조강포 나루를 건너갔는데, 왜적이 다시 쳐들어왔으니 전선으로 복귀하라는 명령이 내려왔다. 장수는 기생은 조강에 놔두고, 자신은 싸움터로 갔다. 그러나 장수는 끝내 돌아오지 못하였고, 애기 기생은 조강포 근처 제일 높은 봉우리에서 장수가 돌아오기만을 기다리다가 그곳에서 죽었다. 그 일이 있은 뒤 그 봉우리를 애기봉이라 부르게 되었다.

그, 애기봉은 인제, 그 전에 그, 임진왜란 일어나기 전에 인제, 왜적들이 인제, 들어온대는 소리를 듣고, 인제, 그, 지금은 누구 이름은 잘 기억을 못하는데.

우리나라 그, 장순데, 장수가 왜군을 무찌르러 이제, 간 거야. 지금에 고려 쪽에를 아마, 지금 저기 저, 이북 쪽이지. 이북 쪽에 가서 왜적이 들어오니까, 그걸 물리치러 갔는데, 가서, 아주 그, 승전을 했어. 이겼어.

그 이겨 가지고 돌아, 한양으로 돌아오는 길에, 평양을 들러서, 평양에서 인제, 기분이 좋아서 인제 술을 한 잔 먹으면서 아마 하다가, 그 기생이 하두 이쁜 기생이 있는데, 그 기생이 애기래는 기생이야.

그 애기래는 기생을 그 장수가 그 디리고(데리고) 조강포. 지금 조강, 조강이지. 조강포 나루터를, 나루터에 와서 그 나루터에서 배를 타구 인제, 일루 넘어오는 거야.

넘어왔는데 한양에서 파발이 막 왔어. 파발이 왔는데, 어떻게 왔냐면은, 지금 다시 또 왜군이 들어, 쳐들어오니까, 지금 한양으로 오지 말고 되돌아가서 왜군을 무찔러라. 그러한 그, 명령을 받고 애기래는 기생을 지금 조강나루터, 지금 조강포에다 놔 두고, 이제 장수만 전쟁을 하러 다시 간 거지.

그, 전쟁을 하러 갔는데 하루 이틀 기달려도 오질 않는 거야. 장수가. 그래 오질 않으니까, 이때나 오까 저때나 허다가, 아주 그 제일 가차운(가까운) 애기봉, 지금에 애기봉이지. 그 봉우리 올라가서 그, 장수를 기다리는 거지. 기다리다가 죽었어. 애기래는 기생이.

죽었는데, 그래두, 낭군을, 그, 장군을 제일 먼저 볼 수 있는 데가 애기봉, 지금에 애기봉. 높은 봉우리. 지금 고기에선 제일 높은 봉우리야. 그 높은 봉우리에다 묘를 써 준 거지. 지금도 가면은 비석이, 비문이 있어.

아기장수 전설

자료코드 : 02_06_FOT_20090122_CJU_KJG_0002
조사장소 : 경기도 김포시 월곶면 개곡4리 864번지 김준권 자택
조사일시 : 2009.1.22
조 사 자 : 김헌선, 최자운, 김은희, 변남섭, 시지은
제 보 자 : 김준권, 남, 67세
구연상황 : 어느 집에서 아기가 태어났는데, 장수였기 때문에 그 부모가 아기를 죽였다는 이야기를 알고 있냐고 물어보니 그런 이야기를 들어본 적이 있다며 이야기해 주었다.
줄 거 리 : 홍서방네에서 아기가 태어났는데 겨드랑이 밑에서 날개가 자랐다. 이 아기는

커서 장수가 될 운명이었기 때문에 홍서방네는 이 아기를 죽였다. 아기가 죽자, 백마가 나와서 며칠을 울었다.

그것이 홍서방넨데, 그 홍씨네가, 인제 그, 애를 낳는데.

그 애가 삼일 되니까, 겨드랑이 밑에서 날개꼭지가 나오더래는 거야, 날개가. 그래서 이거를 두면은 큰일 날 거 겉다 허니까, 아무도 몰르게 해서, 그 애를 죽였다는, 그런, 소문을 내가 들은 적이 있지. 그것이 남양 홍씨네, 홍씨네 집안이야.

이담에 큰 인물이 될 건데, 이것이 인제, 역적이 될 것이다. 그러니까 미리 예방조치해서 없애는 게 낫다. 뭐 이런.

(조사자 : 어르신 그, 그 애를 죽이니까 어떤 일이 생기고 막 그런 건 없었습니까?) 그거는, 머 뭐가 저기 저, 뭐, 백마(白馬)라 그러나 머라 그러나, 그거가 와서 메칠(며칠)을 울더라, 그런 얘기가.

텃구렁이가 나가서 망한 권씨네 양조장

자료코드 : 02_06_FOT_20090122_CJU_KJG_0003
조사장소 : 경기도 김포시 월곶면 개곡4리 864번지 김준권 자택
조사일시 : 2009.1.22
조 사 자 : 김헌선, 최자운, 김은희, 변남섭, 시지은
제 보 자 : 김준권, 남, 67세
구연상황 : 구렁이나 지네에게 처녀를 바쳤다는 이야기를 들어본 적이 있냐고 물었더니 한 이야기이다.
줄 거 리 : 하성면에서 양조장을 하던 권씨네는 장사가 너무 잘되어, 물을 더 많이 얻기 위해 우물을 깊이 파는 공사를 계획하던 중 어느 스님에게 자문을 구하였다. 그 스님은 우물 공사를 하되, 그 안에 있는 암반을 들어내지는 말라고 하였다. 그런데 일하는 사람들이 물을 더 얻고자 하는 욕심에 암반을 드러내고 말았고, 그로 인해 그 안에 있던 구렁이가 나와 버렸다. 얼마 후 그 구렁이는 월곶면 개곡리에 사는 나무 팔러온 사람의 집으로 갔다. 권씨네는 쌀 열다섯

가마를 주고 구렁이가 있는 터줏가리를 모셔 가긴 했으나, 구렁이는 가지 않았다. 나무꾼의 집은 부자가 되고 양조장 권씨네는 망하고 말았다.

그거는 저 하성면에서, 하성면에서 양조장을 허는 인제 그, 권씨, 권씨네 집안인데, 그 권씨네 집안에서 지금은 양조장이 없어졌지만, 옛날에 양조장을 크게 했어.

그래서 여기 사람들이 걸로 인제 그, 나무를 팔러, 새벽이면 나무를 지고 가면은, 그 집에서 나무를 다 샀단 말이야. 인제 그, 나무를 사서 그걸로 그, 화목(火木, 땔나무)을 썼으니까, 불을 때고. 그 인제, 그렇게, 나무를 해마다 여기 사람들이 나무를 인제 나무장사 하러, 팔러 걸루 가는데, 나무를 여기 사람들이 팔러 걸루 가는데.

한 해는 그 해에, 가을에, 늦은 가을에 중이, 스님이 하나, 한 분이 오셨는데, 그 스님한테 인제 그, 주인 여자가 명월이야, 이름. 명월이래는 주인 아주머니가, 우리 집에 물이 딸리니까(부족하니까), 그러니까 양조장 술은 잘 팔리구, 물이 딸리니까, 우물을 파면은 물이 더 나오지 않겠냐고, 그러니까,

"우물을 파되 우물을 파면은 한 석자나 넉자 정도 들어가면은 큰 암반이 하나 나올 거다. 근데, 그 암반이 나오면은 그 암반은 건드리지 말아라."

그렇게, 그런 소리를 듣고 그 스님은 인제 가셨는데, 그러고 나서 며칠 있다가 공사를 헌 거야. 공사를 했는데 정말 파보니까, 인제 그, 암반이 나왔단 말이야, 암(巖)이. 그래서 그 암을 일꾼들이 그거만 드러내면 물이 잘 나올 꺼 겉으니까, 그거를 정으로 막 쪼아, 쪼아 가지구, 그 암반을 드러낸 거야. 그러니 암반을 딱 드니까, 거기서 큰 구렁이가 그 안에 있더래는 거야. 그러니까는,

"사람아 나 살려라." 하고 그냥 들고, 다 나왔는데 그러고 나서 얼마

있다가, 자꾸만 구렁이가 나오니까, 맷방석이라고, 도래 맷방석이라고, 볏짚으로 맨든 맷방석을, 우물에다 덮었단 말이야.

그러고 자꾸만 띠어, 올라오는 걸 자꾸만, 띠밀이서 못 나오게끔 해고 그걸 덮었는데, 그러구 얼마 있다가 그 나무를 팔러 간, 여기 사람들이 갔는데, 무슨 큰 토막을 끈 자리가 났더래는 거야. 눈이 왔는데. 눈이 많이 오진 않고, 진눈깨비가 약간, 쪼끔 왔는데, 그 눈 위루 큰 나무 토막 끈 자리가 나니까, 그래 끈 자리가 나니까, 그걸 계속 따라갔는데 그것이 양조장 집에서 딱 끝났더라는 거야.

그 인제, 양조장 집에서 딱 끝나니까, 그런가 보다 하고 말았는데, 그것이 얼로(어디로) 왔냐하면 이 개곡리에 왔단 말이야, 끈 자리가. (조사자 : 그 흔적이, 그 흔적이?)

그랬는데 나무 팔러간 사람이, 나무 팔러 갔다 와서 다시 내일 아침에 팔러 갈 거를, 나무를 다시 동을, 이제, 뭇을 묶으려 하는데 나뭇꽝 안에가 구렁이가 둘둘 사리고 있더래는 거야. 그러니까,

"아 어떻게 오셨냐."고, 그러면서 그걸 받아들였다고. 받아들여 가지고 인제, 그, 터줏가리라고 해 가지고 짚으로 맨들어서 이렇게 모셔 놨는데, 그러구 나서 그 소문이 그 집에까지 들린 거야. (조사자 : 권씨네, 권씨네까지?)

그러니까는 권씨네서 찾아가야겠다. 그러니까는 아, 여기선 안된다 그러니까, 쌀 열가마를 줄테니, 쌀 열 가마를 줄 테니 되달라(되돌려 달라). 그래도 안 된다 그러니까는 그 당시 쌀 열다섯 가마를 그 집에서 얘기를 헌 거야.

열다섯 가마니를 소 우마차에다 열다섯 가마를 싣고, 이 집에를 왔어. 이 집에 와서 열다섯 가마를 주고, 그리구 구렁이를 찾아가는데 구렁이가 없잖아. 터줏가리만, 구렁이 모셔놨던, 그 터줏가리만, 이제 그 우마차에다 싣구, 인제 그, 싣구 간 거지. 그러고 났는데 그 후로는 인제 모르는

거지.

그렇다고 해서 이 구렁이가 가냐, 안 가지. 그거 보고 텃구렁이라 그러는데, 이집에 왔다가는 다시, 인제, 이집에는 그 대신 부자가 되고 잘 되고, 그 집은 점점 이제.

떠내려 온 문수산

자료코드 : 02_06_FOT_20090122_CJU_KJG_0004
조사장소 : 경기도 김포시 월곶면 개곡4리 864번지 김준권 자택
조사일시 : 2009.1.22
조 사 자 : 김헌선, 최자운, 김은희, 변남섭, 시지은
제 보 자 : 김준권, 남, 67세
구연상황 : 산이 떠내려 온 이야기가 있냐고 물으니 문수산이 떠내려 왔다는 이야기를 들은 적이 있다며 아래 이야기를 해 주었다.
줄 거 리 : 문수산은 원래 그곳에 없었는데, 천지개벽 때 어디에서부터인가 떠내려 왔다.

문수산이, 문수산이 없던 거가 뭐, 떠내려 와서 있대는 거야. 지금 문수산이, 지금 여기가 368메단(미터)가, 361메다, 362메다다. 그 362메다짜리 그, 산이, 뭐야, 떠내려 와서 앉아있다는 거야. (조사자 : 떠내려 오는 거를 누가 봤답니까, 어르신?) 그렇지요.

그니간, 그것이 없던 산이, 뭐, 그니까는, 천지개벽이라 그러지. 천지개벽, 그러니까는 평야였었는데 (조사자 : 원래는?) 원래는 평야였었는데 그것이 솟아올라왔다. 그러고도 허는 사람이 있고, 아니면 떠내려 왔다 허는 사람도 있고, 그게 바로 지금 문수산이야.

비 내리게 하는 구리안반

자료코드 : 02_06_FOT_20090122_CJU_KJG_0005
조사장소 : 경기도 김포시 월곶면 개곡4리 864번지 김준권 자택
조사일시 : 2009.1.22
조 사 자 : 김헌선, 최자운, 김은희, 변남섭, 시지은
제 보 자 : 김준권, 남, 67세
구연상황 : 시주하러 온 중을 괄시해서 그 사람의 집터가 연못이 되었다는 이야기를 아
　　　　　 냐고 물으니, 잠시 생각 끝에 제보자가 이야기를 해 주었다.
줄 거 리 : 일제강점기 때 강제 공출을 피하기 위하여 마을에 내려오던 구리안반을 우물
　　　　　 속에 숨겨두었다. 해방된 이후에 젊은 사람들이 그 안반을 캐내려고만 하면
　　　　　 비가 왔다. 그래서 가뭄이 심할 때 안반을 캐러 가면, 그때에도 꼭 비가 왔다.

이쪽에서 쭉, 우리가 쪼그맸을 때, 자랐을 때는 그 안반이라고 있어. 안
반. 안반이라는 것이 떡 치는 거거든.

떡을, 인제 찹쌀을 쪄 가지고 그것을 그, 판판헌 데다가 놓구, 메로, 나
무 메로 치는 판을 갖다가 안반이라 그래, 그 안반이 그, 구리안반이라고
있어, 구리안반.

동(銅)으로 된 거지. 그 구리안반이 전쟁 당시에, 전쟁 당시에 왜놈들이
자꾸만 그, 놋그릇이고, 유기그릇을 공출을 했었잖아, 옛날에. 다 공출하
고 그랬을 땐데, 그것을 결과적으론, 왜놈들한테 뺏기지 않을라고 우물
속에다가 인제 그, 떡치는 떡판, 안반을 묻었다하는 인제 그.

소문이 있어 가지고, 우리 쪼그맸을 때 그거를 인제 파러 간 거야. 그
걸 캐면 돈이 좀 되니까. 그걸 캐러갔는데, 그걸 캐러 가서 쪼끔 캐면은
비가 그냥 막 쏟아지는 거야, 비가. 비가 엄청나게 막 오는 거야, 그래서
허다가, 다시 돌아오구, 돌아오구.

그래, 지금두 판 흔적이 지금두 남아있고, 지금도 우물이 있는데, 그래
두 우리 인제, 4H 클럽, 옛날에, 인제 그렇게, 그런 거 활동하구 그럴 때
두, 우리 인제 젊은 사람들이,

"야, 우리 그거 한 번 캐러 가자."

캐러 가면, 또 디리 비 오는 거야. 가물 때 가물어 가지구 농사를 못 지, 인제, 여기는 전부 다 천수답이란 말이야.

천수답이니까 하늘만 치다보구 있는 땅들이 여기 많고, 지금은 인제, 수리조합이 들어와서 다 지금 한강물 쓰지만은, 옛날엔 전부 다 비가 안 오면 여기 농사를 못 지었거든.

그니까, 가물 때 그거 파러 가는 거야. 그 안반을 파러 가는 거야. 그러 면 비가 오는 거란 말야. 그니깐, 비가 올라고 그럴 때 우리가 가서 팠는 지는 모르겠지만은, 그거를 파면은 하여간, 비가 쏟아졌다구.

빈대 절터

자료코드 : 02_06_FOT_20090122_CJU_KJG_0006
조사장소 : 경기도 김포시 월곶면 개곡4리 864번지 김준권 자택
조사일시 : 2009.1.22
조 사 자 : 김헌선, 최자운, 김은희, 변남섭, 시지은
제 보 자 : 김준권, 남, 67세
구연상황 : 마을에 절골이라는 지명이 있어, 예전에 이 마을에 절이 있었냐고 묻자, 아래 이야기를 해 주었다.
줄 거 리 : 절에 빈대가 너무 많아서 스님이 절을 버리고 떠났다. 몇 년 뒤 그 절에 돌아 와 보니 기둥 두 개만 남아 있었다. 그 스님이 모두 없어지고 기둥만 남았다 며 기둥을 툭 치니 빈대가 와르르 쏟아져서 스님은 놀라 도망치고 말았다.

그 절터는 아주 오래된 절턴데, 그 절, 지금 가면은 그 기왓장이고, 머 고 인제, 다 부서진 자리고, 절 지었던 자리가 있는데. 그 절에서, 절을 짓 구, 인제 그, 스님이 있었는데, 빈대가 하두 많으니까, 빈대가 많아 가지 고, 인제, 절을 포길 하고, '도저히 여기서는 인제, 불공을 디릴 수가 없 다.' 그래서, 그냥 정처없이 절은 놔두고 떠나간 거야.

떠나서, 맷(몇) 년 만에, 이제, 아마 이삼십 년 만에 아마, 여길 절터를 와 보니까, 커단(커다란) 기둥 두 개만 남아 있구, 절은 온 데 간 데 없어진 거야. 근까는, 그 중이,

'절은 다 쓰러지구, 기둥만 남았구나.' 허구, 지팽이루 툭 쳤는데, 빈대가 와르르, 그 빈대가 모여 가지고 기둥이 됐대는 거야. 어, 그러니까 그냥 걸음아 나 살려라 하고, 디리 그 중이 도망갔다 이런, 그런 소문이.

민씨네와 정씨네의 산소자리 다툼

자료코드 : 02_06_FOT_20090122_CJU_KJG_0007
조사장소 : 경기도 김포시 월곶면 개곡4리 864번지 김준권 자택
조사일시 : 2009.1.22
조 사 자 : 김헌선, 최자운, 김은희, 변남섭, 시지은
제 보 자 : 김준권, 남, 67세
구연상황 : 개곡4리 옆에 여흥 민씨 유수공파 묘소가 있어, 민씨네와 관련된 이야기 중에 혹시 알고 있는 것이 있냐고 물으니 이야기를 해 주었다.
줄 거 리 : 민씨네와 정씨네가 좋은 산소자리를 찾던 중 동시에 같은 명당 자리를 발견하였다. 두 집안은 먼저 돌아가시는 쪽이 그 자리를 차지하기로 합의를 하였다. 그런데 민씨네 할아버지가 그 자리가 자손대대로 잘 될 자리인 것을 알고는 자살을 하여 그 산소자리를 차지하게 되었다. 어쩔 수 없이 정씨네는 다른 명당 자리에 자리를 잡게 되었는데, 계속 산소를 쓰게 되면서 자리가 모자라, 선조의 산소 위에 후손의 산소를 썼다. 그 이후 제사를 지내러 정씨네 후손들이 올 때마다 젊은 사람들이 하나 둘 죽었고, 계속해서 그러한 일이 일어나자 더 이상 후손들이 제사를 지내러 오지 않게 되었다. 그 뒤에 그 땅마저 팔아버렸다.

그 전에, 민씨네한테 들은 얘기인데, 그때가 언제 짬(쯤)이냐며는 아마, 민, 민비 쪽, 민비 때 아마 그 전이거나, 민비 전, 민비가 있기 전인데, 인제 그, 그때 당시에 민씨네, 여흥 민씨네 좀 잘 살 땐데 그, 묫자리를 보

라 지관(地官)을 디리고, 평양 쪽으로, 그니깐 저, 개성, 지금 여기서 인제 그, 나룻터만 건너가면 개풍군이구, 개성이 얼마 안 된단 말이야.

송악산이 이 산에 올라가면 보이니까, 맑은 날. 개, 인제, 그 평양 쪽으로 인제, 산소 자리를 보러 가는데, 그때는 다 인저 걸어다닐 때니까, 저 군하리서, 지금 거기서, 이 아맛부리길루 이렇게, 걸어 올라가는데, 그 지관이 무릎팍을 탁 치면서,

"더 갈 필요 없다."

지금 저기 절골, 지금이 절골이야, 절골 고 앞에 거기가, 딱 보더니,

"아, 저기가 명당이다."

그렇게 허고, 그 민씨네 그 종손 그 사람 디리고, 그, 거길 간 거야.

막 갔는데, 같은, 동시에 거길, 그 자리를 온 거야. 정씨네, 정씨네 그 웃대조 할아부지 되는 사람두, 걸로 오구, 이 민씨도 그러구, 동시에 거기를 딱 도착을 했는데,

"이거, 내가 먼저 온 거다." 그러니까는, 정씨네가,

"아, 무슨 소리헌 거냐? 우린 산 위에서 내려다 보구 온 거다."

(조사자 : 예전부터?) 어. 그래 가지고 그길로 와서, 보니까 옥신각신 헌 거야. 그러니까 타협을 했는데 뭐라 그랬냐면,

"민씨네 선친 할아버지가 먼저 돌아가시며는 민씨가 먼저 쓰고, 우리 정씨네 할아부지가 먼저 돌아가시면 우리 정씨네가 먼저 쓰것다." 그러니까,

"그럼 좋다." 갔는데 각자 집으로 갔는데, 그러고 나서 삼 일인가, 이틀 후에 민씨네가 이리 들어온대는 거야.

"그 무슨 소리허느냐? 이건 그게 아니다." 민씨네 그, 할아버지가 자살을 했더랬어. 인제 지관이 가서,

"거기 야 끝내주는 자리다 말이야, 맻(몇) 대가 이 저, 무슨 우의정, 좌의정 헐 자리니까, 그 자리 놓치면 안된다." 그니깐, 기냥 목숨을 끊은 거

야, 그 소리 들구. (조사자 : 그 자리 쓰실려고?) 그렇지. 거기 들어갈려구, 그러니까는,

"이거는 한 마디로 위법이다. 이건 잘못된 거다."

정서방네서 그걸 못 들어오게 말린 거야. 그 산소 쓸 적에 향여(상여) 가, 그 행여가 열 두 향여가 들어왔다고 그래, 열 두 행여. 이쪽에 들어와서 막 쫓아가서 보면은, 빈 행여, 저쪽에서 들어오는 거 저쪽에 쫓아가면 또 빈, (조사자 : 속일려고?) 송장을 실은, 시체 실은 행여가 아닌 거야. 저쪽에서 막,

"여기가 진짜다." 막 이 쪽 편 사람들이 쫓아가니까는, 글로 쫓아간 연에, 진짜 시체 실은 향여가 와서 거길 판 거야. 먼저, 삽으로 파면은 그건 그 사람 꺼라는 얘기지.

그래서 거기에 민씨가 들어왔다는 거야. 그때 들어오구 나서, 벼슬을 쭉 허구, 지금까지두 민씨네가 그, 지금 대법원장하던 민복기씨, 옛날 그 전매청장도 허시다가, 대법원장 허다가, 돌아가셨지.

근데, 그 양반두 여기다 여흥 민씨네야, 기자 돌림. (조사자 : 그 정씨는 무슨 정씨인지 모르세요?) 무슨 정씨는 몰라요. 그 정씨가 그걸 놓치니까, 거길 뺏기니까, 요 앞에, 요 앞에, 그, 그것두 좋은 산인데, 그걸 정씨가 인제, 인제,

"나는 그러면 이쪽에 쓰것다." 썼는데, 산이 이렇게 긴 산인데[오른팔을 길게 내보이며] 명당이 여기야 [팔 중간 정도 짚으면서] 명당이 여긴데, 여기 썼단 말이야.

써서, 이렇게 계속 내려 쓸 꺼 아냐. 여기 끝이야 [왼손으로 오른손 손바닥을 짚으면서] 여기 논이야 [왼손으로 오른손 손바닥 아래를 짚으면서] 여까지 끝이야. 여기까지 쓰다가 쓸 자리가 없으니까, 어떡해? 그니까여기 쓴, 여기 할아버지 쓴 데, 이쪽 옆에다 쓰고 우에다(위에다) 썼단 말이야.

그럼, 할아버지 위에다 쓰면은, 도장(倒葬)이라 그래 가지구, 그거는 안 된다 그래. 지금두 우리두 알지마는, 도장은 안 된다. 이렇게 된 거야. 집 안 망한다고. 걔 여기다 써도 잘 돼. 그니까 막 쓴 거야. [팔 중간 부분 위 쪽 부분을 가리키면서] 여기까지 썼는데, 여까지 썼는데 그 뒤로부터는 무조건 제사만, 여기에 시향만 지내러 왔다하면, 한 사람씩 죽는 거야.

그러니까, 제사를 지내, '그건 아니갔지.' 그러구 인제, 또 와서 제사 지 내면 지내고 또 가면, 또 죽는 거야. 그러니까는, 제사를 가기가, 지내러 가기가 젊은 사람은 안 가. 가면 누가 죽을지 모르니까. 그래서 인제, 너 도 나두 안 가다시피 허니까는, 안 오는 거야.

그러니까 그때 당시에 그, 제사 지내주던 사람이 있구, 또 여기에 도지 들어오는 쌀이 있으니까, 그거 가지구 음식 차려 가지구 제사지내는데, 그래두 혹시 한 사람이고, 두 사람이래두 올랜지 모르니까, 이쪽에서 지 내는 사람은 음식을 다 장만하는 거야.

다 장만해서 다, 제수를 차려놓고 기달리면 안 오는 거야. 안 오니까, 제사 차린 사람이 그냥 먹구 마는 거지. 술 한 잔 부어 놓구.

그래, 지금은 아예 안 오는 거야. 아예 안 와 가지구, 그냥 팔아버렸어. 그래 가지구 인제 인천 이씨라구, 그 사람들이 산을 사 가지구, 지금 인 제, 산소를 썼는데 사서 정씨는 아주 망했어. 그러니깐 도장을 하면 안 된 다는 거야.

도장을 하면 안 되고. 그래서 여기 사람들이 가서 사백 년 정도 된 산 들인데, 산손데, 그 자리서 캐 가지구, 거기서 화장해 가지구 뿌려버리구.

또, 난 그날 안갔지마는, 우리 형님들 가서 보니까, 사백 팔십 년인가 됐대는, 산소가 제일 오래됐는데, 썩지 않고 고대로 있더래는 거야.

아마, 지금, 지금이라면 화제거리가 되는 건데, 하나도 안 썩었더래는 거야. (조사자 : 시신이?) 그냥 노랗게 고대로 있더래는 거야. 잘 살 때니 까, 관두 옻나무관으로, 두꺼운 관으로 이렇게 했는데, 아주 고냥 고렇게 감쪽같이 있더래는 거야.

지금은 다 망해서, 다 불 놓구, 없어졌는데, 그래서 도장을 허며는. (조사자 : 어르신, 도장이라고 하는 거가 선조 보다 그 위에.) 선조, 할아부지 보다 손주가 위에 올라가는 거야. 그걸 보고 도장이라 그래. 그러니까 이제, 할아버지 밑에 아들, 아들 밑에 손자, 쭉 내려써야 정상인데, 손주가, 예를 들어서, 할아버지 꼭대기에 올라가며는 그게, 우리가 이치적으로 생각해도 안 되는 거지.

게 대신 소똥을 내려 보낸 도깨비의 장난

자료코드 : 02_06_FOT_20090122_CJU_KJG_0008
조사장소 : 경기도 김포시 월곶면 개곡4리 864번지 김준권 자택
조사일시 : 2009.1.22
조 사 자 : 김헌선, 최자운, 김은희, 변남섭, 시지은
제 보 자 : 김준권, 남, 67세
구연상황 : 도깨비가 장난을 친 이야기나 도깨비에게 홀린 사람 이야기가 있냐고 하자, 예전에 그런 일이 있었다고 하면서 이야기를 해 주었다.
줄 거 리 : 어떤 사람이 밤에 개울을 따라 내려오는 참게를 잡기 위해 말뚝을 박고 막을 치고 있는데 갑자기 많은 참게가 내려왔다. 그날 밤에 내려오는 참게를 다 잡고 다음날 아침에 잡은 게를 젓을 담그려고 보니 그것들은 게가 아니라, 모두 소똥이었다. 그제서야 도깨비의 장난에 속았음을 알았다.

괴(게), 참괴, 민물 괴지. 민물 참괴가 여기 많던 데야. 이렇게 길거리, 길에 걸어가다가도 괴를 잡고 그랬어.

그 괴가 많이 날 땐데, 비가 오면은 논에서 인제, 괴가 개울을 따라서 내려오는 거야. 그러니까는, 그걸 잡을라구, 미리, 가을되기 전에 말뚝을 갖다 딱 박아. 말뚝 박으면 이건 내 터다 이거야. 미리 표시해 놓는 거야. 그러면 이제, 말뚝을 박아두면은,

"아 이건 누구 누구네가 말뚝을 박았다."

그러며는, 딴 사람이 인제, 안 박고 딴 데를, 자리를 딴 데다 잡지. 그 자리, 제일 좋은 자리에다 제일 먼저 박는 사람이 인제 제일 좋은 건데, 거기다 말뚝을 박아서, 인제 딱 괭밭을 치는데, 족제비 싸리나무라고, 쪽쪽 올라가는 나무를 비어다가 인제, 발을 엮어 가지구, 쫙 개울에다 치구.

그리구 거기다 원두막처럼 괭막을 치고, 등불을 달고 거기서 앉어 가지구, 인제 괴 내려오면 주서(주워) 담는 거야. 주서 담고 있는데, 저기 저, 밤 열 두 시가 넘어서 비가 올 때가 제일 많이 내려오는. 막 괴를 잡는데, 그날따라 진눈깨비가 오구, 막 이렇게 허는데, 괴가 막 엄청나게 많이 내려오는 거야.

그러니깐, 막 주서 담는 거야. 막 주서 담아 가지구, 괭망태기라구, 짚으로 만든 망태, 큰 망태기에다가 하나 담아 가지구, 메구 집이 들어왔는데 자구 나서 아침에,

"그 괴 좀 어떻게 젓 담그라구."

그러니까는 마나님 보구 그러니까, 마나님이 가서, 어딨냐 그러니까는 괭망태 있다. 그래 괭망태 가서 보니까는, 소똥, 마른 소똥만 괭망태에다 하나 이빠이(가득) 담아 가지구. 그냥, 도깨비 장난인 거야. 도깨비가 소똥을 갖다 자꾸 내려 보내는 거야.

그러니까 밤새도록 그냥 소똥만 잔뜩 담아 가지구, '도깨비 홀렸더랬구나.'

통진을 등진 덕바위

자료코드 : 02_06_FOT_20090120_CJU_NGB_0001
조사장소 : 경기도 김포시 월곶면 고막리 305-1번지 고막리 마을회관
조사일시 : 2009.1.20

조 사 자 : 김헌선, 최자운, 김은희, 변남섭, 시지은
제 보 자 : 남기복, 남, 79세
구연상황 : 마을에 내려오는 전설이나 지명과 관련된 유래담에 대해 물으니, 제보자는 기
억력이 예전 같지 않아서 이야기가 중구난방이라고 하면서 이야기를 해 주었
다.
줄 거 리 : 호랑이가 앞다리를 펴고 새끼 젖을 먹이고 있는 형상인 덕바위는 통진읍을
등진 상태에서 강화를 향해 바라보고 있다. 그 때문에 통진읍은 가난하고 강
화는 부자가 많다.

그 유래 밖에는 그래서, 이, 우리 저, 처조부 냥반이 지관(地管)인데, 단
한 가지 그 냥반이 와서 그리더라구. 이 덕바위를, 우리가 형국을, 그 저
수지에 가서 건너다 뵈는 바위가 있어요.

호래이가 앞 다리를 쭉 뻗구 새끼를 젖을 멕이구, 문수산을 바라보는
형국이래요. (조사자 : 덕바위 있는 곳이?) 네. 그래서 그 문수산이 강화
쪽으루는 삼태 안겉이(삼태기 안같이 아늑하다는 말이다.) 좋아, 이 문수
산이. 김포군, 시에서 제일 높은 산 아냐.

(조사자 : 무슨 산입니까? 어르신?) 문주산(문수산). (조사자 : 문주산.) 역
사 있는 산이야. 성도 있구. 그래서 그 호래이가 보기가 싫어서 돌아앉아
서 강화가 부자가 많이 났대는 그런 전설이 다 있어.

그런 게 아니라, 인제, 전설이 그렇게 되었는데, 지금, 형태를 보면, 또,
그렇게 보면, 그렇게 생겼어. (조사자 : 문주산이 그러면 호랑이가 이렇게
거꿀로.) 아, 그러니까 등을 지고 있어서 통진이 가난허다, 강화는 부자가
많구.

남자랑골이 권자랑골이 된 내력

자료코드 : 02_06_FOT_20090120_CJU_NGB_0002
조사장소 : 경기도 김포시 월곶면 고막리 305-1번지 고막리 마을회관

조사일시 : 2009.1.20

조 사 자 : 김헌선, 최자운, 김은희, 변남섭, 시지은

제 보 자 : 남기복, 남, 79세

구연상황 : 산소를 잘 써서 집안이 잘 됐거나 명풍수 이야기가 있냐고 물으니, 잠시 생각
　　　　　에 잠긴 끝에 이야기를 해 주었다.

줄 거 리 : 권씨네로 시집간 남씨네 딸이 자신의 친정아버지가 묻힐 산소가 천하의 명당
　　　　　인 것을 알고는 밤중에 그곳에 몰래 물을 부어서 좋지 않은 곳인 것처럼 꾸
　　　　　몄다. 그 명당이 쓸모없다고 생각한 친정부모는 딸이 시아버지 산소 쓰게 달
　　　　　라고 하여 그 자리를 주었다. 권씨네가 명당 자리를 차지한 뒤로 남씨네는 망
　　　　　하고 권씨네는 잘 살게 되었다. 그 사건 이후로 남씨네에서는 딸이 태어나기
　　　　　만 하면 모두 엎어서 죽여 버렸다.

　지금두 가 보면, 권씨네는 산소를 잘 쓰구 사당이 멋져요. 우린 그냥,
옛날 그, 이조 때 용트림한 비석만 여기 저기 자빠진 거 그래두, 내가 ○
○○○○ 흉내냈는데, 우린 묘막도 없었어. 조립식 놓구 있다고.

　근데, 남자랑골이 권자랑골이 됐대는 뜻은, 권씨네허고 사돈을 맺었어
요. 쉽게 얘기허면, 인제, 남씨네 딸이 권서방네 메느리로 갔다구. 큰집
메느리루.

　근데, 우리, 지금 18대, 내가 종손이라고 그랬죠. 호은공 할아버님, 옛
날에 공(公) 베실(벼슬)이면 각부 장관이거든. 그 냥반 산수터(산소터)가
제일 그렇게 좋으니까. 그땐 풍수지리(風水地理)라구, 높은 사람들 쓸 때
는 제일 천릴했어두 구해다 볼 때 아니여? 참 좋더래는 거야, 자기 시아
버지 쓸 자리보더.

　그러니까 친정에 와서 우리 남서방네 딸이, 지 어머니 아부질 조르는
거야.

　거 좋 데는 소리를 어떻게, 줄 수는 없으니까, 밤에, 밤중에 옛날엔 기
계가 안 되서, 동이를 이구 댕기며 물을 일었잖아. 그 딸년이 밤새두록 거
기다 물을 퍼다 부었더래. 산수터 자리, 하관시 파논 자리에다.

　아침에 와서 물이 괴어 있으니까, 대개 좋은 자리는 석, 이 저, 마사토

라고 석돌이 받혀 가지구, 물이 안 빠져나가요. 물이 괸걸 보구,

"에이 물이 괴었으니까 틀렸다." 하니까,

"아버님 물 괴서 쓰지 못하는데 우리 시아버지 산소나 쓰게 해 달라."

고. 그래서 어수룩한 남씨네가 그걸 줘서, 남씨네가 망하고 권씨가 버쩍 일어서서, 지금도 그래요. 그래서 남장골이라는 데가 자랑으로 산소가 많아요. 우리, 참, 노인회장인데, 같이 그저, ○○ ○○○ 캐내버릴 때 같이 협조해 준 사람인데 [옆에서 이야기를 듣고 있던 김사진 노인회장을 두고 하는 말이다.] 그 남장골에 황새를 안 쫓았대.

그게 우리 남서방이야. 근데, 산소 하나 잘못 써 가지구, 딸 하나 나쁜 딸 놔 가지구, 우리가 망허구, 권씨가 대과했다고(대과에 급제했다는 의미임).

(청중 : 딸을 나면은 남씨네가 엎어 죽였대는 거야.) (조사자 : 아이고, 그 이후로?) (청중 : 그럼요.)

도깨비에게 홀린 이야기

자료코드 : 02_06_FOT_20090120_CJU_NGB_0003
조사장소 : 경기도 김포시 월곶면 고막리 305-1번지 고막리 마을회관
조사일시 : 2009.1.20
조 사 자 : 김헌선, 최자운, 김은희, 변남섭, 시지은
제 보 자 : 남기복, 남, 79세
구연상황 : 예전에 도깨비에게 홀려 고생하거나 도깨비 때문에 부자가 된 이야기가 있냐고 물으니, 제보자의 장인이 겪은 이야기라면서 이야기를 시작하였다.
줄 거 리 : 남기복의 장인이 도깨비가 자주 출몰하는 고개를 새벽녘에 넘어 오다가, 도깨비를 만나서 온갖 고생 끝에 도깨비를 붙잡아 참나무에 매어놓았다. 다음날 날이 밝아 도깨비를 묶어 놓은 나무에 가 보니 피가 묻은 몽당 빗자루가 묶여 있었다.

근데, 그 냥반이 옛날 학자면서두 산수터, 풍수지리(風水地理)를 알구, 침도 놓구, 다 하면서두, 도깨비를 안 무서워허는 그런, 담이 신(센) 양반이에요. 노인네가. (조사자 : 장인 어르신이?) 어.

밤중에 큰집 지사(제사)가 돼서, 우리 장인 어른이, 그 학당 고갤 넘어가면, 거기가 아주 유명허게 도깨비루, 도깨비 때문에 비가 오면 도깨비가 불이 왔다갔다하고 못 견뎌서.

그 냥반은 지삿날 가서 넘어오지 못하구, 자구 왔는데,

"쓸데없다구, 도깨비가 어디 있냐구." 그 냥반 말이 그러는 거야.

"도깨비래는 새가 한문으로 무슨 자냐, 허수아비 괴(魁)자, 그렇지 뭐야. 허수아비 뢰(魁)라 이거야. 그게 허수애비지, 뭐가 실제 도깨비가 어디 있느냐." 말이야.

이 냥반이 넘어오는데 거기서 아니나 다를까, 불이 뻔쩍뻔쩍 허구, 번개가 휘딱휘딱 치구, 그냥. 멀쩡한 놈으 길이 그냥, 허옇게 번덕번덕 허구, 허더래. 당신 말이. 그래서 그때 옛날에 후루배라구, 두루매기를, 벗어 젖혀 놓구서 그냥 한쪽 바닥에,

'내가 이노무 거 잡아버린다고.' 밤에, 지사 지내고 나면 옛날에 두시 세시, 밤중에 도깨비 꼭 나올 때지. 봄에.

그래서 그걸 찾아서 [양 팔을 벌리면서] 이만헌 당신 몽댕이루다가 두들여 패서 그냥 잡았다구선, 언덜결에 붙잡아서 갖다가, 참나무 밑둥에다 그냥, 칡넝쿨을 끊어서 창창 옭아 맸대는 거야. 어? 창창 옭아매고 나니까, 도깨비가 놀질 않더래.

"요고, 인제 도깨비 잡았다."구 말이야. 내 도깨비 그, 당재, 당재라구. 그,

"당재 도깨비 내가 잡았다."구, 다시는, 가 보라고.

가 보니까, 이 싸리비, 싸리비, 비 맨들어서 눈 쓸구 그랬다고, 옛날에. 싸리비 몽드라비 비를, 그렇게 창창 묶어 놓을 수 없더래, 참나무에다.

이건 실화예요. 옛날 고담이면서. (조사자 : 언제 적, 언제 적 됩니까? 어르신, 그때.) 그러니까, 지금 한 육십 년. 그 냥반이 백열네 살이니까, 살았으면. 육칠십 년 정도 됐구나. 걔, 아침에 가 보니까,

"아이, 아부지, 어디서 몽다리, 몽다리 비 갖다가 창창 매 놓구, 도깨비 잡았다구."

그러니까, 그게, 과학적인 근거가, 그 빗자루에 피가 묻어 있대. 그 피가 비치면 뻔쩍이려요. 그리구 개죽나무나 밤나무 등걸 겉은 데서 광채가 나구.

꾹꾹새 잡아 장가간 머슴

자료코드 : 02_06_FOT_20090204_SJE_MIG_0001
조사장소 : 경기도 김포시 월곶면 고양2리 25번지 고양2리 마을회관
조사일시 : 2009.2.4
조 사 자 : 김헌선, 최자운, 김은희, 변남섭, 시지은
제 보 자 : 민인기, 남, 75세
구연상황 : 마을의 농사 이야기와 지명에 대해서 간단한 질문을 하고 나서, 조사자들은
          옛날에 할머니나 마을 어르신들께 들은 이야기들이 없는지 물었다. 제보자는
          얼굴에 웃음을 띠면서 '그런 이야기해 줘?'라며 옛이야기 말문을 열었다.
줄 거 리 : 한 머슴이 어떤 처녀를 좋아했는데, 이상하게도 그 처녀는 꾹꾹새가 울면 아
          팠다. 머슴은 꾹꾹새가 날아온 어느 날 밤에 꾀를 내어 그 새를 잡아 죽였다.
          머슴 덕에 처녀의 병이 낫자 주인집에서는 머슴과 처녀를 혼인시켰다. 가난하
          거나 게으른 총각이 꾀를 내어 부자집 딸과 혼인하게 되는 이야기의 한 형태
          이다.

옛날에 인제 모심(머슴)이 살았어요, 모심. 모심으로… 이제 없는 사람은 가서 모심을 살았는데, 있는 집이 가서. 이 사람이 모심을 사는데 총각이 아냐? 근데 마음에 드는 여자가 있드랬어, 그 주인집이.

근데 주인집이 그 아가씨가 그 배나무가 뒤란에 있는데, 배나무가. 배

나무에서 새가, 꾹꾹새가 와서 '꾹꾹 꾹꾹' 허면 더 아파서 운다고, 그 처녀가. 그리구 그 새가 날라가믄 안 아프고, 언제 아팠었냐 하고.

그래서 참 이상하다. 아, 그 모심을 사는 사람이 가만히 들으니까 한 꾀가 났단 말야. 그래서 이⋯ 이 사람이 밤에, 자기가 인제 빨개 홀랑 벗고 그 배나무 꼭대기에 올라가 가지구 손을 이렇게 해 가지고 이렇게 버티구 있었어.

아, 그러니까 이놈의 새가 이 나무가, 이거이 나무인 줄 알고 여그 와 앉은 걸 붙잡았어요? 붙잡아 가지구, 옛날엔 활촉이라구 하나 가지고 올라갔는데, 활촉. 활촉으로 그양 똥구녕에서 아가리까지 나오게 찔러 떨어뜨렸어. 그러니까 죽었잖아? (조사가 : 네!)

아, 죽었는데 그 이튿날 나와서

"내가 엊저녁에 저 새를 하나 잡았는데 떨어졌는지 안 떨어졌는지 모르갔다."고 하이 그랬단 말야.

그러니까 주인 아주머니가 반가워서 나와 보니까 아, ○○가 똥구녕에서 아가리까지 나올 정도로 그거 활촉이 나와 가지고 자빠져 있거덩? 그 아, 그냥 그때서부터 아프질 않은 거야, 그 딸이. 그 오대 외동딸인데, 게⋯ 그 딸을 갖다가

"천상 니가 연분이니깐 너하고 살아라."

그래 가지고 그 딸하고 살았다는 전설 그 얘기가, 옛날 얘기가. (조사가 : 아~ 좋습니다, 어르신.)

나무꾼과 선녀

자료코드 : 02_06_FOT_20090204_SJE_MIG_0002
조사장소 : 경기도 김포시 월곶면 고양2리 25번지 고양2리 마을회관
조사일시 : 2009.2.4

조 사 자 : 김헌선, 최자운, 김은희, 변남섭, 시지은
제 보 자 : 민인기, 남, 75세
구연상황 : 그 전에 해 주신 이야기가 너무 재미있다고 하면서 조사자들이 옛날이야기
더 해달라고 청하자 이런 이야기도 있다며 흔쾌히 이야기 보따리를 풀었다.
줄 거 리 : 노루를 구해 준 나무꾼이 노루의 보은으로 하늘에서 내려 온 선녀와 결혼하
게 되었다. 선녀와 결혼하게 되는 방법을 알려 주면서 노루는 선녀가 아이 셋
을 낳을 때까지 선녀 옷을 절대로 주지 말라고 하였다. 머슴은 그 약속을 지
키지 못해 선녀와 아이 둘을 모두 잃고 말았다. 전형적인 '나무꾼과 선녀' 유
형의 이야기로, 선녀가 하늘로 돌아간 이후의 내용이 없다.

전에 나무를 하러 가는데, 나무를 하러 가는데. 그 나무를 갈퀴로 그
후려 가지고 갈퀴로. 나무를 이제 잘라 가지고 놓고서 갈퀴로 전부 긁는
거에요.

긁는데 노루 한 마리가 그냥 뛰어와서

"아저씨, 아저씨."

"왜 그러냐?"

"나 좀 숨겨 주세요. 여기 포수가 오니깐."

아, 그런단 말야? 그러니까 하, 이거 잡으러 댕기는 사람도 있는데, 숨
겨 달라니까 얼씨구나 했단 말야? 게, 이 놈의 노루를 숨겨 줬어요. 아,
숨겨 줬는데 포수가 그냥 헐레벌떡 허구 오더니,

"여기 노루 지나가는 거 못 봤냐?"고.

"아, 노루, 모른다고. 우린 나무 하는 거 밖에 모른다고." 그래.

아, 그러니깐

"그러냐고?"

포수가 지나가거든. 그 노루가

"아저씨, 아저씨. 난 이제 살았어요."

게 내가… 노루가 하는 말이

"내가 아저씨 총각인지 아니깐, 내가 장가 들여 줄께. 장가 들여 줄께,

그렇게 하실래요? 내 말만 들으실 거요?"

그러니까

"그래라, 그러라구."

그랬다구, 게 이 사람이 있다가.

"조기 여기 산 모탱이 고개 보면 큰 웅뎅이, 바위 새에 웅뎅이가 있는데, 거 선녀가 셋이 내려와서 목욕을 헌다. 그러니깐 목욕을 하면 옷을 벗어 논 걸 한 벌을 훔쳐라. 그래 가지구 훔쳐 가지구 아이 셋 낳을 때꺼정은 주지 말아라. 얘기도 하지 말고."

그랬어. 아 그랬더니,

"아, 그래라."고.

아, 솔직한 얘기로 노루를 보내고 나니까 허무허거덩.

'에이, 니가 거짓말인지 정말인지 가 보겠다.'

그러구선 갔어. 아, 가니까 웅뎅이가 있는데, 바위 뒤에 가 숨으니깐 아, 선녀가 셋이 내려오거덩. 셋이 내려와 가지고 옷을 세 뭉텡이를 놨는데, 그 옷을 이제 한 뭉텡이를 가지고 우선 가지고 숨었어요.

아, 그랬더니 선녀 둘이 목욕을 다 하구선, 셋이 다 나와 가지구 옷을 입는데, 한 사람이 없어서 못 입지 뭐야? 게… 자꾸 찾다 찾다 못 찾으니까 그냥, 그냥 '아유, 그럼 우리 먼저 올라갈 테니까, 찾아 입고 올라오라'구 그러더래. (조사가 : 네.)

게 그 소리 듣구서 이 사람이 이제 가만히 들으니까 혼자 애쓰는 게 안 됐어서, 줬대. 옷을 여기 있다고. 게 사람이 나타나서 주니까는 그때는 줄이 없으니까 못 올라 갈 거 아냐?

그러니깐 천상 인젠 살 수 밖에 없는데, 집엘 데리고 내려왔대요. 데려와 가지구 살았는데, 거 아이를 하나 낳고 둘 낳고 그랬는데도 애원을 하더래, 아주 달라고. (조사자 : 옷을 달라고?) 그 옷을 달라고.

"내가 둘씩이나 낳는데 내가 데리고 가겠냐고? 둘 다를."

그러니까 셋 낳을 때까지 주지 말라고 그랜 놈의 걸, 둘 낳을 때 너무 딱하게 거, 그냥 애원을 하니깐 색시를 줬단 말야. 그래서 나갔다 들어오니까 다 애기를 안고 다 날아가, 어 갔어. 그랬단 말이 있어.

(조사자 : 날아가 버렸대요?) 그렇죠. 하늘로 올라갔죠. (조사자 : 그 뒤에 나무꾼이 어떻게 했단 얘기는 없구?) 그냥 하늘만 치다보는 거지 뭐.

수수깡이 빨간 이유

자료코드 : 02_06_FOT_20090204_SJE_MIG_0003
조사장소 : 경기도 김포시 월곶면 고양2리 25번지 고양2리 마을회관
조사일시 : 2009.2.4
조 사 자 : 김헌선, 최자운, 김은희, 변남섭, 시지은
제 보 자 : 민인기, 남, 75세
구연상황 : 앞의 두 이야기를 해 주고 나서 제보자는 재밌냐고 물으며 흐뭇해했다. 조사자들이 호랑이 이야기나 아이들 잡아먹히는 이야기는 없냐고 묻자 또 이야기를 풀어냈다. 아이들을 쫓아오던 호랑이가 수수밭에 떨어져 죽고, 나무 위로 올라 간 아이들이 어떻게 되었는지에 대한 이야기가 없어서 조사자가 물었더니, 호랑이가 죽었으니 내려왔을 거라고 하였다.
줄 거 리 : 떡을 팔러 다니는 어머니를 산 속의 호랑이가 잡아먹고는, 아이들이 있는 집으로 가서 엄마로 행세하며 아이들까지 잡아먹으려 한다. 아이들은 도망가서 큰 나무 위로 올라갔고, 그 나무 위로 올라가려던 호랑이는 잡았던 줄이 끊어져 수수밭에 떨어져 죽었다.

옛날에 아이, 하도 어려우니까는 어머니가 아이들 둘을 데리고 있고 있는데, 어려우니까는 떡을 해서 팔러 다니는 거에요.

산골 뒤로 넘어가야만 동네다 가서 사람들한테 파는데, 그 떡을 해 가지구 이렇게 함지에다 해 가지구 이구 팔러 가는, 산길을 가는데. 아, 호랑이가 한꺼번에 나타나더니 하는 말이

"어우~ 어디 가냐? 어디 가?" 그러니까

"나 떡 팔러 간다." 그러니까

"아, 그 떡 하나 주면 안 잡아먹지."

아, 그래 이걸 하나 던져주니까, 먹구 그 앞에 설렁 설렁 가는 걸 또 뒤 따라가니까, 또 고개를 한참 가 가지구 또 달라 그리고, 또 달라 그래.

아, 이 놈의 함지의 떡을 다 그 호랑이한테 멕혔지 뭐야? 그러니까 팔 거이 없잖아. 그러니까 집에 왔지. 그랬더니 집이를 오는데 호랑이가 문을 열구선, 문을 두들기면서,

"야, 엄마 왔다."

그러니까 아, 아이들이 문구녕으로 이렇게 내 보니까 호랑이가 그러거던?

"아휴, 호랑인데 왜 그러냐고?" 그러니까

"아유, 난, 내가 너희 엄마다."고.

"게 아니라고, 난 아니라구, 아니라고."

그래 가지고 이 아이들이 천상 죽겠으니깐 뒷문을 열어 가지고, 뒷문으로 해 가지구 도망갔어요. 도망가 가지구 큰 나무 있는데 나무 꼭대기에 올라 간 거에요. 그 아이들 둘이 올라간 거야요. (조사자 : 나무 꼭대기로?)

근데 썪은 밧줄을 내려줬어. 썪은 밧줄을 어떻게 맹글었는지, 어떻게 썪은 밧줄을 내려놓고, 이렇게 줄을 땅에 닿게끔 해 놓고선 이제, 이 아이들이 올라와서 보니까 호랑이가 죽갔다고 쫓아와서 쳐다만 보고 있거든. 그,

"내려와라 내려와라. 내가 먹을 거 줄게. 내려와라."

호랑이가 그러니까는, 아, 호랑이가, 저 아이들이 있다가,

"아이, 난 안 내려간다고. 난 내려가면 죽을 테니 안 내려 간다."고.

아, 그랬는데 이 호랑이가 그 밧줄을 집구(잡고) 줄을 잡아서 올라 중간 쯤 올라가다가 떨어졌어. 떨어져 가지고 수숫대라고 있어요. 수수나무. (조사자 : 수수?) 수수, 수숫대를 중간에 잘라 놓은 것들이 거기 많았는데,

아마 밭 끄트머리인가 봐. 그 똥구녕이 거기 찔려 가지고 거이 피가 묻었대는 거야.

거이, 왜 수숫대 보면 속이 불그스름 헌 거 있어요. (조사자 : 아, 수숫대 안에?) 네, 수숫대 안에. 거죽도 이렇게 피, 뻘그스름하고. 그러니 그런 전설도 있어요.

효자 따라하다 혼난 불효자

자료코드 : 02_06_FOT_20090204_SJE_MIG_0004
조사장소 : 경기도 김포시 월곶면 고양2리 25번지 고양2리 마을회관
조사일시 : 2009.2.4
조 사 자 : 김헌선, 최자운, 김은희, 변남섭, 시지은
제 보 자 : 민인기, 남, 75세
구연상황 : 앞의 이야기 몇 개를 재미있게 들은 조사들이 중국 사신 문제 푼 아이 이야기, 어사 박문수 이야기 등을 묻자 잘 모른다고 하며 방귀 뀌는 며느리 이야기를 구연하였으나 자료로 사용하기에는 부적당할 정도로 짧았다. 방귀 뀌는 며느리 이야기를 하고 난 후 마을에서 실제로 있었던 이야기처럼 이 이야기를 하였다.
줄 거 리 : 어떤 못된 아들이 옆 마을 효자가 아버지 옷을 입어 온기를 띠게 하여 아버지께 효도한다는 이야기를 들었다. 하루는 이 못된 아들도 옆 마을 효자를 따라하였는데, 아버지께 이제 남의 옷도 빼앗으려 한다면서 혼만 났단다.

옛날에 여기, 여기는 2반이거든요? 요기가. 저짝은 3반이고 저짝은 4반이고 이렇게 돼 있어.

근데 건너 마을에 사는 아이가 아주 효자가 났어. 아주 효자가 나 가지구. 얘가 아버지가 이제… 옛날엔 군불 때잖아요? 불을 때지, 불을 때 가지구 인제, 아침에 불을 때 주구, 어머니, 아버지 추우까베. 나와서 불을 때 주고, 저이 아버지 옷을 입은 거야. 입어 가지구 몸으로 뵉여(녹여) 가지고 그 옷을 아버지 일어날 때 준 거야. 그니까 얼마나 효잡니까?

아, 그래 저 건너 사는 아이가, 아주 질 아주 못된 놈인데, 그 도둑놈인데. 시방 말로 하면 도둑놈 저거야. 그렇게 못된 사람인데, 말이 차츰차츰 건넌대는 것이 그 사람 귀꺼정 들어갔어.

아, 그래 가지고 한 날은 아, 그 집도 초가집에 인제 불 때고 그런 집인데, 불을 때고 이러구 있으려니까, 아 저희 아버지 옷을 입었거던?

"아니, 이 놈의 새끼. 인젠 남의 옷꺼정 입고 대닌다."고,

그러게 야단을 맞았다는 거야. 그래 가지고 그냥 혼났어요, 그 놈이. (조사자 : 효도할려 그랬는데?) 효돌헐려 했는데. 그 효도하는 아이의 말을 듣구선 자기도 그렇게 해 보갔다는 것이 그 실수가 됐다고. 생전 안 하던 일을 허거든.

(조사자 : 그러니까, 평소에도 잘 해야지.) 네, 그랬대는 전설도 있어요.

은혜 갚은 까치

자료코드 : 02_06_FOT_20090204_SJE_MIG_0005
조사장소 : 경기도 김포시 월곶면 고양2리 25번지 고양2리 마을회관
조사일시 : 2009.2.4
조 사 자 : 김헌선, 최자운, 김은희, 변남섭, 시지은
제 보 자 : 민인기, 남, 75세
구연상황 : 효자 이야기를 마친 제보자는 절에 빈대가 많으면 안 된다는 말을 하고, 빈대 잡으려다 초가삼간 태운다는 소리도 있다며 웃었다. 조사자들이 거짓말 잘하는 사람에 대한 이야기를 묻자 거짓말은 하면 안 된다며, 하지만 이런 이야기가 있다면서 구연하였다.
줄 거 리 : 어떤 선비가 새끼를 잡아먹으려는 구렁이를 물리쳐 주고 산 속 어떤 집에 머물게 되었다. 집 여주인이 구렁이인 걸 알고 선비가 겁을 내지만, 구렁이가 남편 구렁이를 죽인 선비를 죽이려고 할 때 어미 까치가 새벽이 오는 종을 쳐서 선비를 구해 주었다.

옛날에 선비가 살았는데, 선비. 선비가 살았는데 나들이를 갔어요. 어딜 인제, 오래 나들이를 갔는데.

아, 나중에 가다 보니깐 모를 내거던? 못줄을 냉기면선 모를 내는데, 전부 김성(짐승)들이 낸단 말야. (조사자 : 네?) 김승들이 모를 내. (청중 : 짐승?) 김승. (청중 : 아, 김씨?) 김승, 김승. (조사자 : 짐승?)

난 돼지 아냐? 이 양반은 개, 이렇게. 아, 그걸 본 해 가지고 김성들이 내더라 이 말이야. 알갔어? 무슨 얘긴지? (조사자 : 알겠습니다, 어르신.)

아, 김성들이… 거 이상하다 해 가지고, 이 선비가 지나가다가

'하, 이거 김성들이 모를 내는구나.' 하고서 한참 어디까지 가니깐 해가 저물었어. 근데 큰 나무가 있는데 큰 나무 그늘이, 인제 모 낼 때니까 그렇게 춥지는 않고, 해는 저물고 집은 없고 그러니깐 거기서 쉴려고. 앉아서 쉬었다가 드러누워 쳐다보니까는 크다란 구렝이가 까치집에 들어가서 까치를, 새끼를 잡아먹으려고, 까치가 그냥 깍깍 대고 뺑뺑 돌고 있거던?

'하, 그렇구나.'

자, 이 뱀을 죽였어요. 그냥 자기가 저, 선비라고 활촉을 가져간 몬양이야. 그걸로 쏴서 그냥 죽였어요.

죽이고 한참… 죽였으니까 인젠 가야갔다 하고 가다 가다 보니까는 오두막집에서 불이 빠짝빠짝 허더래. 그래서 인제 그 집에 가서 쥔장을 부르니깐, 꼿꼿한 여자가 나와서,

"왜 그러시냐?" 그러니까

"여기 가다, 길을 내가 가다 보니까는 해가 저물었으니, 하루 저녁 쉬어 가자."고 그러니깐

"아, 그러시라구, 방이 여기 있으니까 그럼 일루 들어오시라."구,

그리구 그 진수성찬을 해서 그냥 대접을 허더래. 아, 그래 이 남자가 선비가, 그냥 하도 그냥 좋아서 먹구선 인제 드러누워 자려고 이렇게 쳐다보니까, 아, 문틈이 있어 가지고 내다보니까는, 샛바닥(혓바닥)으로, 바

느질을 허는데 샛바닥이, 이 뱀 샛바닥이 나오드래지?

'아, 이거 큰일 났구나.'

그랬더니 밤중에 그 색시가 뱀으로 돼 가지고, 쫓아 들어와 가지구,

"죽이겠다고, 우리 신랑 죽였으니 너도 죽어라."

아, 그랬는데 인제 새벽이 오믄 왜 종 치잖아요, 교회? 종을 이 까치가 가서 종을 때렸어요. 종을 때리는, 거 까치가 대가리가 맞어, 대가리가 부딪혀 가지구 까치가 죽었어요. 근데 뱀이

"아휴, 이거 종 치니깐 이거 사람들 눈에 띈다."

그냥 나와 가지구 사람이 살았대는 전설도 있어요.

옷을 벗어 호랑이 쫓은 선비

자료코드 : 02_06_FOT_20090204_SJE_MIG_0006

조사장소 : 경기도 김포시 월곶면 고양2리 25번지 고양2리 마을회관

조사일시 : 2009.2.4

조 사 자 : 김헌선, 최자운, 김은희, 변남섭, 시지은

제 보 자 : 민인기, 남, 75세

구연상황 : 상당한 분량의 이야기를 구연한 제보자가 조사자들을 보며 '꼿꼿한 처녀가 있는데 이런 이야기를 해도 되나?' 하며 이야기하는 것을 머뭇거리자, 조사자들이 괜찮다고 부추겨 이야기를 어렵게 끌어냈다.

줄 거 리 : 여름에 더운 산길을 가던 선비가 호랑이를 만났다. 선비는 자기의 성기를 총이라고 하며 호랑이에게 겁을 주었다. 호랑이는 때마침 언덕을 넘어오던 할머니를 잡아먹으려고 덤빈다. 그러자 할머니는 그 총에 맞은 자국을 보여주려고 했고, 이에 더 겁이 난 호랑이는 줄행랑을 쳤다.

아 그 사람도 선비야, 선비인데. 길을 나서는데 옛날에는 아마 이, 산길만 있나 봐요. (청중 : 그럼 옛날에 다 산길이지, 뭐.) 산길에, 그냥 길루 쭉 가는데 더웁긴 하구, 여름인가 봐. 더웁긴 하구 산길로 혼자 터덕터덕

가는데. (청중: 옛날 여덟 거리 같은 데 같구만.) 여덟 거리도 더 되지 산이, 산이니까.

아, 그냥 지팡이, 단장에다, 지팡이에다가 옷을 한 가지 한 가지 벗구서 가니깐 아, 시원하기가 좋던? 아, 시원하니까. 아, 이렇게 가는데… 아휴, 이거 얘기를 어떡해? [민망하다는 시선으로 조사자들을 쳐다본다.] (조사자: 괜찮아요.)

그래 가는데 아주 홀랑 벗었어, 아주. 홀랑 벗었어, 벗으니까 더 시원해. 아, 시원해서 이렇게 가는데, 호랑이 하나 오더니,

"너, 이 놈~ 너 어디 가느냐?" 그러니까, 그러니까

"나 어디 좀 간다고, 나들이 간다."고 그러니까 호랑이가 있다가

"널 잡아 먹갔다." 그래.

이 사람이 가만히 생각하니까 큰일 났거던? 아, 이걸 [남자 성기를 가리킨다.] 붙잡고선 이렇게

"너 죽인다구, 총으로 쏜다구, 총으로 쏘갔다."구 그랬단 말야.

아, 그러니깐 이 호랑이가 생전 보지도 못한 권총이거던? 그 늘어질 대로 늘어진 거야, 더우니깐. 늘어질 대로 늘어지고 그러니까 그 총으로 가지고,

"너 이 놈 죽이겠다."구 그러니까.

호랑이가 가만히 생각하니깐 자, 이거 자기도 이상하거던?

'저런 총은 보지를 못 했는데, 어디 저런 총을 가지고 왔나?'

그랬더니 할머니가 넘어 오드래, 할머니가. 할머니가 들어…

"할머니, 할머니, 할머니 잡아먹갔다."고 그러니까.

"허허, 저 총에 내가 소시 적에 저거 맞았는데, 어떡허다 이렇게 구녕이 났수."

옛날엔 단속곳을 입었어요. 단속곳이 이렇게 하면 쩍 벌어지고 이렇게 허믄 닫아지거던. 이럭허믄,

"내 총을 맞은 거 볼려요?"

아, 그러니깐 겁이 나니깐 도망갔단 말야, 호랭이가. 그랬단 말이… 흠흠흠.

문수산 재너미 바람

자료코드 : 02_06_FOT_20090204_SJE_SGC_0001
조사장소 : 경기도 김포시 월곶면 성동리 103번지 성동리 노인회관
조사일시 : 2009.2.4
조 사 자 : 김헌선, 최자운, 김은희, 변남섭, 시지은
제 보 자 : 성기천, 남, 75세
구연상황 : 노 젓는 소리를 마친 제보자는 당시에 타던 배는 풍선(風船)과 목선(木船)이었는데, 풍선을 타던 사람들은 특히 문수산 재너미 바람을 무서워했다며 이야기를 시작했다.
줄 거 리 : 뱃사람들이 무서워하는 문수산 재너미 바람에는 유래가 있는데, 문수산을 넘어서 바람이 확 불어오면 돛을 단 배가 그냥 쓰러져 버리곤 했다. 그래서 아무리 큰 뱃사람도 문수산 재너미 바람을 무서워한다.

게 여기가 인제 유래가 있어요. 한 가지 유래는 뭐냐면… 그 문수산 재내미 바람이라는 것이가, 재내미, 문수산 재내미라는 건, (조사자 : 아~ 재넘이?) 어, 재넘이. 이 재를 넘어서 바람이 분다 이거에요.

그래 충청도, 아무리 큰 뱃사람, 큰 뱃놈이라 그래야 돼. 뱃놈, 뱃사람 그러잖아요. 지금은 뱃양반이지먼. 이 충청도 뱃사람이 와 가지고 여기를 서울 한강을 갈 적에, 제일 무서워하는 것이가, 문수산 재너미 바람, 그게 제일 무섭대는 거야.

그걸 재너미 바람은 뭘 말하냐면은, 저기서 바람이 불다가 확 불어오는 거. 이런데 평지에는 불면 일정하게 쫙~ 그렇게 불잖아요? 게 여기는, 이 재를, 이 산을 넘어서 확 불어오니깐 돛을 달고 가다가 그냥 확 불면 그

냥, 그냥 이렇게 쓰러져 가는 거야, 다 쓰러져 가. 그러니까 재너미 바람이 배도 쓰러뜨렸대는 거야, 여기서.

그렇게 그 무서운 이 문수산 바람이, 문수산 재너미 바람이 제일 어렵다 그런다는, 그런 유래도.

밥 많이 먹는 마누라

자료코드 : 02_06_FOT_20090122_CJU_YSH_0001
조사장소 : 경기도 김포시 월곶면 개곡1리 산 23-8번지 개곡1리 마을회관
조사일시 : 2009.1.22
조 사 자 : 김헌선, 최자운, 김은희, 변남섭, 시지은
제 보 자 : 윤순희, 여, 84세
구연상황 : 동요 조사를 어느 정도 마치고 설화 조사를 하던 중 밥을 많이 먹는 마누라 이야기를 아냐고 물으니, 그런 사람 이야기를 들은 적이 있다고 하면서 이야기를 해 주었다.
줄 거 리 : 마누라가 밥을 하도 많이 먹어서, 하루는 남편이 거짓말로 밥을 많이 해서 논으로 가지고 나오라고 했다. 그러나 거짓말인 사실을 알게 된 아내가 그 밥을 모두 다 먹었다. 그러자 남편은 아내가 어떻게 하나 몰래 지켜보니, 마누라는 부른 배를 소화시키려고 콩을 볶으면서 튀는 콩까지 주워 먹고 있었다.

어, 남편이, "오늘 일꾼을 몇을(몇 명을), 몇을 얻어서 밥을, 저기 일을 헐 테니까, 밥을 해 가지고 나오너라." 그러더래.

그래서 인제, 그걸 인제, 밥을 해 가지고 나오는데 몇 명이나 껄로 해 가지고 나간지, 해 가지고 나갔어. 해 가지고 나갔는데, 이게, 사내가 거짓뿌렁(거짓말)을 했잖아.

그러니까는 그냥 앉아서 그냥 무조건 대고 먹더래. 이놈에 밥, 일꾼을 거짓부랑 시켜서 인제, 하두 밥을 많이 먹으니까 인제, 거짓부렁을 시켜서,

"몇 명 밥을 해 오너라." 그랬는데,

해 가지고 나와서 저기, 대고 먹더래. 대고 먹더니 나중에 들어가더래. 배가 고픈 건 살아도 부른 건 못 살아. 그렇게 들어가더니, 들어간 걸 보니까는 굴뚝에서 연기가 나더래.

'저 놈으 마누래가 뭘 해서 처 먹을려고 굴뚝에서 연기가 나나.' 그리니까, 가마솥에다 콩을 갖다 볶더래. 볶으면서, 볶으면서 튀는, 튀는 대루 집어먹더래. 개, 배 이렇게 부른댄, 콩이 밥 많이 먹는 거 삭는대.

문수산으로 이름이 바뀐 비아산

자료코드 : 02_06_FOT_20090204_SJE_LDD_0001
조사장소 : 경기도 김포시 월곶면 보구곶리 333-4번지 보구곶리 노인회관
조사일시 : 2009.2.4
조 사 자 : 김헌선, 최자운, 김은희, 변남섭, 시지은
제 보 자 : 이대득, 남, 77세
구연상황 : 묘는 잘 썼는데 지석을 잘 못 써서 자손이 잘 안 된 집안이 있다는 이야기를 여러 분들과 나누던 제보자에게, 그 묘가 어디에 있냐고 물었다. 그러자 그 묘가 문수산에 있는데, 문수산은 원래 비아산이라며 그에 관한 짧은 이야기를 했다.
줄 거 리 : 문수산 원래 이름은 비아산이었는데, 고을 원님 때문에 이름이 그렇게 바뀌었다는 이야기가 있다.

옛날엔 비아산이었어요, 이 명칭이, 이 뒷산이. (청중 : 아, 요 뒷산은 지금도 비아산이에요. 요 산은.)

근데 여기 고을 원님이 옛날에 바뀌었을 때, 아랫것들 보고,

"이 뒷산 이름이 뭐냐?" 그러니깐

"비아산이올습니다." 그랬단 말이야.

"그 뭐 비아산이냐?" 자기 이름이 문순데

"그냥 문수산으로 바꿔라." 그래서 문수산으로 이게 바뀐 거야.

명당 자리 볼 것 없다

자료코드 : 02_06_FOT_20090204_SJE_LDD_0002
조사장소 : 경기도 김포시 월곶면 보구곶리 333-4번지 보구곶리 노인회관
조사일시 : 2009.2.4
조 사 자 : 김헌선, 최자운, 김은희, 변남섭, 시지은
제 보 자 : 이대득, 남, 77세
구연상황 : 제보자는 아버지와 어머니 묘를 이장했는데, 그 이장한 곳을 잘 조성해 놓아 서 마을에서 소문이 나 있다고 한다. 제보자가 부모님 묘를 이장할 때에 좋은 날을 잡으려고 문수산 주지한테 갔다가 그 주지가 '무슨 날을 보냐고?' 하면 서 해 준 이야기라고 하였다. 주지 스님이 이 이야기를 해 주고 나서 날을 잡 아 주었고, 제보자는 그 날짜에 이장을 하였다고 한다.
줄 거 리 : 어렵게 살던 사람이 아버지가 돌아가시자 주위에서 지관을 모셔다가 자리를 봐야 한다고 하여 지관을 찾아 다녔다. 그런데 찾아간 지관들이 다 자기만큼 어렵거나 자기보다 더 어렵게 사는 것을 보고, 자기 생각대로 못자리를 쓰기 로 했다. 아버지 시신을 짊어지고 산으로 올라간 그 사람은 시신을 내리 구르 게 해서 시신이 걸쳐진 자리에 아버지를 묻었다. 그런데 그 후에 그 사람 가 산이 늘고 부자가 되었다. 소문을 듣고 자리를 좀 본다는 아버지 친구가 그 사람을 찾아와, 아버지 묘 쓴 자리를 가 보자고 하였다. 못자리에 가 본 아버 지 친구는 그 자리가 바로 명당이며, 걸쳐진 대로 시신을 거꾸로 묻어야 명당 이 되는 자리라고 하였다.

옛날에 어느 사람이, 인제 어렵게 살던 사람이, 아부지가 돌아가서, 어 인제 장사를 모셔야 될 텐데, 이 지관을 모셔다가 자리를 봐야 될 거 아 닌가?

그래 어디를… 사람을… 저기, 그 대개 그 지관이라는 사람이, 옛날이 나 지금은 안 그렇지만, 옛날에 다 어려운 사람들이 그걸 보러 다녔어.

아, 여기만 해도 뭐야, 곰뎅이 모탱이 그거 뭐 저, 모두 반신불수… 어

렵게 살던 사람들이, 괴딱지 겉은 집에서 살던 그런 사람들이 대개 봐. 그래 보니까는, 저거 뭐 집구석허고 그러니까는

'나만도 못한 놈한테 뭘 물어보갔냐?' 이러구 왔어. 와서 집안에 어른들이 갔다 왔냐니까는,

"아, 갔다 왔는데 그, 그냥 왔다고. 물어보지 않고 그냥 왔다."구. 그러니까

"아~ 나만도 못한 녀석한테 뭘 물어보냐고 말야? 그래서 그냥 왔노라."고. 그러니까

"아무 데 가보라고, 그 사람도 잘 본다는데, 가 보라."

그래서 또 갔더니 거기도 역시 형편없이 살더라는 거야. 그래서, 그래서 인제 볼 거 없이 그냥 되돌아 와서,

"에이, 그냥 내 생각대로 허겠습니다."

그래 가지고 시신을 뭐야? 염을 해 가지구 지게에다 걸머지구 이 지금 문수산 겉은 깎아바지 산꼭대기를 지구 올라갔어, 아버지 시신을 지구. 올라가선 저 꼭대기 가서 그냥 내리막이 심한데 그냥 거기서 내리 굴렸대는 얘기야. 내리 굴리고,

"그냥 좋은 자리 잡으세요, 아버지."

그러니까 이렇게 이렇게 굴르다가 그냥 이렇게 굴르다가 어디 걸쳐 가지구 또 그러니깐,

"이 자리가 그렇게 좋으십니까? 이 자리가 아부지 그렇게 좋으십니까?"

그래 가지고 거길 파구 그냥, 그냥 걸쳐 있는 대로 그대로 파구 모셨다는 거야. 그런데 이게 자리가 좋았던지, 그 장묘 모시고 나서 이 사람이 가산이 그냥, 저 뭐야 저기 좋아지구 부자가 됐어.

그런데 아버지 친구라는 사람이, 한 사람이 떡 하니 찾아와서,

"여보게, 아무개 집에 있나?"

"예."

이제 집도 잘 짓고 사는데,

"아 내가 자네 아버지 친구일세. 그래 아무갠데, 그래 아버지 돌아간 날 나한테 얘기 한마디도 없었나?" 그랬더니,

"아~ 그냥 겨를이 없어 가지구 다 찾아뵙지 못했습니다. 전갈을 못 했습니다." 이렇게 말씀을 드리니까는

"나두 좀 볼 줄 아는데, 어디 모셨나?"

"예, 그냥 여기 저기 댕겨봐야 지관이라는 사람들이 나만큼 살지두 못하는 사람인데, 저 겉은데 뭘 물어보겠느냐 해서 한 두 군데 갔다 그만두고, 포기허구 그냥, 그냥 지게로다 지고 산꼭대기 올라가서 내리 굴려 가지고, 걸쳤길래 이 자리가 그렇게 좋으시냐고 그래서 거기다 묻었노라."고.

"그래? 나하고 같이 가 보세."

그 인제 모시고 올라갔단 말이야. 그렇게 보니까는

"아, 여보게, 여기가 참 명당일세."

좋다고 그러더래.

"근데 아저씨, 그냥 꺼꾸루 묻었어요."

꺼꾸루 걸쳐서 가꾸루 묻었다는 거야. 대개 산이 이렇게 됐으면, 이렇게 모셔야 될 텐데, 꺼꾸루 걸쳐서 그냥 누워 있는 대로 그대로 걸친 대로 그냥 묻었다는 얘기지.

"근데, 아저씨, 그냥 꺼꾸루 묻었어요."

그예

"어? 이 자리가 꺼꾸루 묻는 자리야." [일동 웃음]

권자당골로 바뀐 남자당골

자료코드 : 02_06_FOT_20090203_SJE_LES_0001
조사장소 : 경기도 김포시 월곶면 군하리 188-2번지 월곶면 복지회관
조사일시 : 2009.2.3
조 사 자 : 김헌선, 최자운, 김은희, 변남섭, 시지은
제 보 자 : 이은식, 남, 76세
구연상황 : 월곶면의 문수산과 조강포구 등 유명한 지역에 대한 유래를 이야기하는 제보
　　　　　자에게 마을에 특이한 지명이 있냐고 묻자, 재미있는 골짜기 이름에 대한 이
　　　　　야기가 있다며 적극적인 모습으로 이야기를 시작하였다.
줄 거 리 : 남자당골은 원래 남씨네가 가지고 있었던 명당 자리로 그 자리 덕분인지 남
　　　　　씨네는 크게 번성하였다. 그런데 권씨네로 시집간 남씨네 딸이 그 명당 자리
　　　　　를 자기 시아버지 산소 자리로 쓰는 바람에, 그때부터 남씨네는 망하기 시작
　　　　　하고 권씨네는 흥하기 시작했다. 그래서 한동안 남씨네 집안에서는 딸만 낳으
　　　　　면 엎어서 죽였다고 한다.

　남씨네 유래는 내가… 요 근년(근래)까지 내려온 게 있어요. (조사자 :
한번 말씀 해 주시죠.)

　이 남씨네가 여기 많이 사는데, 고막리 요기 살고 있고 사는데, 지금
하성면 후평리인가 마조리인가엘 가게 되며는 권자당골이라고 있어요.
권, 권 자당골, 원은 자당골인데. [제보자의 전화벨과 사무실의 전화벨이
울린다.] 그전에는 그게 남자당골이었어. (조사자 : 권자당골에서 이제 남
자당골로?) 아니, 먼저는 남자당골인데 그게 권자당골로 됐는데, 왜 그런
고 하니. [사무실의 전화벨이 울린다.]

　그 남서방네 남자당골이니까 그전에 남서방네가 거기서 인제 크게 번
성을 하고 그랬단 말에요. 그래서 이름이 남자당골인데, 남자당골 이제
그… [제보자의 전화가 울려 잠시 중단]

　권서방네로 시집을 갔어. (조사자 : 권서방네로?) 남서방네 규수가, 딸이.
갔는데 남서방네는 부자로 살고, 근데 권서방네가 어렵단 말야. 어려운
데로 시집을 갔어요.

근데 인제 남서방네 친정아버지가 돌아갔어. 친정아버지가 돌아가니까 그 아주 대성고적으로 뭐, 부유하게 살고 양반으로 사니까 장례도 한 뭐 10일장, 아주 9일장 이렇게 지냈나 봐.

근데 인제 산소 자리를 각 지관들 다 불러 가지구 좋은 자리를 다 정해 가지고 인제 질(제일) 좋은 자리를 잡아서 인제 이걸 파… 광중을 다 뽑아 놓고 거기서 인제 자는 거야, 들… 자고 그 이튿날 장살… 장사 지낼 때 까지 거기서 수호하는 거지, 걸.

근데 고 밑에 우물이 있어. 그전에 우물이라는 게 다 인제 바깥에 있잖 아요? 자연 샘솟는 먹는 거니까. 아, 근데 남서방네 딸이 그 우물에 가서 물을 긷는데 웬 중이 지나드니, 지나가면서

"야~ 참 좋은 자리라고 말야. 참 명당 자리다. 재승(宰相)이 날 자리 라." 이랬단 말야.

그 인제 동자승하고 둘이 지나가면서 동자승이 이젠 그러니까 큰 스님 이,

"야, 낮말은 새가 듣고 밤말은 쥐가 듣는다. 아무 소리 말아라." 이랬단 말야.

근데 그 남서방네 딸이 그걸 알았어. 알았는데 저 놈의 자리에다 자기 시아버지를 써야 할 텐데. [제보자, 조사자 웃음] 친정아버지가 이거 들 어… 좋은 자리니까.

그 궁리궁리 끝에 그냥 집에 와서 그냥 그 좋은 놈의 술, 질 좋은 술로 만 그냥, 독하고 좋은 술로만 한 동일 이고, 안주 좋게 해 가지고 거길 간 거야. 가서 거기서 지키는 사람들 다 불러서 멕인 거야, 잔뜩.

멕이니까 잔뜩 먹고 인제 곯아 떨어져서 자는데, 그 아래 우물에서 그 냥 물을 퍼 갖고 와선 행기치마(행주치마)를 그냥 이렇게 몇 겹을 깔아놓 고 그냥 물을 살그머니 부은 거야, 몇 동이를 이며 와선, 그냥. 그리고 나 중에 행주치마를 가만히 이렇게 끌어내니까 그냥 말간 물이지 뭐야?

아, 그래 아침에 인제들 이 놈들 술 먹고 깼갔지? 깼으니까 어리벙벙하고 있는데, 상주들이 인제 산소 거기나 좀 가 본다 해서 가 보니까 밤새 물이 고였던 말야? 아, 샘이 나 가지고, 말간 물이… 그러니까

"아휴 이게 산소 자리 못 쓰갔다고. 이 어디서 새암 나는…"

아~ 그예 딴 데다 잡은 거야. 딴 데다 잡고 그건 쓸어 미고. 쓸어 미고 딴 데다 잡아서 썼는데. 나중에 인제 남서방네 딸이, 시집간 딸 시아버지가 인제 돌아갔단 말야. 그러니까 이 딸이 친정에 와서

"우린 산도 없고 하니 아버지 쓰려고 했던, 물 나든 자리 그거나 좀 달라고."

"아이… 야, 그래라, 뭐."

그 줬단 말야. 아, 주고 나서는 참, 남서방네는 망하고 권서방네가 일어난 거야. 그래서 남자당골이 권자당골로 이름이 바뀌어 버렸어요. 남서방네는 아주 쇠해가고 권서방네가 흥해 가지고. 그래 가지구 나중에 그걸 알아 가지고 불과, 한… 그 남서방네들 노인네들 대니면서 말씀하시는 게, 남서방네는 딸만 나면 엎어놨다는 거야, 죽였다는 거여. 그거 불과 한 백년…

거, 여… 고막리 요기 가면 남서방씨들 있는데 그 사람들두 딸만 나면 엎어놨다는 거야. (조사자 : 밉다고?) 그렇지, 딸, 딸 때문에 망했으니까. 그 동네 이름까지 바뀌었어, 권자당골로. (조사자 : 그건 어디에요, 어르신?)

하성면… 거기가 마조리인지 후평리인지 그래요, 내가 자세한 걸 잘 모르니까. 근데 남서방네가 여기 많이 살았거던. 그 망하니까 이게(이 이야기가) 나온 거야.

바람구멍 막아 망한 사람

자료코드 : 02_06_FOT_20090203_SJE_LES_0002
조사장소 : 경기도 김포시 월곶면 군하리 188-2번지 월곶면 복지회관
조사일시 : 2009.2.3
조 사 자 : 김헌선, 최자운, 김은희, 변남섭, 시지은
제 보 자 : 이은식, 남, 76세
구연상황 : 앞의 권자당골이 남자당골로 바뀐 이야기를 조사자들이 너무 재미있어 하자, 그 이야기 말고도 지금도 불려지고 있는 지명인데, 명당에 대한 이야기가 또 있다며 이야기를 시작하였다.
줄 거 리 : 김포시 개곡리 가자골에 등잔혈이라는 명당이 있었는데, 그 곳에 산소를 써서 부자가 된 사람이 시주 오는 스님에게 늘 야박하게 대하였다. 그래서 스님이 그 사람을 골탕먹이려고, 그 자리의 혈을 막아야 더 좋다고 하였다. 명당의 혈을 막은 산소 주인은 결국 망하게 되었다.

요기 요 개곡리 가머는, 개곡리서 인제 이게 애기봉 산줄기가 이렇게, 이렇게 내려왔어.

이렇게, 이렇게 쭉 내려왔는데, 그 여기가 '가자굴'이라고 가자굴이라는 동네가 있어요. (조사자 : 가자굴?) 가자골. (조사자 : 가자골?) 거길 가금리라고 하는데, 우리들은 그냥 자연부락 이름이 가자골이야. 지금 리구 있지 그전에 전부 동네 이름만 불렀단 말야. 가자골, 보시람, 뭐 이렇게.

근데 그, 지금도 내가 보면 저기가 있어요. 저… 그 정승의 산수(산소)는 아니고 그 이씨 조선 때인데 하여간 뭐, 거기 왕족 뭐야 큰 산수가 있어요.

근데 여기가 그 이, 이, 이 혈이 요거이 '등잔혈'이라는 거야, 등잔, 이 불 키는 거 있죠? [탁자에 한자를 쓰면서] 이 등(燈)자? 호롱불 키는 그 등잔혈인데. 그 여기 산소를 썼는데 그냥 저 시주를 가면 그냥 하나도 안 해 줘, 잘 살면서도. 그니까 얄미워서 저걸 어떻게 하면 저 집을 망해주나 허고 있는데, 궁리가 안 나는 거야.

아, 근데 이제 궁리하니까, 이게 등잔혈이거든? 그러니깐 이 사람이, 중

이

"아~ 저거이 등잔혈인데." 그니까

여기 여, 여, 여 이 잘사는 주인이

"맞다고. 그 등잔혈이라고, 그 어떻게 아는가?"

"아, 압니다. 등잔혈인데, 이 등잔혈에다 산소를 썼시다." 그 말이야.

산소를 써서,

"아, 이게 바람이 요리 바람이 들어와서 불이 꺼집니다." 말이야.

"그러니까 여기를 막으면, 막으면 바람이 안 들어오니까 불이 잘 성합니다. 그러니까 이 산소가 좋긴 좋은데 그 거길 막았으면 좋은데…"

무릎을 탁 치고 갔단 말야. 그니까 아 부자고 하니까 사람을 사서 이걸 막았어, 골짜구니를. 그리고 나서 망한 거여. 게 알고 보니까 등잔혈이니까 바람이 좀 들어와야 불꼬리가 휘휘 왔다 갔다 허잖아, 이게. 꽉 막으니 고대로 그냥 주저앉지 뭐야. 불도 이게 이 약간 산소가 있어야지 잘 탄단 말야. (조사자 : 그렇죠.)

그 얘긴 있습디다, 유래는. 중헌테 너무 야박하게 해서 주인이 주인이 그래 골탕 멕여서 못 살게 됐다고. 등잔혈을, 그 바람 들어가는 데를 막으라고 그래 가지고 막고선 망했다고.

참게 잡다가 도깨비에 홀리다

자료코드 : 02_06_FOT_20090203_SJE_LES_0003

조사장소 : 경기도 김포시 월곶면 군하리 188-2번지 월곶면 복지회관

조사일시 : 2009.2.3

조 사 자 : 김헌선, 최자운, 김은희, 변남섭, 시지은

제 보 자 : 이은식, 남, 76세

구연상황 : 귀신이나 도깨비 만난 이야기를 해 달라고 하자 그런 게 다 거짓말이지 참말
이겠냐고 하다가, 이건 거짓말이 아니라 자신이 젊었을 때 직접 겪은 일이라

며 도깨비 이야기를 하였다.

줄 거 리 : 참게를 잡으러 갔다가 와작와작 소리가 나서 다른 사람들이 참게 잡으러 와
서 나는 소리인가 보다 했다가, 도대체 사람이 보이지 않자 겁이 나서 게 망
태를 메고 집으로 달려왔다. 집으로 와서 보니 게 망태에 게는 커녕 쇠똥 같
은 엉뚱한 것만 잔뜩 들었단다. 김포 일대에서 많이 채집되는 도깨비 이야기
의 한 형태로, 참게가 많이 잡히는 지역의 특성이 잘 나타나는 이야기라고 하
겠다.

참괴(참게)라고 아는지 몰라? 참괴. (조사자 : 아, 게?)

괴가 이 추수기, 베꽃(벼꽃)이 떨어질 때 쯤 되면 비가 오면 괴가 이렇
게 내려와요, 강으루 갈라구. 민물에 와서 새끼 다 까고 겨울을 날라고(나
려고) 베꽃이 떨어져서, 초가을서부터는 비만 오면 그 물 따라서 바다로
가 버린다고.

그니까 그때쯤 비가 오머는, 괴 잡으러 가 갖구 이렇게 물 내려오는 데
서 이렇게 발 치고 있으면 괴가 내려오면 잡는 거여. 그 이게 괴 잘 내려
오는 터가 있어요. 그 터는 미리 딴 사람들이 다 맡어논다고. 미리 말뚝
하나 박아놓으면 거 맡아놓는 거야.

그니까 우리 같은 사람은 그런 터가 없으니까 이제. 봐서 어디 가면 좀
잽힐 거 같다 하면 거기로 가는 거야. 가다 가다 공동묘지 밑으로 갔어요?
거기가 괴가 많이 내릴 것 같아 갔는데. 그니깐 뭐 그 비가 오는 날은 여
기저기 많이들 잡는 사람이 있다구, 드문드문. 근데 그래 있는데, 그래도
좀 외져. 외져도 뭐 좀… 괴 잘 내린단 말야? 괴가.

자, 그런데 조금 있느니 그냥… 근데 얘기하면섬 오는 거여?

'아~ 저기서 괴 잡던 사람들이 이제 가나 보다, 이리 오나 보다.' 그러
고 있는데 소리만 나지 영 오질 않아. 게 일어나서

"아, 누구야? 누구야?" 하니까 아무 소리가 없어요. 또 이렇게 괴 내리
는 걸 이렇게 들여다보고 있으면, 또 그냥 와작와작하고 오는 거여?

'체, 이… 이상하단 말야, 이놈의 도깨비 있대는데, 진짜 도깨비인가?'

허구서 준비를 하는 거야. 전부 인제 끈도 동가매고 신발끈도 다 완전무장을, 뭐 우비도 챙겨 딱 놓고. 만약 뭐 하면 대항을 허던지… 그래도 계속 그리는 거야, 계속. [제보자의 전화 통화로 잠깐 중단]

자, 그래, 그리기를 한 시간 넘게 있는 거야. 앉았다가 또 일어나, 하도 그냥 아파서 부시럭거리고 여기 와서 뭐 뛰어 또 일어나서…

'한번 나와 봐라, 한번 대결해 보자.'

이러구 막 이렇게 권투허는 식으로 하고 별짓 다 하는데. 도저히 안 되는 거야, 도저히. 그 괴는 잘 내리니까 담아서 망태에다 해 가지구 그냥 내 뛴거야, 집으로.

집에 와선 괴 잡아왔다고 인제 그러니까 마누라가, 그 괴 망태이가 있잖아요? 괴 망태이? 망태가 있는데, 마누라가 불을 키구 나와서 들여다보고는 괴는 없고 말이지 웬 쇠똥, 저 베 뿌럭지. (조사자 : 베 뿌럭지?) 베 빈 뿌럭지 그 저… (조사자 : 아, 베 밑둥 이거?) 아니, 묵은 묵… 인제 그… (조사자 : 베 밑둥?) 그런 거만 잔뜩 담아 온 거여.

배짱으로 고을 원님이 돼서 죽은 장군의 소원을 들어준 이야기

자료코드 : 02_06_FOT_20090212_BNS_LIH_0001
조사장소 : 경기도 김포시 월곶면 용강리 먼지락길 1번지 이익현 자택
조사일시 : 2009.2.12
조 사 자 : 김헌선, 최자운, 김은희, 변남섭, 시지은
제 보 자 : 이익현, 남, 82세
구연상황 : 원님이 현명한 재판을 내렸다든지 아전이 똑똑하여 일을 어려움을 극복한 이
         야기가 있는지 물어보았더니 지명이 기억나지 않아, 조사자 등 모두가 여러
         지명을 얘기하다 조사자가 옳은 지명을 말하여 시작되었다. 이 이야기는 노인
         들께 들었다고 한다.
줄 거 리 : 발안에 사또가 가기만 하면 죽게 되었다. 이 때문에 발안지역에 사또가 임명
         이 되면 모두 사직서를 내고 가지 않았다. 나라에서 방을 붙여, 사또로 갈 사

람을 반상 불문하고 보내겠으니 자원하라고 했다. 어느 무식한 사람이 하나 있었는데 배짱이 좋아 지원하여 가게 되었다. 원으로 지원한 사람이 백성들에게 등을 하나씩 만들어 상납하라고 해서 사또가 있는 곳까지 길에 등을 달았다. 모두 퇴근시키고 혼자서 지키고 앉아있는데 먼 곳에서 말굽소리가 났다. 문을 열고 기다리니 흰말을 타고 장군님이 와서 반가이 맞았다. 장군은 몇 번을 왔는데 전에 왔던 사또들은 모두 기절을 하여 만나지 못했다고 했다. 온 이유를 듣고 장군의 부탁대로 장군의 산소 근처에 있는 우전을 옮겨 민원을 잘 해결하였다.

(조사자 : 발안, 발안 장터.) 발안, 발안 거긴가 봐. (조사자 : 조암, 발안 그쪽이요, 예.)

거기에 사또가 가기만 하면은 죽어. 게, 거기 임명 나면은 사직설 내고 나가버려 그냥. 게 갈려 그래, 가기만 하면 죽으니까. 누가 보내야 할 텐데, 보낼 사람이 있어야지. 가면 암만 거시기 해도 거기 임명만 나면 사직서 내고 나가 버리…

그래서 인제, 나라에서 방을 붙였어. 거기 저, 사또로 갈 사람이 있으며는 반상(班常)을 막론허고 갈 사람만 희망하면 보내겄다. 그 땐 양반이라도 벼슬을 해야 벼슬을 가는 건데, 응, 사또로 가는 건데, 그걸 허면 가야지 안 가는걸. 그러니깐, 양반이든, 상놈이든 무식허든, 하여튼, 거기만 갈 놈이면 보내겄다구.

그래도 허깨비 같애도 가서 ○○○ 가 있어야 할 것 아니야. 그러니깐, 보내줄려고 그러는데, 가야지. 그래서, 가기만 하면 되니까는 방을 붙였어. 그렇게

"갈 사람이면 누구든지 보낼 테니깐 누구 지원해서 오라."

근데, 이게 아무 것도 몰르는 놈인데 배짱은 좋아. 게, 나라에 가서,

"상감님, 제가 가겄습니다." 하니까,

"그래, 그럼 너 가라."구.

게 임명을 해서 발령을 해서 갔어. 가서 물어 보니까는, 게, 사또 자리

에 가서, 이제 거기서 물어 보니까는, 오기만 하면 죽는다 그거야. 게 무슨 원인인지는 모르는 거지. 그러니까는 그러냐구. 그래서 그러냐구.

그래 인제, 어떻게 해서 방을 붙였냐며는 백성들이 누구나 물론 다 등을 하나씩 해서 상납을 하라구. 게 등을 하나씩 해서 만들어 가지고 제 인제, 사또한테 인제 바친 거야.

그니까는 거, 사또 원님 기신(계신) 건물이 있을 거 아냐? 지금 말하면, 면사무소라든가, 거기서 길이 쫙 있을 거 아냐. 들어오는데 통로길이. 거기다 양편 짝에다 십 리가 되든, 이십 리가 되든, 등을 쫙 그냥 달았어, 밤에. 밤에 다니깐, 뭐 암만 등이래도 많이 다닌깐, 환하게 대낮 겉지 뭐야.

그리고 인제 그 안에 그, 등을 달고, 인제 밤에 그 원, 그 안에 직원들을 싹 다 퇴근하시고, 혼자서 그, 거시기, 거시기를 지키고 앉었는 거야 인제. (조사자 : 진짜 배짱이 좋네요, 진짜 배짱이 좋아요.) 지키고 앉었는데, 저 먼데서 말굽소리가 나, 말 그 뛰, 뛰는 소리가. 게 말굽소리가 나니까는 인제 지키고 저저, 문을 탁 열어놓고 지키고 앉었으니까는, 아, 하얀 백마를 타고 장군님이 백마를 타고 와. 오니까는, 마중 나가서 절을 허며 인사를 하구선,

"아, 어느 어디서 오신 장군님이시냐?"구, 아주 반가이 맞어서 들이니까는,

"니가 여기 원으로 왔냐?"구.

"네, 그렇습니다." 그러니깐,

내가 여기 원을 만나려구 몇 번을 왔드랬는데 한 번두 못 만나봤대는 거야.

근데 오면, 그냥 만나면, 거기서 뭐 이냥 기절을 해서 죽는 거야. 그래서 죽는 거야. 기절을 해서.

그냥. 근데, 이 배짱 좋구 하니까, 인제 그렇게 등을 달구서 길을 밝히구 기다리고 있다가 인제, 만나니까, 인제 나와서 인사를 하고 맞아드리

고 그러니깐,

"아, 이 오래간만에 원을 만났다."구.

"내가 여기 몇 번을 왔는데 원을 한 번도 못 만났다."구 말이야.

게, 만나기 전에 벌써 기절을 해 죽으니까. 게,

"왜 어쩐 일로 만나시려고?" 허니깐.

"나는 요기, 요 그 근처에 요기 어디에 있는 장군이다." 그거야.

이 그 장군님 모신 산수(산소)야. 그게 이제. 거기에 있는 장군인데, 그 물이 냇물 옆에 무슨 우전(牛廛)이 있다 그거야, 우전.

"난 그게 우전이 싫다." 그거야.

사람 많이 꾀고(모이고), 소 갖다 매고 그냥 그거이 싫은데, 그거를 왱겨 줬으면(옮겨 주었으면) 해서 원을 만나려고 그랬는데, 만날 수가 있어야지. 못 만나는 거지. 오기만 하면 죽는 걸, 만날 시간이 있어? 그래서,

"인제 그걸, 그러면, 그걸 왱겼으면 좋같으시면은, 어디로 왱겼으면 좋겠습니까?" 그러니까는,

"장소를 일러주시오." 그러니까는.

"그러냐구. 그럼 아무데 어디다 갔다 왱기라."구. 장소를 거리 옮기라고.

"그러냐구, 그럼 그리 왱기겠습니다." 그리구

그걸 인제 왱기구, 해 가지구, 인제 왱기구선. 그러니깐, 자기 소원을 다 얘기 했으니까는, 가야될 거 아냐? 인제. 인제 갔어. 갔는데, 그리구, 그 즉시 그냥 원님이 말하면 그만이지. 고을에 원인데, 뭐. 그 이튿날 당장 왱겼지. 그리구는 그 양반이 인제, 원을 잘 살구, 그 아주 다 해결이 됐대는. 그런 말, 그런 전설두 있더라구.

벼 가마만 빼앗긴 부자

자료코드 : 02_06_FOT_20090212_BNS_LIH_0002

조사장소 : 경기도 김포시 월곶면 용강리 먼지락길 1번지 이익현 자택

조사일시 : 2009.2.12

조 사 자 : 김헌선, 최자운, 김은희, 변남섭, 시지은

제 보 자 : 이익현, 남, 82세

구연상황 : 부자가 욕심을 부렸다든지, 가난한 사람이 부자가 되었다든지 그런 이야기가
없냐고 하니 구연해 주었다.

줄 거 리 : 이웃의 부자가 가난한 사람이 쌓은 탑 꼭대기의 돌이 금인 것을 알고 노적과
탑을 바꾸자고 했다. 그래서 바꾸게 되었는데, 부자는 욕심을 내어 맨 위의
벼 가마를 치웠다. 그러니까 가난한 사람도 똑같이 꼭대기의 돌을 따라서 치
웠다. 결국 욕심 많은 부자는 벼 가마만 빼앗기게 되었다.

근데, 그 이우제(이웃에) 큰 부자가 있어. 부자가 있는데, 그 집에는 노
적을 크게 쌓는데, 부자니까 인제, 벼 가마 가을에 노적 크게 쌓잖아.

게, 부자가 가만히 생각하니까, 전부 돌이 금인데, 저, 그냥 달래면 안
줄 거구, 그냥 주갔어? 그래? 평생을 모아 쌓은 건데. 그니깐 이제 꾀를
부렸어. 노적하고 저걸 바꾸면 내가 큰 이가(이익이) 되겠다고. 그래 이제,
"바꾸자." 그러니까 그러라고.

근데, 이걸 그 부자가 고냥 바꿨으면 괜찮을 건데, 맨 꼭대기에 올르논
벼 가마를 하나 치웠어. 그러니깐, 그건 무슨 벼 가만지, 하여튼 그, 벼 가
마를 부자가 치웠는데,

바꿀 당시에 그, 가난한 사람, 그 탑 쌓은 사람이, 그 맨 꼭대기 그 돌
을 치워.

"야 임마! 그걸 치우면 어떡하냐?"니까,

"아이, 샌님도, 노적 위에 있는 벼 가마 하나 치웠으니까 나도 하나 치
워야갔다."고.

거 헛것 맨 돌멩인걸. 그래 가지고 거시기만 뺏겼대, 벼 가마만 뺏겼대.

(조사자 : 여기는 그냥 맨 돌이고?) 그럼, 그랬다는 전설은 있더라고.

백대장 장대장 전설

자료코드 : 02_06_FOT_20090212_BNS_LIH_0003
조사장소 : 경기도 김포시 월곶면 용강리 먼지락길 1번지 이익현 자택
조사일시 : 2009.2.12
조 사 자 : 김헌선, 최자운, 김은희, 변남섭, 시지은
제 보 자 : 이익현, 남, 82세
구연상황 : 이 동네에 전설이 하나 있다고 하면서, 이야기를 이어나갔다. 얘기를 많이 들
어 잘 알고 있는 제보자의 막내아들이 순발력 있게 이야기를 거들어 주어서
매끄럽게 이어져 나갔다.
줄 거 리 : 이 마을에 장대장과 백대장의 묘가 있다. 한 마을에 장수가 둘이 있기 때문에
첫 고개가 있는 길에서 서로 겨루었다는 이야기가 전해진다. 두 장수가 다투
는 전형적인 장수 전설이다.

저기 아래 백대장이래는 묘가 있어, 백대장. 그 장군이야.

그 왜 이조시대에 장군 한 사람의 거시기가 있어. (청중 : 지금도 있어
요?) 지금두 거기 있어. 그리고 비석이 큰 거 있고, 거 인자 비석에 용마
가 있어. 큰 말, 말 만드는 거 있고.

(청중 : 장군 산소는.) 장군산은 말이 있어. (청중 : 장군 산소는 그 선비
가 이렇게 하고 있잖아요.) 선비가 이렇게 하고 있는 거 있구. (청중 : 망
두석.) 망두석, 거기는 말 망두석이 있어. (청중 : 용마석.) 용마석, 양편 짝
에 하나씩.

그리고 백대장이 있고, 흰 백(白)자 백가지. 지금 한 8대째 됐어, 지금
후손이. 그리구, 요기, 요우이 그 산소는 없어졌어.

다 그리고 장대장이라고 있어, 장대장. 그 산소가 있었는데, 그러니깐,
이제 장대장이 먼저 쓴 산소야. 백대장은 나중에 쓴 거고.

그러니깐 한 동네에 장군이 둘이지 뭐야. 그러니깐 이게, 장군끼리 그냥 싸움을 하는 거야, 인제, 신(神)이.

근데 여기서 저기서 군하리서 오자면 첫고개가 있고, 고개가 또 있잖아. 길 따라 쭉 나는 고, 길 있지? 그 길에서 용마 둘이 허고 가서 예전에, 지금도 그 예전 전설이니까 모르갔지마는, 두 장군이 싸운대는 거야, 거기서.

그 장군끼리 됐으니까(모였으니까), 자기 겨룬 얘길 하는 거지. 그러니깐 거기서 싸우고 그랬다는 전설은 있더라고.

물꼬를 헐어놓은 도깨비

자료코드 : 02_06_FOT_20090212_BNS_LIH_0004
조사장소 : 경기도 김포시 월곶면 용강리 먼지락길 1번지 이익현 자택
조사일시 : 2009.2.12
조 사 자 : 김헌선, 최자운, 김은희, 변남섭, 시지은
제 보 자 : 이익현, 남, 82세
구연상황 : 도깨비에 관한 이야기를 물어보니, 젊었을 때 도깨비를 직접 만난 적이 있다고 하면서 도깨비 이야기를 해 주었다.
줄 거 리 : 제보자가 스무 살이 채 못 된 어느 날 논에 물을 대러 갔다가 불빛을 보았다. 처음에는 그것이 같은 동네 아저씨인 줄 알았다. 그런데 막혀 있어야 할 논둑이 막상 가 보니 모두 열려 있었다. 며칠 후 그때의 동네 아저씨를 만나 그날 밤에 일어난 일을 이야기하니, 아저씨는 그 날 밤 논에 나오지 않았다고 했다. 그제서야 논의 수로를 모두 연 것이 도깨비의 소행이었음을 알게 되었다.

내가 그전에 학교를 늦게 댕겼으니깐, 열일곱 살에 초등학교를 졸업을 맡았어. (조사자 : 오, 열일곱 살에 졸업을 하신 거예요? 초등학교를?) 그러니까 열한 살에 들어간 거지.

그런데, 졸업 맞고 일 년인가 이태가, 그러니까 뭐 한 스물 살 적도 못

됐지.

요기, 요 모퉁이에 이제 우리가 논이 있고 우린 난리나기 전에 저 아래서 살았거든, 근데 이제 저 아래서 ○○○ 이리 올러온 거지. (청중 : 그전엔 마을을 없었어요?) 그전엔 마을이, 집 한 서너 채 밖엔 없었지. 산 밑으루.

근데, 이제, 그때도 가물어 가지구 밤에, 논에다 물을 대는데, 그 저마다 다 물 댈려고 그러지, 서로 이제. 그래 이제, 물 댈려고 나오니까는, 저 아래서 있는 사람인데, 이 위로 밑에 건너 짝에 논이 있는데, 여기 큰 저거 물을 여기 샘이 잘 나거든, 보를 막구서 인제 물을 돌려서 저 산 밑으로, 산길이 나고 거기서, 내가 물을 대러. 아이들 적인데, 지금 아이들 겉으면 생각도 안 하고 물도 못 대지.

물 댈려고 올러오니까는, 들 중간쯤 왔는데, 그 산 밑에 내가 물대는 물고랑 있는 대로, 불이 출출 이리 온단 말이야. 그러니까, 내가 생각에는, 인제

'아 저 누가 물 대러 나왔나 부다.'

내가 저 사람이 댕겨 간 뒤에 가며는 즉시 내가 물을 우리 논에 댈꺼니까는, 내가 이제 물을 대겠다 하고, 잔뜩 기다리고, 올로다 말고 들길에서 앉어 지키고 있는 거야. 이제, 댕겨 들어가기만 바래고.

그러다 이제, 기다리고 있이니까는 우리 논 있는 데로 물고가 따러서, 우리 논 있는 데로 해서 다 보고 거기 큰 개꼴창인데 그리 댕겨서 이제 행길 있는 데로 물, 불이 쑥 나와. 나오더니, 아까 얘기 한 대로 연못 있는 데로, 그 짝이 그게 마을이 있거든. 그리 그냥 올라가.

그니깐 어디로 들어가는 것까지는 안 보고 지나갔이니까는 인제, 내가 빨리 가서, 우리 논에 물 대며는 내가 물을 대갔다. 저 놈은 벌써 들어갔으니까는. 자, 그래 가지곤, 이제, 그 보인 데를 가니까는, 물이 이짝으로 오는데 고 초입에서, 초입 논으로 들어간단 말이야, 물이.

그러면 내가 생각하고 불을 본 생각하며는 바로 우리 논 위에 사람 논이 있어. 그 사람이 이제 안동네 살아요. 그 사람이 댕겨 간 걸로 생각했는데, 거기서 보이는 데서 바로 밑에 논에다 물이 들어가니깐, 그 사람두 그 불이 댕겨간 길 바래고 있다가, 지나간 연에 제 논을 터 놨나 부다. 이렇게 생각을 했지.

그리고 이제 그 물고를 따라서 쭉 오니까는, 논마다 물이, 물 들어가는 구녁(구멍)이 다 열려 있어. 그 이상시럽잖아. 그러면 그 사람이 우리 논에까지 오도록 기다리고 있을 거 같으며는, 아, 저 물을 대봤을 거 같으며는, 구녁이 다 미어졌어야 저희 논에 댈 건데, 그 구녁이 다 열렸단 말이야.

그 예감이 벌써 그때서부텀, 이상시러운 거야. 그 사람이 우리 논 윗사람이 물을 대려고 왔다 갔을 거 같으면, 이게 다 맥혀 있어야 될 텐데, 다 열려 있다 그거야. 그 논마다 다 열렸어. 그러니까 하나도 안 막은 거지. 그래서 인제 내가 가면서 다 막았어.

인제 그 초입에 열린 거, 물 들어간 논까지 다 막구. 났는데, 자기네 논에 들어가는 것도 안 막구 그냥 열려 있단 말야. 내 껀 맥혀 있어, 인제. 그니까는 그 사람이 왔다간 건 아니지 뭐야. 그 사람이 왔다 갔으면 제 논을 열어놔야 자꾸 넘어가며 그리 물이 들어갈 거 아냐.

그래서 인제, 그때 인제 무서운 생각이 나는 거야 인제. 그 사람이 안 댕겨간 게 분명하지 뭐. 무서운 생각이 나. '저거이 도깨빈가 부다.' 이제. 이 그리구선, 다 인제 가면서 무서워두 그냥 막을 건 다 막구, 인제 그럭하구선 들어갔어.

들어가구, 그 이튿날 아침에 보니깐, 물이 우리 논은 적당히 많이 대졌단 말이야, 내가 물 대놓고 들어갔으니까. 그래서 인제, 고 이튿날인가 며칠 후에, 그 논 임자가 아주 나보단 썩 위구 어른이야. 그래서 인제 아무개 아버님, 물 대려고 아무 날 저녁에 나오셨다 그러니깐, 안 나갔대는 거야.

근데 내가 생각하기에도 안 나오긴 안 나왔어. 다 열려 있는 걸 뭐. 그래서 인제 그거이, 내가 보기에는 뭐, 도깨비불인가 이렇게 생각을 한건데, 그 이상스러워. 하여튼, 그 뭐 그 우쨌든, 불은 분명히 그 불이 쭉 댕겨서 그 동네루 들어갔는데, 그거이 무슨 불인지, 그거이 모른다 그거야.

홀리거나, 그렇지 안 했드랬는데. 게 그때 그래 가지고 한 번, 도깨비불 봤나부다 그래 생각하는 거지.

도깨비에게 홀린 이야기

자료코드 : 02_06_FOT_20090212_BNS_LIH_0005
조사장소 : 경기도 김포시 월곶면 용강리 먼지락길 1번지 이익현 자택
조사일시 : 2009.2.12
조 사 자 : 김헌선, 최자운, 김은희, 변남섭, 시지은
제 보 자 : 이익현, 남, 82세
구연상황 : 도깨비에 관한 이야기를 바로 이어서 하나 더 해 주었다.
줄 거 리 : 어느 할아버지가 밤늦게까지 이웃집으로 마실을 갔다 오다가 밤새도록 도깨비불에 홀려 가시덤불 사이로 끌려 다니다 날이 새서야 풀려났다.

그리구 여기 할아버지 하나는 또 도깨비 홀려 가지구, 밤새도록 혼나고. (조사자 : 어떻게요?)

그게, 인제, 저 아래 동네서 사시는 분인데, 나하고 이웃동네서 난리나기 전에, 할아버진데 그 뭐 참 아주 할아버지지. 내가 어려서 그 할아버지들 다 돌아가셨으니까. 그 양반이 이렇게 골짜구니가 이렇게 있으며는, 여기 집 있구, 여기 집 있구 그런데, 여기서 이짝 건너짝에 사시는,

이렇게 돌아 여길 저녁마다 마실(이웃집 나들이)을 댕기셨어. 인제, 그 친구네 방으로 (청중 : 마실.) 마실 댕기는 거지. 거 인제 댕기는데 밤늦도

록 놀다가 인제 여기는 산골이야. 여기 인제 이리 올라가면 큰 산 있는데.

이리 이렇게 돌아가서, 아 여길 가서 여기서 도깨빌 홀리셨지 뭐야. 그 홀릴 제 몰르지, 어떻게 도깨빈지 뭔지 자기 가고 싶은 대로 깜깜한데. 그 냥 가시덤불로 어디로 그냥 끌구 댕기구, 그래서 거기서 인제 밤새도록 돌아 댕기구, 저 산꼴짜구 꼭대기까지 인제 멀리 인제 올라갔어.

근데 뭐 저희 집으로 간 걸로 알고 갔는데, 그런데 가서 헤매는 거야 아주, 집은 못 찾고. 근데 훤하게 밝으니까, 그때 정신이 나 가지구, 보니까, 딴 데 동산 꼴짜기로 와 있지 뭐야. 게 밝으니까, 자기, 내려와 가지구 자기 집에 인제 가서 가지구, 거시기 했는데. 그 이튿날, 그 이튿날이지. 도깨비 홀려서 밝아서 내려오고,

그날 지나고선 인제 저녁에, 그래도 저녁에 그 할아버지가 마을에 또 오셨드래. 또 오셔,

"아, 아무개, 여보게."

"왜 그냐?"니깐,

"나 어제 도깨빌 홀려서 혼난 걸."

"아 어떻게 혼이 났어?" 그러니깐,

"아, 아무 데 골짜기 아무 데까지 올라갔드랜 걸. 밤새고 밝은 녘에 놔 주대. 그래서 내려왔네." 그러시드래는 거야.

그래서 도깨비, 그 양반 도깨비 홀려 가지구, 그렇게 애를 쓰셨다고 그러시더라구.

삼촌이 져다 주냐, 여다 주냐

자료코드 : 02_06_FOT_20090212_BNS_LIH_0006
조사장소 : 경기도 김포시 월곶면 용강리 먼지락길 1번지 이익현 자택
조사일시 : 2009.2.12

조 사 자 : 김헌선, 최자운, 김은희, 변남섭, 시지은
제 보 자 : 이익현, 남, 82세
구연상황 : 가난하고 게으른 총각이 집에서 쫓겨나서 여행을 갔다는 이야기가 있는지 물어보니 구연해 주었다.
줄 거 리 : 어떤 젊은 사람이 사주팔자를 보니까 삼촌이 제석이라 잘 살겠다고 하였는데, 그래서 그것을 믿고 일도 안하고 게으름을 피우다가 어렵게 살았다. 결국 하늘에서 삼촌이 액운은 막아줄 수 있고 도와는 줄 수 있지만, 스스로 일을 해야 한다고 야단을 쳤다.

어떤 젊은 사람인데, 사주팔자를 보니깐, 삼춘이 지석[2]이라구. 지석이 됐다구 그러드래, 삼춘이. 지석이라고 왜, 방에 이렇게, 구석에 왜, 위에 두는 거 있어. 바가지에다 쌀 담아서 우에 둔 거, 게, 지석이라, 지석이라 그래.

근데 지 삼춘이 그거이 돼서 잘 살갔다구 그러드래. 그래서 인제, 그것만 믿고 일도 제대로 안하고 게으름을 피구 있는데, 하두 가난하고 어렵게 사니깐, 자빠져서 한다는 소리가,

"삼촌이 집 지석이 돼서 잘 산대는데 예미, 잘 사니까 배고파 죽겠다." 고 그러니까, 그러니까는, 공중에서 그러드래.

"이눔아, 삼촌이 지석이며는 일을 해야 자기 덕에 살 수 있지마는, 삼촌이 저다 주냐? 여다 주냐? 응? 일을 해야, 자식아 먹고 살지." 그랬대는 거야.

그러니깐, 타구 나두 부지런히 일을 해야지. 그러면 도와는 줘, 잘 되게 해주든 액운이 없게든지. 그걸 할 수는 있지만은 삼촌이 저다 주냐, 여다 주냐, 응. (조사자 : 천장에 있는 제석이?) 지석이 그랬대는 거야.

---

2) 제석, 제석단지나 제석오가리로 모셔지는 가신(家神)의 하나로, 생명을 관장하는 신격이다.

사주를 잘 보아 죽음을 면한 사람

자료코드 : 02_06_FOT_20090212_BNS_LIH_0007
조사장소 : 경기도 김포시 월곶면 용강리 먼지락길 1번지 이익현 자택
조사일시 : 2009.2.12
조 사 자 : 김헌선, 최자운, 김은희, 변남섭, 시지은
제 보 자 : 이익현, 남, 82세

구연상황 : 명이 짧은 팔자로 태어나서 명을 길게 만들었다는 이야기가 있는지 물어 보
　　　　　니 그런 이야기는 모르지만, 다른 이야기는 있다고 하면서 시작하였다.
줄 거 리 : 어떤 사람이 사주팔자를 잘 보았는데 자신이 벼락 맞아 죽을 팔자였다. 언제
　　　　　맞을지도 알고 있던 그 사람은 그것을 모면하기 위해 방랑을 하면서 벼락을
　　　　　맞아도 죽지 않을 명을 타고난 사람을 찾아다녔다. 그러던 중 그런 명을 가진
　　　　　처자를 대동 우물가에서 찾았다. 도리어 그 여자가 벼락을 맞을 것이라고 하
　　　　　고서는 벼락이 칠 때에 맞춰서 둘은 용마루 위로 올라가 처자를 그 사람의
　　　　　어깨 위에 앉혀서 그 처자 덕분에 벼락을 모면하게 된 이야기이다.

　그 전에 어떤 사람이 사주팔자를 잘 봐. 지가 제 팔자를 보니까는, 명
은 긴데 벼락 맞아 죽을 팔자야. (조사자 : 명이 긴데.) 근데 팔자는 벼락
을 맞아 죽어. 근데, 벼락을 아무 때 아무 시에 몇 시에서 벼락을 맞을 것
까지 알어.

　근데 그걸 모면해야갔는데, 모면할 길이 없지 뭐야. 거, 그래서 '내가
살아야 갔는데 어떻게 사나?' 그 연구를 허는데, 먹구 방랑생활을 하면선,
찾아 댕겨. 뭘 찾아 댕기냐 며는, 벼락을 맞아도 안 죽을 그런 명을 타고
난 사람을 찾아 댕기는 거야 인제. 벼락을 쳐도 죽지 않을 사람. 그런 명
을 타고난 사람을 찾아 댕기는데, 그거이 쉬워? 한참 그냥 며칠 되고 댕
겼는데,

　어느 동네 가니깐 그 전엔 우물이라고, 대동 우물 크게 하나 있구, 온
대동이 그거 한 우물을 먹거든 예전에는, 우물 한 동네, 하나씩밖엔 없었
어, 예전에.

　여기, 여기, 여기두, 우물 하나 가지고 저 아래 살 때, 예전에 우리 나

처갈게도(처가에서도) 하나 가지구 먹었어. 근데, 이제, 그게 점점 더 저거 허니깐, 저마다 우물을 파고 하나씩 파고 먹었지, 그 전에 나 쪼그마해, 어렸을 때도 대동 우물 하나였드랬어.

근데, 그 대동 우물에서 아주 참 점잖케 잘 생긴 어떤 규수가 하나 물을 떠 가지고, 길어 가지고 동이에다 이구 들어가는데, 그 색시가 천명을 타구 났어, 아주 그냥. 벼락을 쳐도 안 죽을 샥시여.

'어, 인제 됐다' 내가 인제. 그러고 인제, 그 주인을 찾아,

"마님, 마님."을 찾으니까, 그 주인 영감이 나와. 게 인사를 허구선,

"댁에 따님 계시지 않냐?" 하니깐,

"있다."구.

"거 참 큰 일 났시다."

"왜?"

"댁에 따님이 아무 날 아무 시에 베락을 맞을 텐데, 그걸 모면하시려면 내 말을 들어야 합니다."

근데, 그 시에 지가 죽을 팔자야. 인제 그거이, 응. (조사자 : 그러니까.)

내 말을 들어야 사시지, 살지, 그렇지 않으면 그 규수는 죽는다구. 벼락 맞아서. 그 죽는데 벼락 맞아서 죽는 데는데, 허래는 짓을 다 해래두 해야지, 어떻해.

"그 그러냐구, 어떻게 하냐?" 그러니까는,

"그 시든 연에, 댁에 따님하구 나하구, 용마루에 올라가 가지구, 댁에 따님이 내 머리에 여기 어깨에 용마루를 타구서 앉아 있으며는 산다." 그 거야.

게 인제, 거길 올라갔지, 인제, 거기 가서 인제 시에 시를 기다리고 있 드랬는데 인제, 샥시는 그 놈의 이 어깨에 이렇게 말을 타고 인제 앉아 있는데, 그냥 벌건 대낮에 그냥 그냥 베락을 치는 거야. 근데, 그 불이 뻥 뻥 돌아. 거기 그냥, 뺑뺑 돌아. 그냥 벼락을 칠려고. 근데, 그 샥시 때문

에 못 쳐. 그래 가지구 암만 그럭저럭 하다가, 끄쳤어. 끄치니까 산 거지. 이제 다 지나간 거니까.

그래 내려왔어. 내려와 가지고,

"여보시오, 저 아니었으면 꼭 죽었어요". 그래 가지구 그 샥시 때문에 지가 살고 샥시한테 나 때문에 살았대는 거야, 인제.

천기 보는 사람 둘 가운데 해석 잘해 농사 잘 지은 사람

자료코드 : 02_06_FOT_20090212_BNS_LIH_0008
조사장소 : 경기도 김포시 월곶면 용강리 먼지락길 1번지 이익현 자택
조사일시 : 2009.2.12
조 사 자 : 김헌선, 최자운, 김은희, 변남섭, 시지은
제 보 자 : 이익현, 남, 82세
구연상황 : 천기를 잘 보는 사람의 이야기를 해 준다며 이어주었다.
줄 거 리 : 천기를 잘 보는 두 사람이 수해로 망할 것 같은 예측을 하고 각각 깊은 논과 낮은 논에 농사를 지었다. 그런데 우박이 와서 높은 논은 벼가 다 떨어지고 낮은 논은 무사했다. 결국 꿈보다 해몽이 좋아야 한다는 것이다.

그 전에 어떤 사람이 천기를 잘 봐. 천기를 아주 그냥 귀신걸이 잘 보는데 그 사람이 하나 아니고, 둘이야. 천기 잘 보는 사람이.

게 천기를 보는데, 인제 수해(水害)로 해서 망하게 생겼어 인제. 천기에서 인제. 근데 한 사람은 농사를 짓는 데 높은 논만 농사를 지어 얻어서 인제 높은 논만. 그리구 한 사람은 깊은 논만 하구.

근데 이제 비가 많이 올 거를 알구선, 인제 그, 거시기가, 높은 논 허는 사람. 근데 그 양쪽 사람이 다 비 많이 날, 무슨 천재(天災)로 해서 농사 진 게 망할 거를 아는데, 뭐이 어떻게 돼 가지고 헐 걸 둘이다 인제, 자기 예측대로만 한 건데. 한 놈은 높은 논만 하고, 한 놈은 깊은 논만 해. 근데 이제 어느 때쯤 돼 가지구, 그 액운이 올 걸 알아, 둘이 다.

근데, 한 놈은 인제, 비가 많이 와 가지구 물이 챌(찰) 꺼라고 생각하구서, 높은 논만 허구, 한 놈은 비가 와도 비는 아니구, 인제 박재(雹災)가 와. 우박, 우박이 몹시 와 가지구, 농사 헛진다구 했어. 우박이 오면 죄 베가 다 떨어지고 다 거시기 할 거니까.

그래 가지군, 그렇게 하니까는, 인제 비가 많이 오면서 우박이 쏟아지니까는, 깊은 논만 허구 높은 논을 하는 사람은 비만 많이 올 줄 알지, 뭘 오르는 것까지는 몰랐어.

근데 그게, 비가 오구 인제, 거기서 인제, 우박이 쏟아져 가지구, 높은 논은 뭐냐 싹 망했어, 다 그냥. 우박에 다 부시러지니까. 깊은 논 허는 놈은 비가 많이 와 가지구, 물이 다 챈 연에 우박이 쏟아지니깐 물이 빠지면 괜찮잖아? 그러니깐 그 사람은 농사를 잘 짓고 잘 먹었대는.

그러니까는 그게, 꿈두 그렇고 뭐, 이, 저 꿈보다 해몽이 좋아야 된다는 식으로, 꿈을 잘 뀌어도 해몽을 잘해야, 그게 효과가 있지, 해몽을 잘못하면 꿈 암만 잘 뀌어도, 소용없는 거나 똑같은 거야, 그게.

영리한 아이 역적 될 것이 두려워 죽인 이야기

자료코드 : 02_06_FOT_20090212_BNS_LIH_0009
조사장소 : 경기도 김포시 월곶면 용강리 먼지락길 1번지 이익현 자택
조사일시 : 2009.2.12
조 사 자 : 김헌선, 최자운, 김은희, 변남섭, 시지은
제 보 자 : 이익현, 남, 82세
구연상황 : 조그맣게 태어났지만 힘이 강했다는 이야기가 있는지 물어 보니 영리한 아이가 역적으로 몰려 죽은 이야기를 해 주었다.
줄 거 리 : 성문을 돌로 무지개다리 모양으로 쌓는데 맨 위의 돌을 올려놓는 방법을 몰라 사람들이 번번히 실패하고 있었다. 그때 할아버지 등에 업힌 아이가 그 광경을 구경하다가 맨 윗돌 쌓는 방법을 일러주었다. 그것이 관가까지 소문이 나서 장차 역적이 될 것을 두려워하여 그 아이를 죽이고 말았다.

예전에, 저, 이런 말 있잖아. 저, 그, 성문 같은 거, 성문 이렇게 뚱그렇게 돌루다, 이렇게 쌓구선 이렇게 거기서 이렇게 하구선, 문 이렇게 되잖아. 그걸 쌓는데 그걸 이렇게 뚱그렇게 해야 하는데, 이 위이꺼 올려놓을 땐 그거이 좁으며는 획 떨어지지, 이렇게 이 뚱그라니까. 그냥 쌓며는 자꾸 올려놓으면 되지만 뚱그렇게니까 가운데 거는 어렵지 뭐야.(궁륭형(穹窿形)의 석문을 만드는 것을 말한다.) 그걸 쌓느냐구 아우~ 애를 쓰는데, 한 대여섯 살 먹은 애기가 할아버지 등에 업혀서 거길 구경을 갔는데, 할아버지더러 그러더래,

"할아버지! 할아버지!"

"왜 그러냐?"니깐.

"저걸 저렇게 쌓니 저걸 쌓냐구, 미련허기가 짝이 없다."구. 그러니까.

"그럼 뭐 어떡하냐?"그니깐,

"그거 흙을 넣어 가지구 쌓구선, 돌맹일 올려놓고, 흙만 긁어내면 될 걸 왜 그렇게 앨 쓰냐?"구.

그래 아이에 아이디어가 그렇게 나 가지구, 그걸 그렇게 했는데, 그거이 소문이 나 가지구, 관가에 들어갔지 뭐야, 나라루.

"그걸 어떻게 해서 누구의 지혜로 했냐?"니깐,

"그런 어떤 애기가 그러해 그러해서 쌓다."고 하니까,

"그럼, 당장 잡아들이라!"구.

그래 잡아들여다 죽였대는 거야. 인제. 그거 그냥두면 역적이 되갔이니깐. 머리가 좀 좋아? 역적이 되갔이니깐 잡아다 죽였대는 거야, 그게.

말이 씨가 되어 도둑이 된 아이

자료코드 : 02_06_FOT_20090212_BNS_LIH_0010
조사장소 : 경기도 김포시 월곶면 용강리 먼지락길 1번지 이익현 자택
조사일시 : 2009.2.12
조 사 자 : 김헌선, 최자운, 김은희, 변남섭, 시지은
제 보 자 : 이익현, 남, 82세
구연상황 : 아이가 머리가 좋아서 어려운 문제를 풀었다는 이야기가 있는지 물어보니 구
연해 주었다.
줄 거 리 : 열한 살 먹도록 누워만 있던 아들이 있었다. 하루는 어머니가 엿을 고아서 벽
장에 넣어 두었는데 친구들에게 돌술이를 잡아오라 하여 다 꺼내 먹었다. 어
머니가 자라서 도둑질이나 해먹고 살라고 악담을 하니까 벌떡 일어나 그 때
부터 도둑질만 하였다. 말이 씨가 되어 도둑이 된 아이 이야기인데, 제보자는
이 현상을 두고 인참이 중요하다고 말한다. 인참의 말뜻은 이해가 되나 정확
한 의미를 파악할 수는 없다.

그 전에, 아들을 하나 길렀는데, 이게 한 열한 살 먹도록 그냥 드러누
워 꼼짝을 안하고 못 일어나. 그 주는 거나 얻어먹고 그냥.

근데 머리 쓰는 거 하고 말하는 거나 잘하고 다 잘하는데. 게, 동네 아
이들이 와서 그냥 못 일어나고 그러니까 친구삼아 가서 놀고 그러고 가고
그러는데,

한번은 지어머니가 엿을 과서 벽장이라고 있잖아. 그 전엔 벽에 벽장으
로. 거기다 엿을 담어 들여놨는데, 지어머니 어디 간 틈에 친구 아이들이
놀러왔는데 친구 아이들더러,

"얘, 우리 어머니가 벽장에다 엿을 과 됐는데 그걸 끄내 먹어야 할 텐
데, 가서 니들, 저 돌술이."라고 있어 돌술이(사슴벌레와 같은 것으로, 몸
집이 큰 벌레임), 찝게벌레처럼 생겼는데, 거 이렇게 던지며는 이런 거 있
으면 안아. 그걸 벌레가. 크지, 커다란 거야. (조사자 : 돌술이?) 응.

"그걸 잡어오라!"고 그러니깐,

"그건 왜 그러니?"깐,

"울 어머니가 저기 엿을 과서 뒀는데 거 끄내 먹어야 할 텐데 그걸 잡어오라!"고.

게 애들이 이걸 잡어 왔어. 게 발에다가 그 벌레를 발에다 실을 매 가지고 그리 던졌어. 던지니까 들어간 놈이 그 엿을 안은 놈을 잡아 다녀서 뺏곤 또 없고, 또 없고, 또 와서. 안고 나오는 것마다 꺼내서 노놔(나눠) 먹은 거지. 그래서 그냥 엿동구리(동구리는 버드나무 고리를 결어 만든 상자임)를 다 끄내다 먹다시피 했어.

아, 지어머니가 와서 열어보니까 하나도 없이 다 먹었지 뭐야.

"저놈의 새끼 자빠져서 한다는 연구가 그런 거나 하고, 이놈의 새끼, 이담에 자라서 도둑질이나 해 처먹고 살아야 겠다."다구.

그리구 악담을 했단 말이야. 그러니까는,

"어유! 도둑질이나 해 먹고 살래." 그리구는 툭툭 일어나. 일어나도 못 하던 놈이.

그래 아주 그 때서버텀 나가서 도둑질을 허기 시작하는데, 세상에 더 잘하는 놈이 없어. 그래 도둑질을 해 먹고 살았는데,

그러게, 자식한테구, 남한테구, 그러깐, 말을 함부로 하는 법이 아니다, 그거야. 그리구, 개가, 때를 기다리구, 아까두 얘기했지만, 그 이무기가 용 된대는 거, 그런 거 모냥으로 말을 함부로 허지 말고 덕담을 하라 그거야.

며느리가 중에게 부탁해 집안 망하게 한 내력

자료코드 : 02_06_FOT_20090212_BNS_LIH_0011
조사장소 : 경기도 김포시 월곶면 용강리 먼지락길 1번지 이익현 자택
조사일시 : 2009.2.12
조 사 자 : 김헌선, 최자운, 김은희, 변남섭, 시지은
제 보 자 : 이익현, 남, 82세

구연상황 : 중이 시주를 왔는데 시주를 하지 않아 집안이 망했다거나 또는 시주를 잘하
여 좋은 일이 있었다는 이야기를 물어보니 이 이야기를 시작하였다.
줄 거 리 : 어느 부자 집의 며느리가 손님이 많아 고달파 했다. 하루는 시주 온 중에게
사정을 이야기하고 손님을 덜 오게 하는 방법을 물어보니 방도를 일러주었다.
그 후로는 손님이 오지 않았고 그로 말미암아 손님이 끊어져 집안이 망하게
되었다.

그 전에, 저 이런 얘긴 있어.

그 전에 어떤 부잣집 며느린데, 지금이나 그때나 시집이 가서 거시기
허면, 좀 고달프갔어? 지금은 더 허지 그때 보담 뭐.

그냥 그 부자 집이면 손님이 좀 많이 들어올 꺼야? 손님 대접해야 하고
뭐, 그냥 부엌에서 떠날 날이 없어. 그래서, 고단해 죽갔는데, 하루는 중
이 시주를 받으러 왔드래. 게,

"스님."

"왜 그냐?"니깐,

"이만저만해서 내가 죽갔는데 거 손님 좀 덜 오게 헐 수 없겠습니까?"
허니까.

"아, 없긴 왜 없어, 있지."

"어떻게 해야 합니까?" 그러니까 뭐, 어트게 어트게 해서 방도를 허라
구. 그러냐구. 그리고는, 그 중은 가고 그랬는데. 그 방법대로 하니까는,
손님이 하나도 안 오드래는 게야.

근데, 부자 되구 다 할꺼래면, 사람 인적 교류가 잘돼야 부자두 되고
사람을 만나야 일이 되고 부자가 되지. 손님 사람 안 오는데 무신 부자가
돼? 그래서, 손님이 안 오니깐 그냥, 졸지에 망했대는 거야.

두드리면 대추가 떨어지는 그림

자료코드 : 02_06_FOT_20090212_BNS_LIH_0012
조사장소 : 경기도 김포시 월곶면 용강리 먼지락길 1번지 이익현 자택
조사일시 : 2009.2.12
조 사 자 : 김헌선, 최자운, 김은희, 변남섭, 시지은
제 보 자 : 이익현, 남, 82세
구연상황 : 쌀 나오는 구멍이 있는데 욕심을 많이 내서 망했다는 이야기가 있는지 물어
　　　　　보니 이 이야기를 구연해 주었다.
줄 거 리 : 무척 어렵게 사는 사람이 있었다. 어떤 선생님이 대추나무 그림을 하나 그려
　　　　　주면서 욕심을 내지 말고 한 꿰미기 씩만 흔들어서 대추를 얻으라고 했다. 하
　　　　　지만 욕심이 생겨 자꾸 흔들어 떨었다. 그런데 그 대추는 어물전에서 가져온
　　　　　것인데, 대추가 자꾸 없어지자 이를 이상하게 여긴 주인이 대추를 따라가서
　　　　　그 사람을 붙잡아 형을 살게 했다. 이 이야기는 '전우치전'의 도술담과 비슷
　　　　　하다.

　　근데, 그전에, 어떤 사람이 하두 그냥 무척 어려워. 어려운데, 그 어떤
선생님이,

　　"너 이걸 거시기 헐 테니까는, 그려 줄 테니까는 이걸 가주 가서, 꼭 나
허래는 대로만 해야지, 더 욕심 부리면 안된다."고.

　　그리구선, 대추나무를 하나 그려 줬어, 대추나무. 그 대추가 주렁주렁
매달린, 그려 주구선,

　　"너 이걸 두드리며는 대추가 한 꿰미기(한 꿰미인 것 같으나 자세히 알
수는 없음) 밖에 안떠, 인제 그 대추를 팔아 가지구 한 꿰미기 먹게끔. 고
거밖엔 안 떨어질 테니까, 더 두드리면 안된다."고. 그러니까, 딱 한 꿰미
기 두드려서 한 꿰미기 될 만큼만 두드리면 더 두드리지 말고 팔아서 먹
고 살라고.

　　"그러냐?"고.

　　그런데, 그 그림을 걸어놓고 인제 수채로다 건드리면 거기서 대추가 쏟
아져. 게 인제 한 꿰미기 밖엔 안, 더 떨지 말라고 그랬는데, 거 몇 끼 해

먹다 보니까는 욕심이 생기지 뭐야.

'더 떨면 더 생길 텐데.' 그냥 자꾸 흔들었어 그냥. 그래 많이 떨어지지 뭐야.

근데, 그게 어떤 거시기를 허냐면, 그 선생님의 그림으로다 해 가지구. 거 이웃집 어물전에 있는 대추를 훔쳐온 거야. 대추가 그리 와서 떨어지는 거야. 근데 많이 자꾸 떨으니까 거기 대추가 자꾸 없어질 거 아냐. 자꾸 떨어져 그리 가니까. 근데, 쪼끔씩 떨면 몰르게 쪼끔씩 오니까, 몰르지만 많이 흔들어 많이 따니까, 이게 자리가 났어, 여기서. 대추장사가 이상시럽지 뭐야. 게 대추 가는 데로 자꾸 쫓아가니까 그놈의 집에가 떨어지지 뭐야. 그래, 붙잡아 가지고 그놈이 형(刑)을 살고 그랬다는 거야 인제.

그래 욕심을 부리면 안돼.

석천토굴 자장이사(石穿土窟 子將而死) 다르게 해석한 선생 장님과 제자 장님

자료코드 : 02_06_FOT_20090212_BNS_LIH_0013
조사장소 : 경기도 김포시 월곶면 용강리 먼지락길 1번지 이익현 자택
조사일시 : 2009.2.12
조 사 자 : 김헌선, 최자운, 김은희, 변남섭, 시지은
제 보 자 : 이익현, 남, 82세
구연상황 : 처녀를 제물로 받쳤다거나 지렁이 등이 변해서 여자를 만나러 온 이야기를 물어보았더니 동물과 관계된 것이어서인지 이 이야기를 해 주었다.
줄 거 리 : 어떤 사람이 부모가 돌아가시게 돼서 장님에게 점을 보러갔다. 제자 장님은 부모님이 쥐띠이므로, 석관에 묻히게 될 점사로 해석하였다. 그래서 곧 죽는다고 하였다. 그러나 돌아오는 길에 만난 스승 장님은 구들 밑에 진짜 쥐가 죽어 있으니 뜯어내어 쥐를 꺼내면 부모님이 사시게 된다고 해석하였다. 구들을 뜯어보니 쥐가 죽어 있어 쥐를 꺼내자 부모님이 살아났다. 같은 점사를 다르게 해석하는 스승과 제자의 점치는 내력에 관한 이야기이다.

아까도 얘기했지만, 꿈보다 해몽이 좋아야 한다잖아. 꿈은 잘 꾸었었는데, 그 해몽을 잘해야 되는 거야.

게 아주 뭐, 거시기 하는데, 그 전에 어떤 사람이 저희 부모가 돌아가시게 돼서 점을 치러갔어. 이제 장님한테루. 게 가니까는, 선생님 장님은 어디 출타해서 없고, 제자 장님밖에 없어. 그래, 제자 장님한테 가서,

"이러저러해서 점을 치러 왔다."니까 점을 치더니, 그 제자가 뭐라고 허노니,

"이 양반은 돌아가신다."는 거야. 게,

"왜 그러냐?"니까는, 이 점괘가

"석천토굴에 자장이사(石穿土窟 子將而死)"라 그랬어. 석천토굴이래는 건, 이렇게 이제 토굴을 파고 이 위 덮는 거는 돌루 덮어. 그러니깐 인제 이 죽어서 관 저기, 땅을 파고서 묻으며는, 돌로 덮잖아 이거는. 석천토굴에 자장이사라 그랬어.

즉 근데 저, 점 죽을 사람이 쥐띠야. 그러니깐, 토굴에 쥐가 죽어서 덮는 건, 돌루 덮는다 이거야. 그러니까 죽는다 이거야. 그러니까는 이건 보나마나 이 양반 돌아가신다구.

게 죽는대는데 어떻게? 게 인제 돌아서 집에 와. 오는데 길에서, 노상에서, 선생님 장님을 만났어. 게 선생님댁에 이만저만해서 가 점을 치니까 그 제자가 그러더라구, 석천토굴에 자장이사라, 그러니깐. 그 양반이 인제 쥐띠야 인제 그러니까 죽는다구.

"그래?" 다시 보니깐, 점괜 그렇게 나오는데,

"그거이 아니다." 그거야.

"뭐 어떻게 됐습니까?"

"가서 구들을 뜯어라." 그거야, 당신네 구들을. 방에 구들을. 그러면은

"지금 당신네 구들에 쥐가 죽어있다." 그거야.

"그걸 끌어내면 산다."구, 괜찮다구.

"가서 구들을 뜯으라."구. 그래.

가서 정말 선생님 시키는 대로 허니까 쥐가 죽었어. 그걸 꺼내니까 괜찮드래는 거야. (조사자 : 아버님이?) 이제 환자가 이제 낫지 인제.

근데 선생님은 그렇게 해몽을 했는데, 제자는 돌아가실 분이 쥐띠야. 게 석촌토굴에 자장이사하다. 쥐가 죽었다 이거야. 그래 쥐가 죽은 걸로 생각해야 되는데, 이 사람이 거기 들어갈 거라 그렇게 해몽을 한 거지.

그래 가지구 꿈보다 해몽이 좋아야 된다는 말이 그거야 바로.

참 효자 거짓 효자

자료코드 : 02_06_FOT_20090212_BNS_LIH_0014
조사장소 : 경기도 김포시 월곶면 용강리 먼지락길 1번지 이익현 자택
조사일시 : 2009.2.12
조 사 자 : 김헌선, 최자운, 김은희, 변남섭, 시지은
제 보 자 : 이익현, 남, 82세
구연상황 : 효자나 효부, 열녀에 관계된 이야기가 있냐고 물어보니 이 이야기를 구연해
　　　　　주었다.
줄 거 리 : 어떤 동네에 효자와 불효자가 있었는데 둘은 친구 사이였다. 불효자가 효자에
　　　　　게 어떻게 하면 효자소리를 듣느냐고 물어보았다. 불 잘 때드리고 아침에 옷
　　　　　을 미리 입어 따뜻하게 해서 부모님께 입혀 드린다고 했다. 불효자는 효자의
　　　　　행동을 흉내 내 효자와 똑같이 부모님께 했으나 부모님은 워낙 아들이 불효
　　　　　자인 것을 알고 달리 해석해, 아들의 뜻을 받아주지 않았다. 그래서 좋지 않
　　　　　게만 생각을 하고 야단만 치게 되어 결국 불효자는 효자 노릇을 그만두었다.

효자보다는 효부가 먼저 생겨야 된다 그랬어.

자식이 잘하는 거보담, 부모가 잘해야 자식이 잘한다. 그거이 실지거든. 듣고 본 거이 있어야, 자식이 뭘 실천을 허지, 듣고 본 게 없는데 자식이 실천할 게 없거든. 그렇잖아? 효부가 먼저 생겨야 효자가 생긴다 그랬어. 근데, 효자 할려고 암만 잘해두, 부모가 받아주지 않으면 효자 노릇을 못

해. 응? 거, 암만 잘해도 잘 못한다고 그런 데는 할 수가 없거든.

게 어떤 동네에 효자 아들이 하나 있고, 불효 자식이 하나 있어. 소문이 난 거이. 게 아무개 자식은 참 효자라고 소문이 나고, 아무개 자식은 참 불효라고 소문이 났어.

게, 그 불효자라는 그 사람이, 그 효자라는 사람과 친구간인데, 게,

"넌 뭘 잘해서 그렇게 효자 소릴 듣냐?" 그러니까는,

"잘하긴 뭘 잘해. 인저 삼시 노인네들 방에 불 잘 때드리구, 또 뭐, 참 세숫물 떠다드린대든가." 이렇게 하구.

또 아침에 자구 나서 아버지 일어나시기 전에 그 전에 한복 뭐 샤츠가 있나 그냥 저 그 미녕(무명) 옷, 그 겉은 뭐 홑껍데기 저것이 속살 싸매니깐 그거 입으면 차지 아주, 미녕옷이니깐 차지. 그걸 자기가 입어서 따뜻하게 해 가지고 아버지 일어나실 때 벗겨드려, 벗어드려. 그러면 따뜻한 게 그냥 금새 입으면 따뜻하지, 입었던 옷이니까.

그렇게 해 드리고 그런다고 그러니까, 그러냐구. 게 인제 저도, 효자 소릴 듣고 해야겠다구선, 불을 땠어. 불을 때니까는 어떻게, 맘에 맞게 꼭 따뜻하게만 땔 수 있어? 덜 때면 차구, 더 때면 덥고 뜨겁고. 그러니깐, 많이 땐 적은,

"저놈의 새끼 애비 디여 죽으라고 많이 땠다!"구. 어떻게 맞출 수가 없어.

게 인제 옷을 입어서 뜨듯하게 해 드린다구, 옷을 입으니까,

"이 놈의 새끼 허다허다 없으니까, 애비 옷까지 뺏아간다!" 야단을 쳐. 그래서 그 놈이 옷을 벗어 내버리면서,

"효자 소리 듣는 놈 개아들 놈이다." 그러군 벗어 내비렸대는 거야.

그러니까, 효자가 먼저 생기는 게 아니라, 효부가 먼저 생겨야 효자가 생긴다. 그러니까 그걸 받아주구 참 기특하게 생각을 해야 되는데, 그니깐 받아주는 사람은,

"아, 이 우리 아들이 좀 이렇게 따뜻하게 해줘서 잘 입는다." 이렇게 생각을 해야 (조사자 : 좀 모자라도 그렇게 해줘야 되는데.) 근데,

"조 놈의 새끼가 할 일이 없어 애비 옷까지 빼앗아 입는다!"고 야단을 치니깐,

"효자 소리 듣는 놈 개아들만도 못하다!" 그러구 벗어 내비렸대는 거 야.

아버지에게 잘 못하는 며느리 버릇 고친 아들

자료코드 : 02_06_FOT_20090212_BNS_LIH_0015
조사장소 : 경기도 김포시 월곶면 용강리 먼지락길 1번지 이익현 자택
조사일시 : 2009.2.12
조 사 자 : 김헌선, 최자운, 김은희, 변남섭, 시지은
제 보 자 : 이익현, 남, 82세
구연상황 : 효성에 관한 이야기가 계속 생각났는지 이어서 해주었는데, 유교적 덕목이 나오는 이야기에 비중을 두어 강조하면서 흥겹게 구연하였다.
줄 거 리 : 어떤 며느리가 남편이 말을 해도 듣지 않고 시아버지한테 보리밥만 주었다. 아들은 아버지와 나무를 해 가지고 집 앞에 와서는 많은 것을 아버지가 지고 들어가도록 하고, 자신은 적은 것을 젊어지고 들어갔다. 부인이 이에 대해 물으니, 아버지께 보리밥만 드리니 기운이 좋아서 그렇다고 하자, 그 소리를 들은 며느리는 아버지께 힘이 없어지라고 쌀밥만 드렸다. 그래서 며느리는 보리밥만 드리던 버릇을 고치게 되었다.

시아버지한테는 보리밥만 줘. 그러니깐, 남편이 보기에 참 민망하고 안됐잖아. 그러지 말라고 그래도 말을 안 들어. 그냥 그렇게만 하고.

'이걸 어떻게 해야 고칠까?' 하고. 근데 사람은 강요보담도 인정으로 고쳐야지, 강요를 하면 안 되거든. 아무리 소리해도 안 되니깐, 꾀를 부렸어. 하루는 아버지더러,

"아버지." 왜 그러냐니깐,

"아부지, 저하고 나무 하러 가시죠."

나무하러 가잖아. 지게 지구.

"그럼 그러자." 하고 갔어. 그래 인제,

"아버지 나무 하실 것도 없어요, 지가 할 테니까."

나무를 해서 하난 잔뜩 지구, 하나는 조그맣게 까치 둥우리마냥 짊어놓곤, 저희 집 뵈는 데까지는 그 많은 걸 지가 지고 내려와 가지곤, 저희 집에 와서, 저희 집 뵐만한 데 와선,

"많은 걸 아버지가 지고 들어가세요, 쪼그만 건 제가 지고 들어가께."

그래 이제 집에 왔어. 집에 오니깐, 샥시(색시)가 있어.

"근데 나무를 왜 고걸 해 가지고 와?" 그러니깐,

"아, 이년아! 난 쌀밥만 주고 아버진 보리밥만 주니까, 아부지가 기운이 좋고 그래서 아버지가 많이 했는데 난 저걸 지고 올 수가 있이야지. 그래 난 요것만 해 가지고 왔다."

그러니깐 그 소릴 듣고서, '아, 이거 쌀밥만 주면 기운이 없다는데 안 되갔다.' 그래서 신랑은 보리밥만 주고 아버진 쌀밥만 줬대는 거야. 그래서 고쳤대는 거야.

효자에게 연시 얻어준 호랑이

자료코드 : 02_06_FOT_20090212_BNS_LIH_0016
조사장소 : 경기도 김포시 월곶면 용강리 먼지락길 1번지 이익현 자택
조사일시 : 2009.2.12
조 사 자 : 김헌선, 최자운, 김은희, 변남섭, 시지은
제 보 자 : 이익현, 남, 82세
구연상황 : 부모님 병이 심하게 걸려 가지고 산삼을 구해야 하는데 자식들이 구하러 간 이야기가 있는지 물어보니, 이와 관련된 이야기로 구연하였다.
줄 거 리 : 어떤 효자의 어머니가 7월 복중에 병이 났다. 어머니가 연시를 좋아하셨기 때

문에 밤낮 감나무를 더듬고 찾아다녔다. 하루는 호랑이가 나타나 자꾸 기대기에 탔더니 어느 집에 내려주었다. 그날이 그 집의 부모님 제삿날이어서 사정을 말하고는 연시 세 개를 얻었다. 다시 호랑이를 타고 돌아와 어머니께 연시를 잡숫게 해 병이 낫고 잘 살았다고 한다.

그 전에 어떤 사람이 참 효자야. 효잔데, 어머니가 병이 났어, 인제. 자, 이걸 고쳐야 할 텐데 고칠 도리는 없고 어머니가 원하시는 게 뭐냐면, 연시를 좋아하셔, 연시. 근데 연시 지금 때 같으면 연시가 있갔지만, 7월 복중에 연시를 잡숫갔다니 그 전에 냉동 시설이 있나. 연시가 어딨어?

그래 기냥, 연시를 구하려고 댕기는데, 그 사람도 참 효자니깐 그렇게 했갔지만은, 7월에 감나무 밑을 더듬어 댕기는 거야. 연시를 구한다고 그냥. 밤낮을 무릅쓰고 그냥.

근데 하루 저녁엔 인제 연시를 구하려고 밤에 감나무를 뒤지고 있는데, 그냥 호랑이가 말만한 거이 그냥 하나이 오더래. 오더니 자꾸 몸뗑이다 대고 비디 기대여. 이게,

"왜 그냐고, 왜 그냐고?" 그러니까 자꾸 기대. 타래는 거 겉애. 그래 탔어, 호랑이를.

그냥 비호 날래듯 한대잖아. 호랑이가 나를 때 좀 빨라? 그냥 타 비호 날래듯 해서, 어느 산중에 들어갔어. 산중에 들어가니깐 저 산중 안에 불이 반짝반짝하는데 오두막집이 하나 있드래. 그래 거기다가 마당에 갖다가 서 가지곤 내리라고 흔들더래. 그래 내려선 집에 불이 켜져 있으니까는, 주인을 찾아가지곤 찾으니까 아,

"이 밤중에 어떻게 여길 왔냐?"고 그러니깐,

"이만 저만해서 내가 호랑이를 타고 여길 왔는데, 내가 연시 구하다가 못 구하고선 호랑이가 이렇게 타라고 해서 타고 여기까지 왔노라."고.

"그래? 글쎄 그거이 우리 집에 있긴 있는데." 그러면서 그 날 저녁에 그 집이 기고일(忌告日)이야.

그 사람두 효자야, 조상한테두. 그래 가지곤 지 아부지, 지 어머니 지산지(제사인지). 무슨 지산지 모르갔지만 지사를 지내려고 감을 한 접을 둬도 그렇고, 반접을 둬도 그렇고, 열 개를 둬도 그렇게 시(세) 개 밖에 안 남아, 다 썼구. 근데 시 개는 남아, 꼭. 그래서,

"오늘 저녁에 지사에서 시 개가 지사 지내고 남는데, 이거라도 갖다 드리라."고. 그래 그 시 갤 줬어.

그걸 가지고 나오니깐, 호랑이가 마당에서 기다리고 있어. 게 또 타고서 보니깐 뭐, 어느 결에 벌써 저희 집에 가지고 왔지. 와 가지곤, 지 어머니헌테

"연시 구해왔습니다!" 하고선 주니깐, 아 그거 잡숫곤 ○○○○○○ 병이 낫고선 잘 살았대는 거야.

그러니깐 효를 허면 그래, 하늘이 돌봐주구 지성이면 감천이야. 효를 ○○○○면 해서 그 할머니가 그 감을 먹고 나았대는 거야, 인제.

상여 소리 / 달구 소리

자료코드 : 02_06_FOS_20090122_CJU_KGG_0001_s01
조사장소 : 경기도 김포시 월곶면 개곡4리 702번지 김광권 자택
조사일시 : 2009.1.22
조 사 자 : 김헌선, 최자운, 김은희, 변남섭, 시지은
제 보 자 : 김광권, 남, 62세
구연상황 : 가오루마을에서는 상이 나면 마을 상포계에서 부고(訃告) 알리기부터 여러 가지 일들을 주관하였다. 노제(路祭)는 마을 입구에서 많이 지냈고, 호상일 경우 마을 농악기를 다 가지고 가서 치면서 행상을 했다. 지금은 6종(12명)이나 7종(14명) 상여를 메고, 상여 바닥에 바퀴를 달아서 장지까지 밀고 간다. 이 상여는 20년 정도 된 것으로, 상여집에서 보관하고 있으며 나무로 만든 조립식이다. 상포계원들이 상여 메는 것에 능숙한 관계로 빈상여놀이는 따로 놀지 않았다. 행상은 선소리꾼(북잡이), 상여, 상주의 순서로 간다. 달구질은 보통 3쾌를 다진다.

[북을 둥둥 두드리면서]

　　연초 연초 연초
　　나미~아미타불 타불~
　　나미~아미타불 타불~
　　나미아불~ 타불~

　　허허허야 허허넘차 허야

　그러면 인제

　　허허허야 허허넘차 허야
　　이제 가면 언제나 오려나

허허허야 허허넘차 허야

나는 지금 가면 영영 다시는 못 와요

아니 아니 노지는 못 하리라

죽장망혜 단표자로 천리강산을 들었으니 너를 잡을 내가 아니고

너도 나를 ○○ 아니다

얼씨구나 좋구나 지화자 좋구 아니 노지는 못하리라

상여 소리 / 달구 소리

자료코드 : 02_06_FOS_20090122_CJU_KGG_0001_s02
조사장소 : 경기도 김포시 월곶면 개곡4리 702번지 김광권 자택
조사일시 : 2009.1.22
조 사 자 : 김헌선, 최자운, 김은희, 변남섭, 시지은
제 보 자 : 김광권, 남, 62세
구연상황 : 가오루마을에서는 상이 나면 마을 상포계에서 부고(訃告) 알리기부터 여러 가지 일들을 주관하였다. 노제(路祭)는 마을 입구에서 많이 지냈고, 호상일 경우 마을 농악기를 다 가지고 가서 치면서 행상을 했다. 지금은 6종(12명)이나 7종(14명) 상여를 메고, 상여 바닥에 바퀴를 달아서 장지까지 밀고 간다. 이 상여는 20년 정도 된 것으로, 상여집에서 보관하고 있으며 나무로 만든 조립식이다. 상포계원들이 상여 메는 것에 능숙한 관계로 빈상여놀이는 따로 놀지 않았다. 행상은 선소리꾼(북잡이), 상여, 상주의 순서로 간다. 달구질은 보통 3쾌를 다진다.

에헤허리 달고

에헤허리 달고

너랑 나랑 사귈 적에 백년가약을 했지

에헤허리 달고

먼 데 사람은 보기가 좋고 가깐 데 사람은 듣기가 좋아

에헤허리 달고

가자 가자 어서 가자 내 만년지 찾아서

에헤허리 달고

상여 소리 / 달구 소리

자료코드 : 02_06_FOS_20090122_CJU_KGG_0001_s03
조사장소 : 경기도 김포시 월곶면 개곡4리 702번지 김광권 자택
조사일시 : 2009.1.22
조 사 자 : 김헌선, 최자운, 김은희, 변남섭, 시지은
제 보 자 : 김광권, 남, 62세
구연상황 : 가오루마을에서는 상이 나면 마을 상포계에서 부고(訃告) 알리기부터 여러 가
지 일들을 주관하였다. 노제(路祭)는 마을 입구에서 많이 지냈고, 호상일 경우
마을 농악기를 다 가지고 가서 치면서 행상을 했다. 지금은 6종(12명)이나 7
종(14명) 상여를 메고, 상여 바닥에 바퀴를 달아서 장지까지 밀고 간다. 이 상
여는 20년 정도 된 것으로, 상여집에서 보관하고 있으며 나무로 만든 조립식
이다. 상포계원들이 상여 메는 것에 능숙한 관계로 빈상여놀이는 따로 놀지
않았다. 행상은 선소리꾼(북잡이), 상여, 상주의 순서로 간다. 달구질은 보통 3
쾌를 다진다.

에헤헤헤야 어허 우겨라 방아로구나

나니가 난실 나니로구나

니나노 방아가 좋소

먼 데 사람 듣기가 좋고

가깐 데 사람은 보기가 좋아

너도 좋고 나도 좋구나

에헤헤야 어허 우겨라 방아로구나

나니가 난실 나니로구나

니나노 방아가 좋소

헌 이 지붕 위로 던지며 하는 소리

자료코드 : 02_06_FOS_20090122_CJU_KGG_0002
조사장소 : 경기도 김포시 월곶면 개곡4리 702번지 김광권 자택
조사일시 : 2009.1.22
조 사 자 : 김헌선, 최자운, 김은희, 변남섭, 시지은
제 보 자 : 김광권, 남, 62세
구연상황 : 어릴 때 앞니가 빠졌을 때 지붕 위로 던지면서 어떤 노래를 불렀냐고 물으니
        아래 소리를 하였다. 이빨을 던질 때에는 두 발을 가지런히 하고 던졌는데,
        그렇게 해야 이빨이 바르게 나기 때문이라 했다.

까치야 까치야

넌 헌 이빨 갖고

난 새 이빨 다오

아리랑

자료코드 : 02_06_FOS_20090122_CJU_KGG_0003
조사장소 : 경기도 김포시 월곶면 개곡4리 702번지 김광권 자택
조사일시 : 2009.1.22
조 사 자 : 김헌선, 최자운, 김은희, 변남섭, 시지은
제 보 자 : 김광권, 남, 62세
구연상황 : 젊었을 때 혼자 일하면서 주로 어떤 소리를 했냐고 물어보니 아래 소리를 구
        연하였다. 이 노래는 지게를 지고 산에 나무하러 가거나 과수원에서 오랜 시
        간 혼자 일할 때 불렀다고 한다.

아리랑 아리랑 아라리요

아리랑 고개로 넘어 간다

청천 하늘엔 잔별도 많고요

요내 가슴엔 수심도 많다

아리랑 아리랑 아라리요

아리랑 고개로 넘어 간다

아리랑

자료코드 : 02_06_FOS_20090212_BNS_KSB_0001
조사장소 : 경기도 김포시 월곶면 군하리 86번지 김수복 자택
조사일시 : 2009.2.12
조 사 자 : 김헌선, 최자운, 김은희, 변남섭, 시지은
제 보 자 : 김수복, 여, 86세
구연상황 : 옆에 있던 마을 분들이 제보자가 노래를 잘한다고 알려 주어서, 조사자들이
제보자에게 노래를 청할 수 있었다. 처음 부른 노래가 바로 아리랑이다.

아리랑 아리랑 아라리요
아리랑 고개로 넘어 간다
나를 버리고 가시는 님은
십리도 못 가서 발병 난다

몽금포 타령

자료코드 : 02_06_FOS_20090212_BNS_KSB_0002
조사장소 : 경기도 김포시 월곶면 군하리 86번지 김수복 자택
조사일시 : 2009.2.12
조 사 자 : 김헌선, 최자운, 김은희, 변남섭, 시지은
제 보 자 : 김수복, 여, 86세
구연상황 : 고향이 황해도 사리원인 제보자에게, 어렸을 때 고향에서 불렀던 노래를 부탁
하니 세 번 정도 연습을 하고 불러 주었다.

장산곶 마루에 에에에
북소리 날리니 이이이~이

금일도 상봉에 에에 에에 에

임 만나 보잔다 아 아

에헤야 데헤야 에 야아 아

임 만나 보~잔다

상여 소리

자료코드 : 02_06_FOS_20090203_SJE_KWG_0001_s01

조사장소 : 경기도 김포시 월곶면 개곡4리 683번지 김위권 자택

조사일시 : 2009.2.3

조 사 자 : 김헌선, 최자운, 김은희, 변남섭, 시지은

제 보 자 : 김위권, 남, 63세

구연상황 : 제보자가 젊었을 때부터 상여 소리를 잘 했다고 하여 상여 소리를 부탁하자, 잘 될지 모르겠다며 머뭇거리다가 조사자들이 상여 소리에 어떤 순서들이 있는지를 먼저 물었다. 그러자 상여 소리 순서를 차근차근 이야기하더니, 먼저 상가집에서 관을 들고 나오면서 하직 인사하는 부분과 길을 갈 때 부르는 상여 소리를 불렀다. 달고 소리는 내는 소리로 '달아 달아 밝은 달아'를 부르고, 이어서 자진 방아타령을 불렀다.

허, 참… 이거… 북을, 북을 인제 울려. 내가 인제 북을 울리면서 행여(상여) 하직, 이별을 하는 거야. 내가 북을 땅땅 치면서 이제 하직 인사를 하는데.

이별이여~ 어 이별이여~ 어어어

그때 행여는 이제 일어나서 어~ 하면서 인제 거, 무릎을 꿇으면서 절을, 같이 맏상주하고 이제 절을 하는 거야.

님과 나와~ 이별이여~ 어어어

그럼 하면 이렇게 북을 치면 딱 한번 인사하고, 그러구 이제 치면서 돌아서는 거야, 이제. 그것도 해요?

　　허허 허허어야 어리 넘차 허허야

그럼 이제 후렴 따라, 고거 똑같이, 후렴은 행여 매는 사람들이 똑같이 따라해.

　　간다 간다 내가 간다 너를 두고 나는 간다

또 후렴 그런대로 그렇게 허구.

　　허허허 허어야 어가리 넘차 어허야
　　이제 가면 언제 오나 너 넘차 너허야

계속해요? 조금? 조금 더 해? (조사자 : 예.)

　　한 백년을 사자(살자고) 하고
　　이 세상에 태어나서
　　한 백년을 못 다 사는
　　우리네 인생 가련하다
　　허허허 어허야 어허 넘차 너허야

여기는 문수산이 질 높아요.

　　문두산(문수산) 줄기는 크기만 해도 대문 밖이 저승이라

그런 건 내가, 이게 뭐 있는 게 아닙니다. 내가 인제 고때 고때 따라서 하고. 그러면 인제 한참 하다가 회심곡에서 따서 인제 하면… 이제 끝까지 두 시간이고 세 시간이고 가면 다 거기서 따서 허지.

달고 소리

자료코드 : 02_06_FOS_20090203_SJE_KWG_0001_s02
조사장소 : 경기도 김포시 월곶면 개곡4리 683번지 김위권 자택
조사일시 : 2009.2.3
조 사 자 : 김헌선, 최자운, 김은희, 변남섭, 시지은
제 보 자 : 김위권, 남, 63세
구연상황 : 제보자가 젊었을 때부터 상여 소리를 잘 했다고 하여 상여 소리를 부탁하자,
        잘 될지 모르겠다며 머뭇거리다가 조사자들이 상여 소리에 어떤 순서들이 있
        는지를 먼저 물었다. 그러자 상여 소리 순서를 차근차근 이야기하더니, 먼저
        상가집에서 관을 들고 나오면서 하직인사하는 부분과 길을 갈 때 부르는 상
        여 소리를 불렀다. 달고 소리는 내는 소리로 '달아 달아 밝은 달아'를 부르고,
        이어서 자진 방아타령을 불렀다.

(조사자 : 처음에 할 때?)

처음에 할 때 인제, 저기… 처음서부텀 하면, 처음부터 민요를 조금 소
리를 하면 이제 곡이 잘 안 나오니까, 내가 개발… 여기서 내가 할 때는
저 거… '달아 달아 밝은 달아 이태백이' 거…

　　달아 달아

북 저기 하면서

　　달아 달아 밝은 달아
　　이태백이 놀던 달아

이렇게 하면 '어이허리 달고' 이게 고… 자진, 짧… 자진 방아지.

　　저기 저 산 저 너머에
　　계수나무 박혔으니

이러면 이제 후렴을 또 이렇게, 고건 이제 끝까지 하고 긴 자진 방아타

령은 이제 또 회심곡에서 또 따서 하는 거에요.

　(조사자 : 자진 방아타령이요.)

　　　다섯 하니 열이로다
　　　열에 다섯 대장부라

이렇게 허구서 이제… 거, 아유 다시 해 봐야겠다. 이거 안 되겠네. 내가 혼자 하니까 헛갈리는데…

　　　허 허 허어야 허라 우겨라 방아로구나
　　　나니가 난실 나니로구나
　　　니나노 방아가 좋소~

그러면 이제 후렴을 또 해.

　　　사랑 사랑 내가 보던 사랑
　　　한아름 안구서 내가 보던 사랑

허면 후렴 또 하고.

　　　허드러 우거지고 꽃 피어 날러왔건만

아, 아 자꾸 아휴 내가…

이 빠진 아이 놀리는 노래

자료코드 : 02_06_FOS_20090203_SJE_KWG_0002
조사장소 : 경기도 김포시 월곶면 개곡4리 683번지 김위권 자택
조사일시 : 2009.2.3
조 사 자 : 김헌선, 최자운, 김은희, 변남섭, 시지은

제 보 자 : 김위권, 남, 63세

구연상황 : 어렸을 때 아이들과 놀면서 불렀던 노래를 청하자 몇 가지 부르려고 했으나
잘 기억이 나지 않아 노래가 이어지지 않았다. 혹시 이 빠진 아이를 놀리는
노래가 있었냐고 묻자, 이 빠졌을 때 지붕에 던지면서 부른 노래는 있다며 이
노래를 불렀다.

앞니 빠진 덜국새
우물 앞에 가지 마
붕어 새끼 놀린다

휘이 하고 이러구 저기, 그러구 인제 지붕에다 올리고. 거, 우리 옛날에
이빨 빼면 지붕에 얹었었어요. 또 떨어지면, 떨어지면 이 안 난다 그랬어,
그냥. 기래서 땅바닥에 다시… 초가집에 하니까 초가집에 올리면, 이 빼
갖고 저러면, 떨어지면 '너 이제 이 안 난다'고 그러면 애들 막 울고, 나
도 그런 경험 많이 있다.

(조사자 : 어르신, 그 소리가 이빨을 자기가 빼서 던지면서 하는 소리에
요? 놀리는 소리 아니에요?)

아니, 빼 갖고 인제 지붕에다 올리면서 인제 그러는 거야… 지붕에다
올리면서 인제…

(조사자 : 자기 이빨 놓고?)

내 거 빼면 아버지가, 아버지가. 아버님이 인제 갖고 나가서.

앞니 빠진 덜국새
우물 앞에 가지 마
붕어 새끼 놀린다

창부 타령

자료코드 : 02_06_FOS_20090203_SJE_KWG_0003
조사장소 : 경기도 김포시 월곶면 개곡4리 683번지 김위권 자택
조사일시 : 2009.2.3
조 사 자 : 김헌선, 최자운, 김은희, 변남섭, 시지은
제 보 자 : 김위권, 남, 63세
구연상황 : 예전에 개곡리에서 논 매기 할 때 농악을 쳤다며 제보자는 꽹과리를 가져와
시연을 잠깐 보이고 나서, 본인이 고사소리도 곧잘 했다고 하였다. 조사자들
이 고사소리를 청하자 노랫말을 회심곡에서 많이 따 왔다면서 고사소리를 시
도하였으나, 요새 잘 안 했더니 기억이 잘 안 나고 녹음기가 있으니 더 안 된
다고 하였다. 그보다 우선 쉬운 노래로 목을 풀어야겠다며 창부 타령을 불렀
다. 가사를 맘대로 붙일 수 있어 창부 타령을 하라면 30분도 하고 1시간도
할 수 있다고 한다.

아니 아니 놀진 못하리라
어지러운 사바세계 의지할 길 바히 없고
모든 미련을 다 버리고 산간벽촌 찾아드니
성주 바람 쓸쓸한데 두견조차 슬피 울고
귀촉도 불여귀야 너도 울고 나도 울어
심야 삼경 깊은 밤을 혼자 울어서 새어 볼까
얼씨구 절씨구나 지화자 좋구려
아니 놀지는 못하리라

노 젓는 소리

자료코드 : 02_06_FOS_20090204_SJE_SGC_0001
조사장소 : 경기도 김포시 월곶면 성동리 103번지 성동리 노인회관
조사일시 : 2009.2.4
조 사 자 : 김헌선, 최자운, 김은희, 변남섭, 시지은

제 보 자 : 성기천, 남, 75세
구연상황 : 마을 유래와 문수산에 관한 이야기를 하던 제보자가 젊었을 때 배를 탔다고
하자, 조사자는 배 타고 노 저을 때 부르던 노래가 없었냐고 물었다. 그러자
'그 노래가 에야디야 그거지 뭐…' 하면서 노래를 불렀다. 처음엔 가사가 생
각이 안 나서 애를 쓰다가 당시 타던 배의 모양과 규모를 설명하고 나서, 나
중에 가사를 조금 더 넣어서 불렀다. 바깥에 차를 가지고 장사하시는 분의 확
성기 소리가 계속 들린다.

어야디야~아

어야디야~아

어야디야~아

어야디야 어야디야

어서 빨리 나가라

어야디야~아

어야디야~아

[노랫말이 생각이 안 나 잠깐 머뭇거리다가 다시 시작한다.]

어야디여~어

어야디야~아

어야디야~아

엔변(연변) 청파에 배 띄워라

어야디야~아

문수산 재내미 언제 올는지 모른다

어야디야~아

어야디야~아

[청중과 조사자들 박수와 웃음]

다리 세기 노래

자료코드 : 02_06_FOS_20090120_CJU_YSI_0001
조사장소 : 경기도 김포시 월곶면 개곡1리 산 23-8번지 개곡1리 마을회관
조사일시 : 2009.1.20
조 사 자 : 김헌선, 최자운, 김은희, 변남섭, 시지은
제 보 자 : 양순임, 여, 89세
구연상황 : 어릴 때 방 안에서 친구들끼리 다리 세기를 할 때 어떤 노래를 불렀냐고 하
니 아래 노래를 구연하였다. 다리 세기를 해서 마지막에 다리가 남은 사람이
벌칙으로 노래를 부른다고 했다.

일득이 이득이
삼득이 사득이
오득이 육득이
칠득이 팔득이
구득이

일득이 이득이
삼득이 사득이
오득이 육득이
칠득이 팔득이
구득이

이 사람이 져서 노래 불러야지.

아이 어르는 소리

자료코드 : 02_06_FOS_20090120_CJU_YSI_0002
조사장소 : 경기도 김포시 월곶면 개곡1리 산 23-8번지 개곡1리 마을회관
조사일시 : 2009.1.20

조 사 자 : 김헌선, 최자운, 김은희, 변남섭, 시지은
제 보 자 : 양순임, 여, 89세
구연상황 : 아기들을 키우면서 곤지곤지나 잼잼 등을 했냐고 하니, 짝작꿍을 할 때에는 손뼉을 치고, 잼잼잼 할 때에는 두 손을 오무렸다 폈다 하며, 곤지곤지 할 때에는 오른손 검지로 왼손바닥을 찌르면서 아래 소리를 구연하였다.

짝짜꿍 짝짜꿍
잼잼잼
곤지 곤지 곤지 곤지

창부 타령

자료코드 : 02_06_FOS_20090120_CJU_YSH_0001
조사장소 : 경기도 김포시 월곶면 개곡1리 산 23-8번지 개곡1리 마을회관
조사일시 : 2009.1.20
조 사 자 : 김헌선, 최자운, 김은희, 변남섭, 시지은
제 보 자 : 윤순희, 여, 84세
구연상황 : 동요에 대해 조사하던 중 제보자가 나서서, 하나 해보겠다고 하면서 아래 소리를 구연하였다. 윤순희 제보자의 단짝인 양순임 제보자가 이따금 추임새를 넣어서 소리를 더욱 구성지게 하였다.

하늘같이 높은 사랑 하해같이나 깊은 사랑
칠년 다 가고 온 날에 빗발같이나 반긴 사랑
강○하엔 양구비요 이도령엔 춘향이라
일 년 삼백 육십 오일 하루만 못 봐도 못 살았네

(청중 : 왜 못살아? 잘 살지.)
또 헌다. 또 해.

봄 들었네 봄 들었네 삼천리 강산에 봄 들었네

푸르른 것은 버들이요 누르른 것은 꾀꼬리라 (청중 : 맞어.)

황금같은 꾀꼬리는 푸르른 숲으루 날아들고 (청중 : 맞어.)

백설같이 흰나비는 강다리 밭으로 날아든다 (청중 : 그렇지.)

아니 아니 놀지는 못허리라

파랑새 노래

자료코드 : 02_06_FOS_20090120_CJU_YSH_0002

조사장소 : 경기도 김포시 월곶면 개곡1리 산 23-8번지 개곡1리 마을회관

조사일시 : 2009.1.20

조 사 자 : 김헌선, 최자운, 김은희, 변남섭, 시지은

제 보 자 : 윤순희, 여, 84세

구연상황 : 어릴 때 동무들과 놀면서 했던 노래를 불러달라고 하자, 노래를 불러 주었다.

새야 새야 파랑새야

녹두밭에 앉지 마라

녹두 꽃이 떨어나지면

청포장사 울고 간다

얼씨구 절씨구 차차차

아니 놀지는 못하리라 차차차

가련다 떠나련다

자료코드 : 02_06_FOS_20090120_CJU_YSH_0003

조사장소 : 경기도 김포시 월곶면 개곡1리 산 23-8번지 개곡1리 마을회관

조사일시 : 2009.1.20

조 사 자 : 김헌선, 최자운, 김은희, 변남섭, 시지은

제 보 자 : 윤순희, 여, 84세

구연상황 : 앞서 창부 타령을 부르고 나서 흥이 난 제보자가 자진해서 노래를 하나 부르겠다고 하면서, 아래 노래를 불렀다.

가련다 떠나런다

어린 아들 손을 잡고 (청중 : 그렇지.)

감자 심고 수수 심는 두메산골

못사로 나는 좋아

외로워도 (청중 : 그래도 숨이 안 찬다.) 나는 좋아

이슬 맞은 보다리에 황혼 빛이 젖어드네

쎄쎄쎄

자료코드 : 02_06_FOS_20090203_SJE_LJB_0001
조사장소 : 경기도 김포시 월곶면 군하리 136번지 군하리 마을회관
조사일시 : 2009.2.3
조 사 자 : 김헌선, 최자운, 김은희, 변남섭, 시지은
제 보 자 : 이정부, 여, 71세
구연상황 : 정경애 제보자가 여러 가지 노래를 하는 것을 중간 중간 참견하던 이정부 할머니가 제보자로 나섰다. 이정부 제보자와 정경애 제보자는 동서지간으로 사이가 좋고 두 분 다 쾌활하였다. 먼저 정경애 제보자와 '다리 뽑기 노래'를 하고 나서 정경애 제보자와 손뼉을 치면서 이 노래를 불렀다. 두 제보자가 노래를 같이 하다가 우스워서 몇 번을 중단하고, 이정부 제보자 혼자 손뼉을 치고 손동작을 하며 노래를 했다.

아침 바람 찬 바람에

울고 가는 저 기러기

우리 선생 계실 적에

엽서 한 장 써 주세요

구리 구리 구리

가위 바위 보

헌 이빨 지붕에 던지며 하는 소리

자료코드 : 02_06_FOS_20090203_SJE_LJB_0002
조사장소 : 경기도 김포시 월곶면 군하리 136번지 군하리 마을회관
조사일시 : 2009.2.3
조 사 자 : 김헌선, 최자운, 김은희, 변남섭, 시지은
제 보 자 : 이정부, 여, 71세
구연상황 : '쎄쎄쎄'를 부르고 나서 한참을 웃은 제보자에게, 예전에 이를 빼면 어떻게
했느냐고 물었다. 이에 제보자는 옛날엔 실로 이를 묶은 다음 이마를 탁 쳐서
이를 뺐는데 빠진 이를 초가지붕에 던지면서 하는 소리가 있었고, 그러면 던
진 이가 초가지붕에 걸려서 내려오지 않는다고 한다.

아니, 그냥 던지면서.

까치야 까치야
헌 이 가져가고
새 이 다오

그러구 인제 그러는 거야.

이 빠진 아이 놀리는 노래

자료코드 : 02_06_FOS_20090203_SJE_LJB_0003
조사장소 : 경기도 김포시 월곶면 군하리 136번지 군하리 마을회관
조사일시 : 2009.2.3
조 사 자 : 김헌선, 최자운, 김은희, 변남섭, 시지은
제 보 자 : 이정부, 여, 71세
구연상황 : 제보자가 '헌 이빨 지붕에 던지면서 하는 소리'를 하고 나자, 조사자들이 이
빠진 아이들 놀리는 노래는 없었냐고 물었다. 제보자가 노래를 두 번 불렀는
데, 두 번째는 실제 아이들 놀리는 것처럼 하였다.

이빨 빠진 가랑새

우물가에 가지 마라

붕어 새끼 놀랜다

그러지 뭐, 또 한 번?

얼라리 꼴라리

이빨 빠진 갈강새

우물가에 가지 마라

붕어 새끼 놀랜다

다리 뽑기 노래

자료코드 : 02_06_FOS_20090203_SJE_JKA_0001
조사장소 : 경기도 김포시 월곶면 군하리 136번지 군하리 마을회관
조사일시 : 2009.2.3
조 사 자 : 김헌선, 최자운, 김은희, 변남섭, 시지은
제 보 자 : 정경애, 여, 69세
구연상황 : 본격적인 조사에 들어가기 전 제보자가 짧게 자신의 생애를 이야기하는 중에
피난살이를 이야기하였다. 황해도 연백에서 10세에 연평도를 피난 나왔는데,
그때는 장난감도 없고 놀거리도 별로 없어서 성냥개비로 장난하고 '한알대
두알대' 같은 것으로 놀이를 삼았다고 하였다. 그게 어떤 놀이냐고 하자 다리
놓고 노래 부르면서 하던 놀이라고 하였고, 이에 조사자들이 시연을 청하자
제보자가 알고 있는 다리 뽑기 노래를 해 주었다. 제보자가 자신의 다리와 옆
의 할머니 다리를 엇갈려 껴 놓고 다리를 차례로 치면서 노래를 하였다. 중간
중간 다른 할머니들 화투치는 소리가 들린다.

이거리 저거리 깍가리

연자 망간 도망간

짝발이 하야간

고름에 찍찍 장두칼

　　　　모기 밭에 둑소리

　이러면 끝이야, 그러면 이제 다리 하나가? 따 먹었으니까, 에, 이렇게
하고, 그러구 또, 또 그걸 또 하는 거야. (조사자 : 네 번 정도…)

　　　　이거리 저거리 깍가리
　　　　연자 망간 도망간
　　　　짝발이 하야간
　　　　고름에 찍찍 장두칼
　　　　모기 밭에 둑소리

　또 이렇게 하고.

　　　　이거리 저거리 깍가리
　　　　연자 망간 도망간
　　　　짝발이 하야간
　　　　고름에 찍찍 장두칼
　　　　모기 밭에 둑소리

　이러면 또 따 먹는 거야.

　　　　이거리 저거리 깍가리
　　　　연자 망간 도망간
　　　　짝발이 하야간
　　　　고름에 찍찍 장두칼
　　　　모기 밭에 둑소리

　또 그러믄 또 따 먹고.

두꺼비집 짓는 노래

자료코드 : 02_06_FOS_20090203_SJE_JKA_0002
조사장소 : 경기도 김포시 월곶면 군하리 136번지 군하리 마을회관
조사일시 : 2009.2.3
조 사 자 : 김헌선, 최자운, 김은희, 변남섭, 시지은
제 보 자 : 정경애, 여, 69세
구연상황 : '다리 뽑기 노래'를 한 제보자에게 어렸을 때 불렀던 다른 노래를 청하자,
'자장가'와 '방아 방아'를 불렀으나 노랫말이 너무 짧거나 제대로 불려지지 않
았다. 조사자가 모래밭에 손 넣고 불렀던 노래는 하지 않았냐고 묻자 이 노래
를 해 주었다.

그 전에 모래… 모래성에 가면 이렇게 놓고 무슨…

(조사자 : 한번 해 보세요.) [제보자가 한 손을 놓고 그 손을 다른 손으
로 두드리면서 불렀다.]

두껍아 두껍아
헌 집 주께 새 집 다오

이러면서 놀았지, 옛날에 우리덜…

두껍아 두껍아
헌 집 주께 새 집 다오

두껍아 두껍아
헌 집 주께 새 집 다오

두껍아 두껍아
헌 집 주께 새 집 다오

이렇게 하면서 그전에…이래면서 놀은 거야, 우리 자랄 때.

꼬마야 꼬마야

자료코드 : 02_06_FOS_20090203_SJE_JKA_0003

조사장소 : 경기도 김포시 월곶면 군하리 136번지 군하리 마을회관

조사일시 : 2009.2.3

조 사 자 : 김헌선, 최자운, 김은희, 변남섭, 시지은

제 보 자 : 정경애, 여, 69세

구연상황 : '두꺼비집 짓는 노래'가 끝나고, 조사자들이 고무줄 놀이할 때 부른 노래는 없었냐고 묻자, 고무줄 할 때도 노래를 불렀다면서 이 노래를 불렀다.

꼬마야 꼬마야

뒤를 돌아라

꼬마야 꼬마야

땅을 짚어라

꼬마야 꼬마야

만세를 불러라

꼬마야 꼬마야

갱개를 붙어라

잠자리 잡는 노래

자료코드 : 02_06_FOS_20090203_SJE_JKA_0004

조사장소 : 경기도 김포시 월곶면 군하리 136번지 군하리 마을회관

조사일시 : 2009.2.3

조 사 자 : 김헌선, 최자운, 김은희, 변남섭, 시지은

제 보 자 : 정경애, 여, 69세

구연상황 : '꼬마야 꼬마야'를 부른 제보자는 고무줄 노래 외에 오재미 세 개를 번갈아 던지면서 부른 노래도 있다고 하였다. 그 노래는 일본어로 된 노래인데 제보자가 가사를 많이 잊어 끝까지 진행하지 못하였다. 조사자가 방아깨비나 잠자리 같은 곤충과 관련된 노래를 묻자 잠자리 잡을 때 부르는 노래를 해 주었다.

잠자라 잠자라

멀리 가면 죽고

가까이 오면 산다

그러고 요렇게 잡는 거지, 뭐.

잠자라 잠자라

멀리 가면 죽고

가까이 오면 산다

잠자라 잠자라

멀리 가면 죽고

가까이 오면 산다

별 헤는 소리

자료코드 : 02_06_FOS_20090203_SJE_JKA_0005
조사장소 : 경기도 김포시 월곶면 군하리 136번지 군하리 마을회관
조사일시 : 2009.2.3
조 사 자 : 김헌선, 최자운, 김은희, 변남섭, 시지은
제 보 자 : 정경애, 여, 69세
구연상황 : '잠자리 잡는 노래'를 한 제보자에게 조사자가 이 빠진 아이들 놀리는 노래를
  묻자, 하도 오래되어 기억이 잘 안 난다고 하였다. 조사자가 다시 밤에 하늘
  에 뜬 별을 셀 때 어떻게 하셨냐고 묻자 '별 헤는 노래'를 불렀다. '별 헤는
  노래'는 열까지 헤아렸다고 하나, 어린아이였을 때 불렀던 노래를 할머니가
  되어 부르는 것이 쑥스럽고 새삼스러운지 자꾸 웃음을 터뜨려 열까지 헤아리
  진 못했다.

별 하나 나 하나

별 둘 나 둘

별 셋 나 셋

별 넷 나 넷

별 다섯 나 다섯

별 여섯 나 여섯

별 일곱 나 일곱 (청중 : 잘 한다.)

별 여덟 나 여덟

별 아홉 나 아홉

그러면 끝이야.

(조사자 : 몇까지 세셨어요?) 열까지. 열.

(조사자 : 그럼 열까지 다시 세 주세요.)

별 하나 떴다 나 하나 떴다

별 둘 떴다 나 셋 떴다

별 넷 떴다 나 다섯 떴다

[청중의 소리와 웃음소리에 중단.]

배 아플 때 배 쓸어주는 소리

자료코드 : 02_06_FOS_20090203_SJE_JKA_0006
조사장소 : 경기도 김포시 월곶면 군하리 136번지 군하리 마을회관
조사일시 : 2009.2.3
조 사 자 : 김헌선, 최자운, 김은희, 변남섭, 시지은
제 보 자 : 정경애, 여, 69세
구연상황 : '별 헤는 소리'에 제보자와 청중들이 한참을 웃고 나서, 조사자가 손자들이
        배 아프다고 하면 어떻게 해 주었냐고 물었다. 제보자는 아이들 배를 손으로
        쓸어주고 이름을 불러 주면서 이 노래를 해 주었다고 하였다.

배야 배야 할머니 손은 약손이다

　　　배야 배야 할머니 손은 약손이다

　　　지은이 배 빨리 낫게 해 다오

　이러구 그냥 쓸어주곤 했지. 우리 손주가 지은이니깐 그 놈 이름을 대면서, 인제.

　　　배야 배야 할머니 손은 약손이다

　　　우리 지은이는 빨리 낫게 해 줘요

　　　배야 배야 약손이다

　이러면서, 그 전에 그렇게 손주들 키운 거야.

배 아플 때 배 쓸어주는 노래

자료코드 : 02_06_FOS_20090212_BNS_JJY_0001
조사장소 : 경기도 김포시 월곶면 군하리 86번지 김수복 자택
조사일시 : 2009.2.12
조 사 자 : 김헌선, 최자운, 김은희, 변남섭, 시지은
제 보 자 : 정재임, 여, 77세
구연상황 : 아이들 배 아플 때 해주던 소리가 없냐고 물어보니 이 노래를 불러 주었다.

　　　아강아강 잘도 잔다

　　　니 배는 똥배

　　　내 손은 약손

새야 새야

자료코드 : 02_06_FOS_20090212_BNS_JJY_0002
조사장소 : 경기도 김포시 월곶면 군하리 86번지 김수복 자택
조사일시 : 2009.2.12
조 사 자 : 김헌선, 최자운, 김은희, 변남섭, 시지은
제 보 자 : 정재임, 여, 77세
구연상황 : 어렸을 때 부르거나 들었던 노래를 물어보니, 어렸을 때 아이들과 불렀던 특
별한 노래는 없었고, 이런 노래를 부르며 지냈다고 하면서 불러 주었다.

새야 새야 파랑 새야
녹두 꽃에 앉지 마라
녹두 꽃이 떨어지면
청포장사 울고 간다

수수께끼

자료코드 : 02_06_ETC_20090120_CJU_YSH_0001
조사장소 : 경기도 김포시 월곶면 개곡1리 산 23-8번지 개곡1리 마을회관
조사일시 : 2009.1.20
조 사 자 : 김헌선, 최자운, 김은희, 변남섭, 시지은
제 보 자 : 윤순희, 여, 84세
구연상황 : 어렸을 때 했던 수수께끼를 내면 조사자들이 맞춰 보겠다고 하니, 윤순희 제
보자가 그럼 한번 맞춰 보라고 하면서 수수께끼를 내었다.

네 놈은 구뎅이 파구, 두 놈은 부채질 허구, 두 놈은 망 보구, 한 놈은, 한 놈은 회차리질 허구, 두 놈은 부채질 허구, 네 놈은 구뎅이 파구, 두 놈은 망 보구, 그 뭐야? (청중 : 그거이 뭐냐구?)

설명해 주께, 소. (청중 : 소?)

다리 넷으로 구뎅이 파잖아, 이렇게 댕겨보면. 귀 있잖아, 귀는 부채질 하는 거잖아. 이 눈 두이는 망보는 거야. 그리구, 이 꽁무니, 저기 꼬랑지 있잖아. 그건 회차리도 되구. 맞잖아?

7. 통진읍

증편 한국구비문학대계 ● 경기도 김포시

▌조사마을

경기도 김포시 통진읍 가현3리

조사일시 : 2009.2.25
조 사 자 : 김헌선, 최자운, 김은희, 변남섭, 시지은

경기도 김포시 통진읍 가현3리

　마을 경로당을 중심으로 섭외하던 중 가현3리 이윤재 노인회장과 연락
이 닿아, 마을회관에서 조사가 이루어졌다. 현재 가현3리는 인근의 다른
마을들과 마찬가지로, 공장들이 마을 곳곳에 들어와 있는 관계로, 갖가지
소음 및 악취로 인해 전통적인 농촌 풍경은 더 이상 찾을 수가 없었다.
　가현리(佳峴里)는 마을 앞산과 뒷산에 아름다운 산봉우리가 많아서 예
전에는 가잠리(佳岑里)라고도 불렸다. 그리고 한강에서 들어오는 물줄기

때문에 마을 앞에 큰 나루터가 생겨서 가진포라고도 하였다.

경기도 김포시 통진읍 가현4리

조사일시 : 2009.2.27

조 사 자 : 김헌선, 최자운, 김은희, 변남섭, 시지은

경기도 김포시 통진읍 가현4리

2월 25일 가현3리 조사를 갔을 때 가현4리의 농악이 유명하고 마을 사람들도 많다고 하여, 이 마을의 전 노인회장인 이희재와 전화 통화를 하여 조사 약속을 잡았다. 2월 27일 오전에 마을회관으로 방문하니 마을 노인들이 많이 나와 있어서 조사하는 데 여러 가지 도움을 받을 수 있었다.

가현4리 마을 앞에 작은 산이 있는데, 게가 알을 품고 물 위에 떠 있는 형국이라 하여 해란산(蟹卵山)이라고 한다. 그리고 가현3리에서 가현4리

로 가는 방향으로 고개가 하나 있는데, 물건을 길게 쌓아놓고 도롱이나 거적 또는 큰 멍서리를 덮어 놓은 형국이라 하여 뉘역재라고 부른다.

경기도 김포시 통진읍 귀전2리

조사일시 : 2009.2.24
조 사 자 : 김헌선, 최자운, 김은희, 변남섭, 시지은

경기도 김포시 통진읍 귀전2리

　　미리 섭외된 귀전2리 마을회관에 찾아가니 여러 명의 마을 토박이 노인들이 조사원들을 기다리고 있었다. 노인들에게 방문 취지를 말씀드리고 조사를 시작하였는데, 설화 구연은 김진하 이장이 하고 다른 분들은 주로 듣는 쪽이었다.

　　귀전2리 지랏마을은 각성받이 마을이다. 지랏이라는 명칭은 비가 오면

땅이 너무 질어서 붙여진 이름이다. 현재 70여호 정도가 있는데, 사람들이 많이 살 때에는 90여 호까지도 살았다. 마을 사람들의 생업은 벼농사이고, 포도, 배 등의 과수 농사를 하기도 한다.

귀전2리에서는 해마다 가을에 마을 뒷산인 번영산에서 마을고사를 지내오고 있다. 고사의 순서는 책을 보는 사람이 고사 날짜를 택일하는 것에서 시작하여, 제관(祭官)과 축관(祝官)을 뽑고, 집집마다 쌀을 추렴해서 떡과 조라술을 만드는 것으로 이루어졌다. 귀전2리에서는 다른 마을들과 달리, 지금도 매년 마을고사를 지내고 있다. 귀전리(歸田里)라는 명칭은 행정구역 통폐합 때 질전리(迭田里)와 귀로리(歸老里)를 합하여 부르게 된 것이다.

경기도 김포시 통진읍 수참2리

조사일시 : 2009.2.27
조 사 자 : 김헌선, 최자운, 김은희, 변남섭, 시지은

통진읍의 마을 경로당을 중심으로 섭외하던 중 수참2리 김현철 노인회장과 연락이 닿아 조사 취지를 말하니, 조사를 흔쾌히 수락하였다. 마을회관에 방문했을 때 주변이 너무 소란스러워서 조사 시에 다소 어려움이 있었다.

수참리(水站里)는 1914년 하은면에서 양촌면으로 편입되었고, 1983년 통진면이 신설되면서 통진면으로 편입되었다. 수참리라는 명칭은 벌판 가운데에 있는 섬 형국으로, 예전에는 수참리 앞의 물길을 따라 한강을 오가던 배들이 조수 관계로 잠깐 쉬었다 가는 곳이라 하여 수참(水站)으로 부르게 되었다.

경기도 김포시 통진읍 수참2리

경기도 김포시 통진읍 옹정1리

조사일시 : 2009.2.27

조 사 자 : 김헌선, 최자운, 김은희, 변남섭, 시지은

   통진읍 여러 마을을 조사하던 중 옹정1리에 토박이 노인들이 많이 있다는 제보를 접하고, 옹정1리 노인회장과 연락이 닿아 마을회관에서 조사가 이루어졌다. 옹정1리는 비교적 외진 곳에 위치하고 있어, 아직까지 전통적인 농촌 풍경을 간직하고 있었다. 옹정리(甕井里)라는 명칭은 현재 옹정초등학교 앞의 우물에서 유래하는데, 이 우물은 식수는 물론 농업용수로도 사용할 수 있을 만큼 수량이 풍부하였다고 한다.

경기도 김포시 통진읍 옹정1리

권애기, 여, 1932년생

주 소 지 : 경기도 김포시 통진읍 옹정1리
제보일시 : 2009.2.27
조 사 자 : 김헌선, 최자운, 김은희, 변남섭, 시지은

권애기는 강화가 친정으로, 김포시 통진읍 옹정1리에 시집 와서 평생 이곳에서 농사를 지으며 살았다. 그가 하는 이야기들은 모두 어려서 할아버지나 어머니 무릎을 베고 들었던 이야기라고 하였다. 조사 초반부에는 조사에 비협조적이었으나, 다른 제보자의 구연 능력이 떨어지는 것을 보고, 제보자가 나서서 적극적으로 이야기를 시작하였다. 유년시절 동무들과 모여 놀았던 기억을 많이 하고 있어 조사에 많은 도움을 주었다.

제공 자료 목록
02_06_FOT_20090227_CJU_GAG_0001 굼벵이와 가재와 개미
02_06_FOT_20090227_CJU_GAG_0002 해와 달이 된 오누이
02_06_FOS_20090227_CJU_GAG_0001 방아깨비 놀리는 노래

김진하, 남, 1945년생

주 소 지 : 경기도 김포시 통진읍 귀전2리
제보일시 : 2009.2.24
조 사 자 : 김헌선, 최자운, 김은희, 변남섭, 시지은

김진하는 귀전2리 토박이로, 현재 지랏마을의 이장 일을 맡고 있다. 몇 년 전에도 마을의 내력과 관련된 조사를 하기 위해 대학생들이 왔었다고 하면서, 마을과 관련된 사항 및 설화 등 조사에 적극적으로 응해 주었다.

제공 자료 목록

02_06_FOT_20090224_CJU_KJH_0001
임신한 여자가 봐서 승천하지 못한 용
02_06_FOT_20090224_CJU_KJH_0002 도깨비에게 홀려 끌려갈 뻔한 외할아버지
02_06_FOT_20090224_CJU_KJH_0003 바람나게 만든 가마논의 바위

김현철, 남, 1929년생

주 소 지 : 경기도 김포시 통진읍 수참2리
제보일시 : 2009.2.27
조 사 자 : 김헌선, 최자운, 김은희, 변남섭, 시지은

김현철은 7대째 통진읍 수참2리에서 살아오고 있다. 16세에 중매 결혼하였고, 20대 초반 경기도 개풍군에서 군대생활을 한 시기 이외에는 수참2리에서 평생 농사를 지으며 살았다. 옛날이야기에 관심이 많아서 젊어서부터 고담책 읽기를 즐겨하였다. 조사자들이 방문하였을 때에도 자기가 아는 이야기들은 되도록 자세히 해주려 하였다. 이야기를 많이 하였으나 발음이 정확하지 않아 이해하는데 어려움을 다

소 겪기도 하였다.

제공 자료 목록

02_06_FOT_20090227_CJU_KHC_0001 조죽 반 그릇 시주해서 벼슬한 양녕대군의
아들

02_06_FOT_20090227_CJU_KHC_0002 지인지감이 있는 김판서 어머니

02_06_FOT_20090227_CJU_KHC_0003 잉어의 후손인 파평 윤씨

02_06_FOT_20090227_CJU_KHC_0004 담 너머로 넘어간 감을 지킨 오성

02_06_FOT_20090227_CJU_KHC_0005 가금리의 아기장수 전설

02_06_FOT_20090227_CJU_KHC_0006 주천당을 마르게 한 이태백

02_06_FOT_20090227_CJU_KHC_0007 억센 아내 버릇 고친 남편

02_06_FOT_20090227_CJU_KHC_0008 내 복에 산다

02_06_FOT_20090227_CJU_KHC_0009 부대기가 좋은가 놋그릇이 좋은가 질그릇이
좋은가

02_06_FOT_20090227_CJU_KHC_0010 자기 아들의 힘이 세어지게 하려다 전처 아
들에게 고기 먹인 의붓어머니

02_06_FOT_20090227_CJU_KHC_0011 불효부(不孝婦) 효부 된 이야기와 쇠북종을
얻은 효자 이야기

박훈선, 남, 1931년생

주 소 지 : 경기도 김포시 통진읍 수참2리
제보일시 : 2009.2.27
조 사 자 : 김헌선, 최자운, 김은희, 변남섭, 시지은

박훈선은 수참2리 토박이로, 평생 농사를
지으며 살아왔다. 수참2리에 도착했을 때
조사자들을 가장 먼저 반겨준 사람이다. 조
사자들의 취지에 대해서는 잘 이해를 해주
었으나, 실제 제보자로서 많은 이야기를 해
주지는 못했다.

제공 자료 목록

02_06_FOT_20090227_CJU_PHS_0001 구렁이 복을 타고난 며느리

이수숙, 여, 1928년생

주 소 지 : 경기도 김포시 통진읍 옹정1리

제보일시 : 2009.2.27

조 사 자 : 김헌선, 최자운, 김은희, 변남섭, 시지은

　이수숙은 김포 토박이로, 옹정1리에서 농
사를 지으며 살았다. 비교적 고령이어서 완
형의 이야기를 구연할 수 있을 만큼 기억이
온전하지는 않았으나 알고 있는 이야기의
내용을 적극적으로 구연해 주었다.

제공 자료 목록

02_06_FOT_20090227_CJU_LSS_0001 해와 달이
된 오누이

이윤재, 남, 1938년생

주 소 지 : 경기도 김포시 통진읍 가현3리

제보일시 : 2009.2.25

조 사 자 : 김헌선, 최자운, 김은희, 변남섭, 시지은

　이윤재는 현재 가현3리 노인회장으로, 평
생 가현3리에서 살아왔다. 마을 이곳 저곳
에 공장들이 들어오면서 예로부터 내려오던
마을의 전통이 나날이 사라져 가는 것을 안
타까워하였다. 조사자들의 물음에 대해 성

심성의껏 답해주려 하였으며, 기억력이 예전같지 않아 미안하다고 하면서 말하였다.

제공 자료 목록
02_06_FOT_20090225_CJU_LYJ_0001 장사가 쌓은 바위의 유래
02_06_FOT_20090225_CJU_LYJ_0002 빈대 절터, 가라사 내력
02_06_FOT_20090225_CJU_LYJ_0003 가막못 유래

이희재, 남, 1929년생

주 소 지 : 경기도 김포시 통진읍 가현4리
제보일시 : 2008.2.27
조 사 자 : 김헌선, 최자운, 김은희, 변남섭, 시지은

이희재는 가현4리 전노인회장으로, 이 마을 토박이이다. 가현4리는 지금도 풍물패가 마을 행사 때 활동을 하고 있어, 그에 대한 자부심이 대단하였다. 마을에 내려오는 전설을 많이 알고 있어, 조사자들의 물음에 대해 최대한 세세히 말해주려 하였다.

제공 자료 목록
02_06_FOT_20090227_CJU_LHJ_0001 상감이 고개의 유래
02_06_FOT_20090227_CJU_LHJ_0002 미륵당을 모시게 된 내력
02_06_FOT_20090227_CJU_LHJ_0003 해란산의 토탄
02_06_FOT_20090227_CJU_LHJ_0004 가마못 전설

전봉해, 여, 1932년생

주 소 지 : 경기도 김포시 통진읍 옹정2리 78번지
제보일시 : 2009.2.8

조 사 자 : 김헌선, 최자운, 김은희, 변남섭, 시지은

전봉해는 옹정리에서 매년 개최하는 정월
대보름 행사를 갔다가 만난 제보자이다. 대
보름 행사를 구경하던 할머니들 중에 말씀
을 가장 잘 하셔서, 오후에 조사자 일행은
자택을 방문하게 되었다. 전봉해의 부모님
은 전진범과 송언년으로, 강화 송인면에서
태어나 18세에 같은 면으로 시집을 갔다.
시댁의 살림살이는 유복한 편이었고, 예의
범절이 엄격해 시댁의 생활에 적응하는 것이 쉽지는 않았지만, 동서가 잘
해 주어서 큰 어려움은 없었다고 했다. 6·25때 김포 하성면으로 피난 와
서 살다가 옹정리에 온 지는 50여 년 정도 되었다.

어렸을 때 어머니한테 들은 많은 이야기를 잘 기억하고 있으며, 좋은
기억력은 어머니에서 제보자로, 또 제보자의 큰 아들로 이어진 것 같다고
말한다. 제보자와 2시간 30여 분 이야기를 나누었는데, 자료가 될 만한
이야기와 노래가 정말 '노다지'처럼 쏟아져 나와 조사자들의 감탄과 웃음
그리고 박수가 멈추질 않았다. 긴 이야기도 거의 막힘없이 구연하였고,
'봉이 김선달', '바보 사위'처럼 몇 개의 일화로 구성된 이야기도 아주 잘
기억하고 있었다.

어렸을 때 부른 노래도 많이 기억하고 있었다. 일 하면서 부르는 노래
보다는 '별 헤는 소리', '잠자리 잡는 노래'처럼 어렸을 때 놀면서 부른
노래를 많이 기억하고 있었다.

제공 자료 목록
02_06_FOT_20090208_SJE_JBH_0001 전등사의 물 긷는 처녀상(處女像)
02_06_FOT_20090208_SJE_JBH_0002 해와 달이 된 오누이
02_06_FOT_20090208_SJE_JBH_0003 밥 많이 먹는 마누라

02_06_FOT_20090208_SJE_JBH_0004 불효하는 아내 버릇 고친 남편
02_06_FOT_20090208_SJE_JBH_0005 콩쥐 팥쥐
02_06_FOT_20090208_SJE_JBH_0006 봉이 김선달
02_06_FOT_20090208_SJE_JBH_0007 아내의 못된 버릇을 고친 남편
02_06_FOT_20090208_SJE_JBH_0008 바보 사위
02_06_FOT_20090208_SJE_JBH_0009 강화 인경간 에밀레종
02_06_FOT_20090208_SJE_JBH_0010 이가 서캐한테
02_06_FOS_20090208_SJE_JBH_0001 다리 뽑기 노래
02_06_FOS_20090208_SJE_JBH_0002 별 헤는 소리
02_06_FOS_20090208_SJE_JBH_0003 소꿉장난 불 때는 소리
02_06_FOS_20090208_SJE_JBH_0004 모래집 짓는 노래
02_06_FOS_20090208_SJE_JBH_0005 먹 감고 나와서 하는 소리
02_06_FOS_20090208_SJE_JBH_0006 대추 떨어지라고 부르는 노래
02_06_FOS_20090208_SJE_JBH_0007 잠자리 잡는 노래
02_06_FOS_20090208_SJE_JBH_0008 달팽이 노래
02_06_FOS_20090208_SJE_JBH_0009 새 쫓는 소리
02_06_FOS_20090208_SJE_JBH_0010 달님 보고 절하며 하는 노래
02_06_FOS_20090208_SJE_JBH_0011 가자 가자 감나무
02_06_FOS_20090208_SJE_JBH_0012 일 일본놈이
02_06_FOS_20090208_SJE_JBH_0013 이 빠진 아이 놀리는 노래
02_06_FOS_20090208_SJE_JBH_0014 헌 이 지붕에 던지며 하는 소리

조명순, 여, 1932년생

주 소 지 : 경기도 김포시 통진읍 옹정1리
제보일시 : 2009.2.27
조 사 자 : 김헌선, 최자운, 김은희, 변남섭, 시지은

조명순은 십대 후반에 김포시 통진읍 옹
정1리로 시집 와서 평생 이곳에서 농사를
지으며 살았다. 어릴 때 동무들과 놀면서 불
렀던 동요들을 많이 알고 있었다.

제공 자료 목록

02_06_FOS_20090227_CJU_JMS_0001 다리 세기 노래

02_06_FOS_20090227_CJU_JMS_0002 대추 떨어지길 바라며 부르는 노래

02_06_FOS_20090227_CJU_JMS_0003 별 헤는 노래

02_06_FOS_20090227_CJU_JMS_0004 헌 이 던지며 하는 노래

굼벵이와 가재와 개미

자료코드 : 02_06_FOT_20090227_CJU_GAG_0001
조사장소 : 경기도 김포시 통진읍 옹정1리 71번지 옹정1리 마을회관
조사일시 : 2009.2.27
조 사 자 : 김헌선, 최자운, 김은희, 변남섭, 시지은
제 보 자 : 권애기, 여, 78세
구연상황 : 조명순 제보자에게 먼저 개미 허리가 잘록해진 이유를 물었는데, 조명순 제보
　　　　　자가 제대로 대답하지 못하자, 그것을 본 권애기 제보자가 나서서 이야기하였
　　　　　다.
줄 거 리 : 굼벵이는 가재의 수염을 보고, 가재는 굼벵이의 느린 걸음을 보고는 서로 흉
　　　　　을 보았다. 그래서 굼벵이는 수염을 갖고, 가재는 다리를 갖게 되었다. 그러자
　　　　　굼벵이는 아무 것도 가진 것이 없이 등만 남게 되었다. 그걸 본 개미가 굼벵
　　　　　이의 모습이 하도 우스워서 웃다가 그만 허리가 잘록해졌다. 동물 기원담의
　　　　　한 종류이다.

　옛날에, 굼배이 허구, 개미 허구, 인제 이렇게, 가다 보니까는, 서로 숭
(흉)을 보는 거야. 인제, 가재는 굼배이 보구,

　"느리다구 발두 없이, 아무 것도 없이 무신 쉬염(수염)을 달았냐." 그리
구.

　저, 굼배이는 인제, 가재 보구 숭을 보구, 서루(서로). 그러니까는, 굼배
이가, 저 개미가 약잖아. 개미가, 약, 가재가. 가재가, 그럼 너 저기, 그이
뭐냐? 저, 굼배이, 가재가,

　"너, 니 쉬염(수염) 허구, 내 발 허구 인제 바꾸자."

　"그럼, 그리자(그러자.)." 그랬어.

　그래 가지구선, 인자, 허니까는, 다 서로 바꾸고 보니까 굼배이가 발두
없구 아무 것도 없구. 등뱅이(등만 있다는 말인 듯함) 아냐? 그러니까는

개미가 지나가다가, 그걸 보구 하도 우습그덩.

자기 몸에 달린 놈으 걸 바꾸고 저는 병신이 되, 아무 것두 없이, 발두 없이, 그냥, 굼배이가 꿈틀 꿈틀 가질 못허잖아. 그리니까, 개미가 그걸 보구, 너머 웃다가 허리 끊어졌대는 거야. 그래서 그 짤쭉허대는 거야.

해와 달이 된 오누이

자료코드 : 02_06_FOT_20090227_CJU_GAG_0002
조사장소 : 경기도 김포시 통진읍 옹정1리 71번지 옹정1리 마을회관
조사일시 : 2009.2.27
조 사 자 : 김헌선, 최자운, 김은희, 변남섭, 시지은
제 보 자 : 권애기, 여, 78세
구연상황 : 개미 허리가 잘록해진 이야기를 하고 난 뒤 제보자에게 호랑이가 떡 하나 주
          면 안 잡아 먹지 하는 이야기를 알고 있냐고 물으니, 이야기를 해 주었다.
줄 거 리 : 어머니가 품을 팔고 다니다 품삯으로 메밀떡을 받아 집으로 돌아오는데 호랑
          이가 메밀떡을 모두 빼앗아 먹고, 마지막으로 어머니를 잡아먹고는 아이들까
          지 잡아먹기 위해 집으로 갔다. 호랑이는 아이들에게 어머니가 왔으니 문을
          열라고 하였다. 아이들이 손을 넣어보라고 했는데 어머니의 손이 아니어서 문
          을 열어주지 않았다. 호랑이가 문을 열고 방 안으로 들어가자, 아이들은 나무
          위로 도망을 쳤다. 호랑이가 아이들에게 어떻게 올라갔냐고 물으니 이웃집에
          서 기름을 얻어 바르고 올라왔다고 하자 호랑이는 아이들 말대로 했더니, 계
          속 미끄러지기만 했다. 아이들은 자신들을 살려달라고 하느님에게 기도해서
          동아줄을 잡고 하늘로 올라갔다. 호랑이는 썩은 동아줄을 잡고 하늘로 올라가
          다가 수수깡 위로 떨어졌는데, 호랑이의 피가 묻어서 수수깡의 색깔이 빨갛게
          되었다.

호랑이는 옛날에 인제, 어려운 집이서 인제, 아들 딸 남매를 두구선, 저이 아버지가 죽었어. 개서 그, 저이 어마이가 인저 바느질 품 팔구, 인제 이렇게, 품삯 팔아다가 멕여 길르는 거야.

근데 인제, 등 넘어루두 어딘가 인제, 품을 팔러 가니까, 그 집이서 메

물떡(메밀떡)을 해 먹구, 아이가 있으니까, 품 팔면 거기서 밥도 얻어다 주구, 뭣도 얻어다 줘서 길르는 건데, 인자, 아이들이 인제, 쟁일(종일) 기다리다가, 지끔은 핵교나 댕기지, 옛날엔 핵교가 어딨어.

쟁일 기달리다가 인제 어머이가 그렇게, 벌어오면, 밥도 벌어오면 먹고 인제, 저기 허니까 어머일 기달리고 있는데, 그 집이서 그 날은 메물떡을 해 먹었대.

해 먹구 아이들 주라구 해서 그걸 꾸려 이고 오는데, 고개도 꽤 넘어왔나 봐. 어디 고개로 오니까, 호랭이가 가로막구선, 어홍 하더래. 개서 저기하니까는,

"할멈, 할멈, 그 메물떡, 메물범벅 한 덩어리 주면 안 먹지." 그리드리야.

그리니까는 하나 줬다. 아, 또 가다 보니까, 또 그 놈으 호랭이가 또 앞질러서 그 고개 넘어가, 또 앞질러서 또 그리드래.

그리다 그리다 이놈으 얻어 가지고 온 놈으 거를, 이거 다 하면 한없으니까, 시간 되니까, 나 대강 허는 거야. 다 주구 보니까, 털어 없어졌지? 아 또 어디 가니까,

"할멈, 할멈, 어, 팔 하나 띠어주면 안 잡아먹는다."

그러구, 그래 가지구 몸때이를 다, 마냥 마냥 깨물어 먹어서, 대강 허는 거야. (조사자 : 안 되는데.) 다 먹어서, 다 먹고선, 이 저, 다 잡아먹고는, 인저, 할머이 옷을, 잡아먹었으니까 옷은 남을 꺼 아냐, 이 놈으 호랭이가 입고 가서, 인제, 그 아이들 보구,

"아강, 아강, 문 좀 열어라." 그런 거야.

인저. 그러니깐, 목소리가 달르니까, 이 아이들이,

"그럼, 우리 어머이 아니라구." 안 열어주니까,

"너희 어머이다." 그러면서,

"문 열어 달라." 그러니까는, 그럼, 팔 하나를 집어넣어,

"팔을 보면 안다."구,

"손을 디밀어 달라."구.

그러니까, 문에다 손을 허니깐, 여기다, 저기 털이 저기 있구 그러니까는,

"우리 어머이 손 아니라구." 그러니까는,

"아니라구, 뭐 뭐, 어떻게 해서 여기다, 저기를 초매, 토시, 추워서 토시 껴서 그렇지, 너의 어머니라구. 이 옷을 보라." 그랬어.

아, 그러는데, 이렇게 보니까는, 요놈의 모가지에두 털이 비이더래요. 그러니깐, 이놈으 아이들이 어떻게 헐 수가 없지. 근데, 그냥 이건 바깥에서 그냥 헐려구, 열려구 그러는데, 이놈은 거의 다 열렸더래. 걔서, 뛰어나가선, 그 집 울타리에가 대나무가 인제 있는데, 그 대나무에 가서 그냥, 올라가래니 올라갈 수 있어? 그러니까, 거개서, 그냥,

"하나님, 나를 살릴래면은 저기, 방석을 내려보내, 저, 은, 은줄을 내려보내구, 저기 허래면은, 썩은 동아줄을 내려보내 달라."구

인제, 그리니까는, 이 사람이, 그, 정말 하늘에서 줄이 내려오더래.

걔, 타고 올라가서 중간쯤 붙었는데, 그냥, 보니까, 저 놈으 건 잡아먹어야 할 테인데, 까마덕허고 호랭이가 못 올라가갔으니까,

"아강, 아강, 거길 어떻게 올라갔냐? 나 좀 올라가게 해 달라." 그러니까,

"이우재서(이웃집에서) 기름, 기름을 얻어다가 발르구, 기름 발르고 올라왔지." 그런 거야.

그러니까는 이놈으 호랭이가 그냥 또 어딜 가서 기름병을 갖다 발르니, 더 떨어지지. 더 매끼러서(미끄러워서) 더 못 올라가지. 그러니까는, 이놈으 거 그냥, 어떻게 어떻게 해서 좀 올라가다, 찍 미끼러지는 바람에, 수수깡이 꺾으면 뺄게. 그 호랭이 똥구멍이 찔려서 그, 피가 묻어서 뺄겋다고 그거이, 예전부터 수수까끼(수수께끼)로 내려온 거야.

그, 그래 가지구선, 저기 해니까는, 야중에(나중에) 그냥 하도 저길허니까,

"나는 하늘에서 인저, 동아줄을 내려보내서 올라왔지."

그러니까는, 아 이것두 그거 시킨대로 헌 거야. 그러니까는, 정말 하늘에서 정말 줄이 내려오더래. 동아줄이. (청중 : 썩은 동아줄 아니래?) 그렇지. 그래서 인제 타구 올라가는데, 그 수수깡 얘길 내가 미리 헌 거다. 그래서 한 반쯤 올라갔는데, 탕 끊어지니까 떨어졌잖아.

하늘에 올라다가 떨어져서, 수수깽에다 찌여서 그, 호랭이 피가 돼서 뻘겋다 그러구. 그렇게 해서 죽어 없어지구, 하나님이 인제, 그 악독한 놈으 호랭이 잡아먹은 식이지. 그래서 끝난 거야.

임신한 여자가 봐서 승천하지 못한 용

자료코드 : 02_06_FOT_20090224_CJU_KJH_0001
조사장소 : 경기도 김포시 통진읍 귀전2리 58번지 귀전2리 마을회관
조사일시 : 2009.2.24
조 사 자 : 김헌선, 최자운, 김은희, 변남섭, 시지은
제 보 자 : 김진하, 남, 65세
구연상황 : 용이 승천하려다가 누군가의 눈에 띄어서 용이 되지 못했다는 이야기가 있냐고 물으니 어머니에게 들은 이야기로 하면서 이 이야기를 하였다.
줄 거 리 : 강화군 초지리 지역에 보가 있었는데, 그 못에서 용이 승천하던 중 해산한 여자 또는 임신한 여자가 그것을 봐서 그만 용이 못되고 떨어지고 말았다는 이야기이다. 전국적으로 널리 퍼져있는 용이 못된 이무기 유형의 이야기이다.

우리 어머니한테 들었거든요. 내가 강화가 외가집이에요. 강화, 강화 불은면 덕성린데. 그래서 어머니가 인제, 그런 이야기를 허셔요.

인제, 그, [옆에 앉아있던 청중 중 한 분을 가리키면서] 이 형은 고향이 저, 강화셔요. 저기, 우리 외가집 한 동네에서 오신 분인데. 그래서, 거, 저기, 초지, 그, 거기 보(洑) 있죠.

거기가 무슨 보야? 거기가. 거기가, 아주, 보가 무척 커요. 말도 못할, 지끔도 있어요. 거기 보가. (청중 : 첨정보?) 아니 거기 말고.

거기 가 보면 인제, 그 전에 옛날에, 인제 그, 용이 머 허면 물이 머 허구, 안개 껴 가지고 뭐 ○해 가지고 비오는 식으루다가 해 가지고, 그래서. 근데, 이런 얘기 뭐, 내가 해도 몰라두, 해선(解産)한 어머니가 보면요.

이제, 원래, 보면, 용이 올라갔다가 그냥 떨어진대요. 인제, 해선한, 해선한 어머니가, 어린애 가진 분이. 임신헌 분이. 그건 아주 상극(相克)이라 하더라구. 올라갔다가 해 가지구, 그 어머니가 진짜인지는 몰라두, 이 얘기 들어요.

그래서, 그냥 안개처럼, 그냥 물이 올라가는데 그 근처 누가 봤는지, 그 근처서 주민이, 올라가다가 어린애 가진 분이 이렇게 봤는데, 그냥 그랬더니, 올라가다 그냥 떨어지더래요.

그러구선 그, 동네가 머 어쩌구 어쩌구 뭐, 그런 얘기가. 머, 안 봤으면은 용이 돼서 잘 될 껀데. 그 아마 상극인진 몰라두, 임신헌 분이. 상극인진 몰라두, 그거이.

도깨비에게 홀려 끌려갈 뻔한 외할아버지

자료코드 : 02_06_FOT_20090224_CJU_KJH_0002
조사장소 : 경기도 김포시 통진읍 귀전2리 58번지 귀전2리 마을회관
조사일시 : 2009.2.24
조 사 자 : 김헌선, 최자운, 김은희, 변남섭, 시지은
제 보 자 : 김진하, 남, 65세
구연상황 : 도깨비가 장난친 이야기나, 도깨비에게 홀린 사람 이야기를 아느냐고 물으니 어렸을 때 어머니에게 들은 이야기라며 이야기하였다.
줄 거 리 : 술에 취해 밤길을 가던 외할아버지가 도깨비를 만났다. 도깨비에게 홀리면 삼년 안에 죽는다는 이야기를 들은 적이 있는 외할아버지는 도깨비에게 홀리지 않기 위해 땅바닥에 난 풀을 잡고 절대 끌려가지 않으려 했다. 도깨비들은 외할아버지를 홀리기 위해 몇 번을 외할아버지를 들었다 놨다 했으나 새벽이 되어 닭이 우는 바람에 그냥 도망가 버렸다.

우리 외할아부지가 이제 약주가 그 전에 많이 잡수셨어요. 외할아부지가 많이 잡수셨는데, 아실 꺼에요.

외할아부지. 그래 인제 딴 데, 초지라고 인제, 딴 데, 가깝거든요. 거기서. 불은면 거기, 초지라고, 길상면인지. 초지, 초지리인지. 이 양반이 딴 데 가서 약주 많이 취하셔 가지구, 늦게 오시는데.

비는 쪼금쪼금씩 떨어지구, 깜깜허구. 아, 별안간에 그냥, 구척겉은 사람이 앞을 꽉 막더래요. 어 아마 마음이 허해서 그런지 몰라도. 어쩐지. 약주를 쪼끔 자시…

이 양반이 그런 얘길 들어가꾸, 이 양반두. 외할아버지가 더듬더듬해니깐. 그 인제, 그 길바닥에 인제 그, 무슨 풀이에요. 꺼랑풀인가? 그 인제, 껌 씹어먹구 있잖아요. 무척, 아주, 그건 왠만해선 안 뽑아져. 찔겨 갖구.

그래 이 양반이 더듬더듬하다 보니까, 그게 잽히더래는 거에요. 그걸 그냥, 양쪽에 휘잡구. '이거 잘못 허면 내가 죽갔구나.'

보(洑)가. 거기가. 아주 그 험지라구. 그러니까 아주, 그래서 이 양반이 엎드려 가지구 잔뜩 잡는데. 그 이눔들이 보더니요. 그걸 진짜루. 그걸 보구, 그냥, 그 양반이 그냥 거짓말 시키갔어. 또?

아, 그냥 양쪽 다 팔 들고,

"영차 영차." 허더래. 에? 그러더니,

"이 눔이, 이 놈이 힘 쎄다. 이 놈이 힘 쎄다."

그러구선. 몇 번을 들었다 났다를. 이거 놓치면 그땐, 도깨비 홀려서 끌려가니까는. 도깨비불 홀려서 끌려가, 그, 도깨비불 홀려서 끌려가면 삼년 안에 돌아간다 그러잖아. 혼(魂)이 다 뺏겨 갖구. 그걸 잔뜩 붙들고 그랬는데. 땀을 뻘뻘, 인제, 도깨비를, 닭이, 새벽닭이. 닭이 울머는, 개가 짖는다는지, 닭이 울면은,

"아, 이거 밝았구나." 인제, 나간대.

그 눔들이. 그 눔 도깨비가. 한참 그러구 나니까, 아, 닭이 울더래요. 닭

우는 소리가 나니까는,

"아, 다 틀렸다구. 이거 닭이구 머구, 가자."구. 그런 얘기는 들었어요.

바람나게 만든 가마논의 바위

자료코드 : 02_06_FOT_20090224_CJU_KJH_0003
조사장소 : 경기도 김포시 통진읍 귀전2리 58번지 귀전2리 마을회관
조사일시 : 2009.2.24
조 사 자 : 김헌선, 최자운, 김은희, 변남섭, 시지은
제 보 자 : 김진하, 남, 65세
구연상황 : 마을 지명 유래에 대해 이야기하던 중 제보자가 마을 근처의 가마논에 바위
가 있었다면서 이 이야기를 해 주었다.
줄 거 리 : 마을 안에 있는 가마논에 바위가 있었는데, 그 바위가 마을 쪽으로 쳐다보면
귀전2리 여자들이 바람이 난다는 말이 있었다. 특정 지역의 자연형세나 암석
등이 마을에 있는 여성들에게 바람이 나도록 조장한다는 북바위 등의 전설유
형 가운데 하나이다.

옛날에 가마논이에요. 왜냐하면 [마을 어귀 쪽을 손으로 가리키면서]
요기(여기) 있었어, 요기. 지금 경지 정리 다 됐거든. 옛날엔 경지 정리 안
되구. 그냥, 질두 좁아. 근데 그 논이 나두 뭐, 고 아래서 논 했어요. 그
전에, 옛날에.

지금은 경지 정리 되고 다 됐지만. 근데, 그 논은 아무나 못 사요. 왜냐
하면 이름난 논이니까는. 그래서 이제, 고, 가마논이라고. 그래서 이름이
그 전부터 아마 그, 내려왔나 봐요. 어떻게 전래가, 머, 시초는 어떻게 됐
는지는 몰라두. (조사자 : 아까 뭐, 뭐, 던졌다는 말씀은 무슨 말씀이신데
요? 어르신.)

아니, 요 건너 남매길 앞에 바위가 있더랬대요. 종진(귀전2리에 사는 토
박이 친구)이 얘기가, 여기. 그런데 그 바위가 머, 이 쪽으루 치다보면, 여

기 귀전2리가 머, 여자들이 머, 어, 막말루다 바람이 난다 그러구. 그 바위가 울면 그렇대나. 웃으면 어떻대나 그렇다구. 종진이가 날 보구, 강화 아버지가 날 보구, 그걸 아나 그래서.

그 사람들이 그걸 많이 허거든요. 지금도 진영택씨, 요기 저 지금 마곡리에서 이사장을 보고 있지마는. 그래서 그걸, 사실은 ○○○ 옛날엔 지금 바위가 없어졌대. 그 전엔 농지 정리 허기 전에, 쑥 나왔어.

그 동산이. 근데, 농지 정리 허구 뭐, 다 하고 나니까, 그 바위가 그래서 아마. 이 쪽을 향해서 보면, 울면 여기서 여자들이 머, 어떻다든가 예.

조죽 반 그릇 시주해서 벼슬한 양녕대군의 아들

자료코드 : 02_06_FOT_20090227_CJU_KHC_0001
조사장소 : 경기도 김포시 통진읍 수참2리 186-2번지 수참2리 경로당
조사일시 : 2009.2.27
조 사 자 : 김헌선, 최자운, 김은희, 변남섭, 시지은
제 보 자 : 김현철, 남, 81세
구연상황 : 중에게 시주를 잘하거나 못해서 복을 받거나 벌을 받은 사람 이야기가 있냐고 묻자, 이 이야기를 해 주었다.
줄 거 리 : 양녕대군의 아들이 나라의 녹을 받지 못하게 되자, 집안이 가난하게 되었다. 어느 날 조죽을 먹고 있는데 스님이 시주를 와서 조죽을 주었다. 시주를 잘 받은 스님은 집 앞에 있는 나무를 베어내야 좋은 일이 있을 것이라 하여 그는 나무를 베어냈다. 얼마 후 세조가 그 집 앞을 지나다가 그 집 주인이 궁금해서 알아보니 자신과 사촌 간이었다. 세조는 양녕대군의 아들을 아산현감으로 임명하였다.

유래 얘기야. 시주에 대한 얘기인데, 이게. 양녕의 그, 아들이, 그 뭐, 나라에서 주는 녹을 덜 타니까는, 모두, 그 하인들도 모두, 배가 불러야 세경(사경으로 머슴의 월급을 말한다)을 주지, 전부 나간 거야.

그 나중에 종두 없구, 먹을 것도 없구, 다 나갔지. 그래 갖구, 양녕의

아들이 가만이 보니까는, 뭐 이 저, 조래두 갖다가 죽을 쒀 먹어야 할 텐데, 보니까 없어.

그래서 이제, 하루는 죽을 쒀 가지구 툇마루에 가서 먹을려니까, 늙은 중이 깜빡 나무관세음보살 허면서 시주를 허러 왔단 말이야. 그래서 이 양녕의 아들이,

"스님, 참 죄송헙니다. 이거 드릴 건 없는데다가, 시방, 먹다가 반 그릇 죽 뻭이 남은 게 없으니 이거래도 요기허구 가실려우?" 그러니까는, 이 중이 아니, 이팝, 보리밥은 말이여,

"주신대는데 먹구 가야지." 그래, 맛있게 먹구, 앞을 보니까는 앞이 다 맥혔어. 낭구(나무)로, 골목으로다 맥혔어.

"주인장."

"예."

"시방, 이 앞에 골목, 골목, 이 나무를 오늘 당장 비어내십시오. 이걸 비어내지 못허면은 당신은 죽을 때꺼지 이렇게 못 면허구 죽을 꺼니까, 당장 비라."구.

이 사람이 가만이 보니깐, 하, 우스운 소릴 헌단 말이야. 이 사람두 양반, 저 양손에 자식이기 때민에 무시 안 허고,

"그래야 헙져." 그래 인저, 그래구서, 그 스님이 허는 소리가,

"내가 적선허고 갈 건 이것 뱎이 없으니 귀담아 들었다 실행허세요."

○○○○ 그냥, 조금 뒤에딜, 저 하인 중에서 좀 신임헐만한 사람, 그 사람 불러서 그 나물 그날 다 벳어. 앞이 탁 틔었단 말이야.

○○ 세조가, 세종의, 세종의 아들이 세종 왕릉에 능묘를 가는 거야. 자기 아버지 산수(산소)에 가는데, 그 양녕대군네 집을, 앞을 지나가. 그래 떡 허니 지나가다 보니까는, 그 돈 깨나 가지고 살만한 집인데, 추녀가 다 자빠지구, 다 자빠졌거든. 그래 저거는 집 보니깐, 없더라도 뻭다귀 가지고 살던 집인데, 이상허잖아, 이 사람이. 그러니까 인제,

"저건, 누구 집인지, 알아봐라." 그러구 인제, 그러니까는 들어갔다 나오더니,

"예."

"알아왔느냐?" 그러니까는 저, 양녕대군댁, 댁이라구.

이 사람이 가만 보니까는, 양녕대군은 자기 아부지허구 한 서열인데, 자기하고 똑같은 사람이 살 거 아냐. 사춘끼리 아냐, 그러면.

(청중 : 그건, 학생들이 더 잘 알 거 같은데.) (조사자 : 아니에요.) 아니야. 그래서 그 사람이 당장 내려오라 그러니까는, 머, 옷도 남루하갔지. 먹을 게 없으니까. 개, 부복(仆伏)으로 하시니까, 일어나시라구. 자기도 그래서 내려와서,

"나두 당신하구 똑같은 입장이라."구.

"똑같은 사람이 됐을 거라."구.

"나는 시방 임금이 됐지마는. 당신두 나처럼 임금이 됐을 거 아니냐. 아버지가 임금으로 태어났으면."

그런 얘기를 허구, 바로 그 자리에서 아주 아산현감으로 임명을 했대는 거야. 아산 가서 현감으로. 그래서, 집 앞에는 나무가 시야를 가리면는 안 좋대. 항상 시야가 밝아야지. 그런, 그 유래가 있거든.

(조사자 : 그래도, 시주 잘해서 스님한테 복받은 거네요.) 그렇지. 인제 조죽 반 그릇에, 인제 자기는.

지인지감이 있는 김판서 어머니

자료코드 : 02_06_FOT_20090227_CJU_KHC_0002
조사장소 : 경기도 김포시 통진읍 수참2리 186-2번지 수참2리 경로당
조사일시 : 2009.2.27
조 사 자 : 김헌선, 최자운, 김은희, 변남섭, 시지은

제 보 자 : 김현철, 남, 81세

구연상황 : 현명한 원님이 재판을 잘 했거나 어려운 문제를 잘 해결한 사람 이야기가 있
         냐고 하니 이 이야기를 해 주었다.

줄 거 리 : 지인지감을 가진 어머니 밑에서 자란 김선비가 판서직에 올랐다. 어느날 임금
         님이 당나라에 돈을 보내야 할 고민에 처해 있었는데, 그 돈을 마련할 길이
         없어서 김판서에게 하소연을 했다. 수심이 가득한 아들의 얼굴을 보고, 이 고
         민을 알게 된 어머니는 자신이 예전에 발견했던 금궤를 다시 구해 와서 나라
         의 고민을 해결해 주었다.

서울에 한 선비가, 인제 그 판서직에 떡 올랐는데. 어머님이 편모야. 아
버지가 안 계시니까, 편모.

그 양반댁 규수들은 다, 머리에 먹물이 많이 꽉 찼이니까는, 척 허면,
동쪽 허면서 남쪽이 생겨나고, 인제 머리에 먹물이 많이 묻으면 생각이
되는데, 아, 그러니까는, 인제 그, 아들이 판서직에 있는데, 아마 그, 조정
에 식량에 관한 거를 전부 범위를 떠맡겼던 모양이야, 재정허구.

그런데, 임금이 불러서 들어가니까, 알현허루 들어가니까는 한탄을 하
거든, 임금이.

"시방 돈이 얼마 얼마가 필요헌데, 우리 국고에서, 그런데, 돈이 있는데
이거 대관들 ○○ 염출을 해라."

대감에 어떤 놈이 ○○ 돈을 내려하고, 몇 천냥씩 누가 내? 못 낸 거야.
자기가 잘못하면 [손으로 목을 자르는 시늉을 하면서] 이거야. 정말루. 벼
슬 못내허구. 산으로 올라가야 돼.

근데, 자기 어머니가 머리가 비상하게 좋으니까는, 얼굴이 보니까는 벌
써, 구름이 끼그던.

"그, 왜 얼굴이 왜, 그러시냐."구. 인제 아들 보구, 그러니까,

"어머니, 머, 아실 것두 별루 없네요."

"아니야, 아니야. 얘길 해 봐라."

그리기 전에 이 할머니가, 인제 그, 양반집에서 살구, 밥을 먹구. 인제

부뚜막도 고치구, 그 전에 옛날부텀 ○○○. 하인들 보구 시키다 보니까는, 큰 금궤가 나왔어. 금궤 둘이. 그래 그걸, 왠만한 여자 겉으면 가지구, 자기네 집으로 갖다 췄을 텐데.

고냥 고대로 묻어 버렸어. 그 자리에 도루. 싹 그래, 그냥 ○○○. 팔았어. 팔구 이사 간 거야. 그 돈, 돈을 도둑 맞을까. 그 아마 얼마 후루다, 그 독은 ○○○. 그나, 인제, 지금 또 사는데, 아들한테 그런, 인제 그 사건이 있어 가지구.

"그 무슨 일인지 얘길 좀 해 봐라." 그러니깐,

"어머니, 참 죄송한 말씀이, 이런 일이 있습니다."

그러구 얘기를 헌 게, 시방 그 당나라로 보낼 돈이 수천 냥, 수만 냥인데, 이걸 어디서 다 합니까. 이 말이야. 그걸 은자로 해 가지구 수만 냥인데 어디서… 어머니가 가만히 생각하니까, 그거 가지고 그것도 반도 안되겠더래는 거야. 그, 하인들 보고,

"얘, 개똥아, 너 저기 저, 이진사네 집이 가서 집, 그, 내가 판 거, 오백 냥에 판 거, 천오백 냥 주께. 팔라 그래라." 그니까,

"아, 마님, 우리 대감, 아, 저, ○○ 저기 마님께서 저거 천오백 냥에 팔랍니다."

그래 가지구, 오백 냥 주구 산 거, 천오백 냥에, 세배 차이가 됐단 말이야.

"그래라." 그래, 맞떨어지게(맞아 떨어지게) 그랬단 말이야.

천오백 냥 주고 샀어. 그 사람한테 작업을 허는 거야. 이삿짐 옮기구.

그래, 아들 보는 앞에서 끌어내는데 그것두 그, 은자가 당나라 은자야. 당(唐)자가 백인(박힌) 거야. 아주. 어? 당나라 돈이야.

그거이. 바루 당나라로 보내면서 임금은 모면을 허고. 자기는, 판서는 자기는, 책임을 모면을 허구, 나라를 평정하게 했대는.

잉어의 후손인 파평 윤씨

자료코드 : 02_06_FOT_20090227_CJU_KHC_0003
조사장소 : 경기도 김포시 통진읍 수참2리 186-2번지 수참2리 경로당
조사일시 : 2009.2.27
조 사 자 : 김헌선, 최자운, 김은희, 변남섭, 시지은
제 보 자 : 김현철, 남, 81세
구연상황 : 김판서의 어머니 이야기가 끝나자, 파평 윤씨 이야기도 있다고 하면서 곧바로
이어서 이 이야기를 시작하였다.
줄 거 리 : 파평 윤씨댁의 외아들이 장가를 가자마자 죽게 되자, 시어머니는 며느리가 딴
생각을 하지 않게 하기 위해 밤낮으로 일을 시켰다. 그러던 어느 날 밤, 며느
리의 방에 귀공자가 찾아왔는데 두 사람은 곧 친해지게 되었다. 얼마 후 며느
리는 정체를 알기 위해 그 사람의 옷깃에 명주실을 꽂아놓고 다음날 실을 따
라 가 보니 연못 안으로 줄이 향해 있었다. 물을 다 퍼 보니 큰 잉어가 있어
서 살려주었다. 그 뒤 며느리는 아들을 낳았는데, 그 자손들은 파평 윤씨라
하였고, 윤씨 자손들은 잉어를 먹지 않게 되었다고 한다. 파평 윤씨의 성씨
유래담이다.

파평에 사는 어느 한 윤(尹)씨 댁에서, 인제 옛날에는 손이 더 귀했나
봐. 하나도 못 나지 않으면 하나, 외아들, 이렇게. 그래서 외아들을 하나
간신히 읃어 가지구, 공부를 가리켜서(가르쳐서) 과거, 그 전에 시켜서, 있
는데, 장가를 들었지.

그러니 명이 단수허니까, 지금이야, 어떤 급성 맹장이 어떤 그런 식으
로 해서 죽었지. 그 시집온 신부가 남편의 어깨서 발끝까지에 뼈가 몇 미
터(meter)인지 파악도 못했는데 남편이 죽었어. 얼굴두 자세히 몰르고 죽
었다 이 말이지. (조사자 : 어, 어떻게 생겼는지도 모르고.) 어. 걔 머 옛날
에 규수들이 지금 모냥으로 아주 호호 대고 이쁘다 그러고 살진 않았겄
다, 이 말이야. 노인네 부모 앞에서 며느리나 부엌에서 밥 해주구, 아들은
공부나 허구.

"여보, 당신 요새 이뻐."

그런 소리도 못해 보구 죽은 거야. 그니깐 남편이 뭘 알어. 아무 것두. 그러니까는 인제, 시어머니가 매일 매일 작업 거리를 배급을 허는 거야.

"애. 새 애야, 오늘은 이걸 입고, 이걸 입어야 된다. 마처라."

그러면 풀을 믹이든가, 아니면은 꼬매든가. 그래 가지구 일과 일과를 다 보내는데, 이거 야간에 또, 심심허니까, 야간에 또, 일감이 또 줘. (조사자 : 밤에.)

그래서 인제, 이렇게 주는데, 어느 날 자다 보니까, 잠을 잘려고 자리를 피구 딱, 뭐, 젊은 과수가 잠이 오갔어?

그야말로 지금 사람처럼 약진 못허지만, 이승에 관한 걸 ○○○ 무슨 재미가 있갔어. 그래서 이렇게 잠을 잘려고 있는데, 그냥, 이, 옛날에 그, 총각들이 입는 옷을, 머리에다가 쓰구, 초립, 두루마기 같은 거, 이렇게 입구, 멋있는 귀공자가 들어온단 말이야.

여자가, 다림질 허다가 슬쩍 보니까는 머 제법 열고 들어와. 걔, 여자가 '누구냐'구, 그럴 수도 없구. 바느질허다가 살짝 보니까는 참 귀공자라 그 말이야, 얼굴이.

시방 지금 시쳇말로, 소금 안 찍어도 먹을 정도라 그 말이지. 그, 여자도 가히 싫진 않았던 거야. 그러구선 인제, 이 얘기, 저 얘기 하다 보니까, 참 아닌 게 아니라 양반집 자손이구, 훌륭헌 인격을 가진 소유자라 그 말이야. 그러니까는, 자기 싫지는 않은 거야.

얘기 몇 마디하고 가. 그러다 보니까는 나중에 마음에 정이 들기 시작헌 거야. 가까워지기 시작하더니. (조사자 : 밤에 맨날 찾아오고.) 그렇지. 도포를 뒤집어 팽겨 쓰고 작업을 시작했나 봐.

그리구선. 또 얼마 하니까, 이, 달러지네. 그 큰 일 났잖아. 남편 같으면 별 문제 없이, 바라던 바인데, 이 일을 어떻게 허냐구. 그래, 하루는 시어머니한테 이거 발설을 헐까 말까 허다가, 그런, 여기서 생각을 했어.

'내가 오늘은, 내가, 이 작전에 문제를, 시도를 한 번 해 보갔다.' 그래 바느질을 갖다가, 옛날에 아마, 명주실을 썼는지, 명주를 쓰다가 바늘루 여기다가, 여길 끼워놓구, 하다가, 보니까는 또 들어오더니, 들어와서 참, 애정 표시를 허구, 허니깐, ○○, 문 밖으로 나갈 수는 없거든.

여기다 살짝 꽂아놓고 했더니, 이렇게 보니 명주가 한참 풀리더라 그 말이야. 이 규수가 보니까, 한없이 가. '이거 꽤, 멀구나.' 그니까 밤에 그 걸 찾으러 갈 수가 없잖아. 그러니까는, 그냥 그대로 안심허구 자구. 인제 출처를 찾았으니까, 인제, 그러구, 안심두 허구 잤갔지.

아침에 일어나서 하인들을 불러서, 어머니를 시켜서,

"어머니, 이러이러한 사건이 있는데 추적 좀 해야겠습니다." 그러니까,

"그러면, 당연히 해야지."

하인들을 시켜서 추적을 해나가니까는 실을 걷으면서, 나가니까는, 거기가 지금, 그 밑에 적성으로 가는 뻐스 길이 났는데, 거기서 30메터(meter)만 올라가면 거, 야산이거든.

적성, 그 면소잰데. 올라가보니까, 올라가니 거기 그때 길도 없었갔지. 산으로 해서 올라갔는데, 연못이 그냥 한 삼십평 만헌, 그 못이 하나 있더라 이거야. 그 거기 보니까는, 물을 푸고 보니까는, [왼손으로 오른쪽 팔꿈치를 짚으면서] 이만헌 잉어가 거기 있는 거야.

그래서 도로 물을 채워 넣구, 거기다 인제, 그 밴 아이들의 성을 파평 윤(尹)씨, 윤짜를 써서 인제 그 나온 손이라 해서, 시방 그 사람들은 잉어를 안 먹어요. 조상을 먹으면, 그 사람들은 다 물어보면, 파평 윤씨 보구,

"아저씨 잉어 잡숴 보셨어요?"

"아이, 나 그런 거 안 먹는다구." 그건 정확해.

담 너머로 넘어간 감을 지킨 오성

자료코드 : 02_06_FOT_20090227_CJU_KHC_0004
조사장소 : 경기도 김포시 통진읍 수참2리 186-2번지 수참2리 경로당
조사일시 : 2009.2.27
조 사 자 : 김헌선, 최자운, 김은희, 변남섭, 시지은
제 보 자 : 김현철, 남, 81세
구연상황 : 오성과 한음과 관련된 이야기에 대해 묻자, 이 이야기를 해 주었다.
줄 거 리 : 오성이 어릴 때 권율 장군의 옆집에 살았다. 오성 집의 감나무 가지가 권율
장군의 집으로 넘어갔는데, 그 감들을 모두 권율 장군 집에서 수확했다. 이를
못마땅하게 여긴 오성은 하루는 권율 장군이 있는 방에 주먹을 넣고는 이 주
먹이 누구의 주먹이냐고 물었다. 권율 장군이 오성의 주먹이라고 하자, 오성
은 담을 넘어간 감은 누구 것이냐 물었다. 권대감은 역시 오성 집의 것이라
하였고, 그 다음부터는 감을 모두 오성의 집에서 수확하였다. 이를 계기로 해
서 오성이 권율의 사위가 된 사연은 결락되고, 그 이전 상황만 구연되었다.

오성 대감이, 그 옛날에 권율 장군이 행주산성에서 전공(戰功)을 이룬
때 권율의 사위가 될려고 인제, 그런 건데, 그 사위되기 이전에, 그 권율
장군네루, 그 오성 대감네 그 감나무가 울타리로 삼분에 이가 들어갔어.
그러니까는, 이거 우리 울타리에 들어가 있으니까, 우리 껄로 따먹을 수
뿍에 하인들이. 낭구(나무)는 저 쪽에 가 있는데.

그 이걸 그 오성이, 인제 오성의 어머니는 그 양반 체면에 그걸 뭐, 그
걸 뭐, 다 그걸 불문에 붙이구 살았는데, 아 오성이 가만히 보니깐, 부회
가 틀리거든. 분명히 내 나문데, 왜 자기네가 다 따먹느냐 그 말이야. 그
래서, 그 어머니 보고 하는 말씀이,

"어머니, 저, 이치를 어떻게 생각헙니까?"

"애, 이 녀석아 뭐, 아버지 기실(계실) 때부터 따 먹었는데 그냥 내버려
둬라. 그걸 뭐 그걸 몇 개를 가지고 그러냐. 치사스럽게?" 그러니까는,

"알았습니다."

그, 오성이 그때도 장성헌 기가 아니거든. 연량(연령)이. 그 절에 가서

공부허고 그럴 적인데, 오성 그, 대감, 대감이, 권율 대감네 가서 인제 대감 되기 전에, 인제, 아이들 적에, 학당 다닐 적에 권율 대감네에 간 거야.

서슬이 시퍼렇지 머야. 그 집에 그냥 그, 양반 세도가에서는 고귀하고 엄청나게 차이가 지지 머야. 그 이 사람이 용기 있게 가서, 바깥에 창문에 주먹을 펑 뚫어 버렸어, 벽을. 창을 뚫었으니 주먹이 쏙 들어갔을 거 아냐?

"대감 어르신네, 이 주먹이 시방 누구 주먹입니까?" 그랬단 말이야.

"아, 이 녀석아, 네 주먹이지, 내 주먹이냐. 그거이?"

"당연히 그렇죠?"

"그렇지." 그래 인제, 그때 인제, 오성이 인제 그, 허는 말이,

"대감 어르신네, 그 감나무가 지금 우리 감나무가 삼분의 이는 들어가 있는데, 그 감나무를 수확을 우리는 한 번도 못 해보구, 대감댁에서 여태 꺼지 다 수확을 허고 있었는데, 이거 어떻게 생각허십니까?"

그러니깐, 권대감이 허는 소리가. 아, 저 어린 아이가 허는 소리가 틀림 없는 이치에 맞는 소리거든.

"그래, 그래. 그 감나무가 너희 감나무는 분명허구, 아마 어떡허다 보니까는 우리 아랫사람들이 전부 따서 수거를 했나 보다, 미안허다."

"그러면은, 다른 거 다 고만두구, 삼 년치만 우리 가져오십쇼."

그랬단 말이야. 여태 잡수신 건 다 다 그만두구. 삼 년치를 다 따도 모지라는데 어디서 삼 년치를 가져와? 그 권율 대감, 안, 그 부인이 오성대감네 가서,

"마님, 죄송헙니다. 이거, 여태꺼정 우리가, 이, 사실, 가만히 본 즉은 나두 그걸 눈여겨보질 않아서 그렇대는 거만 알고 있는데, 실은 좋지 못한 일은 사실일진대, 거, 도령이 허는 말이, 삼 년치만 먹여서 갖다 달라 그러는데, 삼 년치를 어디서 가져옵니까?"

그러니깐 오성이 어머니가,

"그 무슨 말씀을 그렇게 하시냐구, 다 없는 걸로 생각하시고, 다 그저 치워버리라구."

그 그렇게 해서, 감나무를 그때부터, 그 이듬해서부텀 다 따 먹구, 그 권대감네에선 하나도 타치(touch)를 못 했다는 건데, 그.

가금리의 아기장수 전설

자료코드 : 02_06_FOT_20090227_CJU_KHC_0005
조사장소 : 경기도 김포시 통진읍 수참2리 186-2번지 수참2리 경로당
조사일시 : 2009.2.27
조 사 자 : 김헌선, 최자운, 김은희, 변남섭, 시지은
제 보 자 : 김현철, 남, 81세
구연상황 : 어느 집에서 아기를 낳았는데 그 아기가 장사여서 부모가 그 아이를 죽였다
는 이야기를 알고 있냐고 물으니 이 이야기를 해 주었다.
줄 거 리 : 김포 애기봉 아래에 있는 가금리에 한 아이가 태어났는데 어려서부터 힘이
세었다. 부모는 그 아이가 장사인 것을 알고는 아이를 죽이기 위해 아이가 자
는데 볏가마를 배 위에 올려두었다. 그것을 안 아이는 그럴 필요 없다며 자신
의 겨드랑이에 난 비늘을 없애면 된다고 하였다. 부모가 아이가 시키는대로
하자 아이는 얼마 후 죽고 말았다. 아이가 죽은 뒤 얼마 지나지 않아 용마가
나타나서 울었다. 아기장수 전설로 자기를 죽이려는 부모를 만류하고 오히려
스스로 날개를 떼어내게 하는 특별한 유형이다. 전형적인 김덕령 전설이다.

그 애기봉, 고 바로 밑에 부락이 가금리거든.

그 쪽에, 인제 그, 이씨네서 인제 그, 한 부인이 아들을 순산허셨는데, 그 애기가 남달리 체격도 크구, 행동이 민첩허구. 그래 인제, 그럼 인제, 동에 번쩍 서에 번쩍을 뛰어 댕기며 놀아. 그러니까 인제, '그놈 새끼 장난도 심허구나.' 인제, 저희 부모네도 그렇게 알았갔지. 알았는데, 점점 가는데 보니까, 하는 행동이 점점 범상치가 않아.

그래서, 그때, 그 지금은 운송 수단이 좋아서 자가용도 있구, 추럭(트럭)

도 있고 해서, 무슨, 시간은 다 절약해서 허거나, 우물쭈물 허니, 옛날에는, 우리 아버님이 돌아가시면은 삼년상을 지내.

또 어머니가 나중 돌아가시면 그 분두 삼년상을 지내고, 어머니가 먼저 돌아가시면, 삼년을 못 지내. 인제 그, 남편을 버리고 갔다 그래서. 그래 인제 그 얘기구, 그니깐, 아버지보다 나중에 돌아가시면 똑같이 삼년을 모시는 거야, 삼년상을. 소상(小喪), 대상(大喪)을. 인제 그 두 분을 지내는 거예요.

그 지금은 무슨 삼우도 안되서 그날로 와서 다 해버리고 다 없어요, 아무 것도 없어. 나두 시방 그 얼마 안됐는데, 그 우리 부모를 그 아버지가 먼저 돌아가셨는데, 어머니가 돌아가시고 다 두 분이 다 삼년을 모셨는데, 지금은, 무슨 크리스마스다 하고 놀러댕기는데 그게 옛날에는 이제 섣달 그믐이 되고 정월 초하루가 되면은 아버지가 돌아기시면 삼년상을 내지 않으면은, 그 상청(喪廳)을 모셔놓고 인제 배(拜)를 올려요.

그러면 인제 그런 사람들이 오면은, 그땐 참 못 먹던 시절이니깐 좀 잘 먹갔소? 주는대로 먹는 거야, 어디든 가면. 나도 먹어봤이니깐. 거 나두 이젠 노인 밑에서 자라니까는, 그 정월 초순서부텀 동네에는 닷새 안에는 어른들 찾아뵙고 예(禮)를 올려라. 그래, 그 인제 그 통상적인 예인줄 알고 그냥 그렇게 헐군고허고 자고. 지금은, 처갓집에 아이들 보구 외할머니 보러도 안 가요. 지금 세대가 ○○○.

(조사자 : 어르신, 아까 그, 아까 그 아이는 어떻게 되었는데요? 그 아까 그 아이는,) 그래서, 그래서, 소상을 어디 친족집에서 소상이 돌아와 가지고, 떡을 한 보태기, 시방은 떡 요만큼 하면 버떡 들지만, 그 전엔 그야말로 한 가마 떡을 허는 거야, 양을. 지금은 떡 요만허게 꾸리기 좋게 해 가지고 달랑 들지만, 그때는 그렇게 커요. [네모난 모양을 만들면서] 이만한 그, 미류나무로 엮어 가지고 바군치(바구니)가 이만한데 그게, 우리집 사람은 이만큼 올라가.

우리네 사람은 잘 들질 못해. 그걸 하려면, 그 걱정을 하니깐, 인제, 이 총각이, 그 이씨네 그 총각이,

"거 왜 그렇게 걱정을 허냐?"구. 인제 허는 말이, 그러니까,

"얘, 이걸 가져가야 할 텐데 이걸 어떻게 가져가냐?"

"어이고, 이걸 그래 걱정 마슈." 내가 가져갈 터니 갈 채비나 챙기라고.

"그 니가 어떻게 가지고 갈 거냐. 이걸?"

그 인제, 열 살 미만이었었나 봐, 그때가. 인제 그 지금같이 학교를 취학 이전에 아마 그런 거 겉은데, 아, 그래서 어른들이 의복을 딱 입구, 딱 나오니까는, 덜펑구디이, 그냥, 멀뚱하게 어깨에다 ○○○ 이러네. 아이가.

그때 어른들이 다 놀랬대는 거야. 저거 어른두 힘 있는 사람이나 들지. 힘든데, 한 손에 번쩍 들어서 가방들 듯 헌다 그 말이야. 그 부모들이 의심산 거야.

'그, 큰일났구나.' 그때는 이미, 을사보호조약이 끝나고, 일본사람들이 통치헐려고, 초기야. 그때는.

그때 그 사람, 일본사람들이, 무슨 장수가 났구나, 그 어떤 그 사람들을 가만 안 있거든. 붙잡아서 무슨 조치래도 허니까, 그런 때였는데 그 집안 꺼정 멸망이 될께 봐, 쉬쉬 허고 있는데, 나중 자라서 열여덟 살, 댓살 되었단 그 말이야. 이제 저걸 죽여야 되는데 어떻게 죽일 도리가 없어.

그러다 벳가마, 벳섬이 옛날엔 그 이백 근씩 들어가는 거, 그 이백 근이 더 들어갔을 거야. 아마 보통 평 잡아서 이백 근 이상인데, 그 짚으로 엮어 가지고 ○○○○○○ 넓적허게 이런 ○○○○○ 비루덩어리 모냥 착착 올려쌓기 좋게. 자는데, 그걸 두 개를 갖다가, 배 우(위)에 올려놓았다 이거야. 그러면 빈대떡이 되서 죽을 꺼 아냐. 장사가 되었든 뭐였든.

그래서, 잠을 칠 자고 있는데, 잠들었거든. 그 며칠, 그 혼잔 못 드니깐 열다섯 ○○○ 났갔지. 그런데도 벳가마가 올라갔다 내려갔다 허더래. 그 또 갖다 올려 갖다났대는 거야. 그래, 두 섬을 갖다 났는데두 이 올라오더

래. 그래서 그때 잠을 깼는지,

"그, 이렇게까지 헐 거 뭐 있느냐."구, 어린애가,

"내 이 양쪽 겨드랑이에 무슨 비누(비늘)같은 머 뭐 있대. 그것만 띠면은, 나, 그냥 그대로 펑, 마찬가지로 성장할 껀데 걱정헐 거 없다."구.

아, 그렇지 않어, 겨드랑이를 들쳐 보니까는, 무슨 새 날래(날개)같은 게 있대라는 거야. 그 양쪽의 그거를 제거를 허고 나니까는, 얼마 있다 죽드래. 그러니깐 인제, 그 옛날에 난 들은 얘긴데, 고대소설부터 많이 읽을래면, 장수가 나면 용마가 난다 그랬거든.

옛날 삼국지에 그, 관운장이 오나라에 그, 적토를 읃어 가지구, 전장을 귀신같이 나르는 용마를 타구, 전쟁터를 그, 암만 날랜 장수도 그 말을 따를 수가 없거든. 그래서, 거, 관우장이 히트 친 거지, 그 무술도 좋구. 그, 그런 식으로 용마가 와서 울더래. 얼마 있다 보니까는.

주천당을 마르게 한 이태백

자료코드 : 02_06_FOT_20090227_CJU_KHC_0006
조사장소 : 경기도 김포시 통진읍 수참2리 186-2번지 수참2리 경로당
조사일시 : 2009.2.27
조 사 자 : 김헌선, 최자운, 김은희, 변남섭, 시지은
제 보 자 : 김현철, 남, 81세
구연상황 : 화수분에 대한 이야기를 묻자, 이태백이 끊임없이 솟는 술을 마르게 한 이야기가 있다며 이 이야기를 해 주었다.
줄 거 리 : 이태백은 주천당의 술맛을 보고 싶어 주천당이 있는 집에 자청해서 사위가 되었다. 혼례식 밤에 주천당의 술맛을 본 이태백은 그 술맛이 너무 좋아서 한 번에 한 잔씩만 떠 먹어야 하는 규칙을 깨트리고 술을 바닥까지 모조리 마셔 버렸다. 다음날 술을 먹으러 간 장인은 술샘이 마른 것을 보자마자, 사위의 소행임을 알고는 한탄하였다.

그, 이태백이가 장가를 들어야 되갔는데, 아, 술을 으트게 먹는지, 누가 술 먹는 망나니를, 누가 사위를 얻갔어? 얌전한 사람을, 색시겉이 얌전한 사람을 좋아허지.

그래서 이태백이 한 자원해서 어떤 대가집으루 인제 장가를 들어가게 됐어요. '참, 이거는 주천당이 있대는데.' 하늘에서 술샘을 맨들어 준 거야.

그래 너만 먹으래는 뜻으루. 한 바가지 퍼 먹으면, 또 한 바가지 먹을 때 또 퍼. (조사자 : 그게 술이에요, 어르신?) 그렇지. 또 기가 맥힌, 임금도 없을 수 없는 그런 술을.

그래서 그 사람이 그, 어트게 그, 하느님이 그 사람을 어트게, 좋은 사람으로 평가해서 그런 좋은 술을 나게, 이태백, 혼자만 먹게, 아이, 그 집이 주천당, 그 사람 먹게 주천당을 맨들어 줬는데, 이태백이가 가만히 보니까, '저걸 죽어도 한 번 맛을 봐야 원이 없었더라.'거든, 욕심이.

이걸, 결혼 날자가 언제 돌아오나, 언제 돌아오나 그냥, 노심초사 허면서, 결혼 일자가 돌아왔그든. 돌아와서 인제, 그냥 그 술 생각만 하면은 그냥, 밥도 먹을 마음이 안 나는 거야. 결혼해서, 바닥이 말르도록 한 번 빨아먹어야 할 텐데.

그 술을 어떻게 좋아허는지. 그래서, 이제 그 예식 날이 돼서, 옛날에는 예식 허면, 처갓집이 가서 3일을 있다가, 3박 4일 만에 집에 오는 거야.

여기서 이제, 3박을 허면섬, 실컷 먹을려고 가서, 첫날 저녁이 돼서, 옛날에는 큰 비녀 꼽구 뭐, 쪽두리 내리고 뭐, 옷고름 풀르고, 신부에 옷을 다 벳겨 가지구, 불을 끄구 인제, 방에들 어떻게 인제, 잠자리 볼려면, 사람들이 할머이, 아줌마, 조카들이 그냥 문가에 가서 보느라고, 무슨 손을 만지나, 다리를 만지나, 그러고 보는 거야, 호기심에.

창 구녕(구멍) 하나 성한 데가 없잖아. 그래서 좌우간 이렇게, 첫날 저녁을 딱 치뤘는데, 열한 시, 열시 쫌 넘었는데, 아 목이 컬컬해서 견딜 수가 있어야지, 이태백이가. 그 이 사람이, 그 술을 먹구 싶어서 자는 신부를,

"여보, 좀 일어나보쇼. 내가 당신헌테 청이 하나 있는데 이거 좀 들어주실려우?"

"청이 무슨 청이냐고, 서방님께서 무슨 청을 자다 말고 말씀을 허시냐?" 허니까, 인자, 신랑이 하는 소리가,

"아버님이 저 퍼다 잡숫는 저, 주천당 저, 술을 한 잔만 먹어 봤으면 내가 원이 없겠다."구.

그래, 한 바가지, 참, 아이 신랑이라 달라는데, 더 좋은 것도 떠다 줄 판인데, 안 떠다 줄 수가 없거든. 그래서 기분 좋게 한 바가지를 떠다 줬대. 아참, 먹어보니깐 이건, 세상에 술이래는 건, 술인데, 말하는데, 이렇게 좋은 술은, 참 꿈에도 생각 못한 술이더라 이 말이야.

그래서, 잔을 떡 놓구 나니깐 입을 다시니까는,

"서방님 주무시지 않고 또 뭐하시냐."구.

"술을 먹었는데 좀 더 생각이 나서 야단났다."구.

"한 잔이 내일 아침에 한 잔이지, 없다고 말이야. 자기 아버지두 그렇게 잡수신다."구.

그 이 사람이 자다 말구, 인제 신부를 잠들여 놓고, 동저고리 바람에 나가서, 괴면 또 한 모금마저 먹구, 괴면 한 모금마저 먹구.

그러니 날이 밝더래는 거야. 아, 날이 밝았으니 들어올 수밖에. 신랑이 돌아다닐 수도 없잖아. 그 아침에 장인어른이 그, 술 한 잔 먹을려고 마나님이 하인을 시키지 않고 마나님 허고 둘이서 했는지 몰라도, 들어가니깐 흙바닥만 보이드래는 거야.

그 이걸, 몇 십 년을 술을 먹어왔는데, 이게 말르는 게, 그게, 도대체 ○○○○○○○○.

영감님 보고, "여보, 술을 가질려 갔더니 땅이 보이는구려. 어떻게 된 거요?"

"허허, 이거 또 탈났구만."

영감님은 알아. '이 녀석이 이거, 쇠(혀)를 댔구나. 나만 혼자 먹는 것을 제 삼자도 아무도 그냥 손을 못 대게 했는데, 이 녀석이 먹었구나.' 그 머, 이미 벌써 샘은 말라붙었으니까는, 그 사람이 어떻게 고만하라는, 마지막이야.

그래서 술을 못 먹는대는 사위를 골라서 얻는다고 얻었는데, 나중에 최종 심판, 저기, 최종적으로 사위한테 물을 때,

"너, 술 진짜 못 먹냐?"

"전 밀밭에만 가두 쓰러질 정돕니다."

그, 술이야 원료는, 누룩으로 하는 거거든. 밀밭에만 가도 취해서 쓰러진다는 거야. 그니까 믿을 수 뱍에, 장인이. 그래서 사위를 삼았는데, 이 녀석이 말릴 줄 누가 알아. 그래서, 그 주천당이 하느님이, 하늘에서 내려준 술 우물을 사위가 먹구, 그날로 그냥 말랐대.

억센 아내 버릇 고친 남편

자료코드 : 02_06_FOT_20090227_CJU_KHC_0007
조사장소 : 경기도 김포시 통진읍 수참2리 186-2번지 수참2리 경로당
조사일시 : 2009.2.27
조 사 자 : 김헌선, 최자운, 김은희, 변남섭, 시지은
제 보 자 : 김현철, 남, 81세
구연상황 : 아내나 며느리가 너무 버릇이 없어서 남편이 혼내 준 이야기가 있냐고 물으니 이 이야기를 해 주었다.
줄 거 리 : 어떤 총각이 장가를 들었는데, 아내가 자신을 무시하고 너무 버릇이 없었다. 삼십이 넘어도 아내의 버릇이 고쳐지지 않자, 남편은 아내의 버릇을 고치기 위해 아내를 묶어서 매달고, 그 아래 뜨거운 화로를 두었다. 아내는 자신의 잘못을 뉘우치고 다음부터는 남편에게 예의바르게 행동하였다.

한 총각이, 지금은 돈 있구, 있으면 색시를 맘대루 장갈 들어서, 선택을

허는지 몰라도, 옛날에는 그냥, 그 여자에 그, 행동과 모든 성격을 다 몰르구, 메누리로 데려오는 거야.

그냥, 얼굴에 그냥, 눈 하나만 없으면은, 애꾸지만 눈 다 달리면 괜찮겄다. 입만, 입, 코 달렸으니까, 그런 줄 알고 믿고 데려오는 세상이거든. 아, 처갓집이 가서, 참 장가를, 대례(大禮)를 지내구 집으로 왔는데, 그날서 버텀, 그냥 그, 내 눈에 몹쓸 짓만 허는 거야, 마누라가. 그러니 저 여자는, 공부를 좀 허지 못헌 사람이니까, 쪼끔 공부헌 사람이 말하는 걸 우습게 생각허구, 무슨 모르면, 들어 먹는 법이 없어.

그러기를, 아들 하나 낳구, 딸 하나 낳구. 아들 하나, 그렇게 삼사 형제를 둔 거에요. 그 벌써 삼사 십이 된 거 아녀. 그때꺼정 못 잡은 거야. 이걸, 잡을 길이 없어 가지구. 그래 가지구, 무지막지헌 방법을 하나 생각을 했어, 이 신랑이.

"당신, 내가 여태꺼정 헌 말은 귀 바깥으로 듣구, 내가 헌 말은 통 요만큼도 실행으로 옮기지 않으니, 당신하구 나하구 이렇게 못 살 바에야, 당신 하나 죽구, 나 하나 죽으면 서로 안 볼 꺼 아니야. 그러니 마지막까지 우리 한 번, 그, 실행을 헙시다."

그러니까, 그, 무슨, '시건방, 개코 겉은 얘기를 하냐. 왠 개나발 같은 얘기를 하냐.' 그랬갔지. 그러니까, 그래두 신랑이 그렇게 해 가지고 이삼 십년을 살았는데, 그, 하루 아침에 망신을 할 순 없잖아. 그래서 하루는 조반을 먹구,

"여보, 오늘 밥도 많이 좀 잡숴."

"내가 언젠 밥 안 먹우? 그래 많이 먹으께요."

그래선, 배불리 먹게 해 놓구서, 부엌을 다 치우고 들어왔는데, 영감님 아들이 큰, 일본사람은 지금도 그, 알구 가요, 도자기를 맨들어서, [양 손을 벌리면서] 이만하게 만들어. 막사발 이만큼 해 가지구 불을 쬐거든. 일본사람들은 지금도 써, 그걸. 우리나라는 옛날에 돈 있는 사람들은 유기,

한 쪽으루다가 이렇게, 네 발 달린 거 해 가지고.

인제 그 화로를 썼거든요. 그냥, 그, 이만한 놈으 거 참, 해다가, 솥을, 찐빵처럼 훅허게 해 놓구, 불을 지폈다 그 말이야. 그러니까, 그 화력이 좀 쎘갔냐구. 큰 맷방석만한 거, 불을 이렇게 켰는데, 마당에서 그걸 피우고 있거든.

마누리가 보니까, '저런 못된 놈의 영감이 저거 또 무슨 허튼 짓을 허나.' 속으로 중얼거렸갔지.

"여보, 이리 좀 들어오시오." 미리 하인들을 보구 시켜놨지.

"할머니가 들어오면은 무조건 결박을 지어라." 그라고,

그, 대청마루 들어오니깐, 아랫 사람들이 딱 그냥, 힘 쎈 장사들이, 딱 그냥, 옭아매 가지구 바로 허리를 매는 거야, 중간을.

그, 대들보, 옛날 집이니깐 대들보도 높죠. 지금처럼 ○ 거기다 매는 거야. 매니까는, 마루에서 거리가 약 일 매타(meter) 쯤 올라갔는데, 사람에 그, 몸이.

"니들 저, 뭐, 뭐하는 거야. 빨리 가서 마당에서 디려오너라." 그니까, 이놈들이 벌써 그 큰 거 디려오거든. 마누리가 보니깐 하, 우습게 생각을 했는데 '내가 죽었구나.' 저, 고집을 꺾을 수도 없고 난 매달린 몸이구. 꼬빡 없이 오늘, 내가 제삿날이구나. 이렇게 각오허고 있는데, 아, 자기 영감님이 손짓 한 번 떡 허더니, 그 큰, 그 뻘건, 용광로 겉은 화로를 마누라 앞, 정복판에다 떡 갖다 놓는 거야.

그니까, 보통 그러니까 솜옷이 벌써 타. 솜옷. 그땐 솜으로 맨든 옷이지, 나이론도 없어, 옛날에는. 솜이 다 타 들어가는 거야. 그 죽을 수 밖에, 타니깐, 시방 분신자살 하는 거 모냥으로. 옷이 타는 죽는 거지. 어디서 무슨 ○○○○ 살아.

그러니까는 인제, 궁데이, 히쁘(엉덩이) 가죽이, 그냥 머, 얼마나 화력이 그냥 뭐, 쎈지, 옷이 다 탈 지경인데, 너덜너덜 익었갔지. 그때서야,

"여보, 내가 잘못했다."고 항복하겠다고.

"어떻게 항복허는데?"

"내가 당신 말에 요만이라도, 예, 예, 그냥, 그냥 아침에 일어나서 밤, 저녁이 돼서 잠자리에 들 때꺼지 쪼금도 틀림없이, 내 행동을 헐 테니, 제발 날 좀 봐 주쇼."

"그, 이해가 안돼. 내가 이 얘기를 30년 동안 해도 내 말을 안 들었는데, 너 화로 때문에 거짓이야."

그 물론, 항복하고, 그래라고 생각을 했으면서두 인제, 한 번 늦춰봤는데, 아주 펄펄 뛰구 나 안 그러겠다고, 펄펄 뛰고, 빌그던. 그래, 영감이 그 답이 나올지 알고 행동을 했는데, 결국은 그 마나님이 손발을 바짝 들은 거야.

"애들아, 화로 치워라." 그러니까는,

벌써 긴장이 풀리니까, 사람이 실신이 된 거에요. 인제 살았대는 안도감으로 하니까는, 사람이 실신이 돼.

그 보니까는 사람이, 버린 사람이 히쁘 살이 죄 익어서, 그냥. 그때서야 그, 부인이, 그 갖은 정성을 다 디려서 화상약을 치료를 해 가지고 이제 완치를 해서. 그때버텀 영감님 앞에 무릎 꿇고 앉아서 그냥, 예 예 허고, 그냥.

그, '여보.' 그, 속으루, '그렇게 잘하는 거를, 그, 오분이 일만 곁들이지. 왜 이런 꼴을 당하고, 이런 정신을 차릴 수가 있냐.' 기뻐허면섬도, 불쌍하게 생각해구, 마누라 버릇을 고쳤다는 일화가 있는데.

내 복에 산다

자료코드 : 02_06_FOT_20090227_CJU_KHC_0008

조사장소 : 경기도 김포시 통진읍 수참2리 186-2번지 수참2리 경로당
조사일시 : 2009.2.27
조 사 자 : 김헌선, 최자운, 김은희, 변남섭, 시지은
제 보 자 : 김현철, 남, 81세
구연상황 : 딸의 복 덕택에 집이 잘 살았는데 그 딸이 시집가자 그 집이 망했다는 이야
기가 있냐고 묻자, 그런 이야기를 들은 적이 있다면서 이 이야기를 해 주었
다.
줄 거 리 : 딸 셋 있는 집이 있었는데, 아버지가 하루는 딸들에게 누구 덕에 먹고 사느냐
고 물었다. 두 딸은 모두 부모님 덕에 산다고 하는데 막내 딸은 자신 덕에 먹
고 산다고 하였다. 위의 두 딸이 시집을 갈 때까지만 해도 집은 잘 살았는데
막내딸이 시집을 가 버리자 그 집은 망하게 되었다.

옛날에 인제 그, 딸을 삼형제를 낳대는 거야. 그래 인제, 아버지 어머니
가 그, 귀연(귀여운) 마음에서, 딸, 자매를 길르면서 무릎팍에 앉혀 놓고서
안고, 흔들기도 허고,

"얘, 연지야."

"얘, 너 시방 먹고 사는 게 뉘 덕에 먹고 사냐?"

"내 덕에 먹고 살지, 뭐(부모님 덕에 먹고 산다는 말을 잘못 말하였
다.)." 그래 또,

"매화야, 넌 먹고 살구 입는 게, 누구 덕에 먹고 사느냐?"

"엄마, 아버지 덕이지." 그랬단 말이야.

그래 인제, 연지, 매화, 지, 지, 지, 지, 뭐라 그러더라. 지켜? 연지 매화.
셋째 딸 보고 누구 덕에 먹고 산단 말에,

"내 덕에 먹고 살지. 누구 덕에 먹고 살아?" 그랬단 말이야.

그 말이 괘씸하지 말이야. 지 언니들은 그냥 평생 무엇으로다 내 덕에
먹고 산다는데, 한 여자는 어머니 아버지 덕에 먹고 산다고 그래 놓구선,
그 막내딸은 내 덕에 먹고 산다고, 의기양양하게 얘길 허거든.

그니까 그러기를 십 수 년이 돼 가지구 인제, 시집을 가서 인제, 그러고
있는데, 두 딸 보낼 때꺼지도 그렇게 살림 변동 없이 그래도, 살림 잘 얻고

갔는데, 막내딸 시집보내고 나서 점점 가세(家勢)가 기울더라는 거야.

그래, 나중에 먹을 것이 있어야 하인들이 집을 붙어, 집을 지켜주지. 한 놈, 한 놈씩 간다는 말도 없이 그냥 한 20명이 다 나가버렸어. 그러면 농사일을 지어야 양반이 농사일을 질 기운도 없거니와, 허는, 농사 짓는 상식도 모르니, 전혀 굶어 죽을 수 밲에.

그 하루는 막내딸이 먼 데서 듣자니까, 친정이 망했다고 그러거든. 망한 거이, 참, 엄마 아버지가 당장 먹을 것두 없어, 당장 굶어죽게 생겼대는 그런 비보(悲報)를 듣구, 그러니깐, 안 됐거든.

내가 어려서 그런 생각헌 것도 기억났는지는 몰라두, 참 그, 어머니 아버지가 잘 산대는 것 겉으면, 그런 건 별 것 아닌데, 친정에도 못 와 봤는지 그것두 의심스러워, 어?

그래서 내 덕에 먹고 사는 사람은, 그러니까, 내가 자녀를 삼 남매, 오 남매, 십 남매를 나두, 어떤 한두 사람 복에 산대는 거야. 그게 틀린 말이 아닌가 봐요. 근데, 그 사람 살 땐 그 집안이 왕성하고 잘 돼 가는데 그 사람이 막, 이 집을 나갔거나, 타계를 했거나 그러면, 그냥 얼음 녹듯 녹는대는 거야.

부대기가 좋은가 놋그릇이 좋은가 질그릇이 좋은가

자료코드 : 02_06_FOT_20090227_CJU_KHC_0009
조사장소 : 경기도 김포시 통진읍 수참2리 186-2번지 수참2리 경로당
조사일시 : 2009.2.27
조 사 자 : 김헌선, 최자운, 김은희, 변남섭, 시지은
제 보 자 : 김현철, 남, 81세
구연상황 : 이야기판이 잠시 멈춘 사이, 제보자는 조선시대 관리 중 황희 정승이 청백리로 유명했다고 하면서 황희 정승이 암행어사를 다닐 때 이야기를 하겠다며 다시 이 이야기를 이어갔다.

줄 거 리 : 어떤 사람이 세 딸을 모두 시집보냈는데 큰 딸은 잘 사는데, 둘째 딸은 재산
은 많으나 신분이 낮아서 잘 살지 못하고, 막내 딸 역시 누추하게 살았다. 그
러던 어느날 둘째 사위의 돈을 빼앗기 위해 고을 원님이 둘째 사위에게 곤장
을 때렸다. 그 사실을 우연히 알게 된 황희 정승은 곤장 맞은 사위의 친구인
것처럼 꾸미고는 원님이 앞으로 둘째 사위를 괴롭히지 않게끔 하였다.

들리는 말도 있구, 하루는 그 저 이 옛날에 거, 그 홍희(황희), 홍희(황
희) 정승이랜 분은 알 꺼야. 파주에, 황씨 성 가진 정승 지낸 분. 인제 그,
황희, 인제 거, 정승이라구, 그 분이 세종 때 아마 있던 분인데, 그, 지금
은 무슨 면서기래두,

"이것 좀 해 주세요." 그러면,

"안 돼." 촌놈이 면서기나 하는 데에 뛰어오는 거야, 그 인제, 안면이
있는 사람이 가서,

"이것 좀 해 줘."

"알았어."

그러고 칵 찍어서 보내거든. 그런 식으루, 옛날에도 아마 그, 안돼. 그
런 놈은 안 된되니까, 돈이라도 갖다 줘야 될 거 아냐, 껌이라도 하나 사
다줘야 될 거 아냐.

그래서, 그래서 그 그런 식으로, 이 황정승은 청백리루서, 뭐, 일절 그,
남이 가져오는 거 아주 요만큼도 눈에 안 뜨는 분이야.

그게, 거기, 그분이 그렇게 살면서 그냥 그때는, 과거에 급제해 가지구,
이제 그, 직, 직종 얘기를 잡아 가지구, 무슨 무슨, 이조 판서래나 무슨,
해서 허는데, 자기는 일절, 그 인정적으루 사실이래는 이치 하에서 헐 수
있는 일, 그, 그 불가능한 일은 절대 안 했시니까는 [손으로 돈 모양을 만
들면서] 이거, 이거를 벌어들일 기회가 하나 있겠어? 그냥 좋은 일만 하
는 건데?

그게, 그러다 보니깐 이게, 개화집은요? 옛날에 개화집은 그 좋은 재목

으로 짓기도 짓구, 먹, 그 개화, 그 무거운 개화, 그 무거운 걸 얻기 위해서는 목재를 좋은 걸 써야 되거든. 근데, 그, 집두, 그래요, 우리 그, 양복을 해 입거나, 한 오년 입다 보면 벗어 내버려야 돼. 다른 거 해 입어야 돼. 집도 한 10년에 한 번 좀 보수를 해야 하거든? 안 새갔지.

어디서 그냥 그런 데에 돈 들일 데가 어덨어, 그냥. 보수를 안 했갔지. 그니깐, 자기 대에다, 초년에 벼슬해 가지구 영의정꺼정 난 분인데, 그 전에 처음에 그 사람이 벼슬해 가지고, 암행어사의 이제 그, 명을 받아서 암행을 허는데.

하루는, 그 한 군데를 가니까, 어떤 사람이, '부대기가 좋은가, 놋그릇이 좋은가, 질그릇이 좋은가?' 그러면서 달리더래. 가더래 거야, 중얼중얼 허면서. 그, 이 시방, 우리가 장관들이 그, 설렁탕집에 가면 뚝배기에다 먹어.

그 옛날에 양반들은 그런 데 안 먹었대. 하인들이나 뚝배기에다 먹구, 그러면, 그니까는, 중인쯤 되면은 그때서 돈만 있으면 놋그릇을 쓰구, 인제, 그러구 고 다음에 뚝배기, 최하층. 식기도 그런 걸 썼대요, 옛날엔.

그, 암행을 허다, 하면서 다니다 보니깐, 어떤 사람이 앞에 가는데, 한, 중년인가, 한 오십대가 썩 넘었는데, '부대기가 좋은가, 놋그릇이 좋은가, 질그릇이 좋은가?' 그러면서 가더래거든?

개, 하도 이상스러워서 그 사람 말 태도 이상해서, 유래를 좀 알려고, 그 말은 뜻이 뭔가…

"여보, 노형, 그 지금 허시고 가는 머리(이야기)가 무슨 얘기요? 처량한 말씀을 하시는데." 그랬더니,

"말도 마슈. 당신, 길이나 갈 거지, 뭐, 그런 걸 다 물어보냐."고, 그랬더니,

"그래도 한번, 혹시 득이나 될른지 아느냐."고.

그니깐 얘기해 보라고 그랬더니, 이 사람 하는 소리가, 큰 딸이 젤 잘

살아. 시집을 보냈는데, 양반집으론 안 보냈는데. 아, 큰 딸네 가니까 그냥, 시방 예를 들어, 그냥, 소갈비에다가 그냥 상다리가 휘도록 밥상을 친정아버지한테 차려왔다 이 말이야, 잘 먹었다.

그 이제, 둘째 딸네로 가는 거야. 그 둘째 딸네선 처량하게 사는데, 아니 그리고, 둘째 딸네 밥을 해 주는데 그 사위란 놈이 안 띠어.

"그 사위는 어디 갔느냐?" 아버님 무슨 그. 아실 필요 없다고 그냥 진지나 잡수시라구.

"얘, 내가 여기 왔는데 사위를 안 보고 어떻게 가냐? 빨리 그 불러 들여라."

"사위는 시방, 못 보실 겁니다."

"왜냐? 사연이 있어?"

그, 양반 서열에 못 올라가니까, 쌍놈이라 그 말이야. 그니깐, 돈은 있어. 그니깐, 고을 현, 현이, 현감이, '저 새끼, 좀 털어내야 할 텐데.' 돈을 안 주거든. 그니깐, 이제, 양반을 모독했대는, 말을 안 들었시니까, 모독했대는 그 죄루다가 곤장을 때리는 거야.

그니까, 곤장, 10대만 맞아두, 메칠 못 일어날 텐데, 50대를 맞았더니, 죽, 죽다가 살아났잖아? 히프(엉덩이)가 전부 터졌어. 어떻게 맞았는지, 그, 앉지도 걷지두 못허고, 그냥. 방에 누워 있는 거야. 그걸 보니 장인이 기분이 좋갔어요? 그랬더니, 밥도 해 주구 그 좋은 찬이라도, 밥 못 먹구, 기분 나빠서 가는 거야.

아, 둘째 (셋째를 잘못 말한 것임) 딸네를 떡 갔더니, 그, 돈은 있으나 벼슬도 없이, 노냥 끌려 댕기며 그냥, 그냥, 여기 불려 부역허고, 저기 가 부역허구, 저희 집 밥 벌어먹을 시간이 없어.

그래서 인제, 어떻게 허고, 이제, 큰 딸네 집을 떡 갔더니,

"이리 오너라." 그러구,

대문에서 부르니까는, 하인들, 뭐, 먹을 건, 뭐, 하인이 있을 턱이 있어?

부대길 둘른 여자, 아낙네가 하나 나오드래는 거야. 가만 보니까는, 자기 딸이더라는 거야. 그 뭐냐면, 갓이 있는 사람이 견딜 수가 있어? 양반의 집 딸이 시집와서 이런 꼴로 사니. 그래서 이제, 부대기, 양반집에는 부대기, 뚝배기, 질그릇, 뭐 그래서, '뚝배기가 좋으냐, 질그릇이 좋으냐, 부대기가 좋으냐?' 그러구.

하도 기가 맥혀서 자기에, 입버릇처럼 중얼중얼 하며 가던 걸 홍희 정승이 그걸 들은 거야.

"거, 곤장 맞는 사람이 이름이 뭐요?"

거, 김, 아무개라고 허는 소리를, 그러냐구. 그러며는 낼, 아침에, 내가 이 현감한테 시켜서 이 김씨를 호출을 헐테니, 옷 좀 잘 입히구, 그래 가지고, 채비허구 기달리구 있으라구.

그래서, 그 돈은 많은데, 뭐, 그냥, 노냥, 그, 돈 안 주구, 뺏기기나 하구, 그러니까는. 안 되겠거든. 그래서 현감한테, 아니 암행어사 떡 들어가니까는, 현감이 그냥, 땅바닥에서 머리 못 들고.

"어쩐 일이시냐."구 그래.

"여기에 이 고을에, 김 아무개라는 내 동문수학허던 친구가 하나 사는데, 이 사람 좀 불러달라."구.

아니 엊그저께 곤장 때린 놈이거든?

"아, 그러시냐"구. 그래서,

"그, 김 아무개라는 사람이 아무개에서 같이 나와 동문수학 헐 적에, 내 웃길 가는 공부를 하던 사람이야. 근데 그 사람은 어떻게 벼슬 길에 못 올른 거지?"

이랬단 말이야. 이거, 이 사또가 가마이 보니까. 아니 참 기가 맥힌 사람을 곤장을 때렸거든. 그래서 이, 클 났단 말이야. 이, 그래서,

"내일 아침에 그 김 아무개를 빨리 소환해라. 나도 오래만에 친구 한번 만나보고 가서 술도 한번 마실 겸 불러, 불러내라."

아 그러니까, 이, 사또가,

"예, 예," 하고

"그냥, 말씀대로 허겠십니다." 허고 허니까, 아침에 동헌에서 그냥 나졸을 시켜서 아무개를 빨리 모셔오라고.

아, 아침을 떡 먹고 나니까, 하, 우리 집이 누가 아무개 또 잡으러 온다 그 말이야. 나졸들이 부르러 온다고. 또 클 났거든. 마누라가 보니까는. '또 이제 죽었구나.' 이거 보니까 아무개, 즉 말하자면, 어저께까지, 막말로 아무개 선생님 계시냐고. 호칭 자체가 달라져. 그래서 가서 인제 도포도 얌전히 해 입구, 인제, 떡 갔는데, 아, 저기서 인제 그, 황희 정승이,

"아이고, 너 김 아무개 아니냐? 너, 널 볼려고 내가 고생허다가, 내 사또의 청을 얻어서 불렀느니라."고,

아, 사또가 이렇게 보니까, 뭐 둘이 얼싸안구, 지금 모양으로, 둘이 포옹하고, 안고 야단났거든.

그, 뒤가 캥겨 여태 곤장 맞고 했으니, '저걸 어떻게 말 한마디 하면 나는 죽을텐데.' 그때, 그 이 사또가 진 죄가 있어서, 하, 술상도 거허게 차렸같지, 저, 전라도 말로 아주, 거허게 차렸어.

그래서, 그 술대접을 허구, 거반 술 끝날 무렵에,

"사또, 내 말 좀 하나 들어주겠나?"

"예, 예, 무슨 말씀인지 말씀만…"

"이 사람 오늘서버텀 내 친구로 나왔는 게 수치스러워 내가. 양반으로서 노력 동원에 참가하지 말고, 이 사람, 정 없이는, 아주 ○○○○○ 가서 해. 이 사람 괴롭히지 말구."

"예. 예. 그냥 분부대로"

그때부터 그냥, 각 돈두 달라는 소리 안 한다는 거야. 돈만 달라면 쌀 몇 십 석 주는데. 하하, 그래 가지구 양반이 돼 가지고, 그, 못 사는 동서

다 멕여 살렸다는 거야. 그, 그런 유래가.

자기 아들의 힘이 세어지게 하려다 전처 아들에게 고기 먹인 의붓어머니

자료코드 : 02_06_FOT_20090227_CJU_KHC_0010
조사장소 : 경기도 김포시 통진읍 수참2리 186-2번지 수참2리 경로당
조사일시 : 2009.2.27
조 사 자 : 김헌선, 최자운, 김은희, 변남섭, 시지은
제 보 자 : 김현철, 남, 81세
구연상황 : 계모가 들어와서 전실 자식을 괴롭힌 이야기를 아냐고 물어보니, 아래 이야기
를 해 주었다.
줄 거 리 : 아들이 하나 있는 여자가 역시 아들이 하나 있는 남자와 재혼하였다. 그 여자
가 보기에 자신의 아들보다 남편의 자식이 기운도 세고 몸집도 큰 것이 못마
땅하였다. 어느 날 계모는 전실의 아들에게 고기를 주었는데 매일 풀만 먹던
아들은 설사가 나서 후처의 아들과의 씨름에서 지고 말았다. 계모는 국물을
먹으면 힘이 세어지고, 고기를 먹으면 약해진다고 생각하고는 그 뒤부터 자신
의 아들에게는 국물만 주고, 전실의 아들에게는 고기만 주었다.

그래 가 보니까는. 시부가 나서 돈만 ○○○○ 갔더니, 아들을 하나 둔
아버지가 있어, 홀애비. 그래 인제, 아들 둘을 데리구 들어갔는데, 인제
그렇대는 유랜대.

아니, 이 어머니가 데리구 들어온 아들 둘인데, 둘인데, 저 집 영감님
아들 허구 연령이 거의, 거의 거의 비슷해. 거의 연년생으루 이렇게 낳은
식으루. 그냐니깐 이 어머니 되는 사람은 욕심이 있어 가지구. 저 집 아
들, 영감님 아들은 몸이 실허구, 좋구. 지 아들은 [앉은 상태에서 손을 눈
위 정도로 올리면서] 요렇거든.

그니깐, 돈이 있이니까는, 닭두 잡아 믹이구. 삼계탕도 해 믹이고, 갈비
도 삶아 맥이구 그랬는데 저 놈으, 자기 아들은 살이 안 찌거든.

그, 그 아들을, 똑같이 또 지 아들은 인제, 고기루만 주구. 그 아들은 국물만 줘도 살이 쪄. 그리니까는, 아 이게 국물만 먹어도 살이 찌는 모양이다. 이기. 그리구 이제, 씨름을 시켜봐도 저이 아들이 노냥 지거든.

거, 인저, 얼마 지나다 보니까는 저 놈이 그래두 지 아들보담 쎈 거야. '저걸 어떻게 기를 죽여놔야 할 텐데.' 그렇게, 여자래두, 남의 식구, 남, 사람을 그렇게, 남 누를려는(누르려는) 이런 기가 있나 봐. 여자들이, 욕심이. 그래 가지구, 그래, 저이 아들은 국물만 주구, 저 사람은 고기만 준 거야. 영감님 아들은.

그렇게, 어떻게 된 게. 나중에 못먹던 고기를 많이 먹으니까, 설사병이 났어. 아들이, 전실 아들이. 그러면 기운이 있어야 맥을 추지. 설사 허구 나면.

씨름하면 그냥 나가떨어지거든. 몇 번, 인제, '저거이, 고기 먹는 아들이 저렇게 힘이 없구나.' 허허허허, 그렇게 생각허구, 그 아들은, 그 덕분에, 장성할 때까지 고기만 잘 먹구 살았대.

불효부(不孝婦) 효부된 이야기와 쇠북종을 얻은 효자 이야기

자료코드 : 02_06_FOT_20090227_CJU_KHC_0011
조사장소 : 경기도 김포시 통진읍 수참2리 186-2번지 수참2리 경로당
조사일시 : 2009.2.27
조 사 자 : 김헌선, 최자운, 김은희, 변남섭, 시지은
제 보 자 : 김현철, 남, 81세
구연상황 : 효자나 효부 이야기 중에 알고 있는 것이 있냐고 묻자, 잠깐 생각에 잠기더니
　　　　　 이 이야기를 해 주었다.
줄 거 리 : 자신의 어머니와 아내의 사이가 좋지 않아 고민하던 아들이 하루는 꾀를 내
　　　　　 어 아내에게 어머니를 빨리 돌아가시게 하려면 밤밥을 석 달만 해 주면 된다
　　　　　 고 하였다. 아내는 흔쾌히 아들의 제안을 받아들여 밤밥을 해 주기 시작했다.
　　　　　 한편, 어머니는 자신이 좋아하는 밤밥을 며느리가 매일 해 주자 처음에는 싫

어하였으나, 얼마 지나지 않아 며느리에게 잘 해 주게 되었다. 그래서 불효부가 효부가 되었으며 고부간의 화합이 이루어졌다. 이후에 효자 효부가 된 내외가 자신의 어린 자식이 노모의 음식을 모두 먹어버리자, 어머니의 건강을 걱정한 아들은 자신의 아들을 산에 파묻기 위해 산으로 데리고 가서 땅을 팠다. 그런데 땅을 거의 다 팠을 무렵 그 속에서 쇠북종이 나왔다. 그 종의 소리가 임금님의 귀에까지 들어가서 많은 돈을 받고 그 종을 팔고 아들 가족은 잘 살았다. 그릇된 의도로 한 행동이 결과적으로 좋은 결과를 낳은 불효부가 효부가 되는 이야기 유형과 삼국유사(『三國遺事』)에 있는 손순매아(孫順埋兒)의 유형이 합쳐진 이야기이다.

아니, 그 마누라를 인제, 얻구, 딱 보니까는, 어머니 인제 그, 편모루 인제 모시는 어머니 한 분 노인네가 계시는데, 한, 며느리가 나 같이 데리구 사는 마누라인데, 그 시어머니가 시끄러워서 뵈기 싫게 그냥, 생각을 허고 밥도, 밥을 ○○○, 바로 상두 이렇게 하고 갖다 주고 이런 식이거든.

영감이 볼 적에는 그 마누라를 나쁘다고 하면, 마누라가 나갈테구, 또 어머니에 편을 들면 어머니가 또 몹쓸 짓을 허는 불효 같고. 그 말을 못 허고 벙어리 냉가리(냉가슴) 앓듯 그냥 있는 거야.

하루는 이 신랑이, 그 궁리를 허는데, 궁리가 영 안 나. 그래서,

"여보, 그, 어머니 일찍 들어오는(돌아가시는) 방법이 하나 생겼오."

"하, 무슨 방법이 생겼냐."고.

그냥, 그냥, 십 년 전에 돌아가신 어머니가 살아온대는 것처럼 기뻐하거든. 그러니깐 그 신랑이,

"여보, 그, 여자는 밤을 많이 먹으면은 수명이 약해져서 빗긋, 금방 돌아가신대. 우리 그렇게 헙시다. 심(힘) 안들게."

"우선, 그럼 밤을 따야겠구려."

밤을 따서 팔구, 자기만 먹구 그랬는데, 그니깐, 그니깐, 그렇게 허니깐, 시어머니두 며느리를 내놓지 않구, 뭐 ○○○○○ 안 보것구, 그러거든. 그러니깐, 괜히 심술루 어머니가, 시어머니가 ○○○○ 며느리 억압을 허

는 거야. 잘하는 것두,

"이 개같은 년아." 욕을 해가면서. 그니깐 점점 며느리허구 고부간에 점점점 멀리 거리를 된 거야. 그니, 좌우간 두 사람이 자기 잘하는 것만 알았지, 그, 이걸 내가 허면 안 된대는 평가를, 답을, 못 얻는 거야.

한 가지는, 나쁘게만 보는 거지. 그, 영감은 이 새(사이)에서 누구를 편을 들어서, 이걸 들어줘. 그러니깐 이, 노모를,

"밤을 석 달만 이것만 해다 드리면은 밤에 밥에 삼분지 이를 밤을 해드리면은, 이 냥반 금방 돌아가신다니깐. 우리 그렇게 헙시다. 이 양반 십년 더 살면 어떡허우?" 그러니깐,

"이거, 아, 참 좋은 수라구."

마누리가 그냥 한 번에 오케이 해 버린 거야. 그러니깐, 잠도 안 자고 밤 까는 거야. 밤 까는 게 일이야. 일인 거야. 밤을 까서 그냥 다른 사람도 먹지만, 먹지만은, 어머니가 밤밥에, 삼분에 이는 밤밥을 해 주구. 몹쓸 짓을 허는 게, 가만 보니깐, '내가 좋아하는 밤밥을 어떻게 알고 밤밥을 해 주나.' 허구.

점점 며칠 한 너머 두 달 너머, 석 달째 들어오니까는 며느리가 이뻐져 보여. 양귀비처럼 이뻐. 발뒷꿈치도 ○○○같이 뵈기 싫게 보이더니, 며느리 뒷꿈치도 이쁘게 보이더라 이거야. 그래서, 고때 이제, 이, 어머니가 돌아가실 때 쯤 돼서 얘기가, 아마 이제, 우리 어머니 이제, 점점 좋아지구, 며느리도 융화가 다 되었으니까는, 그때 한 가지 또 문제가 생겼어.

아들 하나 있는 것이 그냥 뭐 먹는 것만 달랠 뿐, 그때버텀 어머니한테 잡숫는 거 효행을 해야 할 텐데, 조금만 달래는 거야, 아들이.

그러다 보니까는, 가산이 탕진 돼 가지구, 식생활이 곤란을 맞게 생겼거든, 그 가문에서. 그러니깐, 노인네는 효행허는 마음으로 고부간에 갈등을 확 풀어놓음과 동시에, 또 그런 애로점이 생겼으니, 자식을 없애야겠다 그 말이야.

어머니는 이제 좋아지셨으니깐, 이 양반이야, 백수(百壽)를 드시게 해 드려야겠구, 효행을 해야 하니깐, 그래서, 그래선 마누라 보고 허는 소리가,

"여보, 어머닐 드릴려고, 뭘 좀 헐려면 저 놈이 먹는구려."

이를테면, 뭘 잔치를 가서 자기는 안 먹고, 몰래 싸 가지구 여기다 넣고 와서 어머니 들리려고 갖다가 더니, 이눔이 어떻게 알고, 코가 이렇게 발달됐는지, 냄새를 맡고 ○○○ 먹는다 이거야.

그래, 웬만한 사람 같으면 자기 어머니 먹을 거 자식이 먹으면,

"아우, 참 잘 먹었다."

그랬을텐데. 그 참 죄스럽거든. 우리 어머니 못 잡숫고 '저 새끼 저거 다 먹는다.' 그러면서 속으로 했갔지. 그래 하두, 보기가 저거해 가지구 마누, 자기 마누라 보러,

"여보, 인제 또 하나 숙제가 생겼소."

"뭐요?"

"저 놈이 어머니 좀 해달, 잡수라고 갖고 오면 저 놈이 다 먹으니 이걸 어특허면 좋겠소? 저거 가서 죽입시다. 당신하고는 또 나으면은, 낳으면, 길르면 돼."

이 마누라가 회개를 했는지,

"당신의 뜻이라면 나두 환영하겠다." 이거야.

"나두 내가 낳은 자식이지만 그렇허겠다."

그것도 좋은, 여간, 그, 마누라도 어머니로서 못할 짓 아냐. 아버지는 말루, 겉으로 한다고 할지라도. 그, 하루는 애기를 데리구 인제, 석양, 선로가 떡 돼 가지구, 그래 사람이 여기저기 이제, 자기네 집에 가구, 인적이 없을 때니까. 그때를 빌어서 떠났는데,

"아버지, 어디 가? 해 졌는데?"

"아, 임마, 갈 곳이 있어." 그러구 갔는데, 구뎅이를 파거든. 그니깐, 쪼껀(작은) 녀석이,

"아버지, 이거 왜 파? 뭐이 묻어?"

"아냐, 그냥 파는 거란다."

아, 거반 다 팠는데, 속에서 찡그렁 소리가 나. '이상스럽다.'

한 삽만 더 파면 이 자식을 묻고 가면 해결이 되는데 뭔 소리가 나. 떡 이렇게 보니깐, 금속성이 눈에 보여. 그래 이거, 그래 이상하다 파 보니까는, 아마 한 오십 센치(cm) 쯤 고(高)가, 그런 거, 중종(中鍾)이 나타났어. 종, 그 금속으로 맹긴(만든) 종이 나왔어. 하도 신기허잖아. 자기 자식을 묻으러 갔는데, 그런 종이 하나 생겼어.

그래, 자식을 묻지 못 허고 시방 그, 국보급이나 되는지. 그냥 소중히 해서 젊어지고(짊어지고) 집이 왔어요. 그, 집두 좋은지 대들보에 떡 한번 쳐 보니깐, 옛날에 불국사에 에밀레종 저리 가라거든.

기가 맥히게 그냥, 종소리가 잘 울려. 그이 한 귀 건너, 두 귀 건너, 세 귀, 대궐에 꺼지 그 소문이 나서, 임금님이,

"어디 아무개네 집엔 땅에서 판 종이래는데 그렇게 소리가 잘 나는데, 그거 좀 볼 수 없느냐, 가 보고 오너라."

한 저, 승지가 거기를 가서, 거기를 찾아가서 보니깐,

"거, 대궐에서 나온 아무갠데, 이 집에 신이한 그, 종이 있다 그래서 이걸 한 번 소리를 내가 듣고 싶어서 왔노라." 그러니깐,

"예, 예." 해 드린다고, 했더니,

꽝 한 번 쳤더니, 대궐에서 그런 좋은 음이 나오는 종소리를 못 들었거든. 아, 그래서, 두 말 할 것 없이, 그야말로 자기 머, 말, ○○○○○ 국보급이야, 이건. 옛날엔 국보급이 알긴 했잖어. 그래서, 임금님한테 봉명(奉命)을 허는 거야.

"사실은 가서 쳐보니, 듣던 대로 참, 명종(名鍾)입디다."

그러구 인제, 얘길허니까는 저, 얼마나 주구 우리가 가져오도록 해라구. 돈도 많이 주고 가지고 왔는데, 그래서 인제 그때, 그, 아들을 파묻구 마

음을 결심하구 갔는데, 하느님이 효, 효심을 감복을 했는지 그런 국보급을 나타나게 해 주었대는 이거 말이, 설화가 있는데, 거짓뿌렁이겠지. 그런 거 어딨어. 부모 효행하면 다 그거 하게?

구렁이 복을 타고난 며느리

자료코드 : 02_06_FOT_20090227_CJU_PHS_0001
조사장소 : 경기도 김포시 통진읍 수참2리 186-2번지 수참2리 마을회관
조사일시 : 2009.2.27
조 사 자 : 김헌선, 최자운, 김은희, 변남섭, 시지은
제 보 자 : 박훈선, 남, 79세
구연상황 : 마을에서 정월이나 상달에 고사를 지내는 이야기를 하다가 구렁이 복을 타고 난 며느리 이야기를 알고 있다며 이 이야기를 해 주었다.
줄 거 리 : 어느 집의 며느리가 구렁이 복을 타고 난 관계로 그 집이 부유하였다. 그런데 그 며느리가 죽자 그 집의 구렁이들도 모두 다 죽어버렸다.

뱀 복을 타고 나고 나 가지구, 그 메누리가, 살림이 그렇게 일어났댔는데, 그 집 뚜란에(뜰 안에) 가보면, 요만치 길게 장작을, 요만치씩 짝을 난게, 뚜란에 하나, 큰 노적가리 모냥으로 이렇게 맨들어 놓고서. 지붕을, 짚으로다 해 넣었어요. 썩지 말라고.

그런데 그 속에가 구렁이. (조사자 : 업구렁이?) 이, 그 구렝이 복을 타고난 사람이야, 그 메누리가. (조사자 : 그게 어느 집 며느리 얘기예요? 김씨네 며느리?) 이, 그래서 그 집이 그렇게 일어났댔는데, 중간에 그 양반이 돌아가시게 되니까. 처마 끝에, 그런 데가 이런 놈에 구렁이가 그냥 슬슬 댕기다가선, 툭툭 떨어지구, 그랬다는 거야. 그래서.

(청중 : 사람 눈에 보이면은 그 집안이 망한대.)

어. [왼손으로 오른손 손목을 감싸면서] 이런 구렁이, 그러이, 집채 같은 구렁이 추매 끝에 타고 댕기다, 툭 떨어지구, 툭 떨어지구, 그랬대요.

그 여자가 아플 적에. (조사자 : 그 며느리가 아플 때?)

예, 그래서, 그 며느리가 죽구 나니까 구렁이가 싹 없어지고 말은 거야. 그 뚜란에, 그 넓은 데 거기가 구렁이가 덜썩덜썩 했는데. 그 싹 없어진 거야.

해와 달이 된 오누이

자료코드 : 02_06_FOT_20090227_CJU_LSS_0001
조사장소 : 경기도 김포시 통진읍 옹정1리 71번지 옹정1리 마을회관
조사일시 : 2009.2.27
조 사 자 : 김헌선, 최자운, 김은희, 변남섭, 시지은
제 보 자 : 이수숙, 여, 82세
구연상황 : 조사자들이 꼬부랑 할머니와 관계된 이야기를 아느냐고 묻자, 알고 있는 이야기를 해 주었다.
줄 거 리 : 꼬부랑 할머니가 딸네 집에 범벅을 해서 갔는데, 호랑이가 나타나서 할머니를 잡아 먹었다. 그 호랑이는 아이들을 잡아먹으려고 할머니 집으로 내려갔다. 호랑이가 어머니라며 문을 열라고 하자, 아이들은 손을 넣어보라고 했다. 어머니가 아닌 것을 확인한 아이들은 문을 열어주지 않았다. 날이 밝아 호랑이는 산으로 도망가고 아이들은 잡아먹히지 않았다. 이 이야기는 꼬부랑 할머니가 호랑이에게 잡아먹힌 이야기와 해와 달이 된 오누이 이야기가 겹쳐져서 특이하게 변이되었다.

꼬부랑 할머이가 범벅을 해 가지구, 딸네이 가는데 호랭이가 잡아 먹을려구, 할머이, 잡아먹을려 그래니까, 범벅을 하나 줬대. 주니깐, 안 잡아먹구. 그 놈으 딸내미는 멀었나 봐. 한 고개 또 넘어 가니까, 또 하나 달래더래. 그 애, 다 주니까, 나중에 잡아먹었지 머야, 할머이.

그러구선 딸네 갔다 온 거 모양, 아이들 잡아먹을려구, 또 와서 문을 열어 달래더래.

"손을, 우리 어머이 손을 넣어 보라."

그러니까, 호랑이 손이더래. 개서, 우리 어머이 손 아니라구 그리니까. 또 가서 어떻게 허구 와서 또 디밀구,

"문 열어 달라." 그러구 그리더래.

그런 걸, 지 어머이 아니니까 안 열어줬지. 뭘. 그러다 날 밝으니까, 그 너무 호랭이가 산으로 올라갔나 봐. 잽혀맥히진 않았대, 아이들은.

장사가 쌓은 바위의 유래

자료코드 : 02_06_FOT_20090225_CJU_LYJ_0001
조사장소 : 경기도 김포시 통진읍 가현3리 603-14번지 가현3리 마을회관
조사일시 : 2009.2.25
조 사 자 : 김헌선, 최자운, 김은희, 변남섭, 시지은
제 보 자 : 이윤재, 남, 72세
구연상황 : 마을 뒷산인 해란산에 내려오는 이야기가 있냐고 묻자, 그 산에 장사바위가 있다고 하면서 이 이야기를 해 주었다.
줄 거 리 : 마을 뒷산에 큰 바위가 있는데 장사가 쌓아 올렸다고 하기도 하고, 자연적으로 생긴 것이라고도 한다.

그 아주 그 바위가, 조(저) 모테이(모퉁이)루 돌아가만 있는데, 아주 묘하게 생겼어요.

근데 머, 옛날 얘기루 들으며는 장사, 그 분들이 져다가 올려 쌌대는(쌓았다는) 분두 있구, 자연으로 거기 생긴 거 겉은데, 그런 말도 있습니다.

쌓은 거 비슷허게 돌을, 이렇게 쌓았는데 커요, 아주.

빈대 절터, 가라사 내력

자료코드 : 02_06_FOT_20090225_CJU_LYJ_0002
조사장소 : 경기도 김포시 통진읍 가현3리 603-14번지 가현3리 마을회관

조사일시 : 2009.2.25

조 사 자 : 김헌선, 최자운, 김은희, 변남섭, 시지은

제 보 자 : 이윤재, 남, 72세

구연상황 : 해란산에 관련된 이야기를 하던 도중 제보자는 해란산에 절이 있었다면서 빈
대 절터 이야기를 하였다.

줄 거 리 : 예전에 해란산에 절이 있었는데, 빈대 때문에 망하였다.

네, 여기, 그전에 절이 하나 있었어요. 그 절이 있었는데, 그거이, 뭐,
뭐, 빈댄가 그거이 그렇게 막, (청중 : 가라사, 가라사라구 있어.) 가라사.

빈대가 많았답니다. 그래 가지구 그, 빈대가 많아 가지구, 절이 그냥,
그제 없어졌답니다, 그거이. 그래서 뭘 했어요. 그래서 절이 없어요.

가막못 유래

자료코드 : 02_06_FOT_20090225_CJU_LYJ_0003

조사장소 : 경기도 김포시 통진읍 가현3리 603-14번지 가현3리 마을회관

조사일시 : 2009.2.25

조 사 자 : 김헌선, 최자운, 김은희, 변남섭, 시지은

제 보 자 : 이윤재, 남, 72세

구연상황 : 마을에 내려오는 전설에 대해 이야기하던 중 마을 앞에 가막못에 얽힌 사연
이 있다면서 이 이야기를 해 주었다.

줄 거 리 : 마을 앞 가막못 앞으로 신랑 신부 일행이 지나가다가 신랑이 잘못해서 그 연
못에 빠져 죽었다. 그것을 본 신부도 그 자리에 투신하고 말았다.

요 앞에 가막못이래는 거 있었어. 연못이.

개, 에 누가 결혼식을 허는데, 신랑은 말을 타, 당나귈 타구 가구. 에
신부는 가말 타구 가다가, 에 신랑이 아마 거기다 빠졌나 봐. 그래서 죽으
니깐, 이 여자가, 가마에 탄 여자가 '난 살아서 뭘 허갔냐.'구, 그러구 거
기서 빠져 죽었답니다.

그래 가지구, 에, 여긴 물이 귀해 가지구, 이 두루박으루 이렇게 퍼서

그전에 농살 지었잖아요. 근데, 거길 파 보만, 말 뼉다구두 인제, 이런 게 나왔구, 그런 유전은 좀 있어요.

상김이 고개의 유래

자료코드 : 02_06_FOT_20090227_CJU_LHJ_0001
조사장소 : 경기도 김포시 통진읍 가현4리 425번지 가현4리 마을회관
조사일시 : 2009.2.27
조 사 자 : 김헌선, 최자운, 김은희, 변남섭, 시지은
제 보 자 : 이희재, 남, 81세
구연상황 : 마을 유래에 대해 이야기하던 중 전주 이씨가 이 마을에 정착하게 된 배경에 대해 이야기하였다.
줄 거 리 : 이 마을 전주 이씨의 선조 중 한 사람인 이상기가 형님 댁을 다녀오던 길에 날이 저물어서 지금의 가현4리에서 하룻밤 묵게 되었다. 당시 가현4리에는 남평 문씨가 살고 있었는데 그날 머물게 된 집의 주인이 이상기의 사람 됨됨 이를 알아보고는 머물러서 집안일을 도우라고 하였다. 그 이후 사위로 삼았는 데, 점차로 이상기의 후손이 번성하여 남평 문씨보다 전주 이씨가 이 마을에 많이 살게 되었다. 이상기 할아버지가 가현4리로 넘어오는 고개를 상김이 고 개라고 한다.

우리 여기 제일 큰 할아부지가 상자 기자 할아버지에요. 상기 할아부지 야. 그 양반이, 사 형제가 기셨는데, 인천 주안에, 그 전엔, 주원, 주원이 라고 있어. 거기 사셨는데, 우리 할아부지가 여기가 세짼가, 그리구 큰할 아부지가 이 저, 조강 건너 풍덕이래는 동네가 있어, 풍덕.

거기에 형님이 사셨는데, 이제, 쬐끄만 어렸을 때 아마, 거기를 형님네 를 가셨던 모냥이에요. 그래, 그땐, 질두 넓지 않구, 산골 길루 해서 갔다 가 오시다가, 날이 저물었대. 날이 저물어서, 아, 여길, 산골길로 걸어오시 다가, 갈 수두 없어. 인제, 해두 저물구 밤이 어두우니까. 게서 '어디 사람 사는 데가 없나.' 허구서, 이 고개를 넘어오셔서 언덕에를 떡 보니까, 호

롱불이 빤짝빤짝 대구, 이 동네가 보였다 이기야.

개, 내려오니까는, 그째, 이 동네가 남평 문씨 촌이야, 남평 문씨. 근데, 아주 큰 동네를 이루었어. 그때 성들이, 많아서. 개, 내려와서 사랑방에 불이 켜져 있으니까, 문을 두드리면서, 찾으니까,

"누구냐?"

"지나가는 젊은 아이입니다."

"왜 그러냐, 들어와 봐라." 개, 들어오니깐, 이쁘장하고 젊은, 저 젊은 아이가 들어오는데,

"어떻게 해서 여길 왔어?" 허니까, 아, 그렇잖아.

"저, 조강 건너 풍덕엘 갔다 들어오다가, 형님댁에 갔다가 오다가, 길이 저물어서 배두 고프구 갈 길두 찾질 못하갔구, 그래서 들렀습니다." 개 거기서 인제, 얘길 하다 보니깐,

"저녁을 좀 갖다 멕여라." 그래서 저녁을 갖다 먹구, 이럭저럭 얘길 허다가, 세월이 하루 이틀 지났는데, 아, 잘 허더라 이기야.

"너 그렇대면, 여기서 소두 좀 띠끼구(풀을 뜯어 먹이고) 말이야, 저, 우리 일허는 거 째금(조금) 돕구 해서 여기서 같이 지낼 수가 있겠느냐?" 허니깐,

"아, 있겠다구." 그래서 인제 거기서 지내다가, 나이가 차구 이럭허니까, 남평 문씨 할머니를 배필을 삼았어.

어, 그래서 인제, 그리구 보니까는, 차츰차츰 좀 남평 문씨가 사라지구, 우리 그 할아버지 손(孫)들이 퍼져서, 시방 아랫 웃 가현3리, 4리 이 일대가 전부 우리 전주 이씨 촌이 되었습니다. (조사자 : 아, 2리, 3리, 4리가 다 그래요?)

가현4리 사연이루, 그러니까. 그래서 그때 그 할아부지가 넘어오신 길을 우리 저, 어른들 추측으로두 상김이 고개라 그랬어, 상김이 고개. 근데 어떤 사람들은 샌님이 고개라 그러구. 원칙은 상기 할아버지가 넘어오셔

서 상기 고개, 상김이산 고개라 그랬다구.

미륵당을 모시게 된 내력

자료코드 : 02_06_FOT_20090227_CJU_LHJ_0002
조사장소 : 경기도 김포시 통진읍 가현4리 425번지 가현4리 마을회관
조사일시 : 2009.2.27
조 사 자 : 김헌선, 최자운, 김은희, 변남섭, 시지은
제 보 자 : 이희재, 남, 81세
구연상황 : 정초에 하던 마을굿에 대해 이야기하던 중 제보자가 가현4리에 미륵당이 있
　　　　　다고 하면서 아래 이야기를 해 주었다.
줄 거 리 : 마을 우물을 보수하던 중 우물 밑에서 큰 바위가 나왔다. 마을 사람들은 그
　　　　　바위가 미륵 바위라고 여기고, 당을 만들어 모셔놓고 치성을 드리곤 하였다.

　우리 마을에는 처음에, 그 고개 밑에, 인제, 시방 고유 우물, 우물. 그
때 샘을 파서 먹는 거고 샘 나는 것이 있으니, 그런 것이 몇 군데 있었어
요, 응.

　근데, 아, 우물을, 물이 저렇게 하니까, 어, 파다 보니까, 이상한 돌멩이
가, 빼죽한 돌멩이가 하나가 이렇금 걸려들어서 나오더라 이기야.

　'아, 괴상허다 말이야.' 돌멩이가 아마 우리 키만헙니다. 그런 것이, 그
래서, '아, 이건 미륵이다, 미륵돌이다.' 그래서 옛날 그 할머이들이 큰 나
무나, 큰 돌이나 이런 걸 가지구 미륵으로 빌구, 어, 잘되구 아이들두 수
명두 길게 해 달라구 그러는 거 아니에요.

　그래서 그, 미륵이 있어요, 미륵이. 그 독맹이를 해서 잘 모시구. 그냥,
저, 여름이구, 정월이구 그냥, 할머이들이 가서 잘 되라구 비는, 미륵이
있어요. 아직까지 전래해 내려오고 있습니다.

해란산의 토탄

자료코드 : 02_06_FOT_20090227_CJU_LHJ_0003
조사장소 : 경기도 김포시 통진읍 가현4리 425번지 가현4리 마을회관
조사일시 : 2009.2.27
조 사 자 : 김헌선, 최자운, 김은희, 변남섭, 시지은
제 보 자 : 이희재, 남, 81세
구연상황 : 마을에 내려오는 이야기에 대해 조사하던 중 인근 해란마을에 목탄이 많이
　　　　　난 이유를 이야기하였다.
줄 거 리 : 천지개벽 때 해란산에 나무가 많이 떠내려 왔다. 지금도 그 곳에 가서 땅을
　　　　　파보면 목탄이 많이 나와서 사람들이 이용하곤 하였다. 가현3리의 해란산에
　　　　　얽힌 이야기이다.

　그리구, 해란이 남에 동네 얘긴데, 고 머, 우리 가현리꺼… 근데, 거기
가 바다에요, 강이에요, 강.

　그래서 그 저, 옛날에 천지개벽 때 비 장마가, 장마가 많이 졌을 때 나
무가 떠들어와서 여기 파묻혀서 토탄(土炭)을 캐만, 한 1메타(meter) 정도
나 이렇게 캐면 말이에요. 토탄, 토탄. 그 목탄이라 그러지. 시커멓게 썩
은 거, 그거 어마 어마하게 매몰되어 있었어요.

　그래서 마이 캐서, 8·15 해방 되고 나서 이후 마이 캐서, 그걸 갖다
말려서 불두 때고, 다 이런 거 한 거에요.

가마못 전설

자료코드 : 02_06_FOT_20090227_CJU_LHJ_0004
조사장소 : 경기도 김포시 통진읍 가현4리 425번지 가현4리 마을회관
조사일시 : 2009.2.27
조 사 자 : 김헌선, 최자운, 김은희, 변남섭, 시지은
제 보 자 : 이희재, 남, 81세
구연상황 : 가현3리의 가마못 이야기에 대해 알고 있냐고 물으니 이 이야기를 해 주었다.

줄 거 리 : 옛날에 신랑신부 일행이 가마못의 외나무 다리를 지나가다가 함께 빠져 죽었
다. 그 뒤에 그 곳을 팠을 때 사람의 뼈가 나왔다. 가마못의 물은 죽은 신랑
신부의 눈물이라고 한다.

가마못에 대한 얘기만 잠깐 허죠. 가마못은 뭐냐면, 옛날에 신랑 신부,
혼행 일부, 그러니깐 앞에 저 머이 가구, 뒤에 가마 가구. 아이, 말 가구,
가마 갔나? 어, 그리구 인제, 하님 머, 이구 가는 사람 있구.

다 가서 그 외나무 다리야. 가마못이 다리 나무 다리 하나 있었어. 거
기 건너가다 다 빠져 죽었어. (조사자 : 그 일행이 다?) 어, 그 일행이. 혼
인 일행이 다 빠져 죽었단 말이야, 가다가.

그러면 어트금(어떻게) 증명을 허느냐. 이, 저 비가 안 오구 허니까는
8·15 전 까장도 그 있었어요. 포크레인으로 팠단 말이야. 파니까, 말뼈
머 이런 거 다 나왔단 말이야. 그니깐, 사실이 확실헌 거야, 옛날 어른들
이 말씀허신 것이. 그래서 가마 일행이 빠져서 그 청춘의 혼이 으 이, 저,
지금두 남아 있대.

그 거기 물이 이만한 [양 팔을 크게 벌리면서] 샘대가 이래, [가마못이
크다는 표현을 했다.] 툴렁덜렁… 청춘의 한을 풀어서 눈물 나는 물이라
그랬어. 그때두.

전등사의 물 긷는 처녀상(處女像)

자료코드 : 02_06_FOT_20090208_SJE_JBH_0001
조사장소 : 경기도 김포시 통진읍 옹정2리 78번지 전봉해 자택
조사일시 : 2009.2.8
조 사 자 : 김헌선, 최자운, 김은희, 변남섭, 시지은
제 보 자 : 전봉해, 여, 78세
구연상황 : 강화 송인면에서 태어나 18세에 같은 송인면 사람에게 시집갔다는 제보자에
게 어렸을 때 강화에서 들은 옛날이야기가 없냐고 물었다. 제보자는 전등사에

얽힌 이야기가 있다며 이야기를 시작하였다.

줄 거 리 : 전등사 지을 적에 목수로 일하던 사람에게 이웃 사람들이 주막집 딸을 중매
하였다. 그런데 무슨 영문인지 혼인 전날 그 딸이 없어져 버렸다. 목수는 그
딸이 날마다 물동이를 이고 물을 길러 다니던 모습을 전등사 네 귀퉁이에 나
무로 깎아 놓았다.

전등사 그 절 지을 적에, 목수가 그 전에 지우라 그랬지? 지우가 이렇
게 작귀(자귀, 나무를 깎아 다듬는 연장)질 하잖아요. 연장이 다 있잖아?

그런데 거기가 주막집이 하나 있었어. 주막집 하나 있는데 거기 딸 하
나가 있었대요. 홀어머니가 기르는 딸이 하나 있었대요. 근데 시집갔다가
소박맞아 온 딸인지, 그냥 시집을 안 간 아가씨인지 그건 몰라. 근데 그
목수헌테루 중매를 했대.

그래 가지구, 잔칫날을 잡았는데, 내일이 잔치인데 오늘 정도 여자가
없어진 거야.

그 여자가 만날(맨날) 물동일 이구, 물을 길러 댕기고 그랬기 때민에 그
작귀루다가 막대길 깎아서 물동이를 해서. 네 구텡이 지금 가면 있어요.
이렇게 물동이 이고 있는 거. 가 봐요, 있어요. 네 구텡이 요렇게 막대기
로 깎아서 해 놨어요. 그 얘기는 내가 들었어요, 옛날에.

해와 달이 된 오누이

자료코드 : 02_06_FOT_20090208_SJE_JBH_0002
조사장소 : 경기도 김포시 통진읍 옹정2리 78번지 전봉해 자택
조사일시 : 2009.2.8
조 사 자 : 김헌선, 최자운, 김은희, 변남섭, 시지은
제 보 자 : 전봉해, 여, 78세
구연상황 : 전등사 이야기를 마친 제보자에게 조사자들이 '어르신, 기억력이 참 좋으시
다'며 감탄하였다. 제보자는 어렸을 때 어머니께 이야기를 많이 들었는데 그
걸 많이 기억하는 편이라고 하였다. 조사자가 '혹시 떡 하나 주면 안 잡아먹

지?' 이런 이야기 아시냐고 묻자, 이야기를 해 주었다.

줄 거 리 : 남편 없이 아이를 기르던 어머니가 직조 일을 하고 메밀묵을 얻어 집으로 돌아오는 길에 호랑이를 만났다. 호랑이는 메밀묵과 묵을 담았던 그릇까지 차례로 다 뺏어 먹고, 어머니의 옷을 빼앗아 입고는 애들이 있는 집으로 갔다. 아이들은 목소리도 이상하고 털이 잔뜩 난 호랑이를 의심했지만, 막내 동생에게 젖을 주어야 한다는 말에 문을 열어주었다. 막내를 데리고 자는 어머니에게서 자꾸 이상한 소리가 나는 것을 의심한 오빠는 똥이 마렵다며 여동생을 데리고 나가 우물 옆 느티나무 위로 올라갔다. 아이들을 찾으러 나온 호랑이가 나무 위로 올라오자, 아이들은 달님에게 기도해서 하늘에서 내려온 동아줄을 타고 올라갔다. 호랑이도 달님에게 빌어 내려온 헌 동아줄을 타고 올라가다가 줄이 끊어지는 바람에 수수깡 쌓은 데로 떨어져 수수깡이 빨갛다고 한다. 하늘로 올라간 여자아이는 달이 되고 남자아이는 해가 되었다가, 여자아이가 무섭다고 하여 여자아이는 해, 남자아이는 달로 바꾸었다.

어떤 어머이가 남편 없이 아이를 둘을 길렀대요. 하나는 깟난 애기구, 좀 어리지, 그리구 또 하나는 좀 젖 떨어진 애기고 그렇게 길렀는데, 하두 살기가 어려와서 그 엄마가 아마 직조를 짜러 댕겼나 봐요.

직조를 짜러 댕겼는데, 그 직조 짠 집에서 묵을 주드래, 메밀묵. 애들 갖다 주라구. 그래서 그걸 이구 오는데, 산길루 오는데 호랑이가 나타나 가지구,

"여보, 여보. 그거 뭐요?" 그러데래. 그래서 묵이라 그러니까

"나 하나 주면 안 잡아먹지." 그랬대.

그래서 하나를 던져 줬대요, 그랬더니 그걸 먹고서는 또 다 샘켜 버리고 또, 그러데래. 그래서 그걸 또 주고 또 주고 해서, 내중(나중)에 다 없어진 거야. 그래 내중에는 없으니께는,

"그 그릇을 주면 또 안 잡아먹지."

그래서 그릇을 줬대요. 빈 그릇을. 그랬더니 또 조금 하니까 또,

"옷을 벗어 주면 안 잡아먹지."

그러데래. 그래서 옷을 벗어 줬대는구먼. 옷을 벗어 줬더니 그거를 다

입구, 함박을 이구, 그리구선 그 애기네 집을 간 거야. 애기네 집에 가 가지구,

"엄마 왔다. 문 열어라." 그러니께는. 큰 아이가 반색(반색)을 해서 문을 열어 준 거야. 열어 주니께는

"애기 젖 주게 문 열어라." 그러니까 열어 준 거야. 그러니까 냥 호랑이가 껑충 뛰어 들어간 거야. 그러니까 처음에,

"엄마 목소리가 아니라구, 어디 손 좀 여(이) 문으로 디밀어 보라."고 그랬어. 디밀어 보니까 손톱이 길고 털이 난 거야. 그래서

"우리 엄마 손 겉지가 않다."구 그러니까,

"아니라구, 엄마라구. 열어달라구, 애기 배고프니까 젖 줘야겠다."고.

그래서 문을 탁 열어 줬대는구만. 그랬더니 호랑이가 껑충 뛰어 들어온 거야. 뛰어 들어와 가지구선 애기를 아랫목에 데리고 자는 거야, 호랑이가. 그리고 큰 아이는 윗목에 드러누워 있는데, 뭘 아작아작 먹는 소리가 나드래. 그래서, 애가 참 셋이래. 인제 큰 애들이,

"엄마 뭐 먹어?" 그랬대. 그러니께는,

"응, 저기서 누룽지 갖다가 먹는 거다. 누룽지 가져 와서 먹는 거다." 그래.

"나 좀 주세요." 그러니까,

"다 먹었다." 그러더래.

그래서 또 잠 든 척 하고 있으니께 또 그러드래, 또 뭘 먹드래. 그래서

"엄마 뭐 먹어요?" 그러니께는,

"누룽지 먹는다." 그러드래.

그래서,

"나 좀 줘요." 그래니껜,

"다 먹었다." 그러드래.

그래서 그냥 조금 큰 아이가 지 동생보구,

"저 누룽지 다 먹어서 우리들 잡아먹히겠으니까 어디로 나가자."

그래 가지고 엄마한테 핑계를 댄 거야.

"엄마, 밖에 나가서 똥 좀 눠야겠다."고.

그러니까,

"뭘 나가냐고? 요강에다 눠라." 그러드래.

그게 다 거짓말이겠지. 호랑이 담배 핀다 그러는데, 호랑이가 말했잖어? 다 멀쩡한 소리지.

그래서 두 아이가 인제 똥 마렵다 그래 가지고구, 나간 거야. 나가 가지구선 마당에 요만한 옹달 우물이 하나 있었대. 근데 거긴 또 큰 느티나무가 하나 있구. 그래서 이 애들이 느티나무를 올라간 거야.

느티나무 올라가서 있으니께, 호랑이가, 하도 안 들어오니까 나가 본 거야. 나가 보니껜, 없더래, 애들이. 그냥 왔다 갔다 하다 보니까 우물을 들여다 보니께, 거기가 그림이 보이더래. 그래서 그때는, 그냥 이렇게 허면 이리 쫓아가구, 이렇게 허면 또 이리 쫓아가고 그러니까 애들이 우습다고 거기서 막 웃다가 그때 쳐다본 거야. 쳐다보구선

"니네들 어떻게 올라갔냐?" 그러니께는,

"기름 발르구 올라왔지." 그러니께,

이 놈의 호랑이가 기름을 갖다 발르구 올라가니 더 미끄러운 거야. 그래 나중에 이제,

"어떻게 올라갔냐?" 그러니께는

"까꾸(까뀌, 한 손으로 나무를 잡아 깎는 연장)로다가 쪼끔씩 쪼끔씩 찍고 올라오면 되지." 그랬대.

그랬더니 호랑이가 까꾸로 갖다 쪼끔씩 찍어서 다 올라갔다는구만. 잽히게 되니까께는 애들이,

"달님, 달님. 우리를 살려 줄려면 새 동아줄을 내려 달라."구.

"새 방석에 새 동아줄을 내려달라."구 기도를 했대.

그랬더니 새 방석에 새 동아줄을 내려 주드래. 그래서 그거를 타고 개네들은 올라간 거야. 그러니까 호랑이가 애들 있는데 다 올라와 가지구,

"달님, 달님. 나를 살리려면 새 동아줄을 내려주세요."

그랬더니, 헌 동아줄하고 헌 방석허구 내려줬대. 그래서 그거 타고 올라가다가 끊어졌대는구만. 끊어져 가지고 낭구(나무), 느티낭구 밑에다가 수수깡을 이렇게 쌓아놨대. 수수깡을 쌓아놨는데, 거기서 떨어져 갖구, 수수깡이 어딜 보면 빨갛구 어디 보면 하얗구 그래요. 그래서 호랑이가 똥구멍이 거기 껴 가지고, 그거 피가 묻어서 빨갛다, 인제 그렇게 얘기들 하시더라구. 그래서 그런 얘기지 뭐.

(조사자 : 그 하늘에 올라간?)

그래서 개네들은 여자 아이는 달이 되구, 남자 아이는 해가 됐대. 근데 여자 아이가,

"오빠, 나 밤에 대니는 거 무서와." 그래 가지구,

"그럼 너하고 나하고 바꾸자." 그래 가지구,

하나는 해가 되구 하나는 달이 됐다 그러더라구.

밥 많이 먹는 마누라

자료코드 : 02_06_FOT_20090208_SJE_JBH_0003
조사장소 : 경기도 김포시 통진읍 옹정2리 78번지 전봉해 자택
조사일시 : 2009.2.8
조 사 자 : 김헌선, 최자운, 김은희, 변남섭, 시지은
제 보 자 : 전봉해, 여, 78세
구연상황 : 제보자에게 구렁이 신랑 이야기를 아냐고 묻자, 우렁이 신랑은 알아도 구렁이 신랑은 모른다고 하였다. 조사자들이 그럼 우렁이 신랑 이야기를 해 달라고 하니, 그건 재미없다며 좀처럼 이야기 보따리를 풀지 않았다. "할머니, 밥 많이 먹는 마누라 이야기 아세요?"라고 묻자 이 이야기를 해 주었다.

줄 거 리 : 아내가 밥을 많이 먹는다며 매일 싸우던 남편이 하루는 산에 나무를 하러 갔
다가 똥이 마려워 개울에 똥을 누었다. 마침 개울에 빨래를 하러 갔던 아내는
된장이 떠내려 온다며 그것을 건저서 집에 가지고 왔다. 집에 와서 아내는 밥
을 잔뜩 해 먹고는 소화 시키려고 콩까지 볶아 먹었다. 집으로 돌아온 남편은
아내가 개울에서 된장을 건졌다는 이야기를 듣고는 그건 자기 똥이라고 했다.
'물에 떠내려 온 된장 덩어리'이야기와 '밥 많이 먹는 마누라'가 결합된 형태
이다.

영감님은, 영감님하고 마나님하고 맨날 싸웠대. 밥 많이 먹는다구.

옛날에는 밥 많이 먹으면 싫어했지. 눈 아픈 메느리는 안 쉬고 입 아픈
며느리만 쉰대잖아. 입 아픈 며느리는 밥을 못 먹으니껜, 먹지도 못하고
일을 많이 하고 눈 아픈 며느리는 먹기만 하고 일을 못하니까. 그 정도로
옛날에는 그렇게 어렵게, 어렵게 살았어요.

그래 가지구 영감님하구 마나님하구 사는데, 그냥 맨날 싸운대, 밥 많
이 먹는다구.

근데 이 여자가 바가지에다가 밥을, 그릇이 없어서, 영감 밥 푸구 바가
지에다가 밥을 퍼 가지구, 거기에다 김치니 뭐 나물 죄다 섞어서 먹으면
많잖아? 우리네 지금 먹는 것두 밥하구 국하구 반찬하구 섞으면 무척 많
을 거야, 그거. 응? 그래 그걸 먹으니껜 바가지 밥 보고 여편네 내쫓는다
그러잖아? 그래 맨날 나가라 그랬대. 밥 많이 먹는다구.

그랬는데 한날은 싸우고서는 영감은 나무허러 가구 마누라는 집에서
인제 있는데, 이 할아버이가 똥이 마려워서 물 내려가는 데다 똥을 눴다
는구만. 산에가 개울물 내려가잖아? (조사자 : 그렇죠.)

근데, 마침 마누라가 빨래를 하러 개울에 갔대는구만. 똥덩어리가 떨어
져 나오드래. 그래 그걸 건저 왔대. '된장이 어디서 떠오나?' 그러구.

그래 그걸 건져다가, 밥을 해서 시컨(실컷) 먹구서는, 영감 없으니까,
밥을 시컨 먹고 그냥 배가 불르니간 죽갔드래, 어떻게 할 수가 없드래. 그
래 콩을, 콩을 볶아 먹었대요. 콩 볶어 먹으면 삭는다 그래서 콩을 볶아

먹었대.

그래 영감님이 나뭇짐을 지구 내려오는데 연기가 끌끌 하고 나드래. 그래서, '이 놈의 마누라가 또 밥을 해 먹나보다.' 하고서는 와 보니께는,

"아유, 된장찌개 해 났으니 먹으라."고,

영감보고 그러드래. 그래서,

"무슨 된장찌개냐?"고 그러니깐,

"물에서 된장 덩어리가 떠내려 와서 그거다 쪄서 밥을 했다." 그러드래. 그래서

"아유, 그거 내 똥이구만!" 그랬대.

그래 짧아, 그런 건. [일동 웃음]

(조사자 : 영감님이 뭐 이렇게, 찔러 죽이거나 그러진 않았다는 거에요? 그렇게 해서 끝났어요?) 예, 끝났어요. (조사자 : 아유, 재밌네요.)

불효하는 아내 버릇 고친 남편

자료코드 : 02_06_FOT_20090208_SJE_JBH_0004
조사장소 : 경기도 김포시 통진읍 옹정2리 78번지 전봉해 자택
조사일시 : 2009.2.8
조 사 자 : 김헌선, 최자운, 김은희, 변남섭, 시지은
제 보 자 : 전봉해, 여, 78세
구연상황 : 제보자가 황진이와 이태백에 대해 아는 것을 이야기 한 다음 속담을 여러 가지 말하였다. 속담을 15개 정도 이야기 한 제보자에게 효도 잘한 며느리 이야기를 묻자, 그런 이야기는 아니고 시어머니를 미워한 며느리 이야기가 있다며 이야기를 해 주었다.
줄 거 리 : 어느 며느리가 시어머니를 몹시 미워하자, 남편이 밤을 한 가마니 사와서는 하루에 네 톨씩 해서 이 밤을 다 드시게 하면 어머님이 죽는다고 하였다. 그 말을 듣고 며느리가 하루에 네 톨씩 밤을 구워서 시어머니께 드리니, 시어머니는 점점 기운이 나고 예뻐졌다. 그러자 시어머니는 며느리가 효도한다고 자

랑을 하며 다니고 며느리도 시어머니 자랑을 하며 다니게 되었다.

그거는 뭐, 어떤 건지 몰라도 내가 아는 거는, 시어머니를 너무 너무 미워했대요. 시어머니를… (조사자 : 시어머니를, 며느리가?) 응, 며느리가.

그랬는데 죽어라고 그렇게 미워했는데, 신랑이 밤을 한 가마 사 왔드래. 굵밤(굵직한 밤), 밤을 한 가마 사 가지구 와서,

"이거 어머니를 꼭, 아주 네 톨씩만 구워서 드리면은, 이거 밤 떨어지면 죽는다."

그래 가지구 사다 드렸는데 이 며느리가 죽는대니까 그걸 아주 정성껏 효도한 거야. 그냥 꼭 구워서 네 개씩 그냥 아주 잊어버리지 않구 그냥 죽으라고 그거 갖다 줬는데. 아~ 시엄마가 기운이 나고 그냥 얼굴이 예뻐지고 그냥, 우리 메느리 그냥 효도한다고 그냥 댕기며 자랑한 거.

그런 건 알아요? (조사자 : 그 얘기 좀 해 주세요.) 그거에요 그러게. 얘기가 그거라구. (조사자 : 그래 가지구 어떻게 됐어요?) 그래서 그냥 며느리 자랑허구 메느리는 시어머니 자랑허구, 그렇게 살았대요. (조사자 : 결국은 불효한 것이 결국 효도를 한 거네요?) 네.

콩쥐 팥쥐

자료코드 : 02_06_FOT_20090208_SJE_JBH_0005
조사장소 : 경기도 김포시 통진읍 옹정2리 78번지 전봉해 자택
조사일시 : 2009.2.8
조 사 자 : 김헌선, 최자운, 김은희, 변남섭, 시지은
제 보 자 : 전봉해, 여, 78세
구연상황 : 계모 이야기 중에 의붓자식 손 자르는 계모 이야기를 묻자, 장모 집에 도둑질 하러 갔다가 손 잘린 사위 이야기를 짧게 하였다. 혹시 의붓딸한테 계모가 몹시 한 이야기는 없냐고 묻자, 콩쥐 팥쥐 이야기를 하였다.
줄 거 리 : 의붓어머니는 의붓딸인 팥쥐에게만 심한 일을 시키고 미워했다. 반면, 친딸인

콩쥐에게는 쉬운 일만 시키고 칭찬만 해 주었다. 하루는 의붓어머니가 콩쥐와 잔치 구경을 가면서 팥쥐에게 벼를 찧어놓고, 큰 독에 물을 길어놓고 잔치에 오라고 하였다. 다행히 새가 벼 찧는 것을 도와주고, 밑 빠진 독을 두꺼비가 막아주어 일을 마칠 수 있었다. 하늘에서 내려온 당나귀의 도움으로 잔치를 갈 수 있었는데, 가는 길에 팥쥐는 신발 한 짝을 떨어뜨렸다. 신발 한 짝을 주운 임금이 신의 주인인 팥쥐를 찾아 색시를 삼았다. 그런데 어느날 콩쥐가 팥쥐에게 목욕을 가자고 하고는 팥쥐를 물에 빠뜨려 죽이고 자기가 팥쥐 행세를 하였다. 하루는 임금이 술 먹으러 갔다가 술집 할머니가 젓가락을 바꿔 놓은 것을 타박하니 벽장 속에서 "계집 바뀐 것은 모르고 젓가락 바뀐 것은 아느냐"며 팥쥐가 나왔다. 임금은 자신을 속인 콩쥐를 잡아다 젓을 담갔다. 널리 알려진 것과 달리, 콩쥐가 친딸이고 팥쥐가 의붓딸이며, 콩쥐가 팥쥐를 죽이고 그것이 들통이 나고 팥쥐가 다시 환생하는 이야기까지 길게 이어진다.

내가 들은 대로는 콩쥐 팥쥐는, 팥쥐는 의붓딸이고 콩쥐는 친딸이래. 근데 이제 마누라가 죽어서 인제, 콩쥐 딸린 어머이를 이제 얻어온 거야, 마누라를. 얻어 가지고 또 아바이께는 팥쥐가 딸리구, 그렇게 있었는데. 얘기가 어떻게 됐드라.

그래 가지구 사는데, 그냥 의붓어머니가 그냥 팥쥐만 일을 시킬라 그러구 밭을 매두 저, 막대기 호미 부러질 거를 주구, 자기 딸은 쇠 호미를 주구, 그렇게 해서 호미자루 부러뜨리면 때려 주구, 밥도 안 주구 그냥, 그렇게 미워했대 그냥. 그런데 한날은 그냥 밭을 매러 나갔는데 콩쥐는 호미루다 매서 빨리 얼른 밭을 매고 들어가서 칭찬을 받고 얼른 밥을 먹구, 팥쥐는 호미가 부러져서 못 매는 거야. 그 만날 매 맞고 욕먹고 그러는 거야.

그러더니 한날은 그 어머이가 그러는 거야.

"저기, 잔치 구경을 갈 테니까는, 콩쥐하고 잔치 구경을 갈 테니껜, 너는 저 베(벼) 얼만큼쯤 몇 말 찧어놓고, 또 물 크단 독에다 하나 길어다 붓고 그렇구 허구 오라." 그랬어.

오라 그래구선 옷두 없고, 신두 없고, 아무 것도 없이 해 놓구.

그래서 이건 뭐 하도 그러니까, 영감을 볼 적엔 잘하고, 이르지도 못하고, 이르면 더 매 맞으니깐 이르지도 못하고. 그냥 그 고생을 하고 사는데, 둘이서 잔치 구경을 간 거야, 콩쥐딸만 데리고.

팥쥐는 가얄 텐데, 그걸 해 놓고 오라 그랬으니, 어떡해? 그래서 베를 짷어서 널어놓으면 새가 와서 그걸 그냥 까먹는대지? 그래서 그냥,

"왜 남 짷지도 못하는 거, 왜 까먹냐?"구.

이 아이가 그냥 뚜들기고 장차를 뚜들기고 초롱을 뚜들기고 새를 날라다니고 그랬는데 얼마 있다 가 보니까, 새가 날아가서 안 오드래. 그래서 가 보니까 다 까 놨드래 그거를, 새들이. 아주 그걸 좋다고 갖다놨는데.

또 물을 길어다 부어얄 텐데, 암만 길어다 부어도 독이 차질 않는 거야. 그 밑 빠진 독에 물붓기라 그러잖아? 그래 가지구 그냥 울구 있었대. 그랬더니 커단 두꺼비가 하나 오드니,

"팥쥐야, 너 왜 우냐?" 그러드래. 그래서,

"밑 빠진 독에다 엄마가 물을 길어다 부으라 그랬는데 암만 갖다 부어도 차질 않는다." 그러니껜

"내가 그 속에 들어가서 엎드려 있을게, 길어다 부어라." 그러드래.

그래서 두꺼비가 구멍을 막고 있어서 그걸 하나 부어 놨다지.

길어다 부어 놓구서 이제 잔치 구경을 가얄 텐데. 이 하늘 위를 올라가야 헌대. 그 타구 올라갈 것도 없구 뭐, 그냥 옷두 없구, 그래서 그냥 한탄을 하구 있는데. 무슨 당나귄가 뭐가 하나 내려오드래. 내려오드니, 옷을 아주 이쁜 옷허고 신발허구 다 해서 주드래지 뭐야? 그래서 그땐 그거를 입구, 신두 이쁜 거 신구, 그 올라갔대, 당나귀를 타고 올라갔대.

올라가다 신발이 하나 벗어졌대는구만? 거진 다 올라가서. 그러니까 그냥 그 하늘에서 임금이,

"이 신이 누구 신인가?" 하구서,

주인을 찾아줄라고 하니까는 콩쥐 엄마가 콩쥐 신이라고 달라고 그러

는 거야. 그래서 콩쥐가 신어보니까 안 맞어, 그것이. 그 그래 그냥 이리 저리 찾다 팥쥐가 신어보니까, 팥쥐가 꼭 맞는 거야. 그래서 팥쥐를 주고 선 인제 색시를 삼았어.

색시를 삼아 가지구 결혼해서 잘 살고 있는데, 콩쥐가 오더니,

"언니, 저기 가서 목욕하자고, 저기 연못에 가서 목욕하자고." 그래서 데려갔어.

그래서 니가 먼저 하니, 내가 먼저 하니, 고기 앉으라구, 돌에 앉으라 그래 가지구. 팥쥐가 거기 앉았는데 그걸 떼밀어서 물루 빠졌어. 팥쥐가. 물에 빠져서 죽었어. 죽었는데, 그때는 콩쥐가 인제 팥쥐 옷을 다 입구, 여전히 다허구 그러고선 온 거야. 임금한테로 온 거야.

근데 다 거짓부렁이겠지. 그거 뭐 지 여편네를 몰르갔어? 그 임금은 색 시인 줄 알고, 색시인 줄 알고 사는데, 그 동네에 술 먹으러 대니는 할머 이가 있대.

그래서 인제 술집에 가서 술을 먹을라구 그러는데, 그 상에다가 젓갈 (젓가락) 하나를 거꾸로 놨대는구만. 그러니까는 계집 바뀐 줄은 모르고… 임금이 그랬대.

"젓갈이 바꿔졌다."고 그러니까는,

"여편네 죽은 건 모르고 젓깔 바뀐 거는 아냐?"고 그랬대누만. 그 할마 이가.

근데 그 할마이가 그거를 어떻게 알았냐 허면 팥쥐네 집을 가끔 간대 요. 가마는(가며는) 인제 담뱃불 붙인다고 아궁으루(아궁이로) 나가면 이 쁜 구실이 있대는구만.

그래서 그걸 갖다 벽장에다 뒀대. 그래서 그 할마이가 술장사를 하는 거야. 그 임금이 술 먹으러 갔는데 젓갈 하나 바꼈다 그러니까, 벽장 속에 서 그러드래.

"계집 바뀐 건 모르고 젓갈 바뀐 건 아느냐?"고 그러드래.

귀신이 그리는 거라고 그러드라고. 그래서 그게 뭐냐고, 끄내 보라구 그러니께, 팥쥐가 나왔대 거기서. 팥쥐가 둔갑을 해 가지구 나왔대. 그래 보니께는 콩쥐가 거짓말 핸 거야.

그래 그 콩쥐를 붙들어다가 쪼각쪼각해서 젓을 담갔대. 젓을 담가 가지구, 어머이를 불러 가지구, 그거 팥쥐, 콩쥐 젓 담근 거라고 아르켜 줬대. 그렇게 말하더라구.

봉이 김선달

자료코드 : 02_06_FOT_20090208_SJE_JBH_0006
조사장소 : 경기도 김포시 통진읍 옹정2리 78번지 전봉해 자택
조사일시 : 2009.2.8
조 사 자 : 김헌선, 최자운, 김은희, 변남섭, 시지은
제 보 자 : 전봉해, 여, 78세
구연상황 : 앞서 여러 이야기를 한 제보자는 이런 얘기 모두 엄마한테 들었는데, 엄마는 열 세 살에 돌아가셨지만 자신이 엄마를 닮아서 이야기도 잘 하고 기억력도 좋다고 하였다. 책에서 읽은 이야기도 많이 기억하는데, 그 중 김선달 이야기는 너무 길어서 하기 힘들다고 하였다. 조사자들의 요청에 마지못해 시작하는 듯 했으나, 조사자들이 이야기에 호응하고 재미있어 하자, 김선달 일화 다섯 편을 계속 이어나갔다.
줄 거 리 : 봉이 김선달에 관한 많은 일화 중에 다섯 가지를 이야기하였다. 밀물과 썰물을 이용해 대동강을 팔아먹은 이야기, 지저분한 곳에 가져가면 미인을 못 보는 거울을 판 이야기, 장님 잔치 한다며 장님을 모아서는 항아리 값을 물게 한 이야기, 멋쟁이들만 먹을 수 있다며 쉰 팥죽을 판 이야기, 남의 집 화장실에서 똥 누고 돈 받고 나서 남의 병풍 뒤에 똥 누고 돌로 쳐서 난리 친 이야기이다.

봉이 김선달이 웃기지 뭐. (조사자 : 어떤 사람이에요?) 뭐, 저기 팥죽 쒀서 팔아먹구 대동강 물 팔아먹구. (조사자 : 대동강 물 어떻게 팔아먹었대요?)

370 증편 한국구비문학대계 1-10

대동강 물 어떻게 팔아먹었냐면… 저기 물이 썼다 들어왔다 하잖아요.

그러니께, 살 사람한테 그걸 팔았는데 이 산 사람이, 그 아까 많았드랬는데 다 팔았으니까 요거 남았나 하는 호기심에 산 거야. (조사자 : 그래 가지구요?) 그래 내, 얼마 있으니까 물이 또 하나 잔뜩 차는 거야.

또 거울도 팔아먹고. (조사자 : 거울은 어떻게 팔아먹었어요?)

거울은, 주머니에다 넣고 댕기면선 이렇게 보면 미인도 나오고 다 나온다 그래 가지구 그거 팔아먹고, 이건 지저분한데 가져가면 부정 타서 못쓴다 그랬어.

근데 이 사람이 가서 보니껜, 자기 얼굴만 뵈지 아무 것도 안 보이는 거야, 사 가지구 가서. 그래서 그거 도로 가져 왔어.

"아무 것도 뭐, 기생도 안 나오구 아무 것도 안 나온다."고. 그러니께는,

"그거 지저분한 데 가져갔던 거 아니냐?" 그랬드니,

"아, 아까 화장실에 갔드랬구나." 그래, 그렇게 해서 속여 먹구. 전부 다 그렇게 속여 먹은 거야.

장님 잔치에서도 속여 먹고, 그냥 뭐. (조사자 : 장님 잔치는 또 처음 듣는 얘긴데, 그건 뭐에요?)

장님 잔치는 또 장님 잔치 헌다 그래 가지구, 원두막 하나 지어서 놓고서는, 이 원두막 기둥 하나를 썩은 걸로 했어요. 그래 가지구 장님 잔치 한다 그래 가지구, 장님들을 다 몰아다 놨어. 다 몰아다 놓구선, 새금파리(사금파리, 사기그릇의 깨어진 작은 조각), 새금파리를 잔뜩 주워다가 원두막 밑에다 놔 뒀어.

그리구선 그, 장님들이 다 모여서 그냥 맛있는 냄새는 나는데 갖다 주지도 않구 냄새만 나는 거야, 그냥. 돼지고기 비계만 조금 태우면 되니까는. 보진 못 하니, 못 보니까는.

그래 가지구 냄새가 나니까 주길 바라고 기다리고 있는데, 요기다가

[코 밑을 문지르며], 잠든 사람한테 여기다 똥을 갖다 붙여 줬다고. 똥을 갖다 미끌어 줬다구. 그러니겐,

"아휴~ 구린내 난다."구.

"니가 똥 쌌다."구 그러니께,

"이 놈아, 니가 똥 쌌지, 내가 똥 쌌냐?"고.

서로 누가 똥 싼 줄을 몰르는 거야. 전부 발라 놔 가지구. 그래 가지구 거기서 싸움을 해 가지구, 막 때리구 부시고 싸움해 가지구, 원두막이가 헐어졌어. 기둥 하나 막대기 하나 썩은 걸 해서. 그 헐어진 그 밑에 사금 파리도 다 깨져 있는 거 아냐? 이미. 그래서 그거 값 물어내라구 그래 가지구, 그 값 물어내서 또 먹고 살고.

팥죽 쒀 가지구 또 쉬게다 해 놔 가지구 간판을 붙였어. '쉰 팥죽'이라고, 솔직허게. 그러니께, '쉰 팥죽이 어떻게 생겼나?' 하고 모두 먹으라 오거든. 아구, 애초에 팔 때 그래.

"이거 웬만한 사람 못 먹는다."구,

"이거 웬만한 사람은 못 먹구, 이거는 아주 멋쟁이들이나 먹는다."구.

그러니께 호기심에 그거 사 먹구 그냥 못 먹고 놔두면, 돈 받고 그냥 가면 다른 사람한테 또 그런 식으로 팔아 먹고. 계속 그렇게 해서 돈 벌구… 봉이 김선달이 그렇게 한 사람이야.

양반집에 또 화장실에 똥 마려워 갖구 거기 들어가서 똥 누고 문을 챘는데(채웠는데), 양반 마누라가 똥을 누러 와 가지구 문을 챘으니까,

"문 열어라." 그러니께

"못 연다고 여쭤라, 못 연다고 여쭤라."

죙일 가 내중에는,

"돈 주께 나와라."

그래 가지구 돈 받고 나왔어요. 그리구, 그래두 똥을 못 다 눴어, 설사가 나서. 그래서 어느 평풍(병풍) 가게에 가서,

"이거 구경해도 되겠냐?" 그러니까 된다, 보라 그러니께, [제보자 집에 있는 병풍을 가리키며] 우리 여기 평풍 있잖아? 보라 그러니까 평풍 삥 돌아쳐 놓고서는 거기다 똥을 눴다구.

그러구선 내중에 평풍 장사가 걷으니껜, 거기 똥이 있잖아? 그랬더니

"이 새끼, 여기다 똥을 눴으니 당장 못 치갔냐?" 그러니까,

돌을 갖다가 탁 치니까 똥이 다 헤져 가지구 저런 데 붙었어 여기.

"이눔의 새끼, 똥 치래니까 왜 이렇게 허냐?"니까,

"치라 그래서 쳤는데 어떡하란 말이냐?"구.

그렇게 해서 돈 받아먹구, 그런 봉이 김선달이야.

아내의 못된 버릇을 고친 남편

자료코드 : 02_06_FOT_20090208_SJE_JBH_0007
조사장소 : 경기도 김포시 통진읍 옹정2리 78번지 전봉해 자택
조사일시 : 2009.2.8
조 사 자 : 김헌선, 최자운, 김은희, 변남섭, 시지은
제 보 자 : 전봉해, 여, 78세
구연상황 : 이야기 보따리를 풀기 시작한 제보자에게 조사자들이 오성과 한음 또는 가난한 사위가 과거에 붙은 이야기들을 묻자, 그런 이야기는 다 책에서 읽었는데 많이 잊었다고 하였다. 모자란 사위 이야기를 묻자, 문득 다른 이야기가 생각났는지 모자란 사위 이야기는 나중에 하고 다른 이야기 먼저 하자며 이 이야기를 시작했다.
줄 거 리 : 바람둥이에 술 잘 먹는 부잣집 딸이 똑똑하고 가난한 총각과 혼인을 했다. 하루는 남편이 출타한 사이 아내가 동네 남자와 좋아지내다가 그만 동네 남자를 죽이고 말았다. 남편이 중간에 돌아와 시신을 발견하고 아내에게 바닷가에, 산에 갖다 버리라고 하고는 자신이 먼저 가서 겁을 주어 아내를 골탕 먹였다. 그리고는 자신이 죽은 남자를 지고 나가서 죽은 남자가 술 먹고 가서 행패를 부리던 양반집 앞에 세워놓고, 종이 발로 차서 죽은 것처럼 꾸몄다. 양반이 어쩔 줄 몰라 남편에게 와서 돈을 많이 주며 시신 처리를 부탁하자

남편은 그러마고 하였다. 남편은 또 남자의 시신을 지고 죽은 남자 집 앞에 세워놓고는, 자기 아내와 말다툼 끝에 남자가 목을 맨 것처럼 꾸몄다. 다음 날 아침 죽은 남자의 부인은, 아이 낳은 자신을 위해 미역과 쌀을 갖고 왔는데 자신과 말다툼을 해서 결국 남자가 목을 맸다고 여기고 죽은 남편의 시신을 잘 거두었다. 꾀를 내어 아내의 나쁜 버릇을 고친 남편의 이야기 유형이나, 마지막에 아내의 버릇을 고쳐 잘 살았다는 부분은 결락되었다.

어떤 집이가 딸을 하나 낳았는데 아주 부잣집 딸이래. 어찌 바람둥이구, 그냥 속을 쎅이구, 장단 뚜들기고, 노래만 부를라 그러구, 춤만 추고 술장사만 할라고 그래서, 부잣집 딸인데 시집을 못 간다지 뭐야. 누가 데려가질 않는대.

그래서 걱정을 했드니, 그 동네 또 한 사람이 똑똑헌데도 돈이 없는 거야, 이 사람은. 그래서 그러면 그 딸을 자기를 달라 그랬어. 그래서 거기로 시집을 보냈다고. 옳다구나 하고. 보냈는데, 그 살다가 안 살면 어떡하냐 그랬더니, 내가 사람 만들어 살 테니께 달라. 그래서 그리 시집을 뵈냈어.

뵈냈는데 거기로 시집을 와서도 맨날 그냥 술장사만 허자 그러드래. 그래서 허라 그랬대. 그랬더니 신랑이 잘 달랠랴고 하라 그랬대. 그랬더니 술을 집에서 조금씩 만들어 가지구 판대지?

근데 그 동네에 또 대머리가, 벗어진 사람이 하나 있대. 근데 그 사람이 아주 술주정뱅이래. 그, 거 와서 맨날 술을 먹는대지. 그러면 그냥 그 여자하고 서로 눈짓하고 말야, 서로 좋아하고 바람, 웃구 그래서 이 신랑이 속상한 거야.

그래서 한날은 그냥 어딜 간다 그러구, 누나네 간다 그러구, 갔어. 낼 (내일) 온다 그러구. 갔는데 밤에 와서, 이 사람이. 와 가지구선, 오니깬, 밤중에 오니깬, 색시가 부엌에서 뭘 덜그럭 덜그럭 허드래. 그래서,

"뭐하냐?"고 하니까

"저기, 밤참을 먹으러 나왔다." 그드래.

"밤참을 가지러 나왔다." 그드래.

"그럼 어서 가지구 들어가자." 그러니까.

처음엔 와서

"문 열어~ 문 열어~" 그러니께는,

"누구세요? 누구세요?"

그러고 얼렁 안 열어 주드래. 한참 동안을.

그래서 들어가서 인제,

"왜 도로 왔냐?" 그드래. 그래서

"뱃시간이 떨어져 갖구 그냥 왔다."고 그랬대.

색시를 앞에다 몰구 들어가니께, 어휴 추워서 방에 이불을 들추니까 송장이 하나 있드래지? 방에가? 그래서 보니까 그 대머리드래. 그 노상 대니는 대머리. 그래서 마누라보고

"남의 남자를 좋아했으면 좋아했지, 사람을 왜 죽였냐?"구,

"어떡할 거냐고, 너 큰일 났다구, 날만 밝으면 우린 가막소(감옥소)에 가야 한다."구 그랬대. 그러니까

"니가 죽였으니까 니가 책음(책임)을 져라."

그래 놓구선 그걸 묶어서 이어 줬다는구만.

"저기 저 바닷가에 동네 쑥 넣어진 데 있지 않냐. 거기다 갖다 그냥 던지고 오라."구 그랬대.

그래서 이어 줬더니 여자가 그걸 이고선 무서우니까 얼른 그걸 이고 간 거야. 그, 이 남자가 먼저 갔어 거기를. 먼저 가서 숨어 가지구 호령을 했어.

"어, 그 괘씸한 놈의 송장을 어디다 빠뜨리냐구? 용궁에서 벌주기 전에 당장 나가라."구.

막 그냥 목소리 변장해 갖구, 그냥 악을 쓰니까, 여자가 그걸 내려놓지

도 못하고 그냥 이고 온 거야. 그냥 이고서 집으로 온 거야 또. 남자가 또 먼저 왔어.

"왜 왔냐?" 그러니까,

"어유, 힘들어서 어떻게 할 수가 없구, 그냥 거기서 막 호령을 해서 도로 가져 왔다."고. 그러니까,

"그거 내려놓고 조금 쉬었다가, 저 산에 쑥 나온 데 구덩텅이 있지 않냐?"

서로 아는 데지.

"거기다 갖다 넣고 오너라."

그랬어. 그래서 조금 쉬어서 이어 줬어. 그러니께, 여자가 또 이고 가는 거야. 또 남자가 먼저 갔어. 먼저 가 가지구 또 호령을 허는 거야.

"산신령께서 벌주기 전에 당장 가라."구 말야.

그 여자가 도로 이고 왔어. 또 남자는 먼저 왔어. 그래서,

"왜 도로 왔냐?" 그러니까,

"산에서 호령을 해서 도로 가져 왔다." 그러니까,

"그건 니가 책임진 거니까 니가 해야 할 일인데, 날은 점점 밝아오고 그러니께는 천상 내가 어떻게 해야겄다."고 그러구선 그걸 지고 나갔어, 송장을.

지고 나가서 그 동네에 양반집이 하나 있대. 근데 그 대머리가 술 먹고 그리 지나댕기믄선,

"이 새끼야, 양반이믄 다야? 니가 있으면 얼마나 있어? 나와, 나와."

이러믄선 그렇게 주정을 하고 댕겼대, 오면 가면. 그래서 그 양반이, 그 대감이, 그 사람을 몹시 싫어한대. 저 놈을 어떻게 해야 하나, 노상 마음을 먹었대.

그래서 거길 가 가지구선 남자가 대문 밖에다가 세워 놨대는구만. 세워 놓구서는 그 대머리 목소리루 또 이제 양반을 불르는 거야, 나오라구. 그

러니까 그 양반이 하인을 불러서 저 대머리 놈의 새끼 또 왔으니 가서 죽여 버리라고 그랬어. 그러니께 이 종이 나와 가지구 발길로 걷어차 가지구서는 쓰러졌네. 쓰러지니까 죽었잖아. 이미 죽은 거니깬. 그러니께 들어와서 머리를 긁적이면서 죽었다고 그러는 거야. 그러니께,

"이놈아! 직이랜다구 정말 직이냐고 말이야. 그걸 때려서 혼내서 보내지 그걸 죽이냐구. 그럼 어떡할 거냐구? 큰일 났다구, 인제 송장을 이걸 어떡하냐?"고.

또 그 집이 걱정을 하는 거야. 그래 가지구 이 양반이 생각하다 못해 술장사네 집엘 온 거야. 와 가지구,

"여보게, 이만 저만 해서 그렇게 됐으니 그 대머리 새끼 만날 댕기며 악쓰고 주정했는데, 우리 하인이 나가서 그걸 죽였다."구 말야. 그러니께,

"자네 돈을 얼마 줄 테니 그걸 갖다 어떻게 처리를 시켜 달라." 그랬어. 그러니께 그 뭐 어려운 사람이니까

"할 수 없죠. 그럼 허갔다."구 그래서,

그래 돈을 많이 줬어. 그래서 이 사람이 이걸 지구서는 그 대머리네 집엘 간 거야. 그, 즈이 집에 찾아 간 거야. 찾아가서 인제 대문 밖에다가 목을 매달아 놨어. 그 송장을, 목을 매달아 놓고,

"문 열어, 문 열어. 이년아." 그러니께는,

"저 엠병할 놈. 또 술 처먹고 들어 왔구만." 그러드래, 여편네가. 그래서,

"안 열어줘?" 그러니까

"안 열어줘." 그러드래.

"그럼 나 죽는다!" 그랬드니

"죽어!" 그랬대.

"목 매달아 죽는다!" 그러니께,

"아이 뒈져!" 그랬대.

그래서 이 사람이 그렇게 해 놓고 이제 왔어.

근데 여자가 아칙에(아침에) 나가 보니깨는, 목을 매달아 죽은 거야. 그러니께 울면선… 근데 쌀 닷 되하고 미역 한 잎하고 그 술장사하는 남자가 갖다 놨어. '이놈이 그래두, 기집년 아이 낳을 달은 알아 가지구, 미역하구 쌀하구 갖다 놨다구.'

그래서 그 집에서 송장 치렀대. [일동 웃음]

그런 얘기두 있었어.

바보 사위

자료코드 : 02_06_FOT_20090208_SJE_JBH_0008
조사장소 : 경기도 김포시 통진읍 옹정2리 78번지 전봉해 자택
조사일시 : 2009.2.8
조 사 자 : 김헌선, 최자운, 김은희, 변남섭, 시지은
제 보 자 : 전봉해, 여, 78세

구연상황 : 앞서 '아내의 나쁜 버릇을 고친 남편' 이야기를 듣고 나서, 조사자들이 그렇게 긴 이야기를 어떻게 다 기억하시냐고 감탄하자, 제보자는 자신이 기억력이 좋다며 그 기억력 좋은 게 아들한테도 전해졌다고 하였다. 그리고는 '모자란 사위' 이야기 보따리를 또 풀어 놓았다.

줄 거 리 : 모자란 사위가 하루는 처갓집에서 경단을 얻어먹고 집에 오는 길에 개울을 건너면서 외우고 오던 '경단'을 '으차'로 바꾸어 외웠다. 집에 와서 아내에게 '으차'를 만들어 달래다가 싸움이 났는데 싸움 끝에 경단 이름이 생각났다. 자신의 잘못을 장인 장모에게 빌기 위해 처갓집에 인절미, 닭 한 마리, 술 한 병을 싸 가지고 가다가 중간에 이름이 생각이 안 나 보따리를 풀어 놓고는 생긴대로, 소리 나는대로 이름을 '늘어옴츠래기, 꺽꺽퍼덕이, 올랑쫄랑이'라고 외우고 처갓집에 갔다. 장모와 장인이 모자란 사위가 이름을 대는 음식 때문에 싸움이 났는데, 사위는 장인이 장모에게 욕하는 것을 그대로 따라하고 말았다.

그 사위가 아주 모지랐대. 근데 처갓집엘 가 가지구, 처갓집에 가니께

는 경단을 맨들어 줬대, 경단. 그걸 맛있게 먹고 와 가지구,

'마누라보구 가서 만들어 달라 그래야겠다.'구.

"이게 이름이 뭐냐?"고 물어보니까 경단이라고 그러드래. 그래서

"경단, 경단." 그러구 오다가,

개울인가를 하나 으차! 하고 건넜대. 그때서부텀

"으차, 으차." 하구 왔대잖아.

그때서부터,

"으차, 으차." 해 가지구 집에 와서 마누라보고,

"으차를 만들어 달라." 그랬어. 그래니게

"으차가 뭐냐?"구. 그러니까

"아니, 으차도 몰르냐구 말야, 느이 집이 가서 으차를 먹고 왔다."고 그러드래.

그래서 으차가 뭔가 하고 쌈이 난 거야. 그러니게, 그냥 그 전엔 담뱃대가 있었잖아? 그 담뱃대루다가 막 후려 갈겨 가지구, 이런 데가 뿔쑥뿔쑥 나왔드래. 그래서

"여기는 밤톨 만하게 나오고, 여기는 경단 만하게 나왔다." 그러니까,

"맞어, 경단!" 그러드래 그때야.

그래서 인제 처갓집에 가서 잘못했다고 빌으라고 닭 한 마리허고, 술 한 병허고, 인절미를 해서 줬대, 가주가라구. 그랬더니 그걸 가주갔는데, 가주가서 생각이 안 나는 거야, 또. 그러니게 저기 장모는 의붓장모래. 그 장모는 인제 뒤꼍에 가서 일하고 장인만 있는데 그걸 가져가니께는,

"이게 뭐냐?" 이러니깨는,

근데 가다가, 그것도 잊어버려서, '이게 뭔가?'

생각이 안 나더래.

그래서 그걸 펴 놓고 봤대, 가다가 증말. 펴 놓고 가면서 이거 떡을 이렇게 잡아당겼대누만. 오그라들고 오그라들고, 인절미가. 그래서

‘이거 늘어옴츠래기구나.’ 그랬대. 늘어옴츠래기.

그리구 닭은 또 이거 잡았을 적에 퍼덕퍼덕 했으니께는, ‘이건 꺽꺽퍼덕이구나.’ 그렇게 또 지가 이름을 짓고.

또 술은 또 한 병을 가지고 가다가 도저히 생각이 안 나서 흔들어 보니까, 쫄랑쫄랑 하길래 ‘이건 올랑쫄랑이구나.’ 하고 생각을 했대.

그래 가지구, 가서 장인보고 그걸 풀르니까,

“그게 뭔가?” 그러니까

“올랑쫄랑이하고, 꺽꺽퍼덕이하고, 늘옴츠래기하구 갖고 왔어요.” 그랬대.

“그거이 뭔가? 자네 장모한테 좀 물어 봐야갔네.”

그리구서는 뒤꼍에 나가 장모를 불렀대는구만.

“여보 마누라, 사위가 뭐 아주 이상한 걸 가져 왔다.”구,

들어가 보라 그러니께는,

“뭐, 아무것도 아닌데 뭘 그러냐?”고 말야.

“인절미허구, 술허구, 닭허구 가져 왔구만.” 그랬대. 그랬드니,

“이 놈의 마누라가 왜 사위가 한 대로 안 하고 딴 말을 하냐?”구

마누라하고 쌈이 났대. 그러니까 마누라가 도망간다구 절구 뒤에가 숨어 있었대. 그랬드니 영감이 쫓아 나오믄서,

“이거 보따리도 안 클루고(풀고), 먹게 안 해주고 어디로 갔냐?”구,

쫓아 나오면서 사위보구,

“그 년 어디로 갔냐?” 그러니까

“그 년 저기 숨었어요.”

그랬대. [일동 웃음]

그래서 그거이 얘기가 된 거지, 그거는.

강화 인경간 에밀레종

자료코드 : 02_06_FOT_20090208_SJE_JBH_0009
조사장소 : 경기도 김포시 통진읍 옹정2리 78번지 전봉해 자택
조사일시 : 2009.2.8
조 사 자 : 김헌선, 최자운, 김은희, 변남섭, 시지은
제 보 자 : 전봉해, 여, 78세

구연상황 : 노래를 몇 곡 하던 제보자에게 조사자들이 아기 어르는 소리 혹은 아이 재울 때 하는 소리를 묻자, 갑자기 생각난 듯 이야기를 하기 시작한다. 아기와 관련된 노래를 묻자 종을 만들 때 아기를 넣어 만들었다는 이야기가 생각난 듯하다.

줄 거 리 : 강화 인경간에 있는 종은 '줄 거 없는데 우리 애기나 줄까?'라고 말한 집의 아기를 넣어 만들었기 때문에, 종소리가 '에밀레~ 에밀레~' 하고 난다.

그, 강화 저기, 저 인경간, 강화에 인경간[3]이 있어요. 무슨 큰 일 때면 치는 거 있잖아요?

그걸 맨들 적에, 그 인경을 맨들 적에 쇠를 걷어서 했대요, 쇠를. 근데 한 집이 가니까 애기를 안고 나와서,

"우린 줄 거 없는데 우리 애기나 주까? 우리 애기나 주까?" 그랬대.

그런데 그거 해서 만드니까 소리가 안 나드래요. 그래서 그 집에 애기를 갖다 넣고 찧어서 했대. 그래서 에밀레~ 에밀레~ 그러는 거래. 그 종소리가 에밀레~ 에밀레~. 에미 때문에 그랬다구.

이가 서캐한테

자료코드 : 02_06_FOT_20090208_SJE_JBH_0010
조사장소 : 경기도 김포시 통진읍 옹정2리 78번지 전봉해 자택
조사일시 : 2009.2.8

---

3) 인경, 조선시대 통행금지의 시작을 알리기 위해 치는 종을 인경(人定)이라 하는데, 여기서 인경간이란 종이 있는 범종각을 말한다.

조 사 자 : 김헌선, 최자운, 김은희, 변남섭, 시지은
제 보 자 : 전봉해, 여, 78세
구연상황 : 빠진 이를 지붕에 던지면서 하는 노래를 부른 제보자한테 버짐 난 아이들 놀
리는 노래를 물었다. 그런 노래는 생각이 안 난다는 대답에, 그러면 이 빠진
아이들 놀리는 노래가 있냐고 묻자, 이가 서캐한테 하는 이야기는 있다며 구
연하였다. 조사자들이 이와 서캐를 잘 모른다고 생각하여 설명을 덧붙였다.
줄 거 리 : 사람 몸을 돌아다니는 이가 머리카락에 붙어 있는 서캐한테 집 잘 보라는 당
부를 하며 귓바퀴 뒤로 빨래를 간다.

　서캐는 머리카락에 붙어 있잖아? 또 암만 쪼끄매두, 이는 기어 댕기잖
아? 그러니까 커단(커다란) 이가 서캐보구.

　"애기 데리고, 가래이 데리고 집 잘 봐라. 나는 귓바꾸(귓바퀴) 뒤로 빨
래를 갔다가, 납작고장 만나면 죽을지 살지 몰르니까, 가래이 데리고 집
잘 봐라."

　그런대지. 그니께 뭐냐면, 서캐는 붙어 있잖아? 집을 보는 거잖아? 가래
이는 돌아댕기잖아? 커단 이는 여, 여그 와서 감실감실 하잖아? 그러니께
귓바꾸 뒤로 빨래를 갔다가 납작고장 만나면 죽을지 살지 몰른다 그러는
거야.

방아깨비 놀리는 노래

자료코드 : 02_06_FOS_20090227_CJU_GAG_0001
조사장소 : 경기도 김포시 통진읍 옹정1리 71번지 옹정1리 마을회관
조사일시 : 2009.2.27
조 사 자 : 김헌선, 최자운, 김은희, 변남섭, 시지은
제 보 자 : 권애기, 여, 7세
구연상황 : 어릴 때 방아깨비 뒷다리를 잡고 어떤 노래를 했냐고 물으니, 소리를 해 주었다.

아침 방아 찧어라

저녁 방아 찧어라

이러면서 고건 가지고 놀았어.

다리 뽑기 노래

자료코드 : 02_06_FOS_20090208_SJE_JBH_0001
조사장소 : 경기도 김포시 통진읍 옹정2리 78번지 전봉해 자택
조사일시 : 2009.2.8
조 사 자 : 김헌선, 최자운, 김은희, 변남섭, 시지은
제 보 자 : 전봉해, 여, 78세
구연상황 : 많은 이야기를 구연한 제보자가 입도 마르고 힘들다고 하여 이야기 조사가 더 이상 어려워 보였다. 분위기를 살짝 바꾸어 어렸을 때 부르고 놀았던 노래를 하나씩 여쭈었다. 여럿이 다리를 끼고 놀았던 노래를 묻자, 바로 노래를 하였다.

일득이 이득이

삼득이 사득이

오득이 육득이

칠득이 팔득이

구득이

구득이 된 놈은 다리 하나 오그리구, 또 인제 또 그케 하는 거야.

일득이 이득이

삼득이 사득이

오득이 육득이

칠득이 팔득이

구득이

그러면 또 오그리구, 그렇게 했어요.

(조사자 : 다리 하나 남았을 때도 똑같이 그렇게 해요?) 그 땐 안 해요.

별 헤는 소리

자료코드 : 02_06_FOS_20090208_SJE_JBH_0002
조사장소 : 경기도 김포시 통진읍 옹정2리 78번지 전봉해 자택
조사일시 : 2009.2.8
조 사 자 : 김헌선, 최자운, 김은희, 변남섭, 시지은
제 보 자 : 전봉해, 여, 78세
구연상황 : 하늘에 있는 별을 보면서 헤아리는 소리가 있냐고 묻자, 별 보고 숨 안 쉬고
몇 개 세는가 하는 놀이를 하면서 부르는 노래가 있다고 하였다.

별 하나 꽁 나 하나 꽁

별 둘 꽁 나 둘 꽁

별 셋 꽁 나 셋 꽁

별 넷 꽁 나 넷 꽁

별 다섯 꽁 나 다섯 꽁

별 여섯 꽁 나 여섯 꽁

별 일곱 꽁 나 일곱 꽁

별 여덟 꽁 나 여덟 꽁

별 아홉 꽁 나 아홉 꽁

별 열 꽁 나 열 꽁

(조사자 : 숨 안 쉬고 끝까지 해서 몇 개 세는가 그래 가지고 이기는 거죠?) 그럼요. 그렇게 했어요, 네.

소꿉장난 불 때는 소리

자료코드 : 02_06_FOS_20090208_SJE_JBH_0003
조사장소 : 경기도 김포시 통진읍 옹정2리 78번지 전봉해 자택
조사일시 : 2009.2.8
조 사 자 : 김헌선, 최자운, 김은희, 변남섭, 시지은
제 보 자 : 전봉해, 여, 78세
구연상황 : 소꿉장난 할 때 부르던 노래가 없는지 묻자, 노래는 안 하고 깨진 사발이나 대접·술잔 등을 솥이라고 하면서 그 밑에 흙을 갖다 놓고 불 땐다고 하면서 하던 말이 있다고 하면서 이렇게 읊었다.

왜 사발 깨진 거 굽들 있잖아? 밑에. 그걸 갖다 놓구선 대접 깨진 건 큰 건 커단 솥, 또 쪼끄만 건 가운데 솥, 또 요만한 술잔 깨진 건 쪼끄만 솥 그걸 걸구선, 고기다 인젠 흙 갖다놓고 밥 하는 거라구.

꼴라박죽 때쭉 꼴라박죽 때쭉

맨날 그랬다구.

(조사자 : 아, 이게 밥할 때 불 때는 거라구요?) 응.

모래집 짓는 노래

자료코드 : 02_06_FOS_20090208_SJE_JBH_0004
조사장소 : 경기도 김포시 통진읍 옹정2리 78번지 전봉해 자택
조사일시 : 2009.2.8
조 사 자 : 김헌선, 최자운, 김은희, 변남섭, 시지은
제 보 자 : 전봉해, 여, 78세
구연상황 : 흙 장난 하거나 모래 장난 할 때는 뭐라고 하면서 놀았는지 묻자, 모래에다
　　　　　손을 넣고 두드리면서 이 노래를 하고 나서 손을 빼면, 모래가 축축하니까 이
　　　　　렇게 구덩이가 생겼다며 노래를 불렀다.

　모래에다 (손을) 이렇게 넣구선.

　　황새는 집 짓구
　　두께비는 물 길어 와라

　그린다구.

떡 감고 나와서 하는 소리

자료코드 : 02_06_FOS_20090208_SJE_JBH_0005
조사장소 : 경기도 김포시 통진읍 옹정2리 78번지 전봉해 자택
조사일시 : 2009.2.8
조 사 자 : 김헌선, 최자운, 김은희, 변남섭, 시지은
제 보 자 : 전봉해, 여, 78세
구연상황 : 어렸을 때 떡 감고 나와서 하던 노래나 해가 구름 속에 숨었을 때 하던 노래
　　　　　를 묻자, 떡 감고 나와서 몸을 두드리며 이렇게 노래했다고 한다.

짝짝 말라라

꼬치 꼬치 말라라

짝짝 말라라

꼬치 꼬치 말라라

　그러구 뚜들겼지, 해 나와라구, 냇가에서 먹 감고. (조사자 : 다섯 번만
해 주세요.)

짝짝 말라라

꼬치 꼬치 말라라

짝짝 말라라

꼬치 꼬치 말라라

짝짝 말라라

꼬치 꼬치 말라라

짝짝 말라라

꼬치 꼬치 말라라

대추 떨어지라고 부르는 노래

자료코드 : 02_06_FOS_20090208_SJE_JBH_0006
조사장소 : 경기도 김포시 통진읍 옹정2리 78번지 전봉해 자택
조사일시 : 2009.2.8
조 사 자 : 김헌선, 최자운, 김은희, 변남섭, 시지은
제 보 자 : 전봉해, 여, 78세
구연상황 : 바람이 불 때 부르는 노래 혹은 대추 떨어지라고 부르는 노래가 있었냐고 하
　　　　　자, 그 땐 이렇게 했다며 바로 노래를 불렀다.

바람아 불어라

대추야 떨어져라

아이야 줏어라

어른아 뺏어라

아이야 울어라

어른아 주워라

(조사자 : 한 번 해 보세요, 소리를 얹어서.)

바람아 불어라

대추야 떨어져라

아이야 줏어라

어른아 뺏어라

아이야 울어라

어른아 주워라

그랬지요.

잠자리 잡는 노래

자료코드 : 02_06_FOS_20090208_SJE_JBH_0007
조사장소 : 경기도 김포시 통진읍 옹정2리 78번지 전봉해 자택
조사일시 : 2009.2.8
조 사 자 : 김헌선, 최자운, 김은희, 변남섭, 시지은
제 보 자 : 전봉해, 여, 78세
구연상황 : 어려서 동무들과 함께 잠자리를 잡을 때 어떤 노래를 부르며 잡았냐고 물으
니, 이렇게 불렀다.

잠잘래비 꽁꽁

멀리 가면 죽구

이리 오면 산다

맨날 그러고 댕겼지.

잠잘래비 꽁꽁
멀리 가면 죽구
이리 오면 산다

잠자리 꽁꽁
멀리 가면 죽구
이리 오면 산다

잠잘래비 꽁꽁
멀리 가면 죽구
이리 오면 산다

잠잘래비 꽁꽁
멀리 가면 죽구
이리 오면 산다

달팽이 노래

자료코드 : 02_06_FOS_20090208_SJE_JBH_0008
조사장소 : 경기도 김포시 통진읍 옹정2리 78번지 전봉해 자택
조사일시 : 2009.2.8
조 사 자 : 김헌선, 최자운, 김은희, 변남섭, 시지은
제 보 자 : 전봉해, 여, 78세
구연상황 : 잠자리 잡는 노래에 이어, 풍뎅이 등 다른 곤충 노래를 물었는데 잘 모른다고
하였다. 그러면 달팽이 보고 하는 소리는 없냐고 하자 뭐 특별한 건 없다고
하면서 이렇게 불렀다. 달팽이를 보고 이 노래를 하면 달팽이가 춤을 춘다고
한다.

달펭아 달펭아

돈 한 푼 주께 춤춰라

돈 한 푼 주께 춤춰라

돈 한 푼 주께 춤춰라

돈 한 푼 주께 춤춰라

돈 한 푼 주께 춤춰라

새 쫓는 소리

자료코드 : 02_06_FOS_20090208_SJE_JBH_0009
조사장소 : 경기도 김포시 통진읍 옹정2리 78번지 전봉해 자택
조사일시 : 2009.2.8
조 사 자 : 김헌선, 최자운, 김은희, 변남섭, 시지은
제 보 자 : 전봉해, 여, 78세
구연상황 : 조사자들의 질문에 제보자가 춘향이 놀이 노래를 부르다가, 가사가 좀처럼 생
각이 나지 않아 중단하였다. 논에 앉은 새를 쫓을 때 어떤 노래를 부르냐고
묻자, 새 쫓는 노래를 불렀는데, 이 노래는 이야기 '콩쥐 팥쥐'에도 나온다고
하였다.

우이워라 뚝딱

남 찧지 못하는 거 왜 다 까 먹냐

우이워라 뚝딱

남 찧지 못하는 거 왜 다 까 먹냐

그렇게 했죠.

달님 보고 절하며 하는 노래

자료코드 : 02_06_FOS_20090208_SJE_JBH_0010
조사장소 : 경기도 김포시 통진읍 옹정2리 78번지 전봉해 자택
조사일시 : 2009.2.8
조 사 자 : 김헌선, 최자운, 김은희, 변남섭, 시지은
제 보 자 : 전봉해, 여, 78세
구연상황 : 정초부터 정월 대보름까지 마을 사람들이 어떤 의례를 지내는지에 대해 이야
기하던 중 대보름날 달이 떠오를 때 아이들이 동네 마당에서 짚에 불을 붙여
달을 보고 절을 하며, 속으로 소원을 빌면서 이렇게 말했다고 한다.

그냥 저 지푸라기 불 붙여 갖구.

다님 절합니다
다님 절합니다

그러는 거야.

가자 가자 감나무

자료코드 : 02_06_FOS_20090208_SJE_JBH_0011
조사장소 : 경기도 김포시 통진읍 옹정2리 78번지 전봉해 자택
조사일시 : 2009.2.8
조 사 자 : 김헌선, 최자운, 김은희, 변남섭, 시지은
제 보 자 : 전봉해, 여, 78세
구연상황 : 많은 이야기 보따리를 푼 제보자가 노래 보따리도 풀어놓자, 조사자들은 많은
질문과 요청을 하였다. 여우, 개똥벌레, 술래잡기 등 많은 질문을 하였는데 잘
모르거나 기억이 잘 나지 않는다고 하였다. 조사자들이 혹시 '가자 가자 감나
무'와 같이 말을 이어가며 하는 노래를 아느냐고 묻자, 노래를 불렀다. 기억
이 잘 나지 않아 노래가 순조롭게 이어지지는 못하였다.

가자 가자 감나무

오자 오자 [아냐.] 오다 보니 오동나무

가다 보니 가닥나무

밤이나 낮이나 밤나무

청나가자 땅버들 나무

찔르러 가자 아가씨 나무

또,

찔르러 가자 아가씨 나무

밤이나 낮이나 밤나무

돈이 많아 은행나무

백리 가자 백영나무

십리 절반 오리나무

백리에서 절반을 하면 오리나무 아냐? 그런 거.

가다 보니 가닥나무

오다 보니 오동나무

일 일본놈이

자료코드 : 02_06_FOS_20090208_SJE_JBH_0012

조사장소 : 경기도 김포시 통진읍 옹정2리 78번지 전봉해 자택

조사일시 : 2009.2.8

조 사 자 : 김헌선, 최자운, 김은희, 변남섭, 시지은

제 보 자 : 전봉해, 여, 78세

구연상황 : 앞서 '가자 가자 감나무'를 다 부른 제보자는 곧바로 일제시대에 아이들끼리
놀리면서 불렀던 노래가 있다고 하면서 아래 노래를 시작하였다.

일 일본놈이

이 이만 명을 데리구

삼 삼각산에 올라가

사 사방을 내려다보니

오 오만 명이

육 육철포를 가지구

칠 치러 들어와

팔자가 사나(사나워)

구 구둣발에 채여

십리 밖에 떨어졌다

그런 거 했다구.

(조사자 : 그걸 노래로 안 했어요?) 그냥 했어, 놀렸어.

이 빠진 아이 놀리는 노래

자료코드 : 02_06_FOS_20090208_SJE_JBH_0013

조사장소 : 경기도 김포시 통진읍 옹정2리 78번지 전봉해 자택

조사일시 : 2009.2.8

조 사 자 : 김헌선, 최자운, 김은희, 변남섭, 시지은

제 보 자 : 전봉해, 여, 78세

구연상황 : 많은 이야기와 노래를 한 제보자가 점점 지쳐 가는데, 아주 쉽고 재미있는 노래를 청하지 않은 것이 생각났다. 이 빠진 아이들 놀리는 노래가 있었냐고 묻자, 제보자가 웃으면서 노래를 해 주었다.

아가 아가

우물 앞에 가지 마라

이빨 빠진 달개기

붕어 새끼 놀랜다

헌 이 지붕에 던지며 하는 소리

자료코드 : 02_06_FOS_20090208_SJE_JBH_0014
조사장소 : 경기도 김포시 통진읍 옹정2리 78번지 전봉해 자택
조사일시 : 2009.2.8
조 사 자 : 김헌선, 최자운, 김은희, 변남섭, 시지은
제 보 자 : 전봉해, 여, 78세
구연상황 : 이 빠진 아이 놀리는 노래를 부른 제보자에게 조사자들이 빠진 이를 지붕에 던지는 노래도 있냐고 물었더니, 기억을 더듬어 노래를 불렀다.

까치야 까치야

너는 헌 이 갖고

나는 새 이 다오

그러구 던져.

다리 세기 노래

자료코드 : 02_06_FOS_20090227_CJU_JMS_0001
조사장소 : 경기도 김포시 통진읍 옹정1리 71번지 옹정1리 마을회관
조사일시 : 2009.2.27
조 사 자 : 김헌선, 최자운, 김은희, 변남섭, 시지은
제 보 자 : 조명순, 여, 78세
구연상황 : 어렸을 때 친구들끼리 방 안에서 다리 세기 놀이하면서 어떤 소리를 했냐고 묻자, 이 소리를 해 주었다.

한알대 두알대

넝넝거리

　　　　팔대 장군

　　　　고지레 뽕

　　그리믄 이거 치구. (청중 : 또 해.)

　　　　한알대 두알대

　　　　넝넝거리

　　　　팔대 장군

　　　　고지레 뽕

　　이건 치구.

　　　　한알대 두알대

　　　　넝넝거리

　　　　팔대 장군

　　　　고지레 뽕

　　그리믄 이거 치.

대추 떨어지길 바라며 부르는 노래

자료코드 : 02_06_FOS_20090227_CJU_JMS_0002

조사장소 : 경기도 김포시 통진읍 옹정1리 71번지 옹정1리 마을회관

조사일시 : 2009.2.27

조 사 자 : 김헌선, 최자운, 김은희, 변남섭, 시지은

제 보 자 : 조명순, 여, 78세

구연상황 : 가을에 대추나무 아래에서 대추가 떨어지라고 부른 노래가 있냐고 묻자 이
　　　　노래를 불렀다.

　　　　바람아 불어라

대추야 떨어져라

아이야 먹어라 (청중 : 아이야 줏어라.)

아이야 줏어라

어른은 먹어라

별 헤는 노래

자료코드 : 02_06_FOS_20090227_CJU_JMS_0003

조사장소 : 경기도 김포시 통진읍 옹정1리 71번지 옹정1리 마을회관

조사일시 : 2009.2.27

조 사 자 : 김헌선, 최자운, 김은희, 변남섭, 시지은

제 보 자 : 조명순, 여, 78세

구연상황 : 밤에 아이들이 마당에 있는 평상이나 멍석에 누워서 별을 보며 하는 노래를
해 달라고 하자, 이 노래를 해 주었다.

별 하나 나 하나

별 둘 나 둘

별 싯(셋) 나 싯(셋)

별 닛 나 넷

별 다섯 나 다섯

별 여섯 나 여섯

별 일곱 나 일곱

별 여덜 나 여덜

별 아홉 나 아홉

이러구 시는 거야. 별 열 나 열 그러구.

헌 이 던지며 하는 노래

자료코드 : 02_06_FOS_20090227_CJU_JMS_0004
조사장소 : 경기도 김포시 통진읍 옹정1리 71번지 옹정1리 마을회관
조사일시 : 2009.2.27
조 사 자 : 김헌선, 최자운, 김은희, 변남섭, 시지은
제 보 자 : 조명순, 여, 78세
구연상황 : 어린 아이들이 이빨이 빠졌을 때 어떤 노래하면서 지붕 위로 던지냐고 묻자
이 노래를 해 주었다.

까치야 까치야
너는 헌 이 갖구
나는 새 이 다오

그리구 허는 거야.

까치야 까치야
헌 이 갖고
나는 새 이 다오

그래.

8. 하성면

중편 한국구비문학대계 ● 경기도 김포시

▌조사마을

경기도 김포시 하성면 가금1리

조사일시 : 2009.3.20
조 사 자 : 김헌선, 최자운, 김은희, 변남섭, 시지은

경기도 김포시 하성면 가금1리

2009년 2월 24일 김포시 하성면 석탄1리 이재원 가창자를 조사할 때 가금1리에 상여 소리를 잘하는 이병욱이 있다는 제보를 접하고, 그에게 연락하였으나 가족 여행을 간다고 하여, 3월 20일에 다시 방문하여 상여 소리 등을 조사하였다. 가금리(佳金里)는 행정구역 통폐합 때 가동(佳洞)과 금월동(金月洞)을 합하여 가금리라 칭하였다.

경기도 김포시 하성면 가금3리

조사일시 : 2009.2.17

조 사 자 : 김헌선, 최자운, 김은희, 변남섭, 시지은

경기도 김포시 하성면 가금3리

가금리는 가동(佳洞)과 금월동(金月洞)을 합하여 가금리(佳金里)라고 한다. 가금리에는 3개 마을이 있는데, 1리는 금월동, 2리는 보신암, 3리는 가좌동(佳佐洞)으로 불린다. 가좌동은 골짜기가 아름답다고 하여 붙여진 이름이며, 이목(李穆)선생을 모신 사당인 한재당(寒齋堂)이 있다. 애기봉 바로 아랫마을로 북한 지역을 가까이서 바라볼 수 있는 전망대로 올라가는 길 입구에 마을회관이 위치해 있다.

경기도 김포시 하성면 마곡2리

조사일시 : 2009.2.11, 2009.2.12
조 사 자 : 김헌선, 최자운, 김은희, 변남섭, 시지은

경기도 김포시 하성면 마곡2리

　마곡이라는 마을 이름은 일제시대 때 생겼다. 그 전에는 동쪽이 동망굴, 서쪽이 서망굴이라 했다. 마라는 것이 삼 마(麻)자를 쓰는데, 삼 일을 많이 하기 때문에 붙여진 이름이다. 달리 마조리가 이 마을의 북쪽에 있는데 삼 마자에 지을 조(造)자를 쓴다. 이곳은 골 곡(谷)에 마곡, 삼골짜기라는 뜻이다. 마조포라는 포구가 있는데 그곳은 마조리와 가깝다. 마조리는 마를 제조해서 출하를 해서 붙여진 이름이라고 한다.

　조선시대 장만 선생의 사위인 최명길 장군이 모함을 받아 벼슬을 버리고 마곡에 들어와서 은거를 하였다고 전한다. 최명길 장군은 이곳에서 사람들이 여러 가지 일을 겪고 사는데 그 중에 편안하고 중한 것이 농사라

는 의미의 한시 한 수를 남겼다.

경기도 김포시 하성면 봉성2리

조사일시 : 2009.2.24

조 사 자 : 김헌선, 최자운, 김은희, 변남섭, 시지은

경기도 김포시 하성면 봉성2리

　오전에 봉성1리 박광원 제보자의 집에서 조사를 마치고 봉성2리에 소
재한 당집을 촬영하기 위해 봉성2리로 향하였다. 봉성리의 당집을 찾던
중 마을 어귀에서 길을 가고 있던 마을 토박이인 서석인에게 당집의 위치
를 묻다가 그가 마을에 대해 많이 알고 있는 것을 알고는, 그의 집에서
마을 당집 및 설화에 대해 조사하였다.

　봉성리의 마을 뒷산은 봉(鳳)의 날개 같다고 하여 봉상산(鳳翔山)이라

하였다. 마을 이름은 원래 봉상(鳳翔)이었는데, 봉성(奉城)으로 고쳐 부르게 되었다.

경기도 김포시 하성면 석탄1리

조사일시 : 2009.2.24
조 사 자 : 김헌선, 최자운, 김은희, 변남섭, 시지은

경기도 김포시 하성면 석탄1리

　석탄3리에서 민요를 조사할 때 석탄1리의 이재원 제보자가 상여 소리를 잘한다는 제보를 접하고, 그에게 연락하여 2월 24일에 월곶면 석탄1리 하성초등학교 23회 동창회 사무실에서 만나기로 약속을 잡았다. 조사 당일 오후에 하성초등학교 23회 동창회 사무실에 가니 마침 이재원 제보자의 동창들이 여럿 나와 있어서 상여 소리 및 달구 소리를 하는데 도움을

받을 수 있었다. 석탄1리는 개울을 따라 마을이 생기고 길이 만들어졌다고 하여 도련마을이라고도 한다.

경기도 김포시 하성면 석탄(만휴)3리

조사일시 : 2009.2.11, 2009.2.18
조 사 자 : 김헌선, 최자운, 김은희, 변남섭, 시지은

경기도 김포시 하성면 석탄(만휴)3리

석탄3리로 들어가는 길에는 컨테이너 박스로 지어진 공장들이 많아서, 과연 여기에 마을이 있을까 의문스러울 정도였다. 길을 헤매다가 작은 언덕배기에 있는 마을회관을 찾을 수 있었고, 어르신들께 마을 현황을 들을 수 있었다. 석탄리에는 대대로 안동 권씨, 전주 이씨, 여흥 민씨가 많이 산다. 30여 년 전부터 석탄리에 공장이 들어오기 시작해 논과 밭이 줄어

드는 것은 물론 주민도 줄고 악취만 심해졌다고 한다. 석탄리는 1리에서 5리까지 있는데, 석탄3리는 그래도 공장이 적은 편이고 다른 마을엔 공장이 더 많다고 한다.

석탄3리의 가구 수는 50여 호 정도이다. 최근에 마을 뒤쪽에 전원주택이 들어와서 35호가 주택단지를 조성을 했고, 그 중 다섯 가구는 현재 살고 나머지는 짓고 있는 중이었다.

일제 때 600평 단위로 경지 정리를 했는데, 20년 전부터 단위를 1,200평, 그 다음해는 3,000평 단위로 경지 정리가 이루어졌다. 석탄3리는 우스개 소리로 '후평리는 물 푸면서 조밥 먹는 데고, 석탄리는 쌀밥 먹는다.'고 할 정도로 벌판이 넓은 곳이다. 주로 논농사 위주의 농업으로 밭은 많지 않다. 과거에는 인삼포가 있었는데 현재는 하지 않는다.

먹우물이 있었는데, 세상에 무슨 변고가 생기면 물이 먹빛으로 변했다고 해서 붙여진 이름이라고 전한다. 말무덤이라는 곳도 있는데, 이곳은 민씨네가 와서 몇 해 전까지도 벌초를 했기 때문에 민씨네와 관계가 있을 것이라고 한다.

마을 정자나무로 느티나무가 있었는데, 혜영네라는 분이 20년 전까지 6·25후에도 몇 년 동안 몇 번 고사를 지냈다. 신을 위하는 제사로 3년에 한 번씩 봄에, 정월 중순 쯤 만신이 와서 굿을 했다. 호서낭 제사 지내는 이야기가 전해진다. 호서낭을 위하는 굿으로 장구, 징, 제금을 가지고 돼지머리 갖다 놓고 했는데 하던 분들이 돌아가자 이어지지 않고 있다.

경기도 김포시 하성면 시암1리

조사일시 : 2009.2.10
조 사 자 : 김헌선, 최자운, 김은희, 변남섭, 시지은

시암리에는 감나무가 많아 감 시(柿)자를 써서 시암리라는 이름이 붙여

졌다고 한다. 샘에 물이 많이 나서 시암리라고도 한다. 어렸을 때는 물이 많았다고 마을 사람들은 이야기한다. 시암리에서 물을 건너 사십 리만 걸어가면 개성이다. 현재는 다 육지로 만들어졌지만 예전에는 서울 가는 한강의 배들이 많이 지나가던 곳이다. 아래쪽에는 고치네 또는 고초네가 있다. 창고 고(庫)자에서 알 수 있듯이 예전에는 서울에서 배가 여기까지 들어왔기 때문에 큰 창고가 있었다고 한다. 불기네가 있는데, 불기는 예전에 누가 부처를 하나 놓고 살았기 때문일 것이라고 전해진다.

경기도 김포시 하성면 시암1리

경기도 김포시 하성면 전류1리

조사일시 : 2009.2.19, 2009.4.17
조 사 자 : 김헌선, 최자운, 김은희, 변남섭, 시지은

전류리에는 마곡1리의 민문기 제보자가 구연한 것과 비슷한 마을 유래

가 있다. 병자호란 때 민씨 일가 13명이 천등산 토우에서 순절한 것을 본 민지옥(閔之鈺)이 가족과 함께 죽지 못함을 부끄럽게 여겨, 벼슬을 주어도 두문불출하자, 인조가 그 충의효절을 가상히 여겨 '전류(顚流)'라는 당호를 내리니, 정자를 짓고 마을 이름을 '전류(顚流)'라고 하였다고 한다. 이와 다르게 서울에서 내려오는 한강물이 전류리의 봉성산 뿌리에 받혀서 물이 뒤집혀 파주 쪽으로 엎드려서 흐른다고 해서 엎드릴 전(顚)자, 흐를 류(流)자를 써서 전류리라고 한다는 전설도 내려오고 있다.

경기도 김포시 하성면 전류1리

전류리는 1리, 2리, 3리로 되어 있는데, 그 중 전류1리는 국사봉 안에 있는 마을이라 하여 예로부터 내촌동(內村洞) 또는 안말이라고 부른다. 마을의 주업은 농사였고 서울을 오가던 목선들이 쉬던 곳이라 '전류장'이라 불렸는데, 6·25때 마금포리에서 부리던 배를 전류리에 대기 시작하면서 전류리에서 어업도 병행하기 시작했다. 주로 장어와 황복이 잡혔지만 지금은 어업을 하지 않는다. 농기를 꽂아 놓고 꽹과리 치며 일하던 것, 황복을 가마통으로 잡던 일들은 모두 기억 속으로 사라졌지만, 전류1리는 지금 소문난 장수 마을이며 조용하고 안정적인 마을이라는 자부심이 높다.

경기도 김포시 하성면 후평2리

조사일시 : 2009.2.10
조 사 자 : 김헌선, 최자운, 김은희, 변남섭, 시지은

경기도 김포시 하성면 후평2리

　하성면이 옛날에 두 군데로 갈라져 동성면과 소이포면이 있었고 후평리가 소이포면에 속해 있다가 이후로 합쳐져 하성면이 되었다. 한강의 물줄기가 임진강을 만나서 서해안으로 둘러서 빠져 나가는 곳에 하성면이

위치한다. 한강에 인접해서 안개가 많기 때문에 하성면의 지명에 안개 하(霞)자를 쓰고, 옛날에는 성이 있어서 잿 성(城)자를 써서 하성이라는 이름이 유래되었다고 한다.

이곳의 지명 유래는 골골마다 따로 있다. 능머루가 있는데 고려 이전에 몽골족이 침입을 해서 임금이 피난을 하다가 왕자가 여기서 사망을 했다. 그 산소가 애기능이라 하여 지금도 능머루라는 지명이 있다.

예전에는 이 지역의 앞이 바다여서 물이 마을 앞까지 들어왔는데 소이포면에 둑을 막아 차단했고, 모퉁이에 개안청 또는 갱청이라는 곳이 있었다. 원래는 갱청이 아니고 개안청이라고 한다. 원래가 개 혹은 갯골이 들어왔고 창고가 거기 있어서 곡물을 저장했다가 배가 거기까지 들어와서 그걸 싣고 나가는 지역이었다. 앞에 벌판이 원래 논이 아닌 개안이었으므로 개안청이라는 유래가 있다.

후평2의 옛날 이름은 고개 하나를 사이에 두고 포창동과 시곡동이 있었는데, 포창동은 마을 이름이 당뒤라 하고, 시곡동의 길은 당고개라고 했다. 노인네들이 유교를 숭상해서 날을 잡아 가지고 유교식으로 산제사를 일 년에 한번 씩 지냈다. 옛날에 산제를 지냈는데, 마을 노인들이 새벽네 시쯤 올라가서 산제사를 지냈다고 한다. 윤석 전 노인회장님은 열일곱 살 적에 떡시루를 지고 올라갔다고 한다. 지금도 일 년에 한 번씩 12월에 날을 잡아서 마을총회를 할 때 고사를 지내는데, 당산에 술을 한 잔씩 부어놓는 방식으로 간략한 형태만 남아있다.

예전에는 고개에 서낭당이 있었다. 이 마을은 김포 관내에서 최고로 농악을 잘 하던 마을이며 상쇠가 대단한 사람으로 농기가 나갈 때나 들어올 때나 꼭 서낭당에 절을 했다. 지금은 하성농악이라고 명칭을 걸고, 하성면 전통농악회를 조직하였다. 이학성씨라는 분이 계셨는데, 살았으면 백한 이십 되셨을 것이고 그 분이 잘 하였다. 현재는 장건택 이장이 하성면 농악을 이끌고 있다. 작년에는 년 초 보름 안에 대대적으로 지신밟기를 하였는데 올해는 하지 못했다.

후평2리 공동 정미소를 마을 공동으로 운영하여 자선사업의 일환으로 운영하여 일 년에 도정이 끝나고 나면 불우이웃들을 도와준다.

논농사와 밭농사를 할 때는 두레를 내는데, 쌀 두 되나 석 되가 하루 품값이었다고 한다. 옛날에는 콩과 보리를 많이 했는데, 몇 사람이 수원 농업시험장에 가서 포도나무와 사과나무를 갖다 심었다. 사과나무는 실패를 했으며 포도를 심기 시작해서 이제 거의가 포도밭이 됐다.

마을의 가구수는 90여 호이며 성씨는 각성받이인데 정씨가 좀 많이 살고, 세골에는 이씨가 많고 삼랑골에는 송씨가 많이 살고 있다.

▌제보자

권이영, 남, 1937년생

주 소 지 : 경기도 김포시 하성면 석탄3리
제보일시 : 2009.2.11
조 사 자 : 김헌선, 최자운, 김은희, 변남섭, 시지은

권이영은 이곳의 토박이로 농사를 지으며
살고 있다. 권이영은 한글로 되어 있는 '홍
길동전'이나 '춘향전'을 많이 읽었으며, 이
야기책을 할머니나 할아버지께도 읽어드렸
다고 한다.

제공 자료 목록
02_06_FOS_20090211_BNS_GIY_0001 용두레질 소리

김기순, 여, 1935년생

주 소 지 : 경기도 김포시 하성면 전류1리
제보일시 : 2009.4.17
조 사 자 : 김헌선, 최자운, 김은희, 변남섭, 시지은

김기순 제보자는 처음에는 마을회관에서
만나지 못했다. 조사를 진행하는 중에 송을
회 제보자가 이야기꾼이 있다며, 김기순 제
보자에게 전화를 해서 마을회관에 오게 하
여 나중에 조사에 합류하게 되었다. 첫 이야
기로 '해와 달이 된 오누이'를 구연하는데,
손과 몸을 써 가며 실감나게 이야기하는 모

습에 조사를 본격적으로 진행해야 할 것 같아, 할머니들이 화투를 치고 있는 방에서 나와 마침 비어있는 할아버지들 방으로 옮겨 차분하게 이야기를 들었다. 어렸을 때 아버지가 편찮으셔서 자주 누워 계셨는데, 불편한 아버지 다리를 주물러 드리고 아버지의 기분을 위안하기 위해 제보자는 늘 아버지 옆에 있었다고 한다. 그러면 아버지가 옛날이야기를 많이 해 주셨는데, 제보자가 다행히 기억을 많이 하고 있었다. 조사자들과 혼인이야기, 자식 이야기를 하다가 잠깐 눈물을 비치실 정도로 감정이 풍부한 분이다.

제공 자료 목록

02_06_FOT_20090417_SJE_KGS_0001 해와 달이 된 오누이
02_06_FOT_20090417_SJE_KGS_0002 내 복에 산다
02_06_FOT_20090417_SJE_KGS_0003 저승 다녀 온 이야기
02_06_FOT_20090417_SJE_KGS_0004 민씨네 산소에서 승천한 용

김명원, 남, 1924년생

주 소 지 : 경기도 김포시 하성면 시암1리
제보일시 : 2009.2.10
조 사 자 : 김헌선, 최자운, 김은희, 변남섭, 시지은

김명원은 경주 김씨로 이곳에 13대째 거주하고 있다. 우리나라에서 처음 토마토 농사를 시작한 50년 전에 농사를 시작했다. 토마토 농사는 처음 6·25 전에 시암리에서 시작했다고 한다. 현재 토마토 밭 300평을 가꾸고 닭 2,000마리를 기르고 있다. 김명원은 키도 크고 높은 연세에 비해 목소리도 정정해서 건강하게 보였다.

김명원의 증언에 따르면 시암리는 일제시대 때부터 줄모로 모내기를 했고, 품앗이로 했다고 한다. 모내기는 남자들만 했는데, 여자들은 발 벗고 논에 들어가지 못했다고 한다. 논 한 마지기가 200평인데, 줄모로 하기 전에는 하루에 한 명이 한 마지기 정도의 모를 낼 수 있었다고 한다. 그리고 줄모 할 때는 일이 빨리 진행되기 때문에 힘들어서 소리를 하지 못한다고 했다.

제공 자료 목록

02_06_FOT_20090210_BNS_KMW_0001 수숫대가 빨간 이유
02_06_FOS_20090210_BNS_KMW_0001 상사디야 소리 / 논 매는 소리
02_06_FOS_20090210_BNS_KMW_0002 모심는 소리

남궁옥순, 여, 1930년생

주 소 지 : 경기도 김포시 하성면 가금3리
제보일시 : 2009.2.17
조 사 자 : 김헌선, 최자운, 김은희, 변남섭, 시지은

가금3리는 두 번 방문했는데, 마을회관 분위기가 그리 유쾌하진 않았다. 조사자들이 첫 번째 방문을 어렵게 마치고, 다시 찾아뵙겠다고 해서 2월 17일에 방문했을 때는 할머니들이 이야기나 노래를 조금 준비해 오신 듯 했다. 모인 할머니들 중 남궁옥순 제보자가 맨 처음 이야기를 구연하여, 조사 분위기를 만드는데 도움을 많이 주었다. 시누이한테 들었다는 '해와 달이 된 오누이'를 기억하여 이야기해 주었지만, 다른 이야기들은 끝까지 구연하지 못했다. 어렸을 때 불렀던 노래 역시 많이 기억하지만 끝까지 부른 노래가 별로 없고 서두만 떠 올려서 조사자

들을 안타깝게 하였다.

제공 자료 목록

02_06_FOT_20090217_SJE_NGOS_0001 해와 달이 된 오누이

02_06_FOS_20090217_SJE_NGOS_0001 이 빠진 아이 놀리는 노래

민문기, 남, 1915년생

주 소 지 : 경기도 김포시 하성면 마곡1리

제보일시 : 2009.2.18

조 사 자 : 김헌선, 최자운, 김은희, 변남섭, 시지은

마곡1리 노인정은 60~70대 어르신들의
공간과 80~90대 어르신들의 공간이 따로
마련되어 있었다. 먼저 60~70대 어르신들
이 모인 노인정에 가서 조사의 취지를 말씀
드렸더니, 옆방으로 가 보라고 해서 80~90
대 어르신들이 모이신 방에 가게 되었다. 그
곳에서 만난 어르신 네 분 모두 90대 초반
이었다. 그 중 민문기 제보자는 나이가 가장

높은 분이었고, 높은 연세에도 이야기하는 것을 별로 힘들어 하지 않았다.
민씨 가문에 대한 자긍심이 대단하여 민씨와 관련된 이야기나 족보에 관
련된 이야기를 많이 해 주었다. 이야기를 시작하면 차근차근, 상황이나
단어 설명까지 하느라 이야기 구연 시간이 좀 길었지만, 빠짐없이 이야기
하려는 충실함과 기억력이 뛰어난 제보자이다.

제공 자료 목록

02_06_FOT_20090218_SJE_MMG_0001 민씨네 벼슬 끊긴 이유

02_06_FOT_20090218_SJE_MMG_0002 물에 잠긴 수막산과 문수산

02_06_FOT_20090218_SJE_MMG_0003 오성과 한음

민병숙, 남, 1934년생

주 소 지 : 경기도 김포시 하성면 석탄3리

제보일시 : 2009.2.11

조 사 자 : 김헌선, 최자운, 김은희, 변남섭, 시지은

민병숙은 유수공 19대 손이다. 출생 신고를 부모가 직접 못하고 훈장님이 하게 되었는데, 해당 직원이 민병숙이니까 여자로 착각을 하여 성별을 여자로 기록하게 되었다. 이 때문에 법원까지 가서야 남자로 바꿀 수 있었다고 한다. 민병숙의 큰아버지는 소가 병이 나면 침을 놓았는데, 소가 침을 맞으면 금방 나았다고 한다. 모내기와 김맬 때는 마을의 소들에게 하루씩 날을 잡아 침을 놓아주었다고 한다. 민병숙은 집안 내력과 관계된 이야기를 두 편 들려주었다.

제공 자료 목록

02_06_FOT_20090211_BNS_MBS_0001 명당 차지하려고 자결한 민씨네 조상

02_06_FOT_20090211_BNS_MBS_0002 소리 내는 비석

민봉명, 여, 1933년생

주 소 지 : 경기도 김포시 하성면 전류1리

제보일시 : 2009.4.17

조 사 자 : 김헌선, 최자운, 김은희, 변남섭, 시지은

민봉명 제보자는 조사자들이 여러 할머니께 어렵게 이야기나 노래를

구하고 있을 때 줄곧 다른 할머니들과 화투
를 치고 있었다. 하지만 다른 할머니들이 노
래를 하고 이야기를 할 때 빠진 부분이 있
거나 기억을 잘 못하면, 화투를 치면서도 계
속 'ㅇㅇㅇ야'. 'ㅇㅇㅇ다'라는 말을 보태면
서 이야기를 거들었다. 조사자들이 민봉명
제보자에게 화투놀이를 멈추시고 조사에 응
해줄 것을 간청하자 잠깐 조사에 응해 주었

다. 짧은 시간이었지만, 제대로 된 노래를 하기 위해 송을회 제보자와 의
견을 나누기도 하며 노래를 해 주었다.

제공 자료 목록
02_06_FOS_20090417_SJE_MBM_0001 다리 뽑기 노래
02_06_FOS_20090417_SJE_MBM_0002 대추 떨어지라고 부르는 노래

민영철, 남, 1936년생

주 소 지 : 경기도 김포시 하성면 전류1리
제보일시 : 2009.2.19
조 사 자 : 김헌선, 최자운, 김은희, 변남섭, 시지은

민영철 제보자는 전류1리의 노인회장으
로 다른 분들에게 인정받는 지도력을 가진
분 같았다. 조사자들이 조사의 취지를 말씀
드려도, 처음에는 선뜻 이야기를 시작하지
않으셔서 다른 분들도 이야기하기 어려워하
였다. 제보자와 다른 분이 마을의 지명 유래
에 대해 이야기하자, 다른 분들도 말문을 여

는데 전류리가 참 살기 좋은 동네라며 자찬이 많았다. 분위기가 좀 풀어
지자 이야기를 많이 전해 주시려 하였고, 대부분 실제로 있었던 일이라는
이야기를 들려주었다. 하성면의 마곡리, 석탄리와 같이 전류리에도 민씨
가 많이 산다.

제공 자료 목록
02_06_FOT_20090219_SJE_MYC_0001 도움이 되지 못한 봉성산
02_06_FOT_20090219_SJE_MYC_0002 전류리의 용바위
02_06_FOT_20090219_SJE_MYC_0003 참게 잡다가 도깨비에 홀린 이야기
02_06_FOT_20090219_SJE_MYC_0004 산소 옮겨 망한 자손
02_06_FOT_20090219_SJE_MYC_0005 귀신도 못 당하는 복된 며느리
02_06_FOT_20090219_SJE_MYC_0006 방귀장이 며느리
02_06_FOT_20090219_SJE_MYC_0007 죽었다 깨어난 사람 이야기

민택기, 남, 1935년생

주 소 지 : 경기도 김포시 하성면 마곡2리
제보일시 : 2009.2.11
조 사 자 : 김헌선, 최자운, 김은희, 변남섭, 시지은

민택기는 마곡리 토박이로, 농사를 지으
며 살고 있다. 국민학교 3학년 때 해방이
되었다. 이 때문에 일제 때 학교에 들어가
일본어를 배우고 한글을 배우지 않고 해방
이 되었다. 나중에 한글을 익혀 젊어서는 책
도 많이 읽었다고 하였다. 아마도 이야기의
구연 능력에 한 몫 한 것으로 짐작된다. 여
러 편의 이야기를 또렷하게 구연해 주었다.

제공 자료 목록

02_06_FOT_20090211_BNS_MTG_0001 손님 많다고 집안 망하게 한 며느리

02_06_FOT_20090211_BNS_MTG_0002 중국 사신이 낸 어려운 문제를 푼 장성의 기대감

02_06_FOT_20090211_BNS_MTG_0003 오성에게 인분 넣은 떡을 먹인 한음 부인

02_06_FOT_20090211_BNS_MTG_0004 효자 민자관

02_06_FOT_20090211_BNS_MTG_0005 여우에게 홀린 도령

02_06_FOT_20090211_BNS_MTG_0006 도깨비 내력과 부자 된 사연

02_06_FOT_20090211_BNS_MTG_0007 평양 조씨가 잉어 안 먹는 내력

02_06_FOT_20090211_BNS_MTG_0008 아기장수 이야기

서석인, 남, 1935년생

주 소 지 : 경기도 김포시 하성면 봉성2리 104-1번지

제보일시 : 2009.2.24

조 사 자 : 김헌선, 최자운, 김은희, 변남섭, 시지은

서석인은 봉성2리 토박이로, 육군과 해병대 등 직업군인으로 15년 넘게 복무하였다. 육군에 복무할 당시 박정희 장군 휘하에 있었고, 해병대에 근무할 때에는 남파간첩 일당을 붙잡기도 하였다. 제대한 뒤 고향으로 내려와 농사를 지으며 살았다. 봉성2리의 당제, 마을 유래 등에 대해 정확하게 기억하고 있어, 마을과 관련된 많은 이야기를 해 주었다.

제공 자료 목록

02_06_FOT_20090224_CJU_SSI_0001 안성목 이야기

02_06_FOT_20090224_CJU_SSI_0002 전류리 용바위의 내력

02_06_FOT_20090224_CJU_SSI_0003 봉성리 미륵바위

02_06_FOT_20090224_CJU_SSI_0004 아기장수 전설

02_06_FOT_20090224_CJU_SSI_0005 아침부리산의 명칭 유래

02_06_FOT_20090224_CJU_SSI_0006 전의 이씨 잘된 이야기
02_06_FOT_20090224_CJU_SSI_0007 하성면 원통리의 지명 유래

성순호, 여, 1938년생

주 소 지 : 경기도 김포시 하성면 시암2리
제보일시 : 2009.2.17
조 사 자 : 김헌선, 최자운, 김은희, 변남섭, 시지은

시암2리 마을회관을 방문했을 때 할머니들이 많이 계셨는데, 이야기나 노래를 하신다고 선뜻 나서는 분이 없었다. 그래서 연세 제일 많으신 두 분과 옛날에 가마니를 짜고 농사를 짓고 시집살이하면서 어렵게 살던 옛날이야기를 나누고 있었다. 자료가 나올 것 같지 않아 조사를 정리해야 하나 하고 있을 때, 마을회관으로 들어오신 분이 바로 성순호 제보자이다. 제보자가 들어오자 다른 할머니들이 노래 잘 하는 사람이 왔다며 조사자들에게 소개시켜 주었다. 성순호 제보자가 첫 노래로 '옥자동아 금자동아'를 불렀을 때 경기도 분이 아닌 것 같아 고향을 여쭈어 봤더니, 충남 연기군이 고향이고, 22세에 김포공항 쪽으로 시집을 와서 60세에 시암리로 이사를 왔다고 하였다. 오후에 다른 할머니들과 유흥의 시간을 가져야 하고, 목도 아프다며 노래를 많이 하진 않았고, 다음 만남을 약속하려 했으나, 몸이 아프다고 하여 제보자를 다시 방문하지는 못했다.

제공 자료 목록
02_06_FOS_20090217_SJE_SSH_0001 은자동이 금자동이
02_06_FOS_20090217_SJE_SSH_0002 강돌 강돌 강도령
02_06_FOS_20090217_SJE_SSH_0003 8·15 해방 노래

송을회, 여, 1935년생

주 소 지 : 경기도 김포시 하성면 전류1리
제보일시 : 2009.4.17
조 사 자 : 김헌선, 최자운, 김은희, 변남섭, 시지은

미리 약속을 하고 전류1리 마을회관을 두 번째 방문했을 때 할머니들 대부분은 화투를 치며 여가를 보내고 있었다. 조사자들이 할머니들에게 이런 저런 이야기를 묻자, 송을회 제보자는 화투를 치면서 짧은 노래들을 해 주었다. 화투를 멈추고 조사에 응해 줄 것을 청하자 제보자는 자리를 옮겨 주었다. 어렸을 때 불렀던 노래를 여러 개 불러 주었고, 노래를 할 때면 손으로 모양이나 방법을 설명해 주어 간접적이지만 실감나게 놀이 노래를 체험할 수 있었다. 도깨비와 호랑이에 관한 이야기도 재미있게 구연하는 등 유쾌하고 적극적으로 조사에 임해 주었다.

제공 자료 목록

02_06_FOT_20090417_SJE_SEH_0001 도깨비가 빼앗아 간 떡 함지
02_06_FOT_20090417_SJE_SEH_0002 도깨비 불
02_06_FOT_20090417_SJE_SEH_0003 호랑이와 메밀떡 할멈
02_06_FOS_20090417_SJE_SEH_0001 잠자리 잡는 노래
02_06_FOS_20090417_SJE_SEH_0002 방아깨비 방아 찧으라는 소리
02_06_FOS_20090417_SJE_SEH_0003 이 빠진 아이 놀리는 소리
02_06_FOS_20090417_SJE_SEH_0004 다리 뽑기 노래
02_06_FOS_20090417_SJE_SEH_0005 아침 바람 찬 바람에
02_06_FOS_20090417_SJE_SEH_0006 기러기 줄이 기냐
02_06_FOS_20090417_SJE_SEH_0007 배 아플 때 배 쓸어주는 소리

여규봉, 남, 1936년생

주 소 지 : 경기도 김포시 하성면 원산2리
제보일시 : 2009.2.17
조 사 자 : 김헌선, 최자운, 김은희, 변남섭, 시지은

원산2리 최병찬 제보자와 함께 조사자들
의 질문에 가장 많은 대답을 한 제보자이다.
나이 든 할아버지들이 잘 입지 않는 분홍색
웃옷을 입고 있어 일단 눈에 띄었다. 혼자
이야기하고 노래하는 것을 쑥스러워 해서,
다른 분들이 이야기하거나 노래할 때 중간
중간 자신의 목소리를 내다가, 방아깨비 노
래를 재미있게 불러 주었다.

제공 자료 목록
02_06_FOS_20090217_SJE_YGB_0001 방아깨비 노래

여금순, 여, 1932년생

주 소 지 : 경기도 김포시 하성면 전류1리
제보일시 : 2009.4.17
조 사 자 : 김헌선, 최자운, 김은희, 변남섭, 시지은

여금순 제보자는 조사가 한층 무르익을
때까지 줄곧 조사자들 뒤쪽 소파에만 앉아
있었다. 다른 할머니들처럼 간간이 이야기
에 끼어들긴 했지만 좀처럼 나서지 않았다.
그러다가 홍묘순 할머니가 '밥 많이 먹는
마누라' 이야기를 마치자, 홍묘순 할머니의

이야기에 이의를 강하게 제기하면서 조사자들에게 다가왔다. '밥 많이 먹는 마누라'에 대한 이야기를 각각 다른 형태로 구연했으며, 다른 이야기를 많이 구연하진 않았다.

제공 자료 목록

02_06_FOT_20090417_SJE_YGS_0001 밥 많이 먹는 마누라 (1)

02_06_FOT_20090417_SJE_YGS_0002 밥 많이 먹는 마누라 (2)

02_06_FOT_20090417_SJE_YGS_0003 처녀와 도섭한 개 이야기

유재언, 남, 1932년생

주 소 지 : 경기도 김포시 하성면 석탄3리

제보일시 : 2009.2.11

조 사 자 : 김헌선, 최자운, 김은희, 변남섭, 시지은

유재언의 고향은 임진강 근처인 장단군 대강면 독정리 가재동이다. 유재언은 19세였던 6·25전쟁 때 고향을 나와 후평리에 들어왔다. 후평리에서 농사를 지으며 현재까지 거주하고 있다. 후평리 토박이인 권씨와 결혼하였다.

제공 자료 목록

02_06_FOS_20090211_BNS_RJY_0001 용두레질 소리

윤금순, 여, 1926년생

주 소 지 : 경기도 김포시 하성면 가금3리

제보일시 : 2009.2.11, 2009.2.17

조 사 자 : 김헌선, 최자운, 김은희, 변남섭, 시지은

윤금순 제보자는 가금3리 첫 번째 방문
때 어렸을 적에 불렀던 노래를 자주 흥얼거
려 조사자들이 가금3리를 다시 방문하게끔
한 제보자이다. 나이에 비해 건강하고 기억
력도 좋지만, 조사자들을 자주 무안하게 해
호랑이 할머니라는 별명을 얻었다. 다른 사
람이 부른 노래는 좀처럼 하지 않으려 했고,
자신이 부른 노래를 조사자들이 다시 청하
는 것도 몹시 싫어하였다. 그러나 한 번 노래를 하면 정확했고, 노래를 하
면서 놀이가 있는 경우 설명도 해 주는 배려도 있었다.

어렸을 때 부른 노래를 많이 기억해서, 조사자들이 제보자가 이야기를
구연하도록 애를 많이 썼지만 잘 되지 않았다. 여러 가지 이야기들을 자
꾸 물으니, 제보자가 영감님이 도깨비를 만난 이야기를 해 주었다.

제공 자료 목록
02_06_FOT_20090217_SJE_YGS_0001 도깨비 만난 영감님
02_06_FOS_20090211_BNS_YGS_0001 잠자리 잡는 노래
02_06_FOS_20090217_SJE_YGS_0001 별 헤는 소리
02_06_FOS_20090217_SJE_YGS_0002 다리 뽑기 노래
02_06_FOS_20090217_SJE_YGS_0003 이 빠진 아이 놀리는 노래

윤석, 남, 1929년생

주 소 지 : 경기도 김포시 하성면 후평2리
제보일시 : 2009.2.10
조 사 자 : 김헌선, 최자운, 김은희, 변남섭, 시지은

윤석은 후평2리의 전 노인회장으로 일소
리에 대해서 상당 부분 생생한 기억을 가지

고 있었다. 길게 구연하는 이야기는 없었지만 다른 제보자들이 소리를 할 때 기억이 잘 나도록 거들어 주는 역할을 잘해 주었다.

제공 자료 목록

02_06_FOS_20090210_BNS_YS_0001 용두레 소리

이개하, 남, 1928년생

주 소 지 : 경기도 김포시 하성면 석탄3리
제보일시 : 2009.2.11
조 사 자 : 김헌선, 최자운, 김은희, 변남섭, 시지은

이개하는 이곳의 토박이이다. 과거의 소리나 이야기를 기억해 내지 못하여 안타까움을 많이 주었다. 소리를 떠올리기 위해 여러 번 시도하였으나, 번번이 소리 초입에서 끊기고 말았다.

제공 자료 목록

02_06_FOS_20090211_BNS_LGH_0001 모심는 소리

이동영, 남, 1924년생

주 소 지 : 경기도 김포시 하성면 시암1리
제보일시 : 2009.2.10
조 사 자 : 김헌선, 최자운, 김은희, 변남섭, 시지은

이동영은 이곳의 토박이로 농사를 지으며 살고 있다. 이동영은 모심는 소리 등을 잘 간직하고 있었다. 또한 일의 절차에 따른 노래의 내용을 잘 알고 있었다. 이동영이 노래

부르는 모습을 보고 소리를 많이 해 본 솜씨임을 짐작할 수 있었다. 순박한 인상으로 끼가 대단하여 여러 소리를 채집할 수 있었다.

민요를 구연한 제보자에게 마을의 유래 등을 질문하자 기억하고 있는 몇 가지 유래담을 이야기해 주었다.

제공 자료 목록

02_06_FOT_20090210_BNS_LDY_0001 아기장수 이야기
02_06_FOT_20090210_BNS_LDY_0002 애기봉의 유래
02_06_FOS_20090210_BNS_LDY_0001 모심는 소리
02_06_FOS_20090210_BNS_LDY_0002 논 매는 소리 / 상사디야 소리
02_06_FOS_20090210_BNS_LDY_0003 용두레질 소리
02_06_FOS_20090210_BNS_LDY_0004 논 삶이 소리 / 소 모는 소리
02_06_FOS_20090210_BNS_LDY_0005 배 아플 때 쓸어주며 하는 소리

이병욱, 남, 1945년생

주 소 지 : 경기도 김포시 하성면 가금1리 484-32번지
제보일시 : 2009.3.20
조 사 자 : 김헌선, 최자운, 김은희, 변남섭, 시지은

가금1리 토박이인 이병욱은 가금리 일대에서 소문난 소리꾼이다. 그는 특히 상여 소리를 잘하는데, 30대 정도에 마을에 상여 소리를 할 사람이 없자, 우연히 소리를 한번해 본 것이 계기가 되어 그때 이후로 상여소리를 도맡아서 하게 하였다. 소리의 사설은 회심곡을 보고 익혔다고 하였다. 민요 구연을 마친 뒤 설화에 대해 물으니, 자신이어려서 할아버지에게 들었던 이야기들을 몇 가지 해 주었다.

제공 자료 목록

02_06_FOT_20090320_CJU_LBW_0001 아기장수 전설
02_06_FOT_20090320_CJU_LBW_0002 신돈의 백자천손(百子千孫)
02_06_FOS_20090320_CJU_LBW_0001 용두레질 소리
02_06_FOS_20090320_CJU_LBW_0002 모찌는 소리
02_06_FOS_20090320_CJU_LBW_0003 모심는 소리
02_06_FOS_20090320_CJU_LBW_0004_s01 상여 소리 / 달구 소리
02_06_FOS_20090320_CJU_LBW_0004_s02 상여 소리 / 달구 소리
02_06_FOS_20090320_CJU_LBW_0004_s03 상여 소리 / 달구 소리
02_06_FOS_20090320_CJU_LBW_0004_s04 상여 소리 / 달구 소리
02_06_FOS_20090320_CJU_LBW_0005 창부 타령

이병하, 남, 1933년생

주 소 지 : 경기도 김포시 하성면 석탄3리
제보일시 : 2009.2.18
조 사 자 : 김헌선, 최자운, 김은희, 변남섭, 시지은

　　이병하 제보자는 석탄3리를 첫 번째 방문
했을 때는 만나지 못했다. 다른 제보자들이
이병하 제보자를 적극적으로 추천했기 때문
에 석탄3리를 두 번째 방문하여 이병하 제
보자를 만나게 되었다. 왜소한 외모에 비해
초성이 좋아서 소리 내력을 물었더니, 젊었
을 때 '소리 꽤나 한다'는 말을 많이 들었다
고 한다. 조사자의 요청에 상여 소리를 하려
고 하는데, 소리를 안 한 지 오래 되어 기억이 잘 나지 않을 뿐 아니라,
마땅히 소리를 받아 주는 사람이 없어 힘들어 했다. '박연폭포', '모심는
소리' 등도 불렀으나, 한 두 소절씩 밖에 부르지 못해 아쉬움을 더했다.

제공 자료 목록

02_06_FOS_20090218_SJE_LBH_0001_s01 상여 소리 / 평지에 갈 때
02_06_FOS_20090218_SJE_LBH_0001_s02 상여 소리 / 오르막 갈 때
02_06_FOS_20090217_SJE_LBH_0002 용두레질 소리

이영희, 여, 1939년생

주 소 지 : 경기도 김포시 하성면 마곡2리 184번지
제보일시 : 2009.2.12
조 사 자 : 김헌선, 최자운, 김은희, 변남섭, 시지은

　이영희가 사는 곳은 하성면 마곡2리이다.
태어난 고장은 하성면 하사리인데, 23세에
혼인하여 마곡리로 오게 되었다. 이 지역의
토박이로 현재 농사를 짓고 살고 있다. 남편
은 하성초등학교 동창으로, 남편이 공군으
로 복무할 때 중매로 만나 혼인하였다. 제보
자는 자신의 남편이 공군이었을 때 무척 멋
이 있었다고 하면서, 지금도 금슬이 좋기로
소문이 자자하다고 자랑했다.
　마을회관에서 처음 만났을 때 '콩쥐 팥쥐' 이야기를 간단하게 해 주었
지만 많은 이야기를 알고 있는 것으로 판단되어, 얼마 후 개별적으로 접
촉하여 자택으로 다시 방문하여 2차 조사를 실시하였다. 대부분의 이야기
는 자신의 외할아버지에게 들은 것이며, 영등포에서 살고 있던 외할아버
지가 겨울을 보내려고 자신의 집으로 오셨을 때 많은 이야기를 해 주었다
고 했다. 예상대로 소중한 이야기를 많이 제공해 주었을 뿐만 아니라 전
통적인 민담의 성격이 우세했다. 또한 동요도 많이 알고 있어서 훌륭한
제보자라고 할 수 있다.

이재원, 남, 1939년생

주 소 지 : 경기도 김포시 하성면 석탄5리

제보일시 : 2009.2.24

조 사 자 : 김헌선, 최자운, 김은희, 변남섭, 시지은

　석탄5리 토박이인 이재원은 석탄리 일대
에서 소문난 소리꾼이다. 젊어서부터 소리
에 소질이 있어 석탄리를 비롯하여 인근 마

을에서 상(喪)이 나면 초청 받아서 상여 소리, 달구 소리를 많이 하였다. 상여 소리 외에 논 매는 소리, 창부 타령, 노랫가락 등 다른 소리들도 많이 알고 있었다. 처음에는 쑥스러워서인지, 소리를 잘 하지 못한다고 하였으나 주변에서 자꾸 소리 하기를 권하자, 하나 둘 자신이 알고 있는 소리들을 해 주었다.

제공 자료 목록

02_06_FOS_20090224_CJU_LJW_0001_s01 상여 소리 / 달구 소리
02_06_FOS_20090224_CJU_LJW_0001_s02 상여 소리 / 달구 소리
02_06_FOS_20090224_CJU_LJW_0001_s03 상여 소리 / 달구 소리
02_06_FOS_20090224_CJU_LJW_0001_s04 상여 소리 / 달구 소리
02_06_FOS_20090224_CJU_LJW_0002_s01 논 매는 소리
02_06_FOS_20090224_CJU_LJW_0002_s02 논 매는 소리
02_06_FOS_20090224_CJU_LJW_0003 모찌는 소리
02_06_FOS_20090224_CJU_LJW_0004 용두레질 소리

이정근, 남, 1932년생

주 소 지 : 경기도 김포시 하성면 시암1리
제보일시 : 2009.2.10
조 사 자 : 김헌선, 최자운, 김은희, 변남섭, 시지은

이정근은 시암1리의 노인회장을 맡고 있다. 이정근은 조사하는 처음부터 끝까지 이야기와 노래를 거들기도 하고 직접 구연하기도 하면서 적극적으로 조사를 도와주었다. 기골이 좋고 사람들을 만날 때 상대방을 어떻게 대해야 하는지도 잘 알고 있었다. 세 명의 제보자가 함께 구연 상황에서 노래나 이야기가 잘 생각 날 수 있도록 잘 유도해

주었다.

제공 자료 목록
02_06_FOS_20090210_BNS_LJG_0001 용두레질 소리

이철호, 남, 1936년생

주 소 지 : 경기도 김포시 하성면 후평2리
제보일시 : 2009.2.10
조 사 자 : 김헌선, 최자운, 김은희, 변남섭, 시지은

이철호는 이 지역 토박이이며 현 노인회
장으로 지역의 유래를 상세하게 알고 있었
다. 12대조가 낙향을 하여 지금까지 살고
있는 것이라고 한다.

제공 자료 목록
02_06_FOS_20090210_BNS_LCH_0001 소 모는 소리

임성재, 남, 1943년생

주 소 지 : 경기도 김포시 하성면 가금3리
제보일시 : 2009.2.11
조 사 자 : 김헌선, 최자운, 김은희, 변남섭, 시지은

임성재는 마을의 토박이로써 농사를 짓고
있다. 크지 않은 키에 순박한 인상이었다.
맑은 목청에 기교가 담긴 많은 노래를 잘
알고 있었지만 건강이 조금 좋지 않아 구연
에 어려움이 있었다. 좀 더 일찍 만났으면
좋은 자료를 채록할 수 있었는데 하는 아쉬

움마저 느끼게 했다.

02_06_FOT_20090211_BNS_LSJ_0001 애기봉의 유래
02_06_FOS_20090211_BNS_LSJ_0001_s01 상여 소리
02_06_FOS_20090211_BNS_LSJ_0001_s02 달고 소리
02_06_FOS_20090211_BNS_LSJ_0002 창부 타령
02_06_FOS_20090211_BNS_LSJ_0003 청춘가
02_06_FOS_20090211_BNS_LSJ_0004 모심는 소리
02_06_FOS_20090211_BNS_LSJ_0005 모찌는 소리

장흥택, 남, 1919년생

주 소 지 : 경기도 김포시 하성면 후평2리
제보일시 : 2009.2.10
조 사 자 : 김헌선, 최자운, 김은희, 변남섭, 시지은

장흥택의 외모는 왜소하였고, 높은 연세
와 건강상의 문제로 기억이 나지 않는 부분
이 많아 끝까지 구연을 하지 못하는 경우가
많았다. 탁 트인 목청과 원래의 굵은 소리의
선은 지나간 세월의 아쉬움만을 더 할 뿐이
었다.

제공 자료 목록
02_06_FOT_20090210_BNS_JHT_0001 구복진이와 팔방정
02_06_FOS_20090210_BNS_JHT_0001 모찌는 소리
02_06_FOS_20090210_BNS_JHT_0002 산염불
02_06_FOS_20090210_BNS_JHT_0003 별 헤는 소리
02_06_FOS_20090210_BNS_JHT_0004 곱새치기 뒷풀이

최순금, 여, 1931년생

주 소 지 : 경기도 김포시 하성면 시암1리
제보일시 : 2009.2.10
조 사 자 : 김헌선, 최자운, 김은희, 변남섭, 시지은

최순금은 시암리에 시집을 와서 농사를 지으며 살고 있다. 젊어서는 노래를 많이 불렀고 친구들과 모여서 놀이도 많이 했다고 한다.

제공 자료 목록

02_06_FOS_20090210_BNS_CSG_0001 다리 뽑기 노래
02_06_FOS_20090210_BNS_CSG_0002 자장가
02_06_FOS_20090210_BNS_CSG_0003 곤지곤지

최병찬, 남, 1938년생

주 소 지 : 경기도 김포시 하성면 원산2리
제보일시 : 2009.2.17
조 사 자 : 김헌선, 최자운, 김은희, 변남섭, 시지은

원산2리 마을회관을 방문했을 때 회관에는 할아버지 다섯 분만 단촐하게 앉아계셨다. 방문한 시간이 좀 늦어 조금 있으면 다들 집에 가실 분위기였다. 늦게 온 것에 대해 우선 사과를 드리고, 먼저 마을의 지명 유래와 예전에 농사짓던 이야기를 나누었다. 최병찬 제보자는 당시 노인회장으로, 조사자들에게 매우 협조적이었다. 그러나 들려줄 것이 별로 없다며 계속 미안해 하셨고, 조사자들이 질문을 하면 유쾌

하게 답해 주셨다.

제공 자료 목록
02_06_FOS_20090217_SJE_CBC_0001 잠자리 잡는 노래
02_06_FOS_20090217_SJE_CBC_0002 이 빠진 아이 놀리는 노래

허도순, 여, 1928년생

주 소 지 : 경기도 김포시 하성면 시암1리
제보일시 : 2009.2.10
조 사 자 : 김헌선, 최자운, 김은희, 변남섭, 시지은

허도순은 고향이 김포 원당리로 시암리에
시집와서 농사를 지으며 살고 있다. 허도순
의 외모는 순박하고 고운 모습이었다. 자상
한 설명으로 어릴 적 시골에서 잠자리를 잡
으며 놀이를 하는 것처럼 구연하였다.
설화를 그다지 많이 아는 것은 아니어서,
조사자들에게 짧은 이야기를 들려주었다.

제공 자료 목록
02_06_FOT_20090210_BNS_HDS_0001 호랑이가 떡 뺏아 먹은 이야기
02_06_FOS_20090210_BNS_HDS_0001 이 빼서 지붕에 던지면서 하는 소리
02_06_FOS_20090210_BNS_HDS_0002 잠자리 잡으면서 하는 소리

홍묘순, 여, 1931년생

주 소 지 : 경기도 김포시 하성면 전류1리
제보일시 : 2009.4.17
조 사 자 : 김헌선, 최자운, 김은희, 변남섭, 시지은

홍묘순 제보자는 다른 제보자들이 이야기
할 때 뒤에 앉아서 듣다가, 다른 제보자들의
이야기나 노래가 아니다 싶을 때 이야기나
노래를 거들다가 자료를 제공하게 되었다.
눈이 불편해서 잘 나서지 않는 것 같았지만,
조사자들의 이야기를 듣고 호의적으로 이야
기를 해 주었다. 다른 할머니들이 잘 기억하
지 못하는 '밥 많이 먹는 마누라'와 '내 복
에 산다' 유형의 이야기와 '춘향이 노래'를 불렀다.

제공 자료 목록

02_06_FOT_20090417_SJE_HMS_0001 밥 많이 먹는 마누라
02_06_FOT_20090417_SJE_HMS_0002 내 복에 산다
02_06_FOS_20090417_SJE_HMS_0001 춘향이 놀이 노래

해와 달이 된 오누이

자료코드 : 02_06_FOT_20090417_SJE_KGS_0001
조사장소 : 경기도 김포시 하성면 전류1리 189번지 전류리 마을회관
조사일시 : 2009.4.17
조 사 자 : 김헌선, 최자운, 김은희, 변남섭, 시지은
제 보 자 : 김기순, 여, 75세
구연상황 : 제보자에게 '떡 하나 주면 안 잡아먹지'라는 이야기를 묻자 이 이야기를 했는데, 청중으로 있던 동네 아저씨의 간섭과 이를 말리는 청중들의 소음이 섞여 녹음이 깔끔하진 않다. 제보자의 '해와 달이 된 오누이' 이야기는, 호랑이와 오누이의 대화가 노래처럼 되어 있고, 방 안으로 들어간 호랑이가 막내 동생을 씹어 먹는 장면 등이 실감나게 구연되었다.
줄 거 리 : 애기 셋 있는 엄마가 부잣집에서 일 하고 떡을 얻어서 이고 오다가 고개에서 호랑이를 만났다. 호랑이가 '떡 하나 주면 안 잡아 먹지' 하며 떡을 다 빼앗아 먹고는 떡 함지를 이고 아이들 있는 집으로 갔다. 처음엔 어머니가 아닌 것 같았지만, 결국 아이들은 호랑이에게 문을 열어 주었고, 호랑이는 막내 동생을 깨물어 먹었다. 남은 남매는 나가서 나무에 올라가 하늘에 살려달라는 기도를 해서 동아줄과 방석을 타고 하늘로 올라가 여자는 해가 되고 남자는 달이 되었다. 호랑이는 하늘에서 내려온 헌 동아줄을 타고 올라가다가 수수깡에 떨어져서 수수깡이 빨갛게 되었다. '해와 달이 된 오누이'의 원형이 잘 살아 있는 이야기이다. 경기도 김포 일대의 특징은 이야기에 등장하는 어머니가 할머니 또는 꼬부랑 할머니로 된 경우가 많고, 아이들이 어머니로 변장한 호랑이를 확인하는 과정에서 호랑이가 아이들을 부르는 말투가 '아강 아강'이라는 상투어로 나타난다.

옛날에 그거 아주 어려왔어요. 그런데 아이가 싯(셋)이래. 애기허구 있는데, 저기 버리범벅(보리범벅)을 해 가지고 부자 장자집이서 일을 해 가지고 이제 떡을 이고 오다가 한 고개 넘어가니까,

"할멈, 할멈. 그 버리범벅 하나 주면 안 잡아먹~지." 그리드래. 그래서

하나 덩져 줬대. 또 한 고개 훌훌 넘어가서 또 한 고갤 넘어가니,

"할머니, 할머니. 그 버리범벅 주면 안 잡아먹~지."

그리드래. 그래 또 기냥, 하나 덩져 줬대. (청중 : 아까 했잖아! 뭐.) 했어? (청중, 조사자 일동 : 아니야, 아니에요.) (청중 : 아니 또 해.) (조사자 : 아니, 하다가 마셨어요.) (청중 : 범벅떡이야, 범벅떡.)

그래, 또 한 고개 넘어가니까, 또 기양 버리범벅 하나,

"할멈, 할멈. 버리범벅 하나 주, 주면 안 잡아먹지." 그르니까, 그거 하나 또 덩져 줬대.

그래 가지구 기냥 또 고개 고개 넘어가서 기냥 다 뺏겼잖아? 함지박만이구 가는데, 그 저기 애기, 인제, 그 떡을 호랭이가 가지구 갔어, 이 함지박에다:

"아강, 아강. 문 열어라. 느 어머이, 저기 버리범벅 해 가지고 왔으니 얼른 문 열어~라, 문 열어."

"우리 어머이 목소리 아닌~데?" 이러더래. 허허허. 그래서,

"손, 손 좀 디밀어 봐~라." 그러니까, 손을 콱 디미니까,

"아유, 울 어머이 털 안 났는~데." 그랬대요. 흐흣. 그리구서 그냥 낭중에,

"저기… 울 어머이는 손, 저기, 털이 아니, 으, 안 있는데, 왜 털이 있냐구?" 그리먼선 안방, 문을 열어 줬대.

안방에 들어가서 애기, 갓난 애기를 냥, 오드독 오드독 깨밀어 먹드래. 그래서 냥, 그거이 나가서, 남매가 나가서,

"자, 하나님, 하나님, 나 좀 살려주시요."

그러니까 그냥, 하늘에서 새 동아줄에, 새 방석에 내려 보내드래. 그래 하늘에서 내려오니까, 그걸 타고, 인제 올라갔죠. 아니, 나무에 올라갔는데 거길 올러오드래, 참. 그래 가지구, 나무에서, 저기,

"하느님, 하느님, 날 살릴려면 새 동아줄에 새 방석을 내려 보내. 날 죽

이실려면 헌 동아줄에 헌 방석을 내려 보내라구.”

새 동아줄을 주르륵 내려오드래. 그래서, 남매가, 그걸 타고 냥, 하늘로 올라갔대. 하늘로 올라가니깐, 그거이 저기래. 여자는 해가 되구, 남자는 달이 됐대. 아핫. 그래 그거 밖에 아는 게 뭐 있어?

(조사자 : 호랑이는요? 호랑이는 나무 밑에 못 올라가서?) 호, 호랑이는 또 떨어져서, (청중 : 떨어져서 죽었잖아.) 저기 수수깡에 똥구녘이 찔려서 기냥 확 죽었대. (청중 : 그래 수수깡이 그래서 뻴겋대요.) 그래서, 빨갛대, 수수깡이.

(조사자 : 근데, 호랑이는 왜 떨어졌어요, 올라가다가?) 올라가다가, 헌 동아줄을 내려 보내니까 기냥, (청중 : 끊어졌지 뭐야, 그니까, 흣흣.) 끊어 졌지. (조사자 : 아~. 호랑이한테는 헌 줄을 내려 주구요?) 어, 헌 줄을 내려 보냈어.

(조사자 : 이, 이 얘기 어, 누구한테 들으셨대요?) 예? (조사자 : 누구한테 들으셨대요? 할머니한테 들으셨대요?) 아, 옛날에, 우리 친정아버지헌테 들었어.

내 복에 산다

자료코드 : 02_06_FOT_20090417_SJE_KGS_0002
조사장소 : 경기도 김포시 하성면 전류1리 189번지 전류리 마을회관
조사일시 : 2009.4.17
조 사 자 : 김헌선, 최자운, 김은희, 변남섭, 시지은
제 보 자 : 김기순, 여, 75세
구연상황 : 홍묘순 할머니가 '내복에 산다'를 구연하는 것을 들은 김기순 제보자는 기억 이 되살아 난 듯했고, 애초에 자신이 하기로 했던 이야기인데다가, 홍묘순 할 머니가 구연한 이야기 내용이 마음에 안 드는 부분이 있었던지 자발적으로 이 이야기는 자신이 해야겠다면서 시작하였다. 특히 홍묘순 할머니의 이야기

중에 쫓겨난 딸이 숯장사를 따라가 살면서 숯을 구웠다는 부분이 빠진 것을 불만스러워 하였다. 구연을 마치고 쫓겨난 딸이 복이 있는 여자라고 하면서, 자신도 송곳 꽂을 땅도 없는 가난한 집에 시집와서 재산을 다 일구었다는 이야기를 들려주었다.

줄 거 리 : 딸 셋 있는 부자집에서 아버지가 딸들을 차례로 불러 '누구 덕에 사냐?'고 물었다. 첫째 딸과 둘째 딸은 '아버지 덕에 살아요.'했는데, 셋째 딸은 '내 덕에 산다'고 대답하니까 아버지가 딸을 버리라고 하인에게 명했다. 하인은 궤짝에 담긴 아이를 숯장사에게 데려다 줬다. 숯장사 집에 간 셋째 딸은 냇가의 사금과 나뭇가지에서 금을 발견하여 그것을 팔아 부자가 되었다. 한편 셋째 딸이 나간 후에 집안이 어려워진 아버지는 동냥을 다니다가 셋째 딸 집에 가게 되었다. 셋째 딸은 자신을 박대한 아버지와 어머니를 모셔와 잘 모셨다. 전형적인 '내 복에 산다' 유형으로, 하인이 셋째 딸을 숯장사에게 데려다 준 것과 셋째 딸이 부모님이 올 것을 미리 알고 문패를 달아 놓은 것이 큰 특징이다.

딸을 셋이나 낳는데, 그 집이가 아들을 못 낳구, 인제, 잘 살았대요. 아주 부자로 잘 살았대요. 그래 가지구, 부자루 잘 살다가, 이 아부지가, 큰 딸을 들어오라구 그러드래.

"아무개야."

그래 가지구, 들어오라 그래서. 인제 하인이 있잖아요. 하인보구 이제 불, 불르라 그래서 이제 데려왔어요. 디려오니까는, 그 아부지가,

"너, 누구 덕에 먹냐?" 그르니까,

"저는 아부지, 어머이 덕에 먹어요." 그르니까,

또 둘째 딸을 데, 데리고 오드래요. 저기 둘째 딸을 불러서 아이, 너, 인제 그 하인들을 시켜서 인제, 그 따, 딸을 데려온 거야. 데려와 가지구

"아이, 니들, 누구 덕에 먹냐?" 그리니까, 어, 아부지가 그리니까,

"아유, 저는요, 어머니, 아부지 덕에 먹어요." 그리니까,

"아유 어머니, 아부지 덕에 먹냐? 그래, 착하다."구.

인제 그럴 거 아냐? 어머이, 아부지가. 그래 착하다구 그리구서는 인제, 또 막내딸을 데려다가, 딸 싯이니까. 막내딸을 데려다가,

"너, 누구 덕에 먹냐?"

"제 덕에 먹어요." 그리드래요.

그래서 제 덕에 먹는다고 그르니까, 넌 그럼, 하인을 시켜서 궤짝에다 담아서 기냥, 저 동산에다 갖다 버린대는 걸, 숯장사를 줬대요.

"여기 색시가 있으니, 이 안에 색시가 있으니, 집이, 총각이, 이 샥시 데려다 기, 살갔냐?" 그르니까,

"살갔다." 그르드래.

그래 그 샥시도 그 집을 갔대요. 가서 인제 사는, 사는데, 어렵대. 아주 어려와요, 그 집은. 그 숯, 숯이나 궈서 먹으니까, 어렵지. 그래 어려우니까, 그 아, 어, 샥시가 인제 숯을 팔러 가는데, 이제, 아부지가 숯을 팔러 가는데, 신랑. 갔는데, 집이 인제, 밥을 해서, 가지구 갔대요. 점심을 해서.

근데, 냇개울에 냥, 다 금이드래. 그 금이대서 냥, 금을 다 줏어다가 기냥, 항아리에다 담아놓고, 인제.

그리구 또 그냥, 이렇게 낭구 꺾는 이렇게 기냥, 낭구두 읇어 가지구 콱콱 치니까 거기서도 때렁, 때렁 허드래. 게, 기냥 금이 나오면서 그거를 갖다 팔았대요, 샥시가 가지구 가서. 그걸 팔아 가지구, 잘 살았대요. 잘 살구. 기냥, 그 숯장사는 안허구. 그래 그 인제, 집을 아주 참 잘 지었대.

근데, 걔가 삽살이야. 그 여자가 삽살이에요, 이름이. 삽살이야. 이름을 저기 대문에다가, '삽살아 삽살아', 그렇게 맨들어 논 거야.

아무 때락두 우리 어머니가, 우리 아부지랑 그지(거지)가 돼서 와서 문을 찌꺽 찌꺽 헐꺼 아니에요. 찌꺽 찌꺽 허니까,

"삽살아, 삽살아." 그르드래요, 그냥.

"아유, 그 이상허다, 이상도 허다" 그리구,

"왜 삽살이 이름이 왜 여깄냐, 여깄냐?" 그르구, 가서,

"여보세요, 동냥 좀 주세요." 그르니까,

안에서 인제 유리문으로, 옛날엔 유리문 있잖아요? 그래 내다보니까,

지 아부지드래요. 그래서 기냥, 하인들을 시켜서, 하인이 기냥,

"물 한 솥을 끓여라."

그래 가지구, 물 한 솥 끓여서, 말갛게 씻겨서 바지저고리를 입혀 노니까, 참 그 신사지 않아요? 그런데, 기냥, 어머니를 모셔오라고 그래서, 어머니를 진짜 모셔왔대요, 그 아부지가. 모셔와서, 그냥 저 무슨 옛날엔 그 방앗간 있잖아, 소가 하는 연자방앗간. 거기 가 살드래요.

그래서 데려다가, 기냥, 할머니, 할아버지를 다 씻기고, 어머이 아부지지, 다 씻겨 가지구, 저기 살구. 개와집을 하나 잘 지어서, 기냥, 어머이를 모셨대요.

그렇게 기양, 박대를 했는데, 그 딸이 그렇게, 저기 훌륭하게 돼서. 그 딸이 복이 있는 여자야.

저승 다녀 온 이야기

자료코드 : 02_06_FOT_20090417_SJE_KGS_0003
조사장소 : 경기도 김포시 하성면 전류1리 189번지 전류리 마을회관
조사일시 : 2009.4.17
조 사 자 : 김헌선, 최자운, 김은희, 변남섭, 시지은
제 보 자 : 김기순, 여, 75세
구연상황 : 조사자들은 이야기를 차분하게 하는 제보자에게 더 많은 이야기를 들을 수 있을 것 같아 혹시 저승에 다녀 온 사람 이야기 아시냐고 물었다. 그러자 들은 이야기는 아니고, 자신이 몸이 아팠을 때 직접 겪은 일이라며 이야기를 들려주었다. 저승 문이라도 들어갔던 길로 그대로 나왔기 때문에 죽지 않고 살아난 것이라 하였다.
줄 거 리 : 몸이 몹시 아파서 보름 정도를 앓는 중에 자다가 저승을 가게 되었다. 열 두 대문을 여니까 아이들, 젊은이들, 노인들이 각각 차례대로 다른 방에 있었다. 그 닫은 문을 도로 열고 그대로 나오니까 세 군데에서 큰 개가 짖었다. 나중에 (누가) 갖다 준 세 마리 개가 따라오라고 해서 개울을 건너 주어 살아나게 되었다. 전통적인 이야기에 나타난 저승 관념이 제보자가 실제 아팠을 때 저

아, 내가 아파서, 참 많이 아팠어요. 근데, 냥, 많이 아파 가지구요, 어트게 했냐면은, 한 보름을 앓았나 봐.

그랬는데, 냥, 진짜, 자는데, 정승(저승)인지 어딘지, 한 곳 갔는데, 이렇게 양, 문이 열 두 대문이에요. 한 문은 열으니까, 애들이 한 방. 한 문을 여니까, 중간치가 한 방. 또 한 문을 여니까, 할머니, 할아버지덜. 따루 따루 있드라구!

열 두 대문을 열구, 나, 나가니까. 그래서 에유, 나갈 때, 인제, 저기 어디 만큼 왔냐면, 이 만큼 와서, 그 집을 나와서. 그 닫은 문을, 도루 온, 들온 문으로 댕겨야지, 딴 문으로 댕기면, 그 그런가 봐요.

그래 가지구, 문을 양, 다, 열 두 대문을 열구 나가니까는, 큰 개가, 기냥, 이따만한 거 냥 멍멍 짖드라구요. 그리더니, 그 개는 가만 있어요. 그리더니, 냥, 세 마린데, 세 군덴데. 여기 와서 오니까, 냥, 큰 개가, 냥, 또 짖어. 싯(셋)이 짖드라구요, 냥. 또 가면 또 있구, 또.

낭중(나중)에는 하얀 개를 세 마릴 갖다 줘요. 그러니까 그 개가 멍멍 짖는데, 그, 이리 따라오라구, 그 갱굴(개울)을 건네 주드라구요.

그래서 내가 깨어나서 살은 거지.

민씨네 산소에서 승천한 용

자료코드 : 02_06_FOT_20090417_SJE_KGS_0004
조사장소 : 경기도 김포시 하성면 전류1리 189번지 전류리 마을회관
조사일시 : 2009.4.17
조 사 자 : 김헌선, 최자운, 김은희, 변남섭, 시지은
제 보 자 : 김기순, 여, 75세
구연상황 : 조사자들이 제보자에게 '콩쥐 팥쥐', '해와 달이 된 오누이' 등의 이야기를 더

청했으나, 제보자가 이야기를 많이 잊어 이야기가 자꾸 중단되었다. 시집와서 살던 이야기를 하던 제보자는 시집 산소에서 용이 승천한 이야기가 있다며 짧은 이야기를 해 주었다.

줄 거 리 : 제보자의 시집인 민씨네 산소에서 용이 하늘로 승천하는 모습을 할머니가 보 았다는 이야기를 들었다.

우리 친산이 있어요. 저기, 민씨, 민씨에요. 시집이. 시집이, 민씨야. 나 는 김씨구.

근데, 냥, 저기서 비가 오도돌이 쏟아지는데, 우리 밭도 이만큼 있어요. 저~ 그, 거 동네.

근데, 산소에서 그냥, 뭐이, 저기 폭팔(폭발)을 해 가지구, 아주, 냥, 내 려와서 기냥, 용이 거기선 승천 했대요. 그런데, 보니까는, 할머니가 보니 까, 그냥 꼬랑지를 이렇게 흔들고 올라 가시드래요, 용이.

(조사자들 : 민씨네?) 무덤에서. (조사자 : 민씨네 산소에서?) 네.

수숫대가 빨간 이유

자료코드 : 02_06_FOT_20090210_BNS_KMW_0001
조사장소 : 경기도 김포시 하성면 시암1리 449-1 시암1리 마을회관
조사일시 : 2009.2.10
조 사 자 : 김헌선, 최자운, 김은희, 변남섭, 시지은
제 보 자 : 김명원, 남, 86세
구연상황 : 어렸을 때 들은 옛날이야기가 있느냐고 묻자, 바로 이 이야기를 시작하셨다.
줄 거 리 : 떡 장사를 하는 어머니가 고개를 넘어오다 호랑이를 만나 떡은 물론 목숨까 지 빼앗기고 말았다. 호랑이는 아이들까지 잡아먹으려 했으나, 아이는 털이 난 손을 보고 나무 위에 올라가서 하늘에 살려달라고 축원을 해서 줄을 타고 올라갔다. 호랑이도 축원했으나 썩은 동아줄이 내려왔다. 김장을 하던 우물가 의 수수깡에 떨어져 호랑이의 빨건 피가 묻게 되었다.

그 어머니가 인자 아이들 집에다 두고서네 어려우니까 떡 장사를 했는

데, 어느 고개를 넘어오니까, 호랭이가 글쎄, 그냥 저 떡을 달라구 어, 떡을 달라구 그러니까, 잡아먹갔다고 그러니까. 우리 아이가 있구 근데, 어트게 저 뭣을 허냐 그거야, 날 잡아먹으면 어떡하냐 그러니까,

"그럼 그 떡 하나주면 안 잡아먹~지." 어.

떡을 주면은 또 그리구 또 그리구 그랬다 이거야. 그리다 보니까 그러다 보니까 다 떨어졌어 떡이. 그래 갖구 여자를 잡아먹었어.

그리구 나서 또 헌대는 소리가, 할머니 말들이, 그 아이한테 와서 잡아먹을려고 또, 저,

"내가 왔으니." 어머이 행동을 허는 거지.

"내가 왔으니 문 열어라."

아이가 혼자 있으니 문을 걸고 있었는데, 문을 열어 달라하니까, 손을 디밀어 보라니까, 글쎄 털이 났을 꺼 아냐, 암만 옷을 입었어도 제 어머이 옷을 그러니까.

"아 우리 어머이 손 아니라구, 응, 우리 어머이 손 아니라구." 그러니까,

"그럼, 누구냐?"구 그러니까, 아니라구 안 열어 줬지 뭐야.

그 아이가 어트게 가서 허다가 그냥, 아이가 피해서 그냥 어느 나무 위로 올라갔어요, 근처에. 무서니까, 올라갔는데, 호랭이가 또 올라와, 쫓아 올라 오니까, 저 아이가 하느님한테 축원을 했어,

"하나님 날 살리려거든 저, 방석을 내려달라고, 어. 줄을 타고 올라가게."

그러니까 하느님이 참, 줄을 방석을 해서 줄을 내려 보내서 아이가 올라가 버렸지 뭐야.

그러니까 호랭이도 역시 거기서 또 그냥 그런 축원을 하니까 줄이 내려왔어, 근데 하늘이 밉게 봤는지, 저 뭐야 썪은 동아줄을 내려 보냈어. 그래서 그것이 올라가다 반쯤 올라가다 그만 떨어졌지 뭐야. 줄이 끊어져서 떨어졌는데,

그 옛날에는 짐, 김장을 할려며는 그때들은 우물에들 여럿이서 뫼서(모

여서) 짐장(김장)을 했지요. 거기다가 배추 씻어 놓느라고 수수깡들을 많이 갖다가 깔았거던. 그 수수깡에 가서 호랭이가 떨어져서 어, 피가 묻었다 이거야. 수수깡에 뻘건 피 묻었잖아. 피가 있어 사실, 그게 호랭이 피래는 거지.

해와 달이 된 오누이

자료코드 : 02_06_FOT_20090217_SJE_NGOS_0001
조사장소 : 경기도 김포시 하성면 가금리 239번지 가금3리 마을회관
조사일시 : 2009.2.17
조 사 자 : 김헌선, 최자운, 김은희, 변남섭, 시지은
제 보 자 : 남궁옥순, 여, 80세
구연상황 : 두 번째로 방문한 경로당에 모인 할머니들 수도 적을 뿐더러, 이야기하는 것을 서로 망설이며 달갑지 않아 하는 분위기였다. 그래도 조사자들이 녹음기와 수첩을 꺼내들고 조사의 취지를 자꾸 설명하자, 남궁옥순 할머니가 이야기를 하겠다고 하였다. 제보자의 시누이가 어렸을 때 학교 다니면서 배운 것을 제보자에게 해 주었고, 그 이야기를 기억하고 있다가 들려준 것이다. 제보자가 직접 구전으로 들은 것이 아니라서 중간 중간 이야기의 줄거리를 확인하는 등 연결이 매끄럽지 않은 부분들이 있다.
줄 거 리 : 잔치집에 떡을 얻으러 간 엄마가 고개를 넘어오다가 호랑이를 만나서 잡아먹혔다. 호랑이는 엄마의 옷을 입고는 애들 있는 집에 가서 엄마 행세를 하려는데, 아이들이 엄마가 아닌 것을 눈치 채고 뒷산 큰 나무로 도망쳤다. 나무에 쫓아 오르려는 호랑이를 보고 아이들은 하늘에 기도하여 금동아줄을 타고 올라가 해와 달이 되었다. 호랑이는 썪은 동아줄을 타고 올라가다가 떨어져 수수깡 밭에 떨어졌고, 수수깡에 호랑이 피가 묻어 빨갛게 되었다.

건넛마을에서 인제, 돌잔치를 하고 할머이더러 떡을 먹으러 오라 그러니까는, 옛날엔 먹을 게 없었잖아? (청중 : 기억들 좋아.)

가서 그냥 떡 받으러 간대니까 좋아 가지구,

"엄마 그럼 빨리 가서 떡 받아 가지구 오라."구 그래서, 그 떡을 받아

서 가지구 오는데.

인제 산 너머루, 인제 산 두메에서 살았어, 살았대. 난 모르는데, 나두 가서 지금 다 물어봤드니 우리 시누가 그 전에 그 책에 나왔대드구만? 그래서 우리 시누가 그걸 가르쳐 주드라구. (청중 : 큰 시누가?)

그래 가지구 그 떡을 받아서 이구 오는데 고개를 넘어오니까, 호랑이가 "할멈, 할멈, 뭐냐?" 그러니까 그런 얘기를 했갔지. 무서우니깐. 그러니깐 나중엔 그냥

"할멈, 할멈, 그 손 하나 띠(떼) 주면 안 잡아먹지." 그러니깐 그냥 고개 고개 하다, 열두, 손을 다 띠 줬대. 발도 띠주구. 그 몸뗑이만 남았으니깐 어떡할 거야?

호랑이가 그냥 몸뗑이를 다 집어먹고, 이제 옷을 벗겨서 자기가 입고. 그니까, 그거 어떻게 된 건지 나두 모르갔다. 근데, 우리 시누가 그러는데 그 책에 나와서 자기네들 배웠대, 1학년 적에. 그랬다 그러면서. 그렇게 돼서 인제 옷을 그 호랭이가 입구선 그 애들네 집일 찾아가서,

"애들아, 애들아. 엄마 떡 받아왔다. 문 열어다오." 그러니껜 목소리가 이상할 거 아냐. 호랑이 목소리니껜,

"엄마, 이 문틈으로 손 좀 들이 보내 봐." [조사자들 쳐다보며] 그렇게 해, 할머니들? (조사자 : 할머니 아시는 대로 하세요.)

그렇게, 이렇게 들여보내니까 털이 있지 뭐야? 그러니까 무서우니깐 그때 놀래 가지구, 그냥 나갈 궁리를 헌 거야.

그러니까 이제 뒷문으로 나가서 인제 산에를 이제 뒷산에를 올라가서 나무가 큰 거이 있으니까 그리루 올라갔대. 그냥, 킁 거리면서 올라가니깐 호랑이가 찾아 댕겼갔지. 찾아 댕기다가 이렇게 낭구를 쳐다보니까 있으니깐.

"어떻게, 어떻게 올라가냐?" 그러니까는

"용용 죽갔냐? 올라와 봐라." 인제 애들이 그랬갔지.

그러니깐 '저 놈으 거 올라가서 잡아먹어야갔다.' 그러구 그냥, 그냥 올라가다 떨어지구, 올라가다 떨어지구… 그러니까

"어떻게 올라갔냐?" 니깐,

"챔기름(참기름) 읃어다 발르고 올라오라."

그러니까 더 미끄럽갔지? 그러니깐 챔기름을 어디 가서 얻어다 발르고 올라가니깐 더 떨어지는 거야. 그린 다음에 어떻게 헐 수가 없으니까는 그러니까는, [다른 할머니가 들어와서 잠시 중단]

"하느님 하느님, 우리를 살릴래면 금동아줄을 내려 보내고, 우리를 죽일래믄 썩은 동아줄을 내려보내라."니껜

금동아줄을 내려 보내서 그걸 타구 올라간 거야. 올라가서 이제 하나는 해가 되구 하나는 달이 되구.

그렇게 올라가 버렸으니까는 이제 호랭이두 나중에 어떻게 어떻게 해서 올라와서, 우리를 살릴… 그렇게 했갔지, 해니까 썩은 동아줄을 내려 보냈대나 봐. 그러니까 썩은 동아줄을 타고 내려오다 수수깡 밭에 가서 떨어져서, 옛날에 그 수수깡에 이렇게 피가 묻으면 할머니들이

"이거 옛날에 호랑이가 떨어져서 피가 묻은 거다."

그랜 게 그럴 듯헌 거야. 그래서 그 수수깡에 뻘건 게 호랑이 피래는 거지.

민씨네 벼슬 끊긴 이유

자료코드 : 02_06_FOT_20090218_SJE_MMG_0001
조사장소 : 경기도 김포시 하성면 마곡1리 637-1번지 마곡1리 노인정
조사일시 : 2009.2.18
조 사 자 : 김헌선, 최자운, 김은희, 변남섭, 시지은
제 보 자 : 민문기, 남, 95세

마곡리 마을 유래에 대해 이야기하던 제보자는 이 마을에서 민씨네 선조들이 대대로 살았다고 하였다. 중국에서 넘어온 민씨가 11대까지 조선에서 벼슬을 계속 하다가 그 이후에 끊긴 이유가 있다면서 이야기를 시작하였다.

줄 거 리 : 민씨 11대 선조는 병자호란 때 태자를 모시고 강화로 피난을 갔다. 그런데 강화유수가 신장을 부릴 줄 아는 자기 재주만 믿고 적을 막을 생각을 하지 않았다. 그런데 강화유수가 신장을 부르자, 다른 신장은 중국에서 다 불려가고 다리를 저는 신장 하나만 오는 것이었다. 그 신장으로는 적을 막아내지 못하니, 태자를 모시고 간 민씨 선조는 도망가지 않고 그 자리에서 다른 식구들과 자결하고 말았다.

어떻게 해서 끊어졌냐 하면, 우리 20 아니, 11대조 할아버지가, 에, 중국 병자호란 난리가 들어 왔다구.

근데 임금은 남한산성으루 피난을 가시구, 우리 11대조께서 태자를 모시구 강화유수라구, 요기가 유수가 있는 그 고을에 현이지. 거기 가면 그 강화유수가 웬만한 적은 막아내니까, 거리 피란을 태자를 모시고 나왔었단 말이야.

그러자, 아, 적이 쳐들어오는데, 그 유수래는 분이 술만 먹고 참… 홍만 돋아서 놀기만 잘하지 뭐야? 아~ 그러니깐, 그 인제 나졸인지 뭐 역졸인지,

"아, 지금 다 쳐들어왔는데 약주만 자시면 어떡하나?"구 그러니깐, 아 이 분이,

"들어오면 어떠냐?"

건 뭔 배짱을 믿는고 하니, 신장(神將)을 부릴 줄 알아, 신장. [조사자들이 수첩에 기록을 하자, 그것을 쳐다보며 '그것도 적는 거야?' 한다.] 신장을 부릴 주 아니까 그까짓 신장만 부리믄 금방 다 자신을 멀구(믿고) 술만 먹는 거지.

"아, 여 옆에 다 올라왔는데 어트케 하실라고 그러냐?"구

그러니까 신장을 냅다 부른단 말이야. 신장이 하나나 있어야지? 벌써 중국 그, 거기서 와 가지구 신장을 다 불러갔단 말이야. 그러니 암만 신장

을 불러도 안 오니깐,

'허, 이거 큰일났구나.'

참, 그리구 걱정을 하는데, 아 다리, 절름발이가 쩔뚝 쩔뚝 들어오지 뭐야 신장 하나이… 그 예전엔 그 신장을 보기도, 귀신을 보기도 하고 그렇게 이용을 헐 수두 알고 그랬는데 지금은 그렇지 않고. 그래서 그 신장을,

"너 우째 혼차만 오냐?" 그러니까

"아, 신장은 벌썸 중국에서 다 불러가구, 아, 저 다리 전다고 넌 그만두라구 해서 저 하나만 있는데, 아, 자꾸 부르시니 어트케 해요? 저래도 와야죠."

그러니까 뭐, 다 틀렸지 뭐야? 근데, 치긴, 문 앞에 쳐들어 왔거던? 그러니까 그냥 내 빼, 그냥.

근데 우리 할아버지는 태자를 모시고 가셨으니깐 보통 이는 아니시지. 뭐, 평민은 아니시잖아? 그래서 그 어떤 사람이

"여, 여기 소선(小船)이 하나 있으니, 이걸 타시구 나가시라구. 그리믄 모면허실런지 모른다고. 여기 기시는 거 보덤(계시는 거 보다) 그리 피신을 허시라구, 배 타시구." 그러니까 그,

"어트게 평민도 아닌 사람이 태자를 모시고 나왔다가, 내가 위급하다고 이 소선(小船)을 타구 달아나는 내 처세가 약하니까 안 된다구, 나는 그렇게 못 허겠구." 허니까 열 세 식구가 그냥, 죽재는 결의를 하셨어.

그래서 큰아드님 삼형제, 며느님 셋, 그럼 여섯 식구지? 따님이 넷이야, 그럼 열 분이야. 마나님허구 우리 할아버지허구. [다른 할아버지가 들어오셔서 잠시 중단] 그래서 우리 서, 그 할아버지 서매라구 누님이 계신데, 그래서 열 세 식구가 한 자리에서 그냥 목매 돌아가시구, 칼루다 배 찔러 돌아가시구, 목 쫄라 돌아가시구. 그냥 다 앉은 자리에서.

그, 저 전등사 토굴이래는 그 토굴 안에서 그냥 한 자리에서 다 돌아가셨어.

물에 잠긴 수막산과 문수산

자료코드 : 02_06_FOT_20090218_SJE_MMG_0002
조사장소 : 경기도 김포시 하성면 마곡1리 637-1번지 마곡1리 노인정
조사일시 : 2009.2.18
조 사 자 : 김헌선, 최자운, 김은희, 변남섭, 시지은
제 보 자 : 민문기, 남, 95세
구연상황 : 마을 유래와 민씨 선조에 대해 이야기하던 제보자에게 김포에서 유명한 문수
　　　　　산에 대해 전해내려 오는 이야기가 없는지 물었다. 그러자 수막산과 문수산은
　　　　　물에 잠긴 산이라는 이야기를 하였다.
줄 거 리 : 수막산은 삼각산이 되다가 물에 빠져 만들어진 산이고, 문수산은 원래 큰 산
　　　　　인데 물에 빠져서 큰 산이 못 되었다.

　요기 건너면 수막산[4]이라고 있어요, 수막산. 그 산이 삼각산을 돼 가다
가, 삼각산이 됐으니까 물에 빠졌다는 거야, 강에, 그건 하나 들었구.

　여기 문수산, 산이 그야마따나 서울 올라가다가, 그 문수산이 우리 김
포에 제일 큰 산이에요. 그 산이 그 강에 빠져서 그 산두 크긴 큰대두 물
에 빠져서, 산이 파묻혀서 얼마 안돼요. 큰 산은 큰 산인데, 우묵허게 들
어갔으니까 산이 높아 뵈지가 않지.

　이렇게, 산이란 자연적으로 이렇게 올라가서 산이 커야 그 더 우람하고
높은데, 이거 펑덩 빠졌으니깐 산이 볼품이… 그건 알아.

---

4) 심학산, 수막산은 경기도 파주에 있는 산으로 지금은 심학산이라 부른다. 홍수 때 한강
　이 범람하여 내려오는 물을 이 산이 막았다고 해서, 또는 물 속 깊숙이 들어간 메뿌리
　라고 해서 수막산(水漠山)이라고 했던 것을, 조선 영조 때 궁중에서 기르던 학이 날아
　도망간 것을 이 산에서 찾았다 하여 심학산(尋鶴山)이라 부르게 되었다고 함.

오성과 한음

자료코드 : 02_06_FOT_20090218_SJE_MMG_0003
조사장소 : 경기도 김포시 하성면 마곡1리 637-1번지 마곡1리 노인정
조사일시 : 2009.2.18
조 사 자 : 김헌선, 최자운, 김은희, 변남섭, 시지은
제 보 자 : 민문기, 남, 95세
구연상황 : 민씨네 조상과 족보에 얽힌 이야기를 하던 제보자에게 오성과 한음 이야기를
묻자, 그 분들이 참 대단한 분들이라며 감탄을 하시고는 이야기를 시작했다.
오성과 한음에 대한 일화 두 가지를 구연하였다.
줄 거 리 : 오성과 한음이 길을 가다가 허술한 집에서 송장 일곱을 발견했는데, 오성이
송장을 그냥 내 버릴 수 없으니 염을 할 준비를 해서 저녁에 오자고 하였다.
한음이 염할 것을 준비해서 저녁에 갔더니 일곱이던 송장이 여덟이 되어 있
었다. 시신의 수를 잘못 셌나 하고 송장을 묶어 나가는데, 맨 끝에 누워있던
오성이 일어나며 그만하라고 했다.
또 한 번은 오성이 한음의 따님을 선보고 싶은 생각에 나무꾼 수십 명을 시
켜 작대기를 들고 자기를 죽일 듯이 쫓아오라고 했다. 나무꾼에 쫓긴 오성이
느닷없이 한음의 집에 뛰어들어 살려달라며 색시의 치마폭을 뒤집어쓰는 것
으로 선을 보았다고 한다.

오성 대감허구 그 한음 그 두 양반이 정말 일생을 같이 생…

그 두 양반이 정말 친구 간에 한데 그렇게 통행해서 사시는데, 아, 한
번은 어딜 갔다 오는데 집이 어트케 허술헌 게 이상스러워서 들어가 보니
깐 송장이 일곱이 죽어 있단 말이야.

그러니깐 그 오성대감이래는 그 분이,

"야~ 이거 으특허냐? 그냥 내 버릴 수도 없고, 가서 그야마따나 염습
헐 걸 사오자. 사오게 해라. 그 일곱이니까 일곱 명 묶을 거, 묶어서 낼
껄 사 오너라. 나 저녁 때, 나도 올 테니 저녁 때 오너라."

거, 밤에 인제 거길 간단 말이야. 송장 하나만 있어두, 나버텀두 거기
들어가기 싫거든? 근데 아무도 없는 빈집에 송장만 일곱이 자빠졌는데,
거긴 여간 사람은 들어가지도 못 하잖아, 무서워서? 근데 이 한음이라는

분이 광주 이씨의 조상이구, 오성 대감은 경주 이씨인지 그렇지, 아마?

(조사자 : 말씀하시면 됩니다, 어르신.) 예. (청중 : 아유, 선생님 오늘 이거 아주 심한데. 잘못 허면 저럴 수도 있어.)

아, 근데 이 양반이 인제 염헐 걸, 일곱, 죽은 사람 묻을 걸, 묶을 걸 사가지구 들어가 거이 이렇게 보니깐 여덟이란 말이야? 송장이.

'아, 송장 하나 늘었네? 아까 잘못 세었구나.' 그러구서, 인제 윗목이 여긴지 저긴지 모르지만, 들어가서 매장감 갖다 내리놓고 처음부텀 닥치는 대로 묶어 내려가지.

묶으니깐 하나이 좀 이상스럽단 말이야? 더 잘, 단단히 묶을려 그러니깐

"아유~ 얘 고만 묶어라."

"에이~ 어쩐지 하나 많드라. 이 놈의 자식 와 자빠졌군."

그런 배짱이 있는 양반들이야.

거~ 으트케 저녁에 송장 묶으러 가는데 혼차 가며, 그 송장 밑에가 자, 같이 드러 누웠대는 것이, 그만큼 그 분의 장력이 시다는 걸 알 수 있지. (청중 : 급할 때는 담력도 생기구.) 그래서 그랬다는 소리도 듣구.

또 한 번은 혼인을, 지금은 제 맘대로 남녀간 의향에 맞으면 서루, 참 합허지만, 그때는 그게 서로 서로가 이게, 원적에서 혼인 중매가 있어 가지고 결혼을 헐 땐데.

자, 이 한음의 따님(이야기의 전개상 한음의 따님이 아니라 여동생일 가능성이 높음)이 잘 둔 따님이 있대는데, 이 오성 대감이 거기 샥시 선을 봐얄 텐데. 아, 뭐, 지금은 여자가 뭐, 아래 위 다 벗구 그냥 사리마다(팬티의 일본 사투리) 하나 입고 벨짓을 다하고 돌아다니는데, 아, 그때는 버선 콧텡이가 나오질 않게 치마 눌러 입어야지, 버선 콧텡이가 뵈었다가는 그건 아주 수치로 보거든. 그런 시댄데, 마루 아래에서 잘 내려오지도 않구, 참, 사실 그렇게 참, 자란 그땐데.

자~ 그 선을 어떻게 볼 수가 없지? 그니깐 어딜 가면 나무꾼이 수십 명 있대는 걸 알구서,

"야, 너희들 어쨌든 내가 저 마을루 뛰어갈 테니 '이놈 때려 죽이라'구 쫓아가라고. 쫓아오라구. 그러면 나는 그리 뛰어 갈테니."

아, 근데 그냥 삘안간 수십 명이서 악을 쓰며

"이놈 때려 죽이라."구.

그리구 야단이 나니까. 그때는 그렇게 그야마따나, 국가에서두 그 요란스럽게 떠들구 그러니까 무슨 큰 변이나 났나 하구선, 이 샥시가 문을 열구 이렇게 대청 앞에서 내다보니깐, 웬 총각이 그냥 냅다 뛰어오는데, 그냥 뒤에서 작대길 들구, 지게, 그 나무꾼들이 그냥 쫓아오며

"이 놈, 때려 죽이라."구.

아, 그래 소란을 피우는데, 이 오성대감이 그냥 그 홍치마 입구, 그렇게 문 밖에도 안 나오는 그 홍치마를 번쩍 들어서 뒤집어 쓰구선,

"사람 좀 살려달라."고.

그니까 그 부인은 또 뭐란고 하니.

그렇게 그땐 영특헌 분은 영특헌 분끼리 만나게 돼. 그니깐,

"아휴, 그렇게 선보지 않으믄 선 못 보냐?"구

그예 태연심이. 그렇게 그 두 분의 말씀이, 참, 다 똑같이 이렇게 나오시더래는 그런 말이야.

토정 이지함

자료코드 : 02_06_FOT_20090218_SJE_MMG_0004
조사장소 : 경기도 김포시 하성면 마곡1리 637-1번지 마곡1리 노인정
조사일시 : 2009.2.18
조 사 자 : 김헌선, 최자운, 김은희, 변남섭, 시지은

제 보 자 : 민문기, 남, 95세

구연상황 : 오성과 한음을 구연한 제보자가 실제 인물에 대한 이야기를 많이 알 듯 하여 역사 속 인물에 대해 이야기를 나누다가, 제보자가 생각난 듯 토정 이지함 선생에 대한 이야기가 있다며 긴 이야기를 하였다. 이야기 중간 중간 제보자는 용어나 단어 설명까지 하느라 20여 분에 걸쳐 구연되었다.

줄 거 리 : 토정 이지함의 누이와 매부가 벼슬을 그만두고 낙향하여 전라도 벽촌에서 어렵게 살았다. 이지함 누이의 아들이 혼인을 하게 되었는데 가진 것이 없어 혼인을 치르기가 곤란하였다. 그러자 이지함의 누이는 아들을 서울 외삼촌인 이지함에게 보내며, 혼인을 하게 되었다고 이야기하면 외삼촌이 다만 얼마라도 보태줄 것이라 하였다. 그런데 이지함은 조카가 찾아왔는데도 잘 들여다보지도 않고 아무 말도 하지 않은 채 한 달이 다 되도록 내버려 두었다. 조카는 이지함을 찾아가 어머님이 기다리실 테니 내려가겠다고 하자, 이지함은 구경이나 하고 내려가라며, 조카와 작은 배를 타고 순식간에 동해바다에 도착했다. 이지함은 정신을 잃었던 조카를 깨워서 이 벌판에서 마음에 드는 돌을 기념품으로 챙기라고 하였다. 조카는 '그깐 놈의 무슨 기념품?' 하며 부싯돌 만한 돌을 챙겨 돌아왔다. 구경을 가고 오는 길에 작은 배를 타고 갔는데, 이지함이 축지법을 써서 풍랑에 배가 날아다녔기 때문에 조카는 오가는 길에 정신을 잃었던 것이다. 자신이 주운 돌과 외삼촌이 써 준 편지를 가지고 남루한 모습으로 집에 돌아오니, 이지함의 누이는 조카를 잘 챙겨주지 않은 동생 이지함에게 서운하여 아들을 붙잡고 울었다. 다음날 어떤 양반에게 외삼촌의 편지를 전해주러 찾아갔더니, 혼인할 때 쓸 양식과 옷감 등을 챙겨 주었다. 조카가 주워 가지고 간 돌은 바로 30년에 한 번씩 햇볕을 쐬러 나오는 바다의 보배였던 것이다. 그것을 안 조카는 장가를 들자마자, 다시 서울의 외삼촌을 찾아가 그 벌판에 구경을 다시 가자고 청하였다. 그러자 이지함은 '지금 가도 그 돌이 있지도 않고, 그 전에 네가 작은 돌을 주운 건 네 복이 그만큼 밖에 되지 않는 것이니 돌아가라.'고 했다.

예전엔 서울서 벼슬 허시면 서울 와서 살았거든? 지금두 취직허면 서울로 많이 올라간대잖아?

근데 그와 마찬가지로 서울 와서, 그야마따나 벼슬허시구 서울서 참, 장점해서 살구. 그리다 그 벼실을 내놓게 되고 떨어지게 되든지 허면, 자기 마음대루 강완도를 가든지 충청도, 전라도를 가든지 경상도를 가든지,

자기 마음대로 가고 싶은 데루.

그래서 장가를 들구 이사를 가믄, 충청도두 누이나 매부가 살고 강완도 쪽에는 멀리 사니까. 지금은 차 타고 왔다 갔다 하지만 그땐 걸어가주 댕길 판이깐, 한번 떠나면 영 만나보질 못 허지.

근데 이 충청도 아래 어디 전라도 끄트머리 어디 사는지, 사는데…

그 토정 선생님 누이가 그리 인제 영감을 쫓아서 낙향을 해 가지구 사는데, 아, 그것두 제법 잘 살면 좋을 텐데, 웬걸 그거 잘 사나 뭐? 어떻게 잘못되면 참, 벽강공천5)에 뭐 먹을 것두 넉넉지 못 허구, 자식 교육두 못 시키고 인제 이럴 판인데.

아, 그게 또 장가를 들게 됐단 말이야? 어떻게 혼인 중매가 됐는지 장가를 들어야 헐 텐데, 아~ 장가를 들 무슨, 아무 대책이 없지 뭐야? 뭐, 지금이야 농사를 좀 많이 지었으니 허나? 장사를 허니 뭐 돈이 있나? 아무것도 그냥, 먹고 살기가 바쁜 그런 사람인데. 자, 그 장가를 들게 됐으니 뭘 가져야 되지, 그야마따나, 헌 바지 저고리 입구 갈 수두 없고. 그래서,

"너, 서울 외삼촌을 좀 찾아 가봐라. 외삼촌댁에 가서 그런 얘길 허면 그래두 외삼춘이 그냥은 내려 보내시지 않구, 어… 그 잔치 준비나 허라고 뭐 다믄 얼마래두 주실 테니까, 그거나 가서 기대로 하고 가져 와야지 으트케 하냐?"

그러구선 이제 깨나리 보따리란, 그땐 뭐 깨나리 보따리, 지금 뭔지 모르지? 깨나리가 뭔지.

그런데 깨나리 보따리란, 이 그때는 질척벅적헌 데 가거던? 그러면 길목이란 신발, 길목6)이란, 길에 가는 버선, 그 버선이 있구. 또 남의 집 이

5) 푸른 물이 흐르는 산골짜기를 뜻하는 벽간(碧澗)과 하늘과 맞닿은 곳이라는 동천(洞天)을 합쳐 편하게 발음한 것으로 추정된다.
6) 길목버선을 가리키는 것이며, 발을 감는 발감개(감발)의 다른 표현이다.

렇게 들어가면 그 흙발루 들어갈 수 없으니깐 인제 발을 씻고서 그 버선을, 그 깨나리 보따리 끌러서 그거 꾸린 거야, 뭐 다른 거 없어. 그 버선 꺼내서 신구 들어 가구, 이게 깨나리 보따린데.

아, 그래 외삼촌한테 가서 떡~ 절을 허니깐, 외삼촌이 뭐 거들쳐 보지도 않고 그저 인사나 한 번 받구선, 뭐 글쿠 옳으구 좋구 그런 말이 한마디 없이 그냥 가만히 그날 그날이 넘어가.

아~ 그러길 벌썸 보름 이상 한 달이 거진 됐는데. 자~ 이거 뭐, 너 고만 가라든지 있으란 말도 없구 아무 소리 없는데, 그 어머니가 기둘리시구 걱정을 허실 생각을 하니깐,

'아휴~ 어서 가야지 인저 안 되겠다. 내가 여태꺼정 있으면 외삼촌이 무슨 말씀하시길 기대를 했는데, 안 허시니깐 가야겠다.' 그러면서 아침을 먹구서 외삼촌한테 가서 절을… 그땐 출입허먼 아버지, 어머니헌테도 꼭 절을 하고, 어른들한테 절을 하고 나가는 거야. 게 절을 외삼촌한테다 허니깐,

"왜? 가려나?"

"예. 가갔습니다. 어머니가 벌썸 여러 날 기둘리셨을 텐데… 어서 빨리 가야 됩니다."

"응? 그래? 그럼 이왕 왔으니까 하루쯤 더 있다 가믄 어떠냐? 오늘 구경이나 어디 좀 가 보자."

'구경은 예기 무슨… 내가 구경하러 왔나?' 아, 그러구 있으니, 그때는 어른의 말씀이면 또 거역을 못 한다구. 그러니까 할 수 없이 인제,

"글쎄요." 그러니까,

"그럼, 가자." 그러구서 서울서 인제 떠나셨는데.

아이, 참, 사람이 어딜 가는지 어디 오는지, 뭘 구경을 할 건지 그것두 모르고 떠나 가는 거야. 아~ 근데 어딜 갔는데, 허허 바단데, 이역 소선(小船)이 하나 있단 말이야. 쪼끄만 거루(거룻배) 겉은 거.

그런데 거길 갔는데, 서울서 떠났는데 동해바다엘 갔으니. 그땐 그 저, 영특헌 분들은 축지법을 하는 거야. 이 질을 걸어가질 않고 주름을 접어. 그러니까 서울서 동해바다를 한나절 안에 갔지? 그 축지법을 허는지, 걸어가는지, 굴러갔는지두 모르지, 이 사람은. 그래서 아,

"그 배를 타라."구 그 외삼촌이 그러니까,

'아, 배는 타선 뭘 하나? 조그만 배를 넓은 벌판에서, 바다에서 어떻게 배기라고 타나?' 헐 수 없이 탔지.

불과 수 보 쯤 나가니깐 웬 외풍이 냅다 부는데 아, 그냥 금방 똥불을 태우고 그냥 자빠졌지. 죽었지, 뭐. 아, 근데 어느 때구

"애, 근데 고만 일어나라. 웬 잠을 이렇게 오래 자냐?"

그리구 깼단 말이야. 깨니까 눈을 떠보니까 그냥 허허벌판, 산도 아무 것도 안 보이는데 거기다 대놓구 깨니까 일어났지. 근데 거길 보니깐 자갈밭에다가 갖다 댔단 말이야. 그 거기서 내리라고 그러니깐, 내려서 수 보 이렇게 한 바퀴 돌았지. 그렇게 많지도 않고 크지도 않으니깐.

"야, 여기꺼정 왔다가 그냥 갈 수 있냐? 그 여기 와서, 그 기념품으로 뭐 하나 가지구 가자." 그러니까

'으휴, 기념품은 해 뭘 해? 그깐 놈의 거.' 참, ○○○ 놈보다 더 하지.

'아~ 그래도 그렇잖아? 하나 가주 가자.' 그러니깐 쪼그만 거 하나 마지못해 집어넣지.

거, 잘 부시쌈지 같은데, 그땐 부시쌈지는 어른이나 아이나, 담배를 먹구 안 먹구 간에 넣고 댕길 때야. 불을 켜야 할 테니까. 지금 성냥 가지구 댕기구, 라이타 가지구 댕기구 그야말로 그 식으루. 아, 그래 부시쌈지에다 집어넣으니까, 그 부시쌈지에 들어가는 돌맹이가 얼마나 커? 그놈의 쪼끄만 걸 하나 집어넣었으니. 그리구선,

"배에 웬만하면 올라와라. 또 타구 가자."

웬놈의 걸? 배를 또 타니까 여전히 풍랑이 부는 거야. 그게 고거이, 거

길 그 먼델 갖다 오질 못하니까 천지신명이 다 아시는 거, 풍랑을 맹그는 거야. 그래 그냥 공중 떠가게…

아, 얼마 있다가 이제 또

"정신 차리라." 그래구 해서 깨보니까 아까 그 배 타던 거길 또 왔단 말이야? '야~ 이거 정말 천행이구나. 내 죽질 않고 여길 왔으니…'

그래 내려서 이제 걸어오는데, 그 그렇게 멀리 갔다 왔는데 집에 와두 해두 안 졌어.

그러니까 그 양반이 좀 영특한 양반이야? 바다에 가도 그냥 몇 백리를 갔는데도 그냥 금방 갔다 오구. 거길 동해바다 걸어가려면 며칠 가야지? 그런데 그냥 한나절에 가구, 한나절에 오구. 그래서,

'그 증말, 괜히 구경헌다고 남 죽을 고생만 시키구.' 한탄을 허지. '이 놈의 무식하고 어려운 놈은 이렇게 당허기만 하는…'

팔자 한탄을 하구서, 그 뒷날 아침은 밥 먹구서 또 절을 허구선 간다구 가는데, 그니 뭐 아까 그 외삼촌허고 갈 때는 한나절이면 가는 건데, 말하자면. 자, 이놈으 거 며칠을 거길 걸어 내려가네. 그래 의복, 입고 간 놈의 의복이 그냥 새카맣고 코지지하고, 거 정말 참 볼썽모냥허지?

아~ 근데 저희 어머니는 그걸 떠나보내고 그 이튿날부터 기둘르는 거야, 나가서. 아~ 근 한 달을 기다렸으니 다 죽게 됐지, 저희 어멈이. 아, 그러잖아도 한날은 이렇게 참, 해가 다 져선 어둑어둑 헐 땐데, 아이, 보니까 저 아래 산 뿌리서 뭐 거무죽죽헌 게 뭐 오는 거 겉은데, 한참 내려 보니까 웬 거렁뱅이 겉은 거이 걸어오는데, '우리 아들이야 저럴 리가 있나? 그래두 외삼춘에 댁에 갔으니까 의복이라두 한 벌 잘 입혀 보냈갔지.'

그랬는데 웬 놈으 옷을, 그 가까이 오는데 보니까 그게 저의 아들이거든? [듣고 있던 청중이, 12시 넘었으니 그만 하라고 하니, 제보자가 짧게 한다고 하고 다시 이야기를 잇는다.]

그래서 참, 저희 어머니가 얼싸안고 서로 그냥 참, 통곡을 하고 울지.

x

외숙네 가서 잘 의복이라두 입고 잘 해 가지구 오려니 했는데, 의복은 자기가 해 빨아 입힌 그 남루한 의복을 그냥… 한 달이 되두룩 입고 돌아댕겼으니 얼마나 그게 더러울 거야? 그니까 더 억울허구 분허구, 그 자식 고생만 시킨 생각을 하니까 그냥 울고 참… 그런데,

"야! 이렇게 울다가 너 시장헐 텐데, 배고플 텐데 어떡하냐? 밥이래두 먹고 또 얘기허자."

그래서 밥을 끓여서 먹구선 그날 자구서. 아침에 저희 어머니가 또 아침을 해준 걸 먹구 앉아서,

"아, 참! 외삼촌이 편지 하나를 주고 아무 갖다 주라고 했는데, 갖다 줘야…"

"야! 야 편지가 무슨 편지냐? 그 뭐, 안 갖다 주면 어떠냐?" 그니까,

"그래도 외숙이… 갖다 주라고 그러셨는데 갖다 줘야죠. 어떻게 안 갖다 드려요?" 그러군 편지를 가져갔지.

그거이 지금 사람이래믄 편지가 내용이 뭔가 뜯어 볼 수도 있는데, 그때는 그 어른을 그만큼 존중허게 생각하고 편지를 안 뜯어봐.

아, 그래 편지를 갖다 줘서 편지를 보니깐,

'그저, 금을 쪼끔 가주 갔으니, 고거 얼마 정도 되니…'

벌써 그 양반 시가(時價)꺼정 안다구.

'그 얼마 정도니, 거기에 맞춰서 그 신랑의 의복과 그 혼인절차에 구기지 않을 정도로 좀… 좀 필목을 해 주라.' 구. 그리구선

'양식은 없을 테니까 쌀 한 가마하고 나무 한 바리허고는…'

우선 잔치를 할려면 불을 때야 먹지. 그니깐 그렇게 해서 허는데, 그 의복감을 쓱 내놓구,

"이거 어떠냐?"고 그러니까.

"아휴~ 그거 정말."

그때는 옷이 우리나라 옷이 뭐냐면 벗목[7]이라구, 광, 목화, 목화를 이

렇게 물레를 둘러 가지고 그거이 짠 것이 벗목이라는 거이, 두꺼운 외부대 같은 거, 말하자믄. 그렇게 헌 걸로 짜 입었는데, 아, 그런 거 입는 주제에, 아, 지금 아주 비단옷을 끄내놓고,

"이거 어떠냐?"고 그러니,

"그거 과남해서… 아이구 그건 돈도 없거니와 그런 거 입을 자격이 못 되니까, 그 허름헌 걸 좀 달라." 그래서

"이건 어떠냐?"

"아휴~ 그것도 과합니다."

"아휴, 그래도 이 정도는 해야 한다."구.

그리구 참 바지저고리 두루마기, 그 샥시 인제. 예전엔 그 샥시 옷을 관례복이라고 꼭 시집가면 삼 일만이면 그 옷 한 벌을 줬다구. 그랬는데 그런 감, 또 쌀 한 가마, 아, 나무 한 바리. 거, 실려서 말 두필에다가 나무 한 바리, 쌀허구 필목허구 한 바리, 그렇게 싣구 이제 오지.

"아니 얘가 올 때가 됐는데, 왜 여태 안 오나?" 하고서 내다보니깐

웬 그야마따나, 말 두필인데 나무 한 바리하고 필목 같은 거, 무슨 쌀 자루 같은 거이 뵈고 그러는데,

'무슨 행인인가?'

그러구선 무심코 있는데, 아, 그이 저희 집으로 온다 말이야? 이렇게 보니까 저희 아들이야.

"너, 뭐 웬걸 이렇게, 외삼춘이 이렇게 해 주시디?"

"아니에요. 그 편지를 갖다 주니까 이렇게 해 줘요, 거기서."

"야~ 그래도 외삼촌이 다 걱정을 허셨구나."

그래서 그, 참 잔치를 잘 허구서.

"야! 거기서 크단 놈으 독멩이를 하나 가져 올 거를 갖다가, 왜 쪼그만

---

7) 무명의 한 종류인 백목(白木)을 이르는 것

걸 가져와서… 커단란 놈만 가져 왔으면 그냥 부자로 먹고 살 놈으 걸 잘 못했다.”구.

그래서 했는데, 그 돌이 뭐냐면 그 바다 속에 금은보화가 있는데 그거이 30년 만큼 태양을 쐬러 나오는 거래, 그때가. 그러면 그걸 보통 사람은 그런 것도 모르는데 그 양반이 거기 황금이 나와서 태양을 쐴 걸 아시고서, 거길 들어가서 참, 그걸 하나 뭐 줄 게 없으니까 그거나 하나….

이건 그 양반, 벌은 받을 줄 알고 벌을 입을 줄도 알지만, 그 조카가 생질이 하두 딱하니깐 ‘그걸 하나 네 수단껏 가지고 가서 한번 살아 봐라.’ 그랬는데 아 이만한 걸 쥐어도 ○○○○ 아, 이 바둑돌만한 걸 하날 쥐고 왔으니…

그런 억울헐 데가 어딨냐고? 그러니까 장가는 커녕은 우선 거기 한 번 더 가려구. 장가들구 한 이삼일 있다가,

“아, 어머니, 서울 한 번 더 갔다 오겠습니다.”

“아, 서울 한번 갔다 왔으면… 또 가냐?”

“아, 거 구경 한번 다시 해야지…”

아, 그래 서울을 그냥 올라와서

“장가 잘 들었느냐?”

“네, 잘 들었습니다. 외삼촌 덕택에 잘 들었습니다.”

“그래? 고맙다. 그렇게 생각허니.”

그리구선 아니 이놈이 또 구경을 가자는데 가야지, 당췌? 오늘이라도 아무 소리, 내일이라도 아무 소리, 구경 가잔 말이. 그러니까 아, 가서 또 몇일 묵었는데 이거 큰일 났거든? 그러니까, ‘구경 한번 가시자고 해 봐야겠다.’ 이러구선, 아침 먹구 앉았다가,

“아~ 외삼촌, 그 엊그제 갔던 데 구경 한 번 더 시켜주세요.”

“이놈아, 그 구경은 아무 때나 하는 줄 아냐? 그거 왜 임마, 그때 큼직한 걸 하나 쥐었으면 놀구 먹구 살 텐데. 또 있지도 않지만, 알구 가면 그

게 없어. 모르고 갔으니까 그게 있지. 그러니까 지금 암만 가 헤매야 나오지도 않는다. 그러니까 어서 너희 집에나 가 살아라. 복이 너 그것 밖에 없는 사람이야.”

그리구선 그거 증말 참. (청중 : 이제 고만 하세요.)

명당 차지하려고 자결한 민씨네 조상

자료코드 : 02_06_FOT_20090211_BNS_MBS_0001
조사장소 : 경기도 김포시 하성면 석탄3리 57번지 석탄3리 복지회관
조사일시 : 2009.2.11
조 사 자 : 김헌선, 최자운, 김은희, 변남섭, 시지은
제 보 자 : 민병숙, 남, 76세
구연상황 : 자신과 가족을 소개하다가 생각이 났는지 이 이야기를 시작하였다.
구연상황 : 유수공 벼슬을 한 민씨네 19대조 할아버지는 친구인 조씨네하고 의형제를 맺었다. 좋은 산소 자리가 있었는데 친구의 의리가 있었던 조씨와 민씨는 먼저 죽는 사람이 그 자리를 쓰기로 약속을 했다. 조씨네가 먼저 돌아갔으나, 민씨네 19대조인 유수공이 자리를 차지하기 위해 자결을 해서 먼저 부고를 보냈다. 그래서 그 산소 자리를 차지하여 모시게 되었다.

조씨네허구 민씨네 허구 의형제를 맺었어요.

게, 우리 그 할아버지는 저 유수공이라고, 저, 그니깐 개성의 군수죠, 유수공. 개성의 군수를 하셨어요. 부군수. 유사니까, 부유사. 부유사, 개성에서 부유사를 허셨에요. 유수공, 그, 벼슬이. 에, 그리구, 또, 할아버지는 내 병자의 19대 할아버지시고, 그 담에 인제,

(청중 : 조씨.) 조씨네는 같은 친구에요.

친구 의리루 인해서 인제, 그, 할아버지허구, 이, 산소 자리가 너무 좋아요.

거기 지금 33만평이 민씨네 땅이에요. 지금 현재 그대로 유지해 나가는

데요. 그 산소, 그 산이 인제, 거기 산소 자리가 그렇게 좋아 가지고, 아, 지금두 이대통령두, 거기 이승만 박사두 돌아보구, 박정희 대통령두 돌아보구 다 좋다구, 장릉보다 낫다구 그래요.

그래, 그 산소 자리를 누가 먼저 돌아가시면 인제, 거기로 들어가느냐, 그 자리에 가시느냐? 그래 가지구 인제, 그때, 그, 형제간에 누가 먼저 돌아가시며는 가기루 쓰기루, 쓰기루 했어요. 먼저 돌아가시면, (청중 : 합의를 본 거지 인제.) 에, 합의를 봤어요.

그런데 인제, 우리 유수공 할아버지가 인제 돌아가시는데, 돌아가시기 전에 먼저 권씨네서(조씨네를 잘못 말한 것임) 돌아가셨어요. 인제, 돌아가셨으니까 우리, 저, 유, 저, 유수공 거 할아버지는 자결을 허셨어요, 자결을.

그래 가지구 부고를 인제, 여기, 돌아가셨다는 얘기, 부고를 먼저 보냈어요. 그래서 차지, 저 거기 모셨죠.

소리 내는 비석

자료코드 : 02_06_FOT_20090211_BNS_MBS_0002
조사장소 : 경기도 김포시 하성면 석탄3리 57번지 석탄3리 복지회관
조사일시 : 2009.2.11
조 사 자 : 김헌선, 최자운, 김은희, 변남섭, 시지은
제 보 자 : 민병숙, 남, 76세
구연상황 : 여러 가지 이야기 유형을 예로 들던 중 직접 겪은 일이라며 이야기하였다.
줄 거 리 : 직계 자손이 없는 민승호라는 조상의 묘를 벌초하다, 자손이 없어 제사를 잡수지 못 한다고 하니 비석에서 소리가 났다. 갑작스런 제사가 여의치 않아서 절에 모시고 백중날마다 약주를 올리는데, 그 덕분인지 무엇이든 이루려는 것은 이루어진다고 하였다.

우리 조상님이 내가 인제, 내가 인제, 4대, 아니, 5대, 4대지. 4대 할아

버지를 전류리서 모셨거든. 근데 비석을 인제 거 해 세웠어요. 비석을 해 세웠는데, 다 동풍 서풍 비석을 다 세웠는데.

인제 벌초를 허는데, 이, 이 할아버지는 손(孫)이, 손을 인제, 오형제가 기셨는데, 오형제 중에서 맨 밑에 할아버지신데 자손을 못 나셨어요. 그래서 인제, 이 저 택기네[8]는 같은 집안이다. 그 집안에서 우리 인제, 웃대 손에서 양자로 오셔 가지구 인제 우리가 태어난 거죠.

양자로 오셔서. 그 할아버지는 손을 못 나셔서 제사를 못 지내구,

인제 그러는데, 게 손을 인제, 그래두 인제, 할아버지까지는 모셨으니깐 비석을 세우니까 이름을, 민승호.

"민승호. 이 할아버지는 아 누가 지금 손이 없어서 제사를 못 잡습니다." 그랬더니 그 비석에서 뭐이라구 허냐믄,

"꽥 꽥 꽥" 세 번 소리가 나요. 게, 청개구리가 그래는지, 뭔지 그랬는지,

"비석을 다 와서들 보라!"구. 그 인제 그 옆에 있는 사람이, 민원기래는 조카가 듣구,

"아, 이 아저씨 말이 맞다!"구.

"나두 들었다."구. 민원기씨가 들었어요, 꽥 꽥 소리를. 나두 듣구, 이제 그, 조카두 듣구. 그래 가지구 벌초하다,

"일루 와서 얘길 들어라." 인제,

"오라!" 그래 가지고,

"이 할아버지 손은 삼형제, 첨에 인제 장손이 있는데 니가 지내야지." 허니까 아유, 그 부인이, 응? 말을 듣냐,

"제사를 갑자기 어트게 저거 하냐?"구.

"그럼 어떡하냐?" 그래서 내가 절에다 모셨어요, 천상. 내가 절에 가서

---

8) 마곡2리의 민택기 제보자

물어보니까,

"절에다가 모시라."구. 그래 절에 모시고 그러니까, 절에 모시는데. 그 할아버지헌테 가서 잘 인제 사월, 인제 그, 저, 유월 백중날(칠월 백중을 잘못 말한 것임.), 유월 백중날, 이제 꼭 올려요. 근데 그 산에 술만, 올해도 인제 제사 못 지내고 약주 술 갖다가 부어 드리면, 뭐든지 내가 이루어지는 거 이루어져요. 내가 맘먹은 대로.

도읍이 되지 못한 봉성산

자료코드 : 02_06_FOT_20090219_SJE_MYC_0001
조사장소 : 경기도 김포시 하성면 전류1리 189번지 전류리 마을회관
조사일시 : 2009.2.19
조 사 자 : 김헌선, 최자운, 김은희, 변남섭, 시지은
제 보 자 : 민영철, 남, 74세
구연상황 : 노인회장을 맡고 있는 제보자는 조사자들의 방문 목적을 듣고도 썩 내켜 하
       지 않는 분위기였다. 전류리가 참 좋은 마을이라는 이야기를 여러 분들과 한
       참을 하고 나서야 마을 지명에 대한 유래담을 하나씩 풀어내기 시작했다.
줄 거 리 : 예전에는 백 봉우리가 되는 곳이어야 도읍으로 정할 수 있었다. 한 때는 봉성
       산에 도읍을 정하려고 했는데, 봉성산이 아흔 아홉 봉우리밖에 되지 않아 도
       읍이 되지 못했다.

이 산이 봉성산이구, 저쪽으로는 국사산이구, 요기는 요렇게 두 가지루다가 산이 형체가 요렇게 두 가지루 명칭이 돼 있어요.

그런데 우선 봉성산이란 그 뜻이 그건 저두 잘 모르갔어요. 봉성산인데 그것두 분명히 어려서 얘기를 들었으면 지금 기억을 헐 수가 있는데 봉성산이란 명칭이 어떻게 돼서 봉성산이다 그거를 제가 거, 귀담아 듣지를 않고 또 반문을 하지도 못하고 그냥 봉성산이란 것만 알고 이렇게 인제 내려오는데.

이게 인제 사실인지 몰라두, 옛날로 접어 들어가면은 이 봉성산이 아흔 아홉 봉우리래, 봉우리가. 아흔 아홉 봉우린데, 이 고려시댄지 고구려 시댄지는 알 수 없어도, 여기다 도읍을 인제 헐라구 그랬어요.

옛날에는 백 봉우리가 되야 도읍을 했다는 그런 얘기가 있잖아요? 인제, 아흔 아홉 봉우리가 인제 돼 갔구, 도읍을 헐라고 했는데 다 주변을 살펴보니까, 한 봉우리가 적어서 도읍을 못 허게끔 인제 됐다는 얘기, 이런 이제 전설이 있구.

전류리의 용바위

자료코드 : 02_06_FOT_20090219_SJE_MYC_0002
조사장소 : 경기도 김포시 하성면 전류1리 189번지 전류리 마을회관
조사일시 : 2009.2.19
조 사 자 : 김헌선, 최자운, 김은희, 변남섭, 시지은
제 보 자 : 민영철, 남, 74세
구연상황 : 봉성산에 대한 이야기를 마친 제보자는 전류리에 민씨 조상이 일찌감치 정착을 하고 살아서, 전류리가 민씨 집성촌이라고 하였다. 전류리에 있는 용바위는 민씨 조상에 대한 이야기를 담고 있는 바위라며 이 이야기를 시작했다.
줄 거 리 : 전류리는 물이 흘러오다가 봉성산 뿌리에 받혀서 물이 파주 쪽으로 뒤집혀 흐른다고 해서 전류리이다. 전류리에 용바위가 있는데, 이 용바위의 용이 혓바닥을 내밀면 파주의 수막산 쪽에 흉년이 든다고 하였다. 그래서 파주 쪽에서 와서 용바위의 혀를 잘랐다고 한다. 전류리에 민씨 조상들이 지은 정자를 전류정이라고 한다.

한 300년, 400여 년, 근 500년… 한 400여 년 전 얘긴데, 그때는 이 한강이, 여기 지명이 전류리 아니예요. 전류리? 엎드릴 전(顚)자, 흐를 류(流)자를 쓰거던?

그래서 이제 서울서 이렇게 물이 내려오면 어휴~ 여기 이 봉성산 저 뿌리를 받아 갖고는 물이 뒤집혀서 저 파주 짝으루 그냥 내 뻗쳐요. 그래

서 그 물이 이렇게 엎드려서 흘른다구, 그래 갖고 전류리라구 이렇게 지명을 옛날에 했다는 이런 전설이 있거든요.

그래서 인제 물이 그렇게 내려갈 때, 요기 쪼금 요기서 한 200미터, 300미터 요짝으로 들어가면 뚝방 도로로 가다 보면은 고 산뿌리가 있는데, 에 거기가 용바위란 데가 있어요, 용바위.

지금은 거의 저거지만 한 50~60년 전만 해도 이제 전설이지만은, 그 용머리에서 이 샛바닥(혓바닥)을 용이 샛바닥을 내밀면은 이 수막산 있죠? 파주, 고양 파주. 거기가 아주 숭년(흉년)이 든데, 농사를 못 짓구.

숭작(흉작)이 들어 그래 갖구. 거기 분들이 그거를 이제 용 샛바닥을 짤라야 한다 그래 갖구, 거기서 와서 용 세(혀)를 짤라 갔대요. (조사자 : 파주에서요?) 에. 와서 이제. 지금으로 하면 거 머, 도로변이기 때문에 차가 댕기다가 건드려서 피해를 주면 약간 보강은 해 놨지만은. 확실하게 그 전에는 우리 어려서 지나대니다 보면 진짜 용머리처럼 생겼거든? 그 바위가. 그래서 인제 그 용바위라구 명칭을 거기다 붙였어요.

그런데 이제 6·25 나구 해병대가 주둔해 갖구 그 뭐, 지금도 그렇지만 그때야 뭐 군인, 군용으로 뭐 쓴다는데 길을 안 내줄 수도 없는 거구, 차가 댕기다 부셔도 무방하고 그럴 세상에두, 해병사단에서 그거 차가 지나가다 부셨는데,

인제 얘기가 들어가 갖구 자기네들이 와서 공그리를 해 갖구 와서 다 싸매서 요렇게 뭐, 원형은 못 맨들어 놨지만, 그래도 양회로 해서 이렇게 붙이구 간 그런 용바위라는 참 바위가 있습니다. 그래서 그 이 전류리 지역에는 상징이 용바위라는 거 상징이 있구.

그때 아까도 말씀드렸지만, 옛날 할아버지, 민씨네 할아버지가 거기서 낚시질두 허시고, 그래서 정자도 짓구 그래서 전류리가 전류리라고 그러지만, 전류정(顚流亭)이라고 인제 옛날에는 했거던요? 지금은 행정구역상 리(里)가 붙어야 되니깐 전류리. 옛날에는 전류정, 전류정이라는 것이 거

기에 정자를 짓구, 그래서 전류정이라는 이제. 엎드릴 전자 흐를 류자는 아까도 말씀드렸지만,

그리구 그 물을 받구선 뒤집혀서 나가는 위에다가 정자를 짓구 옛날 할아버님들이 거기서 낚시질도 하시던, 즐기던 그런 그 전설이 인제 있어요.

참게 잡다가 도깨비에 홀린 이야기

자료코드 : 02_06_FOT_20090219_SJE_MYC_0003
조사장소 : 경기도 김포시 하성면 전류1리 189번지 전류리 마을회관
조사일시 : 2009.2.19
조 사 자 : 김헌선, 최자운, 김은희, 변남섭, 시지은
제 보 자 : 민영철, 남, 74세
구연상황 : 다른 분들과 함께 예전에 농사지을 때 이야기를 하던 제보자에게 예전에 마을에서 여우나 호랑이를 본 적이 없냐고 물었다. 여우는 무척 많았는데, 6·25 이후에 많이 없어지고 지금도 여우골짜기가 있다고 하였다. 이어 조사자들이 도깨비를 본 적이 있냐고 묻자 도깨비불이 있어서가 아니라 그건 사람 마음에서 생기는 건가 보다고 하면서, 참게에 얽힌 재미있는 이야기를 시작하였다.
줄 거 리 : 여름에 참게가 벼꽃을 먹으러 논으로 올라오면 사람들은 발을 쳐 놓고 참게를 잡곤 했다. 좋은 자리를 잡으면 하룻밤에 한 두 자루는 잡기도 했는데, 참게를 잔뜩 잡아서는 집에 왔는데 아침에 보니 자루에 든 건 게가 아니라 세 톡 쪼가리였다.

재미난 얘기는 인제 참괴(참게)라는 거여. 여름에 인제 강에서 그거이 제일 좋아하는 게 벼꽃. 벼가 이제 팰 때 꽃을 피잖아? 그 꽃을 제일 좋아하는 거야. 괴, 참괴에게는 그게 보신용이구, 그냥 참 인삼 녹용, 사람으로 얘기하면 인삼 녹용이라구. (조사자 : 참게가 벼꽃을 먹어요?) 그걸 제일 좋아한다니까. 인제 그걸 먹으러 들루다 올라와, 인제 바다 게가 아니

지만 강에서 올라와요.

올라오면은 개통을 타고 올라오면 논으로 딱 침범을 하잖아. 논에서 가을 되면 베가 패면 베꽃이 떨어지잖아 바람 불면, 그걸 줏어 먹으려고 올라오는 거예요. 그래 갖구 이제 많이 자라구 살도 좀 찌고 그렇게 해서, (청중 : 가을 되면 내려가.)

인제 날이 쌀쌀해지고 벼꽃이 없구 그러면 내려간다고, 도루 내려가는데 그냥은 못 내려가잖아? 비가 와서 여기저기서 물이 내려가면 물을 따라서 내려가는 거야. (청중 : 그러면 그걸 잡는 거지.) 그러면 물꼬를 죄 맡아 갖고 거기다 이제 이렇게 물 내려가게 하는 발이라는 걸 쳐놓고, 발을 담그고 있으면 괴가 내려가면 거칠거칠 하잖아? 그렇게 잡는 거야. 붙잡아서, (청중 : 그땐 괴가 무척 많았어요.) 많았지.

그렇게 해서 하루 저녁에 한 잘래기(푸대, 자루)도 잡고 두 잘래기도 잡구, 그때 잘 맞추면 자리 좋은 데서 그렇게 했어요.

그 얘기가 도깨비 얘기로 들어가는데 두 잘래기구, 한 잘래기구, 그냥 몇 잘래기를 잡아서 출발해서 갖고 왔단 말이야? 아침에 보니까 전부 세톡(쇠똥) 쪼가리래는 거야, 세톡 쪼가리.

그래서 도깨비에 홀려서, 도깨비에 홀려서 그랬다는 하는 그런 얘기도 있는 거에요. 도깨비 얘기가 아주 재미난 얘기가 많아요.

산소 옮겨 망한 자손

자료코드 : 02_06_FOT_20090219_SJE_MYC_0004
조사장소 : 경기도 김포시 하성면 전류1리 189번지 전류리 마을회관
조사일시 : 2009.2.19
조 사 자 : 김헌선, 최자운, 김은희, 변남섭, 시지은
제 보 자 : 민영철, 남, 74세

구연상황 : 제보자가 다른 분들과 마을에 산제사를 지낸 이야기를 하고, 집집마다 터줏가리와 업을 모신 이야기를 하였다. 어머니들이 가정을 위해서 정성을 들인 이야기 끝에 조사자가 자손이 산소를 잘 써서 잘 된 이야기를 묻자, 거꾸로 산소 때문에 망한 자손 이야기를 해 주었다.

줄 거 리 : 거지로 다니던 사람이 죽자 그 마을에서 헐한 땅에 무덤을 만들어 주었다. 그런데 그 무덤이 금시발복 하는 명당 자리여서 거지 자손이 갑자기 부자가 되어서는 아버지를 찾아 나섰다. 마을 사람들 이야기를 듣고 아버지 산소를 찾아보고는, 좋은 곳에 이장한다고 묘를 옮겼는데 그리고 나서 그 자손은 망하고 말았다.

그 옛날에 지금도 있지만은, 거지라고 그러죠? 거지, 이제 댕기면서 문전걸식하는 이런 사람들이 많았지 뭐예요, 이제.

문전걸식을 하다가 이 분이 이제 아무래도 부실해서 홀청에서 한데 잠을 자지, 누가 안에 들여다 뜨뜻한 잠을 재워요? 그냥 마구간 같은 데서 쉬고 뭐 이런… 그 동네 들어와서 그분이 작고했어.

그랬는데 이 시신을 어떡해? 동네서 장사를 치러야지. 그러니까 어떡해? 산소를 잘 쓸 수 있어? 제일 일허기 쉬운데 그냥 아무데 아랫도리 친펄, 못 쓰는 땅이지 이제. 길 구덩에다 놓고 그냥 이렇게 놓고 순서도 안 밟고 이렇게 무덤을 하나 해 놓은 거예요, 이제. 했는데 그 자리가 명당 자리라는 거야.

자손이 있었는데 자손이 옛날에는 금시발복(今時發福)을 한다고 그러죠? 그냥 갑작스럽게 그냥, 부자가 그냥 돼 갖구 되니까, 부모를 찾아 나선 거예요, 이제. 부모를 여기 저기 찾아 다니니까, 한 군데 이제 사실 그, 아버지를 모신 그 동네를 찾았어요. 찾아서 사실 얘기를 하니까

"아, 그러냐?"고.

"우리 동네서 어느 적에 돌아가서 거기다 장사를 지냈는데 가 보라."고.

가 보니까, 뭐 나무도 나고 편편해지고 아주 엉망이지 뭐야? 그러니까

자식이 돈 많은데 그냥 어떡해요? 그걸 그냥 산을 좋은 데를 나름대로 사구, 그래서 이장(移葬)을 모신 거야. 이장을 모시고 나서 쫄딱 망했대, 또. (청중 : 그 자리가 명당 자리구만.) 그 자리가 명당 자리라는 거야, 그거이. 그런 얘긴 내가.

귀신도 못 당하는 복된 며느리

자료코드 : 02_06_FOT_20090219_SJE_MYC_0005
조사장소 : 경기도 김포시 하성면 전류1리 189번지 전류리 마을회관
조사일시 : 2009.2.19
조 사 자 : 김헌선, 최자운, 김은희, 변남섭, 시지은
제 보 자 : 민영철, 남, 74세
구연상황 : 처음의 어색함을 풀고 제보자가 이야기를 차근차근 해 주자, 조사자들도 이야기를 편하게 들을 수 있었다. 재미있는 이야기를 유도하려고 못된 며느리, 복받은 며느리 등의 이야기를 묻자, 이 마을 이야기는 아니지만 옛날에 이런 이야기를 들었다며 복된 며느리 이야기를 시작했다.
줄 거 리 : 귀신하고 이야기할 수 있는 사람이 있었다. 하루는 길을 가다가 귀신이 올라앉은 나무를 대들보로 쓴다며 베는 사람이 있어서 말렸는데, 그 사람이 말을 듣지 않았다. 귀신을 볼 줄 아는 사람은 몇 년 후에 그 나무를 대들보로 쓴 집이 잘 사는지 가 보았더니, 그 귀신이 바짝 말라있었다. 그 이유를 묻자, 그 집에 복 있는 며느리가 들어와서 통 얻어먹지를 못하고 혹시 하고 몇 년 더 기다렸는데 거기에 복된 손자까지 태어나 계속 얻어먹지 못했다는 것이다. 귀신을 볼 줄 아는 사람은 귀신에게 굶어죽을 테니 어서 나가라며 그 집에서 귀신을 내보냈다.

우리 동네 얘긴 아니고, 옛날 얘긴데. 옛날에 귀신 보는 할아버지들이 기셨데. 귀신을 보고 귀신하고 얘기하고 옛날에는 그랬대요.

그런데 이 분이 어디 길을 가다가 요렇게 보니까, 큰 나무가 있는데 그 나무를 비더래는 거야. 지나가는 노인이 이렇게 보니까, 아~ 거 귀신이 나무에 붙었거든? 나무에 귀신이 매달렸어요. 그래서,

"아하, 이 나무를… 여보 여보, 그 나무를 뭐 할라고 벼?"

"아, 우리 지금 집을 짓는데 대청 보를 할 라고 비는 거라."고

"거, 될 수 있으면 그 나무를 안 쓰는 게 좋갔시다." 이랬단 말이예요. 이제. 원 별… 지나가는 사람이 괜히 그냥 남 집을 그냥 고래등같은 기와집을, 대들보를 귀한 나무를 베서 할라 그러는데 재수 망할 소리를 하니까, 좋은 소릴 들었겠어? 망할 소리를 들었지. 그러니까 이 사람은 핀잔만 받고 그냥 간 거예요. 그냥 가다가,

'이 집에 삼년 후에 한 번 와 봐야겠다.' 그런 거에요.

'이제 제대로 잘 사나 집을 짓고 잘 사나 못 사나? 이제 삼년 후에 인제 망했으려니.' 하고 온 거예요, 그 집을 찾아서.

오니깐 아니 잘 살거든? '이 놈의 집이 망할 줄 알았는데, 어떻게 된 게 여태 집이 멀쩡하게 잘 거느리고 사나?' 그러구선, 일단 가서 들어가서 대들보를 이렇게 쳐다보니까, 그 놈의 귀신이 바짝 말라 가지고 죽을 판이야, 바짝. 얻어먹질 못해서.

그래서 이제 귀신 보는 사람이,

"아니, 넌 왜 거기 얻어먹지도 못하고 거기 왜 매달려서 있냐?" 그러니까,

"아니 이제 한번 얻어먹으려고[9] 준비하고 있는데, 복진 며느리가 들어왔다."는 거야.

그러니까 그 복을 귀신도 이기질 못하고 졌다는 거지 이제. 얻어먹지 못한 거야 이제. 그랬는데 인제 그, 시간이 지나가면 또 한번 은어 먹을라고 계획을 세우고선 또 들러붙어 있는데 나가지 않고 들러붙어 있는데, 또 손주를 낳았는데 또, 복진 손주를 본 거야. 그래서 또 못 은어 먹었다

---

9) 여기서 귀신이 얻어먹는다는 것은, 집안에 나쁜 일이 생기는 것을 뜻하는 것으로 여겨진다. 복된 며느리와 손자 때문에 귀신이 나쁜 짓을 못하게 되어 바짝 말랐다는 뜻으로 풀이할 수 있다.

는 거야.

그러니까 운이라는 거이, 귀신이고 뭐고 운을 못 당한다는 거지 이제. 그래서 그랬다는 거야.

"넌 이 집이 삼년, 아니 십년이 운이 트인 집이니까 여기 있다간 넌 굶어 죽으니까 어서 나가라."고 그랬더니, 그 즉시 울면서 나갔다는 그런 옛날 얘기야.

방귀장이 며느리

자료코드 : 02_06_FOT_20090219_SJE_MYC_0006
조사장소 : 경기도 김포시 하성면 전류1리 189번지 전류리 마을회관
조사일시 : 2009.2.19
조 사 자 : 김헌선, 최자운, 김은희, 변남섭, 시지은
제 보 자 : 민영철, 남, 74세
구연상황 : 복된 며느리 이야기를 듣고 조사자들이 '방귀 뀌는 며느리 이야기'는 없냐고 청하자, 우스운 이야기라며 '방귀 뀌는 며느리 이야기'를 하였다. 이야기가 좀 짧긴 하지만 제보자가 질감스럽게 이야기해서 재미나게 들은 이야기이다.
줄 거 리 : 시집온 며느리가 노랑병에 걸리고 자꾸 말라가니까, 시댁 식구들이 왜 그러냐고 솔직히 이야기하라고 하였다. 그러니까 며느리가 시어머니한테는 솥뚜껑을 잡으라고 하고, 시누이한테는 배나무를 잡고 있으라고 하고는 방귀를 뀌었는데 솥뚜껑이 들썩들썩했다.

며느리가 하나 들어왔는데 으트게 방귀를 잘 뀌는지? (조사자 : 방귀 잘 뀌는 며느리네요?) 네. 방귀를 잘 뀌는데, 노랑병에 인제 들렸거든 이젠. 방귀를 못 뀌니까 시집을 왔는데, (조사자 : 시집와서?) (청중 : 방귀를 뀌어야 하는데, 못 뀌니까.)

방귀를 뀌지 못하니까 노랑병에 걸렸어. 이제 시어머니구 시아버지구 식구들이 보니까 노란병에 걸리구 비비 그냥 말라가거든.

"너 어디가 어때서 그렇게 말라가냐?" 물을 수밖에.

"아니예요. 아무 것도 아니예요."

아니 점점 더 심한 거야 이젠, 그러니까,

"너 그러지 말고 그냥 숨기지 말고, 너 무슨 사정이 있는지 솔직히 얘기해라." 그랬단 말이야.

그러니깐, 시어머니보곤 소당을 붙잡으라고 하고, (조사자 : 소당?) 어, 소당이 날라가니까. (조사자 : 솥?) 옛날에 솥… (조사자 : 솥… 솥뚜껑?) (청중 : 어, 솥뚜껑.)

그리고 시누인가 누구보고는 뜰 안에 배나무를 붙잡고 있으라 하고, 그러구선 그냥 뀌는데 진짜 소당이 들썩들썩했다는 그런 얘기가 있어요.

죽었다 깨어난 사람 이야기

자료코드 : 02_06_FOT_20090219_SJE_MYC_0007

조사장소 : 경기도 김포시 하성면 전류1리 189번지 전류리 마을회관

조사일시 : 2009.2.19

조 사 자 : 김헌선, 최자운, 김은희, 변남섭, 시지은

제 보 자 : 민영철, 남, 74세

구연상황 : 어느 전쟁 때 잉어가 파평 윤씨를 강을 건너게 해서 살려주었기 때문에, 파평 윤씨는 잉어 고기를 먹지 않는다는 이야기를 제보자가 짧게 하였다. 이어서 조사자들이 죽음과 관련된 이야기를 청하다가 저승 다녀온 사람의 이야기를 묻자 마을 어르신들에게 들었던 일이라며 이야기하였다.

줄 거 리 : 어떤 사람이 집을 지을 때 쓰려고 돌을 구하다가 큰 박힌 돌을 뽑으려고 하였다. 그 돌이 겨우 뽑히면서 남의 집을 덮치듯이 굴러서 이 사람이 여간 놀란 것이 아니었다. 다행이 돌이 평평한 데서 멈추어 남의 집을 헐진 않았는데, 크게 놀란 것이 문제가 되어 이 사람이 죽게 되었다. 저승에 갔더니 아직올 때가 아니라며 언제 오라고 하고는 저승사자가 돌려보냈다. 눈을 떠 보니식구들이 울고 있는데, 이 사람이 다시 살아난 것이었다. 저승사자에게 들은 말이 있어서인지, 그 후로 이 사람은 늘 자기는 언제 죽을 거고, 몇 살에

죽을 거라고 말하고 다녔다.

옛날에는 집을 질라면 주춧돌, 다른 동네 돌을 떠서 져다가 우선 쌓아 놔야지 집을 짓잖아? 돌을 뜨는데 이상하게 돌이 큰 게 하나 백였는데 들썩들썩… 허니까, 영 들썩들썩 나오지를 않더래, 그 백인 돌(박힌 돌)이.

그래, 어떻게 어떻게 해서 했는데 이게 그냥 했는데 이게 그냥 힘을, 안 빠지니까 힘을 와~! 줘 갖고 포딱 섞이면서 구르더래잖아? 그 바위가. 뭐 엄청나게 큰 바위인가 봐.

그런데 거기가 가팔라요. 그냥 쭉 가파르고 뻘이 없잖아? 그래 이 양반이 거기서 보니깐 ○○네 대청으로 구르더라잖아? 그랬는데 이 양반이 깜짝 놀라서 털썩 주저앉았다는 거야, 거기서.

'아휴~ 나는 집을 짓는 게 아니라, 다 헐어놓게 생겼으니…'

그냥 놀라서 아주 그냥 털썩 주저앉아서 그냥 눈이 캄캄한데, '아휴, 집이 얼마나 헐어졌나?' 그러고 눈을 떠 보니까 집이 멀쩡허더래는 거야.

그래 보니까 그 구른데 바로 조금 평평한 데가 조금 있대. 거기서 내리 구르다가 거기 흙이 물렁물렁해 확 백이면서 브레이키가 잽힌 거야 이제. 그래 갖구 이제 집을 모면했다는 거지.

근데 그 양반이 놀라서 그런지 어째서 그런지 이 양반이 병이 드셨어. 병이 들어서 그냥, 이 양반이 몸져 드러누웠는데, 아 그냥… 그러니깐, 지금 같으면 병원에라도 입원하지만 그땐 방에서 몸져누워서 앓으시는데, 식구들이 인제 와서 보더니 일어날 것 같질 않거든 이제. 그러면 뭐 어떻게 약국에서 약이나 지어다가 데려(달여) 주는 것 밖에 더 있나? 그 옛날에야.

그랬는데 이 양반이 인제 돌아가셨대. 남들 얘기가 돌아가신 거야, 이제 돌아가서. 옛날에 돌아가면 수세(收屍) 걷어서 칠성판에 인제, 포장 이렇게 쳐 놓잖아? 근데, 이 양반이 이제 숨을 걷구선 이렇게, 그 상태에 시신이 되어서 드러누웠는데 꿈을 이제 꾼 거야 이 양반이.

저 세상에 간 거야 이제. 저 세상에 갔는데,

"너는 지금 들어올 때가 안 됐는데, 왜 들어왔냐?" 이거야.

저승사자라 그러나? 뭐 하여간 그래서,

"아니, 어떻게 된 건지 내가 여길 벌써 들어오게 됐다."고 그러니깐,

"너는 몇 살, 더 나가서 더 살다가 몇 살 되면 들어와라." 그랬대요, 저 승사자가.

그래서 이렇게 그러구 나서 눈을 떠보니까, 식구들이 그냥 울고… 거기 저 한식이 고모들, 누이들 좀 많아? 식구들이 다 뫼인 거지 이제. 그냥 곡 소리가 여기저기서 울음바다인데. 정신을 이렇게 차려보니까 그냥 울음바 다니깐, 이게 웬일인가 보니까, 칠성판에 올려놨대잖아?

(조사자 : 저승을 다녀오신 거에요, 그 분은?)

그러니까 이제 도로 깨어 나신 거야. 그래 일어나니까 식구들이 얼마나 놀랬을 거야? 죽은 사람이 살아 왔으니까. 이 양반이 돌아갈 때까지,

"난 몇 살 되야 난 죽어. 난 몇 살 되야 죽어, 죽어."

노상 약주만 한잔 잡수면 꼭 그러셨거든. 그랬는데 그 나이를 살구 돌 아가셨는지, 땡겨 돌아가셨는지, 지나서 돌아갔는지 잘 몰라. 노상 그러셨 어요.

그래서 이게 꿈을 꼈다 그러면 꿈이거니 생각하는데, 식구들이 와서 울 고 불고 그냥 뭐, 수세 걷어서 덮어 놓을 정도까지 됐으니까.

손님 많다고 집안 망하게 한 며느리

자료코드 : 02_06_FOT_20090211_BNS_MTG_0001
조사장소 : 경기도 김포시 하성면 마곡2리 252번지 마곡2리 마을회관
조사일시 : 2009.2.11

조 사 자 : 김헌선, 최자운, 김은희, 변남섭, 시지은
제 보 자 : 민택기, 남, 75세
구연상황 : 중이 시주를 왔는데 박대를 하여 좋지 않은 일이 생긴 이야기가 있냐고 물어
보니 해 주었다.
줄 거 리 : 손님이 많은 것을 귀찮게 여긴 부잣집 며느리가 있었다. 하루는 중에게 시주
를 조건으로 비법을 물어보았다. 며느리는 스님이 일러준 대로 언덕의 혈을
끊어 결국 집안이 망하여 손님이 끊겼다.

석탄3리에요 거기. 거기서 동네에 부잣집이 있었는데, 맨날 그 사랑에,
그러니까, 그, 주위에 손님들이 뫼서(모여서), 바깥양반들이 뫼서 소일들
허시는 거지.

근데 그전이나 지금이나 손님들이 오면은 접대를 해야 허거든. 근데 그
접대허고 그러는 거이, 밥술이나 먹고 그러니까 뫼드는 거거든. 근데 그
거이, 인제 하도 허다 보니 짜증이 나고 구찮으니까, 메늘님이 하루 그 중
이 왔는데 중한테 하소연을 했갔지. 뭐 꼭 그러자고 그런 거야.

"제발 그저, 스님 내 시주는 넉넉히 할테니 비법이나 한번 알으켜 달
라!"고. 그냥 이렇게 돌아보더니 그 얘기를 허더래요.

"저 옆에 그 혈이 그 저 뭉친 언덕이 있는데 그거를 훼손을 시키면, 그
걸 파헤치며는, 거길 끊어 노머는, 그런 거시기가 없다."구.

그래 몰래 아마 했대요. 어떻게, 머슴을 시켰는지 어떻게 했는데, 그러
구 나선 그냥 사랑노랑 그 집이 아주 가난허게 되어 가지구,

그래 노면 자연 손님 안 오는 거지. 오래도 안 오는 거 아니에요?

중국 사신이 낸 어려운 문제를 푼 장성의 기대감

자료코드 : 02_06_FOT_20090211_BNS_MTG_0002
조사장소 : 경기도 김포시 하성면 마곡2리 252번지 마곡2리 마을회관
조사일시 : 2009.2.11

조 사 자 : 김헌선, 최자운, 김은희, 변남섭, 시지은
제 보 자 : 민택기, 남, 75세
구연상황 : 중국에서 사신이 왔는데 슬기롭게 극복하였다는 얘기가 혹시 없는지 물어보
니 구연해 주었다.
줄 거 리 : 중국에서 사신이 와서 주상에게 낸 문제로, 동해바다에 머리도 없고 꽁지도
없고 척추뼈가 없는 고기가 있는데 무엇인지 알아맞춰 보라 하였다. 전라도
장성 땅의 은거하고 사는 기대감에게 물어서 세 차례의 답변 끝에 날 일 자
라는 답을 찾았다. 기대감은 애꾸눈이었는데, 그래서 임금이 장안의 무수한
눈들이 장성의 애꾸눈만 못하다 하였다고 평했다. 이 이야기는 일종의 파자담
과 중국 사신담이 복합된 형태이다.

실화 같기도 헌 얘긴데. 지금두 외교래는 것은 나라 대 나라의 저거는,
그 인물들 평이래는 게 절대적이여. 출중한 인물이 사신으로 가야, 그 담
판을 제대로 허고 오는데, 그전에 그랬대잖아요.

중국에서 와서 그저 그러니까 우리가, 저 중국에 속국 했을 때 갔지.
그 어느 사신이 와 가지구, 그 사신 뭐 저, 큰 나라 사신은 아마 사실 우
리나라 주상 임금님하고 아마 보통 막 저 대하고 그랠 수가 있었던 모양
이에요. 어전에 출입할 수 있구.

그러면서, 그러니까, 그 한번 그 저, 식견이나 뭐든 자질을 한번 시험을
허기 위해서 그런 얘기를 했대더구먼.

"이 저 동해바다에 고기가 한 마리 있는데, 머리도 없구, 꽁지도 없구,
사뎅이도 없는데, 사덕이. 등뼈, 척추뼈가 없는 고기가 한 마리 있는데 그
것이 무슨 고기요?"

그러니까 그 몰르잖아, 무슨 별안간에 그러니깐, 한문으론 동해(東海)
뭐 저 유일어(有一魚)하니, 무두무미무척추(無頭無尾無脊椎)라, 무슨 하오
며, 그렇겠는데, 우리말로 풀면 그렇게 되는 거야, 무슨 고기냐? 그, 그 국
왕께선 몰르시잖아. 요새로 말하면 각료들을 인제 회의를 하는데,

"저, 이런 것이 거시키가 나왔는데 아는 그, 분들이 있으면 좀 얘기

를…"

하나도 모른단 말이야. 그러는데 그러니 끙끙 앓는 거지. 끙끙 앓다가 어느 대신 한 분이, 그 저,

"주상! 저 전라도 장성 땅에 가먼은 아주 그, 기대감이라고, 출사는 안 했는데 그냥 대감님이라고 그냥 거기서 이르는 학자가 한 분 있는데 그 양반은 아실 거라고, 아실 거 같다."고.

그래, 급히 파발을 띠셨대. 그래 가니깐, 뭐라 그러냐면, 가니깐 그런 얘기를 했드니, 음 그냥,

"용단호장(龍短虎長)!"

'용이 짧고 호랑이가 길다.' 그러니까 그 반대말 아니야, 용이 길고 호랭이가 짧은 건데 '용단호장' 그러드래 그냥 써 주더래. 그래 가서 주상한테 그러니깐, 이게 더군다나 더 골치가 아퍼지는 거야. 이게 말도 안 되는 거지. 이냥 다시 또 한 번 재차 또 한 번 갔더니, 고 다음엔,

"화원서방(畵圓書方)!" 그러드래.

그림으로 그리면, 똥그랗고 글로 쓰면은 모가 진다, 뭐 저, 귀가 진다. 그래 암만 저걸 해도 몰라서 다시 그 양반한테 갔더니, 날 일(日)자를 놓고 날 일자, 날 일자. 고기 어(魚)자를 보면, 위 제하고 밑에 점찍은 거 빼고 가운데 내려근 거 빼면 날 일 아냐? 그게 그러니까 날 일자를 그렇게 비유적으로 얘기를 했다 그러드드만.

그래서 나중에 풀어서, 사신한테 딱 그랬더니,

"역시 대단허다!"구.

"알았다!"구.

그래서 망신을 모면하구 그 기정승, 기대감 때문에. 근데 그 양반이 그러구 나서 왕이 그랬대는 거야.

"장안만목(長安萬目)이 불여장성반목(不如長城半目)이라!"고 그랬대는 거야. 장안에 그 눈이 그렇게 많이 무수한 사람들이 눈이 있는데, 두 눈씩

가지고 있는 거이, 저 장성에 있는 한 눈깔 그 양반이 애꾸였더랬대. 기정
승이. 그래서 출사를 안 하고 그냥 열심히 공부하고 있는 그런 양반이었
드렀다고. 장성에 반 눈깔만도 못하다고 그랬다구 그래더라구.

오성에게 인분 넣은 떡을 먹인 한음 부인

자료코드 : 02_06_FOT_20090211_BNS_MTG_0003
조사장소 : 경기도 김포시 하성면 마곡2리 252번지 마곡2리 마을회관
조사일시 : 2009.2.11
조 사 자 : 김헌선, 최자운, 김은희, 변남섭, 시지은
제 보 자 : 민택기, 남, 75세
구연상황 : 오성과 한음에 관계된 이야기가 있는지 물어보니 구연을 해 주었다.
줄 거 리 : 오성이 어느 여름날 낮에 한음의 집에 갔는데 한음의 부인 같은 사람이 등목
을 하고 있는 것을 목격하게 되었다. 이것을 한음에게 얘기하였고 한음은 부
인을 나무랬다. 이에 한음의 부인은 오성이 말을 함부로 한 것에 분개해 하루
는 오성을 초청하였다. 인분을 넣은 계피떡을 먹게 하고 말을 함부로 한 것을
꾸짖어 복수하였다는 이야기이다.

그, 오성이 아주 장난이 심허대더구만, 아주 심하셨대. 그 오성이, 한음
허고 아주 단짝 아니에요 그게.

하루는 여름날인 몬양이지. 한음을 보러 오성이 가셨대잖아. 하루는 갔
더니, 거 뒤란에서 쩔벅쩔벅 무슨 물소리가 나드래. 가만이 보니까, 한음
부인께서 등목을 하시는 거 같으드래. 좀 저거하잖아, 면목이 없잖아. 그
래 바짝 돌아서서 그냥 그 막상 왔다가, 그 다음에 한음을 만나서 이 얘
기 저 얘기, 왜 한 잔하면서 얘기를 하셨갔지.

"아, 나 별꼴 다 봤다."고.

"무슨 꼴이냐?" 그랬더니.

"아, 부녀자가 그냥 저, 벌건 대낮에 그냥 멱을 감더라고. 뭐 그래서 그

냥 배꼽을 봤다."구. 그러니까, 한음이 참 조금 무안하시잖아.

그래서 인제 가서 부인을 책망을 했대.

"여보, 당신은 그 좀 행동거지를 거 좀 저거 하지 않구 어떡하다가 오성 눈에 띄었다."고 말야. 오성이 이런 소릴 했다고. 그래서

"그러시냐."

절대 그런 법은 없는데. 그래두 뭐 저 그전 양반들이 그 저 해두 간략한 옷이나 입구 좀 세수했구 그랬갔지. 대낮에 그런 일은 없는데 조금 비약을 시킨 거지 뭐. 그러니까 분해하고 있다간 하루는 그리드래.

"대감, 오성을 하루 초청을 허라."구.

"그 초청을 하면 어떡할 거요?"

"글쎄 좀 초청 좀 해 달라."

그 어째 하루 오라고 하니까는, 또 친구가 오래니깐.

그날 계피떡이라구 알지? 계피, 그 계피, 그 속에다 속을 넣는 게 팥으로 해서 그걸 했대는 거야. 아주 맛있게 해서, 두 접시를 했는데, 한 접시를 인분을 넣대는 거야, 오성 먹을 것을. 그걸 넣고 당신 영감, 한음 꺼는 진짜 떡이구.

오성이 그걸 한입을 덥썩 물더니, 그냥

"이게 말이 되냐?"구.

"내가 우리나라에서 대감 반열인데 이 집이, 이런 법이 없고 이런 법이 어딨냐?"구. 꾸중을 내니깐.

문 밖에서 그랬대는 거야 문 밖에서.

"대감께선 똥을 잡숴도 괜찮다!"고 싸다구.

"그런 말을 함부로 놀렸으니까."

그래두 말 잘 못하면 똥바가지 똥 붓는다 그러잖아. 그런 복수 아닌 복수를 했다 이거지. 그 좀 지략적으로 복수를 헌 거지. 그게.

효자 민자관

자료코드 : 02_06_FOT_20090211_BNS_MTG_0004
조사장소 : 경기도 김포시 하성면 마곡2리 252번지 마곡2리 마을회관
조사일시 : 2009.2.11
조 사 자 : 김헌선, 최자운, 김은희, 변남섭, 시지은
제 보 자 : 민택기, 남, 75세
구연상황 : 계모가 들어와서 전실 자식들을 모함하는 이야기가 있냐고 물어보니, 공자 제
　　　　　자 민자건의 효성을 이야기해 주었다.
줄 거 리 : 공자님 시대에 민자건이라는 분은 어머니가 일찍 돌아가셔서 계모와 생활하
　　　　　게 되었다. 계모는 자신의 친아들에게는 솜을 넣은 방한복을 주고 민자건에게
　　　　　는 갈꽃을 넣은 바지를 주었다. 이를 안 아버지가 계모에게 갈라서자고 하니
　　　　　민자건은 자신이 혼자 나가겠다고 막아선다. 이로 인해 공자께서도 효성에 감
　　　　　동하시어 제자 반열에 두었다.

　아주 옛날 그 공자님 적, 공자님 시대 얘기 있잖아? 공자님의 유명한
민자건(閔子騫)이라는 분이 한 분 계셔.

　그 양반이 얼만큼 효자를 했냐면, 자건 그 할아버님의 어머니가 일찍
돌아가셨어. 그래 아버지가 재취를 허셨지. 재취라면 계모라고 그러잖아?
계승해서 들어온 어머니.

　그 소생이 또 하나 있어, 둘이 형제가 자라는데. 그 전에는 그런 것이
꽤 많지, 계들이. 지금은 그렇지 않은데, 물론 지금도 또 그런 사람이 있
을 거예요. 본처 자식을 좀 학대하고 좀 멸시하는 저게 있거든.

　그래 그 전엔 그 옷이래는 게, 방한복이 그 솜을 둬서 입는 바지저고리
를 해 입었잖아? 근데 그 당신 아들헌테는 솜을 두구, 그 자건, 그 전처
소생헌테는 갈대, 그 뭐야 그 저, 갈꽃을 넣어서 했대. 거, 솜 비슷하거든.
근데 어림없지 뭐 거기다 대면. 근데 뿔룩하긴 허지, 솜 넣은 거 겉이. 바
람은 행행 통해도.

　그렇게 그런 그 지경으로 그렇게 되도록 좀 대우를 받았는데. 그 나중
에 아버님이 그걸 아신 몬양이야. 알게 돼서 자기 부인한테,

"이 사람이 그럴 수가 있냐구!" 도저히 그래서,

"갈라서야겠다."고.

요즘으로써는 내실을 축출을 하는 거지. 그러면서 호통을 치면서 그니깐, 붙들구 자기 아버님한테 사정을 했다는 거야.

"내가 나가야지, 어머니가 나가시면 안 된다."고 숫째.

"내가 혼자만 없어지면 여기 세 식구는 편안하지만 어머니가 나가면 그 세 식구가 더 불행하다."고.

그러면서 효자로 돼 가지고. 공자님께서도 크게 저걸 하시고, 제자로 제자 반열에다 두시고 저 대우를 해 주셨어.

여우에게 홀린 도령

자료코드 : 02_06_FOT_20090211_BNS_MTG_0005
조사장소 : 경기도 김포시 하성면 마곡2리 252번지 마곡2리 마을회관
조사일시 : 2009.2.11
조 사 자 : 김헌선, 최자운, 김은희, 변남섭, 시지은
제 보 자 : 민택기, 남, 75세
구연상황 : 학동이 가는데 여인이 구슬을 입에 넣었다 뺐다 하면서 홀리는 얘기가 있느냐고 물어 보니 "홀리는 거 아냐?" 하면서 구연해 주었다.
줄 거 리 : 서당에 가던 학동이 여인으로 변한 여우가 건네는 구슬을 입으로 주고 받았다. 그런데 학동의 몸이 점점 쇠약해지자, 어머니가 여우에게 홀린 사실을 알고 방법을 일러주어 구슬을 내동댕이치게 했다. 그랬더니 여인은 여우로 변해서 도망을 갔다. 이 이야기는 『일사본 전우치전』 기원설화로 널리 알려진 이야기이다.

그 산 넘어 서당인데, 서당을 다니는데, 언제 갔다 오다 보니깐 예쁜 그 아가씨가 미소를 짓드래. 그래 뭐, 싫진 않으니깐 총각이 싫진 않고 그 도령이.

그런데 그 입에서 구슬을 뱉어서 하나를 주드래. 그래서 그걸 인제 물고 인제 집에 왔다가 또 갈 때 주기도 하고 서로, 근데 자꾸 몸이 쇠약해지고 뭐 그랬드래는 거야.

그래믄서 나중에 발설을 아마 어머니한테 한 몬양이야. 그 어머니가 가만히 보니깐 이 그 여우한테 홀린 거지.

그래서 결국 그걸 삼키면 저거이 뭐 좀 잘못된 건데, 그걸 뱉어서 면전에다 어티게 동댕일 치라구 그래 가지구 여우로 도로 또, 그 구슬을 빼서 내덩지니깐, 그냥 사르르 그냥 여우로 환생이 돼서 그냥 도망을 갔다는 그런 얘기가 있더라구요.

도깨비 내력과 부자 된 사연

자료코드 : 02_06_FOT_20090211_BNS_MTG_0006
조사장소 : 경기도 김포시 하성면 마곡2리 252번지 마곡2리 마을회관
조사일시 : 2009.2.11
조 사 자 : 김헌선, 최자운, 김은희, 변남섭, 시지은
제 보 자 : 민택기, 남, 75세
구연상황 : 도깨비와 친해 가지고 부자가 되었거나 또는 가난해졌다는 이야기를 물으니 이 이야기를 구연해 주었다.
줄 거 리 : 도깨비의 한자말 기원과 도깨비와 친해 부자 된 사람의 이야기이다. 도깨비와 친한 사람에게 도깨비가 금부치와 같은 재물을 가져다 주었는데 그 사람은 땅을 샀다. 그러자 도깨비의 마음이 틀어져 땅을 도로 가져가려 했지만, 땅이라서 가져가지 못하고 결국 그는 부자가 되었다.

그래 도깨비 친해 가지고 부자 됐다는 소리가 있지, 사람이 있대지?
도깨비, 도깨비하고 친하면, 도깨비도 무작정 악의적으로 저건 하지는 않는 몬양이야, 건드리지 않으면.

본래 속성은 순한 건데, 사람들이 보기가 뭐 좀 몬양새 무슨 뭐, 그런

것이. 그 도깨비들이 독각 아냐? 뿔이가 하나라 그러는 거 아냐? 독각, 홀로 독(獨)자 뿔 각(角)자. 왜 독각이 그러니깐 도깨비, 도깨비 그러는데. 뭐 발이 하나란 말도 있구 뭐 그리는데, 뭐 다리 각(脚)자도 있으니까.

그 한 사람은 그 도깨비하고 친했는데 그 저 어떤 땐 재물도 갔다 주고, 천량(錢糧)을, 요새로 말하면 뭐 금부치 무슨 돈 그런 걸로 갖다 준대. 이 사람은 한 사람은 그걸 가지고 땅을 샀대요. 이 저 토지지, 말하자면 부동산을 샀는데.

도깨비하고 저 잘못되면 그러다가 마음이 틀어지면 환수를 해 간대, 뺏어 간대. 즉시 아주 그냥 가차 없이. 근데 그 땅은 못 가져 가드래. 맨날 밤새도록 와서 그냥 네 구탱이다가 말뚝을 박고 떠갈려도 밸술(별 수를)도 땅은 못 져 갔다구.

그래서 그건 굳었다구 얘기했어. 그래서 부자가 됐다구. 그런 얘기 있지.

평양 조씨가 잉어 안 먹는 내력

자료코드 : 02_06_FOT_20090211_BNS_MTG_0007
조사장소 : 경기도 김포시 하성면 마곡2리 252번지 마곡2리 마을회관
조사일시 : 2009.2.11
조 사 자 : 김헌선, 최자운, 김은희, 변남섭, 시지은
제 보 자 : 민택기, 남, 75세
구연상황 : 사슴이나 물고기를 구해주고 용궁에 갔다든지 또는 부자가 됐다든지 하는 이
야기가 있는지 물어보니 구연해 주었다.
줄 거 리 : 평양 조씨가 급한 일로 강을 건너려 하는데 날은 저물고 배도 끊겼다. 그때
잉어가 나타나 태워서 건네주었다. 그래서 평양 조씨는 지금도 잉어고기를 먹
지 않는다.

여기, 조기 가면 평양 조씨가 기셔, 평양 조씨. 평양 조씨가 뭐 대단한

성이지.

그 전에 그 평양 조씨가 누구냐면, 에, 이태조께서 그 혁명헐 때 그 조준, 조겸 두 형제가 기셨는데, 한 분은 혁명에 가담을 허시고 동생 분은 두문동으로 들어가서. 그 혁명을 반대를 하는 거지.

근데 지금 생각하면 이 양반들이 양다리를 걸치는 거야. 니가 죽게 됐을 때는 내가 살려줘야 허고, 근데 실패하면, 실패하면 아우님이 살리고 성공하면. 근데 이 양반은 아우님은 두문동으로 들어가서 자꾸 영 이태조가 가잖아? 가서 저 출사해 좀 일을 봐 달라고 그래도 안 나오고 그러다 돌아갔는데. 그 평양 조씨네 그런 내력이 있드라고.

고거 꽤 그 오래된 그 얘긴데, 그 어느 강가엘 가서 나루가 해는 저물고 그 나루가 끊어져, 나룻배가 떨어져 끊어졌는데. 그 이튿날 나와도 인제 하는데, 그 큰 저 아주 일을 당해서. 그러니까 어머니, 부모 그 저, 어머니나 어느 저 상을 당해서 꼭 건너가야 하는데 없드래. 그래서 한탄을 하고 있는데, 그 저 잉어가 아주 튀어 나오드래. 그래서 자꾸 타라는 시늉을 허드래. 그래서 올라탔드니 건너 줬대요.

그래서 평양 조씨는 지금도 잉어고기를 안 먹어.

아기장수 이야기

자료코드 : 02_06_FOT_20090211_BNS_MTG_0008
조사장소 : 경기도 김포시 하성면 마곡2리 252번지 마곡2리 마을회관
조사일시 : 2009.2.11
조 사 자 : 김헌선, 최자운, 김은희, 변남섭, 시지은
제 보 자 : 민택기, 남, 75세
구연상황 : 아기가 태어났는데 날개가 달렸다는 이야기가 있는지 물어보니 구연해 주었다.
줄 거 리 : 땅 속에 돌함이 있는데 그 속에는 장수의 투구 등이 들어있고 임자가 있다고
　　　　　 전해진다. 어느 집에서 겨드랑이에 날개가 달린 비범한 아이가 태어났는데 그

아이가 함의 주인이며 장수가 될 것이라고 했다. 그러나 어느 파인지는 모르지만 그 아이를 데리고 가서 시해했다. 아직도 돌함은 안산에 묻혀 있고 장수가 나기를 기다리고 있다고 한다. 이 이야기는 '아기장수 전설'과 같은 유형이기는 하지만, 함의 주인이 도래할 것이라고 믿는다는 점에서 진인(眞人) 출현설과 맥락을 같이 한다.

근데 그 땅 속에 돌함이 파묻혀 있다구요. 돌, 돌로 된 함, 궤짝이지, 큰. 거기 뭐 있냐면, 장수의 그 투구, 갑옷, 뭐 저 칼이나 무슨 뭐 그런 것이 인제 파묻댔는데. 어느 시, 그 갔다갔다 시대에 임자가 나타나야 그걸 쓰는 거래, 그거를.

한 번 나왔드랬대요. 이 그 낳는데, 어느 그 집이서 애기를 하나 낳는데 특이하드라 그거야. 그 뭐 이 겨드랑에, 이 저 날갠가 무슨 그 깃털이 나고.

근데 자라면서 보니까 뭐, 비범한 게 다른 보통아이들 허는 거 같지를 않고. 거이 인제 '걔가 바로 돌함의 인제 주인이다.' 그래서 인제 장수가 될 감으로 알고 있는데, 그것을 시기하는 어느 파들이 있죠? 뭐야, 저 그 애를 어린애를 갖다가 길르질 못하고 시해를 했다는 말이 있드라구.

그러면서 그 함이 여태도 파묻혀 있대. 임잘 못 만나고. 있다고 지금 그런 소리가 있어요.

(조사자 : 그 애가 죽임을 당했습니까?) 그렇지, 그걸 인제 걔가 자라 가지구 저희들이 인제 저희들헌테 무슨 유햎(위해를) 당할까 봐. 뭐 그런 거이 있었던 몬양이지. 보통 그런 거는 어느 그 저 나라 대 나라의 적국의 그 저 간첩 같은 그런 그러니까 세작(細作)들이 그런 짓 허갔지.

(조사자 : 애가 죽어서 어떻게 무슨 현상이 있었던?) 그러고 그만이라고 애길하잖아. (조사자 : 말이 혹시 그 애를 기다렸다는 얘기는 그런 거는?) 모르갔어요. (조사자 : 그 어디에 묻혔습니까? 그 어딥니까 어르신, 위치가?) 하현리지, 저기 저 그 건넛 동네야. (조사자 : 안산?) 안산이래는데.

안성목 이야기

자료코드 : 02_06_FOT_20090224_CJU_SSI_0001
조사장소 : 경기도 김포시 하성면 봉성2리 104-1번지 서석인 자택
조사일시 : 2009.2.24
조 사 자 : 김헌선, 최자운, 김은희, 변남섭, 시지은
제 보 자 : 서석인, 남, 75세
구연상황 : 제보자의 집으로 들어가는데 문 입구에 특이하게 생긴 나무 뿌리가 걸려 있
          어서 그 나무 뿌리에 대해 묻자, 제보자가 이야기해 주었다.
줄 거 리 : 서로 다른 뿌리가 땅 속에서 한 데 얽혀 만들어진 안성목(安成木)은 새로 이
          사 간 집의 좋지 않은 기운을 정화하는 힘이 있다. 성주를 안정시키는 나무의
          내력에 대한 이야기이다.

이제 내가 이제, 돈 많은데 맻(몇) 십 억을, 맻 백 억을 가져서 집을 멋
있는 걸 사잖아요. 사머는, 이제, 교회 안 댕기는 사람들, 무당이나 점쟁
이같은 거 물어보거든.

"내가 어디 어디 집을 샀는데, 그리 가도 좋으냐?"

그리면, 이놈이 무당이 또,

"아, 너희 그 집으로 이사 가면은 식구가 줄 수다(죽을 수 있는 운수이
다.)." 그런단 말이야.

그때 저걸 가지가면서, 그 집 안방 건너편, 편에다 걸으면서 들어가면,
모든 액을 다 떼 준대는 거지. 모든 것을 편안함을 이루어 준대는 거지.

그저 안성목이라는 거 그런 거이, 전설따라 삼천린데. 근데 저기이, 지
금들은 죽은 코뚜레도 가져가구, 소나무 가지도 가져가는데, 저걸 구허기
어려우니까 그렇지. 저걸 하늘에 별 따기야. 저런 나무 땅 속에 있는 나무
캐러 댕길 때 얼마나 힘이 든데.

전류리 용바위의 내력

자료코드 : 02_06_FOT_20090224_CJU_SSI_0002
조사장소 : 경기도 김포시 하성면 봉성2리 104-1번지 서석인 자택
조사일시 : 2009.2.24
조 사 자 : 김헌선, 최자운, 김은희, 변남섭, 시지은
제 보 자 : 서석인, 남, 75세
구연상황 : 주변의 지명 유래에 대해 이야기하던 중 제보자는 전류리에 용바위 이야기를 아느냐면서 이야기를 시작하였다.
줄 거 리 : 김포시 하성면 전류리의 용바위는 고양군 심학산의 어떤 집을 바라보고 있었다. 그 집 사람들은 용바위가 자신의 집을 바라보고 있어서 자신의 집이 망했다고 생각해서, 몰래 전류리 용바위의 머리를 깨트려 버렸다. 이후에 민씨네가 깨진 부분을 보수하였다.

　용바위가 지끔 고양군에 저, 지도를 보면, 심학산이라고 있어요. 거길 보구 있는데, 지끔도 있어. 근데, 이 마을버스 타고 가면 있는데. 그거이, 고양군에, 그, 심학산인데, 민발일 꺼라. 거기에 어떤 집을 바라보고 있어요, 이거이.

　개, 인제, 그 집이 집안이 망하니까, 그 집안네서 인제, 무당한테 물어보니까, 저 건너 저 산에 용바위가 너희 집을 치다보고 있으니, 너희가 망한데서, 밤에 와서 몰래 대가릴 깨트렸어.

　근데, 그, 민서방네 산인데, 그 사람들이 또 보수를 해 놨어. 양회를 떼고. 지금두 있어. 길 옆에가 뻐스 댕기는 길이야. 용바위. 그그, 그래 인제, 그 이후버텀 인제, 그, 집이 안 망해, 망해지 않았대는 거지. 깨트려 버리구.

　그, 이 고양군 그, 요, 전류리, 바로 건너 수막산이 사자 모냥으로 앉았는데 꼬리를 서울에다 두구, 대가리를 평양을 보고 있는 거야. 그 산은 어, 아무리 산수(산소)자리가 좋은 거 있는데, 쓰면 역적이 나는 산이에요.

　지도상에 여기선 수막산, 수막산 그래. 지도상에는 심학산으로 있다구. 허허허.

봉성리 미륵바위

자료코드 : 02_06_FOT_20090224_CJU_SSI_0003
조사장소 : 경기도 김포시 하성면 봉성2리 104-1번지 서석인 자택
조사일시 : 2009.2.24
조 사 자 : 김헌선, 최자운, 김은희, 변남섭, 시지은
제 보 자 : 서석인, 남, 75세
구연상황 : 구렁이나 지네에게 처녀를 바쳤다는 이야기가 있냐고 물었더니, 잠시 생각에
　　　　　잠긴 끝에 미륵당 이야기를 시작하였다.
줄 거 리 : 미륵바위는 아기를 낳지 못하는 사람들이 와서 빌면 아들을 낳는다고 믿어지
　　　　　고 있다.

　어린내 못 낳는 사람은 거기 와서 정성을 디리고 가면, 아들을 낳는다
구. 그래서 저것이, 이, 미륵바윈데, 헤헤. 아 그건 지끔두 와요. 손님들이,
그 전설루다.

　젊은 사람들이 계속해 이어나가서, 우리 하성면 봉성리 208번지라구.
저 집 번지가. 208번지 그 집 뒤에 있대는 게, 계속 계승해 내려오는 거
야. 전설로 내려오는 거야. 지금도 오지요. 어린애 못 낳는 사람들이 정성
을 드린다구. 돈도 갖다 놓구, 과일도 갖다 놓구 그래.

　우리 어려선 그, 그냥 배고프니깐, 그 사람들만 이렇게 보고 있다가, 나
가면 얼른 가서 떡이구 다 주어다 먹는 거지, 배가 고프니까.

아기장수 전설

자료코드 : 02_06_FOT_20090224_CJU_SSI_0004
조사장소 : 경기도 김포시 하성면 봉성2리 104-1번지 서석인 자택
조사일시 : 2009.2.24
조 사 자 : 김헌선, 최자운, 김은희, 변남섭, 시지은
제 보 자 : 서석인, 남, 75세
구연상황 : 아기가 태어났는데, 힘이 너무 센 장수여서 부모가 그 아이를 죽였다는 이야

기를 아느냐고 물으니, 곧바로 이야기하였다.

줄거리 : 어린 아이가 태어난 지 삼일 만에 겨드랑이에 날개가 나서 천장의 서까래 나무에 붙어 있었다.

[제보자의 앞집을 가리키면서] 저거 꺼멓게 진 집. 꺼멓게 진 집. (조사자 : 저기?) [조사자의 앞 집을 가리키며] 어. 어. 그 집, 집 턴데.

어린내(어린애) 어머이가 어린내 난지 삼일 만에 밥을 허러 나왔다, 밥을 해 놓구 들어와 보니까, 어린애가 없더라 이거야.

'야, 이거 큰일 났다. 어린애가 뭐이 가져갔나.' 그러니까, 이 천장 벽국(서까래를 얽은 모양이 그대로 다 보이는 것을 말함)을 보니깐, 벽국이. 그 옛날엔 반자(우물 반자라고도 하는데, 흙벽을 마르면 보이지 않도록 천정에 가리는 도구임)도 못했다구 어려워서. 그냥 저렇게 서까래 이은 거지. 거기에 붙어 있더래요. 그래 보니깐, 날개가 났더래지, 둘이. 장사가 났대는 터는 그거야.

아침부리산의 명칭 유래

자료코드 : 02_06_FOT_20090224_CJU_SSI_0005
조사장소 : 경기도 김포시 하성면 봉성2리 104-1번지 서석인 자택
조사일시 : 2009.2.24
조 사 자 : 김헌선, 최자운, 김은희, 변남섭, 시지은
제 보 자 : 서석인, 남, 75세
구연상황 : 일제강점기 때 일본 사람들이 우리나라의 정기를 끊기 위해 산에 쇳물을 부은 이야기를 하던 도중 아침부리산의 유래가 자연스럽게 나왔다.
줄거리 : 봉성1리에 아침부리라고 부르는 산이 있는데 그 산은 아침에 일어나서 보면 뱀 대가리 모양으로 나와 있어서 아침부리라고 하였다.

그, 1리에 그런 거 있어요. 봉성1리에. 그 산이 이름이 아침뿌리야. 우리가 여기서 아침에 일어나 보면은, 그 산이 이렇게, 뱀 대가리 모양, 이

렇게 나와 있더랬어.

그래, 아침에 일어나면 보인다 그래서, 아침뿌리라 그런 산이야. 그 장수 난대는.

전의 이씨 잘된 이야기

자료코드 : 02_06_FOT_20090224_CJU_SSI_0006
조사장소 : 경기도 김포시 하성면 봉성2리 104-1번지 서석인 자택
조사일시 : 2009.2.24
조 사 자 : 김헌선, 최자운, 김은희, 변남섭, 시지은
제 보 자 : 서석인, 남, 75세
구연상황 : 산소를 잘 써서 집안이 잘되었다는 이야기를 들어본 적이 있냐고 물으니, 이
          야기를 시작했다.
줄 거 리 : 산신령이 전의 이씨인 뱃사공을 시험하기 위해 이리저리 배를 저어 대게 하
          였다. 노인이 산신령인지 알지 못하는 뱃사공은 아무런 불평 없이 노인이 시
          키는대로 하였다. 산신령은 전의 이씨 뱃사공이 참 착하다고 여겨, 그에게 부
          모가 돌아가시면 자신이 일러주는 곳에 산소를 쓰라고 하였다. 그 이후로 전
          의 이씨 집안에서는 장군이 많이 배출되었다고 한다. 그러나 예안 이씨가 전
          의 이씨와 한 족속인 것은 밝혀져 있지 않다.

저기 아랫녘에, 저거 뭐야 그, 삽다리래는 데가 있죠. 거기 가면은 예안(禮安) 이(李)씨 허고, 예안 이씨허고, 뭐냐, 전의(全義) 이(李)씨라고 있어. 예안 이씨 허구, 전의 이씨는 한 족속이에요. 형제지간이야.

그 애 그, 어, 전의 이씨는 인제 거기, 그, 삽다리 강인가, 그런 거였는데, 그 전에 나룻사공이었더랬는데, 전의 이씨가. 나룻사공인데, 어떤 할아부지가 와서,

"저기 좀 건너가자."

그래서, 저기 건너가면 이리 오구, 백 번 이상을 시켜 봐두, 성질을 안 내거든. 그래, 우리나라서 전의 이씨허면 제일 성질이 제일 좋은 거에요.

사람이, 예안 이씨허구 한 족속이야.

그런데 이, 그 산신령이 그랬는데, 시험을 본 건데. 참 이놈, 착한 놈이거든. 맷(몇) 백번을 저거 건너면 다시 돌려라, 이리 오면 다시 돌려라. 그래도 성질을 안 내니까. 나중에 명당 하나를 잡아주구 간 거에요.

"너희 부모가 돌아가면 저기 저, 저, 산 밑에다 산소를 써라."

기리고서부텀 그, 전의 이씨가 장군이 나고 그랬어요. 장군이 났다구. 계속해서 장군이 난 거야.

하성면 원통리의 지명 유래

자료코드 : 02_06_FOT_20090224_CJU_SSI_0007
조사장소 : 경기도 김포시 하성면 봉성2리 104-1번지 서석인 자택
조사일시 : 2009.2.24
조 사 자 : 김헌선, 최자운, 김은희, 변남섭, 시지은
제 보 자 : 서석인, 남, 75세
구연상황 : 앞서 명당 자리 이야기를 한 뒤 곧바로 아래 이야기를 해 주었다.
줄 거 리 : 민씨네와 조씨네가 월곶면 개곡리 새래울의 명당 자리를 가지고 다투었으나
민씨네가 먼저 산소를 쓰고 말았다. 어쩔 수 없이 조씨네는 현재 하성면 원산
리에 산소를 썼는데, 명당 자리에 산소를 쓰지 못해 원통하다고 해서 그 마을
을 원통마을이라 하였다.

저기, 민씨네 인제, 시조(始祖)가 월곶면(월곶면) 새래울이래는 부락이있어. 그 시조가, 민씨 시조가. 기리구 인제, 조씨 시조(始祖)는 지금 하성면 원통리래는데 있어.

원통리. 원통린데, 원산리라 그래, 지끔은. 그 전엔 원통이라 그랬어요. 원통, 옛날 구명(舊名)인데, 왜 원통이냐 그랬냐 하면, 똑같이 월곶면 새래울이래는 데다, 개곡리.

쓰구 내려오는데 원통인들, 행여(상여)를 가지고 빈 행여를 미고 내려

오는데, 이 조서방네두 거리 가는 차(참)인데, 거기다 쓸려고 가는데, 허는데 물어보니깐, 아, 민씨네가 들어섰대는 기야. 조서방네두, 이제 시체를 상여에다 미구(메고) 원통엘 왔는데, 그래서 그냥, 분허지 머야. 민씨헌테 명당을 뺏겼이니깐.

그 원통허다고, 통곡을 해서 원통리야. 그래서 조서방네는 하성면 원통에, 원통에가 지끔 조서방네 시조, 거기서 쉰 김에,

"여기다 묻자. 여기도 괜찮다."

그래서 원통리, 원통에가 있어요. 조씨네 시조는.

도깨비가 빼앗아 간 떡 함지

자료코드 : 02_06_FOT_20090417_SJE_SEH_0001
조사장소 : 경기도 김포시 하성면 전류1리 189번지 전류리 마을회관
조사일시 : 2009.4.17
조 사 자 : 김헌선, 최자운, 김은희, 변남섭, 시지은
제 보 자 : 송을회, 여, 75세
구연상황 : 여러 할머니들이 화투를 치시느라 조사자들의 이야기에 집중을 안 해주시는 중에, 송을회 제보자가 화투를 치시면서 간간이 이야기를 하셨다. 조사자들의 부탁으로 화투판에서 빠져나온 제보자에게 아까 잠깐 하신 이야기가 도깨비 이야기인지, 호랑이 이야기인지 물었더니 다시 이야기를 차근차근 해 주었다.
줄 거 리 : 떡장사를 하는 시어머니가 말꾼이 맞춘 떡 함지를 이고 가는데, 도깨비가 그 떡함지를 뺏어서 논 한가운데 가져다 놓았다. 논에 들어가지를 못 하고 울고 있는데, 떡함지가 또 옆구리에 놓여져 있어서 말꾼 방에 가져다 줄 수 있었다. 다 도깨비 장난이다.

저기 시어머니가 떡 장사를 허셨대요, 어려우셔서. 그랬는데 떡을 해서 그 저 나무 함지에다 이구선, 말꾼 있는 방엘 팔러 갔셨대요. 팔러 가시는데, 저기 여기 능울길이라고 있어요, 동산이, 요기.

근데 고길 가시는데, 도깨비가, 도깨비가 떡 함지를 갖다 논 가운데다

났대요, 그 떡함지를. 이고 가시는 거를. 도깨비가 뺏어서, (조사자 : 뺏어서?) 저 논 가운데 갖다 났대요, 도깨비가.

그래서 밤새도록 그 떡 그걸 말꾼이 맞쳤는데, 떡을 해다 달라고 맞쳤는데, 거 집이서는 떡이 안 오니까 밤을 샜잖아? 떡 오길 바래고.

거 우리 시어머니는 떡함지를 도깨비가 가져가서 잊어버려서 못 가져 가시고선, 그냥 그 논가운데다 글쎄 도깨비가 떡함지를 갖다 논 가운데다 났드래요. 근데, 그 논 가운데를 들어가야 그걸 가져오잖아요?

그래, 두 다리를 뻗고 앉아서 울고 있는데, 또 떡함지가 여기가 있대요. 옆구리에게가, 어머니, 우리 시어머니 옆에가. (청중 : 도깨비가 갖다 났지.) 그래서 갖다가 그 말꾼 방에다 줬다고 그러시드라구요.

그렇게 도깨비가 있었대요, 그 전엔.

도깨비 불

자료코드 : 02_06_FOT_20090417_SJE_SEH_0002
조사장소 : 경기도 김포시 하성면 전류1리 189번지 전류리 마을회관
조사일시 : 2009.4.17
조 사 자 : 김헌선, 최자운, 김은희, 변남섭, 시지은
제 보 자 : 송을회, 여, 75세
구연상황 : 도깨비 이야기를 마친 할머니께 어렸을 때 술래잡기 하면서 부른 노래를 청하자 별다른 노래가 없다고 하다가, 숨키낙(술래잡기)하면서 도깨비 불을 봤었다며 이야기를 시작했다. 화투판이 한 차례 끝나면서 다른 할머니들의 말소리에 이야기 뒷부분의 녹음 상태가 다소 시끄럽다.
줄 거 리 : 어렸을 때 친구들과 술래잡기를 하면서, 술래가 되었을 때 친구들을 찾으러 노간주나무 뒤로 갔다. 그런데 나무 뒤에서 웬 불이 일어나 놀라서는 친구들을 데리고 다시 가 봤더니 아무것도 없었다. 그게 도깨비불이었다.

술래잽기를, 그 전엔 노는 게 없잖아요? (조사자 : 어렸을 때?) 술래잽기

허지, 술래잽기허고, 숨키낙(술래잡기의 지역 사투리이다) 허고 그랬는데, 그냥 여럿이 이렇게 숨키낙들을 하고 그러는데.

이렇게, 그냥 굴묵쟁이(골목의 한 켠을 말한다) 거, 노간주나무[10]가 이렇게 많아요. 근데 인저, 숨었나 하고 냅다 뛰어가니까, 뭔 불이 이렇게 일어나더라구요.

그래서 그냥 깜짝 놀라서 그냥 되 뛰어왔어요. 되 뛰어와서, 친구들 있는데 가서

"아, 저기 불이 있다."구

그러니까, 도깨빈 줄도 몰랐지. 불이 있다고 해서 와 보니까, 불도 없고 아무 것도 없어요.

그래서 그걸 가만히 생각해 보니까, 그게 도깨비불이더라구요. (조사자 : 그 불이 무슨 색이었어요?) 네? (조사자 : 그 불이 무슨 색이었어요?)

그냥 뻘건데 조금 푸르시근허고 그렇더라구요. (조사자 : 그 노간주나무 뒤쪽으로요?) 네.

호랑이와 메밀떡 할멈

자료코드 : 02_06_FOT_20090417_SJE_SEH_0003
조사장소 : 경기도 김포시 하성면 전류1리 189번지 전류리 마을회관
조사일시 : 2009.4.17
조 사 자 : 김헌선, 최자운, 김은희, 변남섭, 시지은
제 보 자 : 송을회, 여, 75세
구연상황 : 조사자들이 '해와 달이 된 오누이' 이야기를 유도하기 위해 떡을 이고 가다 호랑이를 만난 이야기를 해 달라고 하자, 한 청중이 엉뚱한 이야기를 단편적으로 제보하였다. 그러자 제보자는 그게 아니라고 하면서 이 이야기를 구연하였다. 제보자가 화투 치는 것에 몰두하신 까닭으로 이야기가 다소 짧게 구연

---

10) 향나무의 일종으로, 키가 야트막한 우리나라 토종 향나무이다.

되었고, 호랑이가 할멈의 몸뚱이를 다 먹어버린 것으로 이야기가 마무리되었다. 이야기가 끝나자 제보자와 청중이 함께 큰 웃음을 웃었는데, 모여 있는 할머니들이 이야기에 집중하지 않는 것 같은데도 아직은 옛이야기에 대한 공감대를 형성하고 있는 세대임을 확인할 수 있었다.

줄 거 리 : 메밀떡을 이고 가는 할머니 앞에 호랑이가 나타나 '떡 하나 주면 안 잡아먹지' 하며 떡을 다 빼앗아 먹었다. 떡을 다 뺏아 먹은 호랑이는 '팔 하나 떼어 주면 안 잡아먹지' 하며 할머니 몸뚱이를 다 먹어버렸다.

옛날에 뭐, 어디 가는데 그렇게 그냥, 호랑이가 나타나 가지고, 응, 저 저 메밀떡을 해 가지고, 메밀떡을 해 가지고 가는데, 호랑이를 만났대잖아? 그래서 호랑이가,

"그 떡 한 뎅이 주면 안 잡아먹~지." 그러니까

한 뎅이 주니까 또 한 고개를 넘으니까 또 호랑이가

"나 떡 하나 주면 안 잡아먹~지."

그래서 또 주고 또 주고 해서 그 떡을 다 줬대. 다 주고 나니까, 또 호랑이가

"나 팔 하나 저 짤라 주면 안 잡아먹~지."

또 그러대잖아? 그래서 다 떼어줬대요. [청중 일동 웃음] 몸뗑이를. 그래서 몸뗑이도 안 남았대. 옛날 얘기가 그거야. [청중 일동 웃음]

밥 많이 먹는 마누라 (1)

자료코드 : 02_06_FOT_20090417_SJE_YGS_0001
조사장소 : 경기도 김포시 하성면 전류1리 189번지 전류리 마을회관
조사일시 : 2009.4.17
조 사 자 : 김헌선, 최자운, 김은희, 변남섭, 시지은
제 보 자 : 여금순, 여, 78세
구연상황 : 홍묘순 할머니의 '밥 많이 먹는 마누라' 이야기가 끝나자 여러 할머니들이 '쫓겨난 게 아니라 배를 차서 배가 터졌다', '배가 터져서 죽었는지 살았는지 모

른다'라는 이견을 내놓았다. 이 때 여금순 제보자가 처음부터 '밥 많이 먹는 마누라' 이야기를 다시 시작하였다.

줄 거 리 : 남편이 하루는 마누라에게 '일꾼을 많이 얻어 일을 하니 밥을 내 오라'고 하였다. 그런데 일꾼이 깨져서 일꾼을 위해 지은 밥을 먹을 사람이 없다고 하자, 밥을 도로 가지고 들어간 마누라가 밥을 똘똘 뭉쳐서는 쪽진 머리를 들추고 밥을 먹는 것이었다. 그리고 밥을 삭히려고 콩까지 볶어 먹었다. 그 많은 밥을 어떻게 처리하는지 보려고 쫓아 들어온 남편은 그것을 보고는 '너 데리고 살다간 집안 망하겠다'며 마누라를 쫓아냈다.

일꾼을 많이 얻어서 일을 허는데, (청중 : 그 처가 싫대, 밥을 많이 먹으니깐.) 사람을 열을 얻어서 일꾼을 헌다고 그랬대. 그러니까는 밥을 한 통을 해서 이고 나갔는데, 일꾼이 하나도 없드래. 그러니깐

"그냥 가지고 들어가라." 그랬대,

일꾼이 깨졌다구. 그리니깐 가지고 들어와서 그 밥을 물에다, (청중 : 울타리, 울타리 밑에서 먹었대면? 울타리에서.) 아니, 밥을 물, 손에다 꾹꾹 찔러서 꾹꾹 찧어 가지고, 옛날에 쪽 쪘잖아? 쪽을 들썩 허고 그 속에다 넣고, 들썩 허고 늫드래, 그 밥을.

그런데 그 밥 한 통을, 그걸 다, 이 쪽을 들썩거리고 거기다 넣었대. 그러니까 배로 다 내려간 거야.

이 입이 여기가 [쪽을 찌는 뒤통수 아래쪽을 가리키며] 달린 거야. 인제, (청중 : 그 입이 그럼 뒤통수에가 달렸어?) 이 입으로는 조끔 먹고, 이 입 쪽으로는 많이 먹고.

그래 인제 배가 부르니깐, 그걸 삭아내려 가라고 콩을 볶으드래. 그래 사내가 쫓아 들어와서,

'저 밥을 으떡허나?' 하고 쫓아 들어왔대, 사내가. 쫓아 들어오니깐, 밥을 물을 떠들어 갖고 꾹꾹 찧어서, 쪽을 들썩하고 꿀떡, 꿀떡, 꿀떡 허고 집어넣고 그랬대지 뭐야?

(청중 : 그럼 쪽 밑에 입이 달렸어?) 그래, 쪽을 들썩하고 거기다 넣드

래. (조사자 : 그럼 어떡했대요?) (청중 : 옛날 소리지, 뭐야!) 그래대니, 그

래대니 배가 부르니까 콩을 볶으래, 솥에다. 솥에다 콩을 볶아서.

'저놈으 걸 어떻게 허나?' 허구, 사내가 망을 봤대지 뭐야? 망을 보니깐

튀는 대로 집어 먹으면, 튀는 대로 집어 먹으면, 이렇게 꿀꺽꿀꺽 허니까,

그게 콩이 넘어가는 대루 밥에가 들어가서 삭았대. 그래서,

"이년아, 너 데리구 살다간 집안 망하갔다."

그루구 내쫓았댄. 죽었댄 소리는 안 허고, 내쫓았대. (청중 : 내쫓았대잖

아.) 먹진 못하고, 살질 못하고 내쫓았대.

밥 많이 먹는 마누라 (2)

자료코드 : 02_06_FOT_20090417_SJE_YGS_0002
조사장소 : 경기도 김포시 하성면 전류1리 189번지 전류리 마을회관
조사일시 : 2009.4.17
조 사 자 : 김헌선, 최자운, 김은희, 변남섭, 시지은
제 보 자 : 여금순, 여, 78세
구연상황 : 앞서 '밥 많이 먹는 마누라'를 구연했던 제보자에게 '혹시 신랑이 마누라를
내쫓고 다시 여자를 얻지는 않았는지?'에 대해 묻고 다시 한번 이야기해 줄
것을 요청하였다. 먼저보다는 주위가 차분했고 이야기도 조금 정리된 형태라
서, 같은 제보자의 같은 이야기이지만 구연상황에 따라 이야기가 달라질 수
있는 경우라고 생각하여 다시 자료로 싣는다.
줄 거 리 : 밥을 많이 안 먹는 마누라가 늘 밥을 많이 하는 것을 이상하게 여긴 남편이
하루는 모내는데 사람을 많이 얻어서 일을 하니 밥을 내 오라고 하였다. 그리
고는 일꾼이 깨져서 사람이 없다고 하자, 마누라는 그럼 두고 먹으면 된다며
밥을 도로 가지고 집으로 돌아갔다. 그 많은 밥을 어떻게 하는지 보려고 남편
이 쫓아들어가 봤더니, 마누라가 밥을 똘똘 뭉쳐서는 쪽진 머리를 들추고 밥
을 먹는 것이었다. 그리고는 콩까지 볶아먹는 것을 본 남편은 '이렇게 많이
먹는 마누라랑 살면 집안 망하겠다'며 마누라를 쫓아냈다.

그러니까 샥시를 읃었는데, 장가를 들었는데, 마누라가 밥을 많이 먹는

대. 조석(朝夕), 조석 때는 밥을 많이 안 먹는데, 밥을 허는 걸 보면 밥을 많이 헌대요. 많이 허니까는, '이 밥이 어트게 됐나?' 허구.

"사람을 많이 은어서 일을 헐 테니까 모내는데 밥을 해 내 와라."

그래서 밥을 한 솥을 해서, 인제 뒤집어 이고 나가니까, 사람이 하나도 없고, 저희 영감 혼자 일을 허드래. 그래서,

"아~ 일꾼이 다 깨져서 아무도 없는데 이 밥을 다 으드케 해?" 그러니까,

"아, 두고 먹지요." 그러드래.

그러드니, 이고 들어가더니 손에다 물을 꾹꾹 찍어서 밥을 뚤뚤 뭉쳐 가지고 쪽을 들썩 허면서 이렇게, 늫구, 또 꾹꾹 찔러서 또 쪽을 들썩 허구 늫구 그리드래. 그리드니, 그 밥을 다 먹었드래. 다 먹구서는.

쫓아 들어가서 '저 밥을 으트게 허나?' 봤대지? 그 사내가. 그러니까는, 쫓아 들어가 보니까 그렇게 해구선, 나중엔 영, 그 콩을 갖다 볶으믄선, 튀는 대로 하나씩 집어 먹드래요. 그래선,

"아 이런, 이년을 이제 데리고 살단 집안 망하갔다."

글구, 그냥, 내쫓았구, 혼자 살았대. 그랬는데, 또 장가들은 건지, 그건, 그 소리만 그 전에 들었으니까.

처녀와 도섭한 개 이야기

자료코드 : 02_06_FOT_20090417_SJE_YGS_0003
조사장소 : 경기도 김포시 하성면 전류1리 189번지 전류리 마을회관
조사일시 : 2009.4.17
조 사 자 : 김헌선, 최자운, 김은희, 변남섭, 시지은
제 보 자 : 여금순, 여, 78세
구연상황 : 조사자들이 여우에 관한 얘기를 부탁하자 여우 이야기가 아니라 개를 오래
　　　　　키워서 실제로 생긴 일을 이야기했다. 이야기가 끝나고, 처녀가 밤에 나가서

개와 무엇을 했냐고 물었더니 춤도 추고 연애 하듯이 뽀뽀도 했다고 하였다. 청중 중에 '그래서 개를 오래 먹이지 않는 법'이라는 이야기와 '그게 개가 아니고 여우지 뭐야?'라는 이야기가 덧붙여지기도 하였다.

줄 거 리 : 개를 십 년 넘어 키운 어떤 집의 딸이 밤이 되면 나가서 열두 시 지나면 들어왔다. 이상하게 여긴 아버지가 따라가 보니 그 오래 키운 개와 딸이 같이 있다가 들어오는 것이었다. 아버지가 개 잡는 사람을 사서 총을 쏘아 개를 죽이니, 병을 얻어 시름시름 앓던 딸이 그냥 죽어버렸다.

개를 십 년을 멕였는데, 거기 시집 못, 시집 못 간 처녀가 있는데, 밤이면 그 처녀가 열두 시만 되면 나가드래. 그래서

'이 놈의 기집애가 뭐하러 나가나?' 한 시간씩 있다가 열두 시 지나면 들오드래요. 열두 시에 나가 가지고. 그래서

'왜 그런가?' 허고 지 아버지가 뒤를 밟아 봤대.

개를 멕이는데, 개허고 나가선 그냥 진뚱진뚱 그라고 있드래. 그래서 열두 시 치면 개는 제 집으로 들어가고, 사람은 방으로 들어와 자구, 자구 그러는데. (청중 : 그 뭐까?)

그 색시가 그냥 노랗게 노랑병을 앓드래. (청중 : 여우가 도섭한 거지 뭐야!) 여우가 그 홀리는 거야, 그 사람을. 홀리는 거야. (청중 : 여우허구 같이 노는구나.) 개, 개, 개가. (청중 : 개가 여우지 뭐야?)

그랬는데, 저희 집이서 그 저희가 믹이는 개인데, 십 년을 넘어 멕였대. 옛날에 그렇게 개를 오래 믹였어. 그랬는데, 그 거시키니 개를 잡질 못해서. (청중 : 어유.) 잡는대면 어딜로 달아 나가고, 잡는대면 달아 나가고. (청중 : 그 여우니.) 저희 식구끼리만 그래도, 그래. 그랬는데, 그 개를,

그 전에 양곡서 개 잡는 총이를 불러다가 총을 쏴서 쥑였는데, 이 딸이 그냥 시름시름 앓더니 그냥 죽어버렸어요. 그래서 그 엠병이라, 그 전에 엠병 앓을 적에 엠병이라 그래서 갖다 묻지덜을 못… 그 집일 가질 않았어. 우리 친정아버지가 가서 져다 묻어다 줬다고.

도깨비 만난 영감님

자료코드 : 02_06_FOT_20090217_SJE_YGS_0001
조사장소 : 경기도 김포시 하성면 가금리 239번지 가금3리 마을회관
조사일시 : 2009.2.17
조 사 자 : 김헌선, 최자운, 김은희, 변남섭, 시지은
제 보 자 : 윤금순, 여, 84세
구연상황 : 노래를 몇 곡 잘 불러 준 제보자에게 옛날이야기를 청했으나, 다 잊었다며 손
　　　　　 사래를 치신다. 노래만큼 이야기도 잘할 것 같은 제보자에게 조사자들이 이런
　　　　　 저런 이야기를 묻다가 혹시 도깨비 만나신 적 있냐고 묻자, 제보자의 남편이
　　　　　 실제로 도깨비를 만난 적은 있다며 이야기를 시작하였다.
줄 거 리 : 영감님이 돈을 얻으러 다녀오는 길에, 다니던 길로 오지 않고 다른 길로 오는
　　　　　 데 자꾸 길이 우수수 무너졌다. 무서워서 큰 소리로 도깨비가 있나 하고 소리
　　　　　 치고 있는데, 기르던 개가 쫓아나와 짖으니 길이 멀쩡히 보였다. 그 개를 따
　　　　　 라 집에 무사히 올 수 있었다.

　돈을 얻으러 큰 집이루 갔다가, 가서 인제 돈을 얻어 가지구 오는데,
저 산길루 댕기는 데가 있어. 또 여, 하성이래는데, 산길루, 동산길루 댕
기는 길이 있어. 여기서 곧장 동산길루.

　근데 돈을 가지구 아저씨가 그리 못 오구, 저 아랫 동네루 인제 돌아오
는데, 저 팽성 위에 논머리 위에… 거기 그 전에 낭떠러지가 있드랬어. 이
렇게 산이 다 무너져 가지구. 큰 개울이 있구 낭떠러지가 있는데.

　거기루 오니까 그냥, 디디면 와수수 쏟아지구, 와수수 쏟아지구. 겁이
나는데 껌껌한데 달두 없는데 이제 오는데, 그러드래. 딛기만 하면 쏟아
지드래, 와수수 와수수 흙이 쏟아지드래.

　그래서 인제 담배를 피워서 물면서

　"도깨비가 있나? 뭐 있나? 왜 이런가, 어쩐가?" 그냥,

　우리 영감이 목소리가 또 커. 그러면서 인제 있는데, 개가, 우리 저 건
넛집 살 때 개가, 저 화장실이 고기 맞은 짝(맞은 편)으로 있드랬어. 그
길 맞은 짝으루 있드랬어.

그런데 개가 꽝 거기서 짖그리니까는(짖으니까), 개가 꽝꽝 짖드니 우
리 개가 짖드니, 한참 짖드니, 개가 뛰어왔드래. 개가 뛰어 와서, 그냥 한
번 휘~, 개가 그냥 반갑다고 꼬릴 치면서 휘 도니간 길이 멀쩡하게 잘
뵈드래. 그래서 개, 개 쫓아왔지 뭐야? 그런 적은 있어.

그 전엔 그렇게 도깨비가 있었대.

아기장수 이야기

자료코드 : 02_06_FOT_20090210_BNS_LDY_0001
조사장소 : 경기도 김포시 하성면 시암1리 449-1 시암1리 마을회관
조사일시 : 2009.2.10
조 사 자 : 김헌선, 최자운, 김은희, 변남섭, 시지은
제 보 자 : 이동영, 남, 86세
구연상황 : 마을의 유래와 여러 지명을 이야기해주는 도중에 조사자들이 애가 태어났는
데 장수될 아이라서 부모가 어떻게 한 이야기가 있는지 물어보니 바로 이어
서 해 주었다.
줄 거 리 : 가금리에 글도 잘 읽고 참새도 잘 잡는 아이가 있었다. 어느 날 이 아이가 벼
를 훔쳐가는 도둑을 잡았는데, 이로 인해 좋지 않은 소문이 나게 되었다. 조
그만 날개가 있었던 아이였는데, 장수가 되면 역적으로 몰린다는 걱정에 부모
가 그 아이를 죽였다. 3,4년이 지난 후에 애기봉에서 용마가 났다.

여기가, 여기가 가금리라는 데가 그런 사람이 있었어요.

어린애가 자랐는데 글을 어트게 잘 읽는지 애가 자라면 크게 되겠다고
늘 부모는 걱정을 했대요.

그리구 쪼끄만 아이가, 그 전에 서울을 걸어댕였잖아. 요 가금리라는
데서 서울을 걸어댕이는데, 어디가 제일 댕기기가 망하냐면, 여기 누산리
라는 데가 있다구. 누산리서 양곡 들어가는 길이 있는데 이 저 거가 시방
무신 다리라고 그랬더라, 큰 다리라고.

저희 아버지가 걔를 데리고 서울을 갔다 오는데 이 갈대밭에서 참새가 푸륵푸륵 날라대기다 쫓아다니며 그걸 잡아서 봉투에 집어넣대니까. 하하하. 그래서, '쟤가 크게 될 아이다, 크게 될 아이다.' 그랬는데 결국은 자라서 큰 아이, 큰 사람 노릇을 허드래는 거야.

그래서 예전에는 저희 아들이래도 잘 돼서 큰 장수가 될 것 겉으믄 명색이 역적으로 몰려서 죽는다고 저희 부모네가 죽였대.

근데 죽기 전에 머꺼정 했냐먼은, 옛날에는 벼를 가을에 어디, 바닷가 옆에도 농사를 지어놓으면, 배에 댕기면서 베(벼)를 베구 남 농사지어서 가을에 열 단, 스무 단씩 쌓아놓은 놈을 그냥 한 배씩 싣고 도망을 가는 거야.

그런데 한 배가 그, 저희 볏단을 그냥 배에다 잔뜩 싣고 떠갈 것 같다구 동네 사람이 보고 와서 얘기를 해 주더라는 거야. 혼자 나갔다 뱃놈한테 맞어 죽으니까.

이게 이 아이가 글방에 댕길 때 쫓아 나왔다는 거야. 쫓아 나가서 그 도둑놈 세 놈을 그냥 몽땅 붙들어서 그냥 한 데 제다 묶어놨대. 죽이진 않구. 그리구서는,

"너희들 이 볏단을 우리 마당으로, 우리 논에 갖다 먼저처럼 놔 두면 살려주고 놔 두지 않으면 죽이겠다." 그러니깐,

"살려만 주면은 갖다 놔 두겠다." 그래서 클러 놨더니, 배를, 게, 배를 가지고 개가 와서 옆에 있으니까 도망은 못 가지.

배에다 실어논 벼를 갖다 다 논에다 놔둔 연에, 이 아이가 그 배를 놔 줘 보냈다거든. 그 소문이 크게 났대는 거야. 응.

그 소문이 크게 나서 말이 좋지 않은 말이 나니깐, 저희 어머니 아버지가 그걸 숨겼대, 저희 어머니, 아버지. 옷을 벗겨보면 이 잔등에가 조그만이 날개가 났었대.

그래서 그 죽었는데 그런지 3년인가 4년인가 있다가 거기 저 애기봉이

라구 있다구. 애기봉에서 용마가 났대는 거야. 용마가 나서 이리 해설랑
은 양촌골 뛰다가 그 애기봉에서 그냥 죽을라구 그래서, 죽었다고.

애기봉의 유래

자료코드 : 02_06_FOT_20090210_BNS_LDY_0002
조사장소 : 경기도 김포시 하성면 시암1리 449-1 시암1리 마을회관
조사일시 : 2009.2.10
조 사 자 : 김헌선, 최자운, 김은희, 변남섭, 시지은
제 보 자 : 이동영, 남, 86세
구연상황 : 김포에 있는 애기봉이 아기장수 때문에 생긴 이름이냐고 물어보니 애기봉의
　　　　　 유래를 이야기해 주었다.
줄 거 리 : 휴전이 된 후 애기라는 평양 기생이, 쑥가머리산 꼭대기에서 평양을 볼 수 있
　　　　　 게 묻어달라고 소원을 했다. 그래서 거기 묻었으며 그로 인해 애기봉의 이름
　　　　　 이 생겼다.

　애기봉이라는 건 전엔 애기봉 소리가 여기 없었어. 저 산이 여기서 말
은 쑥가머리산이야. 옛날에는, 쑥가머리산. (조사자 : 쑥가머리산.) 에 뭐
그 나도 무신 말인지 몰라.
　쑥가머리산인데, 그 저 전쟁 나고 여기 휴전되고 나서 해병대가 거기
주둔되면서, 그 옛날에 평양 기생이, 애기라는 평양 기생이 살았더래요.
　근데 요기 쑥가머리산 꼭대기에서 죽으니까, 죽기 전에 자기가 소원을
했대요.
　"나 죽으믄 쑥가머리산 꼭대기에다 평양 좀 디려다 보고 살게 묻어 달
라!"구.
　그래서 거기다 이제, 게 이제, 애기래는 기생을 묻었는데.

아기장수 전설

자료코드 : 02_06_FOT_20090320_CJU_LBW_0001
조사장소 : 경기도 김포시 하성면 가금1리 484-32번지 이병욱 자택
조사일시 : 2009.3.20
조 사 자 : 김헌선, 최자운, 김은희, 변남섭, 시지은
제 보 자 : 이병욱, 남, 65세
구연상황 : 민요 조사를 마친 뒤 설화에 대해 조사하던 중 아기장수 전설에 대해 알고
         있냐고 물으니 아래 이야기를 해 주었다.
줄 거 리 : 가금2리에 살던 연안 이씨 집안에서 아들을 낳았는데 그 아이는 어려서부터
         힘이 세었다. 장사가 나면 삼족(三族)을 멸했기 때문에 부모는 그 아이가 잠
         을 잘 때 배 위에 콩, 팥, 다듬이돌 등을 올려서 죽였다. 장사가 나면 용마도
         난다는 속설 때문에 사람들은 용마가 나오는 것을 막기 위해 산 위에 쇳물을
         부었다. 그 때문에 그 이후에 연안 이씨 집안에서 아기들이 태어나면 한쪽 눈
         이 비정상이었다.

 가금2리에 이씨가 있는데, 여, 연안 이(李)씨. 연안 이씨네 장사가 났어
요.

 옛날에, 근데 우리 할아부지가 노냥, 우리 그, 선산이 그 저, 개곡리, 월
곶면 개곡린데, 아부지가 안 계시니깐 나 코 흘릴 적부터 데리구 다니셨
어. 그, 다니면서 얘기를 허시는데, 근데 거기에 인제 그. 가다 보면 논에,
바위들이, 그냥 큰 바위들이 많아요.

 "그 웬 바위들이 저렇게 많냐."고 그러면, 그전에 그, 장사가, 이씨네
장사가 났는데, 그 부모들이 옛날엔 큰일허면 떡을 해 왔거든요? 떡을, 인
절미 뭐, 골미떡, 그렇게 떡을, 상, 큰상떡이라구 해 갔는데, 그 떡을 지구
갈 걱정을 허니까, 그 장사가, 일곱 살짜리가,

 "아아, 아버지, 그 뭘 걱정허세요? 내가 지고 갈테니 걱정마세요."

 그러드러잖아, 일곱 살짜리가. 그래서 떡을 해 놨더니 이 눔이, 걸머지
고 지금 그, 유산 삼거리 있죠? 유산 삼거리 오다보면, 거기, 개울이 있어,
다리.

그거이 그전엔 다리가 없을 땐데. 그걸, 건너다 놓구서, 날라 댕기면서 메추리를 잡아서 한 꼬치를 뀄었더래는 거 아냐. 장사가. 그래서 그때두 그, 장사가 나면 삼족(三族)을 멸했대요. 그래 가지구 이거 크일(큰일) 났다, 이거 죽여야지.

이거 크일 났다 하면서 그날 와 가지고 죽이는데, 그게 콩 한 섬, 팥 한 섬, 다듬이돌. 고걸 올려놓구, 있으면 죽는대네, 그 장사가. 그, 자는 데다가 콩 한 섬, 팥 한 섬, 다듬이돌을 올려놓구 문을 잠근 거야. 그랬더니, 그냥 그, 죽을려고 기를 쓰는데, 콩가마가 올라갔다 내려갔다, 팥가마가 올라갔다 내려갔다 그러드래잖아요.

그래 가지구 왜 그, 장사가 나면 용마가 나잖아요. 용마가 난 자리를, 쇠를 끓여 부은 거야, 못 나오게. 그래 가지구 그, 용마가 날뛰는데, 아주 굉장했다고 그러시더라고. 그런데, 그 용말, 나온 데다가, 쇳물을 끓여서 용마를 죽여 가지구, 그 집이 애를 낳으면, 그 집안이. 다 눈이 하나씩 궂었어요, 이상허게.

근데, 지금은 인제, 세월이 많이 지나고 그래서 그런지, 인제 괜찮은데, 옛날에 그 시절에 난 분들은 눈이 하나가 꼭 궂었어.

그래서, 그 얘기를 노냥 허시더라고. 그런데, 그 장사가 화가 나니까, 거, 산에 올라가서 바윗돌을 팔매를 쏴서, 그렇게 그, 논바닥에 그, 돌이, 큰 놈의 돌이, 그 팔매, 장사가 팔매를 쏜 거라 그러시더라구. 거짓말인지, 진짠지, 허허허.

신돈의 백자천손(百子千孫)

자료코드 : 02_06_FOT_20090320_CJU_LBW_0002
조사장소 : 경기도 김포시 하성면 가금1리 484-32번지 이병욱 자택
조사일시 : 2009.3.20

조 사 자 : 김헌선, 최자운, 김은희, 변남섭, 시지은
제 보 자 : 이병욱, 남, 65세
구연상황 : 앞의 이야기가 끝난 뒤 제보자가 신돈의 백자천손 이야기를 아냐고 묻고, 조
　　　　　 사자들이 모른다고 하자, 이야기를 해 주었다.
줄 거 리 : 신돈이 사주팔자를 보니 백자천손(百子千孫)을 두어야 살 수 있는 팔자였다.
　　　　　 그래서 산 위에 구덩이를 파고 콩을 넣어두고는 미륵을 올려놓았다. 땅 속의
　　　　　 콩이 자라서 미륵이 올라오자, 그 자리가 명당이라 하여 그 자리에 절을 지었
　　　　　 다. 신돈은 그 절에 오는 여자들과 관계를 가져, 백자천손을 낳으려 했다. 그
　　　　　 런데 백한 명을 낳는 바람에 그 자리에서 죽고 말았다.

　그랬는데, 인제 그, 신돈이가 어, 팔자, 사주팔자를 보니까, 백자천손(百
子千孫)은 둬야 살 팔자라구 그러더라던 거야. 그래서 이 백자천손을 둔
데는 재간이 있어요?

　그래서 인제, 산에다가 산 위에다, 좋은 산을 맡아 가지고, 거기다 구대
이(구덩이)를 파 가지구, 콩을 그냥 들어부은 거야, 거기다. 콩을 들어붓고
미륵(돌부처를 말함)을 거 우에다(위에다) 갖다가 묻은 거에요.

　그러니까 콩이, 불어서 콩나물이 돼 가지고 자라잖아. 그니깐 미륵이,
이렇게 올라오는 게 보이거든. 콩나물 그냥 몇 가마를 그냥 해서, 이렇게
올라오는 걸 보니까,

　"하아, 여기 아주 그냥 참 좋은 자리라구."

　그 와서 이렇게 보니까, 이렇게, 이렇게 미륵이 올라오는 거야. 응? 그
래, 거기다 절을 진 거 아니에요, 그 신돈이가. 절을 지어 가지구, 오는 분
마다 오는 야, 여기는 아들 낳는 절이라구.

　그래 가지구, 소문을 내 가지구, 온 사람마다 자기가 그냥, 깔고 자고
그러는 거 아냐. 그래 가지구, 여기 왔다가 간 사람은 애를 낳으면 돌띠를
매라. 그래서 그 돌띠를 맨 거여.

　그 어느날 나가서 시어보니깐(세어보니까), 아들이 백한 명이라잖아. 백
명만 낳으면 괜찮은 건데, 백한 명이더래잖아.

그게, 백 허고 백 하나를 딱 세니까, 그냥 뇌성벽력을 해 가더니 그냥 아주 갈아 없어진 거지. (조사자 : 그 절이?) 그럼. 그래서 그. 백자천손이 래는 거야, 그이.

까치의 보은

자료코드 : 02_06_FOT_20090212_BNS_LYH_0001
조사장소 : 경기도 김포시 하성면 마곡2리 184번지 이영희 자택
조사일시 : 2009.2.12
조 사 자 : 김헌선, 최자운, 김은희, 변남섭, 시지은
제 보 자 : 이영희, 여, 71세
구연상황 : 많은 이야기를 보유한 것으로 판단이 되어 재미있는 이야기를 해 달라고 했더니 알고 있는 이야기 중의 하나를 구연해 주었다.
줄 거 리 : 서울로 과거를 보러가던 한 사람이 까치집을 공격하는 구렁이를 활로 쏘아 죽였다. 밤이 되어 어느 집에서 자게 되었는데, 그 곳은 구렁이가 바위를 집으로 바꾸어 만들어 놓은 함정이었다. 잠을 자던 중 목이 답답하여 깨어보니 선비의 몸을 구렁이가 칭칭 감고 있었다. 그 구렁이는 낮에 선비가 죽인 구렁이의 아내라며, 밖에서 종소리가 세 번 나면 살려 줄 것이고, 그렇지 않으면 죽게 될 것이라고 했다. 그런데 과연 종소리가 세 번 울려서 살게 되어서 종소리가 난 곳에 찾아가 보니, 낮에 살려준 까치가 머리로 종을 쳐서 그 사람을 살려준 것임을 알게 되었다. 까치가 선비의 은혜를 갚은 것이었다. 이 이야기는 치악산 상원사 동종에 관한 이야기와 유사한 형태이다.

선배가 과거보러 가는 얘기.

그데 인제 그냥, 서울로 과거를 보러 가는 길에, 그것도 옛날이라고 허시더구만. 근데 인제, 어데를 가는 산 고개를 넘어가니까, 까치가 그렇게 그냥 울드래요 그래서 이렇게 돌아다보니깐, 낭구(나무)에 까치집을 지었는데,

아, 그냥 큰 구렁이가 나무 위로 올라가면서 인제 잡아 먹을라구 그러니까, 까치들이 어미새가 막 짖는 거야. 그래 이 사람이 그냥 이걸 지나칠

수가 없어서 화살로 쏴서 죽였대요.

　그러구 인제 가는 길을 가는데, 해가 저물었대요. 근데 어디서 인제 하루 저녁을 자고 가게 돼서, 들어간 집이었는대도, 인제 그 한 쌍의 구렁이였대요. 근데, 그 인제 말하자면, 자기 남편이래니깐, 남자 구렁이갔지. 그러구선 인제, 하루 저녁을 새는데 가슴이 답답허구, 숨이 갑박하게 시져서 눈을 뜨니까 큰 구렁이가 자기 몸을 탁 감고 있드래요.

　그러면선, 응 자기 남편을 죽였다구, 자기가 인제 원수를 갚을려구 그렇게.

　"내가, 이 집은 집이 아니다. 바윈데, 내가 그렇게 했다!"구. 이제 사람을 오게끔 이용을 헌 거야. 그러면선 그 구렁이가 말하기를,

　"당신이 그 새를 진정 사랑을 했다며는, 응, 저기 바깥에서 인제, 종소리가 세 번을 울리며는 당신은 살 꺼구, 종소리가 아니 나며는 죽을 것이다." 구렁이가 그러더래요.

　아, 그러니, 느닷없이 자기가 거기 구렁이가 몸에 갬겼는데 누가 종을 쳐줄 사람이 있어요? 깊은 산중에? 아이 그래서 인제 '그렇구나.' 생각을 허구 인제 있는데,

　아, 밝아올 무렵에 그냥 아 종이 댕댕 울리드래, 세 번이. 그러더니,

　"아 정말 새를 사랑했다."고, 그러면서 인제, 그냥 자기는 간다고 하면서 구렁이가 스르르 풀어서 가드래요.

　아, 그래 이상도스럽다, 그러구, 인제 눈을 떠서 둘러보니까, 까치가 진짜 그냥 이렇게 머리가 으스러져서 바닥에 떨어져 죽었드래요. 그러니깐, 자기를 살려준 은인이라구, 죽게 됐으니깐 자기가 인제, 머리로다 종을 쳐시 울리게 헤 논 거야.

　그래서 아이, 새도 참 그렇게 은혜를 갚을 줄 안다는 그런 전설이래요. 그래서, 그 사람은 과거를 보러 또, 서울로 가고, 그렇게 허는 일이 잘 됐대요.

해와 달이 된 오누이

자료코드 : 02_06_FOT_20090212_BNS_LYH_0002
조사장소 : 경기도 김포시 하성면 마곡2리 184번지 이영희 자택
조사일시 : 2009.2.12
조 사 자 : 김헌선, 최자운, 김은희, 변남섭, 시지은
제 보 자 : 이영희, 여, 71세
구연상황 : 호랑이가 나오는 이야기가 있는지 물어보니, 이 이야기를 해 주었는데 오누이
　　　　　가 해와 달이 된 유래와 수숫대가 붉은 유래가 들어있다. 이 이야기 역시 외
　　　　　할아버지에게 들은 이야기라면서 들려주었다.
줄 거 리 : 한 어머니가 부자 집에서 일을 하고 아이들에게 줄 요량으로 수수범벅을 얻
　　　　　어 고개를 넘어오다 호랑이를 만났다. 호랑이는 떡을 다 빼앗아 먹고는 어머
　　　　　니까지 잡아먹었다. 호랑이가 아이들까지 잡아먹으려고 집에 왔는데, 남매는
　　　　　호랑이의 손을 보고 어머니가 아닌 것을 알고는 뒷문으로 도망쳐서 나무 위
　　　　　로 올라갔다. 남매가 하늘에다 살려달라고 빌자, 하늘에서 동아줄이 내려와서
　　　　　그 동아줄을 타고 하늘로 올라갔다. 호랑이도 남매처럼 하늘에 빌었더니 동아
　　　　　줄이 내려왔는데 썩은 동아줄이었다. 썩은 동아줄을 타고 올라가다 그만 줄이
　　　　　끊어져서 호랑이는 수수밭에 떨어져 죽었다. 호랑이 피가 묻은 수숫대는 빨갛
　　　　　게 되었고, 하늘로 올라간 남매는 남자는 달이 되고 여자는 해가 되었다. 전
　　　　　형적인 '해와 달이 된 오누이' 이야기이지만, 그 내용이 상당 부분 축소되어
　　　　　전승된 상황이라고 할 수 있다. 그러나 대체의 줄거리는 그대로 잘 남아 있
　　　　　다.

　그전에 그냥 어렵게 사는, 저기 한 저기 있었는데, 그냥 부잣집에 가서
일을 해야만 먹고 살고 아들허고 딸허고 둘을 뒀는데,

　그 어머니가 그냥 그날도, 부잣집에 가서 이제, 일을 해주고 수수범벅
이래는 게 있대, 이렇게 그냥 수수떡을, 수수떡을 했갔지요. 그렇게 인제
얻어 가지고 고개 고개 넘어오는데, 한 고개를 넘어오니까, 호랑이가,

　"그거 하나 주면 안 잡아먹~지." 그러더래.

　그래서, '아이고 우리 애들 갖다 줘야 되는데…' 생각허니까 안 잡아먹
는다니까 하나를 던져주고, 또 한 고개 넘으니까 또 의리없이 그러더래.

그러고 보니깐, 다 없어졌지요. 그래 그냥 할머니(어머니)가 그 호랑이한테 잽힌 거야, 잡아먹혔어.

그리고 이놈의 호랑이가 그냥 갔으면 되는데 또 애들헌테 가서 이제,

"애들아, 나 왔다, 문 좀 열라."고 문을 두드리니까 애들이,

'우리 엄마 목소리가 아닌데, 아닌데.' 인제 엄마를 기다린 거죠, 배가 고프니까. 아니라고 그러니깐,

"나는 저기 감기가 들어서 목이 쉬었단다, 그저 문 좀 열어달라."니까.

"그럼, 어디 손 좀 넣어보라."구 그러니깐, 그냥, 털이 북슬북슬허더래요.

그니깐 애들이 이제, '어머니는 아니구나.' 이러고 인제 뒷문으로 빠져서 그냥 달아나다 보니깐, 나무에 인제 있어서 그리 기어 올라갔대요. 기냥 기어 올라가니깐, 호랑이는 쫓아오구, 아 그래서 낭구(나무)에 가서 남매가,

"하느님, 하느님, 나를 살릴려면 새 동아줄을 내려주시고 우리를 죽이려면 헌 동아줄을 내려주세요." 그러고 빌었대요.

그랬더니 진짜 하늘에서 새 동아줄이 내려오더래. 그래서 거기를 타서 남매가 하늘로 올라갔으니, 호랑이도 역시 그걸 쳐다보곤,

"하나님, 하나님 나를 살리려면 인제, 새 동아줄을 내려 보내주시고, 헌 동아를, 죽이려면 헌 동아를 내려 보내주세요." 그랬더니,

동아줄이 하나 남았는데, 그냥 새 동아줄인지 헌 동아줄인지 몰르고 타고 올라가다가, 거기가 수수밭, 수수밭이래요. 거기가 탁 떨어져서 죽었대요.

그래 가지고 호랑이는 그 수숫대에 뻘건 거, 그게 호랑이 피라고 그러시고, 하늘로 올라간 남매는, 남자는 밤에도 무섭지 않다 싶어서 달이 되고, 여자는 밤길이 무섭다 해서 해가 되고, 그렇게 됐대요. 그거에요, 허허허허.

욕심 부려 죽은 불효자

자료코드 : 02_06_FOT_20090212_BNS_LYH_0003
조사장소 : 경기도 김포시 하성면 마곡2리 184번지 이영희 자택
조사일시 : 2009.2.12
조 사 자 : 김헌선, 최자운, 김은희, 변남섭, 시지은
제 보 자 : 이영희, 여, 71세
구연상황 : 효자와 불효자에 관한 이야기가 있는지 물어보니 구연해 주었다.
줄 거 리 : 나무를 해서 팔아먹고 사는 한 가난한 집에 아이가 있었다. 하루는 그 아이가
산에 가서 어떤 나무 밑을 긁으니 감이 떨어졌다. 효자는 혼자 먹지 않고 감
을 하나씩 주우면서 식구들 한 사람씩 몫을 따로 챙겼고, 집으로 가져가서 모
두 함께 나누어 먹었다. 소문을 들은 이웃의 욕심쟁이 친구가 그 장소를 물어
서 찾아갔다. 그 나무 밑에 가서 긁으니 역시 감이 떨어졌는데, 욕심쟁이는
혼자 많은 감을 다 먹어버렸다. 그런데 감을 먹느라 해가 지자 호랑이가 나타
나서 욕심쟁이를 밤새 끌고 다니다가 결국 욕심쟁이는 죽었다고 하는 이야기
이다. '도깨비와 개암나무 열매' 이야기와 유사한 것으로 개암나무 열매 대신
감으로 대체되었고, 도깨비 대신 호랑이가 등장해서 욕심쟁이를 징치하는 것
으로 변형되었다고 할 수 있다.

그것도 인제, 가난허니까, 낭구(나무)를 해다가, 인제 팔아서 먹고 사는
집이었는데, 근데 그 아들은 그냥 공부도 못 배우고 맨날 산에 가서 낭구
를 긁어다가 팔고 인제 그렇게 가정에 어무니 말을 잘 들었나 봐요.

그러는데 하루는 그냥 추운 땐대도 나무를 산 속으로 가니까, 그게 그
냥, 긁으니까, 낭구도 많이 긁어지고 감이 뚝 떨어지더래요. 그래서 그 아
이는 그냥, 자기도 먹고 싶었갔지요. 근데도, 안 먹어.

'아이고, 아버지 드려야지.' 그리고 또 긁으니까 또 떨어지고. 그래 또,
인제 또, '어머니 드리고 가족을 다 준다.'고 순서를 다 해 놨대요.

그래서 한 보따리고. 낭구도 그냥, 긁으니까 금세 한 짐이 돼서, 그렇게
지구선 인제 와 가지고 가족들헌테,

"그, 감이 떨어져서 이렇게 가져왔다!"니까, 그렇게 참 구현(귀한) 거를
먹으니까 얼마나 좋았겠어요, 식구들이, 어려운 집에.

그래 가지고 그게 마을에 퍼지니깐, 아, 그, 이웃집에 욕심쟁이 친구가 와, 찾아와서,

"어디쯤에서 그렇게 그런 걸 주었냐?"고. 그래서,

"아무데 산골짜기 가니깐, 그, 나무에서 떨어지더라." 그니깐 아주 그냥, 혼자 그냥, 그냥 저 찾아간 거예요, 거기를.

그래 가지고 진짜 그 밑에 가서 긁으니깐, 아 감이 진짜 떨어지더래. 근데 이 욕심쟁이는 누구 준대 소리도 없고 자기만 끝까지 배가 부르도록 먹은 거야.

(조사자 : 그 자리에서 그냥 먹은 거예요?) 그냥 떨어지는 대로 다 먹은 거예요. 그러다 그냥 그거 인제 나무도 못 허고 그러다가 해가 졌대요.

그러게, 사람이 너무 욕심을 부리고, 부모에두 그런 효도두 없고 그러니까, 밤새도록 호랑이가 끌고 댕겨, 그냥 죽었다는 얘기야. 그래서 부모한테두 잘 해야 되구, 효자 된대는 그런 얘기였어요. 그게.

우렁 각시

자료코드 : 02_06_FOT_20090212_BNS_LYH_0004
조사장소 : 경기도 김포시 하성면 마곡2리 184번지 이영희 자택
조사일시 : 2009.2.12
조 사 자 : 김헌선, 최자운, 김은희, 변남섭, 시지은
제 보 자 : 이영희, 여, 71세
구연상황 : 선녀가 내려와서 나무꾼이 옷을 숨겼다는 이야기가 있는지 물어보니 이 이야기를 해 주었는데, 우렁이가 자신의 상황을 남자에게 이야기하고, 다시 하늘로 올라가게 된 상황이 특이했다.
줄 거 리 : 하늘에서 노여움을 타 도를 닦으러온 선녀가 있었다. 선녀는 나무꾼 집의 물동이에 우렁이가 되어 숨어서 살면서 매일 나무꾼의 밥을 해 주었다. 이를 이상하게 여긴 나뭇꾼이 숨어서 살펴보다가, 선녀를 발견하고는 여기서 같이 살자고 하였다. 사람 눈에 띈 선녀는 결국 30년을 채우지 못하고 하늘나라로

올라가고 말았다. '우렁 각시' 유형의 이야기로 남녀 주인공의 결연으로 결말이 이어지지 않고, 여자가 다시 하늘로 올라가서 두 사람이 결별하는 변형이 있다.

하늘에서 돌(도를) 닦으러 내려온 거지만, 그 각시가. 그런데 그거 저 그, 그 여자도 도를 닦기 위해서 나려온 건데, 그걸, 저기 말하자면 뭐냐, 그 기간을 못 참았대는 거지, 인제, 몇 년이 기한이 돼서 하늘에서 내려온대는데.

그런데, 그, 물독에다가 우렁이를 잡아다 넣었대요. 그러는데 그건 나도 참 자세히는 몰라도, 인제 흐미허게 아는데. 그 역시 어려우니깐, 일을 해 먹어야 사는 세상이니까. 갔다 오머는 그냥, 누가 이렇게 밥상을 그냥 이렇게, 아주 금세 김이 나는 밥상을 봐 놓더래요.

그래서 진짜 그냥 어려운대도 그걸 먹구 먹구 일을 댕겼나 봐요. 그래 하루는 그냥 그 나무꾼이, '아휴 우리 집에 누가 와서 해 줄 사람도 없고, 갖다 줄 사람도 없는데 누가 여일이 이렇게 때를 차려서 해 주나?' 싶어서 어디가 숨었대요.

그랬더니 보니까, 아주 이쁜 각시가 항아리 속에서 나오드래. 부엌에 물동이가 있었는데. 아 그래서, 어유 너무도 세상에 눈이 부시고 그런 사람을 못 봤는데, 이렇게 나와서 그래서 그걸 저기 나타났대나 봐. 자기가.

그랬더니. 참 그러면서 사람의 눈에 띄지 않게 몰래 해 주는 건데. 그래 가지구서는, 아주 그러면선 그냥 들어갈려고 그러는 걸, 그냥,

"여기서 살라!"고 그러니깐 자기는 하늘의 선년데, 선녀의 무슨 노여움을 타서 인간 세상에 나가서 그렇게 도를 닦으라고 그래서, 우렁이가 돼서, 나와서 여기 댕기다, 그, 이렇게 갈 데가 없어서 거기 와서 그렇게 인제 기간을 때는 거죠.

몇 년 인가, 한 3년이나 되는 고렇게 되는 기간을 때우는데, 고 동안을 못 참아 가지고, 그냥 해 주는 밥이나 먹었으면 따뜻한 거, 노냥 얻어먹을 텐데, 못 참아서 하늘나라로 갔대잖아.

나무꾼과 선녀

자료코드 : 02_06_FOT_20090212_BNS_LYH_0005
조사장소 : 경기도 김포시 하성면 마곡2리 184번지 이영희 자택
조사일시 : 2009.2.12
조 사 자 : 김헌선, 최자운, 김은희, 변남섭, 시지은
제 보 자 : 이영희, 여, 71세
구연상황 : 나무꾼과 선녀에 관한 이야기가 있는지 물어보니 이 이야기를 구연해 주었다.
줄 거 리 : 나무꾼이 포수에 쫓긴 사슴을 구해 주었다. 사슴은 목욕하는 선녀의 옷을 가
　　　　　 져가서 같이 살라고 하며 아이가 셋이 되면 옷을 내주라고 하였다. 그러나 나
　　　　　 무꾼은 죄스러운 마음에 사슴의 말을 저버리고 아이가 둘 밖에 되지 않았는
　　　　　 데 날개옷을 주고 말았다. 그랬더니 날개옷을 입고 아이들을 데리고 하늘로
　　　　　 올라가 버렸다. 제보자는 이 이야기를 약속을 지키지 못한 나무꾼의 이야기로
　　　　　 기억하고 있었다.

　노루가, 인제 나무꾼이, 산에를 인제 가서 나무를 허는데, 그냥, 사슴
한 마리가 그냥 포수에 쫓겨서 그냥 달아 뛰어오더래요. 그러면서 그냥
어쩔 줄 몰라서 낭구 긁은 데다가 묻어주었대요. 그랬더니, 금세 뒤쫓아
서 포수가 왔대요. 그 전엔, 총 쏘는 사람을 포수라 그랬어.

　그래서 인제 그거, 포수가 인제, 지나간 연에, 간 연에서 반대쪽에,

　"저 쪽으로 뛰어가는 것 같다." 그러고선 반대쪽으로서 걸로 돌려보내
고서, 그 사슴이 나와서 인제 가라 그러니깐,

　"나를 살려줘서 참 고맙다!"고. 그러면서, 그냥,

　"저기 어느 산골짜기에 저기, 뭐시, 뭐야, 선녀가 목욕을 하는데, 옷을
하나 갖다가 감춰두면는 결혼도 허고 인제 같이 잘 살 수 있을 거라. 근
데, 내가 한 가지 부탁을 헐 거는, 아이를 셋을 나면 그 옷을 내 주라!"
그랬어요.

　그래서 인제 진짜 가니까 선녀들이 목욕을 허는데 옷을 하나, 한 벌 가
지고 내려왔대요. 그래서 보니깐, 다른 선녀들은 다 올라가는데 못 가고
울고 있으니깐, 자기네 집으로 데리고 온 거예요.

그래서 인제, 같이 살게 됐는데 아이를 하나 낳고 또 하나 낳고 둘을 낳대. 그리고 너무 궁금허니깐, 이제 하늘나라에도 못 가고 자기가 또 이렇게 죄스러운 생각도 있갔지.

날개옷인데 그걸 못 쥐 가지고, 자기가 이젠. 그래 인제 아이를 셋을 두라는 걸, 노루가 헌 걸, 그냥 너무 잊어버리고 좁은 생각에 옷을 내 줬대요. 그랬더니 그냥 너무 좋다 그러고, 아이를 양쪽으로 끼구선 하늘나라로 올라갔어.

그걸 저기, 지키질 못해서, 약속을. 그래서 그냥 그 선녀도 잃어버리구, 그 아이도 잃어버리고, 그렇게 그랬다는 거예요. 그러니깐 그런 약속이래는 거를 잘 지켜라, 그런 뜻이래요.

밥풀꽃 이야기

자료코드 : 02_06_FOT_20090212_BNS_LYH_0006
조사장소 : 경기도 김포시 하성면 마곡2리 184번지 이영희 자택
조사일시 : 2009.2.12
조 사 자 : 김헌선, 최자운, 김은희, 변남섭, 시지은
제 보 자 : 이영희, 여, 71세
구연상황 : 밥을 많이 먹어서 쫓겨난 마누라나 며느리 얘기나 있는지 물어보니 이야기해 주었다.
줄 거 리 : 시어머니가 며느리에게 시집살이를 심하게 시키고는 밥을 많이 먹는다며 발로 찼다. 며느리는 밥풀이 붙은 채로 나가 떨어져서 죽었고, 죽어서 밥풀꽃이라는 꽃이 되었다고 한다. 우리나라에 많지 않은 꽃 유래담이다.

하도 밥을 먹어서 그냥, 밥을 많이 먹어서, 뭐, 해서 뭐, 음, 밥풀꽃이 됐대잖아, 며느리가.

발로다 차서 저만큼 떨어져서, (조사자 : 시어머니가 그래서?) 예, 구박을 하고 밥 많이 먹는다고, 밥풀꽃이라는 꽃이 있대요. 밥 먹다가 입에 붙

어가지고 된 꽃이 있대. (조사자 : 밥풀꽃~.) 예,

너무 시어머니가 그냥 심하게 시집살이를 시키고 밥 먹었다고 그냥, 그냥, 뭐, 발길로 찼대나 어찌게 돼서 나가떨어진 게 꽃이 됐대요.

세상에, 그렇게 어려워 가지고 그렇게 됐으니. 아유, 옛날에는 그렇게 먹을 것도 없어 가지구.

콩쥐 팥쥐

자료코드 : 02_06_FOT_20090212_BNS_LYH_0007
조사장소 : 경기도 김포시 하성면 마곡2리 184번지 이영희 자택
조사일시 : 2009.2.12
조 사 자 : 김헌선, 최자운, 김은희, 변남섭, 시지은
제 보 자 : 이영희, 여, 71세
구연상황 : 옛날 어른들께 들었다고 하며 콩쥐 팥쥐 이야기를 해 주었다.
줄 거 리 : 콩쥐의 어머니가 돌아가시자 팥쥐라는 딸을 하나 데리고 계모가 들어왔다. 계모는 온갖 집안 일을 콩쥐에게만 시켰으나, 밤에 아버지 앞에서는 콩쥐에게 잘하는 척 했다. 그런데 새가 와서 벼를 까 주기도 하고, 무엇인가가 갈땅밭도 매 주며 콩쥐를 도와주었다. 어느날 계모가 팥쥐만 데리고 구경을 갔다. 콩쥐는 어머니 장롱에서 옷과 신발을 꺼내 입고 사또 행렬을 보러갔다가 그만 신 한 짝을 떨어뜨리고 왔다. 사또는 그 신 한 짝을 주워서 결국 주인인 콩쥐를 찾았고, 그 둘은 혼인하고 잘 됐다. '콩쥐 팥쥐' 유형의 이야기로 사또와 콩쥐의 결연으로 끝나고 있어서, 혼인 후 콩쥐의 죽음과 팥쥐와 계모의 징치는 결락되어 있다.

콩쥐래는 딸을 하나 낳고 어머이가 죽었잖아요. 죽어 가지고 계모를 하나 읃었는데 그렇게 구박을 허는 거예요. 그, 그, 팥쥐라는 건 어머니가 하나 데리고 들어온 거고.

근데 그냥, 일을 시켜두 그냥, 개는 안 시키고 그냥 콩쥐만 그냥 갈땅밭을 매라고, 남의 험으루다 갈땅밭을 이젠, 그냥 허라 그러면 그러고 팥

쥐만 데리고 어딜 가는 거예요.

근데 아버지는 바깥에 사니깐, 바깥일을 허니깐 그냥 어딜 댕기셨는지 하여튼 그런 건 못 보셨어. 그래서 인제 그냥, 저녁이면 잘한 척 허고 인제, 콩쥐한테두 잘 한 것 마냥 그렇게 허구.

그렇게 세월을 가는데. 또 어디 가기만 하고. 베(벼)를 찧어놓으라 그러면 그냥, 어떻게 벼를 찧어. 그니까 큰 멍석에다 하날 널어놓고 그러면 그냥, 새가 재재재재 와서 그냥, 멍석으로 하나 가득 앉았어 그냥.

"아이, 느이들은 그, 다 먹으면 어떡하냐!"

그러믄 그래두 ○○○○ 쫓으면 다 까놓고 간대. 그러면 날래비질도 헐 거 없이 홀딱 날라 가고. 그렇게 그냥 새도 도와줬대는 거여. 아유, 그리구 인제 갈땅밭을 매면 또, 그, 그것도 뭐이가 와서 매 줬다는데.

그건, 그리구 하루는 뭐야, 딸을 데리고 어디 구경을 간다고 팥쥐 어머니가, 팥쥐만 데리고 간다고 그러는데, 어느 참 사또가 온다고 그랬나? 그런 행렬이 있었대요.

그래 인제, 저는 갈 데도 없구 그래서 구경두 하고 싶은데 옷이 없어서, '나는 뭘 입구 가나?' 생각하고서는 있는데, 그렇게 어머니 장롱은 하나 있었나 봐요.

'어머니 장롱 열면 옷이 있다.'고 귀에 들리드래요. 그래서 장롱문을 여니깐 아주 예쁜 옷이 진짜 한 벌 있더래요. 그래서 그거를 꺼내서 입구 신발두 세상에 없는 꽃신이 있구, 그래서 인제, 그거 신고 이렇게 가서 인제 옆에서 이제 조만큼 바로 인제, 그, 행렬이 자기 앞으론데 이 쪽으론 개울이구 인제 이렇게 길을 가는데, 아 너무 그냥, 급히 쫓겨 가는 그냥, 바람에 꽃신이 하나 물에가 떨어졌대요.

그래서 그, 저, 행렬 타고 가는 그, 사또가 너무 그냥 눈에 번쩍번쩍 기냥 빛나고 그래서, 아유,

"저 신을 건져라!"

그랬더니 인제 건져 가지구, 그거, '신발 임자를 찾으라'구. 인제, 영을 내렸어요. 그랬는데 그저 다들 아니라구 그러는데, 팥쥐는 제 신발이라구 가서 땀을 뻘뻘 흘리면섬 맞지도 않는 거를 발에다 끼우구. 인제 임자가 아니라구 그냥. 팥쥐는, 콩쥐는 제 신이래두 그걸 나서서 말을 못허는 거야.

그래서 인제, 그래 가지구 그걸 다시 조사를 해서 나오는 사람들이 발에 신겨보구 뭐 그러니깐, 팥쥐 신은, 콩쥐 발에다 신으니까 꼭 맞드래요. 그래서,

"고 짝으로 어디 한 짝은 있냐?"니까

어디다 감춰 놨다 내 놓니까 짝이 맞았어요. 그래서 그 사또가 불러들여서 그렇게 혼인을 허구, 그렇게 잘 됐대는 얘기.

귀신 원한을 풀어 준 담력 센 원님

자료코드 : 02_06_FOT_20090212_BNS_LYH_0008
조사장소 : 경기도 김포시 하성면 마곡2리 184번지 이영희 자택
조사일시 : 2009.2.12
조 사 자 : 김헌선, 최자운, 김은희, 변남섭, 시지은
제 보 자 : 이영희, 여, 71세
구연상황 : 제보자가 이야기를 하던 중에 이 이야기를 미리 생각을 하고 있었던지 바로 구연해 주었다.
줄 거 리 : 어느 고을에 원님이 부임하면 하루를 넘기지 못하고 모두 죽었다. 그러던 중 담력이 센 사람이 자청하여 그 고을 원님으로 가게 되었다. 새로 부임한 그 원님이 한밤중까지 촛불을 켜놓고 기다리자 바람에 촛불이 꺼지며 하얀 소복을 입은 여인이 마침내 나타났다. 원님이 호통을 치자 소복 입은 여인이 절을 하며, 자신의 억울한 죽음으로 인해 맺힌 한을 풀어 달라고 했다. 자신은 젊어서 수절을 하고 있었는데 어떤 못된 놈이 자신을 쫓아다니다가 반항하자 붙잡아 묶어서 연못에 빠뜨려 죽였다고 했다. 원님은 귀신이 간 후에 벌레 먹은 배 잎사귀를 보고 배씨 성을 가진 사람들을 문초하여 범인을 잡았다. 그리

고 연못 속에서 시체를 찾아 양지바른 곳에 잘 묻어주었다. 그래서 아무 탈 없이 잘 지냈다는 이야기이다.

어느 저 고을에 그, 저, 원님이라는 사람. 지금 말하자면 군수 그런 사람들인데, 그 고을에 인제 원님이, 그 마을 가서 인제 내려오시는데, 그 고을에 가기만 하면 그 사람이 하루 저녁을 못 자고 돌아가셔, 그 고을에.

아 그래 큰(많은) 사람들이 정말 희생을 당하구 그러는데, 어느 한 사람이,

'그렇게두 하루 저녁을 못 이기구, 그렇게 가는 수가 있나?' 싶어 인제 자청을 해서,

"내가 가리다." 그러구 이제, 마음이 단단하고 억센 사람이 이제 가기루 작정을 허구 이제, 내려왔어요.

아 그래 인제, 사람들 보러 원인을 몰른대는 거야. 그래서, 아이, 이제, 그냥, 참, 그 전에 전등불도 없으니까 촛불을 사방에 인제 켜 놓고 이렇게 인제 바깥에서두 지키는 사람들두 다 있갔지, 그래.

그렇게 허구 있는데 그냥, 한밤중쯤 되니까 촛불이 그냥 바람에 그냥 불더니 그냥 다 꺼지데래요. 그러더니 문을 열고 그냥 하얀 소복 된 여인이 들오드래요. 그래서 그냥, 근데 그거 들어오는 거를 다른 인제 원님들은 그냥 나자빠져서 정신 잃어 죽는 거야, 무서워서. 귀신이지요. 아, 그런데 이 사람은 이제 그냥, 호통을 허는 거야.

"사람이냐? 귀신이냐? 귀신이면 썩 물러가라!"구 호통을 허니깐 다소곳이 절을 허드래요. 앉아서. 그래서,

"니가 이 밤중에 왜 왔느냐?" 그러니깐,

"저는 소원을 하나 풀어달라구. 오는 원님마다 내 소원을 말하고 싶어서 오믄. 그냥, 말도 못 들어보고 그냥 획 간대는 거야." 근데,

"오늘날에 이렇게 그냥 정말, 원님을 만나서 너무나 고맙다."고.

"낼, 저, 한을 풀어달라."구 그더래요. 그래,

"무슨 한이냐?" 그러니까는,

"나는 젊어서 남편을 잃었는데, 내가 수절을 허구 있는데, 어떤 못된 놈이 나를 해꼬지 해서, 내가 그냥, 그냥 피해 대니다 그 놈이 나를 붙잡아서 저를 꽁꽁 묶구 연못에 빠뜨렸다."구.

"내 시신이 거기 있는데. 그래서 나를, 내 소원을 좀 들어주십사 하고 제가 이렇게 그냥 무릅쓰고 왔다."구 그러드래요.

"그러면 말을 해 봐라." 그러니깐,

"그냥 내가 사라지믄 거기에 그 사람의 저기가 있을 거라"구, 그러곤 다시 인사를 허구 다시 그냥 나가드래요.

근데, 그래서 나가서 다시 불을 키고 보니깐 배 잎새귀가 벌레가 쪼끔 먹구선 배 잎새귀 하나만 흔적이 있고 아무것도 없더래요.

그래서 그 원님이 생각허기를 '성을 알아? 뭘 알아? 이름도 몰르구 한을 풀어달라니.' 이 글로다가 풀었대요. 그랬더니 배, 배씨, 배씨래는 게 나오고 벌레가 조금 먹었다 해서 인제 거기에 글을 찾았대요.

그래서 그런 사람들을 다 불려 들여 가지고 문초를 했더니 한 놈이, 그냥 불드래요. 그래서 그 사람을 잡아서 그 연못을 보니깐, 정말 시체가 하나 있드래요.

그래서 그냥 양지쪽에다 잘 묻어서 정말 그래 가지구, 그 나라가, 그 군 저기가 아무 탈없이 아주 무사허게 지냈대는 그런 얘기래요.

(조사자 : 그 배씨 그 사람은 이 여자를 왜 죽인 거예요?) 아유, 혼자서 사니깐 얕보고 지가 인제 지금으로 말하면 성폭행 헐려고 그랬갔지. 그러니깐 그 여자가 반항하고 수절허는 여자가 그냥 보니깐 자꾸 쫓아댕기다 죽인 거야, 말을 안 들으니까. 그래서 갖다 내버린 거이.

장자못 전설

자료코드 : 02_06_FOT_20090212_BNS_LYH_0009
조사장소 : 경기도 김포시 하성면 마곡2리 184번지 이영희 자택
조사일시 : 2009.2.12
조 사 자 : 김헌선, 최자운, 김은희, 변남섭, 시지은
제 보 자 : 이영희, 여, 71세
구연상황 : 중이 시주를 왔는데 주인이 보시를 잘 해서 복을 받았다든지 아니면 못해서 벌을 받은 이야기가 있는지 물어보니 해 주었다.
줄 거 리 : 동냥도 주지 못하게 하고 심지어 쇠똥을 주는 못된 부자 구두쇠 할아버지의 집에 며느리가 있었다. 그 며느리는 시주 온 중에게 몰래 쌀을 주었다. 그랬더니 중이 며느리에게 언제 산으로 올라가라고 일러주었다. 그랬더니 홍수가 나서 집이 떠내려가서 구두쇠는 죽고 결국 시주를 한 며느리만 살았다. '장자 못 전설'인데 며느리가 유일하게 살아남는 결말에 변이가 있는 이야기이다.

그, 부자집의 며느리는 그것도 참 있어, 참.

그 부자집에, 아주 부자집인데 중이 시주를 허라고 요렇게 목탁을 두드리니깐. 그 할아버지가, 그 집이가 아주 구두쇠래요. 구두쇤데 그냥, 동냥도 못 주게 헌데.

근데 하도 그냥 목탁을 두드리구 가지두 않으니깐 인제 시아버지 몰래 갖다드렸대. 시주를 했대. 그랬더니,

"아무 날, 몇 시에 그냥, 집에 있지 말고 그냥 어디 산에 올라가 있으라."고 그러더래.

그래서 진짜 그 말을 듣구 그냥 올라갔대요. 그랬더니 홍수가 나서 그 집이 그냥 금세 다 떠내려가고.

그러니까, 그 구두쇠가 준대믄 쇠똥을 담아주고 그렇게 못되게 굴었대. 그래 가지구 그냥, 그것두 인제 며느리가 쌀을 준 거는 몰래 줘 가지고 그렇게 며느리만 하나 살게 하구, 그 집은 홍수에 다 떠내려갔대.

그렇게 못된 짓 허믄 벌을 받는대는 그런 뜻인지. 그런 일이 있었대요.

여우 누이

자료코드 : 02_06_FOT_20090212_BNS_LYH_0010
조사장소 : 경기도 김포시 하성면 마곡2리 184번지 이영희 자택
조사일시 : 2009.2.12
조 사 자 : 김헌선, 최자운, 김은희, 변남섭, 시지은
제 보 자 : 이영희, 여, 71세
구연상황 : 아이가 없어서 아이를 갖게 해 달라고 빌었는데, 여우가 변하여 아이로 태어
난 이야기가 있는지 물어보니 재미있게 구연해 주었다.
줄 거 리 : 딸을 하나만 있게 해 달라고 빌던 어머니가 절에서 예쁜 각시를 보고 속으로
그런 여자아이를 낳게 해 달라고 빌었다. 절에서 내려와서 태기가 있어 딸을
낳았다. 그 애가 자라며 집안의 말과 소가 자꾸 죽어 가세가 기울자 하인들을
시켜 범인을 잡도록 지키게 했지만 번번이 실패하고 만다. 어느 날 그 아이의
오라버니인 막내아들이 몰래 살펴보니 그것은 여동생의 짓이었다. 부모에게
동생의 일을 말했지만 도리어 야단을 맞고 방랑을 떠난다. 그 딸은 백년 묵은
여우였다. 몇 십 년이 지나 집이 궁금해서 고향으로 되돌아가던 길에 한 스님
을 만났다. 스님은 오라버니에게 하얀 병, 검은 병, 빨간 병을 주며 위험할 때
던지라고 일러주었다. 고향에 돌아 가보니 동네는 온통 폐허가 되어 있었다.
언덕에서 내려다보고 있자니 어느새 누이 동생이 오라버니를 보고 쫓아왔다.
도망을 치며 여동생에게 스님이 준 병 세 개를 차례대로 던져서 결국 불에
태워 죽였다. 이후로 그 아들은 집안을 일으키고 잘 살았다고 한다. 전형적인
'여우 누이'형 설화이다.

그 전에 인제, 그 어느 부잣집이 있었는데 아들만 있고 딸이 없대요.
그래서 이제 그 어머이가 절에 가서 그 탑을 이렇게 뱅뱅 돌면서, '그저
딸 하나만 있게 해 주십사.' 하고 그냥 그냥, 빌었대.

그래 가지구 갔다 오니깐, 거기 인제 그리고 아주 이쁜 각시가 하나 지
나가더래요. 그래서,

'아유 저런 아가씨나 하나 낳았으면 얼마나 좋갔나.' 그러구 빌다가 실
컨 바라봤는데, 내려오면서 태기가 있어서 인제 애기를 낳는데 딸을 낳대
요.

근데 그 집이 아주 부자집인데 그 애가 자라면서는 자꾸 그냥 말이고 소고 그냥 날마다 죽드래요. 아유, 그래서 인제, 그 집이가 자꾸 기울어진대 행세가. 그래서,

'아휴 어떻게 해야 되나?' 하고 여러 사람을 그냥 하인들을 시켜서 지키래도 잡는 사람이 없는 거야.

그래 인제 그 아들이 하도 이상스러워서 인제, 저기, 그러니깐 저희 껀다 잡아두 그냥, 남의 것도 해치구 그러나 봐. 그래 인제 그 아들이 어디 간다 하고 어디 숨어서 이렇게 보니까, 아 외양간에 들어가더니 그냥, 제 동생이라는 게 그냥, 소 창세기를 끄내서 그냥 먹으니까 소가 그냥 쓰러져 죽고.

(조사자 : 누구요? 그 딸?) 딸 하나 난 거이, 그러니까 여동생이지, 그래서 인제. 그걸 지 아부지한테 몰래, 그 인제 아무개 이름을 불렀갔지.

"걔가 그런 짓을 허더라. 그러니까는 어디루 보내든지, 내쫓아든지 해야 된다."구. 그러니까는 그냥 어머이 아부지가,

"세상에 동생 하나 난 걸 그렇게 구박을 하고 그런 소릴 한다."구.

그냥, 쉬쉬 허먼서 야단을 하니까, 누구한테 얘기 한 마디도 못허구 아휴 그냥, 부모가 반대를 허니깐 알면선도 저는 집이가 있을 수가 없더래요. 그래서 바랑을 메고 방랑하러 나갔어요. 집을 떠났어요.

그래 인제 그 딸은 커서 자라고, 집에 있는 짐승은 다 잡아먹고 남의 것까지 다 해치는 일이야. 그게 백년 묵은 여우예요. 근데 그게 인제 탑을 돌다가 지나가는 걸, '저런 거 하나 낳았으면 좋갔다.'는, 그 듣구선 인제, 홀려서 인제, 애기를 낳게 맨들었던 거지.

그래 가지구 그 집이 들어와서, 그렇게 그냥 집안을 다 망하고, 이웃집까지 다 해서 인제 아주 다, 정말 없어지게 다 맨들어 놓은 거야.

그래 인제 이 아들은 어디 어디를 그냥 가서 하여튼 몇 십 년이 됐나 부대요. 그래서 부모 생각두 나고 해서 고향에 한 번,

'부모가 어떻게 사시고 집은 어떻게 됐나?' 해서 오는데, 오는 도중에 스님을 만났대요. 그래 스님이,

"어데를 가느냐?"니까,

"고향 부모님도 궁금허구, 고향이 어떻게 됐나도 싶어서 가는 길이라."구 그러니까는 스님이,

"가기가 어려울텐데." 그러면서 그냥 좀 망설이시더래요. 그래서,

"그러면 어떻게 해야 되갔냐?" 하니간.

"내가 방법을 아르켜 줄 테니까 그걸 꼭 지키라."구. 그래서,

"그리면 어떡하냐?" 하니까. 이렇게 빨간 병, 또 껌은 병, 또 파란 병, 아니 하얀 병 그렇게 셋을 주드래요. 그래 가지고선,

"가주구 가면은 위험할 때는 어떤 거, 어떤 거 던지라."구, 그렇게 그러더래요. 글쎄 인제 짊어지고 인제, 몸에다 품고 갔대.

가서 보니깐 그, 자기네 동네 사람도 하나두 없구 아주 그냥 다 동네 사람이 무슨 여 그냥 저기, 다 숲이 돼 버리구, 세상에 아주 그냥 망했더래. 동네도 그렇고 저희 집두 그렇구.

'아이 저것이 살아서 저렇게 많은 사람을 해코지 했구나. 아이 세상에 저럴 수가 있나?' 하고 언덕에서 이렇게 내려다보고 있는데, 어디서 봤는지 굴을 인제 파고 있는 거야, 그것이. 아유, 그 속에서. 그래 가지구,

"오라버니, 오라버니." 하고 뛰어오더래요. 그거 하나 인제 마저 없애질 못해서. 아, 거진 다 오드래.

그래서 그냥 그 때인제 저기를 하얀 병을 던졌대. 그랬더니 물이 그냥 쫙 퍼져서 그냥 강이 돼 버렸대요. 그러니깐 그냥 히엄을 치면서 쫓아오더래요. 아, 그래 인제 또 그냥, 어디만큼 자꾸 쫓아오니까 이번에는 거무스름하니까 아주 가시밭이 됐대, 그냥.

"아이구 따갑다." 하면서 어떻게 잘 쫓아오는지 모르겠드래요. 그 오라버이 하나 남은 것두 마저 없앨려구. 아유 그래서 그냥 이번에는 그냥, 빨

간 걸로 하니까 불바다가 됐대. 불바다가 돼 가지고서는 그냥,

"뜨겁다!" 그러더니 타 죽었대.

그래 가지구 그걸 아주 없애 버리고.

그 인제, 아들은 그래두, 그 아들이니까 다시 집안을 일으키고, 자기 그냥 아이 낳고 잘 해서 집안을 일으켰대는 거야.

바보 신랑을 도운 여우 아내

자료코드 : 02_06_FOT_20090212_BNS_LYH_0011

조사장소 : 경기도 김포시 하성면 마곡2리 184번지 이영희 자택

조사일시 : 2009.2.12

조 사 자 : 김헌선, 최자운, 김은희, 변남섭, 시지은

제 보 자 : 이영희, 여, 71세

구연상황 : 버들 신랑의 이야기를 들어본 적 있는지 물어보니 다른 유형인 이 이야기를 해 주었다.

줄 거 리 : 백년 묵은 여우가 예쁜 색시로 변해 홀어머니와 사는 바보의 집에서 같이 살게 되었다. 색시는 구슬을 구해다 남편보고 읍에 가서 팔게 하여 그것으로 집안 형세가 늘어갔다. 그렇게 잘 사는 것을 보고 바보의 어머니는 돌아가셨다. 그런데 그 구슬은 큰 무덤에서 파낸 것으로, 그때 산소를 파헤치는 것이 여우의 소행이며 여우를 잡는 것이라고 하여 나라에서 상금을 걸었다. 사람들은 바보의 색시를 의심했지만 바보는 자신의 색시는 좋은 사람이라며 건드리지 못하게 했다. 색시는 남편에게 어느 골짜기에 가면 여우가 있으니 가 보라고 했다. 무심히 그곳에 간 바보는 색시가 바로 그 여우인 것을 알게 되었다. 색시는 자기를 죽여 상금을 타라고 했지만, 남편은 다른 곳으로 도망을 가서 살자고 했다. 그랬더니 여우는 더 이상 기다릴 수 없다며 스스로의 몸을 낫으로 찔러 죽였다. 결국 자신을 믿은 남편을 끝까지 사랑하여 목숨을 던진 것이었다. '김현감호' 설화 유형과 같이 동물 아내가 남편을 위해 자신을 희생한 이야기이다.

그것도 인제 여우지, 그냥 백년 묵은 여우. 그래 인제 바보가 홀어머니

허구 사는데, 뭐 배우지도 못허구 ○ 나무를 긁어다가 인제 팔아서 이렇게 연명을 해 가는데, 그냥 나이는 먹어도 결혼을 못 시키구, 인제 어머니가 걱정이 되고 있는데.

하루는 그냥 산엘 가니깐 좀 바보니까, 그냥 아주 그냥 예쁜 샥시가 있더래. 그러면서 갈 곳이 없다고 쫓아오더래요. 아, 그래서,

'그냥 그러면 그냥 오는 대로 그냥 내버려두자.' 집꺼지 쫓아왔는데. 그냥 그 어머이가, 아들의 어머이가,

"아이구, 이렇게 이쁜 샥시가 어째 이렇게 길을 잃었드냐?"고,

"우리 집에서 살라!"고 그러니까는 같이 살았대요.

그리고 인제 그냥 거기는 낭구(나무)를 하러 갔구. 그냥 신바람 나서 나무도 잘 해 오고 인제, 근데 그냥 친구들은,

"바보가 그냥, 샥시 얻어서, 저렇게 예쁜 색시 얻었다."고 그냥 놀리고 부러워허구 그러는데, 그것두 아랑곳없이 그냥 그렇게 인제 사는데.

아, 하루는 이렇게 말하자면 여의준가 봐. 세상에 보지도 못헌 구슬을 주면서 자기 신랑더러,

"이거 읍에 가서 팔아 오면 돈을 많이 줄 거라." 그러더래요. 그래서 정말 갖다 주니깐,

"이게 어서 났냐?"고. 어디서 누가 줬다 소리는 하지 말고 팔아 오래서 했더니 돈을 많이 받아서 그 집이가 자꾸 행세가 늘어가는 거야.

근데 이제 그거이 이제, 세 개꺼정은 팔아 오라고 구해 준 거야. 근데 그 샥시가 어데서 났냐 허며는, 그러다 어머니는 돌아갔지. 잘 사는 거 보고.

그러는데 어데서 났냐 하면 이 여자가, 옛날에는 큰 저 무덤에 무슨 장군들 무슨 큰 무덤 있잖아요. 그런데다 뭘 눟구는 산솔 만드나 봐. 그런데 그걸 파 가지구 그런 걸 찾아내는 거야 인제. 근데 이제 나라에서 그건 산소에 그런 건 파지 못하게 하는데 뭐가 다 꺼내가고 그러니깐,

'이건 아무래도 여우 짓이다. 여우가 인제 어디 살건데.' 다 그냥 산엘 들러두 찾을 수가 없는 거야.

그래서 그냥 아주 상금을 내걸었어요. 이런 걸 잡은 사람을 많은 상금을 주갔다구. 근데 사람들이 그냥,

"암만해도 이상스럽다."는 거야. 그 바보 샥시가. 그러니깐 그냥, 그냥 바보는,

"우리 샥시 가지구 그러지 말라!"고. "얼마나 좋은 샥신데 왜 그렇게 저기를 의심을 두냐!"구 그리는데,

인제. 응, 하루는 그냥 아주 진짜, 인제 하두 오래 시간이 해가 갔갔지. 인제는 그 여자가 거기서 더 버틸 수가 없어. 그제 자기 신랑 보고 아무 산에 가머는, 그래도 자기는 자기 샥시가 그런 거를 몰르지.

"아무 데 가면 여우가 있을 거다. 그 여우를 죽이먼 지가 당신이 상금을 탈 거다. 그러면 고생도 안 하고 잘 살 수가 있으니까, 거기 어디어디 골짜구니로 와라."

자기가 만나서 왔던 골짜구니. 그래서 인제 거기를 가믄 있다구 그래서 저는 저대로 무심코 가는 거야. 샥시가 말만 듣고. 아 그러니깐 자기 색시가 있드래요. 그러면서는,

"내가 아직까지 이렇게 말을 못 허고 살았는데 나는 이제 다 살은 거다. 나를 내가 그 사람들이 잡는, 내가 백년 묵은 여우다."

"그런 믿지 않을 소리는 하지도 말라!"고.

"내가 당신을 어트게 죽이냐, 그러니까 나는 못 죽인다." 그러니까,

"어서 어서 급허다!"구.

"사람들이 많이 몰려오니까 빨리 죽여서 상금을 타라!"고.

아, 그러니까, 이 사람이 뭐 좀 가지고 갔는지, 연장을 가지고 들고 갔나 봐. 낫이라나 뭐라나. 그니까는,

"아, 나는 상금이고 뭣이고 다 싫다!"고,

"우리 어디로 도망가서 살자!"고.

"도망갈 수도 없다. 이제 나는 더 많이 버틸 수도 없으니깐 어서 상금이나 타서 잘 사세요."

그저 그러는 도중에 사람들이 저기서 몰려오니까 자기가 그 낫으로 자기가 자기 몸을 찔렀대. 자기가 잡아냈다고, 인제 상금 타라고.

그래서 그렇게 죽을 때까지두 남편을 그렇게 남편으로다, 진짜 이제 미물이라도 그렇게 사랑을 하고 했기 땜에 자기가 끝꺼지 그렇게 남자를 위해서 죽은 거야.

어디로 도망을 갔어도 갔을 텐데, 잘 살라고.

바보와 두꺼비가 구한 처녀

자료코드 : 02_06_FOT_20090212_BNS_LYH_0012
조사장소 : 경기도 김포시 하성면 마곡2리 184번지 이영희 자택
조사일시 : 2009.2.12
조 사 자 : 김헌선, 최자운, 김은희, 변남섭, 시지은
제 보 자 : 이영희, 여, 71세
구연상황 : 지네한테 마을처녀를 바치는 이야기가 있는지 물어보니 색시를 신랑이 구해 주는 것인데 잘 생각이 나지 않는다며 기억을 더듬으며 이 이야기를 해 주었다.
줄 거 리 : 한 마을에서 마을의 풍년을 위해 처녀를 산에 파 놓은 굴에 바치고 제사지냈다. 하루는 바보가 마음에 둔 색시가 끌려가게 되자 바보는 그 색시를 구하러 갔다. 그때 색시가 기르던 두꺼비도 따라갔다. 굴 속에서 두꺼비는 불을 뿜으며 지네와 싸우고 바보는 색시를 구해왔다. 바보는 색시와 결혼하여 잘 살았다. 두꺼비가 색시의 은혜를 갚은 것이었다. '지네장터' 유형의 이야기로, 두꺼비와 함께 바보 총각이 등장하여 색시를 구하고 결혼에 이르게 되는 특별한 변형이 있다.

그 마을에는 꼭 처녀를 그 어느 산에 산에다 굴을 파놓구서는 그 거기

다가 제사를 지낸대요, 샥시를. 그래 그 마을이 풍년두 들구, 무슨 아무 탈 없이 일 년을 지낸다 해서 꼭 몇 살 먹은 샥시를 거기다 갔다, 저기 제사지낸데.

근데 이제 하루는 그, 저기 많은 샥시가 희생을 됐는데. 하루는 자기가 속으로 마음에 있는 샥시래, 못났어두. 그런 샥시가 끌려가게 됐는데, 안, 거그를 보냈다는 소식을 듣고서는 그냥 가는 거야. 가니까는 그냥, 근데 그, 두꺼빈가 뭔가를 길렀다지.

그래 그, 근데 그거이 인제 쫓아오는 거야. 같이 샥시를 구하러 들어가는데. 근데 그 속엘 그냥 들어가니까, 그냥, 이 두꺼비두 그냥, 무슨 그냥, 불을 뿜구.

하여튼 그저 이렇게 아주 샥시가 이렇게 무슨 뭐야, 이렇게 구석에다 잘해서 포대기를 깔아서 이렇게 뉘어놓는데, 그러는데 거가 있드래. 그래서 이렇게 그냥, 업구선 나오는데 그냥 큰 지네허구 두꺼비허구 거 서로 불을 뿜구, 그냥, 그냥, 싸움을 허고 야단인데, 인제 그 바보는 그 샥시를 업고 내려왔대요. 그래 가지구 둘이서 그냥, 결투하고 싸우고 아주 굉장하게 그냥 서루 독을 뿜은 거지. 그래 가지고 마을로 내려와서는,

"아무개 색시 구해놨다!"니깐,

이제 그리구 두꺼비가 지네를 그렇게 졌나 봐, 두꺼비헌테. 그래서 그 두꺼비가 참 오랜만에 저, 길르든 그런 두꺼빈데 그렇게 살렸대는 거야, 그 여자를.

그래서 그, 바보가 업고 나온 바보허구 결혼을 시켜서 잘 살았대는 건 가부드라구요. (조사자 : 두꺼비는 그러면) 그 아, 죽었어요. (조사자 : 아가씨가 키운 거예요?) 네, 아가씨가 키웠어, 참. 근데 그게 바보허구 쫓아간 거야.

방귀쟁이 며느리

자료코드 : 02_06_FOT_20090212_BNS_LYH_0013
조사장소 : 경기도 김포시 하성면 마곡2리 184번지 이영희 자택
조사일시 : 2009.2.12
조 사 자 : 김헌선, 최자운, 김은희, 변남섭, 시지은
제 보 자 : 이영희, 여, 71세
구연상황 : 밥을 많이 먹는 며느리나 마누라 이 이야기기가 있는지 물어보니 구연해 주
었다.
줄 거 리 : 노랑병이 든 며느리가 있어 이유를 물으니 방구를 못 뀌어서 그렇다고 했다.
그러면 맘 놓고 뀌라고 하니까, 며느리는 집안 식구들에게 각각 집안의 기둥
이나 무엇을 붙들라고 했다. 며느리는 줄 방구를 몹시 뀌었고 한동안 집안이
들썩들썩 했다. 그리고 며느리의 노랑병은 다 나았다.

그냥 노랑병이 들어서,

"왜? 너는 그렇게 어디가 아프냐? 왜 그렇게 먹어도 그렇게 그냥, 얼굴
색시 노랑냐?"구 그렇게 그랬더니,

"저는 방구를 못 뀌어서 그래요." 그러드래요.

"아, 그러면 맘 놓고 뀌어라." 그러니까 뭐,

"시아버지는 무슨 기둥을 붙들어라, 뭘 붙들어라." 하면서 그렇게 다
했대요.

세상에 방구를 어떻게 뀌는지, 줄방구를 뀌어 가지고 그냥, 그 식구들
이 그냥 아주 한동안을 그냥 아주 그냥 다 집두 흔들도록.

세상에 그렇게 몹시 뀌는 며느리가 있었대는 얘기도 있었어요. (조사
자 : 어~ 그 며느리는 쫓겨나진 않았구요?) 쫓겨나진 않았대나 봐요. 그거
실컷 뀌구 나니깐 다시 인제 노랑병도 낫구.

그래구 그 한 번을 그렇게 몹시 뀌었대요. 아주 집안이 덜썩덜썩허구
다 쓰러질 뻔했다구.

그, 사람이 방구도 못 뀌면 노랑병이 들어. 그래서 그렇게 그냥 모두

그냥, 병이지 뭐야 뀌질 못허니까.

근데 그냥 한 번 뀌면 괜찮은데 계속, 줄방구고 세상에 요란해서 그리고 그냥 집두 막 흔들렸대요. 그러게 몹시 뀌는 사람이 있었대요.

할미꽃의 유래

자료코드 : 02_06_FOT_20090212_BNS_LYH_0014

조사장소 : 경기도 김포시 하성면 마곡2리 184번지 이영희 자택

조사일시 : 2009.2.12

조 사 자 : 김헌선, 최자운, 김은희, 변남섭, 시지은

제 보 자 : 이영희, 여, 71세

구연상황 : 외할아버지에게 들었다며 이야기해 주었다.

줄 거 리 : 시집보낸 딸을 그리며 언덕에서 딸이 시집간 집을 내려다보다가 허리가 꼬부라져 할미꽃이 되었다.

딸을 하나 시집을 보냈대요. 근데 그 딸을 못 가 봐서, 밤낮 그 언덕에 올라서,

'저기가 우리 딸넨데.' 그러구. 힘이 드니깐 못 가구.

그 동산 위 언덕에서 내려다보다 그냥 하도 오래 노냥 내려보다 허리가 꼬부라져서 할미꽃이 됐더라고 그러던데요.

애기봉의 유래

자료코드 : 02_06_FOT_20090211_BNS_LSJ_0001

조사장소 : 경기도 김포시 하성면 가금3리 239번지 가금3리 마을회관

조사일시 : 2009.2.11

조 사 자 : 김헌선, 최자운, 김은희, 변남섭, 시지은

제 보 자 : 임성재, 남, 67세

구연상황 : 애기봉이라는 이름을 가지게 된 유래가 있는지 물어보니 옆에 할머니가 먼저

짧게 이야기를 하였다. 이어서 다른 유래를 이야기해 주었다.

줄 거 리 : 애기라는 기생이 전쟁으로 사랑하는 남자와 헤어져 만나지 못하게 되었다. 죽게 된 기생 애기는 북쪽에 있는 남자를 잘 볼 수 있게 높은 봉우리에 묻어달라고 하였다고 한다.

　(청중 : 애기 난 거를 거기다 갖다 묻었대. 그래서 애기봉이라 그런다구 그 말이 있었어.)

　애기봉은 애기래는 기생이, 평양 저 건너서 기생 노릇을 했는데, 그 애기야. (청중 : 기생 이름이 애기.)

　근데 거기서 인제 서루 인제 이남 이북 전쟁을 하게 되는데 죽이게 됐는데, 날, 그러니깐 남자는 이쪽으로 와 있구, 그 여자는 거기가 있구. 죽게 됐어요, 서루. 거기서 인제 그 애기 기생이 죽게 됐어. 그래, 쏴 죽인 거지.

　"난 내 신랑을 볼 수 있게끔 말이야, 맞은 짝으로 뵈 달라." 그러구,

　"그 건너 저 이북을 바라볼 수 있는 봉우리다 나 산소를 써 달라."고 애기 기생이 그랬대.

　그래서 저희 신랑은 저 건너 있구, 이 애기 기생은 여기서 인제 봉우리에 있구.

구복진이와 팔방정

자료코드 : 02_06_FOT_20090210_BNS_JHT_0001
조사장소 : 경기도 김포시 하성면 후평2리 417-2 후평2리 마을회관
조사일시 : 2009.2.10
조 사 자 : 김헌선, 최자운, 김은희, 변남섭, 시지은
제 보 자 : 장흥택, 남, 91세
구연상황 : 아는 이야기는 없는지 여쭤보니 시작하셨는데 반복되는 부분이 많았으나 끝까지 마무리를 해 주셨다.

줄 거 리 : 스님이 시주를 다니다 비록 부자이지만 팔방정을 지닌 남자와 오막살이에 살
지만 구복을 지닌 여자를 혼인시켰다. 남자가 방정을 떨어 고래등 같은 집이
모두 망했다. 결국 여자는 떠나서 숯 굽는 남자를 만나게 된다. 그런데 숯 굽
는 돌멩이가 모두 금이었다. 금을 시장에 내다 팔고 아들 딸 낳고 사는데, 본
낭군이 생각이 나서 거지 잔치 사흘을 벌려 마지막 날 결국 다시 만나게 된
다. '내 복에 산다'와 '구복진이' 이야기가 혼합된 이야기이다.

스님이 지나가다가 가만히 보니까 집을 좀 크게 잘 지었는데, 그 잘 지
었는데 인제 스님이 가서, 거기 가서 깽매기 치고 시주를 헌 몬냥이여. 그
전에 댕겼잔아, 깽매기 치고 저거 치구.

게 가서 시주를, 시주를 허러 가서 인제 깽매길 치구 가니까, 그 집에
서 인제 쬐끄만 저 초롭동이(초립동이), 초롭동이가 장개 안 가고 여 쬐끄
만 아주 초롭동이라 그런다구. 자 동냥을 가지고 나왔는데, (청중 : 동냥이
아니고 시주에요 그건. 스님한테 허는 건 시주에요.) 그러, 저 인제 중이
가만히 보니까, 시방 시대는 재가 잘 사는데, 댐(다음) 시대엔 가선 못 산
다. 그 사람이 방장(방정)이 여덟 가지야. 팔방장이야.

'저놈이 시방은 집을 짓고 잘 살지만, 저희 어머니 아버지가 세상을 떠
나면 저거 금방 망할 거다.'

그래서 인제 또 한참 가다보니깐 요만한 쬐끄만 그전에 짚으로다 지붕
해서 이구, 곱새라고 인제 그 지붕에다 이는데 곱새 서발에다 인제 그렇
게 이는데, 쬐끄만 오막살이집이 가서 인제 깽매길 치고 저걸 허니까는,
그 저 처녀가 바가지에다 그걸 가져 나왔는데 보니까, 참 게 아주 복이야.
복. 복이 그냥 아주 얼굴에 그냥 다 나타나게 돼 있다구. 그래서 지나가다
저기허구 보구,

'아 너는 아무 때라도 잘살 것이다. 구복진이야, 복을 아홉을 가졌어.
그래 구복진인데 여러 저 팔박정허고 결혼을 시켜줘야겠다.'

그러니깐, 그래 가지고 갔다가 와서, 아 그 뭐 쬐끄만 집에서 사는데,

"너 저 부자 댁으로 시집을 가라."고 하니 얼씨구나 허지 뭐야. 얼마나 좋아 그림. 그래서 그리 인제 중신을 했어.

그랜데 인제 한 삼 년 만에 또 가니까는, 이놈의 그 고래등 같이 잘 지어 논 집을 다 망했지 뭐야. 방정을 떨고 돌아 댕기다 망했어. 그래 그 여자는,

'에라, 나는 집도 없어지고 다 망했으니까는 갈 데로 가야갔다.' 그리구 이제 민빗 챔빗을 허리 위에다, 이 주머니에, 주머니나 있나? 이렇게 여기다 넣고 인제, 한없이 떠나는 거야. 게, 떠나다 보니까는 해가 다가고 갈 데가 없지 뭐야. 근데 요렇게 보니까는 웬 불이 어떤 집에서 빤짝빤짝 허드래.

그래 인제 들어가니까 사람은 아무도 없고 쌀이 한 오 홉쯤 인제 있어. 그래 그집을 가서 인제 밥을 해서, 그래도 이 집이 사람 사는 집이니까 밥을 반을 먹고 반을 냄겨 두고, 이렇게 앉았는데, 웬 놈의 떡거머리 총각이 그냥 쑥 들어오지 뭐야. 아 들어와 보니까 자기 저 이 거적문 들고 들어가는 그런 집에서, 아 이 사람이 낭구를 해다 팔고 터벅터벅 들어오니까, 아 왠 그냥 반달 같은 여자가 떡 앉았지 뭐야.

그래다 들어가다 못 들어갔지 뭐야. 암만 내 집이라도. 꿈인지 생신지 알 수가 없으니까. 게 이제 쑥 들어가니까,

"아 들어오라구." 그래서 인제 들어가서 밥을 쪼끔 해준 걸 먹고 그리구 인제 거기서 사는데.

자, 이 여자가 아침에 가만히, 그 인제 숯을 구워다 팔아먹고 사는 사람인데 그 숯을 굽는 독멩이를 전부 이렇게 놓고, 여 낭굴 잘라다 거기다 이렇게 휘여서 숯을 맨드는 거야.

그래서 갖다 팔아먹고 사는데, 가만히 그 이튿날 이 여자가 그 숯 굽는데 쓱 올라가니까, 자 그 숯 굽는데 돌멩이 받친 게 다 금이야. 그래서, 게니까 이 사람은 낭구만 해다 팔구 그게 금인지 뭔지 몰라요. 자기 복이

없으면 몰르는 거라구.

산에 올라가다 산삼을 캐두 여럿이 가다 이렇게 가다가 보머는 거 복 있는 사람은 삼 잎사귀가 뵈는데, 복 없는 사람은 그게 안 뵈요. 그러니까 거냥 가는 거야.

그래서 그 저 인제 숯불을 굽는데 다 금덩어린데, 금을 숯 굽는 돌맹이가 다 금이야.

"게 이제 그 까짓 놈의 나무도 그만두고 거냥 편안히 살자구."

아, 그 금뎅이 하나만 갖다 시장에 팔아도 거식허면 기냥 기와도 질라면 짓구 양옥도 질라면 짓구, 다 헌다구.

아 그래, 그렇게 해서 인제 저거이 됐는데, 이 여자가 저 저 놈우 게 이 거지가 돼서 다 털어 먹고 그래도 죽지는 않았을 틴데 어떻게 되건가 하구.

석 달을, 아니 삼일, 삼일을 그냥 차려놓고 동네 거지구 뭐구 동네 분들을 다 모아놓고 인제 먹는데. 가만히 보니까 전에 자기 백년해로하고 살던 사람이 안 오지 뭐야.

그걸 오길 바라고 어트게 어디 가서 죽었는지 살았는지 이걸 몰르니까, 그걸 바라고 잔치를 그렇게 했는데, 안 오드래. 그래서 사흘 되던 날, 사흘이면 이제 마치는데. 맨 끄트머리 인제 들오는데 가만히 보니깐 신랑이야.

자기 신랑인데, 거지들 허고 이렇게 거지동냥을 댕기며 살았는데 사는데, 거지 중에서도 쬐서발이야. 쬐서 만날 심부름만 하고 잘 얻어 먹도 못허고.

게 그래도 인제 그걸 저놈이 그래도 그전 백년 맺은 사람이 살았거니. 맨 끝에 쪼끄만 저 사람을 데리고 나가서 목욕 좀 잘 시키고 아주 옷도 그냥 한 벌 싹 입혀서 인제 데려오라 그랬는데.

아, 그거 뭐 금방 그냥 잘 씻겨서 잘 해서 옷도 싹 해서 입혀서 보냈는데. 아 그러니까 그냥,

"나는 아무 죄도 없는데 날 부르냐."고 펄펄 뛰는 거야. 근데 억지로 끌어다 거기다 앉혀 놓구서, 감히 거 치다볼 수가 없지 뭐야. 게 여자가 인제,

"나 좀 치다보라고.", 그리고

"이리 오라." 그랬다고. 샥시가 그런 거야,

"나 좀 쳐다보시오." 말이야.

게 보니까는 그 전에 살던 여자야. 그 사람은 방정에 팔방정인데, 그 여자는 구복진이야, 복이 아홉 가지를 가졌어. 그러니까 남자의 복을 하나 더 가진 거지 뭐야. 게 인제 구복진이라고 그래서.

그래서 인제 그 이튿날 나가서 보니까 숯 굽는 돌멩이가 다 금덩이어서, 이거 갖다 다 팔라구. 그래서, 그래 가지구 인제 거기서 아들을 낳고 딸 낳고 그래서 인제 그렇게 사는데, 그래도 본 낭군이 생각이 나서 거지 잔치 사흘을 했어요.

'저 암만해도 저거 거지가 됐지.' 아 방정이 그렇게 여러 가진데 게 살 수가 있어. 게 이제 사흘을 거지 잔치를 했는데, 사흘 동안에도 해가 다 간 뒤, 그 거지 잔치는 왜 했는고 하니, 자기 그래도 그 전에 백년 살라구 맺은 그 남자가, 물론 저거이 깡통 차고 좀 저거나 됐을리라 하고 인제 저걸 했는데.

호랑이가 떡 뺏아 먹은 이야기

자료코드 : 02_06_FOT_20090210_BNS_HDS_0001
조사장소 : 경기도 김포시 하성면 시암1리 449-1 시암1리 마을회관
조사일시 : 2009.2.10
조 사 자 : 김헌선, 최자운, 김은희, 변남섭, 시지은
제 보 자 : 허도순, 여, 82세

구연상황 : 옛날이야기를 계속 부탁하자 해 주었다.
줄 거 리 : 시집살이를 하던 중 수수팥떡을 이고 친정에 가다가 호랑이가 쫓아와 떡을
빼앗고는 결국 잡아먹었다. 제보자가 이야기를 온전하게 기억하지 못해서, 청
중 중의 한 할머니가 이야기의 빈 곳을 메워 주었다.

옛날에, 시집살이 허다가 어느 산속엘 걸어서 친정엘 가는데 호랑이가
쫓아왔대요. 그래서, (청중 : 수수팥떡을 해서 이어줘서 이고 가는데.) 가
는데 호랑이가 쫓아왔는데, 쫓아오니까, 수수팥떡을 해서 여 줬으니까 이
고 가는데 호랑이가 쫓아오면서 하는 소리가,

"할마이, 할마이. 수수팥떡 하나 주면 안 잡아먹~지." 그랬대요. 그래
서 그게 그 소리가 났는데, 어트게 되서 한 건지 잊어버려서 몰라.

(청중 : 그러게 한 고개 넘어가면 또 쫓아와서.) 한 고개 넘어가면, (청
중 : 한 고개 넘어오면 또 쫓아와서.) 쫓아와서 또 그리고 그랬대는데, (청
중 : 그래서 그 수수팥떡을 다 뺏겼대.) 친정에도 못 가지고. 수수팥떡
을. (청중 : 호랭이한테.) 그랬대요.

(조사자 : 그 뒤에는 어떻게 되는 거예요?) (청중 : 나중에 호랭이가 뭐
할머니를 잡아 먹었대메.)

밥 많이 먹는 마누라

자료코드 : 02_06_FOT_20090417_SJE_HMS_0001
조사장소 : 경기도 김포시 하성면 전류1리 189번지 전류리 마을회관
조사일시 : 2009.4.17
조 사 자 : 김헌선, 최자운, 김은희, 변남섭, 시지은
제 보 자 : 홍묘순, 여, 79세
구연상황 : 조사자들이 밥을 많이 먹어서 쫓겨난 여자에 관한 이야기를 부탁드리자, 여러
제보자들이 동시에 여러 가지 단편적인 이야기를 하다가 그만두곤 하였다. 그
러던 중에 제보자가 이야기를 본격적으로 시작하는 것 같아 조사자들이 시선
을 집중하고 이야기를 들으니 산만한 분위기가 조금 정리되었지만, 청중의 적

극적인 개입이 있었다. 이야기가 끝나고 청중들이 '마누라를 내쫓은 게 아니고 배를 걷어차서 죽었대나, 죽었갔지?'라고 이견을 제시하여 제보자와 다른 결말을 이야기하였다.

줄 거 리 : 일꾼들의 밥을 다 먹은 마누라 뒤를 남편이 쫓아가 보니, 콩을 볶아서 먹었다. '무슨 밥을 저리 많이 먹나?' 싶은 남편은 다른 날 일을 가지 않고 숨어서 마누라를 지켜봤더니, 마누라는 밥을 또 그렇게 많이 먹고 콩을 볶아 먹는 것이었다. 남편은 그렇게 밥 많이 먹는 마누라를 내쫓아 버렸다.

댁내가 인제 사람을 읃어서 인제 일을 하잖아요? (청중 : 일을 해.) 일을 허는데, 인제 그 여자가 인저 밥을 해서 이고 나가는데, 일꾼들이 밥을 하나도 안 먹고 저거 하는데, 그 밥을 다 먹드래요.

'아유 저 밥을 왜 그래 다 먹나?'

그라구 집에서 굴뚝에서 연기가 나니까는, 콩을 볶으면서 하날 집어먹고, 그냥 하나 집어먹고, 그러드래.

'너 그렇게 해서 소활시켜서, 그렇게 저거 하는구나.' 그러구. (청중 : 밥을 많이 먹는구나.)

그래서 한 번은 또 인제, 선반을 매 가지고 지키고 봤대요. 지켜봤더니, 여전히 밥을 해서 그렇게 많이 먹고 콩을 볶아서 그렇게 먹드래요. 그러니까 그렇게 소화를 시키드래요.

그래서, 옛날에 그래서 냄편네가 일 나간다는 핑계를 대고 망을 보니까 여전히 그러드래요. 그래서 내쫓았대잖아요?

내 복에 산다

자료코드 : 02_06_FOT_20090417_SJE_HMS_0002
조사장소 : 경기도 김포시 하성면 전류1리 189번지 전류리 마을회관
조사일시 : 2009.4.17
조 사 자 : 김헌선, 최자운, 김은희, 변남섭, 시지은

제 보 자 : 홍묘순, 여, 79세

구연상황 : 김기순 제보자에게 내복에 산다는 이야기를 물으니, 그 이야기를 안다며 구연
을 시작했으나 이야기 초반부터 기억이 잘 나지 않아 애를 먹었다. 그때 뒤쪽
소파에 앉아 김기순 제보자의 이야기를 듣고 있던 홍묘순 제보자가 나서서 이
이야기를 하였다. 셋째 딸이 집 나간 후 이야기의 앞뒤가 섞여서 구연되었다.
자료에서 보조 제보자는 김기순 제보자이다.

줄 거 리 : 딸 셋 있는 집에서 아버지가 딸들을 차례로 불러 '누구 덕에 사냐?'고 물었다.
첫째 딸과 둘째 딸은 '아버지 덕에 살아요.' 했는데, 셋째 딸은 '내 덕에 산
다.'고 대답하고 집에서 쫓겨났다. 집을 나간 셋째 딸은 숯장사를 따라가서
금을 발견하여 그것을 팔아 부자가 되었다. 한편 셋째 딸이 나간 후에 집안이
어려워진 아버지가 셋째 딸을 찾아왔는데, 셋째 딸은 아버지 오신 지 셋째 날
겨우 죽 한 그릇을 주더니, 목욕을 시켜주고 쌀 한 가마니를 주어 보냈다. 집
에 돌아온 아버지는, 셋째 딸에게 아버지가 너무 섭섭하게 했다는 다른 딸들
의 이야기를 듣고 다시 셋째 딸을 찾아갔다. 이번에는 셋째 딸이 아버지에게
진수성찬을 차려 드리고는, 자기가 집에서 쫓겨나와 어떻게 해서 부자가 되었
는지를 아버지에게 이야기하였다.

그건, 그렇게 하는 게 아냐. (보조 제보자 : 어떻게 하는데?) 딸 셋을 뒀
는데, (조사자 : 할머니 잠깐 내려와서 해 주세요.) (보조 제보자 : 해!) (조
사자 : 같이, 같이, 같이 하시죠.) (보조 제보자 : 에? 같이 해도 돼요?) (조
사자 : 네, 괜찮아요.) (보조 제보자 : 에헤헤.) 큰딸더러. (보조 제보자 : 아
니야, 인제.)

"너 누구 덕에 사냐?" 그러니까는, (보조 제보자 : 그렇게 잘 살았대요.)
"아버지 덕에 살아요." 그르더래.

근데 또 인제, 둘째 딸을 디러오니까는

"너 누구 덕에 사냐?" 허니까,

"아버지 덕에 살아요." 그래.

그래 또 하날 데려오니까는,

"너 누구 덕에." (보조 제보자 : 내 덕에.)

"내 덕에 살지 누구 덕에 사냐?" 그니까,

"나가라" 그랬대요.

나갔는데, 숯장사가 숯을 한 가마 여기다 내려놓고 파는데, 그 숯이 하나도 안 팔리드래. 안 팔리는데, 인제, 그 여자가, 인제, 나가래니까, 이, 그냥, 나간 거에요. 나갔는데, 그 숯장사를 쫓아가는 거야. 그러니깐,

"우리는 먹을 것도 없구, 덮을 것도 없는데, 오면 어디서 자냐? 못 잔다." 그니까,

"아이, 그래도 가갔다구." (보조 제보자 : 형님이 허시우.) 그래서, (보조 제보자 : 하하핫!)

이 여자가 인저 가니까는, 그냥, 금이, 그냥, 눈에 그냥, 아주 꼭 찼드래요. 그래서, 그걸, 인제. (보조 제보자 : 숯을 궜지(구웠지.), 가서.) 숯, 숯 숯을 궈? 인저, 거 팔구, 저거 헌 거지. 그래서 그걸 이제 송게(정확한 뜻을 알 수는 없음.)에다 인제 담아 가지고, 인제, 가서 인제, 사내더러 팔어 오라니까는 인제, 사내가 인제 팔러 갔는데, 영 해가 다 가도 안 사가더래요.

그니, 어니 마중에 있는데, 웬 할아버지가 하나 여, 아주 오시드니

"거 뭐냐?" 그르대지.

얘기를 허니까는,

"이걸 가지고 왔는데, 팔리지 않아서 여태 이렇게 있다구" 그니까는,

"그럼, 내가 사갔다구."

그래서, 인제, 그걸, 그 아, 팔았는데, 그 여자가 그냥, 그렇게 아주 부자가 돼서 그냥,

저희 집이는 아주 냥, 어려웁고, 인제 여기가 부자가 됐는데, 저희 친정 아버지가 인제, 한번 인제, 왔대요, 거기를. 오니까는 아버지 왔냔 소리도 안 하구, 그냥 멀거니 있드래요.

그래서 인제 해는 지구, 저거 허니까는 인제, 으특해요? 그니까, 지 아버지니까, 데리다가 인제, 잿는, 재웠는데, 세상에 밥 한 숟갈 안 주드래

요. (조사자 : 아버지한테?) 응, 그래서, 내리 사흘을, 내리 저거허드니, 한 날은 바가지에다 죽을, 죽을 쒀서 갖다 주드래요.

그래서 그걸 먹구, 그래도 뜸을 들이고 있는데, 한날은 딸이,

"아부지, 나오세요." 그르드래.

그래서, 나오래니까는, 목욕을 싸악 씻겨 드리구, 씻겨 드리구, 그리구 냥, 옷을 해서, 잘 해서 주군, 인제, 쌀 한 가마를 이제, 꺼리를 이제 줬어요.

"가져가서 아, 어머이허구 같이 밥을 해 잡수라."구.

그런데 아주, 그런 부자가 됐드래요, 아주 냥. 그래서 인저. 냥 그렇게 가니까는 마누라가 또, 나왔, 나오드래요. 나와서,

"아유, 어떻게 이렇게 그냥, 저거 하나?"니까, 이제,

"어서 들어가자구, 들어가서 밥부턴 해 먹자구."

그래, 들어가서 인제 밥을 먹으믄선 이제 그런 얘기를 했댔지. 얘길 해니까는, 딸 둘이 오드래요. 그래서,

"아유, 아부지. 어떻게 돼서 이렇게, 저거 허냐?" 니까,

"얘, 가니까는, 아주, 잘 해놓고 살드라아. 잘 해놓고 사는데, 사흘 째에, 밥 한 숟갈 안 주다가, 와서 목욕을 시키구, 이렇게 해서, 지끔, 응, 풀을 매꺼정 해서 입혀줘서, 지금, 가면서 어매이허구 밥을 해 먹으라."구 그르드래요.

그래서 인제, 큰 딸이 허는 소리가,

"아부지, 그르게, 어니 딸들이든지 잘 사는 딸이 있는데, 너무 그 동상한테다 너무 그렇게 했잖아요. 그르드니 개가 다 거 가주가서 그케 잘 살지 않냐"구.

그래서 인제, 또 한번은 인제 갔대요, 딸네집이를 또. 딸네집이를 인제 가니까는, 그때는 그냥 만승장사를 해서 그냥, 도기를 회를 해서 그렇게 해서 잘 차려다 주드래요. 그래서 그걸 먹구선에,

"아유 이제 이만하면, 나도 인젠, 저거허구 살갔다." 인자 그리구냥 했는데,

"아부지, 이제 저거허지 말구, 그저 사는 대로 사시다가, 저거 헐꺼니까는, 너무 무리허게 저거허지 말라."구.

그냥, 딸이 그렇게 잘 아부지한테다 그냥 해서들.

"그르게 아부지가, 어니 딸들이던지 다 이 딸 덕에도 살고, 저 딸 덕에도 사는데, 아부지가 그렇게 허는 바람에 나 나름대로 나와서."

그 숯장사 헌 이제, 얘기를 허는 거에요. 숯장사가 인제 여기 있길래, 그걸 쫓아가니까는,

"아유 오지 말라"구. 그러는데

"그래도 나는 인제, 아유 쫓아갔다."구.

그래서 그 숯장사 쫓아가서 그냥, 이불 속에서 자는데 정말, 밥을 그 어머니가, 아주 흰 죽을 멀겋게 쒀다 줬는데, 그걸 먹었대요. 그래서 그 시, 색시 덕에 그냥 부자가 되구, 친정은 어려워졌대요.

그르게 딸도 잘 사는 딸은, 다 복이 있어서 그렇게 된대요. 그런데 여기선 몰르구 기냥, 지 아버지가, 인제, 그렇게 인저 맨발로 나가, 나가래니까 나가 가지구, 나가서 그 숯장사 쫓아가서 그렇게 부자가 됐대잖아요.

근데 저도 다 잊어버렸어요.

용두레질 소리

자료코드 : 02_06_FOS_20090211_CJU_GIY_0001
조사장소 : 경기도 김포시 하성면 석탄3리 57번지 석탄3리 복지회관
조사일시 : 2009.2.11
조 사 자 : 김헌선, 최자운, 김은희, 변남섭, 시지은
제 보 자 : 권이영, 남, 73세
구연상황 : 모인 사람들이 실제로 논에서 물을 푸는 것처럼 분위기를 만들었다. 이로 인해서 기억을 되살리고 기운을 북돋아 주어 소리를 할 수 있었다.

천 두레 이천 두레 아 삼천 두레
이천 두레다
또 넘어간다
삼천 두레다
새참 나왔다
어어차

상사디야 소리 / 논 매는 소리

자료코드 : 02_06_FOS_20090210_BNS_KMW_0001
조사장소 : 경기도 김포시 하성면 시암1리 449-1 시암1리 마을회관
조사일시 : 2009.2.10
조 사 자 : 김헌선, 최자운, 김은희, 변남섭, 시지은
제 보 자 : 김명원, 남, 86세
구연상황 : 모심을 때나 김맬 때 하는 소리를 부탁하니 열댓 살 때 했던 소리라고 하며 짧게 한 소절을 해 주었다. 김맬 때 하는 소리라고 덧붙였다.

닐릴리 상사디여

모심는 소리

자료코드 : 02_06_FOS_20090210_BNS_KMW_0002
조사장소 : 경기도 김포시 하성면 시암1리 449-1 시암1리 마을회관
조사일시 : 2009.2.10
조 사 자 : 김헌선, 최자운, 김은희, 변남섭, 시지은
제 보 자 : 김명원, 남, 86세
구연상황 : 모심을 때나 김맬 때 하는 소리를 부탁하였더니 짧게 한 소절씩 해 주었다.
　　　　　모심을 때 하는 소리인데 아리랑, 허나허나 등 여러 가지 가사를 붙인다고 한
　　　　　다. 모심는 소리는 정확한 노래로 구연된 것이 아니라, 말로만 구연되었다.

　　이모저모 다 젓차 놓고
　　모판 모로다 심어보세

이 빠진 아이 놀리는 노래

자료코드 : 02_06_FOS_20090217_SJE_NGOS_0001
조사장소 : 경기도 김포시 하성면 가금리 239번지 가금3리 마을회관
조사일시 : 2009.2.17
조 사 자 : 김헌선, 최자운, 김은희, 변남섭, 시지은
제 보 자 : 남궁옥순, 여, 80세
구연상황 : 다른 할머니들과 수수께끼를 내면서 즐거워하던 제보자가, 예전에는 이를 빼
　　　　　서 초가 지붕에 던졌다고 하였다. 조사자가 그때 부르던 노래 없었냐고 하자
　　　　　기억이 안 난다고 하였고, 그러면 이 빠진 친구들을 놀리는 노래는 없었냐고
　　　　　하자 이 노래를 불러 주었다. 이가 빠지면 이렇게 아이들이 놀려서, 이 빠진
　　　　　아이들이 학교 가려면 손으로 입을 가리고 다녔다고 한다.

　　앞니 빠진 달궁새야

우물길에 가지 마라

붕어 새끼 놀랜다

다리 뽑기 노래

자료코드 : 02_06_FOS_20090417_SJE_MBM_0001
조사장소 : 경기도 김포시 하성면 전류1리 189번지 전류리 마을회관
조사일시 : 2009.4.17
조 사 자 : 김헌선, 최자운, 김은희, 변남섭, 시지은
제 보 자 : 민봉명, 여, 77세
구연상황 : 송을회 제보자가 '다리 뽑기 노래'를 할 때 중간에 다른 노랫말로 노래를 하던 제보자에게, 조사자들이 화투를 잠깐 쉬고 노래해 줄 것을 요청하였다. 다른 할머니들이 '멀리서 온 조사자들에게 잘 좀 해 달라'고 부추기자, 송을회 제보자와 다리를 펴서 끼고 놀이를 직접 하면서 노래를 하였다. 다리를 끼는 방법과 노랫말의 차이로 민봉명, 송을회 제보자 사이에 약간의 신경전이 펼쳐진다.

(청중 : 이렇게 했나? 이렇게, 이렇게, 이렇게 뻗지.) 다리 나한테 뻗어 줘. (청중 : 아, 이렇게 뻗어.) 이렇게, 아유 니미. (청중 : 이렇게 어, 끼었다.)

한 알대 두 알대

영낭 거지

팔대 장군

고두락 뽕

그리고 이렇게 치구. (청중 : 오그리구.)

한 알대 두 알대

영낭 거지

팔대 장군

고두락 뽕

내가 치구.

한 알대 두 알대

영낭 거지

팔대 장군

고두락 뽕

이렇게 치고, 이렇게 허구.

(청중 : 내가 이겼어.) 이~ 이 이긴 거 아냐? 이 사람이? (청중 : 이~ 졌어.)

대추 떨어지라고 부르는 노래

자료코드 : 02_06_FOS_20090417_SJE_MBM_0002
조사장소 : 경기도 김포시 하성면 전류1리 189번지 전류리 마을회관
조사일시 : 2009.4.17
조 사 자 : 김헌선, 최자운, 김은희, 변남섭, 시지은
제 보 자 : 민봉명, 여, 77세
구연상황 : '다리 뽑기 노래'를 한 제보자에게 이 빠진 아이 놀리는 노래와 대추에 관한
노래 등을 묻자, 대추에 관한 노래를 말하듯이 해 주었다. 어렸을 때 불렀던
것처럼 불러 달라고 다시 요청을 했지만, 제보자가 쑥스러워하여 처음 불렀던
노래와 크게 달라지진 않았다.

바람아 불어라

대추야 떨어져라

어른아 줏어라

아이야 먹자.

줏어 먹자, 그러잖아. 하하!

바람아 불어라
대추야 떨어져라
어른아 줏어라
아이야 먹자.

그러냐? 잊어버렸어, 또.

은자동이 금자동이

자료코드 : 02_06_FOS_20090217_SJE_SSH_0001
조사장소 : 경기도 김포시 하성면 시암2리 155번지 시암2리 마을회관
조사일시 : 2009.2.17
조 사 자 : 김헌선, 최자운, 김은희, 변남섭, 시지은
제 보 자 : 성순호, 여, 72세
구연상황 : 노인회관에 할머니들이 모여 계시다가 조사자들이 들어가자 자리를 정돈하고
앉았다. 그러나 이야기나 노래를 하는 분위기가 쉽게 잡히지 않았다. 나이가
많은 할머니 두 분을 중심으로 옛날에 물레질 하고 가마 짜면서 어렵게 사셨
던 이야기를 듣고 있을 때, 제보자가 들어왔다. 다른 할머니들이 노래 잘하는
사람이 왔다며 제보자를 부추겼다. 처음에 신식노래(트로트) 몇 곡을 흥얼거
리시다가, 조사자들이 아기 보면서 부르던 노래가 있었냐고 묻자 이 노래를
불렀다.

옥자동이 금자동이 칠구칠성 보배동이
높으그라 높으그라 하늘같이 높으그라
너르그라 너르그라 개와 같이 너르그라
높은 남개는 활가지고 얕은 남개는 졑가지고

부모에는 효자동이 나라에는 충신동이

일가친척 화목동이 동기일신에 우애동이

[다른 노래를 부른 후에 아까 자장가를 다시 불러달라고 하자, 자장가가 아니고 '옥자동이 금자동이'라며 앞서와 조금 다르게 불렀다.]

옥자동아 금자동아 칠구칠성 보배동아

옥을 주면 너를 사냐 금을 주면 너를 사냐

높으그라 높으그라 하늘같이 높으그라

너르그라 너르그라 개와 같이 너르그라

높은 남개는 활가지고 얕은 남개는 젙가지고

부모에는 효자동이 나라에는 충신동이

일가친척 화목동이 동기일신 우애동이

강돌 강돌 강도령

자료코드 : 02_06_FOS_20090217_SJE_SSH_0002
조사장소 : 경기도 김포시 하성면 시암2리 155번지 시암2리 마을회관
조사일시 : 2009.2.17
조 사 자 : 김헌선, 최자운, 김은희, 변남섭, 시지은
제 보 자 : 성순호, 여, 72세
구연상황 : 자장가를 부른 제보자에게 어렸을 때 부른 다른 노래를 청하자, 어렸을 때 할머니들한테 배운 노래라며 이 노래를 불렀다. 앞부분이 잘못 녹음이 된 것 같아 재차 청하자 싫어하지 않고 첫 번째 노래보다 더 차분하게 불러 주었다. 이 노래는 충청도와 전라도 일대에 널리 퍼져있는 서사민요 '강을 강을 강도령이'라는 유형의 민요이다. 주된 줄거리는 강도령이 고아 신세가 되어서 어떤 곳에 가다가 불행하게 일생을 마쳤다는 내용이다. 이 노래의 주된 구연자는 여성이고, 여성 서사민요의 서부형이다.

강돌 강돌 강도령

강돌 책을 옆에 찌고

문이 땅으로 장가가서

서른세 칸 개와집에

마이(말) 새끼 옇든 방

쪽제비 새끼 그른 방

쌀 붕알로 대문 달고

거이(게) 딱지로 지붕하고

코딱쟁이로 문고리하고

어머니는 연몸이요

아버지는 단몸이요

연몸 단몸 다 쓰러지고

우리 남매 어찌 사나

널랑 죽어 꽃이 되고

날랑 죽어 나비 되고

꽃 속에 들은 나비

설움 한 번 주지 마라

8·15 해방 노래

자료코드 : 02_06_FOS_20090217_SJE_SSH_0003
조사장소 : 경기도 김포시 하성면 시암2리 155번지 시암2리 마을회관
조사일시 : 2009.2.17
조 사 자 : 김헌선, 최자운, 김은희, 변남섭, 시지은
제 보 자 : 성순호, 여, 72세
구연상황 : '자장가', '강실 강실 강도령' 같은 긴 노래를 잘 하시는 제보자에게, 대추노
래 등 다른 노래를 더 물었으나 조금씩 귀찮아 하셨다. 옛날에 사시던 이야기

를 하시다가 생각나는 노래가 있으신 듯 '마지막으로 한 곡 더 하는데, 여덟 살 무렵에 배운 노래'라고 한다. 노래를 다 부르고 나서 가사를 잊어서 말을 많이 빠트렸다고 하며 아쉬워하였다. 노래 곡조는 창부 타령이고, 님을 기다리는 심정을 그린 전통적인 창부 타령의 사설을 가져다가, 8·15 해방의 상황에 맞게 바꿔 불러서 신민요처럼 들리는 노래이다.

일천구백사십오 년도
팔월하고 십오일 날
해방이 되었으니
연락선 안에 이 몸을 싣고
부산 항구루 도착을 하니
거리 거리 만세 소리
문전 문전에 국기 달고
서울이라 넓은 바닥에
삼천만 동포가 다 모였네
우리 님은 어데루 갔나
원재 폭탄에 맞으셨나
돌이 돌이 돌부처가
말문이나 터지면 오실라나
강완도라 길이 비리 비리봉에
비행기나 뜨며는 오실라나
솥전 우에 흘린 밥풀이
싹이나 트며는 오실라나
비나니요 비나니요
세계 평화가 비나니라

잠자리 잡는 노래

자료코드 : 02_06_FOS_20090417_SJE_SEH_0001
조사장소 : 경기도 김포시 하성면 전류1리 189번지 전류리 마을회관
조사일시 : 2009.4.17
조 사 자 : 김헌선, 최자운, 김은희, 변남섭, 시지은
제 보 자 : 송을회, 여, 75세
구연상황 : 잠자리 잡는 노래를 요청하자 제보자는 잠자리채를 쥐고 먼저 어떻게 잠자리
를 잡는지를 설명한 후 잠자리 잡는 노래를 하였다. 노래가 짧아 아쉽지만 잠
자리 잡던 제보자의 어린 시절이 고스란히 담겨져 있는 듯하다.

(옛날에) 잠자리채, 잠자리채, 요렇게 뚱그렇게 그 저 나뭇가지 가니단
거, 또 기다란 나뭇떼기다 그걸 맨들어서,

저런데 거미줄을 늘어놓잖아? 그러면 그 거미줄들 이렇게 걷어요, 당기
며. 걷어 가지고 인제 그걸 또 잠자리 이렇게 앉으면 고 잡는 거야.

요렇게서도 잡고, 앉은 것두 요렇게 해서도 잡고, 그리면서 인저 그러
지 뭐야.

　　　잠자라 꼼자라
　　　고기 고기 앉어라

그러면 인저 그거 잡으러 댕기는 거야.

　　　잠자라 꼼자라
　　　고기 고기 앉어라

　　　잠자라 꼼자라
　　　고기 고기 앉아라

방아깨비 방아 찧으라는 소리

자료코드 : 02_06_FOS_20090417_SJE_SEH_0002
조사장소 : 경기도 김포시 하성면 전류1리 189번지 전류리 마을회관
조사일시 : 2009.4.17
조 사 자 : 김헌선, 최자운, 김은희, 변남섭, 시지은
제 보 자 : 송을회, 여, 75세
구연상황 : 잠자리 잡는 노래를 마친 제보자에게 조사자들이 방아깨비 놀리는 소리를 부탁하자 어렵지 않게 구연해 주었다. 노래를 하기 전에 방아깨비를 쥐고 왜 그렇게 놀리는지에 대한 이야기를 곁들였다.

옛날에는 보리쌀을 탁탁 찧어나 응, 삶아서 먹었지요. 지금은 방앗간에 가 찧어 오지만. 옛날엔 절구에다 그걸 찧어서 했거든? 그러니까 그걸 방아깨비를 쥐고 그러는 거야.

(조사자 : 어떻게, 아침먹이 찧어라?) 응, 방아깨비 다리를 요렇게 다릴 붙들고

아침 멕이 찧어라
저녁 멕이 찧어라

그러면 그 방아깨비가 끄덕 끄덕 끄떡 한다고.

이 빠진 아이 놀리는 소리

자료코드 : 02_06_FOS_20090417_SJE_SEH_0003
조사장소 : 경기도 김포시 하성면 전류1리 189번지 전류리 마을회관
조사일시 : 2009.4.17
조 사 자 : 김헌선, 최자운, 김은희, 변남섭, 시지은
제 보 자 : 송을회, 여, 75세
구연상황 : 제보자에게 어렸을 때 놀던 이야기를 묻자, 예전에는 텔레비전도 없고 해서 공기놀이, 줄넘기, 사방치기 이런 거 하고 놀았다고 하였다. 조사자들이 이 빠

졌을 때 부르는 노래를 묻자 이 노래를 하였는데, 놀림을 당한 아이들은 울고 집에 가서 엄마에게 이르고 했다는 뒷이야기까지 곁들였다. 다른 할머니들 화투치는 소리가 계속 들린다.

앞니 빠진 달강새야
우물길에 가지 마라
붕어 새끼 놀랜다

이 빠진 아이 보고 그리구 놀리는 거에요.

다리 뽑기 노래

자료코드 : 02_06_FOS_20090417_SJE_SEH_0004
조사장소 : 경기도 김포시 하성면 전류1리 189번지 전류리 마을회관
조사일시 : 2009.4.17
조 사 자 : 김헌선, 최자운, 김은희, 변남섭, 시지은
제 보 자 : 송을회, 여, 75세
구연상황 : 제보자에게 '다리 뽑기 노래'를 묻자 다리를 쭉 펴고 실제로 다리를 뽑으면서 노래를 하였다. 하지만 화투를 치던 다른 청중이 중간에 부른 노래와 뒤섞여 구연 상황이 매우 산만하다. 제보자와 다른 할머니의 노랫말이 달라 두 분의 노래를 모두 채록하였다.

이렇게 주욱 다리 뻗고 앉아서 놀면 인저, 주욱 다리 뻗고 앉아서, 이 다리를 주욱 허면 이러제.

한 알대 두 알대
까막 까치
노루 쟁기
범에 약사
고두래 뽕

그러면, 오그리는 거야. 허허! 그렇게 하고 놀은 거에요.

아침 바람 찬 바람에

자료코드 : 02_06_FOS_20090417_SJE_SEH_0005
조사장소 : 경기도 김포시 하성면 전류1리 189번지 전류리 마을회관
조사일시 : 2009.4.17
조 사 자 : 김헌선, 최자운, 김은희, 변남섭, 시지은
제 보 자 : 송을회, 여, 75세
구연상황 : '다리 뽑기 노래'를 한 제보자에게 다른 놀이는 하지 않았냐고 묻자, 손뼉 치며 부르던 노래도 있다며 노래를 한다. 제보자는 적극적인 자세로 옆에 계시던 할머니 한 분과 손을 맞잡고 손뼉치며 놀이 상황을 직접 보여주면서 노래를 하였다. 화투 치던 청중이 중간에 잠깐 부른 노랫말도 같이 적는다. 가위 바위 보로 술래 정하는 노래로, 일본의 와라베우다(童唄)가 들어와서 우리나라에 정착한 노래이다.

아침 바람 찬 바람에

울고 가는 저 기러기

엽서 한 장 써주세요

(청중 : 우리 선생 계실 적에 엽서 한 장 써 주세요.)

구리구리구리구리

짱께이 뽕!

그렇게 놀아, 그럭하구 놀구.

기러기 줄이 기냐

자료코드 : 02_06_FOS_20090417_SJE_SEH_0006
조사장소 : 경기도 김포시 하성면 전류1리 189번지 전류리 마을회관
조사일시 : 2009.4.17
조 사 자 : 김헌선, 최자운, 김은희, 변남섭, 시지은
제 보 자 : 송을회, 여, 75세
구연상황 : 조사자들이 새 쫓는 소리를 요청하자 그것보다는 기러기가 날아가는 모습을
         보고 부르는 소리가 있다면서 이 노래를 하였다. 이 노래를 부르면 기러기들
         이 더 쭉 늘어서서 날아간다고 한다. 노랫말이 아주 특별한 자료이다.

기러기 줄이 기냐
빨래 줄이 길지

기러기 줄이 기냐
빨래 줄이 길지

배 아플 때 배 쓸어주는 소리

자료코드 : 02_06_FOS_20090417_SJE_SEH_0007
조사장소 : 경기도 김포시 하성면 전류1리 189번지 전류리 마을회관
조사일시 : 2009.4.17
조 사 자 : 김헌선, 최자운, 김은희, 변남섭, 시지은
제 보 자 : 송을회, 여, 75세
구연상황 : 애기가 배 아플 때 배를 쓰다듬으면서 부르는 소리를 부탁드리자 여러분들이
         동시에 노래를 하였다. 그 중 노래와 노랫말이 비교적 안정적이고 일관적인
         제보자에게 다시 따로 노래를 불러 달라고 부탁하였다.

애기 배는 똥배
할무니 손은 약손
쑥쑥 내려가라

애기 배는 똥배

할무니 손은 약손

쑥쑥 내려가라

방아깨비 노래

자료코드 : 02_06_FOS_20090217_SJE_YGB_0001
조사장소 : 경기도 김포시 하성면 원산2리 554번지 원산2리 노인정
조사일시 : 2009.2.17
조 사 자 : 김헌선, 최자운, 김은희, 변남섭, 시지은
제 보 자 : 여규봉, 남, 74세
구연상황 : 다른 할아버지가 잠자리 잡는 노래를 부르고 나서 조사자들이 메뚜기나 방아
　　　　　깨비같은 곤충을 잡아서 다리를 잡고 있으면 까딱까딱 놀았냐고 물었다. 그러
　　　　　자 제보자가 손으로 방아깨비 잡고 있는 시늉을 하면서 노래를 하였다.

아침 방아 찧어라

저녁 방아 찧어라

그러는 거야.

아침 방아 찧어라

저녁 방아 찧어라

그러는 거지, 그러면 이 놈이 까딱까딱 한다고.

용두레질 소리

자료코드 : 02_06_FOS_20090211_BNS_RJY_0001
조사장소 : 경기도 김포시 하성면 석탄3리 57번지 석탄3리 복지회관

조사일시 : 2009.2.11

조 사 자 : 김헌선, 최자운, 김은희, 변남섭, 시지은

제 보 자 : 유재언, 남, 78세

구연상황 : 다른 사람이 물푸는 소리 하는 것을 듣고 있다가 옛날 생각이 나서 이 노래
를 했다. 그때의 힘들었던 마음까지 떠올려 이야기하며 구연해 주었다.

> 밥도 못 먹구
> 또 푸는구나
> 이천 두렌데
> 잘 넘어간다

그리고 또

> 배는 고픈데
> 먹을 거는 안 온다
> 석탄리 양반은
> 쌀밥만 먹는데
> 후평리 놈들은
> 물만 푸누나

'김서방 진지 잡서요.' 그러면

> 밥이고 좃이구
> 밥이고 좃이구
> 물 넘어간다

잠자리 잡는 노래

자료코드 : 02_06_FOS_20090211_BNS_YGS_0001

조사장소 : 경기도 김포시 하성면 가금리 239번지 가금3리 마을회관

조사일시 : 2009.2.11

조 사 자 : 김헌선, 최자운, 김은희, 변남섭, 시지은

제 보 자 : 윤금순, 여, 84세

구연상황 : 잠자리 잡는 방법이나 잡을 때 부르는 노래가 있는지 물어보니 바로 노래를 불러 주었다. 그리고는 '잠자리채로 잡다가 놓치면, 놓치고 잡으면 좋아 죽겠지.'라며 어린 시절로 되돌아간 것처럼 즐거워하였다.

잠자라 꼼자라

고기 고기 앉어라

별 헤는 소리

자료코드 : 02_06_FOS_20090217_SJE_YGS_0001

조사장소 : 경기도 김포시 하성면 가금리 239번지 가금3리 마을회관

조사일시 : 2009.2.17

조 사 자 : 김헌선, 최자운, 김은희, 변남섭, 시지은

제 보 자 : 윤금순, 여, 84세

구연상황 : 다른 할머니가 별 헤는 소리를 하려다가 하지 못하자, 조사자가 옆에 있던 윤금순 할머니에게 별 헤는 소리를 청했다. 윤금순 할머니는 그거 마당에 드러누워 심심하면 부르던 노래인데, 그까짓 게 뭐가 있나 하시면서 부르기 시작했다. 별을 헤아릴 때 열까지 헤아린다고 한다.

별 하나 꽁꽁 나 하나 꽁꽁

별 두 꽁꽁 나 싯 꽁꽁

별 넷 꽁꽁 별 다섯 꽁꽁

별 여섯 꽁꽁 별 일곱 꽁꽁

별 여덟 꽁꽁 별 아홉 꽁꽁

별 열 꽁꽁

다리 뽑기 노래

자료코드 : 02_06_FOS_20090217_SJE_YGS_0002
조사장소 : 경기도 김포시 하성면 가금리 239번지 가금3리 마을회관
조사일시 : 2009.2.17
조 사 자 : 김헌선, 최자운, 김은희, 변남섭, 시지은
제 보 자 : 윤금순, 여, 84세
구연상황 : 별 헤는 소리를 잘 불러준 제보자에게 다리빼기 놀이 하면서 부른 노래가 있
　　　　　 냐고 물었다. 다른 할머니가 '이거리 저거리 아냐?' 하시자, 제보자는 '이거리
　　　　　 저거리'는 나중에 나왔고, 우리 어렸을 때는 '한알대 두알대'로 했다면서 옆
　　　　　 의 할머니와 다리를 나란히 끼고 노래를 불렀다.

　　　한알대 두알대
　　　사마중 날대
　　　용낭 거지
　　　팔대 장군
　　　고드래 뽕

　그러면 이렇게 비켜 놓고 인제, 세 다리 갖고 또 고대로 했어.

　　　한알대 두알대
　　　사마중 날대
　　　용낭 거지
　　　팔대 장군
　　　고드래 뽕

　이건 비켜 놓고.

　　　한알대 두알대
　　　사마중 날대
　　　용낭 거지

팔대 장군

고드래 뽕

요것두 비켜 놓고.

한알대 두알대

사마중 날대

영낭 거지

팔대 장군

고드래 뽕

요것두 비키구, 이제 끝이지.

이 빠진 아이 놀리는 노래

자료코드 : 02_06_FOS_20090217_SJE_YGS_0003
조사장소 : 경기도 김포시 하성면 가금리 239번지 가금3리 마을회관
조사일시 : 2009.2.17
조 사 자 : 김헌선, 최자운, 김은희, 변남섭, 시지은
제 보 자 : 윤금순, 여, 84세
구연상황 : 남궁옥순 할머니가 앞니 빠진 달궁새를 부르자, 조사자들이 윤금순 제보자에
　　　　　 게도 노래를 청했다. 제보자는 남궁옥순 할머니가 부른 것과 똑같다며 하지
　　　　　 않으려 했다. 재차 청하자 노래를 불렀고, 조사자들이 어렸을 때 아이들 놀리
　　　　　 는 것처럼 한 번 더 해달라고 청했으나 다시 부르진 않았다.

앞니 빠진 달궁새

우물 길에 가지 마

붕어 새끼 놀래 자빠진다

용두레 소리

자료코드 : 02_06_FOS_20090210_BNS_YS_0001
조사장소 : 경기도 김포시 하성면 후평2리 417-2 후평2리 마을회관
조사일시 : 2009.2.10
조 사 자 : 김헌선, 최자운, 김은희, 변남섭, 시지은
제 보 자 : 윤석, 남, 81세
구연상황 : 물을 풀 때 하는 소리를 어떻게 하느냐고 물어보니 수를 세면서 해야 힘이
안 들고 가만히 앉아서 물만 푸면 힘이 든다고 하면서 짧게 불러 주었다.

나두 한 두레를 폈구나

모심는 소리

자료코드 : 02_06_FOS_20090211_BNS_LGH_0001
조사장소 : 경기도 김포시 하성면 석탄3리 57번지 석탄3리 복지회관
조사일시 : 2009.2.11
조 사 자 : 김헌선, 최자운, 김은희, 변남섭, 시지은
제 보 자 : 이개하, 남, 82세
구연상황 : 모찌거나 모심을 때의 노래를 끌어내기 위해 모인 사람들이 모두 정성껏 여
러 차례 반복하였다. 결국 기억해 내지 못하고 모심는 소리 중 받는 소리만을
제공해 주었다. 한 사람이 노래를 부르면 여러 사람들이 따라서 하는 형태라
고 설명해 주었다.

혀나 혀나(허나 허나)

혀나 혀나

혀나 혀나

모심는 소리

자료코드 : 02_06_FOS_20090210_BNS_LDY_0001
조사장소 : 경기도 김포시 하성면 시암1리 449-1 시암1리 마을회관
조사일시 : 2009.2.10
조 사 자 : 김헌선, 최자운, 김은희, 변남섭, 시지은
제 보 자 : 이동영, 남, 86세
구연상황 : 모내기에 대해 이야기를 나누다 노래를 들려 달라고 하니 혼자서 모심는 소리를 불러 주었다. 경기도 김포는 '하나 소리' 권역으로 동일한 소리가 확인된다.

오늘 우리 모내러 왔으니, 노래나 좀 해 가면서 모내지.
그립시다. 허먼 여럿이 하는 거야.
그러며는 이제 소리 주는 사람이,
자 내가 소리를 한마디 줄 테니까 따라서 해.

오늘도 모였으니
노래나 해 가며 모를 내세
허어이나 허어이나
하나 둘이로구나

어이 잘한다. 또.

허이나아 허어이나
하나 둘이로구나

논 매는 소리 / 상사디야 소리

자료코드 : 02_06_FOS_20090210_BNS_LDY_0002
조사장소 : 경기도 김포시 하성면 시암1리 449-1 시암1리 마을회관

조사일시 : 2009.2.10

조 사 자 : 김헌선, 최자운, 김은희, 변남섭, 시지은

제 보 자 : 이동영, 남, 86세

구연상황 : 김매기는 보름을 전후하여 논을 봐 가며 매는데 초벌 두벌 소리는 같다고 한
다. 논맬 때 몇 번 매냐고 물어보니, 애벌은 호미로 논바닥을 뒤집고 두벌과
세벌은 손으로 매는 것이라고 한다. 그러면서 "논 맬 때 한 마디 해 봐?" 하
시고는 바로 소리를 하였다. 주는 소리는 노랫가락, 청춘가 등 여러 가지로
내고, 받는 사람은 '넬렐렐 상사디야'로만 받는다고 한다.

　　　넬렐렐 상사디야

　첫마디를 이렇게 허고 받는 사람이 또 여럿이.

　　　넬렐렐 상사디야

용두레질 소리

자료코드 : 02_06_FOS_20090210_BNS_LDY_0003

조사장소 : 경기도 김포시 하성면 시암1리 449-1 시암1리 마을회관

조사일시 : 2009.2.10

조 사 자 : 김헌선, 최자운, 김은희, 변남섭, 시지은

제 보 자 : 이동영, 남, 86세

구연상황 : 물푸는 소리를 길게 한 번 부탁하니 불러 주었다. 옆에서 다른 제보자 두 사
람이 부연 설명도 해주며 즐거운 분위기 속에서 진행되었다.

　오늘도 물이나 한 번 퍼보세.

　　　하나나 둘이나 엣

　　　둘이나 셋이다 엣

　　　다서 여섯 엣

　　　일고 여덟 엣

여덜 아홉에 엣

열이로구나 아

또 넘어간다 엣

둘은 셋인데 엣

논 삶이 소리 / 소 모는 소리

자료코드 : 02_06_FOS_20090210_BNS_LDY_0004

조사장소 : 경기도 김포시 하성면 시암1리 449-1 시암1리 마을회관

조사일시 : 2009.2.10

조 사 자 : 김헌선, 최자운, 김은희, 변남섭, 시지은

제 보 자 : 이동영, 남, 86세

구연상황 : 논을 써레를 가지고 논을 썰 때 소를 몰면서 하는 소리를 물어보자, 이 노래를 해 주었다. 아침에 나오는 과정부터 시작하여 소를 모는 요령이 담긴 소리를 실감나게 해 주었다. 썰 때는 '이랴' 하면서 오른쪽은 고삐를 당기고 왼쪽으로 몰 때는 '워디여 워디여', 세울 때는 '워' 한다고 하였다.

소 인제 아침에 인제 죽을 멕여서 끌고 나가는 거야

　　이랴 어서 가자 모내게

　　또 논 썰어야지

그 이제 논에 가서 논을 썰릴려고 멍에를 지고

　　이랴

이러는 거야

　　어서 가자 오늘도 이 논을 다 썰어야 돼

　　이랴

짤까닥 짤까닥, 소리가 나는 거야 인제. 물 갈리는 거야

　　　이랴

짤까닥 짤까닥, 물 갈리는 소리라구

　　　이랴
　　　어디어디어디어디여
　　　어디로 가 이

(청중 : 이랴. 어서 가자.)

　　　이랴
　　　쯧쯧쯧쯧
　　　워디여 워디여 워디여
　　　어디로 자꾸 가는 거야
　　　워

배 아플 때 쓸어주며 하는 소리

자료코드 : 02_06_FOS_20090210_BNS_LDY_0005
조사장소 : 경기도 김포시 하성면 시암1리 449-1 시암1리 마을회관
조사일시 : 2009.2.10
조 사 자 : 김헌선, 최자운, 김은희, 변남섭, 시지은
제 보 자 : 이동영, 남, 86세
구연상황 : 배가 아플 때 할머니들이 배를 만져주면서 해주는 소리가 있는지 물어보니
　　　　　 구연자가 할머니와 손주의 1인 2역을 해가며 실감나게 해 주었다.

배가 어디가 그렇게 아프냐?

할머니 여기가 아파.

어디? 여기냐?

네, 아이 아파 죽겠어요.

가만 있어라.

　　할머니 손이 약이다

　　할머니 손이 약이다

용두레질 소리

자료코드 : 02_06_FOS_20090320_CJU_LBW_0001
조사장소 : 경기도 김포시 하성면 가금1리 484-32번지 이병욱 자택
조사일시 : 2009.3.20
조 사 자 : 김헌선, 최자운, 김은희, 변남섭, 시지은
제 보 자 : 이병욱, 남, 65세
구연상황 : 가금1리의 농사 일정에 대해 이야기하던 중 논에 물을 댈 때 어떤 소리를 하
　　　　　냐고 묻자 아래 소리를 해 주었다.

　　하나는 둘이요

　　둘은 서이

　　서이 너이

　　너이 다섯

　　다섯 여섯에

　　일곱은 여덟에

　　여덟 아홉

　　아홉은 열인데

　　물 넘어간다

　　밥 나왔구나

　　열에 하나요

열에 둘인데

열에 서이

열은 너이

열에 다섯에

물 넘어간다

모찌는 소리

자료코드 : 02_06_FOS_20090320_CJU_LBW_0002
조사장소 : 경기도 김포시 하성면 가금1리 484-32번지 이병욱 자택
조사일시 : 2009.3.20
조 사 자 : 김헌선, 최자운, 김은희, 변남섭, 시지은
제 보 자 : 이병욱, 남, 65세
구연상황 : 옛날에 손으로 농사를 지을 때 모를 심으면서 어떤 소리를 했냐고 물으니 아
래 소리를 해 주었다.

쭐러덩 쭐러덩

또 한 침을 쪘구나

모심는 소리

자료코드 : 02_06_FOS_20090320_CJU_LBW_0003
조사장소 : 경기도 김포시 하성면 가금1리 484-32번지 이병욱 자택
조사일시 : 2009.3. 20
조 사 자 : 김헌선, 최자운, 김은희, 변남섭, 시지은
제 보 자 : 이병욱, 남, 65세
구연상황 : 모를 찌고 나서 모를 심을 때에는 아래 소리를 한다며 소리를 해 주었다.

허나 허니

모내기를 헙시다

상여 소리 / 달구 소리

자료코드 : 02_06_FOS_20090320_CJU_LBW_0004_s01
조사장소 : 경기도 김포시 하성면 가금1리 484-32번지 이병욱 자택
조사일시 : 2009.3.20
조 사 자 : 김헌선, 최자운, 김은희, 변남섭, 시지은
제 보 자 : 이병욱, 남, 65세
구연상황 : 농사 관련 소리에 대해 조사를 마치고 자연스럽게 상여 소리에 대해 조사하
　　　　　면서 상여 소리를 부탁하였다. 제보자가 선소리를 하면 뒷소리를 조사자들에
　　　　　게 받아야 소리를 이어가기 수월하다고 하여, 제보자가 조사자에게 후렴 받는
　　　　　방법을 가르쳐 준 뒤 조사자 가운데 최자운이 뒷소리를 받고 제보자가 선소
　　　　　리를 구연하였다.

　　　　어디로 가나 어디로 가나 북망산천을 어디로 가나

　　　　에헤 어허야 어기영차 어허야

　　　　어서 가요 어서 가요 천년만년지 어서 가요

　　　　에헤 어허야 어기영차 어허야

　　　　우리 부모가 날 배실 때 무슨 정성 드리셨냐

　　　　에헤 어허야 어기영차 어허야

　　　　명산대천 다니시며 백일 정성 드리셔서

　　　　에헤 어허야 어기영차 어허야

　　　　석가세존에 공덕으로 아버님 전에 뼈를 빌고

　　　　에헤 어허야 어기영차 어허야

　　　　아버님 전 뼈를 빌고 어머님 전에 살을 빌어

　　　　에헤 어허야 어기영차 어허야

　　　　칠성님 전에 명을 빌고 제석님 전에 복을 받아서

상여 소리 / 달구 소리

자료코드 : 02_06_FOS_20090320_CJU_LBW_0004_s02
조사장소 : 경기도 김포시 하성면 가금1리 484-32번지 이병욱 자택
조사일시 : 2009.3.20
조 사 자 : 김헌선, 최자운, 김은희, 변남섭, 시지은
제 보 자 : 이병욱, 남, 65세
구연상황 : 농사 관련 소리에 대해 조사를 마치고 자연스럽게 상여 소리에 대해 조사하
면서 상여 소리를 부탁하였다. 제보자가 선소리를 하면 뒷소리를 조사자들에
게 받아야 소리를 이어가기 수월하다고 하여, 제보자가 조사자에게 후렴 받는
방법을 가르쳐 준 뒤 조사자 가운데 최자운이 뒷소리를 받고 제보자가 선소
리를 구연하였다.

에~ 어리 달구

에~ 어리 달구

상여 소리 / 달구 소리

자료코드 : 02_06_FOS_20090320_CJU_LBW_0004_s03
조사장소 : 경기도 김포시 하성면 가금1리 484-32번지 이병욱 자택
조사일시 : 2009.3.20
조 사 자 : 김헌선, 최자운, 김은희, 변남섭, 시지은
제 보 자 : 이병욱, 남, 65세
구연상황 : 농사 관련 소리에 대해 조사를 마치고 자연스럽게 상여 소리에 대해 조사하
면서 상여 소리를 부탁하였다. 제보자가 선소리를 하면 뒷소리를 조사자들에
게 받아야 소리를 이어가기 수월하다고 하여, 제보자가 조사자에게 후렴 받는
방법을 가르쳐 준 뒤 조사자 가운데 최자운이 뒷소리를 받고 제보자가 선소
리를 구연하였다.

우리 부모가 날 기를 제

어이어라 달구

무슨 정성 드리셨냐

어이어라 달구

여름이면 더울새라

어이어라 달구

겨울이면 추울새라

어이어라 달구

천금 주어 만금 주어

어이어라 달구

나를 곱게 길렀건만

어이어라 달구

어려서는 철을 몰라

어이어라 달구

부모 은공 갚을소냐

어이어라 달구

다섯하니 열이로다

어이어라 달구

열에 다섯 대장부요

어이어라 달구

인간 칠십 고래희요

어이어라 달구

팔십 장년에 구십 중반

어이어라 달구

백 살을 산다 해도

어이어라 달구

병든 날 빼고 잠든 날 빼면

어이어라 달구

단 사십을 못 사는 인생

어이어라 달구

어느 하가에 공 갚을소냐

어이어라 달구

춘추는 연년록이요

어이어라 달구

왕손은 지불지라

어이어라 달구

초록 같은 우리 인생

어이어라 달구

아차 한 번 죽어지면

어이어라 달구

싹도 움도 아니난다

어이어라 달구

어제 오늘 성튼 몸이

어이어라 달구

저녁 나절에 병이 드니

어이어라 달구

상여 소리 / 달구 소리

자료코드 : 02_06_FOS_20090320_CJU_LBW_0004_s04

조사장소 : 경기도 김포시 하성면 가금1리 484-32번지 이병욱 자택

조사일시 : 2009.3.20

조 사 자 : 김헌선, 최자운, 김은희, 변남섭, 시지은

제 보 자 : 이병욱, 남, 65세

구연상황 : 농사 관련 소리에 대해 조사를 마치고 자연스럽게 상여 소리에 대해 조사하
면서 상여 소리를 부탁하였다. 제보자가 선소리를 하면 뒷소리를 조사자들에

게 받아야 소리를 이어가기 수월하다고 하여, 제보자가 조사자에게 후렴 받는 방법을 가르쳐 준 뒤 조사자 가운데 최자운이 뒷소리를 받고 제보자가 선소리를 구연하였다.

에헤 에헤야 어타 우겨라 방아로구나 나니가 난실 나니로구나 니나노 회방아 좋소
에~ 에헤야 어허 우겨라 방아로구나 나니가 난실 나니로구나 니나노 회방아 좋소

창부 타령

자료코드 : 02_06_FOS_20090320_CJU_LBW_0005
조사장소 : 경기도 김포시 하성면 가금1리 484-32번지 이병욱 자택
조사일시 : 2009.3.20
조 사 자 : 김헌선, 최자운, 김은희, 변남섭, 시지은
제 보 자 : 이병욱, 남, 65세
구연상황 : 달구 소리가 끝난 뒤 흥이 난 제보자는 소리를 하나 하겠다고 하면서 어깨를 들썩이며 아래 소리를 하였다. 여인의 신산한 일생을 엮어서 부르는 잡가의 가사를 창부 타령에 얹어 불렀다.

황해도나 봉산 구월산 밑에 약초를 캐는 저 처녀야
너의 집은 어디나길래 해가 져두룩(지도록) 아니를 가니
저에 집은 저 산 너머 초가삼간이 내 집이요
한두 살에는 어머니 잃고 세네 살에는 아버지 잃고
삼오 십오 열다섯 살에 시집이라고 갔더니만
사오 이십 스무 살에는 남편조차 군인 가고
오육 삼십 서른 살에는 새끼라고는 애꾸를 낳고
오오 이십오 스물 다섯에는 남편조차나 꺼꾸러졌네
얼씨구나 좋구나 지화자 좋네 아니 노지는 못허리라

상여 소리 / 평지에 갈 때

자료코드 : 02_06_FOS_20090218_SJE_LBH_0001_s01
조사장소 : 경기도 김포시 하성면 석탄3리 57번지 석탄3리 마을회관
조사일시 : 2009.2.18
조 사 자 : 김헌선, 최자운, 김은희, 변남섭, 시지은
제 보 자 : 이병하, 남, 77세
구연상황 : 소리를 잘한다는 제보자를 만나러 다시 석탄3리 마을회관에 가니 여러 어르
신들이 모여 있었다. 제보자가 상여 나가는 소리를 시작하려고 하는데 소리를
받아 줄 사람이 없자, 제보자가 다른 분들과 받는 소리를 간단하게 연습하고
나서야 소리를 시작할 수 있었다.

어~ 허~ 허어야 어허 넘차 어허야

어~ 허~ 어허야 어리 넘차 어허야

간다 간다 나는 간다 아들딸 버리고 나는 간다

어~ 허~ 어허야 어리 넘차 어허야

고향 산천이 머다 해도 대문 밖이 저승이다

어~ 허~ 어허야 어리 넘차 어허야

['이제 고만 해야지' 하며 소리를 중단한다. 조사자가 두 마디만 더 해
달라고 청해서 두 마디를 더 해 주셨다.]

어~ 허~ 어허야 어 넘차 어허야

어~ 허~ 어허야 어리 넘차 어허야

북망산천이 멀다 해도 저승길이 문 앞이다

어~ 허~ 어허야 어리 넘차 어허야

고만 해야지 이제, 힘들어서 못하겠어.

상여 소리 / 오르막 갈 때

자료코드 : 02_06_FOS_20090218_SJE_LBH_0001_s02
조사장소 : 경기도 김포시 하성면 석탄3리 57번지 석탄3리 마을회관
조사일시 : 2009.2.18
조 사 자 : 김헌선, 최자운, 김은희, 변남섭, 시지은
제 보 자 : 이병하, 남, 77세
구연상황 : 소리를 잘한다는 제보자를 만나러 다시 석탄3리 마을회관에 가니 여러 어르
　　　　　신들이 모여 있었다. 제보자가 상여 나가는 소리를 시작하려고 하는데 소리를
　　　　　받아 줄 사람이 없자, 제보자가 다른 분들과 받는 소리를 간단하게 연습하고
　　　　　나서야 소리를 시작할 수 있었다.

엉차
영차
엉차
영차
엉차
영차
엉차
영차

용두레질 소리

자료코드 : 02_06_FOS_20090218_SJE_LBH_0002
조사장소 : 경기도 김포시 하성면 석탄3리 57번지 석탄3리 마을회관
조사일시 : 2009.2.18
조 사 자 : 김헌선, 최자운, 김은희, 변남섭, 시지은
제 보 자 : 이병하, 남, 77세
구연상황 : 상여 소리를 마친 제보자에게 옆의 분들이 '이 분이 다른 소리도 잘한다.'며
　　　　　소리를 더 청하였다. 논 맬 때 많이 부르던 '박연폭포'를 하려고 했으나 가사

가 떠오르지 않아 하지 못했다. 조사자가 용두레로 논에 물 퍼 올릴 때 하던 소리가 있었냐고 묻자 이 노래를 불렀는데, 노래가 끝나자 다른 분들이 '물 많이 푼 것처럼 하려고 말을 꾸며서들 했다'고 설명을 덧붙였다. 소리를 마친 뒤 다른 재미있는 말을 붙이지 않냐고 묻자, 다른 어르신께서 '그건 자기 마음대로 꾸며서 한다'고 하였고, 또 다른 어르신이 '며느리가 밥을 가지고 왔을 때 삼천 두레를 폈다'고 하면 며느리가 '그렇게 많이 푸셨냐'고 놀라는데, 그러면 '어저께까지' 해서 웃었다고 한다.

지게 용두레 그걸 못해?

　　일곱 여덟
　　여덟 아홉
　　물 넘어간다

이러는 거지, 뭘.

　　물 넘어 간다
　　여기도 하나
　　여기도 두 개

이럭 허는 거지 뭘.

　　삼천 두레가 넘어간다
　　삼천 두레 또 넘어간다

이렇게 하는 거야.

대추 떨어지길 바라며 부르는 노래

자료코드 : 02_06_FOS_20090212_BNS_LYH_0001
조사장소 : 경기도 김포시 하성면 마곡2리 184번지 이영희 자택

조사일시 : 2009.2.12

조 사 자 : 김헌선, 최자운, 김은희, 변남섭, 시지은

제 보 자 : 이영희, 여, 71세

구연상황 : 어렸을 때 대추나무 밑에서 대추가 떨어지라고 하면서 불렀던 노래가 있냐고
하니 이 노래를 불러 주었다. 어려서 자신이 직접 듣고 부르던 노래라고 하였다.

> 바람아 바람아 불어라
>
> 대추야 대추야 떨어져라
>
> 아이야 아이야 줏어라
>
> 너도 먹구 나도 먹자

이 빠진 아이 놀리는 노래

자료코드 : 02_06_FOS_20090212_BNS_LYH_0002

조사장소 : 경기도 김포시 하성면 마곡2리 184번지 이영희 자택

조사일시 : 2009.2.12

조 사 자 : 김헌선, 최자운, 김은희, 변남섭, 시지은

제 보 자 : 이영희, 여, 71세

구연상황 : 이가 빠진 아이들을 놀리는 노래가 있는지 물어보니 바로 불러 주었다.

> 이빨 빠진 금강새
>
> 우물 앞에 가지 마라
>
> 붕어 새끼 놀려 댄다

춘향이 노래

자료코드 : 02_06_FOS_20090212_BNS_LYH_0003

조사장소 : 경기도 김포시 하성면 마곡2리 184번지 이영희 자택

조사일시 : 2009.2.12

조 사 자 : 김헌선, 최자운, 김은희, 변남섭, 시지은
제 보 자 : 이영희, 여, 71세
구연상황 : 어렸을 때 친구들과 둘러 앉아 춘향이 노래를 부르면서 놀이를 했냐고 하니
춘향이 노래를 해 주었다. 노래를 수없이 되풀이하면 춘향이가 사람 몸에 들
어와서 노는데, 끝까지 놀아 주지 않으면 그 사람의 몸에서 귀신이 떠나지 않
아 실성한 사람처럼 된다고 설명했다. 그래서 어른들은 이 놀이를 하지 말라
고 했다고 한다.

춘향아 춘향아

나이는 십 팔세

이곳에 와서

재미있게 놀다 갑시다

자장가

자료코드 : 02_06_FOS_20090212_BNS_LYH_0004
조사장소 : 경기도 김포시 하성면 마곡2리 184번지 이영희 자택
조사일시 : 2009.2.12
조 사 자 : 김헌선, 최자운, 김은희, 변남섭, 시지은
제 보 자 : 이영희, 여, 71세
구연상황 : 할머니나 어머니가 아이들을 재울 때 불러 주던 노래를 부탁하니 이 노래를
불러 주었는데 기억나는 가사가 짧아서 아쉬웠다.

어려서는 효자 되고

커서는 부모한테 효자 되라

어둡고 괴로워라

자료코드 : 02_06_FOS_20090212_BNS_LYH_0005

조사장소 : 경기도 김포시 하성면 마곡2리 184번지 이영희 자택

조사일시 : 2009.2.12

조 사 자 : 김헌선, 최자운, 김은희, 변남섭, 시지은

제 보 자 : 이영희, 여, 71세

구연상황 : 친구들과 놀이를 하며 부르던 노래가 있는지 물어보니 고무줄 할 때 불렀던
노래라며 해 주었다. 그러나 기억이 온전치 않아서 노래의 끝을 맺지 못했다.
전통적인 동요는 아니지만 아이들이 놀이요로 불렀으므로 중요한 가치가 있
다고 판단된다.

어둡고 괴로워라

밤은 길더니

삼천리 이 강산에

먼동이 트네

동무야 일어나라

손에 손 잡고

잠자라 꼼자라

자료코드 : 02_06_FOS_20090212_BNS_LYH_0006

조사장소 : 경기도 김포시 하성면 마곡2리 184번지 이영희 자택

조사일시 : 2009.2.12

조 사 자 : 김헌선, 최자운, 김은희, 변남섭, 시지은

제 보 자 : 이영희, 여, 71세

구연상황 : 어렸을 때 잠자리를 어떻게 잡았는지 물어보니 이 노래를 부르며 가만 가만
히 가서 잠자리를 잡았다고 한다.

잠자라 꼼자라

멀리 가면 죽는다

고기 고기 앉아라

잠자라 꼼자라

멀리 가면 죽는다

고기 고기 앉어라

엄마 엄마 이리 와

자료코드 : 02_06_FOS_20090212_BNS_LYH_0007
조사장소 : 경기도 김포시 하성면 마곡2리 184번지 이영희 자택
조사일시 : 2009.2.12
조 사 자 : 김헌선, 최자운, 김은희, 변남섭, 시지은
제 보 자 : 이영희, 여, 71세
구연상황 : 어렸을 때 많이 불렀다며 이 노래를 불러 주었다. 전통적이 민요가 아니라 교
과서에 실린 노래지만, 제보자가 어릴 적에 부른 기억으로 들려주었다. 전래
동요와 창작동요를 모두 기억하고 있는 제보자의 특징을 나타내는 곡을 드러
내는 곡이라고 할 수 있다.

엄마 엄마 이리 와

요것 보서요

병아리떼 뽕뽕뽕

놀고 간 뒤에

미나리 파란 싹시

돋아났어요

미나리 파란 싹시

돋아났어요

엄마 엄마 이리 와

요것 보세요

민들레 예쁜 꽃이

피어났어요

민들레 예쁜 꽃이

피어났어요

상여 소리 / 달구 소리

자료코드 : 02_06_FOS_20090224_CJU_LJW_0001_s01
조사장소 : 경기도 김포시 하성면 마곡리 530번지 하성초등학교 23회 동창회사무실
조사일시 : 2009.2.24
조 사 자 : 김헌선, 최자운, 김은희, 변남섭, 시지은
제 보 자 : 이재원, 남, 70세
구연상황 : 주변 사람들이 이재원의 장기는 상여 소리라고 하여 조사자들이 상여 소리
를 부탁하니, 제보자는 잘 될지 모르겠다고 하면서 소리를 시작하였다.

에헤 어허야 어거리 넘차 어허야

에헤 어허야 어거리 넘차 어허야

간다 간다 나는 간다 어거리 넘차 어허아

에헤 어허야 어거리 넘차 어허야

이제 가면은 언제나 오나 어거리 넘차 어허야

에헤 어허야 어거리 넘차 어허야

저승길이나 멀다구 해도 대문 밖이 저승일세

에헤 어허야 어거리 넘차 어허야

상여 소리 / 달구 소리

자료코드 : 02_06_FOS_20090224_CJU_LJW_0001_s02
조사장소 : 경기도 김포시 하성면 마곡리 530번지 하성초등학교 23회 동창회사무실
조사일시 : 2009.2.24
조 사 자 : 김헌선, 최자운, 김은희, 변남섭, 시지은

제 보 자 : 이재원, 남, 70세

구연상황 : 주변 사람들이 이재원의 장기는 상여 소리라고 하여 조사자들이 상여 소리를 부탁하니, 제보자는 잘 될지 모르겠다고 하면서 소리를 시작하였다.

에헤 어허이~ 달고~

에헤~ 달고~

상여 소리 / 달구 소리

자료코드 : 02_06_FOS_20090224_CJU_LJW_0001_s03

조사장소 : 경기도 김포시 하성면 마곡리 530번지 하성초등학교 23회 동창회사무실

조사일시 : 2009.2.24

조 사 자 : 김헌선, 최자운, 김은희, 변남섭, 시지은

제 보 자 : 이재원, 남, 70세

구연상황 : 주변 사람들이 이재원의 장기는 상여 소리라고 하여 조사자들이 상여 소리를 부탁하니, 제보자는 잘 될지 모르겠다고 하면서 소리를 시작하였다.

엇다 지었구나

노들강변에 비둘기 한 쌍

푸른 콩 하나를 입에다 물고

암놈이 물어 숫놈을 주고

숫놈이 물어서 암놈을 주니

숫놈 암놈이 벼르는 소리

늙은 과부는 한숨만 쉬고

젊은 과부는 에루하 밤봇짐 싼다

에헤 허허야 어허

우겨라 방아로구나

나니가 나니가 나니로구나

니나노 방아가 좋소

엇다 지었구나

달아 달아 밝은 달아

이태백이나 놀던 달아

저기 저기 저 달 속에

계수나무 박혔으니

금도끼로 찍어다가

은도끼루 다듬어서

초가삼간을 집을 짓고

양친 부모를 모셔다가

천년만년을 에루하 잘 살아 보자

에헤 어허야 어허야

우겨라 방아로구나

나니가 나니가 나니로구나

니나노 달고가 좋소

상여 소리 / 달구 소리

자료코드 : 02_06_FOS_20090224_CJU_LJW_0001_s04

조사장소 : 경기도 김포시 하성면 마곡리 530번지 하성초등학교 23회 동창회사무실

조사일시 : 2009.2.24

조 사 자 : 김헌선, 최자운, 김은희, 변남섭, 시지은

제 보 자 : 이재원, 남, 70세

구연상황 : 주변 사람들이 이재원의 장기는 상여 소리라고 하여 조사자들이 상여 소리를 부탁하니, 제보자는 잘 될지 모르겠다고 하면서 소리를 시작하였다.

에헤여리 달고

에헤여리 달고

달고 닫는 여러분들

에헤여리 달고

골고루다 다져를 보소

에헤여리 달고

하늘천(天)자 따지(地) 땅에

에헤여리 달고

집우(宇) 자루다 집을 짓고

에헤여리 달고

이 집을 진 지 삼 년 안에

에헤여리 달고

고사 한 번을 잘 드렸더니

에헤여리 달고

아들을 나면은 효자를 낳고

에헤여리 달고

딸을 나면은 열녀로다

에헤여리 달고

저 건너 쑥배기 밭에

에헤여리 달고

솔씨 닷말을 뿌렸더니

에헤여리 달고

아래 웃말 떼새들이

에헤여리 달고

다 까먹고 빈 좃대만

에헤여리 달고

우떡 서 있으니

에헤여리 달고
삼척동자 아이들아
에헤여리 달고
호저 밭에 새 날려라
허~

논 매는 소리

자료코드 : 02_06_FOS_20090224_CJU_LJW_0002_s01
조사장소 : 경기도 김포시 하성면 마곡리 530번지 하성초등학교 23회 동창회사무실
조사일시 : 2009.2.24
조 사 자 : 김헌선, 최자운, 김은희, 변남섭, 시지은
제 보 자 : 이재원, 남, 70세
구연상황 : 논을 맬 때 어떤 소리를 했냐고 하니, 예전에 논을 매면 술 한 잔씩들 먹고
          흥이 날 때 힘든 것을 잊기 위해 소리를 했다고 하였다.

박연폭포 흘러가는 물은
봉서정으루 연실 들어간다
에헤 어허야 에양 에루하 좋구 좋다
어러럼마 디여라 내 사랑아
박연에 폭포가 제 아무리 깊다 해도
우리네 양인에 정만은 못하리
에헤 어허야 에양 에루하 좋구 좋다
어러럼아 디여라 내 사랑아

논 매는 소리

자료코드 : 02_06_FOS_20090224_CJU_LJW_0002_s02
조사장소 : 경기도 김포시 하성면 마곡리 530번지 하성초등학교 23회 동창회사무실
조사일시 : 2009.2.24
조 사 자 : 김헌선, 최자운, 김은희, 변남섭, 시지은
제 보 자 : 이재원, 남, 70세
구연상황 : 논을 맬 때 어떤 소리를 했냐고 하니, 예전에 논을 매면 술 한 잔씩들 먹고
홍이 날 때 힘든 것을 잊기 위해 소리를 했다고 하였다.

어랑 타령 본 조종은 함경도 원산이구요
나의 집엔 본 조장은 김포 하성이란다
어랑 어랑 어허야 어야 더야 내 사랑아
바람아 봄바람아 니가 불지를 말어라
어리당당 ○○○○ 모두가 흐트러진단다
어랑 어랑 어허야 어야 더야 내 사랑아

모찌는 소리

자료코드 : 02_06_FOS_20090224_CJU_LJW_0003
조사장소 : 경기도 김포시 하성면 마곡리 530번지 하성초등학교 23회 동창회사무실
조사일시 : 2009.2.24
조 사 자 : 김헌선, 최자운, 김은희, 변남섭, 시지은
제 보 자 : 이재원, 남, 70세
구연상황 : 이 마을에 모를 찔 때 어떤 소리를 했냐고 물으니 소리를 해 주었다.

쪘네 쪘네
여기두 한 찜을 쪘네

용두레질 소리

자료코드 : 02_06_FOS_20090224_CJU_LJW_0004
조사장소 : 경기도 김포시 하성면 마곡리 530번지 하성초등학교 23회 동창회사무실
조사일시 : 2009.2.24
조 사 자 : 김헌선, 최자운, 김은희, 변남섭, 시지은
제 보 자 : 이재원, 남, 70세
구연상황 : 양수기가 없던 시절 논에 물을 댈 때 어떤 소리를 했냐고 물으니 소리를 해
주었다.

여서 일곱에

일곱에 여덜

여덜 아홉은

열이로구나

이천 두레다

(청중 : 아이, 그렇게 많이 푸셨어요?)

또 넘어왔구나

(청중 : 그렇게 많이 푸셨어요?)

어저께 푼 것까지

용두레질 소리

자료코드 : 02_06_FOS_20090210_BNS_LJG_0001
조사장소 : 경기도 김포시 하성면 시암1리 449-1 시암1리 마을회관
조사일시 : 2009.2.10
조 사 자 : 김헌선, 최자운, 김은희, 변남섭, 시지은
제 보 자 : 이정근, 남, 78세

구연상황 : 물을 올려야 모를 낼 수 있기 때문에 모내기 전에 물을 푼다고 하였다. 나무를 깎거나 짜서 용두레 연장을 만든 후 '보(洑)'로 흘러 온 저수지의 물을 용두레로 논에 퍼 올렸다고 한다. 보통 봄철 망종 때에 보를 열었다고 한다. 물은 원래 혼자 푸는 것인데, 논이 계단식으로 높은 경우는 4단계(4턱)까지도 퍼 올렸다고 한다. 용두레질 할 때 하는 소리를 부탁하니 물푸는 소리는 내가 박사라면서 불러 주었다. 노래를 마치고는 물을 푸다 힘이 들면 막걸리 먹어가며 노래도 부르고, 목이 마르면 논의 물도 먹었다고 하였다

넘어간다

또 넘어간다

하나 둘

또 넘어간다

이 물이 가면

어디까지 가나

또 푸구

또 퍼서

이거루다가

농사를 질 수 있나

넘어간다

또 넘어간다

소 모는 소리

자료코드 : 02_06_FOS_20090210_BNS_LCH_0001
조사장소 : 경기도 김포시 하성면 후평2리 417-2 후평2리 마을회관
조사일시 : 2009.2.10
조 사 자 : 김헌선, 최자운, 김은희, 변남섭, 시지은
제 보 자 : 이철호, 남, 74세
구연상황 : 논을 썰 때 소를 어떻게 모냐고 물어보니 노인회장의 설명과 더불어서 해 주었다.

가자

그거고

어디 어디여

왼쪽으로

이랴

고삐 치며는 오른쪽으로 오고

상여 소리

자료코드 : 02_06_FOS_20090211_BNS_LSJ_0001_s01
조사장소 : 경기도 김포시 하성면 가금3리 239번지 가금3리 마을회관
조사일시 : 2009.2.11
조 사 자 : 김헌선, 최자운, 김은희, 변남섭, 시지은
제 보 자 : 임성재, 남, 67세
구연상황 : 이 지역에 상여가 나갈 때 하는 소리가 전해지는지 물어보니 해 주었다. 상여
소리는 평길이나 오르막길이나 다 똑같이 한다고 한다.

에 헤이 헤야 어히어 넘차 허허야
이제가면 언제 오나 호천망극 떠나간다
에 헤 헤헤야 어허이 넘차 어허야
에 헤 허허야 어허이 넘차 어허야
간다 간다 나는 간다 너희들 두고 떠나간다
어이 허이 허허야 어허이 넘차 어허야
일가친척 다 버리고 호천망극 떠나간다
어이 허이 허허야 어허이 넘차 어허야

내 집은 멀어지고 네 집은 가까워진다

어이 허이 허허야 어허이 넘차 어허야

달고 소리

자료코드 : 02_06_FOS_20090211_BNS_LSJ_0001_s02

조사장소 : 경기도 김포시 하성면 가금3리 239번지 가금3리 마을회관

조사일시 : 2009.2.11

조 사 자 : 김헌선, 최자운, 김은희, 변남섭, 시지은

제 보 자 : 임성재, 남, 67세

구연상황 : 앞의 상여 소리에 이어서 계속하였다.

에헤이 달고

어어허리 달고

먼 데 사람 듣기 좋게

어허어리 달고

이리저리 빈틈없이

이리저리 빈틈없이

에이허리 달고

창부 타령

자료코드 : 02_06_FOS_20090211_BNS_LSJ_0002

조사장소 : 경기도 김포시 하성면 가금3리 239번지 가금3리 마을회관

조사일시 : 2009.2.11

조 사 자 : 김헌선, 최자운, 김은희, 변남섭, 시지은

제 보 자 : 임성재, 남, 67세

구연상황 : 상여 소리, 달고 소리에 소리판이 무르익으니 옆에 할머니들과 제보자들이 더

하라고 주문을 하였다. 이에 흥이 더 올라 창부 타령을 해 주었다.

아니 이야
아니 노지는 못허리라
남 난 시에 나도 났구요
남 난 달에도 낳건만은
이내 팔자 기박하여
농부의 자식이 웬 말이냐
얼씨구나 지화자자 좋네
아니 노지는 못하리라
내가 너를 때릴 적에는
아프라고선 때리였냐
정에 겨워서 때리었으니
아일 낳건 오핼 마라

(청중 : 좋아요. 아유.)

얼씨구나 절씨구나
아니노지는 못하리라
간다더니 왜 또 왔느냐
간다더니 너 왜 또 왔냐
니가 가면은 아죠(아주)를 가냐
아주 간들 잊을소냐
얼씨구나 절씨구나
아니 노지는 못허리라

청춘가

자료코드 : 02_06_FOS_20090211_BNS_LSJ_0003
조사장소 : 경기도 김포시 하성면 가금3리 239번지 가금3리 마을회관
조사일시 : 2009.2.11
조 사 자 : 김헌선, 최자운, 김은희, 변남섭, 시지은
제 보 자 : 임성재, 남, 67세
구연상황 : 상여 소리, 달고 소리에 소리판이 무르익고 더 하라고 옆에 할머니들과 조사
자들이 주문을 하자 흥에 젖었는지 창부 타령을 하고 이어서 청춘가를 해 주
었다.

청청한 하늘에

잔별두 많구요

이내 가슴엔 좋구나

수심도 많더라

니가 날만치

사랑을 한다면

가시밭이 천리라도 좋구나

따라나 오건만

모심는 소리

자료코드 : 02_06_FOS_20090211_BNS_LSJ_0004
조사장소 : 경기도 김포시 하성면 가금3리 239번지 가금3리 마을회관
조사일시 : 2009.2.11
조 사 자 : 김헌선, 최자운, 김은희, 변남섭, 시지은
제 보 자 : 임성재, 남, 67세
구연상황 : 모낼 때 하는 하나소리를 이야기하니 구연해 주었다. 받는 소리는 그냥 '하나
기로구나'만 한다고 하였다.

하나 허니 하나기로구나

그럼 이제 모내는 사람들이 받아서 한단 말이야. 그럴 때 주는 사람이

이 모 저 모 사방 모루나 내세

모찌는 소리

자료코드 : 02_06_FOS_20090211_BNS_LSJ_0005
조사장소 : 경기도 김포시 하성면 가금3리 239번지 가금3리 마을회관
조사일시 : 2009.2.11
조 사 자 : 김헌선, 최자운, 김은희, 변남섭, 시지은
제 보 자 : 임성재, 남, 67세
구연상황 : 모찔 때 소리는 없는지 물어보니 모내는 소리와 같은 형식이라고 하면서 구
연해 주었다.

하나 허니 하나로구나
쪘네 쪘어 한침 모를 쪘네

모찌는 소리

자료코드 : 02_06_FOS_20090210_BNS_JHT_0001
조사장소 : 경기도 김포시 하성면 후평2리 417-2 후평2리 마을회관
조사일시 : 2009.2.10
조 사 자 : 김헌선, 최자운, 김은희, 변남섭, 시지은
제 보 자 : 장흥택, 남, 91세
구연상황 : 모심고 밭 매고 할 때 소리를 했고, 옛날 기억으로는 '두럭'이라고 해서 몇
사람씩 모여서 김도 매고 했다고 한다. 일제시대에 쇠붙이를 공출했기 때문에
모를 내거나 김을 맬 때 손으로 해야만 했다고 한다. 연세가 높아 기억이 잘
나지 않아 옆에 있던 사람들이 도움을 주어 짧게나마 소리를 해 주었다.

(청중 : 처음엔 모찌는 소리 아냐. 쩠네 쩠네 나도 한 침을 쩠네.)

　　　나도 한 침 쩠네
　　　저 친구 양반도 한 침 쩠네

산염불

자료코드 : 02_06_FOS_20090210_BNS_JHT_0002
조사장소 : 경기도 김포시 하성면 후평2리 417-2 후평2리 마을회관
조사일시 : 2009.2.10
조 사 자 : 김헌선, 최자운, 김은희, 변남섭, 시지은
제 보 자 : 장흥택, 남, 91세
구연상황 : 이철호 노인회장의 도움을 받아 기억을 해내어 끝까지 좋은 소리를 들려주었다.

　　　산에 올라

　(청중 : 옥을 캐니)

　　　이름이 좋아서

　(청중 : 산염불이든가) 그렇게 하는 거지 뭐.

　　　산천초목은 젊어나 가는데
　　　우리나 인생은 나날이 늙어갔네
　　　에야 데야 어허야
　　　어하 둥둥 노다나 가자

별 헤는 소리

자료코드 : 02_06_FOS_20090210_BNS_JHT_0003

조사장소 : 경기도 김포시 하성면 후평2리 417-2 후평2리 마을회관

조사일시 : 2009.2.10

조 사 자 : 김헌선, 최자운, 김은희, 변남섭, 시지은

제 보 자 : 장흥택, 남, 91세

구연상황 : 어렸을 때 생활하면서 했던 노래, 혹은 밤에 별을 보면서 하던 노래가 없냐고
하니 반복해서 불러 주었다.

별 하나 꽁꽁 나 하나 꽁꽁

별 둘 꽁꽁 나 둘 꽁꽁

별 하나 꽁꽁 나 하나 꽁꽁

별 둘 꽁꽁 나 둘 꽁꽁

곱새치기 뒷풀이

자료코드 : 02_06_FOS_20090210_BNS_JHT_0004

조사장소 : 경기도 김포시 하성면 후평2리 417-2 후평2리 마을회관

조사일시 : 2009.2.10

조 사 자 : 김헌선, 최자운, 김은희, 변남섭, 시지은

제 보 자 : 장흥택, 남, 91세

구연상황 : 통속민요를 많이 알고 있는 것으로 판단되어 여러 가지를 물어보는 과정에
생각이 나서 해 주었다. 곱새치기는 투전놀음의 하나로 사설을 엮어서 하나에
서부터 열까지 뒷풀이를 하는 것이다.

둘이 날 놓자 잔 비었구나

두만강 깊은 물에

둥기 둥실 빠져볼까

삼나라 충신은 임경업이요

사물사물 얽은 낭군이

요목 조목 정들어 가누나

넉살 좋기는 광해(강화) 여자요

너울 각시는 풀각시

너도 돌리는 반돌리라

오춘댁도 당숙모요

오면 갈 줄 왜 몰르나

육지 장지 서른 살은

김자방네 양주로다

치레 머리 딴 머리

치루 종발은 반종발이요

칠떡 칠떡은 연리떡이라

팔도강산은 금강산이요

파란 봇짐은 유생강이니

팔을 벌려 만신 춤이나

국궁에 다닥이는

공구리 굽는 백개똥이다

다리 뽑기 노래

자료코드 : 02_06_FOS_20090210_BNS_CSG_0001

조사장소 : 경기도 김포시 하성면 시암1리 449-1 시암1리 마을회관

조사일시 : 2009.2.10

조 사 자 : 김헌선, 최자운, 김은희, 변남섭, 시지은

제 보 자 : 최금순, 여, 79세

구연상황 : 어렸을 때 들었던 얘기를 들려 달라고 하니까 처음에는 관심을 보이지 않다가 다리 뽑기를 예로 들면서 놀이 방법과 불려지는 노래를 해 주었다. 자꾸

하다보면 하나 남는데 고드래 뿅하면 남은 사람이 지는 것이라고 알려 주었
다.

한알대 두알대
삼아중 나알대
영랑 금
팔대 장군
고드래 뿅

내가 졌지.

자장가

자료코드 : 02_06_FOS_20090210_BNS_CSG_0002
조사장소 : 경기도 김포시 하성면 시암1리 449-1 시암1리 마을회관
조사일시 : 2009.2.10
조 사 자 : 김헌선, 최자운, 김은희, 변남섭, 시지은
제 보 자 : 최금순, 여, 79세
구연상황 : 어렸을 때 불렀던 노래가 또 있는지 물어보니 아기 재울 때 부르는 자장가라
며 노래해 주었다.

자장 자장 자장 자장
우리 아기 잘두 잔다
꼬꼬 닭아 울지 마라
멍멍 개야 짖지 마라
우리 아기 잘두 잔다

곤지곤지

자료코드 : 02_06_FOS_20090210_BNS_CSG_0003

조사장소 : 경기도 김포시 하성면 시암1리 449-1 시암1리 마을회관

조사일시 : 2009.2.10

조 사 자 : 김헌선, 최자운, 김은희, 변남섭, 시지은

제 보 자 : 최금순, 여, 79세

구연상황 : 어렸을 때 불렀던 노래가 또 있는지 물어보니 아기들과 놀 때 하던 소리라고
하며 불러 주었다.

　　　잠잠 짝짝

　　　곤지곤지 활활

　　　잠잠

　　　도리도리

　　　곤지곤지

　　　짝짝

잠자리 잡는 노래

자료코드 : 02_06_FOS_20090217_SJE_CBC_0001

조사장소 : 경기도 김포시 하성면 원산2리 554번지 원산2리 노인정

조사일시 : 2009.2.17

조 사 자 : 김헌선, 최자운, 김은희, 변남섭, 시지은

제 보 자 : 최병찬, 남, 72세

구연상황 : 할아버지 다섯 분이 모여 계신 마을회관에서 예전에 농사지었던 이야기, 마을
길에 대한 재미있는 유래 등을 이야기하다가 어렸을 때 낫을 던져서 나무내
기 했던 놀이 이야기가 나왔다. 놀이 이야기가 나와서 조사자들이 곤충을 잡
아서 놀이 삼아 부르던 노래가 없냐고 묻자 제보자가 잠자리 잡을 때 불렀던
노래를 했다.

　　　잠자라 꼼자라

멀리 가면 죽는다

고기 고기 앉어라

이 빠진 아이 놀리는 노래

자료코드 : 02_06_FOS_20090217_SJE_CBC_0002
조사장소 : 경기도 김포시 하성면 원산2리 554번지 원산2리 노인정
조사일시 : 2009.2.17
조 사 자 : 김헌선, 최자운, 김은희, 변남섭, 시지은
제 보 자 : 최병찬, 남, 72세
구연상황 : 곤충을 잡아 놀면서 부르던 노래에 대해 이야기하던 할아버지들께 어렸을 때
        이 빠진 아이들 놀리는 노래가 있었냐고 묻자 할아버지 두 분이 노래를 불렀
        으나 가사가 온전치 않아서 아쉬웠다. 그러자 제보자도 한 번 해 보겠다며 이
        빠진 아이 놀리는 노래를 불렀다. 이 노래를 부르면 이가 빠져서 놀림을 당한
        아이는 울곤 했다고 한다.

앞니 빠진 중강새

우물길에 가지 마라

붕어 새끼 놀래 자빠진다

그러면 서로 울구…

이 빼서 지붕에 던지면서 하는 소리

자료코드 : 02_06_FOS_20090210_BNS_HDS_0001
조사장소 : 경기도 김포시 하성면 시암1리 449-1 시암1리 마을회관
조사일시 : 2009.2.10
조 사 자 : 김헌선, 최자운, 김은희, 변남섭, 시지은
제 보 자 : 허도순, 여, 82세

: 이가 빠졌을 때 어떻게 하냐고 묻자, 옛날엔 모두가 이를 지붕에 던졌다고 한다. 이를 지붕으로 던지면서 노래를 불렀는데, 던진 이를 까치가 물고 가는지는 모른다고 하였다.

까치야 까치야
헌 이 가져가고
새 이 다오

잠자리 잡으면서 하는 소리

자료코드 : 02_06_FOS_20090210_BNS_HDS_0002
조사장소 : 경기도 김포시 하성면 시암1리 449-1 시암1리 마을회관
조사일시 : 2009.2.10
조 사 자 : 김헌선, 최자운, 김은희, 변남섭, 시지은
제 보 자 : 허도순, 여, 82세
구연상황 : 다시 부탁을 하니 잠자리 잡을 때 부르던 노래를 불러 주고 잡는 방법을 알려 주었다. 그러면 잠자리가 날아가지 않고 가만있냐고 물어보니, 파리를 잡아서 실로 묶어 가지고 뱅뱅 돌리면 잡아먹으러 쫓아오는데, 그때 잡는 것이라고 알려 주었다.

잠자라 꼼자라
여기 가면 죽는다
고기 고기 앉어라

잠자라 꼼자라
멀리 멀리 가면 죽는다
고기 고기 앉어라

춘향이 놀이 노래

자료코드 : 02_06_FOS_20090417_SJE_HMS_0001
조사장소 : 경기도 김포시 하성면 전류1리 189번지 전류리 마을회관
조사일시 : 2009.4.17
조 사 자 : 김헌선, 최자운, 김은희, 변남섭, 시지은
제 보 자 : 홍묘순, 여, 79세
구연상황 : 어렸을 때 방 안에서 동무들끼리 모여 앉아 한 친구가 대를 잡고 놀았던 적
이 있냐고 묻자, 여러 할머니들이 일제히 자신들의 기억에 있던 노래와 놀이
상황을 이야기하였다. 할머니들은 이 노래와 놀이를 '대 내리는 소리' 또는
'춘향아 춘향아', '춘향이 놀이' 등으로 불렀다. 이 놀이는 주로 어린 여자아
이들이 모여서 놀았다는데, 조사자들이 이 놀이를 하면 실제로 신이 내리는가
를 묻자, 신이 내리지도 않았는데 가짜로 내렸다고 하면서 춤추고 놀았다고
증언했다. 여러 할머니들의 노래 중 제보자의 노래가 녹음상태가 가장 좋아
기록한다.

춘향아 춘향아
나이는 십팔세
생일은 사월 초파일날
이것 좀 한번
놀아 놀아 봅시다

▌엮은이 소개

김헌선 경기대학교 국어국문학과를 졸업하고 동 대학원에서 문학박사학위를 받았다. 현재 경기대학교 국어국문학과 교수로 재직 중이다. 주요 저서와 논문으로 『설화 연구 방법의 통일성과 다양성』(보고사, 2009), 『서울 진오기굿 : 바리공주 연구』(민속원, 2011), 『옛이야기의 발견』(보고사, 2013), 「한국민요의 문화지도 착상과 예비적 시론」(2011), 「민속문예학 연구의 지형과 지평」(2013) 등이 있다.

최자운 경기대학교 국어국문학과를 졸업하고 동 대학원에서 문학박사학위를 받았다. 현재 세명대학교 교양과정부 조교수로 재직 중이다. 주요 논문으로 「성주풀이의 서사민요적 성격」(2004), 「영남지역 정자소리 가창 방식과 사설 구성」(2010), 「중국(中國) 동족(侗族) 민요의 존재 양상과 전승 요인」(2012) 등이 있다.

김은희 한국예술종합학교 한국예술학과를 졸업하고, 고려대학교 대학원에서 문학박사학위를 받았다. 현재 고려대학교와 경기대학교에 시간강사로 출강하고 있다. 주요 논문으로는 「제주도 본풀이와 놀이의 상관성-본풀이와 굿놀이의 연계양상과 유형을 중심으로」(2010), 「황해도 굿놀이 연구」(2011) 등이 있다.

변남섭 단국대학교 국악과를 졸업하고 경기대학교에서 문학박사학위를 받았다. 현재 서울대학교에 시간강사로 출강하고 있다. 주요 논문으로 「경기도 남부굿과 민속춤의 상관성」(2013), 「동막도당굿의 무용학적 고찰」(2014) 등이 있다.

시지은 한국예술종합학교 한국예술학과를 졸업하고, 경기대학교에서 문학박사학위를 받았다. 현재 경기대학교에 시간강사로 출강하고 있다. 주요 논문으로는 「김포 지역 구비문학의 전승양상과 지역적 특징」(2010), 「상쇠 '홍박씨'와 무당 '명두' 비교」(2012), 「경기도 남부 도당굿에서 터벌림과 쇠풍장의 의의」(2014) 등이 있다.

증편 한국구비문학대계 1-10
경기도 김포시

초판 인쇄 2014년 10월 20일
초판 발행 2014년 10월 28일

엮 은 이 김헌선 최자운 김은희 변남섭 시지은
엮 은 곳 한국학중앙연구원 어문생활사연구소
출판기획 장노현

펴 낸 이 이대현
펴 낸 곳 도서출판 역락
편   집 권분옥
디 자 인 이홍주

주   소 서울시 서초구 동광로 46길 6-6(반포4동 577-25) 문창빌딩 2층
등   록 1999년 4월 19일 제303-2002-000014호
전   화 02-3409-2058, 2060
팩   스 02-3409-2059
이 메 일 youkrack@hanmail.net

값 48,000원

ISBN 979-11-5686-122-5 94810
      978-89-5556-084-8(세트)